W0200818

Bibliografische Information der Deutschen Nationalbibliothek:

Die Deutsche Nationalbibliothek verzeichnet diese Publikation in der Deutschen Nationalbibliografie; detaillierte bibliografische Daten sind im Internet über http://dnb.d-nb.de abrufbar.

Herausgeber, Satz und Gestaltung

CODI Verlag

Constanze Mendig
Martin-Luther-Platz 7
39448 Westeregeln
Tel.: 039268 34292
www.codiverlag.com

1. Auflage 2010

Covergestaltung: Jutta Mayer
Innenillustration: Meike Willner

ISBN: 978-3-942312-00-4

Die Autorin

Ilka Hauck lebt mit ihrem Mann und ihren beiden Kindern in Kaiserslautern, wo sie auch geboren wurde und zur Schule ging. Bis zur Geburt ihres Sohnes war sie als Verwaltungsangestellte tätig, danach kümmerte sie sich überwiegend um Familie und Haushalt. Schon als Kind dachte sie sich gerne Geschichten aus, und im Jugendalter begann sie damit, ihre Gedanken zu Papier zu bringen. Nach einer längeren Pause fing sie vor vier Jahren wieder mit dem Schreiben an und hat mittlerweile ihren ersten Roman beendet.

Prolog

„Emily?“
„Ja?“
„Möchtest du meinen Lieblingsplatz sehen? Ich zeige ihn dir, wenn du willst.“
„Wirklich? Ja, ja, natürlich, sehr gerne. Ich würde mich freuen.“ Zögerndes Schweigen. „Wenn, also, wenn du mir deinen Lieblingsplatz zeigen willst, heißt das, du vertraust mir?“
Ein Lächeln wie ein Sonnenstrahl in dunkler Nacht ... ein Lächeln, das Herzen zum Schmelzen bringt und Kälte aus Seelen vertreibt. „Ja, ich vertraue dir. Vertraust du mir?“
„Ja, das tue ich, du weißt es.“
„Ja, ich weiß. Dann komm, lass uns gehen. Die Sonne scheint.“
Und das tut sie ... sie scheint ... endlich wieder ...

Kapitel 1

Es war Montag. Der Wecker klingelte schrill und unangenehm laut. Im Zimmer herrschte ein merkwürdig diffuses Licht, denn draußen war ein trüber, regnerischer Morgen heraufgezogen. Einer, an dem man am liebsten im Bett bleibt.

Emily blinzelte schlaftrunken, schlug mit der rechten Hand nach dem Wecker, sodass er mit einem Brummen verstummte, und zog die Decke über den Kopf. Für sie spielte es keine Rolle, ob der Himmel bewölkt war oder nicht, ob es regnete oder nicht, in ihrem Herzen herrschte seit einigen Monaten sowieso tiefste Dunkelheit. Und sie war sich in jeder Sekunde des Tages und der Nacht bewusst, dass sich diese Dunkelheit nicht vertreiben lassen wollte. Sie würde nicht freiwillig das Feld räumen, dazu saß sie zu tief, und sie hatte eine starke Verbündete: Die Angst ...

Emily verzog unter der Decke das Gesicht. „Die Angst und die Dunkelheit, wie melodramatisch. Lasst mich doch in Ruhe, ich eigne mich nicht zur Dramaqueen. Geht doch endlich weg! Bitte, geht weg!“

Sie schloss die Augen, aber das Beklemmungsgefühl in ihrer Brust würde nicht weichen, sie wusste es. Sie hatte wieder einen schrecklichen Traum gehabt, und die Erinnerung daran hielt sie noch fest im Griff. Diese Träume verblassten nicht, und sie fühlte sich ihnen hilflos ausgeliefert. In solchen Momenten fühlte sie sich unendlich einsam und verlassen, und es schien ihr, als ob es niemanden auf der ganzen Welt gab, der sie jemals verstehen oder ihr gar beistehen könnte. Obwohl, ganz alleine war sie nicht. Sie fühlte, wie jemand versuchte, zu ihr unter die Decke zu gelangen. Sie lächelte und wartete noch einen Moment, während eine feuchte Nase sich zu ihr durchwühlte. Schließlich schlug sie das Federbett zurück. „Ben, du alter Nasenbär. Du denkst, du musst dem Wecker Nachdruck verleihen, was? Okay, okay, ich komme ja schon“, sagte sie lachend.

Emily schwang die Beine aus dem Bett und betrachtete lächelnd den großen Golden Retriever Rüden, der mit schief gelegtem Kopf vor ihr saß. Sie beugte sich vor und legte beide Hände um seinen Kopf. „Na, mein Pelztier, gut geschlafen?“ Sie drückte dem Hund einen Kuss auf die Nase, und er legte ihr die Pfote aufs Knie. Sie würde schwören, dass Ben lachen konnte. Ihre Eltern behaupteten zwar, das wäre nicht möglich, aber sie wusste es einfach.

Ihre Eltern. Emily seufzte und stand auf, um ans Fenster zu treten. Sie würde am Nachmittag oder Abend ihre Mom anrufen und ihr von dem Tag erzählen müssen. Ihre Eltern hatten sie nur äußerst ungern alleine hierher ziehen lassen, und wenn nicht ihre Tante Dorothy, die Schwester ihrer Mutter, mit ihrer Familie hier leben würde, hätten sie niemals zugestimmt. Ihre Verwandten wohnten nur vier Häuser weiter, und es war ein absoluter Glücksfall gewesen, dass dieses kleine Häuschen hier zur Miete frei gewesen war. Glück im Unglück nannte man das wohl.

Das Häuschen hatte einen kleinen Garten, in dem jetzt die letzten Sommerblumen blühten, und eine kleine Terrasse. Alles war klein und gemütlich, und sie fühlte sich sehr wohl hier. Vor allem, weil es weit weg von dem war, was ihr in ihrer Heimatstadt passierte. Weit weg von ... *ihnen.*

Und nach allem, was geschehen war, hatten ihre Eltern schließlich schweren Herzens zugestimmt, sie hier einen

neuen Anfang wagen zu lassen. Ihre Mutter hatte ihre Schwester angerufen und diese hatte sich sofort einverstanden erklärt, ein wenig auf Emily zu achten. Sie konnte dort essen, wann immer sie wollte, und natürlich auch Zeit mit ihrer Tante, ihrem Onkel und ihren beiden Cousinen verbringen. Die jüngere der beiden, Andrea, war dreizehn und ein ziemlich wilder Wirbelwind, der Emily oft zum Lachen brachte. Aber der wichtigste und liebste Grund für Emily, hierher zu kommen, war ihre Cousine Mara. Die beiden Mädchen hatten schon immer ein sehr enges Verhältnis gehabt, das sich in den letzten Monaten noch intensiviert hatte. Mara war vier Monate jünger als Emily, die jetzt im Oktober achtzehn wurde, und doch war sie es, die mit ihrer selbstbewussten Art der scheuen, schüchternen Emily stets zur Seite stand.
Das kleine Haus, in dem Emily nun wohnte, gehörte einer alten Dame, die ihre Möbel teilweise nicht hatte mitnehmen können zu ihrem Sohn, bei dem sie nun lebte. Sie hatte die meisten Sachen da gelassen, und so war Emilys Umzug recht glimpflich und schnell vonstatten gegangen. Ihre Eltern und ihr Bruder Connor hatten ihr geholfen, und nun wohnte sie seit knapp drei Wochen hier in der Kleinstadt in der Nähe von Boston.
Aber wie es im Moment aussah, war dieser Schritt völlig umsonst gewesen, denn die Ängste vergingen nicht. Sie hatte das Alleinsein unterschätzt, und ihre Nächte waren voller Albträume und Schrecken. Aber sie würde nicht aufgeben, noch nicht.
Emily starrte immer noch in den trüben Morgen hinaus und wandte sich dann langsam zu Ben um. „Nun, hier sind wir, mein Junge. Ich bin so froh, dass du bei mir bist.“ Sie kniete sich neben den Hund und schmiegte ihr Gesicht in sein weiches Fell. „Ich weiß, dass du Mom,

Dad und Connor vermisst. Ich vermisse sie auch. Aber im Moment kann ich dort nicht sein, verstehst du? Ich bin glücklich, dass du mit mir hierher gekommen bist. Ich weiß, du hattest keine Wahl, und irgendwie war das wohl ziemlich gemein von mir, dich einfach mitzuschleppen. Aber ich hab dich so lieb und ich brauch dich. Verzeih."
Sie zog die Nase hoch und wischte sich energisch über die Augen. Dann stand sie auf. „So, ich ziehe meine Joggingsachen an, dann gehen wir Gassi. Danach muss ich duschen, und du wirst den Tag bei Tante Dorothy verbringen. Es wird sicher schön und lustig. Komm schon, das wird super."
Während Emily ihre Jogginghose anzog, überlegte sie, wem sie da gerade Mut zuzusprechen versuchte, Ben oder sich selbst. Heute war ihr erster Tag an der neuen High School. Es war ihr letztes Jahr, bevor sie ans College wechseln würde, und es war natürlich ein Wagnis, hier noch einmal mit neuen Lehrern, neuen Lernmethoden und, vor allem, neuen Kameraden, dieses Jahr zu verbringen. Sie würde sich erst eingewöhnen und dennoch versuchen müssen, gute Noten zu schreiben.
Sie band ihre Laufschuhe zu und lief die schmale, ausgetretene Holztreppe nach unten. Ben folgte ihr auf dem Fuß und schaute erwartungsvoll in Richtung Leine, die neben der Haustür hing. Die Noten waren nicht ihr Problem, sie war eine gute Schülerin und das Lernen fiel ihr nicht schwer. Das Problem waren die Mitschüler, besonders die männlichen. Sie hoffte inständig, dass sie mit ihnen klarkommen würde. Es musste einfach gelingen ... es musste gelingen.
Bald darauf lief Emily mit Ben durch den Park, hinunter zu dem kleinen Fluss, der die Stadt durchquerte. Eigent-

lich war es mehr ein etwas breiterer Bach, aber die Stadtbewohner nannten ihn stolz ihren Fluss.
Die Vögel zwitscherten in den Bäumen und die Luft roch frisch und klar. Obwohl der Tag trüb war, war es relativ mild, später würde es sicher warm werden. Es waren schon einige Jogger unterwegs, auch etliche Leute mit Hunden. Sie traf Mrs. Johnson, die in ihrer Straße wohnte, mit ihrem alten Dackel Muffin. Sie sprachen einige Worte über das Wetter, und Mrs. Johnson winkte ihr hinterher, als sie mit Ben weiterlief.
Am Wasser blieben sie stehen und Emily warf Stöckchen für Ben. Er stürzte sich mit Begeisterung in die flachen Fluten und schüttelte sich immer wieder direkt neben ihr. Sie lachte und meinte, er wäre ein echtes Ferkel, was ihn allerdings wenig beeindruckte.
Schließlich liefen sie gemächlich wieder zurück, und Emily fühlte, wie die Aufregung in ihr immer stärker wurde. Ihr Herz klopfte schnell in ihrer Brust, und das kam nicht vom Laufen.
Zuhause trocknete sie Ben sorgfältig ab, bereitete sein Futter und stellte frisches Wasser für ihn bereit.
„Hier, mein Großer, lass es dir schmecken. Ich gehe duschen."
Sie zog die Joggingsachen aus und stopfte sie noch schnell in die Waschmaschine, bevor sie in die Dusche trat. Das heiße Wasser tat gut, und sie versuchte, sich ein wenig zu entspannen. Es würde schon alles gut gehen. Mara war ja in manchen Kursen dabei und konnte ihr sicher einige Tipps geben und ihr helfen, sich zurechtzufinden. Leider besuchten sie nicht alle Kurse gemeinsam, und vor denen, wo sie alleine mit den fremden Mitschülern sein würde, graute es ihr nun schon ein wenig.

Nach dem Duschen stand Emily eine Weile vor dem Schrank und überlegte, was sie anziehen sollte. Schließlich entschied sie sich für eine helle Jeans und ein dunkelblaues Shirt. Darüber konnte sie noch die graue Weste ziehen, dann war es in Ordnung. Sie bürstete ihre Haare und betrachtete sich prüfend im Spiegel. Ihre Haut war blass und sie hatte dunkle Schatten unter den Augen. Die hatte sie oft in letzter Zeit, da sie schlecht schlief und meistens einige Stunden wach lag. Außerdem zehrten die ständige Angst und dieser Schmerz an ihr, der sich in ihren Körper gebohrt hatte.
Ihre langen blonden leicht gelockten Haare fielen ihr bis weit über die schmalen Schultern und ihre blauen Augen verrieten den Kummer, der ihr das Leben so schwer machte. Sie war zierlich und hübsch. Eben so, wie die meisten Mädchen hübsch waren. Doch im Moment fühlte sie sich wohler, je unscheinbarer sie wirkte. Sie betrachtete noch einige Sekunden ihr Spiegelbild und drehte sich dann langsam um. Dieses Mädchen im Spiegel, sie hasste es. Sie hasste es, weil *sie* dieses Mädchen offenbar reizvoll genug gefunden hatten, um ihm das anzutun. Sie schüttelte den Kopf und murmelte: „Lass das jetzt. Du bist hierher gekommen, um sie abzuschütteln, aber du lässt es immer noch zu, dass sie allgegenwärtig sind. Sie werden dich zerstören, sie würden es noch aus dem Grab heraus schaffen, dich kaputt zu machen, weil du sie lässt."
Sie blieb am Rand der Treppe stehen und strich sich müde über die Stirn. Wie gerne würde sie alles vergessen und einen Schnitt machen, aber wie? Das sagte ihr die blöde Stimme in ihrem Kopf nicht. Diese besserwisserische Stimme, die ihr zuflüsterte, was alle sowieso dachten. Nämlich, dass es an der Zeit war, endlich damit ab-

zuschließen, was in dieser schwülen Spätsommernacht vor etwas über einem Jahr passiert war.
Als ob sie es nicht versuchen würde. Als ob sie sich nicht wünschen würde, wieder ein normales Leben führen zu können. Als ob sie glücklich wäre, mit der ewigen Angst und den immerwährenden Albträumen. Die hatten doch alle keine Ahnung.
Emily senkte den Kopf und lief die Treppe nach unten. Sie war schon von jeher ein stilles, scheues Mädchen gewesen, sie besaß nicht diese Kraft und die Stärke, die man vermutlich brauchte, um an so einem Vorfall nicht zu zerbrechen. Ihre Mutter sagte ihr zwar immer wieder, dass sie nicht so denken dürfe, sie wäre sehr wohl stark, denn sie wäre nicht daran zerbrochen. Sie würde immer noch aufstehen, an jedem einzelnen Tag, und sie könne verdammt stolz auf sich sein. Aber vermutlich mussten Mütter so etwas sagen.
„Ben, komm! Wir müssen los."
Emily griff nach ihrer Tasche, und Ben kam mit Riesensätzen angerannt. Sie lachte.
„Du machst hier noch mal alles zu Kleinholz. Hier ist nicht so viel Platz wie bei uns zuhause. So, komm, ich bringe dich jetzt zu Tante Dorothy. Eigentlich müsste ich noch etwas frühstücken, aber ich fürchte, ich bringe keinen Bissen hinunter. Wehe, du verpetzt mich bei ihr."
Sie zupfte ihn spielerisch am Ohr und er stieß ein Brummen aus. Sie war glücklich, dass Ben hier bei ihr war, ohne ihn hätte sie sich völlig verloren gefühlt. Sie hatte ihn schon seit er ein winziger Welpe gewesen war, und sie liebte ihn sehr, was allerdings auf Gegenseitigkeit beruhte. Mittlerweile war er ein stolzer Rüde von bald vier Jahren, und sie konnte sich ihr Leben ohne ihn gar nicht mehr vorstellen.

Sie hatte mit ihrer Tante verabredet, dass Ben die ersten Tage, wenn sie in der Schule war, bei ihr verbringen würde, bis er sich hier im Haus heimisch genug fühlte, um alleine bleiben zu können. Sie legte dem Hund die Leine an und gleich darauf liefen sie die wenigen Schritte zum Haus ihrer Tante und deren Familie.

Kapitel 2

Ihre Cousine Mara stand bereits an der Tür des hellgelb gestrichenen, einladend wirkenden Einfamilienhauses und winkte Emily zu.

„Emily, da bist du ja. Hallo Ben, du Süßer. Wir warten schon. Andrea möchte unbedingt neben ihrem Schwarm Casey sitzen."

Sie verdrehte die Augen, und im nächsten Moment tauchte ihre jüngere Schwester hinter ihr auf und knuffte sie in die Seite. „Blöde Zicke. Musst du alles weitertratschen?" Andrea blitzte ihre Schwester wütend an.

Die grinste. „Was denn? Stimmt doch."

Sie zwinkerte Emily zu, und die musste lächeln. Es war unglaublich, wie ähnlich sich ihre beiden Cousinen sahen. Sie hatten beide glatte dunkelbraune Haare und braune Augen. Es waren sportliche Mädchen, die eindeutig mehr mit der Familie ihres Vaters gemein hatten als mit der ihrer Mutter.

Dorothy erschien hinter Andrea und wischte sich die Hände an einem Küchentuch ab.

„Guten Morgen, Emily. Na, schon aufgeregt?" Sie küsste ihre Nichte auf die Wange und strich Ben über den dicken Kopf.

„Guten Morgen. Na ja, ein bisschen bin ich schon aufgeregt." Emily senkte den Kopf. Ihre Tante wechselte einen Blick mit ihren Töchtern. Alle wussten, dass Emily nicht nur ein bisschen nervös war, sondern dass es ihr alles abverlangte, diesen Schritt zu wagen.

Dorothy hängte sich bei Emily ein. „Hast du was gefrühstückt? Falls nicht, ich habe noch Pfannkuchen und Rührei für dich aufgehoben."

„Oh, das ist lieb von dir, danke. Aber ich glaube, ich bekomme nichts runter." Emily hob den Kopf und sah ihre Tante entschuldigend an.
Die drückte ihren Arm. „Na, macht nichts. Ich habe dir ein Sandwich gemacht, für später, weil ich mir so etwas schon gedacht habe. Komm, pack es in deine Tasche."
Emily folgte Dorothy in die gemütliche, große Küche, in der es nach gebratenem Speck, Kaffee und Pfannkuchen mit Ahornsirup roch. Ihr Onkel Bob saß noch am Küchentisch und las die Zeitung. Er sah hoch, als sie den Raum betraten, und ein gutmütiges Lächeln breitete sich auf seinem Gesicht aus. „Hi, guten Morgen. Da ist ja meine Lieblingsnichte." Er zwinkerte ihr zu.
Sie lachte. „Danke, Onkel Bob. Ich bin deine einzige Nichte, vielleicht deshalb."
Er zuckte mit den Schultern. „Egal. Selbst wenn ich noch zehn Nichten hätte, wärst du mir die liebste davon, das steht fest."
Dorothy wandte sich lächelnd an Emily. „Siehst du, genau mit dieser Masche hat er mich damals rumgekriegt. Er kann so charmant sein, wenn er denn will."
Bob legte die Zeitung weg und lachte. „Was heißt denn das, wenn er denn will? Soll das etwa bedeuten, ich wäre nicht immer charmant? Ich bin der charmanteste Kerl in dieser Stadt, Frau. Du kannst dich glücklich schätzen, mich abbekommen zu haben."
Dorothy lachte nun auch und nickte. „Aber klar doch. Bin ich ja auch. In jeder Sekunde des Tages. Und nun, charmanter Mann, wie wäre es, wenn du mir beim Abspülen helfen würdest? Du hast ja erst später Dienst heute, soviel ich weiß."
Bob verdrehte die Augen. „Da sieht man mal, was mir mein Charme eingebracht hat. Ich muss beim Abspülen

helfen. Hab ich das nötig, als charmantester Kerl der Stadt?", brummte er.
Seine Frau warf ein Handtuch nach ihm und er fing es geschickt auf. „Hier, leg los!" Sie lächelte ihm zu und wandte sich dann an Emily. „Hier, Schatz, dein Sandwich. Aber iss es auch auf. Mara und Andrea, habt ihr eure Brote?"
Die beiden nickten. „Ja. Können wir jetzt? Andrea flippt aus, wenn jemand anderes neben ihrem geliebten Casey sitzt." Mara grinste.
Andrea streckte ihr die Zunge heraus. „Das sagt die Richtige. Du und dein Thomas hängt ja auch immer aneinander als wärt ihr mit Sekundenkleber zusammengeklebt."
Mara lächelte gutmütig. „Davon verstehst du noch nichts, Kleine. Aber wir müssen jetzt wirklich los. Em, du musst vorher noch ins Sekretariat, da wird heute Morgen sicher der Teufel los sein. Also, fahren wir."
Emily nickte. „Ja. Danke für das Sandwich, Tante Dorothy, und natürlich auch, dass Ben hier bleiben kann. Und eigentlich für alles."
Sie umarmte ihre Tante kurz, winkte ihrem Onkel und folgte dann ihren Cousinen nach draußen. Mara besaß bereits einen eigenen kleinen Wagen, mit dem sie zur Schule fahren würden. Andrea setzte sich nach hinten und gleich darauf fuhr Mara aus der Einfahrt hinaus. Emily atmete tief durch. Was würde dieser erste Tag ihr bringen?

Sie sah nachdenklich aus dem Fenster. Es war ein trüber Morgen, und, wenn sie ehrlich war, war ihre Laune auch nicht wesentlich besser. Sie fürchtete sich vor dem, was sie erwartete, vor dem, was sie vielleicht nicht in der Lage war, zu verkraften. Was, wenn sie nicht mit den neuen

Mitschülern zurechtkam? Seit dem *Vorfall* hatte sie noch größere Schwierigkeiten als vorher, mit fremden Menschen unbeschwert umzugehen.
Sie warf einen Blick neben sich zu Mara, die konzentriert auf die Straße sah. Sie war ihren Verwandten dankbar, dass sie sich um sie kümmerten und ihr ermöglichten, hier vielleicht ein wenig zur Ruhe zu kommen. Ihre Tante Dorothy war die jüngere Schwester ihrer Mutter Kate. Die beiden standen sich sehr nahe, und ihre Mom wusste, dass sie Dorothy ihre Tochter ohne Bedenken anvertrauen konnte. Die beiden Schwestern waren sich sehr ähnlich, und auch Emily schlug in ihre Richtung. Alle drei waren honigblond, hatten blaue Augen und ein ruhiges, zurückhaltendes Wesen. Ihre Tante war mit Leib und Seele Hausfrau, so konnte sie sich jetzt auch um Ben kümmern, was eine große Beruhigung war. Ihr Onkel Bob war ein lustiger, besonnener Mann, in dessen Nähe man sich automatisch beschützt und geborgen fühlte. Er war Leiter der hiesigen Feuerwehrdienststelle, und Emily hätte sich keinen passenderen Job für ihn vorstellen können.
Ihre Gedanken schweiften ab zu sich nach Hause, zu ihrer Familie. Ihre Mom … sie wusste, sie machte sich schreckliche Sorgen um sie. Es hatte ihr das Herz gebrochen, was ihrem Baby, wie sie Emily manchmal immer noch nannte, in dieser Augustnacht widerfahren war. Seitdem neigte sie dazu, überängstlich zu sein und sich selbst mit Vorwürfen zu überschütten. Ihr Dad, Jack, war verstummt vor hilflosem Zorn, und sie konnte mit ihm kaum noch normal reden. Alle litten auf ihre Weise, am schlimmsten Connor. Connor, ihr großer Bruder, den sie abgöttisch liebte. Ihr hübscher, gescheiter, lebenslustiger Bruder, der sie hätte abholen sollen an diesem Abend,

und es wegen eines Streits mit seiner Freundin verschwitzt hatte.
Ihr Vater brachte es seitdem kaum fertig, ein Wort mit seinem Sohn zu reden. Die Enttäuschung in seinen Augen war schlimmer, als würde er seine Wut herausschreien. Er wusste durchaus, dass es Connor gegenüber nicht fair war, denn er war sonst immer, wirklich immer, zuverlässig gewesen. Jack sah, wie sehr sein Sohn es bereute, doch er kam nicht gegen den Aufruhr in seinem Innersten an. Es herrschte monatelang eine angespannte, bedrückte Atmosphäre, in der jeder versuchte, irgendwie den Schein zu wahren, und das, was passiert war, zu verdrängen. Als wäre es nie geschehen, als wären sie noch eine ganz normale glückliche Familie. Für Emily wurde es in dieser Umgebung immer unerträglicher. Bis sie es schließlich nicht mehr aushielt. Sie wollte nur noch raus, weg, endlich vergessen.
Und hier war sie nun. Sie war hierher gekommen, mit dieser Last im Gepäck, die sie nicht einfach irgendwo ablegen konnte, mit fast unerträglicher Angst im Herzen, die nicht weichen wollte und sie manchmal an den Rand der Verzweiflung brachte. Sie fürchtete die Nacht, die Dunkelheit und andere Menschen. Sie seufzte leise, während Mara auf den Parkplatz der Middletown High fuhr, auf der sie nun das letzte Schuljahr absolvieren wollte.
„Alles okay?" Mara sah sie prüfend an.
Emily nickte. „Ja … ja. Ich bin froh, dass du dabei bist, Mara."
Und das stimmte. So hatte sie früher schon empfunden, wenn sie sich gegenseitig besucht hatten. Wenn die lustige, quirlige, selbstbewusste Mara bei ihr war, fühlte sie sich sicherer und weniger angreifbar. Manchmal konnte sie sich ihre scheue, wenig selbstbewusste Art selbst

nicht richtig erklären. Sie hatte eine behütete Kindheit verbracht, hatte Eltern, die sie liebten, sich um sie sorgten und bei denen sie sich immer hatte geborgen fühlen können.
Sie hatte einen großen Bruder, der sich nie gescheut hatte, wenn es Ärger gab, die Fäuste für seine kleine Schwester fliegen zu lassen. Er war zwei Jahre älter als sie und schon immer ein bildhübscher Junge gewesen. Er hatte dieses gewisse Etwas, das die Menschen in seinen Bann zog ... und als er älter wurde, ganz besonders die Mädchen.
Er war witzig und charmant und der beste Bruder, den man sich hätte wünschen können. Natürlich stritten sie sich auch mal, aber im Grunde waren sie immer füreinander da. Und nun konnte er ihr kaum noch in die Augen sehen, weil er sich die Schuld an dem gab, was ihr passiert war.
Emily schüttelte energisch den Kopf. Sie wollte jetzt nicht darüber nachdenken. Nicht jetzt. Sie war hierher gekommen, um Abstand zu gewinnen, um nach vorne zu blicken. Und genau das würde sie jetzt versuchen.
Mara hatte inzwischen einen Parkplatz gefunden. Sie stiegen aus. Emilys Blick schweifte hinüber zu dem Gebäude aus dunklem Sandstein. Es war ein relativ altes Gemäuer und sah ziemlich imposant aus. Mara warf sich ihre Tasche über die Schulter. „So, ich gehe nun erst mal mit dir zum Sekretariat. Dort bekommst du alle deine Unterlagen und siehst, wann du welche Kurse hast."
Andrea war inzwischen mit einem „Ciao, bis später" an ihnen vorbeigeflitzt und im Gewühl der vielen jungen Leute verschwunden. Emily folgte Mara durch die hohe, geschwungene Eingangstür und hatte dabei ein ziemlich flaues Gefühl im Magen. Drinnen sah die Schule fast

genauso aus, wie ihre alte zuhause. Weiß gestrichene Wände, lange Flure. Überall gingen Türen ab. Vermutlich sahen alle Schulen des Landes irgendwie gleich aus. Schüler hasteten an ihnen vorbei, kleine Gruppen standen zusammen, Lehrer drängelten sich durch die schwatzende Schülerschar.

Es war keine besonders große Schule, und nur am ersten Tag erschien es einem wohl so, als ob Gott und die Welt sich genau hier versammelt hätte.

Vor dem Sekretariat herrschte der von Mara bereits angekündigte Ansturm, und sie mussten eine Weile warten. Schließlich aber waren sie doch dran, und die Schulsekretärin begrüßte Emily mit einem freundlichen Lächeln.

„Ah, Miss Alexander, richtig?“ Emily nickte schüchtern. „Ich bin Mrs. Baker, ich werde Ihnen erst einmal alles erklären.“

Es dauerte eine Weile, bis Emily alle Formulare ausgefüllt, unterschrieben und auch die Vollmacht ihrer Eltern abgegeben hatte. Dorothy und Bob waren von ihnen berechtigt worden, in der Zeit von Emilys Aufenthalt hier die Entscheidungen für sie zu treffen, die sie noch nicht selbst treffen durfte, bevor sie achtzehn wurde.

Schließlich hatte sie jedoch alles erledigt und hielt eine Mappe mit den Stundenplänen und eine Buchliste in den Händen. Sie verabschiedete sich von der netten Mrs. Baker und folgte Mara, die geduldig neben ihr gestanden hatte, nach draußen auf den langen Flur.

„Oh mein Gott, ich dachte schon, wir werden nie fertig. Komm, deinen ersten Kurs hast du leider nicht mit mir, aber ich zeige dir den Saal.“

Emily nickte etwas beklommen. Sie fühlte, wie ihre Hände feucht wurden bei der Vorstellung, gleich im ersten Kurs ohne Mara auskommen zu müssen. Die schien

ihre Gedanken erraten zu haben und legte ihr beruhigend den Arm um die Schultern.
„Mach dir keine Sorgen, Em. Du hast Dr. Smith in Geschichte. Er ist sehr nett. Da musst du dir keine Gedanken machen. Er wird dich der Klasse vorstellen. In der Pause stelle ich dich auch ein paar Leuten vor, dann bist du gleich nicht mehr so fremd. Wir hätten das ja schon früher machen können, aber das wolltest du ja nicht." Sie zuckte mit den Schultern.
„Ja, ich weiß. Es fällt mir schwer, weißt du", murmelte Emily.
„Ja, ich weiß. Schon okay. Du wirst meine Freunde schon noch alle kennen lernen. Sie werden dich mögen, das weiß ich. So, hier sind wir. Warte nach der Stunde hier auf mich, ich hole dich ab, dann gehen wir gemeinsam zum nächsten Kurs, okay?"
Emily nickte. „Ja, mach ich. Bis nachher, Mara."
Sie waren spät dran, im Sekretariat hatte es so lange gedauert, dass Mara sich nun beeilen musste, rechtzeitig zu ihrem eigenen Kurs zu kommen. Sie lief eilig los, drehte sich noch einmal um und winkte Emily zu, die etwas verzagt lächelnd zurückwinkte.

Dr. Smith nickte. „Aha. Nun gut, immerhin haben Sie den Weg in unsere langweilige Bildungsanstalt dennoch gefunden. Ab morgen bitte ich um mehr Pünktlichkeit. Setzen Sie sich."

Der junge Mann ließ seine Blicke durch den Saal schweifen und blieb schließlich an Emilys Tisch hängen. Sie starrte ihn an und fühlte, wie ihr leicht übel wurde. Na toll ... das hier war der einzige freie Platz, natürlich würde er sich neben sie setzen. Sie senkte den Kopf und murmelte ganz leise: „Ganz ruhig, ganz ruhig jetzt. Das hier ist eine Schule, es ist alles in Ordnung, und es ist auch in Ordnung, wenn ein Junge neben dir sitzt. Okay ... okay."

Sie hob den Kopf wieder und ihr Blick traf direkt auf zwei haselnussbraune Augen, die sie ziemlich mürrisch musterten. „Hi, kann ich mich hierhin setzen?"

Er klang nicht gerade freundlich, und sein Gesichtsausdruck zeigte so viel Begeisterung, als ob sie ihn aufgefordert hätte, in eine Zitrone zu beißen. Na toll, nicht nur, dass ein Junge neben ihr saß, nun musste es auch noch so einer sein.

„Sicher." Ihre Stimme zitterte. Er ließ seine Tasche neben sich auf den Boden knallen, was ihm einen rügenden Blick von Dr. Smith einbrachte, den er geflissentlich ignorierte, und ließ sich neben Emily auf den Stuhl fallen. Sein Blick ruhte auf ihr. Sie drehte sich zu ihm um.

„Hi, ich bin Emily. Ich bin neu hier."

Ein spöttisches Lächeln umspielte seine Lippen. „Ach was. Hätte ich nicht gedacht. Ich bin Niclas. Ich bin nicht neu hier."

Emily lächelte kurz, dann sah sie wieder weg. Sollte das jetzt witzig sein, oder war er nur unhöflich? Oh Gott, hoffentlich ging diese Stunde schnell vorbei.

Sie beugte sich tief über ihren Block und schrieb eifrig mit. Zwischendurch warf sie allerdings immer wieder kurze, verstohlene Seitenblicke zu ihrem neuen Nachbarn, der sie schon durch seine bloße Anwesenheit völlig aus dem Konzept brachte. Außerdem achtete sie peinlich darauf, dass er ihr nur ja nicht zu nahe kam, denn sie mochte keine Berührungen von männlichen Wesen, auch keine zufälligen.
Er saß ziemlich gelangweilt auf seinem Stuhl. Sie hatte nicht den Eindruck, als ob er auch nur ein Wort mitbekam, von dem, was Dr. Smith erzählte. Obwohl sie es nicht wollte, musste sie zugeben, dass er gut aussah. Sogar sehr gut. Er war groß, ungefähr ein Meter neunzig, seine Figur war schlank, schien aber dennoch muskulös zu sein. Und er besaß, wie sie schon festgestellt hatte, wunderschöne braune Augen, die allerdings immer noch ziemlich missmutig dreinschauten. Seine braunen Haare trug er etwas länger und sie fielen ihm laufend in die Stirn, was allerdings sehr süß aussah.
Emily zuckte zusammen. Hatte sie das gerade gedacht? Dass dieser unfreundliche Typ süß war? Nach allem, was sie erlebt hatte? Sie musste dabei sein, komplett den Verstand zu verlieren. Sie warf noch einen kurzen Blick zu ihm hinüber. Er hatte ein hübsches Gesicht, allerdings schien er nicht von der Sorte Mensch zu sein, mit denen sie normalerweise gut auskam. Seine Miene war verschlossen, er kam ein wenig arrogant rüber. Er trug ausgewaschene Jeans, eine schwarze Motorradlederjacke und wirkte nicht wie jemand, mit dem sie sich anfreunden könnte. Das würde vermutlich auf Gegenseitigkeit beruhen, denn Typen wie Niclas Delaney konnten mit ihr nichts anfangen. Und sie nicht mit ihnen. Punkt. Sie

beugte den Kopf noch tiefer über ihr Blatt Papier und würdigte Niclas keines Blickes mehr.

Niclas warf einen leicht genervten Blick zu seiner neuen Banknachbarin. Warum sah sie ihn dauernd so an, als ob er sich jeden Moment in ein Monster verwandeln könnte? Ihre blauen Augen schienen geradezu erfüllt von Angst, sie wirkte wie ein verschüchtertes Mäuschen. So sah sie auch aus. Sie trug Jeans, ein Shirt, das bis zum Hals geschlossen war, und eine graue Strickjacke. Grau! Das schien genau zu ihr zu passen. Ihre Hände zitterten leicht beim Schreiben und sie sah aus, als ob sie am liebsten auf der Stelle aufstehen und weglaufen würde.
Na super, das hatte ihm gerade noch gefehlt. Am ersten Schultag, auf den er sowieso absolut keine Lust gehabt hatte, auch noch so eine graue Maus an seinem Tisch sitzen zu haben, die ihn ansah, als sei er Graf Dracula persönlich. Er wippte ungeduldig mit dem Fuß und musterte das Mädchen neben sich unauffällig. Sie hatte eigentlich ein sehr hübsches Gesicht und honigblonde lange Haare. Sie war klein und zierlich und hatte schöne Hände. Er mochte es, wenn Mädchen feingliedrige, zarte Hände hatten. Aber ihre Miene ... so sauertöpfisch und miesepetrig.
„So, Herrschaften, das war es für heute. Bitte lesen Sie den Text im Buch zu Ende, dann können wir morgen gleich daran weiterarbeiten. Schönen Tag noch."
Dr. Smith` Stimme drang zu ihm durch und er sah verblüfft zu, wie seine neue Nachbarin in Windeseile ihre Sachen zusammenpackte, ihm ein flüchtiges „Bye" hinwarf und wie der Blitz aus der Tür verschwand. Na, die konnte es ja gar nicht abwarten so schnell als möglich von ihm wegzukommen.

Nun, das konnte ihm nur recht sein. Dumme Tussi. Er knallte seinen Stift auf den Tisch und starrte ihr wütend hinterher. Er konnte nicht sagen, warum, aber es störte ihn, dass sie offensichtlich nichts von ihm hielt. Und das wiederum ärgerte ihn, dass dieses fremde Mädchen ihn dazu brachte, sich über sie Gedanken zu machen, wo sie nicht mal annähernd sein Typ war.
Neben ihm tauchte sein bester Freund Kevin Ellman auf. „Hey, Nic, na, die Neue scheint nicht auf dich zu stehen, sie ist ja geradezu geflüchtet. Hast du vergessen zu duschen?“, flachste er. Er lachte.
Niclas verzog das Gesicht zu einem missmutigen Grinsen. „Haha, wie witzig.“
Er packte seine Sachen zusammen und verließ mit den anderen den Saal. Emily stand auf der anderen Seite des Flurs und schien auf jemanden zu warten. Er warf ihr im Vorbeigehen einen finsteren Blick zu, den sie allerdings nicht erwiderte. Sie sah starr geradeaus, und in dem Moment tauchte Mara Panabaker auf und hängte sich bei ihr ein. Mara begann sofort auf Emily einzureden und zog sie mit sich fort.
„Und, wie war es? Hat alles geklappt? Dr. Smith ist sehr nett, nicht wahr? Na ja, der erste Tag ist sicher irgendwie blöd, aber bald hast du dich eingewöhnt, du wirst schon sehen.“
Mara redete immer weiter, doch dann hielt sie inne. „Ach, entschuldige, ich lasse dich gar nicht zu Wort kommen. Also, wie war es?“
Emily zuckte mit den Schultern. „Na ja, eigentlich war es ganz okay. Du hattest Recht, Dr. Smith ist wirklich nett, ja. Er kann den Stoff auch gut vermitteln, es hat Spaß gemacht.“
Mara sah sie aufmerksam an. „Aber?“

„Wie aber?“
Mara verdrehte die Augen. „Ach, komm schon, Em, das Aber steht dir in dicken, rotblinkenden Buchstaben auf der Stirn geschrieben. Also, was war nicht in Ordnung?“
Emily betrachtete ihre Schuhspitzen. „Ach, ich habe neben einem Jungen gesessen. Er war irgendwie komisch. Ich mag das nicht ... du weißt schon“, sagte sie leise.
Mara nickte und seufzte. „Ja, ich weiß. Tut mir leid. Wenn wir nicht so spät gewesen wären, hätte ich schauen können, dass du neben jemandem sitzt, den ich kenne. Neben wem hast du denn gesessen?“
Emily zuckte mit den Schultern. „Er kam zu spät und dann war nur noch der Platz neben mir frei. Er heißt Niclas Delaney. Kennst du ihn?“
Mara blieb stehen und verzog leicht das Gesicht. „Du hast neben Niclas gesessen? Oje, halte dich lieber fern von ihm. Er ... er ist schwierig. Ich weiß nicht, es ist schwer zu erklären. Er ist ein Rebell. Er tut nie das, was man von ihm erwartet. Und er lässt niemanden an sich heran. Die Mädchen fahren alle auf ihn ab, gerade wegen seiner unnahbaren Art. Sie meinen wohl, sie könnten ihn irgendwie therapieren, oder was auch immer. Er hatte schon so einige Freundinnen, aber nie für lange. Er benutzt sie nur. Ich glaube nicht, dass er jemals in eine verliebt war. Klar, er sieht hammergut aus, aber er kann unglaublich arrogant und verletzend sein. Bleib weg von ihm, Em. So einen Typen kannst du in deiner jetzigen Lage wirklich nicht gebrauchen. Und jetzt komm, lass uns gehen, ich stell dir ein paar Leute vor.“
Emily folgte Mara langsam durch die langen, weiß gestrichenen Gänge und dachte an den Jungen mit den haselnussbraunen Augen. Ja, unnahbar, das Wort traf es gut.

Er hatte nicht gewirkt, als ob er ihr zum Beispiel gerne hätte behilflich sein wollen, weil sie neu hier war. Im Gegenteil, er hatte ausgesehen, als ob er die ganze Zeit gehofft hatte, dass sie ihn ja nicht ansprechen oder gar um etwas bitten würde. Unnahbar, im wahrsten Sinne des Wortes. Und dennoch, irgendetwas war von ihm ausgegangen was sie nicht in Worte fassen oder erklären konnte.

Nun ja, es spielte auch keine Rolle, ihr konnte es nur recht sein, wenn er sich komplett von ihr fernhielt. Das hatte ihr nämlich gerade noch gefehlt, ein rebellischer Mädchenschwarm, der nur auf seinen eigenen Vorteil bedacht war und mit dem sie rein gar nichts gemein hatte. Vermutlich würde sie in den nachfolgenden Kursen in diesem Saal wieder neben ihm sitzen müssen, da war es nur gut, wenn er sie weiterhin ignorieren würde, genauso wie sie ihn. Damit würden sie beide am besten leben können. Sie nickte und schloss zu Mara auf, dabei spukten ihr jedoch weiterhin zwei mürrisch blickende braune Augen im Kopf herum.

In der nächsten Stunde hatten sie Mathe, und bevor der Unterricht begann, stellte Mara ihr rasch einige Leute aus ihrer Clique vor.

„Leute, das ist meine Cousine Emily. Ich habe euch ja erzählt, dass sie das letzte Schuljahr hier verbringen wird. Also, Emily, das sind Jennifer, Mandy und Jeff. Thomas kennst du ja schon."

„Hallo." Emily begrüßte jeden und wünschte sich ans andere Ende der Stadt. Wie sehr sie solche Vorstellungsrunden verabscheute, wenn alle sie ansahen und sie unsicher und verlegen wurde. Wieso konnte sie nicht selbstbewusster sein, witziger und so cool wie die anderen?

Stattdessen fühlte sie, wie sie rot wurde und ihre Hände begannen auch schon wieder zu zittern.
Sie hob den Kopf und ihr Blick traf auf zwei braune Augen, die sie spöttisch musterten. Niclas lehnte an der Wand gegenüber und unterhielt sich mit einem schwarzhaarigen Mädchen. Wobei man wohl eher sagen musste, das Mädchen redete auf ihn ein und er hörte zu oder tat zumindest so. Der Ausdruck auf seinem Gesicht war schwer zu deuten, aber Emily wurde sofort klar, dass er sie durchschaut hatte. Er schien zu wissen, wie unwohl sie sich fühlte, und offenbar amüsierte ihn das. Sie spürte, wie sich das Rot auf ihren Wangen noch vertiefte, und am liebsten wäre sie gegangen, aber das konnte sie natürlich nicht, ohne Maras Freunden gegenüber unhöflich zu sein.
Sie starrte einen Moment lang zurück, dann senkte sie den Kopf und biss sich auf die Lippen. Wieso starrte der sie so an? Und vor allem, wieso machte ausgerechnet Niclas Delaney sie so nervös? Zwar machten alle männlichen Wesen sie seit dem letzten August nervös und unsicher, aber nicht so wie er. Bei ihm war es anders, und nun war er auch noch in ihrem Mathekurs.
Mathe, sie hasste Mathe, meistens verstand sie nur das Nötigste, um durchzukommen. Und mit dem spöttischen Blick aus diesen Augen im Nacken, würde sie vermutlich rein gar nichts kapieren.
Sie umklammerte ihre Tasche und starrte immer noch auf den Boden, doch Jennifer fragte sie gerade etwas. Notgedrungen musste sie den Kopf heben und sie anschauen. Sie warf einen schnellen Blick auf die Wand gegenüber, aber Niclas war verschwunden. Sie atmete tief durch. Zum Glück ... sie wandte sich Jennifer zu, doch gleich darauf klingelte es zur Stunde und sie betraten den Klas-

sensaal. Emily warf einen Blick zu Mara, die neben ihrem Freund Thomas ging, der den Arm um ihre Schultern gelegt hatte. Sie ahnte, dass Mara vermutlich gerne neben ihm sitzen würde, die beiden waren seit einigen Wochen zusammen und unzertrennlich.
Sie hatte Thomas bereits gleich nach ihrem Umzug hierher kennen gelernt und mochte ihn, so, wie sie im Moment in der Lage war, einen Jungen zu mögen. Er war nett, ruhig und besonnen. Er war im Baseballteam der Schule, ein sportlicher, gut aussehender Junge, der ganz offensichtlich sehr in Mara verliebt war, und sie auch in ihn.
Sie fasste nach Maras Arm. „Hör mal, Mara, du kannst dich natürlich neben Thomas setzen, ich setze mich nach hinten. Das ist kein Problem."
Mara sah sie skeptisch an. „Damit du wieder neben Niclas landest?"
Emily lächelte. „Na, wenn schon. Er ist mir egal. Außerdem, ich glaub, er hat schon eine Nachbarin."
Sie warf einen kurzen Blick in Niclas' Richtung. Das schwarzhaarige Mädchen von vorhin saß neben ihm und himmelte ihn so offensichtlich an, dass Emily beinahe den Kopf geschüttelt hätte, denn Niclas` Blick war dermaßen desinteressiert und gelangweilt, dass es schon fast wehtat, zu sehen, wie die Schwarzhaarige sich zum Affen machte.
Mara grinste. „Ach ja. Das ist Tracy Bell. Sie rennt ihm schon seit Jahren hinterher, aber er geht nicht auf ihre Annäherungsversuche ein. Dennoch gibt sie nicht auf. Nun ja, ein Jahr hat sie noch, um ihn rumzukriegen. Komm, du kannst dich doch neben Jennifer setzen."
Sie lächelte etwas verlegen. „Wäre es wirklich okay, wenn ich mich neben Thomas setze?"

Emily nickte. „Ja, natürlich, mach nur. Du bist ja nicht mein Kindermädchen.“
„Nein, das nicht, aber deine Cousine, und ich weiß, dass es hier nicht einfach ist für dich.“
Jennifer hatte sich bereits einen Tisch gesucht und winkte Emily zu. Sie nickte und setzte sich gleich darauf neben das Mädchen mit den wild gelockten rotblonden Haaren. Sie saß kaum, als der Lehrer, Mr. Emmerson, hereinkam und sie kurz begrüßte. Er war ein kleiner Mann mit schwarzen Haaren und einem Gesicht, das sie an einen Habicht erinnerte. Er wirkte nicht sonderlich sympathisch, aber das konnte auch an dem Fach liegen, welches er unterrichtete.
Er begann umgehend mit dem Unterricht, und Emily wurde schnell klar, dass sie mit ihm Probleme bekommen würde.
Seine Erklärungen waren kurz und knapp und offensichtlich schätzte er es nicht sonderlich, wenn man ihn mit Fragen belästigte. Er fertigte die Schüler, die etwas nicht verstanden hatten und nachhaken wollten mit einigen Sätzen ab und Emily rutschte immer tiefer in ihren Sitz. Sie hoffte inständig, dass er nicht auf die Idee kam, sie näher abzufragen, um den Stand ihres Wissens zu überprüfen.
Als die Stunde sich dem Ende zu neigte, atmete sie erleichtert auf, doch genau in dem Moment baute Mr. Emmerson sich vor ihr auf. „Miss Alexander, bitte kommen Sie doch zu mir an die Tafel. Ich würde Ihnen gerne einige Aufgaben stellen, um zu sehen, ob Sie auf dem gleichen Stand sind wie der Rest der Klasse. Falls nicht, werde ich Ihnen einige Sonderarbeitsblätter mit nach Hause geben, die sie durcharbeiten können.“ Emily starrte ihn entsetzt an, während ihr ganz heiß wurde.

Sie sollte an die Tafel? Nach vorne? Jetzt? Oh nein! Sie hatte fast kein Wort von dem verstanden, was Mr. Emmerson während der Stunde erläutert hatte. Ihr war klar, dass sie es eigentlich hätte verstehen müssen, denn den gleichen Stoff hatten sie bereits im letzten Schuljahr in ihrer alten Schule durchgenommen. Aber ... sie stand mit Mathe auf dem Kriegsfuß, und im letzten Jahr war sie sowieso nie richtig bei der Sache gewesen. Viele andere Dinge hatten ihr das Leben schwer gemacht, dass Mathe wirklich ihr kleinstes Problem gewesen war. Und nun sollte sie hier an die Tafel? Sie würde sich schrecklich blamieren, und die anderen würden sie für strohdumm halten.

Sie warf einen Hilfe suchenden Blick zu Mara, die ihr zulächelte und mit den Lippen ein ‚du schaffst das schon', formte.

„Miss Alexander? Hätten Sie die Güte, vielleicht heute noch nach vorne zu kommen?" Mr. Emmersons Stimme klang ungeduldig.

Emily erhob sich umständlich. Sie hatte das Gefühl, Bleigewichte würden an ihren Füßen hängen, als sie langsam die paar Schritte nach vorne zur Tafel ging.

Kapitel 4

Niclas' Blick schweifte zwischen dem Lehrer und Emily Alexander hin und her. Emmerson hatte diesen leicht dümmlich-arroganten Ausdruck auf dem Gesicht, den er auf den Tod nicht ausstehen konnte. Und Emily sah aus, als ob sie jeden Augenblick in Tränen ausbrechen würde, was ihn zu dem Schluss kommen ließ, dass sie keine Ahnung von Mathe hatte. Und er könnte schwören, dass Emmerson das wusste. Alle neuen Schüler mussten Formulare mit Aufgaben aus den verschiedenen Fachbereichen ausfüllen, damit die entsprechenden Lehrer einschätzen konnten, wie weit der Neuling in dem Fach mithalten konnte oder gar voraus war.
Aber es würde zu Emmersons sadistischer Ader passen, die neue Schülerin vor der Klasse gnadenlos vorführen zu wollen. Und obwohl Emily nicht sein Fall war und er nicht vorhatte, sie näher kennen zu lernen, passte es ihm nicht besonders, dass sie nun hier zum Opfer dieses Idioten werden sollte. Es war ihr erster Tag und irgendwie ... er konnte es nicht erklären, aber etwas an ihr berührte ihn. Er wusste nicht, was, und er wollte auch nicht darüber nachdenken, aber Emmerson würde sie jedenfalls nicht vor versammelter Mannschaft hier bloßstellen.
Aus den Augenwinkeln sah er Emily aufstehen und sich langsam seinem Platz nähern. Sie ging etwas unsicher, als würde sie am liebsten umdrehen und weglaufen wollen. Er wartete, bis sie direkt neben seinem Tisch angekommen war, tat so, als ob er etwas ordnen würde und stieß dabei mit Schwung an die Cola, die zufälligerweise ganz am Rand stand. Verbotenerweise ganz am Rand

stand, denn es war nicht gestattet, offene Getränkeflaschen auf den Tischen stehen zu lassen.
Die braune Flüssigkeit spritzte, wie gewünscht, quer durch die Luft und landete direkt auf Emilys Jeans und ihrem Shirt. Sie blieb abrupt stehen und starrte erst auf ihre nassen Kleider, dann auf Niclas, der sofort aufgestanden war und entsetzt hervorstieß: „Oh, entschuldige, das tut mir aber leid. Wie ungeschickt von mir." Sein Gesicht drückte Bedauern aus, seine Augen allerdings blitzten, und Emily fühlte, wie sie rot wurde.
„Ich ... na ja, das macht nichts. Das, nein, das ist nicht so schlimm." Sie hätte sich am liebsten geohrfeigt. Wieso stotterte sie hier so herum?
Mr. Emmerson tauchte neben ihr auf. „Dürfte ich erfahren, wieso eine offene Getränkeflasche auf Ihrem Tisch steht, Mr. Delaney? Noch dazu eine mit solch klebrigem Inhalt", blaffte er.
Er starrte angewidert auf die Sauerei rund um den Tisch. „Das reinigen selbstverständlich *Sie*, Niclas, nicht die Putzfrau. Und wenn ich noch einmal auf Ihrem Tisch solch eine Flasche entdecke, wird das ein Nachspiel haben."
Er warf Niclas und Emily einen angesäuerten Blick zu. „Miss Alexander, wenn Sie möchten, können Sie in den Waschraum gehen, um Ihre Sachen zu reinigen. Ich lege Ihnen die Arbeitsblätter auf den Platz, füllen Sie diese bis morgen aus, dann sehe ich ja auch, welche Lücken Sie haben, falls überhaupt."
Sie nickte. „Ja, das mache ich. Danke."
Der Stein, der von ihrem Herzen plumpste, war gewaltig und sie atmete erleichtert auf. Zum Glück war dieser Kelch an ihr vorüber gegangen, sie musste nicht an die Tafel. Für den Moment zumindest nicht. Sie sah Niclas

an. „Warte, ich helfe dir." Sie fühlte sich ihm verpflichtet, denn mit seiner Ungeschicktheit hatte er ihr einen großen Gefallen getan.
Er musterte sie. Sie konnte den Ausdruck in seinen Augen nicht deuten.
„Nein, schon gut, ich mach das schon", meinte er kühl und fast patzig. Damit drehte er sich von ihr weg. Sie stand noch einen Moment lang da. Tief in ihr begann etwas zu schmerzen, bei dieser unfreundlichen Antwort.
„Gut, dann nicht."
Emily klang nun auch etwas schnippisch. Sie drehte sich um und verließ den Saal, um zum Waschraum zu gehen. Sie wusste nicht mehr genau, wo die Mädchentoilette war, aber nach einigem Suchen fand sie sie schließlich und begann, mit einem feuchten Tuch ihre Jeans und ihr T-Shirt abzureiben. So ein Blödmann! Sie hatte ihm nur helfen wollen, wieso war er so unfreundlich? Schließlich hatte er ihr doch die Cola über die Kleider gekippt. Müsste sie da nicht sauer auf ihn sein? Dass er ihr damit einen Gefallen getan hatte, konnte er ja nicht wissen. Oder doch? Ach ... sie schüttelte den Kopf. Sie wollte nicht über Niclas nachdenken. Seit sie ihn heute Morgen zum ersten Mal gesehen hatte, spukte er in ihren Gedanken herum, und das konnte sie wirklich nicht gebrauchen. Noch dazu, wo Mara gesagt hatte, dass ihm die Mädchen reihenweise hinterherliefen und er sie nur benutzte. Für sie würde es sowieso nie so etwas wie eine Beziehung geben, das konnte sie sich nicht vorstellen, und welcher Junge oder Mann würde sie auch schon wollen?
Sie starrte in den Spiegel und betrachtete das Mädchen mit ihren gehetzt wirkenden Augen und dem blassen Gesicht. Sie würde nie jemanden lieben und niemals selbst geliebt werden, weil in einer einzigen Nacht alles zerstört

worden war. Alle Träume, alle Hoffnungen, alles, was sie ausmachte. Wie sollte sie jemals jemandem vertrauen können? Wie jemals Berührungen ertragen? Sie schloss kurz die Augen und strich sich durch die Haare. Dann wandte sie sich ab und ging zurück zum Klassensaal.

Mara stand vor dem Raum und hatte ihre Tasche zwischen den Füßen stehen.

„Hier, ich hab deine Sachen zusammengepackt. Das war mal wieder typisch Niclas. Sind deine Kleider sehr nass?"

Emily schüttelte den Kopf. „Nein, geht schon, ist nicht schlimm."

„Hm, gut. Was hast du jetzt?" Emily bückte sich und zog einen Zettel aus ihrer Tasche.

„Weiß nicht, warte. Bio ... ich hab jetzt Bio. Wo ist das noch mal?"

Mara verzog das Gesicht. „Wieder in dem Saal von vorhin."

Emily steckte den Zettel wieder weg. „Ach so, danke."

Mara musterte sie prüfend. „Ja, danach hast du noch Kunst und dann ist Mittagspause. Ich hole dich ab, wir können in die Cafeteria gehen, in Ordnung?"

Emily zuckte mit den Schultern. „Ja, okay. Also, bis nachher." Sie hob ihre Tasche auf und ging langsam den Gang hinunter zum Saal. Fast alle saßen schon auf ihren Plätzen, auch Niclas saß bereits an dem Tisch von vorhin. Sie blieb an der Tür stehen und betrachtete ihn einen Moment. Er hatte den Kopf gesenkt und schrieb etwas in ein Heft. Dabei war die mürrische Miene von seinem Gesicht verschwunden, er wirkte konzentriert und sympathisch. Emily schluckte und setzte sich langsam in Bewegung.

Die Sonne hatte sich mittlerweile durch die Wolken gekämpft und schien mit schwachen Strahlen durchs Fenster. Es sah aus, als hätte sie mit heißen Fingern goldene Lichtreflexe in Niclas` braune Haare gezaubert. Emily näherte sich dem Tisch und ihr Blick heftete sich auf die glitzernden Punkte in seinem Haar. Er schrieb immer noch und schien ganz versunken zu sein.
Sie blieb vor dem Tisch stehen und hätte fast gelächelt, denn es sah süß und jungenhaft aus, wie ihm die Haare in die Stirn fielen. Plötzlich verspürte sie das Bedürfnis, die Hand auszustrecken und ihm die widerspenstige Haarsträhne aus dem Gesicht zu streichen. Im gleichen Moment jedoch tauchten wie aus dem Nichts andere Gesichter vor ihr auf ... Gesichter, die sie höhnisch angrinsten, Augen, die gnadenlos und ohne Mitleid auf sie gerichtet waren. Emily schnappte unwillkürlich nach Luft.
Genau in dem Augenblick hob Niclas den Kopf und sah sie leicht verwundert an, dann jedoch verschloss sich seine Miene und der Blick seiner Augen wurde kühl. Er beugte sich wortlos wieder über sein Heft. Emily setzte sich stumm neben ihn.
Niclas schrieb seinen Text weiter, dabei hätte er das Heft am liebsten in die Ecke gepfeffert. Was guckte sie ihn schon wieder so an? Meine Güte, er hatte noch keine zehn Worte mit diesem Mädchen gewechselt, und sie schien vor Angst zu erstarren, wenn sie ihn nur sah. Irgendetwas schien mit ihr nicht zu stimmen, das war doch nicht normal, dass man sich so verhielt. Er beschloss, sie komplett zu ignorieren, denn offensichtlich konnte sie ihn nicht ausstehen und er sie auch nicht.
Er ließ seinen Blick unauffällig neben sich schweifen. Sie sah unglücklich aus, wie sie da neben ihm saß ... unglücklich und müde. Wie jemand, der fast am Ende sei-

ner Kräfte war. Es war komisch, er kannte sie kaum, eigentlich kannte er sie überhaupt nicht, und dennoch war da etwas, was er nicht erklären konnte, und was ihm nicht geheuer war. Er schüttelte unwillig den Kopf und wandte den Blick ab. Wieso hatte er heute Morgen auch nur verschlafen müssen? Wäre er pünktlich hier gewesen, würde er jetzt nicht neben diesem eigenartigen Mädchen sitzen.

Er vertiefte sich wieder in seinen Text und achtete nicht mehr auf Emily.

Einige Minuten später betrat die Biologielehrerin Mrs. Cross den Saal und der Unterricht begann. Emily starrte wie gebannt wechselweise auf die Tafel, die Lehrerin oder in ihr Buch, war jedoch sorgsam darauf bedacht, ja keinen Blick in Niclas` Richtung zu werfen. Er hatte seinen Stuhl ein wenig mehr zur Seite geschoben, und so saßen sie nebeneinander, als das, was sie ja auch waren – zwei Fremde.

Kapitel 5

Nach der Biologiestunde standen noch zwei Stunden Kunst auf dem Stundenplan, in denen Emily zwar mit Niclas in einem Kurs war, jedoch nichts mit ihm zu schaffen hatte. Danach war Mittagspause. Sie packte ihre Sachen zusammen und strich sich müde über die Stirn. Sie war völlig erledigt, dabei war der Tag noch nicht einmal vorbei. Und auf das Gedränge und Gerede in der Cafeteria hatte sie jetzt absolut keine Lust.

Sie wusste, Mara würde auf sie warten, aber sie sehnte sich nach einem Moment Ruhe. Sie zog ihr Handy aus der Tasche, um ihrer Cousine eine Nachricht zu schicken.

‚Liebe Mara, bin völlig kaputt, es ist anstrengender für mich, als ich erwartet hätte, werde ein wenig an die frische Luft gehen, bitte sei nicht sauer. Emily.‘

Sie schickte die SMS ab und steckte das Handy wieder weg. Dann griff sie nach ihrer Tasche und trat hinaus in den Flur. Überall wimmelte es von jungen Menschen, die gen Cafeteria strömten. Sie senkte den Kopf und bahnte sich ihren Weg, dabei fühlte sie, wie ihre Hände zitterten. Die Leute um sie herum schnatterten und unterhielten sich, und so mancher sah das fremde Mädchen neugierig an, denn so groß war die Schule hier nicht, dass neue Schüler nicht auffallen würden.

Ihr war klar, dass sie keinen besonders positiven Eindruck hinterließ, wenn sie mit gesenktem Kopf hier durch die Gänge rannte und nicht nach links und rechts schaute. Es fiel ihr schwer, Ruhe zu bewahren, wenn sie angeschaut wurde, und vor allem, wenn sie von Fremden berührt wurde, auch falls dies unbewusst geschah.

Sie atmete erleichtert auf, als sie den Hof erreichte und ein leichter Windhauch über ihre Haut strich. Zum Glück war es relativ leer hier, denn die meisten waren drinnen beim Mittagessen. Die Sonne hatte sich wieder verzogen, es sah nach Regen aus. Sie lief quer über den Hof und setzte sich auf eine der Bänke. Eine große Buche stand dahinter und gab ihr ein Gefühl von Schutz.
Sie stellte ihre Tasche neben sich und ließ den Blick über das weitläufige Gelände schweifen. Es war sehr schön hier. Es gab Grünstreifen, die zwischen gepflasterten Wegen entlang führten, Bäume, die an heißen Tagen Schatten spendeten, aber auch für die jüngeren Schüler war genug Platz vorhanden, um sich auszutoben. Eine heile Welt sozusagen. Emily verzog das Gesicht zu einem bitteren Lächeln. Sie hatte auf dramatische Weise erfahren müssen, wie schnell heile Welten zerbrechen konnten. Unwiderruflich zerbrechen konnten, und nichts und niemand würde sie jemals wieder ganz machen können.
Sie schloss kurz die Augen und lauschte dem Zwitschern der Vögel in den Bäumen. Diese Geräusche gaben ihr das Gefühl von Frieden und Freiheit. Einer Freiheit, die sie in einer mondlosen Nacht verloren hatte und die eingetauscht wurde gegen ein Gefängnis aus Angst. Sie hatte nichts getan, musste aber büßen, und vielleicht würde sie niemals damit fertig werden. Niemand konnte sich vorstellen, wie es war, wenn die Nächte zu ewigen Albträumen wurden, wenn man bei jedem noch so kleinen Geräusch vor Panik erstarrte und sich vor den Schatten fürchtete, die einen überallhin verfolgten.
Die Angst, sie folgte ihr überall hin. Sie ging mit ihr abends ins Bett, blieb die Nacht über in ihren Träumen oder hielt sie stundenlang wach. Sie ging mit ihr am

Morgen unter die Dusche, stand hinter ihr beim Zähneputzen und folgte ihr bei ihren Spaziergängen mit Ben. Sie war immer und überall an ihrer Seite. Und manchmal hatte sie das Gefühl, es nicht mehr ertragen zu können. Dann wünschte sie sich nur noch eines – Ruhe. Ruhe und Frieden.
Oder jemanden, der ihr helfen würde, die Schatten abzuwehren, der sie an die Hand nehmen und mit ihr diesen steinigen Weg gehen würde. Jemanden, der sie mit all ihren Ängsten und Unzulänglichkeiten lieben könnte, der stark war, wo sie es im Moment nicht sein konnte. Jemanden, dem sie absolut vertrauen konnte und der sie zu nichts drängen würde.
Aber so jemanden würde sie nicht finden ... und selbst wenn, vermutlich würde sie dann diejenige sein, die alles kaputtmachen würde, weil sie keine Nähe und keine Berührungen ertrug. Also, wie sollte das gehen? Wer wäre so besonders, um ihr all diese Ängste nehmen zu können? Wer wäre bereit, zuerst mit ihr gemeinsam die dunklen Stunden zu ertragen, um dann vielleicht irgendwann den Weg ins Licht zu finden? Sollte es normalerweise nicht umgekehrt sein? Dass eine Beziehung sich erst festigen konnte, um dann stark genug zu sein, die Stürme des Lebens zu überstehen?
Sie seufzte und öffnete die Augen wieder. Was sie wieder für einen Blödsinn dachte. Am Himmel hatten sich mittlerweile dunkle Wolken zusammengezogen, und es würde vermutlich nicht mehr lange dauern, bis die ersten Tropfen fielen. Sie bückte sich, öffnete ihre Tasche und holte das Sandwich und eine Wasserflasche heraus. Ihr Magen knurrte nun doch ein wenig, und die Sandwiches ihrer Tante waren sehr gut.

Emily wickelte das Brot aus dem Silberpapier und biss hinein. Hm, es war köstlich. Mit Schinken, Käse, Gurken und vielen Röstzwiebeln, so wie sie es liebte. Ob sie Zwiebeln aß oder nicht, spielte keine Rolle, sie küsste ja niemanden. Sie verzog das Gesicht und griff dann nach der Wasserflasche. Sie drehte am Verschluss, doch leider bewegte er sich keinen Millimeter. „Ach, nun komm schon, geh auf." Sie versuchte es noch einmal und betrachtete dann missmutig die Flasche in ihrer Hand, deren Verschluss sich partout nicht öffnen lassen wollte. „Hast selbst du dich gegen mich verschworen? Na, vielen Dank auch."

In dem Moment griff jemand nach der Flasche in ihrer Hand. Sie sah erschrocken auf.

„Gib her, das kann man ja nicht mit ansehen." Niclas' Augen waren spöttisch auf sie gerichtet. Er drehte mit einer lockeren Bewegung an dem Verschluss, der sofort nachgab und sich öffnete. „Redest du öfter mit Gegenständen?"

„Was? Nein, wieso?" Emily sah ihn unsicher an.

Er drückte ihr die Flasche in die Hand. „Na ja, du hast mit der Wasserflasche geredet."

Sie strich sich verlegen durch ihr Haar. „Ach so. Nein, eigentlich mache ich das normalerweise nicht", murmelte sie und nickte. „Danke. Das Ding war echt widerspenstig."

Er steckte die Hände in die Taschen seiner Jeans und musterte sie forschend.

„Warum sitzt du alleine hier draußen? Mädchen wie du sind normalerweise doch lieber drinnen im Warmen."

Sie konnte den Ton in seiner Stimme nicht genau einordnen. „Mädchen wie ich? Wie meinst du das?", fragte sie vorsichtig.

Niclas zuckte mit den Schultern. „Nun ja, solche ... Mädchen halt. Püppchen, du weißt schon."
Sie sah ihn verdutzt an. Püppchen? „Nein, weiß ich nicht. Wieso denkst du, ich wäre ein Püppchen?" Leichte Verärgerung stieg in ihr auf, denn sie mochte es nicht, in solche Schubladen gesteckt zu werden, nur weil sie blond und zart war.
Er zuckte wieder mit den Schultern. „Wieso ich das denke? Ich weiß nicht, nur so. Nun ja, ich wollte dir nicht zu nahe treten. Wenn du dich nicht für ein Püppchen hältst, umso besser für dich. Okay, man sieht sich", sagte er kühl. Damit drehte er sich auf dem Absatz um und schlenderte davon. Emily starrte ihm verdattert hinterher. Was bildete der sich denn ein? Wieso hatte er ihr überhaupt mit der Flasche geholfen, wenn er sie offensichtlich nicht ausstehen konnte?
„Emily, was machst du denn da? Warum bist du nicht in die Cafeteria gekommen?"
Mara tauchte neben ihr auf und ließ sich schnaufend auf die Bank fallen. „Sag mal, warum sitzt du denn hier ganz alleine? Ich wollte dich noch ein paar Leuten vorstellen. Emily? Hallo, hörst du mir zu?"
„Was? Oh, ich habe nicht aufgepasst. Was hast du gesagt? Entschuldige bitte, ich war in Gedanken." Emily sah Mara entschuldigend an.
Die runzelte die Stirn. „Aha. Darf man erfahren, wo du mit deinen Gedanken gewesen bist?"
Mara folgte Emilys Blick, der an einer Gruppe junger Männer hing. Sie sah das nervöse Flackern in den Augen ihrer Cousine, aber auch diesen eigenartigen Schimmer, der darin lag. Einer der Jungen lehnte an der Mauer und strich sich gerade lässig die Haare aus der Stirn. Mara

seufzte. „Oh nein, du wirst dich doch nicht mit dem ‚ich schmachte Niclas Delaney an‘ Virus infiziert haben?“
Emily drehte sich zu ihr um. „Was? Spinnst du? Der Kerl ist ein Blödmann. Er hat gesagt, ich wäre ein Püppchen. Außerdem, ich schmachte gar niemanden an, jetzt nicht und auch in Zukunft nicht, das solltest du doch wissen.“ Sie wickelte ihr angebissenes Sandwich wieder in das Papier und wollte einen Schluck aus der Wasserflasche nehmen, hielt jedoch inne, schraubte sie zu und stopfte sie in ihre Tasche.
Mara sah ihr zu. „Niclas hat gesagt, du seist ein Püppchen? Wann denn? Hast du dich mit ihm unterhalten?“
„Nein, nicht wirklich. Er hat mir die Flasche geöffnet, ich hab sie nicht aufbekommen. War ja nett von ihm, aber dann, ach, es ist mir egal, was er sagt oder denkt. Er mag mich nicht und ich ihn auch nicht.“ Damit stand sie auf und stapfte Richtung Eingang. Mara sah ihr nachdenklich hinterher, dann stand sie ebenfalls auf und folgte ihrer Cousine.
„Warte doch. Es tut mir leid. Ich weiß, dass du, nun, dass du niemanden anschmachtest, und wenn du es tätest, würde ich mich freuen. Also, ach, du weißt schon. Ich würde mich freuen, selbst wenn es Niclas wäre und ich ihn vermutlich erwürgen müsste, weil er dir irgendwann wehtun würde. Aber, na ja, es wäre ein Anfang.“
Emily blieb stehen und wandte sich zu ihrer Cousine um, die ebenfalls stehen geblieben war und sie bedrückt musterte. „Ach, Mara, nein, dir muss nichts leid tun. Ich entschuldige mich. Ich bin so blöd. Du willst immer nur mein Bestes und ich zicke dich an.“
Ein Lächeln glitt über Maras Gesicht. Sie hängte sich bei Emily ein. „Schon gut. Und Niclas, nun ja, ich will ja nicht so tun, als ob er mir gar nicht gefallen würde, also

ich fand ihn auch süß. Früher, bevor ich mit Thomas zusammen war. Er ist schwierig zu beschreiben. Ich denke, er ist ganz in Ordnung, aber er will es nicht zeigen, verstehst du?“ Emily nickte.
„Er hat eineinhalb Jahre in Europa verbracht, mit seinem Vater, der war beruflich dort. Danach wollte er den verpassten Stoff hier nachholen, deshalb ist er seit zwei Jahren in meiner Klasse. Er ist schon fast neunzehn. Er hat im gleichen Monat wie du Geburtstag, auch im Oktober.“
„Aha. Ja, ich dachte mir, dass er ein wenig älter ist als die meisten hier.“ Emily sah zu Boden, und Mara spürte, dass sie nicht weiter über Niclas reden wollte. Sie kam nicht besonders gut mit Dingen zurecht, die ihre gewohnte Ordnung durcheinander brachten. Und Niclas schien im Moment ein Störfaktor zu sein. Warum auch immer.
Niclas lehnte an der Wand des Schulgebäudes und hörte nur mit halbem Ohr hin, was seine Freunde erzählten. Seine Blicke wanderten immer wieder zu Emily Alexander hinüber. Sie redete jetzt mit ihrer Cousine Mara und sah dabei nicht wirklich glücklich aus. Er senkte den Kopf und atmete tief durch. Vermutlich war sie sauer, weil er sie Püppchen genannt hatte. Er wusste selbst nicht, warum er das getan hatte, er hatte das nicht vorgehabt, er wollte ihr nur behilflich sein. Dann hatte sie ihn jedoch mit ihren großen blauen Augen angesehen und irgendetwas in ihm hatte sich verselbständigt.
Dabei sah sie gar nicht aus wie ein Püppchen. Gut, sie war klein und zart, kam aber nicht zimperlich oder gar zickig rüber. Im Gegenteil. Er runzelte die Stirn, denn tief in seinem Innern sagte ihm eine Stimme, dass genau dieses Gegenteil es war, was ihn so nervös werden ließ in ihrer Nähe. Sie war anders als alle Mädchen, die er bis jetzt gekannt hatte. Er hob den Kopf und ließ den Blick

zu der Bank gegenüber schweifen, aber da saß niemand mehr. Emily und Mara verschwanden gerade im Haupteingang, und er fühlte ein leises Bedauern.
„Nic? Mensch, hörst du mir überhaupt zu?“
„Hm?“
Kevin starrte ihn an. „Sag mal, was ist denn mit dir los? Du siehst aus, als ob du am liebsten jemanden erschlagen würdest.“
Niclas überlegte einen Moment, dann grinste er und boxte seinem Freund an die Schulter. „Ja, und mit dir fang ich an. Was soll los sein? Gar nichts.“
Kevin nickte skeptisch. „Ah ja. Wenn du es sagst.“
„Ja, das sag ich.“
Niclas drehte sich um und lächelte Tracy Bell an, die auf sie zukam. Er mochte Tracy nicht sonderlich, es nervte ihn unglaublich, dass sie ihm ständig hinterherlief und einfach nicht einsehen wollte, dass er nichts für sie empfand. Aber nun kam sie ihm gerade recht. Wie erwartet, blieb sie natürlich begeistert an seiner Seite. Das war genau das, was er wollte. Er wollte mit einem Mädchen reden und sich dabei einfach gut fühlen. Er wollte die Kontrolle über seine Empfindungen behalten, und das funktionierte normalerweise auch ziemlich gut. Plötzlich jedoch tauchte ein hübsches, zartes Mädchengesicht vor seinem inneren Auge auf. Seine Miene verdüsterte sich schlagartig wieder. Doch er riss sich zusammen, wandte sich zu Tracy um und lächelte ihr zu.
Emily bemerkte er nicht, die in einer Nische stand und auf Mara wartete, die noch zur Toilette gegangen war. Sieh an, Mister Unfreundlich konnte auch nett sein und lächeln. Und wie er lächeln konnte. Er sah total süß aus, wenn er lächelte. Emily starrte ihm hinterher, dann schüttelte sie unwillig den Kopf. Was stimmte nicht mit ihr?

Sie war doch sonst nicht so. Und schon gar nicht nach dem *Vorfall*. Wieso also dachte sie, seit sie diesen Niclas gesehen hatte, pausenlos an ihn und fand ihn auch noch süß? Noch dazu, wo der Typ mehr als unfreundlich und unhöflich war. Nur, weil er gut aussah? Das tat er zweifellos. Und genauso zweifellos wusste er das sehr genau und schien es nur zu gerne auszunutzen, dass die Mädchen blöd genug waren, auf ihn reinzufallen. Blöd wie sie selbst. Aber damit war nun Schluss. Sie war hier, um ein schreckliches Erlebnis zu verkraften und einen guten Abschluss zu machen, trotz allem. Und nicht, um sich von einem hübschen, unmöglichen Typen noch mehr durcheinander bringen zu lassen, als sie es sowieso schon war.

Die letzten Schulstunden vergingen für Emily quälend langsam. Sie war erschöpft und wünschte sich nur noch, Ben zu sehen und vielleicht endlich einmal wieder eine ruhige Nacht zu verbringen. Sie ging neben Mara zum Auto und fühlte, wie ein leiser Schmerz in ihrem Kopf zu pochen begann. Auch das noch. Neben dem kleinen Wagen stand ein schwarzes Motorrad und daneben Niclas. Er zog gerade den Helm über den Kopf. Emily schaute verlegen zur Seite, weil sie das Gefühl hatte, der Blick seiner braunen Augen bohrte sich direkt in ihr Herz.
Er stieg auf und ließ den Motor an, hob kurz die Hand und brauste davon. Mara winkte ihm nach und wandte sich dann zu Emily. „Er sieht schon gut aus, hm? Und das Motorrad ist auch toll. Ach ja.“ Sie seufzte. „Alles in Ordnung?“, fragte sie Emily.
„Ja, ich bin müde, das ist alles. Können wir bitte fahren?“
Mara nickte und gleich darauf waren sie auf dem Weg nach Hause.

Kapitel 6

Ben freute sich sehr, Emily zu sehen, und sie war mindestens genauso glücklich.
„Hey, mein Pelztierchen, wie geht es dir? Warst du brav und hast dich anständig benommen?“
Sie kniete sich zu dem Hund auf den Boden, und er legte ihr begeistert die Pfote auf die Schulter. Dorothy lachte. „Oh ja, er war sehr brav, aber er hat dich vermisst. Meistens hat er an der Tür gelegen und gehorcht ob du kommst.“
Emily kraulte Bens Ohr. „Ich hab ihn auch vermisst.“
Sie streichelte weiterhin das weiche, seidige Fell.
Dorothy folgte ihrer Tochter in die Küche. „Wie ist es gelaufen für Emily? Sie sieht müde aus.“
Mara schenkte sich ein Glas Wasser ein und wandte sich dann ihrer Mutter zu. „Ja, das ist sie wohl auch. Es war anstrengend für sie. Die vielen Leute, die ganzen neuen Eindrücke. Mit dem Unterricht scheint sie klarzukommen soweit, man das jetzt schon sagen kann. Außer in Mathe, aber na ja, das hat sie sich ja schon gedacht. Aber“, sie trank einen Schluck und fuhr dann fort, „sie sitzt neben Niclas. Ich hab dir schon von ihm erzählt, Mom. Niclas Delaney, erinnerst du dich?“
Dorothy überlegte einen Moment. „Hm, das ist der Junge, der erst seit zwei Jahren in deiner Klasse ist, stimmt's? Der mit seinem Vater in Europa war?“
Mara nickte. „Ja, genau der. Für Emily ist es nun nicht so toll, neben ihm zu sitzen.“ Sie verdrehte leicht die Augen.
„Wie meinst du das? Weil es ein Junge ist, oder weil es Niclas ist?“, fragte sie nach.

„Na ja, eigentlich wegen beidem. Emily tut sich ja sowieso schon sehr schwer mit allem was männlich ist, was ja auch kein Wunder ist, aber Nic, nun ja, er ist nicht gerade ein Ausbund an Feinfühligkeit und Freundlichkeit. Er kann unglaublich arrogant sein und ist auch gleich bei Em damit ins Fettnäpfchen getreten.“ Sie schüttelte den Kopf.
Dorothy runzelte die Stirn. „Inwiefern?“
Mara zuckte die Schultern. „Nun ja, er hat sie Püppchen genannt. Das kam wohl nicht so gut an bei ihr.“
„Aha. Hm, ja, das kann ich mir denken. Warum hat er sie so genannt?“
Mara zuckte wieder mit den Schultern. „Ach, das ist eben Niclas. Keine Ahnung. Bei ihm weiß man nie genau, was kommt.“ Mara sah ihre Mutter nachdenklich an. „Aber dennoch, wenn du mich fragst, spukt unser hübscher Mädchenschwarm ganz schön in Emilys Köpfchen herum. Sie geht mir zwar gleich an die Gurgel, wenn ich nur etwas in der Richtung andeute, aber trotzdem.“
Dorothys Miene war nun eher skeptisch. „Glaubst du wirklich? Ich weiß nicht. Und du sagst, Niclas ist ein Mädchenschwarm? Eben hast du noch gesagt, er wäre nicht gerade nett.“
„Hm, nun ja, das ist er auch nicht. Also, ich habe gerade vorhin zu Emily gesagt, er ist schon irgendwie in Ordnung, aber ich habe immer das Gefühl, er will auf keinen Fall, dass ihm jemand zu nahe kommt. Zumindest, na ja, kein Mädchen eben. Ach, ich weiß auch nicht, vielleicht bilde ich mir auch alles nur ein.“
Dorothy schüttelte den Kopf. „Also irgendwie gefällt mir das nicht. Emily ist sehr verletzlich, ich möchte nicht, dass ihr jemand wehtut.“ Sie wandte sich seufzend ab. Sie hatte ihrer Schwester versprochen, auf Emily zu acht-

en, und sie hatte sich fest vorgenommen, dafür zu sorgen, dass sie hier zur Ruhe kommen würde. Aber das schien doch nicht so einfach zu sein, wie gedacht.
Emily betrat, mit Ben an ihrer Seite, die Küche. „Ich werde jetzt heimgehen. Danke, dass du auf Ben aufgepasst hast, Tante Dorothy. Mara, sehen wir uns morgen früh?“
Ihre Cousine nickte.
„Schatz, iss doch noch nachher mit uns zu Abend. Was meinst du?“
Emily trat auf ihre Tante zu und umarmte sie kurz.
„Das ist lieb, danke, aber heute nicht. Ich bin wirklich müde und kaputt, ich möchte gerne ein bisschen Ruhe haben. Nicht böse sein, bitte.“
Dorothy strich ihrer Nichte sanft über die blasse Wange. „Natürlich nicht. Gut, dann ruh dich aus. Wenn etwas ist, du weißt ja, einfach anrufen, ich komme jederzeit zu dir rüber.“
Emily nickte. „Ich weiß. Ich danke dir. Bis morgen.“
Sie winkte noch einmal und ging dann, mit Ben an der Leine, hinüber zu ihrem Haus. Später würde sie noch eine Runde mit dem Hund gehen, aber jetzt sehnte sie sich erst einmal nach etwas Ruhe. Niemanden sehen und hören, und den Tag Revue passieren lassen. Doch sie hatte kaum das kleine Häuschen betreten, als das Telefon klingelte. Sie seufzte. Das war ihre Mom, sie wusste es. Wahrscheinlich hatte sie schon seit einer Stunde auf die Uhr geschaut und die Minuten gezählt, bis sie dachte, nun endlich anrufen zu können.
Sie hob ab und meldete sich. Kaum hatte sie ‚Hallo‘ gesagt, prasselte auch schon ein Wortschwall auf sie nieder, dem sie kaum folgen konnte. Ihre Mutter stellte tausende von Fragen, wartete aber in ihrer Nervosität keine einzige

Antwort ab. Emily ließ sie reden, bis auf der anderen Seite der Leitung ein tiefes Schnaufen zu hören war und Kate vorsichtig fragte: „Schatz, bist du noch dran?"
Emily musste lachen. „Ja, ich habe noch nicht aufgelegt, obwohl du es vermutlich nicht mal bemerkt hättest."
„Oh, Liebling, entschuldige bitte. Ich warte schon den ganzen Tag ungeduldig auf deinen Bericht, und nun sind wohl die Pferde ein wenig mit mir durchgegangen. Ich lasse dich nicht mal zu Wort kommen. Folglich bin ich nun genauso schlau wie vorher." Sie seufzte.
Emily musste schmunzeln. „Na ja, Mom, so viel habe ich nun auch nicht erlebt heute, dass du direkt etwas verpasst hättest. Es war okay. Ich habe einige von Maras Freunden kennen gelernt, sie sind nett. Und die Lehrer scheinen auch okay zu sein, zumindest die, die ich heute hatte. Nur der Mathelehrer ist nicht so mein Fall, ich fürchte, ich werde bei ihm nur Bahnhof verstehen." Sie dachte mit Unbehagen an den kleinen Mann mit dem stechenden Blick, und vor allem daran, dass sie sich fast zu Tode blamiert hätte, wenn Niclas nicht die Colaflasche umgeworfen hätte. Das war ein unglaublicher Zufall, der für sie genau im passenden Moment kam.
„Emily, bist du noch dran?"
„Hm? Oh ja, entschuldige, Mom." Sie lauschte den Worten ihrer Mutter und drehte dabei an einer Haarsträhne. Ob Niclas die Flasche absichtlich umgeworfen hatte? Aber warum hätte er das tun sollen? Nein ... Unsinn. Ach, schon wieder Niclas. Würde sie heute noch an etwas anderes denken können?
„Sitzt du neben jemand Nettem?"
Emily verdrehte die Augen. Das war so klar, dass ihre Mutter das fragen würde, das hatte sie früher schon immer wissen wollen, als Emily noch ein kleines Mädchen

gewesen war. Und seitdem stellte sie in jedem neuen Schuljahr die gleiche Frage.
„Ich sitze ja in verschiedenen Kursen neben verschiedenen Leuten, Mom.“ Sie merkte selber, wie ausweichend ihre Antwort klang.
Schon hakte ihre Mutter nach. „Ja, das weiß ich doch, aber meistens wirst du doch neben Mara sitzen, oder?“
„Nein, Mara und ich haben nicht so viele Kurse zusammen, und wenn, sitzt sie neben Thomas. Du weißt schon, ihrem Freund.“
„Ach, ich dachte, sie würde sich ein wenig um dich kümmern.“ Kate klang etwas pikiert. Emily fühlte sich bemüßigt, ihre Cousine zu verteidigen. „Das tut sie ja auch. Sie kümmert sich sehr um mich, wirklich. Ich habe ihr angeboten, neben Thomas zu sitzen, es ist doch nichts dabei. Ich sitze in Mathe neben Jennifer, das ist eine Freundin von Mara. Sie ist sehr nett.“ Sie ging hinüber ins Wohnzimmer, wo sie sich mit angezogenen Beinen auf die Couch setzte und auf die nächste Frage ihrer Mutter wartete, die prompt kam.
„In Mathe? Und sonst?“
Emily kraulte Ben, der sich zu ihren Füßen niedergelassen hatte, und merkte, wie das Pochen in ihrem Kopf sich allmählich verstärkte. „Ich sitze neben Niclas.“ Mehr sagte sie nicht, sondern zählte innerlich bis drei.
Schon sprudelte Kate, nach kurzer Überraschung, hervor: „Niclas? Ein Junge? Also, Emily, das geht doch nicht. Das schaffst du nicht, soweit bist du noch nicht. Wie kam denn das nur?“
Emily strich sich eine Haarsträhne aus der Stirn. „Ja, ein Junge, wie man am Namen hören kann.“ Gleich darauf tat es ihr aber schon wieder leid, denn sie wusste, dass es für ihre Mutter auch nicht leicht war. „Tut mir leid,

Mom, ich hab Kopfschmerzen und bin müde. Also, er sitzt neben mir, weil er zu spät kam und sonst kein Platz mehr frei war. Aber mach dir keine Sorgen, ich komme klar damit. Er scheint auch absolut kein Interesse an mir zu haben, also muss ich mich nicht weiter mit ihm befassen."

„Wie, er scheint kein Interesse an dir zu haben?" Das klang nun wieder, als wäre Kate dieses auch nicht recht.

Emily verdrehte die Augen. „Oh, Mom, ich kenne ihn doch kaum, und er mich auch nicht. Er hat nichts groß mit mir geredet, das wollte ich damit sagen. Bitte, können wir uns morgen weiter unterhalten? Ich muss noch mit Ben rausgehen und bin wirklich kaputt. Sei nicht böse, okay?"

Kate seufzte. „Nein, natürlich nicht. Entschuldige bitte, dass ich dich so ausquetsche. Ich soll dich von Dad und Connor grüßen."

Emily nickte, obwohl ihre Mutter das ja nicht sehen konnte. „Danke, grüße sie lieb von mir zurück. Ich denke an euch und liebe euch alle. Gib ihnen einen Kuss von mir. Ciao, Mom. Ich rufe dich morgen an."

Nachdem sie aufgelegt hatte, betrachtete sie nachdenklich das Telefon in ihrer Hand. Sie konnte sich nicht vorstellen, dass Connor sie gegrüßt hatte. Seit dem *Vorfall* war er auf Distanz zu ihr gegangen. Er schämte sich so sehr, dass er ihr kaum in die Augen sehen konnte, obwohl sie ihm oft genug gesagt hatte, dass es nicht seine Schuld sei. Sie machte ihm keine Vorwürfe, aber er kam damit nicht zurecht.

Sie beschloss, eine halbe Stunde zu dösen und dann mit Ben spazieren zu gehen. Die frische Luft würde ihr sicher gut tun.

Kapitel 7

Niclas ließ seinen Rucksack im Flur zu Boden fallen und warf einen Blick ins Wohnzimmer.
„Dad? Bist du da?“ Keine Antwort. Nun, das war zu erwarten gewesen. Sein Vater war eigentlich nie zuhause um diese Uhrzeit. Im Gegenteil, es wurde meist sehr spät am Abend, das war schon zur Normalität geworden.
Er ging in die Küche und holte eine Wasserflasche aus dem Kühlschrank, dabei schweiften seine Gedanken zu der neuen Mitschülerin. Sie war wirklich ... anders. Er konnte es nicht beschreiben, aber er war sich sicher, noch niemals zuvor ein Mädchen wie Emily Alexander getroffen zu haben. Eigentlich war er es gewohnt, dass die Mädchen recht schnell von ihm angetan waren, aber bei Emily schien geradezu das Gegenteil der Fall zu sein. Sie schien alles andere als begeistert, dass sie neben ihm sitzen musste, noch dazu schien sie sehr nervös und ängstlich zu sein. Er hatte sehr wohl bemerkt, dass sie sorgsam darauf achtete, dass er ihr ja nicht zu nahe kam. Sie rutschte sofort ein Stück von ihm weg, wenn er sich zufällig in ihre Richtung lehnte, als ob sie Angst hätte, er könnte sie flüchtig berühren. Sie war wirklich seltsam. Dabei sah sie eigentlich sehr hübsch aus, und na ja, wie ein Püppchen wirkte sie auch nicht. Im Gegenteil, sie kam sehr natürlich und überhaupt nicht eitel oder gar zickig rüber. Er wusste nicht, warum er das gesagt hatte.
Er stellte die Flasche zurück und ging ins Wohnzimmer, wo er den Fernseher anschaltete und sich auf die Couch fallen ließ. Er hatte keine Lust mehr, über Emily nachzudenken, sie spukte ihm eindeutig zu viel im Kopf herum, was ihm ganz und gar nicht gefiel.

Sein Blick fiel auf ein Foto, das auf der Kommode an der Wand stand. Ein leichtes Lächeln glitt über sein Gesicht, dann wandte er sich dem Fernseher zu und versuchte, seine Gedanken auf die Krimiserie zu konzentrieren.

Die nächsten Tage vergingen für Emily ohne nennenswerte Ereignisse, sie lernte Maras Freunde besser kennen, saß in den Pausen meistens bei ihnen, auch im Unterricht kam sie gut mit, nur mit Mathe hatte sie nach wie vor ihre Probleme.
Mr. Emmerson hatte sie zum Glück bis jetzt nicht mehr nach vorne holen wollen und mit ihren ausgefüllten Fragebögen war er anscheinend einigermaßen zufrieden gewesen.
Niclas und sie redeten nur das Nötigste, was sich meistens auf ‚Hi' und ‚Bye' beschränkte, was ihr sehr recht war, und auch er schien damit zufrieden zu sein.
„Em, heute ist so schönes Wetter, wir wollen nachher alle zusammen Eis essen gehen, kommst du mit? Bitte, bitte, es würde mir viel mehr Spaß machen, wenn du dabei wärst." Emily musste lächeln, denn Mara kannte sie offenbar gut, und wusste, wenn sie sie um etwas bat, konnte sie schlecht nein sagen. „Na ja, gut, warum nicht. Wann denn?"
„Um sechs wollen wir uns treffen. Heißt das also, du kommst mit? Ja?"
Emily hängte sich lachend bei ihrer Cousine ein, während sie über den Parkplatz zu Maras Wagen liefen. „Ja, ich komme mit, du lässt ja sonst sowieso nicht locker, du Nervensäge."
Sie verdrehte die Augen, doch ihre Stimme klang liebevoll, denn sie hing sehr an Mara und war ihr unglaublich dankbar, dass sie sich so um sie kümmerte.

„Selber Nervensäge. Okay, ich freu mich, das wird sicher lustig. Es ist das erste Mal, dass du außerhalb von der Schule etwas mit uns unternimmst, und ich bin wirklich froh, dass du mal aus deinem Schneckenhaus herauskommst. Em, versteh mich nicht falsch, ich weiß, ich habe leicht reden, denn ich musste nicht das erleben, was du erleiden musstest, aber ich glaube, es tut dir gut, mal ein wenig Abwechslung zu haben."
Emily nickte. „Ja, ganz bestimmt. Ich mag deine Freunde, Mara. Sie sind echt alle sehr nett."
Sie hielt kurz inne. „Es ist schön, ein paar Leute zu kennen, die nicht wissen, was mit mir passiert ist, weißt du? Zuhause war es manchmal unerträglich, immer dieses Mitleid in ihren Augen zu sehen, egal, was ich gemacht habe. Ich meine, es ist beides wichtig, verstehst du? Es ist wichtig, Menschen zu haben, die meine Geschichte kennen und mich verstehen, aber es tut auch gut, welche zu kennen, die unbefangen mit mir umgehen können. Einfach so, als sei niemals etwas passiert."
Mara sah ihre Cousine bedrückt an. Sie wünschte so sehr, es wäre wirklich niemals etwas passiert und Emily müsste nicht jeden Tag wieder für etwas büßen, an dem sie nicht schuld war und das sie nicht gewollt hatte. Jeden einzelnen Tag musste sie für die gemeine Tat dieser Kerle büßen. Es machte Mara unglaublich wütend, wenn sie darüber nur nachdachte.
„Okay, ich hole dich dann gegen halb sechs ab, in Ordnung?" Während sie noch redeten, erklang plötzlich Gelächter und Geschrei. Eine Gruppe junger Leute kam auf sie zu. Emily hob den Kopf und sah erstaunt, wie Maras Miene sich verfinsterte, sie sie fast grob am Arm packte und mit sich zog. „Komm, lass uns gehen."
„Hey, was ist denn?"

Mara ging eilig über den Parkplatz. „Ich will denen nicht begegnen.“
„Warum? Was ist mit ihnen?“ Emily sah sie erstaunt an, denn solche heftigen Reaktionen war sie von Mara nicht gewohnt.
„Das sind Rocco Bentz und seine bescheuerte Clique. Bis jetzt hatten wir Glück und sind ihnen noch nicht begegnet, aber jedes Glück endet wohl mal. Hör zu, geh nie groß auf etwas ein, wenn Rocco dich ansprechen sollte. Er ist das Oberarschloch der Schule. Sorry, wenn ich das so direkt sage, aber es ist so. Seinem Vater gehört die halbe Stadt, und so benimmt er sich auch. Er denkt, alle müssten nach seiner Pfeife tanzen. Er ist grob und meint, mit Geld könne er alles haben. Ich traue ihm alles zu. Sieh, der große Blonde, in der Mitte, das ist Rocco.“
Sie musterte Emily, die ganz blass geworden war. „Mach dir keine Gedanken, wir halten uns einfach fern von ihm.“
Sie wusste, dass die Kerle, die Emily die schrecklichsten Minuten ihres Lebens beschert hatten, von ähnlich rücksichtslosem Kaliber gewesen waren wie Rocco Bentz und seine Clique. Emily nickte und strich sich durch die Haare. „Ja, okay.“
Sie hatten den Wagen erreicht und Mara steckte den Schlüssel in das Schloss. Es war ein älteres Modell, welches man nicht per Fernbedienung öffnen konnte.
Emily stand nervös neben der Beifahrertür und wartete, bis Mara ihr von innen öffnen würde. Dabei drehte sie sich zu der langsam näher kommenden Clique um und warf ihnen einen ängstlichen Blick zu. Dieser Rocco ... er ging in der Mitte und man konnte ihm schon von Weitem ansehen, dass er vor Selbstvertrauen nur so strotzte. Sie

hasste solche Typen, die dachten, sich alles nehmen zu können, was ihnen nicht gehörte.
Ihr Blick hing wie gebannt an ihm, obwohl sie das überhaupt nicht wollte, und ihre Knie und Hände begannen zu zittern. Er sah einem von *ihnen* ähnlich, das gab es doch nicht! Sie drehte sich hastig um, dabei rutschte ihr die Tasche von der Schulter, und da sie sie nicht richtig geschlossen hatte, fiel einiges heraus auf den Boden. „Mist." Sie hockte sich hin und sammelte die Hefte und Stifte ein. Die Clique um Rocco kam immer näher, und sie fühlte, wie ihr Herz in ihrer Brust heftig klopfte. Obwohl ihr klar war, dass dieser Typ nicht der war, den sie zu fürchten gelernt hatte, war die Ähnlichkeit so stark, dass ihr fast übel wurde.
„Emily, was ist denn?" Das war Maras Stimme.
„Nichts, ich komme, ich hab was fallen lassen. Gleich."
„Hey, warte, ich helfe dir."
Sie zuckte zusammen und sah Niclas, der sich neben sie hockte und begann, ihre Sachen einzusammeln. Da war es wieder, dieses eigenartige Gefühl, das sie manchmal überkam, wenn sie ihn sah. Sie konnte es nicht erklären, aber jetzt war sie froh, dass er da war.
Er hob kurz den Kopf und musterte sie forschend. „Alles okay? Du siehst aus, als ob dir grad ein Gespenst über den Weg gelaufen wäre."
Sie schluckte. „Ja, so ähnlich. Danke, Niclas. Das ist nett von dir", murmelte sie.
„Kein Problem."
Sie schaute an ihm vorbei. Die Clique war stehen geblieben und sah in ihre Richtung. Rocco sagte etwas zu seinen Freunden und alle lachten.
Niclas drückte Emily den letzten Stift in die Hand. „Beachte die gar nicht, das sind Idioten."

„Ja, das hat Mara auch gerade gesagt.“ Sie lächelte etwas gezwungen und stopfte ihre Sachen in die Tasche. Dann standen sie auf und Emily sah aus den Augenwinkeln, dass Rocco auf sie zukam. Sie trat automatisch einen Schritt zurück. Niclas sah sie schon wieder so prüfend an. Vermutlich dachte er, dass sie nicht alle gerade sitzen hatte.
Rocco war inzwischen vor ihnen stehen geblieben und musterte Emily mit schief gelegtem Kopf. „Hey, ich bin Rocco. Du bist neu hier, hm?“ Seine hellen Augen glitten abschätzend über sie hinweg. Emily fühlte sich unwillkürlich wie ein Stück Fleisch beim Metzger.
„Ja.“ Ihre Stimme krächzte und ihre Hände umklammerten zitternd ihre Tasche, während sie ihr Herz bis zum Hals klopfen fühlte. Wieso sah der *ihm* so ähnlich?
„Aha. Hast du auch einen Namen?“ Roccos Stimme klang nun amüsiert, aber sie hörte deutlich den ungeduldigen Unterton heraus.
Reiß dich zusammen, reiß dich zusammen – je auffälliger du dich verhältst, desto interessanter wirst du für ihn. Das ist immer so bei diesen Typen, die riechen es geradezu, wer zum Opfer ihrer Neigung, Menschen zu demütigen oder zu terrorisieren, werden könnte.
Sie warf einen Blick zu Niclas, der immer noch neben ihr stand, dann sagte sie so ruhig wie möglich: „Ich bin Emily. Hi.“
Rocco grinste. „Ah, geht doch.“
Emily wünschte, er möge sich einfach umdrehen und gehen, da fasste Niclas nach ihrem Arm. „Steig ein, deine Tante wartet sicher schon. Bis morgen.“ Seine Stimme klang ruhig, und sie stellte erstaunt fest, dass es sie nicht störte, dass er sie berührte.

„Ja, du hast Recht. Bis morgen.“ Sie lächelte ihm dankbar zu und er lächelte zurück. Es war das erste Lächeln, das er ihr schenkte, und trotz dieser Situation, die Emily als so unangenehm empfand, fühlte sie sich plötzlich leichter. Sie drehte sich um, öffnete die Tür und stieg ein.
„Alles okay?“ Mara sah sie beunruhigt an, während sie den Motor anließ und langsam losfuhr. „Du bist ganz weiß.“
Emily nickte, während ihre Finger zitternd an dem Gurt der Tasche herumzerrten. „Ja, alles okay.“
„Was wollte der Blödmann? Wenn er noch lange da gestanden hätte, wäre ich ausgestiegen und hätte dich weggeholt.“ Maras Augen funkelten, und Emily musste nun doch schmunzeln. „Er hat sich vorgestellt, wenn du es so nennen willst. Und er wollte, dass ich mich auch vorstelle.“
„Aha. Was geht den das denn an?“
Emily zuckte mit den Schultern. „Niclas war ja da, zum Glück. Weißt du, es klingt komisch, aber ich hatte das Gefühl, er ist stehen geblieben, um mich irgendwie ... ich weiß nicht ... zu beschützen. Ach Gott, das klingt blöd, ich weiß. Rocco wollte ja gar nichts Böses. Und Niclas, nun ja, er scheint mich nicht gerade zu mögen, aber eben ... ich kann es nicht erklären.“ Sie schwieg und nestelte weiter an ihrem Gurt.
„Na ja, so blöd klingt das gar nicht. Niclas mag seine Fehler haben, er hat seine eigenen Ansichten, was Mädchen betrifft, und er kann arrogant und manchmal unausstehlich sein, aber er ist nicht wie Rocco. Er hätte dir geholfen, wenn Rocco dich blöd angemacht hätte, da bin ich mir ganz sicher. Niclas hatte schon immer einen großen Gerechtigkeitssinn. Es kann also durchaus sein, dass er deshalb bei dir geblieben ist, denn er kennt unse-

ren Schulmafioso schließlich auch.“ Mara bog auf die Straße ab. „Niclas und Rocco sind nicht gerade die besten Freunde. Wobei ich mir nicht sicher bin, ob Rocco überhaupt Freunde oder nur Leibeigene hat.“ Sie grinste etwas sarkastisch, und Emily musste lachen. Dann jedoch wurde ihre Miene wieder ernst. „Er sieht einem von *ihnen* ähnlich, Mara. Wirklich sehr ähnlich, ich kann es kaum glauben, dass ich ausgerechnet hier auf so jemanden treffe.“
„Ach nein jetzt, oder? Das glaub ich doch nicht. Das tut mir leid, Süße.“ Maras Stimme klang bestürzt.
„Ja, ich glaube es auch nicht, aber mach dir keine Gedanken, er *ist* es ja nicht. Ich komme schon damit zurecht.“

Sie holte Ben von ihrer Tante ab, ging mit ihm in ihr kleines Häuschen, zog Schuhe und Jacke aus, und hockte dann zitternd auf dem Wohnzimmerboden, beide Arme fest um den Hund geschlungen, der ganz still hielt. Die so mühsam unter Kontrolle gehaltene Angst drängte wieder einmal mit Macht an die Oberfläche und ließ sie kaum atmen. Sie wollte nicht vor Mara oder Tante Dorothy weinen, denn die würden das vermutlich sofort ihrer Mutter berichten, und die machte sich ohnehin schon genug Sorgen.
Also blieb ihr nur Ben, der sanfte Riese mit den seelenvollen braunen Augen. Braune Augen - sie kannte noch jemanden, der solche schönen dunklen Augen hatte. Niclas ... sie war vorhin so froh, dass er da gewesen war. Und nun fiel ihr auch ein, was sie empfand, wenn er in ihrer Nähe war ... sie fühlte sich sicher, wenn er da war. Es klang verrückt, denn er war wirklich nicht gerade freundlich, im Gegenteil, er redete im Normalfall keine

drei Worte am Tag mit ihr. Und doch war es so, er gab ihr ein Gefühl von Sicherheit. Sie verbarg ihr Gesicht in Bens weichem Fell. „Ach, Ben, sag mir, was ich machen soll? Was soll ich machen, damit es aufhört? Es tut weh, und manchmal möchte ich einfach weg sein, verstehst du? Ich wünsche mir, an einem Ort zu sein, an den die Schatten mir nicht folgen können." Sie schwieg kurz. „Und was ist das mit Niclas? Wie passt das zusammen? Wie passt das zu mir? Ben, ich kann keine Berührungen ertragen, ich kann kaum jemandem vertrauen, aber bei ihm ... es ist anders bei ihm, und ich weiß nicht, warum. Er mag mich nicht und ich mag ihn nicht. Das ist doch so, oder?"

Der Hund brummte leise, und Emily lächelte leicht in sein weiches Fell. „Ach ja. Dankeschön, mein Süßer für deine Anteilnahme." Sie schniefte noch einmal und setzte sich dann auf. „Okay, genug gejammert. Ich habe Mara versprochen, nachher mit ihr und ihren Freunden Eis essen zu gehen, also müssten wir jetzt noch Gassi gehen, denn später wird es zu dunkel sein. Also, gehen wir. Komm schon, reiß dich mal ein bisschen zusammen."

Ben sah sie an und lachte. Emily streichelte seinen dicken Kopf und sprang auf. Sie zog ihre Schuhe an, und Ben hüpfte begeistert vor der Tür herum.

Nachdem sie von einem schönen Spaziergang am Fluss zurückgekehrt waren, fühlte Emily sich wieder etwas besser. Sie freute sich nun sogar auf das Treffen mit Mara und lief schnell nach oben, um unter die Dusche zu flitzen. Danach zog sie sich rasch an. Schon klingelte es unten an der Tür. Sie bürstete noch einmal schnell ihre Haare durch und rannte dann die Treppe nach unten. „Ich

komme, Moment.“ Sie öffnete die Tür und lächelte Mara zu, die sie erwartungsvoll ansah.
„Na, fertig? Geht’s dir besser?“
Emily wühlte in dem Garderobenschrank und nickte. „Ja, danke. Verflixt, wo ist meine blaue Steppweste?“ Sie zog einige Sachen heraus. „Ah, da ist sie ja. Okay, bin fertig. Wir können los. Ben, ich bin bald zurück, sei brav.“ Sie bückte sich und umarmte den Hund.
Mara lachte. „Ihr seid ein echtes Traumpaar. Er liebt dich sehr.“
„Ja, zum Glück. Ich glaube, er vermisst Mom, Dad und Connor schon sehr, aber er ist zufrieden hier bei mir zu sein. Also, wo würde ich einen solchen Typen noch mal finden, der mich über alles stellt?“ Sie verdrehte die Augen und lächelte Mara zu.
Die grinste. „Nun ja, man warte ab.“
Emily sah ihr stirnrunzelnd hinterher, als sie zum Wagen gingen. Was genau meinte Mara wohl damit?

Kapitel 8

Niclas saß zuhause über einer neuen Arbeit. Sein Vater hatte ihm extra dafür einen Raum zur Verfügung gestellt, und er verbrachte viel Zeit hier drinnen. Er schnitzte gerne, und im Laufe der Zeit hatte er einige wirklich schöne Sachen zustande gebracht. Im Moment arbeitete er an einem Holzrelief mit einer Berglandschaft. Es machte ihm großen Spaß, die Dinge möglichst plastisch darzustellen, er arbeitete für gewöhnlich mit viel Liebe zum Detail. Heute allerdings konnte er sich nicht richtig konzentrieren, weil er ständig an Emily und die Begegnung mit Rocco denken musste.

Er war auf dem Weg zu seinem Motorrad gewesen, als er die Gruppe um diesen Mistkerl Rocco Bentz mit dem üblichen hirnlosen Gelärme über den Platz schlendern sah. Und er hatte Mara und Emily gesehen, die eilig auf Maras Auto zugingen. Er wusste, dass Mara Rocco nicht ausstehen konnte, so wie ungefähr fünfundneunzig Prozent aller anderen Schüler ihn ebenfalls verabscheuten. Das war also nichts Neues. Neu war Emily ... und der Ausdruck in ihren Augen. Sie hatte sichtlich nervös neben dem Wagen gestanden und in ihrem Blick war nackte Angst zu sehen gewesen. Er hatte zwar keine Ahnung gehabt, warum, aber er hatte gar nicht anders gekonnt, als auf sie zuzugehen. Dann war ihr die Tasche runter gefallen, und somit hatte er eine gute Gelegenheit gehabt, in ihrer Nähe zu sein, ohne dabei irgendwie aufzufallen. Er wusste nicht, warum, er konnte es sich nicht erklären, aber irgendetwas hatte ihn gedrängt, sich unbedingt zwischen sie und diesen Möchtegernmacho Bentz zu stellen. Und nun saß er hier und grübelte, warum er das getan

hatte. Rocco hatte Emily weder beschimpft, noch beleidigt, noch gar angegriffen, und dennoch hatte er dieses Bedürfnis in sich verspürt, sie vor ihm zu schützen. Dabei war sie ihm doch völlig egal. Sie war ihm sogar lästig. Er wäre froh, nicht neben ihr sitzen zu müssen. Lieber würde er neben einem seiner Freunde oder wenigstens einem Mädchen sitzen, das ihn nicht ständig abwechselnd ignorierte oder erschrocken ansah. So sah es aus, und doch wusste er, er hätte sich heute ohne zu zögern für sie geprügelt, wenn Rocco sie angefasst hätte. Er war wohl verrückt geworden. Absolut durchgedreht.
Verärgert legte er die Arbeit weg, zog das Handy aus der Tasche seiner Jeans und wählte die Nummer seines besten Freundes. „Kevin? Hi, hast du Zeit? Können wir uns sehen? Okay, treffen wir uns da. Bis gleich.“ Er sprang auf, schnappte sich seine Jacke und war gleich darauf zur Tür draußen. Sein Vater war wie üblich noch im Büro um diese Zeit und vermutlich würde es wieder spät werden. In ihrem Männerhaushalt hatten sie nicht viele Gemeinsamkeiten, ehrlich gesagt, fast keine. Sie sahen sich eigentlich immer nur im Vorbeigehen.
Er ging durch den Vorgarten in die Garage, wo die schwarze Kawasaki stand. Er hatte lange gespart für diese Maschine und sein Vater hatte den Rest draufgelegt. Das war immer so gewesen, dass Peter Delaney alles getan hatte, wozu er finanziell in der Lage war, um seinem Sohn seine Zuneigung zu zeigen, die er ansonsten so oft entbehren musste. Peter arbeitete viel und lange, er war leitender Angestellter in einem großen Handelsunternehmen in Boston, verließ meistens früh das Haus und kam erst spät am Abend zurück, wobei auch oft die Wochenenden keine Ausnahme bildeten. Niclas hatte gelernt, damit zu leben, dass sein Vater nur wenig Zeit für

ihn hatte. Es hatte Phasen gegeben, in denen er sehr gelitten hatte, und dann wieder welche, in denen er heftig gegen Peter rebelliert hatte. Mittlerweile verstanden sie sich zwar gut, aber es war kein besonders inniges Verhältnis. Die Zeit in Europa hatte sie einander allerdings näher gebracht, denn dort hatte Peter geregeltere Arbeitszeiten gehabt als hier.
Niclas' Mutter war vor fast acht Jahren bei einem Unfall ums Leben gekommen, und Vater und Sohn hatten jeder auf eigene Weise lernen müssen, damit zurechtzukommen. Peter hatte seine Frau Ashley sehr geliebt und trauerte immer noch um sie. Seit ihrem Tod hatte er nur einige Male eine flüchtige Bekanntschaft gehabt, aber nie etwas Ernstes. Er veränderte sich, lachte selten, war ein nachdenklicher, grüblerischer Mann geworden, dem es schwer fiel, Gefühle zu zeigen. Für seinen Sohn war das alles andere als leicht, er war elf Jahre alt gewesen, als seine Mutter starb, stand kurz vor der Pubertät und fühlte sich allein gelassen mit seinem Schmerz und seiner Trauer ...
Niclas zog frustriert den Helm über den Kopf und startete die Maschine ... er hatte keine Lust mehr, über den Tod seiner Mutter nachzudenken, und schon gar nicht über Emily. Er wollte sich jetzt mit seinen Freunden treffen und einfach ein wenig Spaß haben, so wie sonst auch.
Er fuhr aus der Garage und sah dabei zweifelnd nach oben. Die Sonne hatte sich verzogen, es war bewölkt. Allerdings war es immer noch mild und ein leichter Wind war aufgekommen. Er klappte das Visier herunter und gab Gas. Er fuhr leidenschaftlich gerne Motorrad, es gab ihm das Gefühl von Freiheit und Unbeschwertheit.

Zehn Minuten später betrat er Antonios kleine Eisdiele, wo Kevin und ein paar andere seiner Freunde schon an einem Tisch saßen.
„Hey." Er ließ sich neben Kevin auf einen der ziemlich hässlichen orangefarbenen Stühle fallen, legte den Helm unter den Stuhl und strich sich eine Haarsträhne aus der Stirn. Die Jungs hatten ein Männermagazin auf dem weißen kleinen Tisch liegen, in dem sie blätterten und dabei abwechselnd Bemerkungen machten oder lachten. Immer wenn die Bedienung sich näherte, schob Eddie, dem das Heft gehörte, es allerdings vorsichtshalber unter den Tisch, denn Antonio hatte zwar die besten Eissorten der Stadt, aber er war auch durch und durch ein konservativer Italiener, und für solche Heftchen und Anzüglichkeiten hatte er wenig übrig.
Niclas bestellte sich eine Cola und lehnte sich zurück, um seine Freunde zu beobachten. Normalerweise machte es ihm nichts aus, über die Mädchen in diesen Zeitschriften ein bisschen zu lästern, aber heute hatte er wenig Lust dazu.
„Sag mal, alles okay mit dir?" Kevin sah seinen besten Kumpel etwas ratlos an.
Niclas zuckte mit den Schultern. „Wieso? Klar ist alles in Ordnung."
Kevin sah ihn skeptisch an. „Ich weiß nicht, du bist irgendwie komisch drauf in den letzten Tagen. Ich mein, komm schon, wie lange kennen wir uns? Seit fast fünfzehn Jahren? Ich merke doch, wenn dich was beschäftigt."
Die anderen lachten gerade laut. Niclas verdrehte leicht die Augen. „Hör zu, Kev, es ist nichts, okay? Ich sag`s dir rechtzeitig, wenn ich vorhabe, mich von der nächsten Brücke zu stürzen." Niclas grinste.

Kevin schüttelte den Kopf. „Du bist ein Blödmann, Delaney.“ Er winkte der Kellnerin und bestellte sich noch eine Cola.
Niclas und er waren schon im Kindergarten Freunde gewesen, und er war wohl der einzige Mensch, der hinter dessen coole Fassade schauen konnte. Und dass Nic irgendetwas im Kopf herumspukte, das sah er ihm über zehn Meter Entfernung an. Aber er wusste auch, dass es keinen Sinn hatte, ihn zu etwas überreden zu wollen.
Gerade als Niclas sich zu Kevin umdrehte, um ihm zu sagen, dass er sich wirklich keine Sorgen machen müsste, ging die Tür auf und die altmodische, kleine Glocke darüber ertönte. Ihm blieb das Wort im Hals stecken. Verflixt, kaum hatte er die Gedanken an die schönen, blauen Augen in dem hübschen, zarten Gesicht einer gewissen Emily Alexander halbwegs aus seinen Gedanken verbannt, da stand sie schon wie aus dem Hut gezaubert vor ihm.
Kevin blickte seinen Freund aufmerksam an und folgte dann seinem Blick zur Tür, wo einige Jungs und Mädchen aus ihrer Schule gerade das Lokal betraten. Nics Blick hing an dem neuen Mädchen, dann verdüsterte sich seine gerade noch heitere Miene, wurde verschlossen und abweisend. Kevin konnte eins und eins zusammenzählen. Der Grund für Niclas‘ eigenartiges Verhalten hieß Emily. Er kannte Niclas‘ Einstellung zu Mädchen, schließlich hatte er schon oft genug mit ihm darüber diskutiert und ihm gesagt, was er davon hielt, dass er ständig nur solche lockeren Beziehungen unterhielt, die ihn ganz offensichtlich in keinster Weise glücklich machten. Er bekam ständig mit, wie die Mädchen seinen besten Freund anschmachteten und es ihm leicht machten. Und er sah die

Gleichgültigkeit in Niclas' Augen, wenn er mit ihnen redete.
Doch nun stand ganz und gar keine Gleichgültigkeit in diesen Augen, und Kevin musste innerlich grinsen. Das war ja mal etwas ganz Neues, denn bis jetzt hatte es niemals ein Mädchen gegeben, das Nics Interesse wirklich geweckt hatte, was sich nun offenbar gerade änderte. Allerdings würde er sich hüten, einen Ton wegen Emily zu sagen. Jetzt noch nicht. Er kannte Niclas schließlich gut genug, um zu wissen, dass er vermutlich gerade alles daransetzte, sich selbst einzureden, dass er Emily nicht ausstehen konnte. Um es dann wohl irgendwann sogar zu glauben.
Kevin nahm einen Schluck seiner Cola und nahm sich vor, die Sache ein wenig im Auge zu behalten, denn seiner Meinung nach wurde es höchste Zeit, dass Niclas endlich einmal aus seinem Schneckenhaus herauskam, und es jemanden in seinem Leben gab, dem er sich öffnen und vertrauen konnte, bevor er noch völlig zum emotionalen Einsiedlerkrebs verkam.
Die Clique um Mara Panabaker hatte sich mittlerweile an einem Tisch am Fenster niedergelassen. Kevin beobachtete Emily aus den Augenwinkeln. Sie war hübsch, ohne Zweifel, aber irgendetwas an ihr war anders als bei den meisten anderen Mädchen in ihrem Alter. Er überlegte kurz und kam zu dem Schluss, dass sie viel erwachsener und ernster wirkte, als die meisten. Auch als ihre Cousine, die kichernd am Hals ihres Freundes hing und ihm dauernd irgendetwas ins Ohr flüsterte.
Jennifer Brown richtete ihre rotblonden Locken und ließ den Blick durch das Eiscafé schweifen, um abzuchecken, wer Interessantes da war. Mandy Donaldson saß eng neben Jeffrey Barkley und erzählte ihm etwas, was ihn ganz

offensichtlich nicht die Bohne interessierte, denn er starrte die ganze Zeit Emily an. Im Grunde taten sie alle das, was eben normal war.
Nur Emily saß ziemlich steif auf ihrem Platz und sah aus, als ob sie sich nach Timbuktu wünschen würde, oder überall hin, nur nicht hier in dieses Eiscafé. Ihr Blick klebte entweder an der Tischdecke oder sie schaute in Niclas` Richtung, allerdings immer nur ganz kurz, dabei tat sie natürlich so, als ob es rein zufällig sei. Der jedoch saß mit ziemlich mürrischer Miene da und starrte so interessiert in sein Colaglas, als ob er darin plötzlich einen schwimmenden Minielefanten entdeckt hätte. Kevin verdrehte die Augen und stöhnte innerlich auf. Das konnte ja noch heiter werden.
„Nic, sieh mal, hat die Kleine nicht ein Hammerhinterteil?“ Eddie grinste und hielt Niclas das Männermagazin unter die Nase. Der schien allerdings nicht wirklich Lust zu haben, sich das Hinterteil der Blondine anzusehen, sondern schob die Hand seines Freundes eher unwirsch weg. „Ja, super.“ Damit stand er auf und ging Richtung Theke. Dummerweise hatte auch Emily offenbar zur gleichen Zeit dieselbe Idee, denn in der Mitte des Raumes standen die beiden plötzlich unvermittelt voreinander.
„Oh, hi.“ Emily sah Niclas von unten herauf an und lächelte schüchtern. Wieso schaute er schon wieder so düster?
„Hi.“ Seine Antwort klang auch nicht gerade freundlich. Dabei war er doch vorhin nett gewesen, als er ihr auf dem Parkplatz mit ihren Sachen geholfen hatte. Sie hatte sich auch richtig gefreut, ihn hier zu sehen, aber nun ... Er trat ein wenig zur Seite und deutete ihr an, vorzugehen.

„Danke“, murmelte sie leise und ging mit klopfendem Herzen an ihm vorbei. An der Theke stand Niclas dann hinter ihr, und sie fühlte, wie sehr es sie nervös machte, seinen Blick im Rücken zu spüren. Maria, die Chefin des Eiscafés, fragte freundlich: „Bitte? Was kann ich Ihnen anbieten?“
Das Café war in der kleinen Stadt berühmt für seine hervorragenden Spezialitäten, und Emily hatte sich schon öfter im Vorübergehen ein Eis geholt. Sie liebte das Schokoladeneis mit den besonders großen Schokostückchen darin.
„Oh, ich hätte gerne drei Kugeln von diesem da.“ Emily zeigte auf den entsprechenden Behälter.
Maria lächelte. „Schokoladeneis ist immer gut, stimmt’s? Hilft auch bei Kummer.“ Sie betrachtete das blasse, zarte Mädchen voller mütterlicher Zuneigung, und wandte sich dann an Niclas. „Nun ist dir die junge Lady dieses Mal aber zuvor gekommen, Nic. Antonio muss erst wieder für Nachschub sorgen. Dafür gibt’s beim nächsten Mal eine extra große Portion, einverstanden?“ Sie lächelte ihm zu, kannte sie Niclas schließlich schon, seit er als kleiner Junge mit seiner Mutter hier gesessen und sein Lieblingsschokoladeneis verputzt hatte.
Emily wandte sich zu Niclas um. „Wolltest du auch von diesem Eis haben? Tut mir leid, das wusste ich nicht. Du kannst es haben, wenn du magst, ich kann auch etwas anderes nehmen.“
Zu ihrem Ärger spürte sie, dass ihre Wangen schon wieder heiß wurden, und räusperte sich verlegen.
„Nein, nimm du es, schon okay.“ Seine Stimme klang gleichgültig. Maria warf ihm einen erstaunten Blick zu.
„Nein? Es macht mir wirklich nichts aus, wenn du es nimmst. Du kannst es wirklich gerne haben.“

Niclas atmete tief durch, und sagte schärfer, als er eigentlich wollte: „Nein, danke! Ich will es nicht.“ Für einen Moment versank sein Blick in Emilys Augen und er sah sehr deutlich, dass er sie verletzt hatte. Maria sah ihn strafend an, und er kam sich wie ein ungehobelter Klotz vor, der er wohl auch gerade war, brachte es aber dennoch nicht fertig, ein versöhnliches, freundliches Wort an Emily zu richten.
Sie hatte den Kopf gesenkt und kramte in ihrem Geldbeutel, bezahlte, nahm das Eis, bedankte sich bei Maria und ging zurück zu ihrem Platz, ohne ihn noch eines Blickes zu würdigen, was er ihr nicht verdenken konnte. Er war wirklich ein Idiot. Es ging ihm doch überhaupt nicht um das blöde Eis, sie konnte ihm gerne jeden Tag das letzte Schokoladeneis wegessen. Es ging um etwas ganz anderes, und das machte ihm eine Höllenangst. Aber das war nicht Emilys Schuld.

Emily ging zu ihrem Tisch zurück und setzte sich. Die Lust auf Schokoladeneis war ihr gründlich vergangen, und sie musste sich wirklich zusammenreißen, um die aufsteigenden Tränen zurückzuhalten. Warum nur machte es ihr so viel aus, wenn Niclas unfreundlich war? Sie kannte ihn ja mittlerweile ein wenig, und dieses Benehmen war nichts Besonderes bei ihm. Zumindest ihr gegenüber nicht. Und dennoch tat es weh ...
Mara sah sie prüfend an. „Em, alles klar? Was war denn mit Niclas?“
„Nichts. Gar nichts.“ Emily beugte sich über ihr Eis und begann zu essen. Sie wollte nicht mit Mara über Niclas reden, und schon gar nicht jetzt.
„Okay.“ Mara kannte ihre Cousine gut genug, um zu wissen, dass sie sie jetzt am besten in Ruhe lassen sollte.

Fünf Minuten später verabschiedete sich Niclas überstürzt von seinen Freunden und fuhr in halsbrecherischem Tempo zu dem Platz, an den er sich immer zurückzog, wenn ihm etwas das Herz schwermachte. Es war sein Lieblingsplatz, sogar Kevin kannte ihn nicht. Hier war nie jemand außer ihm, und genau das brauchte er jetzt, einen Platz zum Nachdenken, obwohl er ja eigentlich gar nicht nachdenken wollte. Zumindest nicht über sie ... nicht über Emily. Aber er fühlte sich verwirrt und überfordert von diesen Empfindungen, die sich in ihm ausbreiteten und die er nicht einordnen konnte und es schon gar nicht wollte. Und so saß er nun hier und genoss die Stille der hereinbrechenden Nacht.

Kapitel 9

Nein ... oh nein ... bitte nicht ... geht weg, geht doch weg! Schatten ... überall Schatten, sie sind gesichtslos, aber etwas ungemein Böses geht von ihnen aus ... sie verfolgen jemanden ... wen? Mich? Ich versuche, ihnen auszuweichen, aber sie scheinen sich zu vermehren ...Gott, wieso vermehren sie sich? Wo? Wo sind sie? Ich will das nicht ... Nein ... Ich muss laufen ... laufen, so schnell ich kann ... aber sie sind überall, sie sind vor mir, hinter mir, links und rechts von mir...sie sind in mir ... oh Gott nein ...Nein! Nein! Nein!
Bitte ... jemand muss mir helfen ... bitte, bitte, bitte ... Mommy ... Dad ... bitte
Connor ... oh Gott, wo seid ihr?
Bitte ... bitte nicht ... hilf mir, hilf mir ... Niclas!

Emily fuhr keuchend aus dem Schlaf hoch und schnappte verzweifelt nach Luft. Sie zitterte am ganzen Körper und das Shirt klebte schweißnass an ihrer Haut. Ihre Hände strichen unruhig über die Decke. „Geht weg, geht weg ... Niclas ... hilf mir ... bitte!“, flüsterte sie erstickt.
Nur ganz allmählich lichteten sich die dunklen Nebel. Sie fühlte Bens Schnauze. Der Hund war sehr aufmerksam und auch ein wenig nervös, wenn sie Angst hatte und schlecht träumte, es schien, als wolle er sie trösten und beruhigen. „Ben ... oh Ben, Gott sei Dank, du bist da. Du bist da.“ Emily setzte sich auf, knipste hastig die Nachtischlampe an und schlang beide Arme um Bens Hals, der neben dem Bett stand. Sie presste ihr erhitztes Gesicht in sein weiches Fell, und ganz allmählich beruhigte sich ihr wilder Herzschlag und ihr Atem normalisierte

sich. Was hatte sie da vorhin vor sich hin gemurmelt? Niclas? „Ben, sag, habe ich das auch geträumt, oder habe ich nach Niclas gerufen? Nein, oder? Warum sollte ich das tun?“ Sie löste sich ein wenig von dem Hund, und er sah sie mit schief gelegtem Kopf an. „Hast du nichts gehört? Ach Ben, wann wird es endlich aufhören? Wann? Ich halte das nicht mehr aus. Und nun träume ich auch noch von Niclas. Weißt du, er war vorhin wirklich nicht nett zu mir. Aber ... dir kann ich es ja sagen: Wenn er da ist, ich kann es kaum erklären, aber ... ich fühle mich sicher in seiner Nähe. Ich weiß, es klingt verrückt, ich kenne ihn ja noch gar nicht lange, und er behandelt mich immer so abweisend und kühl, trotzdem.“ Sie seufzte und fühlte, wie ihr die Tränen in die Augen stiegen. Warum nur hatte alles so kommen müssen? Bens dunkle Augen sahen sie aufmerksam an. „Ja ... da sitze ich nun. Alleine in diesem Haus, von dem ich mir Abstand und Ruhe versprochen habe. Stattdessen träume ich schlimmer als jemals zuvor, und ich weiß nicht, ob sich das je wieder ändern wird.“ Sie lächelte, während ihr eine Träne langsam über die Wange rollte. „Aber, nun ja, ich werde mich sowieso daran gewöhnen müssen, denn so wird meine Zukunft aussehen, ich werde alleine sein. Denn wo, Ben, werde ich jemanden finden, der mit mir leben könnte? Ich bin kaputt, siehst du? Völlig kaputt.“ Sie drehte sich um und ließ sich wieder in die Kissen fallen, während heiße Tränen über ihre Wangen strömten. Sie fühlte sich verloren und hilflos, und doch war da plötzlich etwas, an dem sie sich festhalten konnte und das die Schatten ein wenig abwehrte ... Niclas‘ Bild.

Am nächsten Tag fehlte Niclas. Emily versuchte sich einzureden, dass das endlich einmal ein guter Schultag

werden würde, doch sie vermisste ihn. Sie war froh, als der Tag vorbei war. Am nächsten Morgen saß Niclas wieder wie gewohnt auf seinem Platz.
Emily fühlte, wie ihr Herz einen Satz in der Brust machte, als sie den Klassenraum betrat und ihn sah. Seine Miene sprach allerdings Bände, und so murmelte sie nur ein leises ‚Hallo', welches er notgedrungen erwiderte.
Sie ging zu ihrem Platz und saß kaum, als Tracy Bell neben Niclas auftauchte und sein Blick plötzlich freundlich wurde.
„Niclas, hi. Sag mal, könntest du mir vielleicht nachher mal die Mathe-Aufgaben erklären?"
Tracy klimperte mit den Wimpern, während sie ihre Figur in den engen Jeans und dem knappen Shirt so präsentierte, dass Niclas sie auch ja nicht übersehen konnte.
Emilys Magen krampfte sich unwillkürlich zusammen, als Tracy sich vorbeugte und sich fast auf ihren Sitznachbarn fallen ließ bei dem Versuch, ihm möglichst nahe zu sein, was allerdings mehr albern denn erotisch wirkte.
Emily kramte in ihrer Tasche, ließ dabei aber unauffällig ihren Blick zu ihm schweifen. Er wirkte leicht genervt, aber das konnte auch Einbildung oder sogar Wunschdenken sein. Sie verzog das Gesicht. Was störte sie sich daran? Wenn er Lust hatte, dieser aufgedonnerten Tussi Mathe zu erklären, sollte er doch. Wobei sie sicher war, Tracy ging es nicht im Mindesten um die Aufgaben, sondern nur darum, Niclas zu umgarnen. Und er schien das auch zu wissen, jedoch würde es ihn sicher nicht stören, denn nach Maras Worten sammelte er ja Mädchenherzen.
Sie zog ihre Geschichtsunterlagen aus der Tasche und ließ das Buch ziemlich laut auf den Tisch knallen. Niclas sah kurz zu ihr herüber, wobei sie das Gefühl hatte, seine Augen hätten einen leicht amüsierten Schimmer. Tracy

dagegen sah sie mit ihren großen grünen Katzenaugen verdutzt an. „Hast du mich jetzt erschreckt!“ Dann wandte sie sich jedoch sofort wieder an Niclas und flötete: „Na, was sagst du? Vielleicht heute Nachmittag? Bei mir zuhause? Ich könnte dir auch eine Pizza machen.“ Sie lächelte.

Emily hätte schwören können, dass sie dieses Lächeln vor dem Spiegel geübt hatte. Pizza! Die gab wohl nie auf. Sie beugte den Kopf nun tief über ihr Buch und tat so, als würde sie ganz interessiert einen Absatz lesen. Dabei kam sie sich albern vor, denn sie wollte nicht diesen bohrenden Stachel in ihrem Herzen verspüren. Niclas konnte schließlich tun was er wollte, er konnte mit Tracy Mathe lernen, Pizza essen und sonst was. Was ging sie das an? Niclas und sie, das war wie Feuer und Wasser, wie Eisregen in der Sahara, einfach völlig unmöglich, es passte nicht zusammen, und außerdem war der Typ ihr doch sowieso völlig egal. Zum Glück kam in diesem Moment Dr. Smith herein und unterbrach ihre verwirrenden Gedanken. Tracy stand notgedrungen von ihrem Platz auf dem Tisch auf, auf den sie sich gesetzt hatte, und sah Niclas auffordernd an. „Und? Machst du es?“

Er musterte sie. „Klar, warum nicht? Ich komme dann gegen fünf bei dir vorbei.“

„Oh, super. Danke. Bis dann.“ Tracy strahlte.

Emily hob den Kopf und sah Niclas an. Er wandte sich ihr zu und zog spöttisch die Augenbrauen nach oben. „Ist was?“

Sie fühlte die Hitze in ihren Wangen und in ihrem Bauch. „Nein, was soll sein?“ Ihre Stimme klang schnippisch, und sie beugte den Kopf wieder über ihr Buch.

Niclas lehnte sich leicht irritiert zurück. Wow, so wütend hatte Emily ihn ja noch nie angefunkelt. Ihre blauen Augen hatten geradezu Blitze verschossen. Er konnte sich nicht helfen, aber es gefiel ihm, sie ein wenig durcheinander zu bringen. Zumindest gefiel es ihm besser, als wenn sie ihn ständig ignorierte. Oder? Ach Gott ... ging das schon wieder los? Er wollte nicht mehr über dieses Mädchen nachdenken, sie machte ihn noch komplett verrückt.

„Es wäre wirklich nett, wenn mir hier jemand zuhören würde, denn was ich zu sagen habe, ist wichtig." Dr. Smith' Stimme klang leicht ungeduldig. Niclas riss sich zusammen und richtete seine Aufmerksamkeit auf den Lehrer, der vorne neben dem Pult stand. Die meisten Schüler mochten Dr. Smith, und er bildete da keine Ausnahme. Der Lehrer war immer fair, er war engagiert und sein Unterricht interessant.
„Gut, wo nun so ziemlich jeder aus dem morgendlichen Tiefschlaf erwacht zu sein scheint, möchte ich kurz etwas zu unserem anstehenden Projekt sagen. Wir haben in den letzten Tagen ja ausführlich über die Thematik gesprochen, und nun denke ich, sind wir soweit, dass die einzelnen Themen verteilt werden können. Wie die meisten von Ihnen hier wissen, gab es bei der letzten Arbeit dieser Art ein tagelanges Gerangel darum, wer mit wem zusammenarbeitet, was beinahe länger gedauert hat als die Arbeit an sich. Um dem aus dem Weg zu gehen, habe ich mich entschlossen, die Paare dieses Mal selbst festzulegen, und zwar werde ich die Arbeiten nach Tischen verteilen."
Gemurmel erklang, und Dr. Smith hob abwehrend die Hand. „Ja, mir ist durchaus bewusst, dass das nicht bei allen auf ungeteilte Zustimmung trifft, aber, Herrschaften, ich habe nicht vor, mich noch einmal auf so ein

Theater wie beim letzten Mal einzulassen, deshalb gibt es darüber auch keine Diskussionen. Die Anzahl der Schüler geht genau auf, es können also lauter Zweierpaare gebildet werden ohne dass jemand übrig bleibt, und jeder wird mit seinem Tischnachbarn ein Team bilden. Ende der Durchsage!"
Jeder hier kannte Dr. Smith gut genug, um zu wissen, dass er seine Meinung nicht ändern würde, denn so freundschaftlich er auch im Umgang mit seinen Schülern war, so war er dennoch konsequent und ließ sich nicht auf der Nase herumtanzen.
Emily hatte den Kopf gesenkt und voller Unbehagen den Worten ihres Lehrers gelauscht. Das durfte doch nicht wahr sein! Nun musste sie diese, für sie wirklich wichtige Arbeit gemeinsam mit Niclas durchführen, und das konnte ja nur in einem Desaster enden. Es fiel ihr schwer, sich in seiner Nähe zu konzentrieren, nicht nur, weil er männlich war und es ihr immer noch unsagbar schwer fiel, locker mit Männern umzugehen, sondern eben vor allem, weil er Niclas war. Sie seufzte leise und hob den Blick. Niclas' braune Augen ruhten auf ihr, und wieder einmal konnte sie den Ausdruck darin nicht deuten. Sie konnte sich nicht erinnern, dass jemand sie schon mal so nervös gemacht hätte, wie er es tat. Sie zwang sich zu einem Lächeln. „Ja, dann werden wir wohl sehen müssen, dass wir miteinander zurecht kommen."
Er zuckte mit den Schultern. „Ja, werden wir wohl müssen. An mir soll's nicht liegen."
Sie überlegte gerade, wie er das wohl wieder meinen mochte, ob er die Verantwortung, wenn alles schief gehen sollte, jetzt schon auf sie abwälzen wollte, oder ob er es nur so dahin gesagt hatte, als Dr. Smith' Stimme sie aus ihren Gedanken riss. Er stand vor ihrem Tisch. „Emi-

ly, Sie waren ja vor den Ferien noch nicht hier bei uns, haben also die Vorbereitung auf diese Arbeit nicht mitbekommen. Ich werde Ihnen also einige Unterlagen geben, die Sie sich bitte durchlesen. Sie können Ihre Arbeit dann einige Tage später abgeben als die anderen, damit Sie sich entsprechend vorbereiten können. Aber Sie haben ja tatkräftige Unterstützung. Nicht wahr, Niclas?" Sein Blick richtete sich auf Niclas, der etwas schief lächelte und nickte. Emily wusste, dass er vermutlich genauso wenig davon begeistert war, mit ihr ein Team bilden zu müssen, aber es blieb ihnen ja nichts anderes übrig.

Nachdem alle Arbeitsblätter verteilt waren, fuhr Dr. Smith mit seinem regulären Unterricht fort, während Emilys Gedanken sich allerdings nur um die bevorstehenden Stunden drehten, die sie mit Niclas würde verbringen müssen. Plötzlich erschien es ihr völlig unmöglich, diese Arbeit gemeinsam mit ihm zu bewältigen. Wie sollte sie vor ihm verbergen, dass sie keine Berührungen ertrug? Wie, dass sie bei dem kleinsten Geräusch zusammenfuhr? Wo sollten sie sich überhaupt treffen? Bei ihr, bei ihm? Nein, das ging nicht, sie würde Dr. Smith bitten, ihr eine Partnerin zuzuteilen. Niclas würde sicher auch lieber mit jemand anderem arbeiten, er wäre ihr bestimmt sogar dankbar.

Und so lief sie nach der Stunde eilig hinter Dr. Smith hinaus auf den Flur, bevor er in dem nächsten Saal verschwand.

„Dr. Smith, bitte entschuldigen Sie, könnte ich Sie kurz sprechen?" Sie hatte ihn nicht drinnen fragen wollen, wo Niclas am Ende noch etwas mitbekam.

„Ja, bitte?" Der Lehrer blieb stehen und sah Emily fragend an.

Sie knetete nervös ihre Finger. „Bitte, ich weiß, Sie haben die Teams bereits festgelegt aber ... könnte ich vielleicht einen anderen Partner bekommen?“ Doch noch während sie die Frage stellte, kam sie sich plötzlich wie eine Verräterin an Niclas vor. Er konnte schließlich nichts für ihre Probleme und hatte nichts getan, womit er es verdient hätte, sozusagen ausgetauscht zu werden. Dass sie sich nicht besonders gut verstanden, lag nicht nur an ihm, wenn sie ehrlich war.
Dr. Smith hob erstaunt die Augenbrauen. „Sie wollen einen anderen Partner? Darf ich fragen, wieso? Gibt es ein Problem?“
Emily schluckte. „Nein, nein, eigentlich nicht. Ich ... ich dachte nur.“
Dr. Smith musterte sie aufmerksam. „Nun, wenn es Ihnen sehr wichtig ist, könnten Sie sicher mit jemandem tauschen.“
Emily biss sich auf die Lippen, sie sah im Geiste Niclas‘ braune Augen vor sich, die sie enttäuscht und vielleicht auch verletzt ansehen würden. „Nein, das ist doch nicht notwendig. Ich war etwas voreilig. Entschuldigen Sie bitte. Ich werde die Aufgabe mit Mr. Delaney zusammen erledigen. Entschuldigung.“
Damit drehte sie sich hastig um und ging zurück in den Klassenraum, während Dr. Smith ihr leicht irritiert hinterher sah.

Kapitel 10

Die Nachmittagsstunden verbrachte Emily damit, sich die Unterlagen, die Dr. Smith ihr gegeben hatte, genau anzusehen. Es war ein Thema über die Mayakultur, das sie sehr interessierte, und sie war sicher, mit etwas Fleiß und Recherche eine sehr gute Arbeit zustande bringen zu können. Sie saß bis spät am Abend über den Unterlagen und suchte auch schon einiges im Internet dazu heraus. Als sie schließlich ins Bett ging, war sie zufrieden mit dem bisher Gefundenen und freute sich schon auf das Endergebnis.

Am nächsten Morgen konnte sie es kaum erwarten, mit Niclas zu reden, ihm die Artikel und Berichte zu zeigen, die sie gefunden hatte, zu hören, was er dazu meinte und ob er selbst auch schon etwas recherchiert hatte.

Er stand mit Kevin und Eddie am Fenster. Sie winkte ihm zu, als sie den Saal betrat. Er sagte etwas zu seinen Freunden und schlenderte anschließend mit gelangweiltem Gesichtsausdruck auf sie zu. Emily schluckte kurz, doch dann sagte sie munter: „Hi, guten Morgen. Ich wollte dir schnell zeigen, was ich für unsere Arbeit alles gefunden habe. Ich hab echt lange dran gesessen gestern und ein paar wirklich tolle Artikel gefunden. Hier, sieh mal."

Sie breitete alles auf dem Tisch aus und sah ihn erwartungsvoll an. Er beugte sich vor, schob einige Blätter auseinander und las kurz. „Ich weiß, es ist bis jetzt noch nicht so viel, aber ein paar Sachen davon können wir sehr gut verwenden, denke ich. Was meinst du?"

Er zuckte mit den Schultern. „Ja, kann sein."

Sie sah ihn etwas verblüfft an. „Und du? Was hast du gefunden?“
Er richtete sich auf, und Emily, die ihm nur knapp bis zur Schulter reichte, fühlte sich plötzlich noch kleiner unter seinem Blick, der so kühl und unbeteiligt war.
„Nichts.“
„Wie, nichts?“
Er verzog das Gesicht. „Ja, nichts wie nichts eben. Ich bin nicht dazu gekommen. Ich hab Tracy Nachhilfe gegeben, das hast du doch mitbekommen gestern.“
Sie senkte den Kopf und fühlte wieder diesen Schmerz in der Herzgegend, den sie oft verspürte, wenn Niclas so mit ihr redete.
„Ach so, ja, die Nachhilfe. Das hatte ich vergessen. Nun ja, macht ja nichts, dann vielleicht heute?“
Er zuckte wieder mit den Schultern, und nachdem er nichts erwiderte, meinte sie: „Okay, es eilt ja auch nicht so sehr. Wie findest du denn nun meine Sachen? Du kannst sie auch mit nach Hause nehmen und sie dir durchlesen, wenn du magst.“
Er sah sie an, als ob sie ihm einen ungehörigen Antrag gemacht hätte. „Nee, lass mal.“
Emily fühlte sich plötzlich traurig und enttäuscht, ihre Euphorie war wie weggeblasen. „Nun gut, wenn das alles ist, was du dazu zu sagen hast.“ Sie schob die Blätter zusammen und packte sie wieder in ihre Tasche.
Niclas sah ihr zu. „Ja, was soll ich denn dazu sagen? Wir werden schon etwas hinbekommen, mach doch keinen Stress.“
Sie hob den Kopf und fühlte, wie sich ein dicker Kloß in ihrem Hals bildete. Bloß nicht weinen vor ihm. „Ich mache keinen Stress! Ich wollte dir nur zeigen, was ich gefunden habe, das ist alles. Dieses Projekt ist wichtig für

mich, ich muss mich hier doch erst noch beweisen. Und nachdem das ja schließlich auch dein Projekt ist, dachte ich eben, es würde dich interessieren."

Seine dunklen Augen blitzten sie missmutig an. „Entschuldige bitte, wenn ich nicht vor Begeisterung an die Decke gesprungen bin. Was hätte ich tun sollen? Eine Lobeshymne singen?", fragte er unwirsch.

Sie starrte ihn an und drehte sich dann wortlos um, um sich auf ihren Platz zu setzen. Sie wusste, wenn sie jetzt noch ein einziges Wort sagen würde, würde sie die Tränen nicht mehr zurückhalten können. Wieso war Niclas so gemein? Anscheinend war es ihm noch mehr zuwider, mit ihr zusammen diese Arbeit fertigen zu müssen, als sie gedacht hatte.

Niclas stand etwas unschlüssig neben dem Tisch, dann setzte er sich ebenfalls und packte seine Unterlagen aus. Er fühlte sich unglaublich mies, und zu allem Überfluss spürte er Kevins Blick, der sich missbilligend in seine Seite bohrte. Emily saß stumm neben ihm und hatte sich tief über ihr Buch gebeugt, dabei ließ sie ihre Haare wie einen Vorhang zwischen sich und ihn fallen, damit er ihr Gesicht nicht sehen konnte. Und er konnte sich auch denken, warum. So, wie er sie angeschnauzt hatte, kämpfte sie nun sicher mit den Tränen.

Seit er sie kannte, war sie meistens still und verschlossen gewesen, und nun hatte sie sich heute zum ersten Mal ein wenig geöffnet und sich für etwas begeistert, und er reagierte wie die Axt im Walde. Und das nur, weil er mit sich selbst, seinen Gefühlen und Wünschen nicht zurechtkam. Er war ein unglaublicher Idiot. Er warf einen vorsichtigen Blick in ihre Richtung und überlegte, was er sagen könnte, um seine harschen Worte abzuschwächen.

Leider betrat genau in diesem Moment Dr. Smith den Raum, und somit musste eine Entschuldigung verschoben werden. Auch später in den Pausen ergab sich keine Gelegenheit, und schließlich war der Schultag vorbei, ohne dass er Emily gesagt hätte, dass es ihm leid tue.
Zuhause setzte er sich gleich an den Computer und begann mit einer gründlichen Suche nach geeigneten Artikeln. Die wollte er Emily am nächsten Morgen zeigen und hoffte, sie würde das als eine Art Entschuldigung akzeptieren.
Doch als er das Klassenzimmer am darauf folgenden Morgen betrat, saß Jeff Barkley auf seinem Platz und redete auf Emily ein, die ihn lächelnd ansah, während Niclas plötzlich einen schmerzhaften Stich im Herzen verspürte. Was wollte denn dieser Lackaffe von ihr? Der hatte sie doch neulich in Antonios Eisdiele schon so angeschmachtet. Und wie sie lächelte. So hatte sie ihn noch nie angelächelt. Er fühlte Zorn in sich aufsteigen und kam sich plötzlich unglaublich dumm vor. Da setzte er sich stundenlang hin und suchte Artikel für diese dämliche Arbeit heraus, weil Madame gesagt hatte, es sei wichtig für sie, und nun saß sie hier und flirtete mit diesem Fatzke.
Er trat neben seinen Stuhl. „Verschwinde, aber schnell!", zischte er Jeffrey an.
Der hob erstaunt den Kopf. „Welche Laus ist dir denn über die Leber gelaufen?" Er wechselte einen Blick mit Emily, die mit den Schultern zuckte. „Schon gut, Jeff. Danke für deine Hilfe, ich melde mich dann bei dir."
Jeffrey nickte und stand auf. „Hier, bitteschön." Er sah Niclas herausfordernd an, doch als er das wütende Funkeln in dessen Augen sah, drehte er sich schnell um und ging zu seinem eigenen Platz.

Niclas ließ sich auf seinen Stuhl fallen und warf einen wütenden Blick zu Emily, die ihn vorwurfsvoll anschaute. „Ist was? Bist du sauer, weil ich neben dir sitze und nicht dieser Lackaffe?“ Seine Stimme klang aggressiv, und er sah, wie sie zusammenzuckte.
„Nein, bin ich nicht. Ich bin sauer, weil du dich unmöglich benimmst.“
Er starrte sie überrascht an und setzte zu einer scharfen Erwiderung an, doch Emily stand einfach auf, drehte sich um und verließ den Raum. Niclas starrte ihr verdutzt hinterher. Die ließ ihn einfach sitzen hier ... und während er noch immer auf die Tür blickte, die hinter ihr zugefallen war, verwandelte sich seine Wut in Scham. Sie hatte Recht, er benahm sich tatsächlich unmöglich. Was war nur los mit ihm? Er hatte überhaupt nichts gegen Jeffrey. Was war das Problem, wenn er mit Emily redete und sie anflirtete? Tief in seinem Innersten flüsterte ihm eine leise Stimme die Antwort zu, aber er war nicht im Mindesten bereit, dieser Stimme Gehör zu schenken.

Emily lief durch die Flure zur Mädchentoilette und blieb dort heftig atmend stehen. In ihrem Innersten tobte wilder Aufruhr. Was bildete Niclas sich bloß ein? Wieso benahm er sich mit jedem Tag unmöglicher? Warum nur hasste er sie so sehr? Zwar hatte sie von Anfang an geahnt, dass sie ganz sicher nicht der Typ Mädchen war, auf den er stand, aber dass er sie gar nicht ertragen konnte, das tat weh. Und zwar sehr viel mehr weh, als es sollte ... verflixt, Niclas. Sie trat an eines der Waschbecken, drehte den Hahn auf und spritzte sich Wasser ins Gesicht. Sie fühlte sich elend und müde. In der Nacht hatte sie einen schrecklichen Traum gehabt, die Schatten waren überall gewesen, und sie war schreiend aufgewacht. Den

Rest der Nacht hatte sie dann damit verbracht, darüber nachzudenken, warum Niclas laufend wütend auf sie war. Seine Reaktion gestern auf die Artikel hatte sie tief getroffen, und heute schien es genau im gleichen Takt weiterzugehen. Wie sollten sie jemals diese Arbeit fertig bekommen? Sie müssten sich eigentlich nun bald mal zusammensetzen und gemeinsam daran weiterarbeiten. Aber das schien im Moment einfach völlig unmöglich. Sie fuhr sich müde über die Stirn, wandte sich seufzend um und ging in den Saal zurück, die Stunde würde gleich anfangen.

Sie setzte sich stumm neben Niclas, der sie ebenfalls ignorierte, dann jedoch schob er ihr kurz nach Ende der Stunde seine Unterlagen zu. „Hier, hab ich gestern rausgesucht, vielleicht ist etwas dabei, mit dem wir etwas anfangen können. Und", sie sah, dass er kurz tief Luft holte, „es tut mir leid, dass ich eben so drüber war. Sorry."

Doch noch bevor Emily etwas erwidern konnte, war er aufgesprungen und verschwand zur Tür hinaus. Sie sah ihm nach, und ein kleines Lächeln huschte über ihr Gesicht, denn sie konnte sich denken, dass es ihn ganz schön Überwindung gekostet haben musste, sich bei ihr zu entschuldigen.

Nach Schulschluss wartete Niclas vor dem Tor auf sie. „Hey, hast du Zeit heute? Wir könnten uns treffen und schon mal ein paar Sachen besprechen." Während er sprach, schaute er sie kurz an, dann senkte er den Blick und sah zu Boden, dabei wirkte er irgendwie verlegen und unsicher. Emily musterte ihn, und ein zaghaftes Gefühl von Zuneigung stieg in ihr auf, das sie selbst verlegen machte. Unsicherheit und Niclas – niemals hätte sie

gedacht, jemals diese beiden Worte im Zusammenhang zu sehen.
Er hob den Kopf, und wie so oft fiel ihm diese vorwitzige Haarsträhne in die Stirn, während seine braunen Augen sie fragend ansahen. „Emily?“
„Ja? Oh ... ja sicher, ich habe Zeit. Wann dachtest du denn?“
Er zuckte mit den Schultern. „Weiß nicht, vielleicht in zwei Stunden?“
„Ja, okay, das passt mir gut.“ Sie nickte und versuchte, ihrer Stimme einen möglichst gelassenen Ton zu geben, was allerdings nicht ganz zu gelingen schien, denn sie hörte selbst, dass sie etwas piepsig klang, und Niclas merkte es vermutlich auch.
Wenn, ließ er sich jedoch nichts anmerken. „Gut. Wo? Bei dir oder bei mir?“ Dabei sah er sie jedoch nicht an, sondern fixierte interessiert einen unbestimmten Punkt hinter ihr, was ihr kurz vorher aufgeflammtes Gefühl der Zuversicht irgendwie wieder zunichte machte. Das konnte sicher heiter werden.
„Wenn es dir recht ist, vielleicht bei mir?“
Endlich wandte er ihr wieder den Blick zu. „Okay. Wenn du mir noch verrätst, wo bei dir ist?“ Sie nannte ihm ihre Adresse. „Ach so, du wohnst in Maras Straße? Ja, da weiß ich Bescheid. Also, dann bis nachher.“ Damit drehte er sich abrupt um und ging zu seinem Motorrad. Emily sah ihm verunsichert nach und wusste nicht genau, ob sie sich nun freuen, dass sie nun endlich ihre gemeinsame Arbeit in Angriff nehmen würden, oder sie diesem Treffen mit Argwohn entgegensehen sollte. Sie seufzte und winkte Mara kurz zu, die bereits ungeduldig neben ihrem Wagen wartete. Vermutlich würde sie sich lieber nicht zu viel versprechen, denn es würde wohl schon an ein Wun-

der grenzen, wenn Niclas und sie es schaffen würden, ein oder zwei Stunden im gleichen Raum zu sein, ohne dass es dabei zu Ärger und Frust kam.

Kapitel 11

Mara bog vom Parkplatz auf die Straße ab, dann wandte sie Emily den Blick zu.
„Was? Niclas kommt zu dir nach Hause? Wegen der Arbeit? Hm, also hör mal, ihr könnt euch auch bei uns treffen, wenn dir das lieber ist. Ich meine ... na ja, wäre es denn überhaupt okay für dich, mit ihm alleine zu sein?“
Emily hob die Schultern und sah aus dem Fenster. „Ja ... nein ... ach, ich weiß nicht. Doch, ich denke schon, dass es okay ist. Ich meine, das ist Niclas, nicht irgendein Fremder. Aber danke, dass du mir anbietest, zu euch zu kommen.“
„Aber das möchtest du nicht?“ Mara setzte den Blinker und bog erneut ab.
„Nein, ich glaube nicht. Ich weiß, du meinst es gut, aber, deine Mom, sie wird uns ständig im Visier haben und mich mit Argusaugen bewachen. Versteh mich nicht falsch, ich bin euch sehr dankbar für alles, aber, ich weiß nicht, wie ich es erklären soll. Ich werde bald achtzehn und ich ... ich wünsche mir so sehr wieder mehr Normalität in meinem Leben, verstehst du? Einerseits bin ich froh, dass ihr für mich da seid, wirklich, aber andererseits möchte ich gerne ganz einfache Dinge wieder alleine hinbekommen. Ich möchte im Dunkeln durch das Haus gehen können, ohne dabei vor Angst zu sterben. Ich möchte durch die Stadt laufen, ohne dauernd das Gefühl zu haben, jemand folgt mir. Mara, ich weiß nicht, ob du dir vorstellen kannst, wie das ist, wenn du immer ein ungutes Gefühl hast. Wirklich immer! Ich gehe mit diesem Gefühl ins Bett und wache damit wieder auf. Es ist immer da. Dieses Gefühl, dass ich nicht sicher bin, dass

mir jederzeit aus einer Situation heraus, in der ich mich völlig sicher fühle, etwas Schlimmes geschehen kann." Sie senkte den Kopf. „Ich rede Unsinn, vergiss es einfach. Ich kann es nicht erklären."
Mara sah ihre Cousine bedrückt an. „Doch, ich verstehe ganz gut, glaube ich. Und ein Treffen mit Niclas in deinem Haus gehört dazu, nicht wahr? Zu den Dingen, die du gerne alleine hinbekommen würdest?"
Emily biss sich auf die Lippen. „Ja, wenn du so willst, ja. Das gehört dazu. Mara, du weißt, dass ich sehr vorsichtig bin im Umgang mit Männern und Jungs, aber Niclas, ich weiß, es klingt vielleicht verrückt, er ist nicht gerade nett zu mir, aber ich vertraue ihm. Ich muss doch einfach mal wieder jemandem vertrauen."
Der letzte Satz war für Mara kaum zu verstehen, so leise war er, und es schmerzte sie zutiefst, die Verzagtheit in Emilys Stimme zu hören. Dennoch sagte sie munter: „Du hast völlig Recht, meine Süße. Und Niclas, na ja, er ist manchmal zwar nicht gerade Mister Charming persönlich, aber ich denke auch, dass du ihm vertrauen kannst. Also, er ist nicht der Typ, der dir zu nahe treten würde oder so. Im Gegenteil, er hat ja selber so eine Art Stacheldraht um sich herum gezogen."Sie grinste, und Emily musste lachen.
„Ja, das stimmt. Und ich hab mir schon ein paar Mal den Finger ziemlich blutig gestochen an seinem Stacheldraht." Sie rollte die Augen. Mara fasste nach ihrer Hand und pustete auf ihren Zeigefinger. Sie mussten beide lachen. „Em, nicht sauer sein, aber kann es sein, dass du, nun ja, dass Niclas dir nicht völlig gleichgültig ist? Verzeih, ihr zickt euch zwar dauernd an, aber ich hab das Gefühl, ihr beide wollt damit das ein oder andere verbergen. Kommt mir jedenfalls so vor." Sie brach ab.

Emily sah etwas verlegen aus dem Fenster. „Ich weiß es auch nicht, Mara. Wirklich ... ja, irgendwie mag ich ihn, obwohl er ein echter Stoffel ist. Meistens jedenfalls. Aber dann ist er plötzlich ganz anders. Immer nur ganz kurz, und sobald es ihm auffällt, macht er wieder dicht und zieht sofort seine Abgrenzungslinie nach." Sie überlegte kurz. „Aber nicht, dass du jetzt denkst, ich mag ihn nur, weil er gut aussieht. Das ist es nicht, das spielt für mich keine Rolle." Sie drehte an einer Haarsträhne. „Obwohl er schon süß ist. Ich mag seine Haare. Und er hat ein hübsches Gesicht. Und ein süßes Lächeln." Sie brach ab und sah Mara verlegen an. „Und ich rede mich hier grad um Kopf und Kragen. Du darfst nicht denken, dass ich was von Niclas will. Das würde ja sowieso nicht funktionieren. Nicht mit ihm und auch sonst mit niemandem."

Mara schaltete in den Leerlauf und ließ den Wagen langsam vor einer roten Ampel ausrollen.

„Em, ich denke nicht, dass du Nic nur wegen seinem Aussehen magst, dazu kenne ich dich nun wirklich gut genug, um zu wissen, dass dir das nicht genügen würde, um jemanden zu mögen. Und selbst wenn es so wäre, ich habe dir neulich schon einmal gesagt, ich fände es toll. Sieh mal, du hast Entsetzliches durchgemacht, und jede Annäherung an einen anderen Menschen ist ein großer Fortschritt. Okay?"

Emily lächelte und nickte. „Okay."

Mara überlegte kurz. „Weißt du, ich kenne Niclas ja nun schon ziemlich lange, und, glaub mir, ich habe schon des Öfteren mitbekommen, wie leicht es ihm die Mädchen normalerweise machen. Und er schien nie, wirklich niemals, auch nur ansatzweise an einer interessiert gewesen zu sein, geschweige denn verliebt. Ich kenne natürlich seine Gefühle für dich nicht, und vermutlich würde er

eher ersticken, als mit mir oder sonst jemandem darüber zu reden, aber ich kann mir nicht helfen, etwas ist anders, wenn er mit dir zusammen ist. Er ist anders. Die anderen Mädchen waren es ihm nicht mal wert, sich mit ihnen zu streiten, verstehst du? Wenn eine ihn genervt hat, hat er sie abgeschossen, schneller als sie auch nur piep sagen konnte. Er hat sich mit keiner auseinandergesetzt und keine an sich rangelassen. Und ich könnte schwören, dass die meisten Mädchen auch gar nicht an ihn herankommen wollten, verstehst du? Ihnen hat es genügt, mit Niclas Delaney befreundet zu sein, mit dem Jungen, den alle haben wollten. Der hübsche Niclas mit dem coolen Motorrad. Und genauso wollte er es haben, zumindest kam es mir immer so vor. Aber seitdem du da bist ... ich weiß nicht, vielleicht irre ich mich ja auch total und bilde mir was ein, aber ich habe einfach das Gefühl, als ob du ihm ganz schön zusetzt. Als ob du ihm im Kopf herum spukst und er damit nicht umgehen kann. Und deshalb flüchtet er sich immer wieder in diese Gemeinheiten dir gegenüber, damit bloß niemand auf die Idee kommt, er könnte dich mögen." Sie zuckte mit den Schultern. „Aber wahrscheinlich rede ich nur Blödsinn. Romantischer Tor, der ich bin." Sie lächelte Emily zu, und die lächelte liebevoll zurück.
„Ach, Mara, ich weiß doch, dass du dir nur wünschst, dass ein Prinz auf seinem weißen Pferd kommt, der mich mit auf sein Schloss nimmt und wieder glücklich macht. Und dafür danke ich dir und liebe dich sehr." Sie verdrehte die Augen.
Mara lachte. „Danke, ich erinnere dich bei Gelegenheit daran, dass du mich sehr liebst. Und wegen dem Prinzen ... nun ja, von mir aus könnte er auch ein schwarzes Mo-

torrad haben und in einem ganz normalen Haus leben. Solange er dich glücklich macht."

Zwei Stunden später lief eine ziemlich nervöse Emily ständig in ihrem Wohnzimmer auf und ab, während Ben vor dem kleinen Kamin lag und ihr aufmerksam dabei zusah.

„Ach, Ben, was ist nur mit mir los, hm? Wieso laufe ich hier herum wie in einem Raubtierkäfig, wenn Niclas mir doch völlig egal ist?"

Der Hund sah sie mit seinen klugen Augen aufmerksam an, dann ließ er mit einem Schnaufen seinen Kopf auf die Vorderbeine sinken. Emily musste lachen. „Du hast Recht, es ist müßig, darüber nachzudenken, weil es nichts gibt, worüber man überhaupt nachdenken könnte. Außer vielleicht darüber, wie wir diesen Nachmittag überstehen, ohne uns gegenseitig an die Gurgel zu gehen. Also Niclas und ich, nicht du und ich." Sie verzog das Gesicht und zupfte an einer Haarsträhne, die sich aus ihrem Pferdeschwanz gelöst hatte. Sie redete kompletten Unsinn, es wurde Zeit, dass sie wieder zur Vernunft kam.

Niclas kam pünktlich. Emily beobachtete vom Küchenfenster aus, wie er die Maschine vor ihrem Vorgarten abstellte, den Helm vom Kopf zog und sich mit einer Hand durch die Haare strich. Ein leichtes Lächeln glitt bei dieser Geste über ihr Gesicht, denn das war typisch für ihn, er tat das oft, meistens allerdings ganz unbewusst. Sie seufzte leise und wandte sich ab, um zur Tür zu gehen und zu öffnen.

„Hey, bin ich zu spät?" Niclas sah sie fragend an.

Sie schüttelte den Kopf. „Nein, gar nicht." Sie rieb sich etwas verlegen die Hände an ihrer Jeans. „Aber komm doch rein." Sie trat zur Seite.

Niclas nickte. „Danke“, murmelte er.
In dem Moment kam Ben angelaufen und bellte einmal kurz. Niclas blieb stehen, und Ben schnüffelte an seinen Beinen.
„Oh, ich wusste gar nicht, dass du einen Hund hast.“ Er hielt Ben seine Handfläche hin und der schnupperte neugierig daran. „Na du, du bist ja ein Hübscher. Oder bist du eine Hübsche?“ Niclas strich dem Hund vorsichtig über das weiche Fell am Kopf.
„Ein Hübscher. Es ist ein Rüde, er heißt Ben.“
„Ben, aha. Hallo Ben, ich bin Niclas.“ Er ging vor dem Hund in die Hocke und kraulte ihm sanft die Ohren, während Ben freudig mit dem Schwanz wedelte. Emily beobachtete die beiden fasziniert. Wie vorsichtig Niclas mit Ben war, und der schien auf Anhieb von ihm begeistert zu sein. Spürte der Hund, dass Niclas eigentlich nicht so ruppig war, wie er gerne tat? Und hieß es nicht, Menschen, die Tiere liebten und von ihnen geliebt wurden, waren gute Menschen?
In diesem Moment hob Niclas den Kopf und sein Blick traf auf ihren. Emily schaute ihn einen Moment noch wie gebannt an, dann räusperte sie sich. „Ich habe Tee gekocht. Magst du welchen?“ Damit drehte sie sich um und ging an den beiden vorbei in Richtung Küche.
Niclas folgte ihr und lehnte sich an den Türrahmen. „Ja, gerne. Tee ist immer gut.“ Er lächelte ihr zu, und sie lächelte verlegen zurück. Ihre Hände zitterten, als sie zwei große Tassen aus dem Schrank holte und die dampfende Flüssigkeit eingoss. Sie hielt ihm eine Tasse hin. „Dort drüben steht Zucker, wenn du möchtest.“
Er nickte und ging um sie herum. „Ja, danke, Tee ohne Zucker ist nichts für mich.“

Sein Blick schweifte durch die kleine Küche, und zum ersten Mal wurde Emily bewusst, dass ihre Einrichtung vielleicht nicht von jedem als passend für eine Siebzehnjährige empfunden werden würde. Sie hatte die meisten Sachen von der alten Dame übernommen, die vorher hier gewohnt hatte und nun zu ihrem Sohn gezogen war. Die Küche war in ihren Augen allerdings urgemütlich, sie erinnerte sie an die Küche ihrer Großmutter. Die Möbel waren aus dunklem Holz, und an dem Fenster hingen blütenweiße Spitzengardinen. Der große Schrank hatte kleine Butzenglasfenster und dahinter stand ein Kaffeeservice mit geschnörkeltem Rand und kleinen rosa Rosen darauf. Sie saß unglaublich gerne hier drinnen, dieser Raum vermittelte ihr Ruhe und Geborgenheit.
Niclas wandte sich zu ihr um. „Schön ist es hier."
Sie musterte ihn und fragte sich, ob er sie mal wieder veralbern wollte, aber sein Gesichtsausdruck war offen und seine Stimme klang freundlich. „Ja? Danke. Weißt du, ich habe fast alle Möbel von der älteren Dame übernommen, die mir das Haus vermietet hat. Sie ist zu ihrem Sohn gezogen und konnte die meisten Sachen nicht mitnehmen. Und für mich war es so auch am einfachsten."
Sie zog die Schultern hoch und sah Niclas etwas unsicher an. Er nahm einen Schluck aus seiner Tasse. „Ähm, Emily, entschuldige, ich komm grad nicht ganz mit. Für dich? Du wohnst doch nicht alleine hier, oder? Ich meine, deine Eltern, oder zumindest ein Elternteil, wohnen doch auch hier? Oder nicht?"
Sie fühlte den Blick seiner braunen Augen aufmerksam auf sich ruhen, und wusste gar nicht, wohin mit ihren Händen, so nervös machte er sie schon wieder.
„Nein, ich ... ich wohne alleine hier. Meine Familie ist nicht mit mir hierher gezogen."

Sie merkte, wie abweisend sie plötzlich klang, und hätte sich am liebsten geohrfeigt, denn so wollte sie doch gar nicht klingen. Wenn sie nur nicht immer solche Angst hätte, jemand könnte sie nach dem Grund fragen, weshalb sie hier alleine lebte. Sie hob den Kopf und sah das überraschte Aufblitzen in Niclas` Augen. Seine Miene drückte etwas aus, das sie nicht einordnen konnte, was ihr aber einen kleinen Schauer über den Rücken laufen ließ. Was war das nur, was sie da gerade in seinem hübschen Gesicht sah? Oder besser, zu sehen glaubte. Zuneigung? Sorge? Sie wusste es nicht, und da war es auch schon wieder vorbei und seine Miene wurde unverbindlich.

„Ach so. Das wusste ich nicht. Ist ja auch eher ungewöhnlich in deinem Alter."

Sie musste nun doch lächeln. „Du meinst wohl, in unserem Alter. Soviel älter als ich bist du ja nicht."

Er zuckte mit den Schultern. „Nun ja, immerhin ein Jahr. Mara hat mir erzählt, dass du auch bald Geburtstag hast und achtzehn wirst."

Emily nickte und sah ihn überrascht an. Mara hatte ihm das erzählt? Seit wann waren Mara und Niclas so gut befreundet? Hatte sie ihm noch mehr erzählt?

Er schien ihre Gedanken erraten zu haben, denn er grinste. „Keine Angst, sie hat mir sonst keines deiner Geheimnisse verraten."

Sie zupfte etwas nervös an ihrer Haarsträhne. „Geheimnisse? Was sollte ich denn für Geheimnisse haben?", fragte sie. Sie lachte, doch es hörte sich ziemlich gekünstelt an. „Wollen wir dann anfangen?" Emily nestelte nervös an dem Rand ihres Shirts herum und wich Niclas` forschendem Blick aus.

Er stellte seine Tasse auf die Küchenablage und trat einen Schritt nach vorne, sodass er fast direkt vor ihr stand. Ein leichter Geruch nach einem herben Eau de Toilette drang in ihre Nase, und sie fühlte, wie sich die feinen Härchen an ihren Unterarmen aufrichteten, denn Niclas' Nähe war sehr verwirrend. Sie war beängstigend, aber andererseits auch wunderschön. Und im Moment wusste sie nicht, was sie mehr ängstigte, ihr schreckliches Erlebnis in der Vergangenheit, wegen dem sie kaum männliche Nähe ertragen konnte, oder ihre verwirrenden Empfindungen für Niclas. Sie war sich sicher gewesen, nie wieder auch nur den Hauch von Zuneigung zu einem Mann empfinden zu können, sich nie im Leben verlieben zu können. Alleine die Vorstellung, jemandem nahe sein zu müssen, löste normalerweise panische Abwehr in ihr aus. In den ersten Wochen nach dem *Vorfall* hatte sie regelrechte Hassgefühle für alles Männliche in ihrer Nähe empfunden. Sogar von ihrem Vater und Connor hatte sie sich zurückgezogen. Mit Hilfe einer sehr einfühlsamen Psychologin hatte sie es allerdings geschafft, diesen Hass zu überwinden. Was geblieben war, war Furcht und Schmerz. Und ein eigenartiges Gefühl von Einsamkeit, denn sie stellte sich oft vor, wie ihr weiteres Leben verlaufen würde. Sie würde es alleine verbringen, alleine verbringen müssen. So war sie hierher gekommen, mit dem einzigen Wunsch, dieser ewig brennende Schmerz in ihr würde nachlassen und es sollte wieder so etwas wie Normalität in ihrem Leben geben. Mehr hatte sie nicht erwartet und nicht gewollt.
Und nun war hier Niclas, und er brachte all ihre so mühsam tief im Herzen vergrabenen Wünsche und Träume wieder zum Vorschein. Sie wollte doch nur genauso sein wie alle anderen Mädchen in ihrem Alter. Und dieses

Wissen, dass genau das niemals mehr wieder der Fall wäre, das tat schrecklich weh.
„Emily?" Niclas' Stimme schien von weit weg zu kommen, und sie sah erschrocken hoch. Er sah sie halb amüsiert, halb besorgt an, und zum ersten Mal fiel ihr auf, dass winzig kleine, goldene Pünktchen in seiner Iris schimmerten. „Alles okay mit dir?"
Sie starrte ihn immer noch an, dann zog sie die Schultern hoch und drehte sich schnell weg. Gott, wie peinlich. Er musste sie allmählich wirklich für völlig verrückt halten.
„Ja, klar, alles in Ordnung. Entschuldige, ich musste grade dran denken, dass ... dass der Fernsehtechniker morgen vorbei kommt." Der Fernsehtechniker! Am liebsten hätte sie sich mit der flachen Hand an den Kopf geschlagen. Wie dumm war das denn? Wer würde schon mitten in einem Gespräch plötzlich völlig weggetreten an den Fernsehtechniker denken?
„Ich hole mal meine Tasche, warte kurz. Setz dich doch."
Sie brachte es einfach nicht fertig, ihn jetzt anzusehen, da sie befürchtete, rot wie eine Tomate zu sein. Wie sollte sie nur die Zeit mit ihm überstehen, bis diese Arbeit beendet war? Sie würden noch einige Stunden damit zubringen müssen, und sie konnte ja jetzt schon ihre Gedanken nicht zusammenhalten.
Niclas sah Emily hinterher, die geradezu überstürzt aus der Küche stürmte, schüttelte den Kopf, zog einen Stuhl heran und setzte sich. Ben ließ sich zu seinen Füßen nieder, und er kraulte dem Hund zärtlich den Kopf. „Na, mein Junge? Du hast ein merkwürdiges Frauchen, wirklich. Was ist nur los mit ihr? Manchmal wirkt sie so verletzlich, dass ich mich kaum traue sie anzusehen, manchmal denke ich, jetzt verstehen wir uns besser, und dann wieder schnappt sie total ein und macht dicht wie

eine Auster.“ Er schwieg kurz. „Na ja, aber ich fürchte, ich bin auch nicht viel besser. Sie macht mich völlig verrückt. Weißt du, ich hab noch niemals ein Mädchen wie sie gekannt, sie ist komplett anders als alle anderen, und ich fürchte, ich kann damit nicht wirklich gut umgehen“, murmelte er.

Ben hatte den Kopf gehoben und sah Niclas verständnisvoll an. Der sah dem Hund in die klugen, braunen Augen und kam sich plötzlich ziemlich dämlich vor. Jetzt war er schon soweit, dass er mit dem Hund über Emily redete. Es wurde wirklich höchste Zeit, dass er wieder zur Vernunft kam und damit aufhörte, sich dauernd Gedanken über sie zu machen.

Kapitel 12

Emily und Niclas arbeiteten ungefähr drei Stunden sehr konzentriert, und obwohl er nur das Nötigste sprach, empfand sie es als angenehm, mit ihm zusammen zu sein. Er hielt sich mit spöttischen Bemerkungen zurück, was ja schon ein Fortschritt war, und auch seine Überlegungen und Anmerkungen waren durchdacht und konstruktiv, sodass es richtig Spaß machte, mit ihm zusammen an diesem Projekt zu feilen.
„Ich hole mal noch eine Flasche Wasser, bin gleich zurück." Emily stand auf und lächelte ihm zu. Niclas nickte und sah ihr nach, als sie das Zimmer verließ und in den Keller lief. Es klappte heute besser, als er gedacht hatte, und darüber war er wirklich froh. Er hörte ihre leichten Schritte, als sie die Treppe wieder hochkam, und sein Blick strich wie zufällig über sie, als sie in die Küche trat. Sie war wirklich hübsch, das musste er zugeben. Er erinnerte sich noch gut daran, dass er am ersten Tag gedacht hatte, sie würde aussehen wie eine graue Maus. Aber das stimmte nicht, ganz und gar nicht. Sie trug zwar immer noch diese hochgeschlossenen Shirts, Pullover oder Blusen, aber das störte ihn nicht. Er hatte sich daran gewöhnt, und es passte zu ihr. Er konnte sie sich überhaupt nicht in knappen, engen Tops vorstellen, die mehr zeigten als verhüllten. Sie war zwar still und scheu, aber er fühlte sich bei ihr sehr viel wohler, als in der Nähe der ewig plappernden Mädchen, die ihn anschmachteten.
„Möchtest du noch ein Glas Wasser?" Emilys Stimme drang zu ihm durch, und er hob den Kopf.
„Oh, ja, bitte."

Sie nickte und beugte sich leicht über ihn, um das Glas auf dem Tisch zu füllen.
Ein zarter Duft ging von ihr aus, den er vorhin schon wahrgenommen hatte. Er mochte diesen Duft, er roch nach Flieder und Rosen. An ihrem rechten Handgelenk trug sie ein schmales, silbernes Armband, an dem ein kleines silbernes Kleeblatt baumelte. Sie sah ihn an und lächelte. „Es ist irgendwie kindisch, oder?“ Sie stellte die Flasche weg und drehte ein wenig an dem Armband herum.
Niclas schüttelte den Kopf. „Nein, wieso? Es ist schön.“
„Findest du? Es ist schon ziemlich alt, es hat meiner Großmutter gehört. Sie hat es meiner Mutter geschenkt, und meine Mom hat es mir gegeben, als ich hierher gezogen bin, als so eine Art Glücksbringer. Und ich bringe es nicht übers Herz, es nicht zu tragen, obwohl ich vielleicht schon ein bisschen zu alt bin für Kleeblattanhänger.“ Sie lächelte verlegen.
Niclas fühlte wieder dieses eigenartige Ziehen in der Brust, das er immer öfter verspürte, wenn Emily lächelte, oder, was leider nicht so oft vorkam, herzhaft lachte, denn meistens wirkte sie traurig und verloren. Aber wenn sie lächelte, bekam sie ein Grübchen an der linken Wange und ihre blauen Augen strahlten. Niclas runzelte die Stirn. Ging das schon wieder los? Er musste hier raus, bevor er noch anfing, dummes Zeug zu reden. Er begann, seine Stifte in das Ledermäppchen zu räumen. „Ähm, Emily, hör mal, wir sind ja schon ziemlich weit gekommen. Ich denke, wir könnten Schluss machen für heute, was meinst du?“
Sie sah ihn etwas überrascht an, denn eigentlich hatte sie damit gerechnet, noch ein bisschen weiterzuarbeiten. „Ja, sicher, wir haben viel geschafft heute. Es ist ja auch

schon spät. Hast du keinen Hunger? Also, ich schon. Ich, nun, ich könnte uns ein paar Sandwiches machen, wenn du magst?“ Sie hatte ihre Finger ineinander verschlungen, und er sah plötzlich das Bild vor sich, wie sie ihm eine Hand an die Wange legte und sanft darüber strich. Er schüttelte den Kopf und stand so hastig auf, dass sein Stuhl beinahe nach hinten wegkippte, und Ben, der die ganze Zeit vor sich hingedöst hatte, verwundert die Augen öffnete.
„Nein, danke. Ich muss nach Hause.“ Emily sah ihm zu, wie er seine Sachen zusammenraffte und achtlos in den Rucksack stopfte. Dann zog er seine Lederjacke über. „Bis morgen. Ciao.“
Und schon war er draußen in dem kleinen Flur, schnappte sich seinen Helm, der auf dem Sideboard lag, und gleich darauf fiel die Haustür hinter ihm ins Schloss, während Emily ihm verblüfft hinterher starrte. Das war ja jetzt ein überstürzter Abgang. Hatte sie etwas Falsches gesagt oder getan? Sie seufzte und trat ans Fenster. Niclas stand noch neben seiner Maschine und wirkte etwas unschlüssig. Dann jedoch zog er den Helm über, stieg auf, startete den Motor und gleich darauf war er aus ihrem Blickfeld verschwunden.
Sie zog die Schultern hoch und machte sich daran, den Tisch abzuräumen. Niclas‘ Glas war noch voll, er hatte keinen einzigen Schluck mehr getrunken. Warum nur war er so überstürzt aufgebrochen? Sie wurde aus diesem Jungen einfach nicht schlau. Er war zwar eher schweigsam gewesen heute Nachmittag, aber dennoch hatte sie das Gefühl gehabt, dass er sich wohl fühlte. Aber vermutlich hatte sie sich das nur eingebildet und er hatte die Minuten gezählt, bis er endlich gehen konnte.

Sie kippte das Mineralwasser in die Spüle und ließ den Nachmittag noch einmal Revue passieren. Ja, sie hatte geglaubt, dass Niclas sich wohl fühlen würde, aber erstaunlicherweise hatte sie selbst sich auch wohl gefühlt. Sie hatte nicht ein einziges Mal ein beklemmendes Gefühl verspürt, weil sie mit ihm alleine im Haus war. Im Gegenteil, es hatte sich gut angefühlt, ihn hier zu haben.
Sie sah Ben an. „Du magst Nic, hab ich Recht? Und, weißt du was? Ich mag ihn auch. Es stimmt nicht, was ich mir dauernd einzureden versuche, dass er mir egal ist und ich ihn nicht leiden kann.“ Sie wischte mit einem Tuch über die Arbeitsfläche des Schrankes, dann kniete sie sich vor Ben und kraulte seine Ohren. „Aber das spielt keine Rolle, ob ich ihn mag oder nicht, denn er scheint mich sowieso nicht besonders gut leiden zu können, und selbst wenn er es täte, würde ich mich niemals trauen, mehr in ihm zu sehen als einen guten Freund. Es spielt also keine Rolle.“ Ihre Stimme klang jetzt traurig, und Ben leckte ihr schnell über die Hand. Sie lächelte und drückte ihr Gesicht in sein weiches Fell.

In der Zwischenzeit hatte Niclas sein Elternhaus erreicht und die Maschine in der Garage geparkt. Der Wagen seines Vaters stand noch nicht da, was ihn allerdings nicht weiter verwunderte. Drinnen warf er den Rucksack in eine Ecke, hing die Jacke an die Garderobe und ging direkt in sein kleines Atelier. Er nannte es so, obwohl das vermutlich ein wenig übertrieben war. Dort griff er nach Zeichenblock und Bleistift und begann zu zeichnen. Er konnte gut zeichnen, was ihm beim Schnitzen sehr zugute kam, denn er malte alle seine Motive vorher auf, damit er nichts vergaß.

Und dieses Motiv mochte er jetzt schon sehr. Er würde ein Porträt von Ben zeichnen und es später schnitzen. Der Hund war bildschön, und er freute sich auf die Arbeit. Wenn es fertig war, könnte er es Emily zeigen, und er war schon gespannt, was sie dazu sagen würde.
Emily ... sie hatte sich sicher über seinen überstürzten Abgang vorhin gewundert. Aber er hatte plötzlich das Gefühl gehabt, es in ihrer Nähe nicht mehr auszuhalten. Sie löste die widersprüchlichsten Gedanken und Wünsche in ihm aus. Gedanken, mit denen er sich nicht auseinandersetzen wollte. Erinnerungen, die wehtaten, Gefühle, die wehtaten.
Er schüttelte heftig den Kopf und beugte sich tiefer über den Zeichenblock. Schluss jetzt! Vielleicht sollte er morgen ein Date mit Tracy Bell verabreden, sie wartete ja schon lange darauf, einmal mit ihm auszugehen, sie würde sicher nicht nein sagen. Oder mit Viola Meyers, die stand doch auch auf ihn und hatte immer diese rattenscharfen, kurzen Röcke an. Ja, das war eine gute Idee. Genau das würde er tun. Er zeichnete konzentriert weiter, und doch schob sich immer wieder Emilys Bild vor sein inneres Auge.
Irgendwann räumte er schließlich ziemlich entnervt seine Sachen zur Seite und ging in die Küche, um sich ein Sandwich zu schmieren. Damit ging er ins Wohnzimmer und schaute sich eine neue Folge seiner Lieblingsserie an, doch selbst die konnte ihn heute nicht fesseln.
Als er zu Bett ging, war es fast elf Uhr, aber sein Dad war immer noch nicht zuhause. Peter hatte ihm eine SMS geschickt und mitgeteilt, es würde spät werden.
Es dauerte lange, bis Niclas endlich einschlief. Er wälzte sich unruhig hin und her und seine Gedanken schweiften immer wieder zu Emily. Warum lebte sie alleine in die-

sem Haus? Wo war ihre Familie? Was für einen Grund gab es für eine Siebzehnjährige, alleine in eine fremde Stadt zu ziehen und das letzte Jahr der High School an einer neuen Schule zu absolvieren, wenn sie das doch auch zuhause hätte machen können?
Er hatte vorhin deutlich gesehen, dass sie nicht darüber reden wollte, deshalb hatte er auch nicht weiter nachgefragt, aber irgendetwas sagte ihm, dass der Grund, warum sie hierher gekommen war, ein sehr schwerwiegender sein musste. Warum war sie so verschlossen, scheu und manchmal regelrecht verängstigt? Warum zuckte sie jedes Mal zusammen, wenn jemand sie zufällig berührte?
Er strich sich mit beiden Händen durch die Haare und rollte sich auf den Bauch. Es war warm im Zimmer und ein heftiger Wind rüttelte an den Fensterläden. Ob Emily jetzt schlief? Oder fürchtete sie sich, so alleine in dem Haus? Er drückte das Gesicht in die Kissen. „Ja, und wenn sie sich fürchtet, was geht es dich an? Schlaf endlich und hör auf mit diesem Quatsch“, murmelte er.

„Niclas, oh Niclas, es ist einfach wunderschön hier. Weißt du, dass ich noch niemals einen schöneren Ort gesehen habe als diesen hier? Schau, wie die Sonne auf dem Wasser glitzert. Wie Millionen winzig kleiner Diamantsplitter. Danke, dass du es mir zeigst. Vielen Dank.“
Emily drehte sich zu ihm um und lächelte ihm zu.
„Schön, wenn es dir gefällt. Das freut mich, wirklich“, sagte er und bohrte etwas verlegen mit den Fäusten in den Taschen seiner Jeans herum. Sie lachte und lief auf ihn zu, während der Wind mit ihren Haaren spielte und sie ihr ins Gesicht wehte. Er breitete die Arme aus und sie ließ sich einfach hineinfallen. Sie stellte sich auf die Zehenspitzen, zog seinen Kopf zu sich herunter. Er fühlte

ihre warmen, weichen Lippen auf seinen. „Weißt du, dass du unglaublich süß aussiehst, wenn du verlegen bist?"
„Süß?"
Sie lächelte nickte. „Ja, süß." Er umfasste sanft ihre schmale Taille und fühlte ihre Arme um seinen Nacken, während sie beide sich in einem unendlich zärtlichen Kuss verloren.
„Komm, setzen wir uns ein wenig da vorne hin, okay?", sagte er schließlich.
Emily nickte, und sie setzten sich auf einen der flachen Steine, die hier überall verstreut lagen. Sie schob ihre Hand in seine und lehnte ihren Kopf an seine Schulter. Ihre Locken kitzelten ihn etwas an der Wange, aber er hielt still. Immer wenn sie ihm so nahe war, fühlte er sich unendlich glücklich und leicht. Sie vertrieb den Schmerz, der sich seit Jahren in ihm eingenistet hatte, und er konnte nicht in Worte fassen, wie gut das tat. Er fühlte sich geborgen und sicher mit Emily an seiner Seite. Ein Gefühl, das er lange nicht mehr empfunden hatte.
Er senkte den Kopf und küsste sie auf die blonden Locken, die im schwächer werdenden Sonnenlicht schimmerten. „Wenn du frierst und gehen willst, sag es mir, okay?" Er wartete kurz. „Emily? Hörst du mich?"

„Emily? Emily ..." Niclas öffnete die Augen und setzte sich mit einem Ruck auf. Im ersten Moment wusste er gar nicht, wo er war, aber dann wurde ihm schlagartig bewusst, dass das alles nur ein Traum gewesen war. Er saß nicht an seinem Lieblingsplatz und Emily hielt nicht seine Hand. Sie hatte ihn nicht geküsst und würde das vermutlich auch niemals tun. Und er wollte ja auch gar nicht, dass sie es tat. Sie liebte ihn nicht und sie gehörte nicht zu seinem Leben. So einfach war das. Es war nur ein Traum gewesen, ein dummer, verwirrender Traum. Sonst nichts. Er ließ sich wieder in die Kissen zurückfallen und zog die Decke über den Kopf. „Verdammt, es war nur ein Traum. So was kommt schon mal vor, stell dich jetzt bloß nicht an.“ Und doch tat es weh. So viel mehr weh, als es sollte. Er fühlte wieder Emilys weiche Arme um seinen Nacken, ihre warmen Lippen auf seinen, und ein schmerzvolles Ziehen breitete sich in seiner Brust aus. „Mist, das darf doch nicht wahr sein.“ Er schlug die Decke zurück und sprang wütend aus dem Bett. Es war ohnehin fast Zeit zum Aufstehen, und er brauchte offensichtlich dringend eine kalte Dusche, um wieder zu Verstand zu kommen.

Niclas ließ das kalte Wasser so lange über Gesicht und Körper laufen, bis seine Haut ganz rot war und er fast mit den Zähnen klapperte. Schließlich beendete er seine morgendliche Tortur, trat aus der Dusche, trocknete sich ab und zog sich an. Dann trottete er missgelaunt in die Küche, wo sein Vater schon am Frühstückstisch saß.

„Morgen.“

Niclas‘ Gruß war knapp, er öffnete den Schrank und holte eine Packung Cornflakes heraus.

„Guten Morgen, Nic. Es tut mir leid, dass es gestern so spät geworden ist und wir uns nicht mehr gesehen haben.“

Niclas nickte. „Schon gut. Ist noch Kaffee da?“

„Dort, in der Kanne.“ Peter Delaney musterte seinen Sohn, der offensichtlich nicht gerade blendender Laune war. „Alles okay bei dir?“

Niclas zuckte mit den Schultern. „Klar, wieso nicht?“

Sein Vater lehnte sich zurück und faltete die Zeitung zusammen. „Ich weiß nicht, du wirkst missgestimmt.“

Niclas ließ sich auf den Stuhl fallen, goss Milch in eine Schüssel und schüttete ein paar Cornflakes hinterher. „Missgestimmt? Hm, ach was.“ Er rührte mit dem Löffel in seinen Cornflakes, während er missmutig vor sich hinstarrte.

Peter betrachtete seinen Sohn forschend. Er sah bedrückt und auch zornig aus. Peter kannte diesen Ausdruck in Niclas‘ Augen gut, denn auch seine verstorbene Frau Ashley hatte diesen Ausdruck gehabt, wenn sie verletzt oder unglücklich gewesen war, es aber auf keinen Fall zugeben wollte. Niclas glich ihr in so vielen Dingen, er hatte ihre sensible Art geerbt, aber auch ihren Hang, immer alles mit sich selbst ausmachen zu wollen. Und er hatte ihre Augen, diese braunen Augen mit den kleinen Goldfünkchen darin. Peter seufzte innerlich, denn er wusste sehr gut, dass er vieles falsch gemacht hatte bei seinem Jungen. Als Ashley starb, war Niclas knapp elf Jahre alt gewesen, und aus dem fröhlichen kleinen Jungen war nach ihrem Tod ein verschlossener, rebellischer Teenager geworden, der dringend die starke, führende, aber auch liebevolle Hand seines Vaters gebraucht hätte, der allerdings selbst in seiner Trauer wie erstarrt war und es nicht fertig brachte, sich mit den pubertären Launen und der wütenden Verzweiflung seines Sohnes auseinanderzusetzen. Er liebte Niclas von ganzem Herzen, das war immer so gewesen und würde immer so sein, aber all seine Fähigkeiten, diese Liebe zu zeigen, schienen mit Ashley gestorben zu sein. Und es kam, wie es kommen musste: Ihre vorher liebevolle Vater-Sohn-Beziehung verkam zu einer reinen Wohngemeinschaft, was Peter mittlerweile zutiefst bedauerte. Als ihm jedoch endlich klar geworden war, was er aufs Spiel setzte, fand er keinen rechten Zugang mehr zu seinem Sohn. Niclas war

kein Kind mehr, und Peter fürchtete wohl zu recht, die verlorenen Jahre nie wieder gutmachen zu können.
Dazu kam sein Job, der ihn stark beanspruchte und ihn viel Zeit kostete. Aber was sollte er machen? Sie mussten ja von irgendetwas leben. Niclas würde bald ein College besuchen und auch ein Studium musste finanziert werden. Peter seufzte wieder und beobachtete seinen Sohn, der immer noch gedankenverloren in seiner Schüssel rührte. Im Grunde wusste er kaum etwas von ihm. Er kannte außer Kevin kaum einen seiner Freunde, er wusste nicht, ob und in wen Niclas jemals verliebt gewesen war. Sein Sohn war ein bildhübscher Junge, und eigentlich müssten die Mädchen hier Schlange stehen, aber er brachte nie eine mit nach Hause. Von Gesprächen zwischen Niclas und Kevin, die er am Rande mitbekommen hatte, wusste Peter, dass es schon einige gegeben haben musste, aber offenbar war Nic nie eine wirklich wichtig gewesen. Peter konnte sich auch denken, warum, und das schlechte Gewissen nagte noch stärker an ihm.
Und nun hatte er eine Neuigkeit für seinen Sohn, von der er ganz und gar nicht wusste, ob sie ihm gefallen würde. Er schob seinen Teller zur Seite und sagte vorsichtig: „Niclas, ich würde gerne kurz etwas mit dir besprechen. Es kommt vielleicht jetzt etwas plötzlich, aber einmal muss ich es dir ja erzählen."
Niclas sah seinen Vater an, während er weiter in den Cornflakes rührte, ohne auch nur einen Löffel davon gegessen zu haben. „Okay, schieß los." Seine Stimme klang nicht wirklich interessiert.
Peter atmete tief durch. „Nun, es ist so – könntest du vielleicht einen Moment mit der Rührerei aufhören? Danke. Also, ich habe seit einigen Monaten eine neue Kollegin, Taylor. Und, nun ja, wie soll ich sagen, sie ist sehr nett,

und wir waren zu Anfang einige Male zusammen in der Mittagspause etwas essen und haben schnell gemerkt, dass wir uns sehr gut verstehen, weißt du.“ Er brach ab und strich sich durch die Haare, eine Geste, die sein Sohn ganz offensichtlich von ihm geerbt hatte. Er fühlte Niclas‘ braune Augen auf sich ruhen. „Also, ich will nicht lange um den heißen Brei herumreden, du bist ja auch kein kleines Kind mehr, dem ich etwas vormachen müsste. Ich habe mich in Taylor verliebt, und sie sich in mich.“ Er warf einen unsicheren Blick in Niclas‘ Richtung, der nun ganz still dasaß, den Löffel allerdings immer noch in der Hand hatte. „Was meinst du dazu?“

Niclas legte den Löffel jetzt in die Schüssel zurück. „Warst du gestern bei ihr, bist du deshalb so spät gekommen?“, fragte er.

Peter schluckte. „Ja, das stimmt. Es tut mir leid, Nic, ich hätte dir schon früher von ihr erzählen sollen.“

Niclas hatte jetzt den Kopf gesenkt und saß einen Moment ganz still da, dann sprang er plötzlich auf und rief zornig: „Schon okay. Du kannst so lange und so oft du willst wegbleiben und dich auch treffen, mit wem du willst, das geht mich nichts an.“

Peter war jetzt ebenfalls aufgestanden. „Natürlich geht dich das etwas an, du bist mein Sohn. Du bist der wichtigste Mensch in meinem Leben, und das wird immer so bleiben.“

Ein bitteres Lächeln glitt über Niclas‘ Gesicht. „Ach ja? Nein, das bin ich nicht, und das weißt du genau. Der wichtigste Mensch in deinem Leben war Mom, und als sie starb, war dir gar nichts mehr wichtig, am allerwenigsten ich. Du hattest nie Zeit für mich, aber für deine neue Freundin offensichtlich schon. Daran kann man zweifelsfrei erkennen, wer oder was dir wichtig ist. Also, ich freue mich für dich, dass du wieder jemanden gefunden hast, der dich vielleicht glücklich machen kann. Aber lass mich da raus." Damit drehte er sich um und stürmte aus der Küche, während sein Vater ihm bestürzt hinterher sah.

Peter blieb noch einen Moment stehen, dann setzte er sich schwerfällig wieder auf den Stuhl. Mit so einer heftigen Reaktion hatte er nicht gerechnet, obgleich ihm bewusst war, dass er sie wohl verdient hatte. Natürlich musste es auf Niclas jetzt so wirken, als ob er sich für die neue Frau in seinem Leben nun die Zeit nehmen würde, die er ihm immer verwehrt hatte, weil angeblich sein Job ihn so auffraß. Und nun musste es für Niclas so aussehen, als ob sein Vater versuchen würde, an alte Zeiten anzuknüpfen, jetzt, da es wieder eine Frau in seinem Leben gab.

Frei nach dem Motto, lass uns doch die verkorksten Jahre vergessen und heile Familie spielen. Jetzt, wo ich wieder einen Sinn in meinem Leben gefunden habe, bin ich auch bereit, wieder für dich da zu sein. Du konntest zwar leider die ganzen Jahre nicht der Sinn meines Lebens sein, aber nun hole ich dich gerne wieder aus deiner Ecke heraus, und du kannst wieder meinen hübschen, klugen Sohn geben, mit dem ich vor meiner neuen Freundin angeben kann.

Genau so musste es jetzt auf Niclas wirken, und Peter fühlte sich unsagbar elend, als sich die Gewissheit, als Vater völlig versagt zu haben, unbarmherzig in ihm ausbreitete.

Kapitel 13

Niclas zitterte immer noch vor Zorn, als er die Maschine auf der Hauptstraße beschleunigte und in ziemlich überhöhter Geschwindigkeit über die nächste Ampel brauste. Sonst fuhr er nicht so schnell, aber heute war ihm alles egal. Taylor! Na toll, für diese Schnepfe schien sein Vater nun also die Zeit zu haben, die er für ihn nie hatte erübrigen können. Aber gut, sollte er doch, er war erwachsen, er brauchte keinen Daddy mehr, der ihm bei Baseballspielen zuschaute oder ihm bei den Hausaufgaben half. Der konnte ihm gestohlen bleiben.

Er bog auf die Straße ab, die zur Schule führte, und nahm dabei einem Wagen knapp die Vorfahrt, dass der Fahrer offenbar so erschrocken auf die Bremse trat, dass er den Motor abwürgte. Niclas warf einen kurzen Blick zurück. Es war Maras Auto, das sie nun gerade wieder startete und ihm hinterherfuhr. Er verzog das Gesicht. Auch das noch, heute schien sein absoluter Glückstag zu werden.

Er bog auf den Schulparkplatz ab, parkte die Maschine und Mara hielt natürlich prompt direkt neben ihm.

Sie stieg aus und funkelte ihn wütend an. „Sag mal, willst du Selbstmord begehen, oder was? Ich hätte dich eben beinahe über den Haufen gefahren, weil du offenbar noch schläfst."

Niclas befestigte den Helm an der Maschine und warf einen Blick zu Emily, die nun ebenfalls ausgestiegen war und ihn forschend musterte. Musste sie ihn immer so angucken, mit diesen Augen, die ihn jetzt sogar schon im Schlaf verfolgten?

„Sorry, hab dich nicht gesehen." Seine Stimme klang mürrisch.

Mara funkelte ihn zornig an. „Ja, das hab ich gemerkt. Zum Glück habe ich dich gesehen, sonst wäre das sicher nicht so glimpflich für dich ausgegangen, du bist ja gerast wie ein Irrer."
Niclas richtete sich jetzt auf und zischte: „Reg dich ab, Mann. Ist ja nichts passiert." Damit drehte er sich um und stürmte Richtung Schule davon.
Emily sah ihm bedrückt hinterher. Das konnte ja heiter werden, Niclas schien absolut mieser Stimmung zu sein. Dabei hatte sie sich auf ihn gefreut. Es war dumm, aber das hatte sie wirklich, und nun hatte sie gerade überdeutlich gesehen, wie sehr Niclas sich auf sie gefreut hatte. Sie schloss die Tür und lief dann neben Mara ebenfalls über den Parkplatz auf die Schule zu.
„So was. Das hat unserem Mister Charming nicht mal leid getan, dass er mir beinahe in die Seite gerauscht wäre." Mara war immer noch wütend.
„Na ja, er hat sich aber doch entschuldigt", sagte Emily leise.
Mara schnaubte empört. „Entschuldigt nennst du das? Möchte mal wissen, was dem schon am frühen Morgen für eine Laus über die Leber gelaufen ist. Vielleicht hatte er Stress mit einem seiner One Night Stands."
Emily senkte den Kopf und lief stumm neben Mara her.
Die betrachtete sie forschend. „Tut mir leid, war nicht witzig, was? Em, ich weiß ja nicht, was du für Niclas empfindest, aber dass er dir nicht ganz egal ist, das sehe ich schon. Es ist nur ... bitte sei vorsichtig! Ich weiß, du hast mir erzählt, es wäre in Ordnung gewesen gestern, aber sieh ihn dir heute an. Er ist stinksauer wegen irgendwas und ... ach, ich will einfach nicht, dass du verletzt wirst. Niclas ist kein übler Kerl, aber ich weiß nicht, ob er dir gut tut. Du brauchst jemanden, der Rücksicht

auf dich nimmt, und nicht so dickköpfig und launisch ist wie er. Du könntest dich doch zum Beispiel mal mit Jeff treffen, ich glaub, er mag dich, er ist wirklich nett."
Emily sah Mara irritiert an. „Mit Jeff? Spinnst du? Ich will mich nicht mit jemandem treffen, weder mit Jeff, noch mit sonst jemandem. Und Niclas - mach dir keine Sorgen, ich komme klar mit ihm, außerdem", sie brach ab und schüttelte den Kopf, „außerdem ist er gar nicht so. Er kann wirklich sehr nett sein, und ich glaube, seine Unnahbarkeit ist nur Fassade. Ich denke, er ist bei weitem nicht so cool, wie er immer tut." Sie schwieg einen Moment. „Ben hat ihn gleich gemocht."
Mara schwieg und hängte sich bei ihrer Cousine ein. „Tut mir leid, Em, ich wollte dich nicht ärgern. Sei nicht sauer, okay?"
Emily schüttelte den Kopf. „Bin ich nicht. Schon okay."
Sie liefen schweigend weiter, und Mara dachte besorgt darüber nach, dass Niclas für Emily offenbar bereits sehr viel wichtiger war, als sie es sich eingestehen wollte. Und das bereitete ihr Sorgen, denn sie wusste, dass Emily nicht in der Lage war, irgendwelche Verletzungen und Enttäuschungen zu verkraften.
Vor dem Klassensaal verabschiedeten sich die Cousinen und Emily betrat zögernd den Raum. Niclas saß mit finsterer Miene auf seinem Platz und kritzelte etwas in seinen Block. Sie ging langsam auf ihren Tisch zu und setzte sich neben ihn.
„Hi."
Er hob kaum den Blick. „Hi."
Sie räumte ihre Sachen aus der Tasche. „Geht's dir gut?", fragte sie.
Jetzt sah er sie an, und unter dem missmutigen Ausdruck auf seinem Gesicht konnte sie plötzlich Einsamkeit und

Kummer erkennen. Ihr Herz zog sich schmerzhaft zusammen.
Er lehnte sich in seinem Stuhl zurück und sah sie prüfend an. „Klar, mir geht's super. Sieht man doch."
Sie schluckte. „Das finde ich nicht. Sonst hätte ich nicht gefragt."
Seine braunen Augen sahen sie einen Moment lang verblüfft an, und sie dachte schon, dass er gleich lächeln würde, doch stattdessen verdüsterte sich seine Miene noch mehr und er fuhr sie unwirsch an: „Ach ja? Willst du mir etwa sagen, wie es mir geht? Weißt du was, Miss Oberschlau, das geht dich gar nichts an. Lass mich einfach in Ruhe, okay?"
Emily starrte ihn erschrocken an, biss sie sich auf die Lippen, und zu ihrem Entsetzen spürte sie, wie sich ihre Augen mit Tränen füllten. Sie beugte sich hastig vor. „Okay, wie du meinst. Ich wollte nur nett sein. Wird nicht wieder vorkommen." Sie hörte selbst, wie sehr ihre Stimme zitterte, und am liebsten wäre sie aufgestanden und aus dem Saal gelaufen, aber Dr. Smith stand bereits vor der Tür und sprach noch mit einem Kollegen. Er würde sie sicher aufhalten und wissen wollen, was los sei.
Niclas sah Emily unbehaglich an. Er hatte die Tränen gesehen, die ihr in die Augen getreten waren, und Scham stieg in ihm auf. Was tat er nur mit ihr? Wieso hatte er sie schon wieder so grob angefahren? Sie konnte nun wirklich nichts dafür, dass er mit seinem Vater nicht zurecht kam und dieser nun eine neue Freundin hatte, für die er sich die Zeit nahm, die er für seinen Sohn nie übrig gehabt hatte. Und sie konnte nichts dafür, dass er mit seinen Gefühlen für sie nicht zurande kam. Mit seinen Gefühlen für sie? Gott, er hatte keine Gefühle für Emily.

Er beugte sich vor und stützte den Kopf in die Hände. Er hatte keine Gefühle für sie. Oder doch? Nein, das war unmöglich, einfach unmöglich! Er und Emily, sie waren völlig verschieden, sie empfanden nichts füreinander, nicht mal Freundschaft. Er hob vorsichtig den Blick und sah in ihre Richtung. Sie hatte den Kopf tief über ihre Bücher gebeugt und schrieb etwas in ein kleines Heft. Ihre Hand zitterte dabei. Nun legte sie den Stift weg und wischte sich über die Wange. Sie wischte die Tränen weg, Tränen, die er nicht sehen sollte, und die sie nur wegen ihm weinte. Und plötzlich überkam ihn das heftige Bedürfnis, seine Hand auszustrecken und nach ihrer zu greifen. Ihr zu sagen, dass er es nicht so gemeint hatte, und wie nett es von ihr war, sich um ihn zu sorgen. Leider betrat just in diesem Moment Dr. Smith den Raum und begann sofort mit seinem Unterricht, sodass sich keine Gelegenheit mehr ergab, etwas zu sagen. Niclas hörte nur mit halbem Ohr zu, und warf ab und an vorsichtige Blicke zu Emily hinüber, die ihn aber komplett ignorierte. Das schlechte Gewissen nagte heftig an ihm, und er überlegte, was er tun könnte, damit sie seinetwegen nicht mehr so unglücklich war. Kurz entschlossen riss er ein Stück Papier aus seinem Block, kritzelte hastig ‚*Es tut mir leid, entschuldige bitte*‘, darauf und schob es zu ihr hinüber.
Sie las den Zettel und zerknüllte ihn in ihrer rechten Hand. Schließlich sah sie zu ihm herüber, und er konnte deutlich erkennen, dass sie immer noch verletzt war. Dennoch lächelte sie ihm kurz zu, wobei es allerdings ein eher trauriges Lächeln war, das ihm mehr wehtat, als ihn zu erfreuen. Mehr konnte er im Moment aber wohl kaum erwarten, vermutlich konnte er froh sein, wenn sie

überhaupt noch ein Wort mit ihm reden wollte, so, wie er sie schon oft behandelt hatte.
Als die Stunde zu Ende war, hielt er sie am Arm fest, als sie den Saal verlassen wollte. Sie sah ihn erstaunt an, blieb aber stehen.
„Emily, hör zu, es tut mir wirklich leid, dass ich vorhin so ekelhaft war. Ich ... du hast Recht, es geht mir nicht wirklich gut, aber das ist kein Grund, es an dir auszulassen. Bitte entschuldige."
Sie sah ihn einen Moment an. „Schon gut. Vergessen wir es." Sie zögerte kurz, und er dachte, sie wolle noch etwas sagen, doch dann drehte sie sich um und ging weiter.
Er stand noch da, als Kevin auftauchte und ihn mit einem sarkastischen Lächeln musterte. Niclas wandte sich zu ihm um. „Sag jetzt nichts, okay? Sag jetzt einfach gar nichts."
Kevin hob abwehrend die Hände. „Schon klar, du hast alles unter Kontrolle. Sicher doch."
Niclas setzte schon zu einer wütenden Erwiderung an, doch dann atmete er tief durch. „Nein, hab ich nicht. Und das ist ja das Schlimme." Damit drehte er sich um und lief den Gang hinunter, während Kevin ihm erstaunt hinterher sah.
In der Mittagspause vermisste Emily Niclas in der Cafeteria. Ihre Blicke wanderten immer wieder durch den großen Saal, aber sie konnte ihn nirgends entdecken. Seine Freunde saßen alle an einem der Tische, aber keine Spur von ihm. Vielleicht war es naiv von ihr, und eigentlich hatte er es nach diesem Auftritt am Morgen auch gar nicht verdient, aber sie machte sich dennoch Sorgen um ihn. Vermutlich bildete sie sich das alles nur ein, aber sie glaubte, hinter dieser mürrischen, unnahbaren Fassade einen sehr verletzten Jungen zu sehen. Einen, der ihre

Seelenqual vielleicht besser verstehen könnte, als jeder andere. Sie stocherte in ihren Nudeln herum.
Mara stieß sie in die Seite. „Was ist denn los mit dir? Hast du keinen Hunger?“
„Nein, nicht so sehr.“
Mara nickte. „Ach ja, sicher wegen Niclas, hab ich Recht? Habt ihr euch gezofft? So, wie der drauf war heute Morgen, wäre es ja ein Wunder, wenn nicht.“
Emily schüttelte den Kopf. „Nein, haben wir nicht. Es ist alles okay mit Niclas und mir.“ Sie hatte keine Lust, Mara von der Sache zu erzählen, sie würde nur wieder versuchen ihr klarzumachen, dass sie sich von ihm fernhalten sollte. Außerdem wollte sie nicht, dass Mara schlecht über ihn dachte.
„Warum erzählst du Mara nicht, dass Niclas dich total angemacht hat? Hat er doch. Ich hab‘s gehört.“
Emily hob den Kopf und sah Jeffrey verärgert an, der ihr gegenüber saß. Was ging ihn das an?
„Ach, das hast du gehört? Wie schön für dich. Achte doch in Zukunft lieber auf Sachen, die dich was angehen. Und was ich mit Niclas bespreche, gehört definitiv nicht dazu.“ Sie schob ihren Teller zurück und sagte zu Mara, die schon zu einer Rede ansetzen wollte: „Ich gehe kurz an die frische Luft. Bis nachher. Und ich weiß schon, was du sagen willst, Niclas ist ein Idiot und ich soll mich von ihm fernhalten. Schon klar.“ Sie stand auf und zog ihre Jacke über, wobei sie Jeff noch einen wütenden Blick zuwarf. Mara sagte, er schwärmte für sie. Vielleicht wollte er damit nur ihre Aufmerksamkeit auf sich lenken, indem er Niclas schlecht dastehen ließ, aber darauf konnte sie verzichten. Sie schnappte ihren Teller, stellte ihn in den für Schmutzgeschirr vorgesehenen Container, und lief nach draußen.

Wieso verteidigte sie Niclas? Wieso war sie nicht so sauer auf ihn, wie sie hätte sein sollen, und wieso störte es sie, wenn jemand wie Jeffrey, der doch eigentlich nett und sympathisch war, sich über ihn aufregte? Sie licf über den Hof und ließ sich auf ihre Lieblingsbank fallen, die heute zum Glück frei war, denn es war kühl und ein frischer Wind wehte, der den nahenden Herbst ankündigte.
Sie beugte sich vor und verbarg das Gesicht in den Händen. Irgendwie wurde ihr das alles zu viel. Sie schlief fast keine Nacht durch, und immer noch wurde sie von den schrecklichsten Albträumen heimgesucht. Sie vermisste ihre Familie, besonders ihre Mom. Ihre Ängste wurden nicht besser, und sie fühlte sich immer noch unwohl in Gesellschaft von Menschen, insbesondere von Männern. Außer in Gesellschaft von einem, doch der schien wiederum absolut keinen Wert auf ihre Gesellschaft zu legen. Sie hob den Kopf und strich sich über die Stirn. In dem Moment bog Niclas um die Ecke, sah sie und blieb zögernd stehen. Dann jedoch kam er auf sie zu und fragte: „Darf ich?"
Sie sah ihn an und nickte. „Sicher."
„Danke." Er setzte sich neben sie, und sie fühlte seinen Blick auf sich ruhen, während ihr Herzschlag sich unwillkürlich beschleunigte. Dann beugte er sich vor. „Geht's dir gut?", fragte er.
Sie biss sich auf die Lippen und sah ihn unsicher an. In seinen Augen war allerdings kein Spott oder Hohn zu sehen, sondern er lächelte ziemlich zerknirscht, und auch Emily musste jetzt lächeln. „Mutierst du nun zum Mister Oberschlau und fragst Dinge, die dich nichts angehen?"
Er verzog das Gesicht und murmelte: „Scheint so. Emily, ich ... nun, ich finde es wirklich sehr nett von dir, dass

du mich gefragt hast, wie es mir geht. Das bin ich, ehrlich gesagt, nicht gewohnt von den Mädchen hier. Und, nun ja, ich bin nicht besonders gut darin, von mir zu erzählen, weißt du. Aber trotzdem, danke. Nochmal, es tut mir sehr leid, wegen vorhin. Friede?" Er lächelte wieder dieses zerknirschte Lausbubenlächeln. Emilys Herz machte einen Satz. Er hielt ihr seine Hand hin. Sie zögerte kurz, dann jedoch legte sie ihre langsam hinein. Seine warmen Finger schlossen sich fest um ihre und sie schluckte heftig. Das fühlte sich gut an. Es war, als würde Niclas mit dieser Geste ein wenig von dem Schmerz, der ihre Seele umklammert hielt, einfach fortwischen.
„Friede." Ihre Stimme zitterte, genauso wie ihre Finger in Niclas' Hand.
Er musterte sie forschend, und es schien, als wolle er ihr noch etwas sagen, doch dann ließ er fast hastig ihre Hand los und murmelte: „Gut, super. Ach, übrigens, wir müssten noch einige Dinge aus der Bibliothek zusammensuchen und auch einiges kopieren. Ich habe Dr. Smith gefragt. Er meinte, er würde dem Hausmeister Bescheid sagen, damit wir das eventuell heute Abend erledigen könnten. Wäre dir das recht?"
Emily nickte. „Ja, sicher. Das können wir machen."
„Gut, dann sag ich Dr. Smith Bescheid, der Hausmeister lässt dann für uns offen."
„Ja, mach das." Sie strich sich verlegen eine Haarsträhne hinters Ohr.
Niclas stand auf. „Okay, dann geh ich mal. Bis nachher dann."
Sie schaute ihm nach, als er über den Schulhof ging, und strich sich dann ganz vorsichtig mit der linken Hand über die Finger an ihrer rechten. Fast meinte sie, noch Niclas' Wärme dort zu fühlen. Sie starrte noch einen Moment

lang auf ihre Hand, schüttelte dann jedoch heftig den Kopf. „Hör auf zu spinnen, was soll denn das? Man könnte meinen, du hättest noch nie jemandem die Hand gegeben“, murmelte sie vor sich hin.
Sie hob den Kopf und sah Viola Meyers, die neben Niclas aufgetaucht war, und nun vor ihm stand und auf ihn einredete. Ihre langen blonden Haare reichten fast bis zu ihrem Po. Sie war zweifellos eine Augenweide. Sie war sehr groß und schlank, sie und Niclas gaben ein wirklich hübsches Paar ab. Außerdem müsste er sich nicht mal besonders tief herunter beugen, um sie zu küssen. Bei dieser Vorstellung fühlte Emily einen Stich in der Herzgegend und ihre Finger verkrampften sich ineinander. In diesem Augenblick wandte er den Kopf und sein Blick traf den ihren. Für Sekunden schienen ihre Blicke ineinander zu verschmelzen, dann sah Emily hastig weg und er drehte sich wieder um und ging mit Viola auf das Gebäude zu.

Kapitel 14

Dr. Smith hielt Wort. Er sprach mit dem Hausmeister, damit Emily und Niclas die Bibliothek nach Schulschluss noch für ihre Arbeit nutzen konnten. Dieser war einverstanden, und somit stand der abendlichen Aktion nichts im Wege. Carlos Montez wohnte zusammen mit seiner Frau Teresa und den drei gemeinsamen Kindern in der Hausmeisterwohnung in einem Seitentrakt. Er war sozusagen das Herz der Schule, immer gut gelaunt, freundlich und zuverlässig. Da die Middletown High nicht besonders groß war, kannte hier jeder jeden, und wenn es irgendwo Probleme gab, war Mr. Montez zur Stelle, um sie zu lösen.

Später am Abend saßen Emily und Niclas dann in der Schulbibliothek und gingen die Literatur durch, die sie passend für ihre Arbeit hielten.

„Sieh mal, was hältst du hiervon?“ Er hielt ihr ein dünnes Buch hin und sie streckte ihre Hand danach aus, dabei berührten ihre Finger zufällig seine und sie zuckte kurz zurück. Sie warf ihm einen erschrockenen Blick zu. War er jetzt wieder sauer? Manchmal reagierte er ja etwas eingeschnappt, wenn sie sich so abrupt von ihm zurückzog. Dieses Mal schien er jedoch nichts bemerkt zu haben, oder zumindest tat er so.

Sie nahm das Buch und sah es aufmerksam durch, während Niclas sie unauffällig beobachtete. Sie sah richtig süß aus, wenn sie sich auf etwas konzentrierte. Dann runzelte sie die Stirn und biss sich oft unwillkürlich auf die Lippen.

„Schau mal, diese Passage hier ist toll, sie würde sehr gut in unseren Text passen." Emily sah hoch und bemerkte, dass Niclas sie ganz versunken ansah. Sie lächelte etwas verlegen und strich sich eine Locke hinters Ohr. „Niclas?"
Er zuckte zusammen. „Wie bitte?"
„Diese Passage hier, hast du die gesehen?" Sie hielt ihm das Buch hin.
Er räusperte sich und griff schnell danach. „Welche? Zeig mal!"
Sie tippte mit dem Finger darauf.
Er las sie aufmerksam durch. „Ja, die ist wirklich gut, die nehmen wir mit rein. Wir müssen den Kram nachher nur noch kopieren." Seine Stimme klang nun betont gleichmütig.
Sie nickte. „Ja, das finde ich auch."
Sie wusste nicht, an was er gerade gedacht hatte, als er sie so anschaute, ob an sie oder an irgendetwas vollkommen anderes, aber es war ziemlich eindeutig, dass es ihm unangenehm war und er auf keinen Fall näher darauf eingehen wollte.
Sie arbeiteten ungefähr zwei Stunden fast schweigend, und Emily hatte das eigenartige Gefühl, dass Niclas sich unwohl fühlte in ihrer Gesellschaft, was sie traurig machte, dabei sollte es ihr doch wirklich gleichgültig sein. Es war mittlerweile schon ziemlich spät und stockdunkel draußen.
Sie nahm zwei der Bücher, die auf dem Tisch lagen. „Ich gehe diese Seiten hier mal noch kopieren. Vielleicht sollten wir danach Schluss machen? Ich bin wirklich kaputt."
Niclas schrieb weiter an seinen Notizen und murmelte, ohne den Kopf zu heben: „Ja, klar. Machen wir Schluss dann."

„Okay, dann geh ich mal."
Er nickte. Emily erhob sich und verließ die Bibliothek. Sie war wirklich müde, und die ständige Anspannung, wenn sie mit Niclas zusammen war, machte sie ganz mürbe. Sie hatte Angst, sie könnte etwas Falsches sagen und er wäre wieder sauer auf sie. Seine betont an den Tag gelegte Gleichgültigkeit tat ihr weh, und sie war einfach nur froh, wenn sie zuhause war, noch eine Kleinigkeit essen und dann ins Bett gehen konnte. Vielleicht schaffte sie es, noch zwei oder drei Stunden Schlaf zu finden, bevor die Albträume sie wieder zu quälen begannen und ihr die Ruhe raubten.
Sie hatte Mara Bescheid gesagt, dass sie mit Niclas heute hier lernen würde und sie gebeten, mit Ben Gassi zu gehen, was ihre Cousine natürlich gerne tat, wohingegen sie über Emilys Extra-Schulstunde mit Niclas nicht sehr begeistert war.
Sie erreichte den Kopierraum am Ende des Flures und schaltete das Licht an. Sie seufzte und rieb sich den Nacken, der ganz verspannt war. Dann legte sie die erste Seite in das Gerät und schaltete es ein, um sie zu kopieren. Sie wartete und legte dann die nächste Seite ein. Irgendetwas knackte in dem Raum. Sie sah sich unbehaglich um. Das Licht flackerte manchmal, und es war eigenartig hier, so ganz alleine. Sonst war es nie so still, auch nicht während des Unterrichts, wenn sich alle Schüler in ihren Klassenräumen befanden. Aber nun schien es, als sei sie ganz alleine in dem großen Gebäude. Nun ja, das war sie ja auch fast. Außer ihr war nur noch Niclas hier, und der saß am anderen Ende des Flures. Mr. Montez war in seiner Hausmeisterwohnung, sie würden ihm erst Bescheid sagen, wenn sie fertig waren. Er würde dann kommen, um abzuschließen.

Emily legte eilig die nächste Seite ein und schließlich hatte sie es fast geschafft.
„Noch drei Seiten, dann ab nach Hause“, murmelte sie, schloss den Deckel des Kopiergerätes – und in diesem Moment verlosch das Licht. Ihr Herzschlag setzte aus vor Schreck. Sie sah sich erschrocken um. „Was ist denn jetzt los?“
Das Kopiergerät ratterte und dann war es ruhig. Emily stand ganz still und lauschte in die Dunkelheit. Der Raum hatte nur ein winzig kleines Fenster und es war nun wirklich fast stockfinster hier drinnen. Wo war der Lichtschalter? Direkt neben der Tür, sie musste ihn anknipsen. Sie tastete sich langsam an den Schränken entlang, die an der Wand standen, und erreichte schließlich die Tür, unter der ein schwacher Lichtschein zu sehen war, der draußen vom Flur kam. Sie tastete mit einer Hand nach dem Türgriff und mit der anderen nach dem Lichtschalter. Schließlich fand sie den Griff, drückte ihn nach unten und zog an der Tür. Nichts! Die Tür ließ sich nicht öffnen. Sie zog wieder daran, dieses Mal heftiger, aber nichts, die Tür blieb verschlossen. „Das gibt's doch nicht.“
Sie fühlte, wie ihr Herzschlag sich beschleunigte, und tastete hektisch nach dem Lichtschalter. Da, da war er. Sie drückte darauf und auch hier tat sich – nichts. Emily schnappte entsetzt nach Luft und rüttelte wieder an dem Türgriff. Das konnte doch nicht sein, wieso ging diese verdammte Tür nicht auf? Und wieso ging das Licht nicht an? „Oh nein, bitte nicht. Bitte nicht. Geh auf, los, mach schon, geh auf!“ Sie rüttelte und zog jetzt fast panisch an dem Griff, doch die Tür bewegte sich keinen Millimeter. „Nein, nein, bitte!“

Emily fühlte, wie eiskalte Panik in ihr hoch kroch. Seit *dieser* Nacht fürchtete sie sich vor der Dunkelheit, und nun saß sie hier in einer fast menschenleeren Schule in einem stockdunklen Kopierraum und bekam die Tür nicht auf. Sie saß in der Falle! Ihr Herz raste jetzt wie wahnsinnig und ihr Atem begann zu rasseln. Seit dem *Vorfall* hatte sie öfter Probleme mit der Atmung, wenn sie sich fürchtete oder sich sehr aufregte. Da! Was war das? Da war doch ein Geräusch! Sie fuhr herum und starrte voller Angst in die Finsternis, die sie umgab. „Hallo? Ist da jemand?“ Ihre Stimme zitterte und sie versuchte, weiter zurückzuweichen, aber da waren nur die Tür und die Wand in ihrem Rücken. „Hallo? Bitte, das ist nicht witzig.“
Da, da raschelte etwas, und Emily hatte das Gefühl, gleich ohnmächtig zu werden. Plötzlich schienen aus dem Dunkel Hände nach ihr zu greifen. Schwitzige Hände, Augen, die sie voller Gier anstarrten und Atem, der nach Alkohol stank. „Nein! Nein!“
Niclas! Wo war Niclas? Wie lange würde es dauern, bis er bemerkte, dass sie nicht zurückkam? Plötzlich kam ihr ein entsetzlicher Gedanke. Er würde doch nicht vermuten, dass sie schon nach Hause gegangen wäre? Nein, oder? Er würde doch auf sie warten und nicht einfach gehen? Aber bei ihm konnte man nie genau wissen, was ihm in den Sinn kam.
Und ohne länger darüber nachzudenken, begann Emily mit beiden Fäusten an die Tür zu hämmern. „Niclas! Niclas, hörst du mich? Niclas!“
Sie wusste nicht, wie lange sie nach ihm gerufen hatte, ob es Minuten waren oder Stunden, aber irgendwann ging ihre Stimme in Schluchzen über. Diese schreckliche Angst in ihr vernebelte alle ihre Sinne. Sie hörte jetzt

Geräusche aus allen Winkeln, und sie sah *ihre* Gesichter, die sie höhnisch angrinsten.
„Niclas ... bitte.“ Die Panik ließ ihre Stimme versagen und nur noch ein gequältes Wimmern kam über ihre Lippen. Sie hatte das Gefühl, keine Luft mehr zu bekommen und elend zu ersticken, so zugeschnürt war ihre Kehle. Die Tür in ihrem Rücken schien nachzugeben und sie rutschte nach unten auf den Boden, zog die Knie an, schlang ihre Arme darum und starrte mit weit aufgerissenen Augen in die Schwärze.

Niclas klappte das Buch zu und reckte sich auf seinem Stuhl. Dann stand er auf und sah auf die Uhr. „Mensch, Emily, wo bleibst du? Wir wollten doch Schluss machen für heute.“
Er räumte die Sachen auf, die noch auf dem Tisch lagen, und sah ungeduldig zur Tür. Was kopierte sie bloß alles? Wie lange war sie überhaupt schon weg? Er hatte keine Ahnung, war so vertieft in seinen Text gewesen, dass er überhaupt nicht darauf geachtet hatte. Vielleicht sollte er einmal nachsehen gehen?
Er trat ans Fenster und sah hinaus. Es war schon lange dunkel, allmählich bekam er Hunger, und es reichte ihm für heute. Aber wenn er nun nachschauen ging, würde sie sich wieder auf den Schlips getreten fühlen? So, als ob er ihr nicht zutraute, ein paar Kopien zu machen? Also beschloss er, ihr noch ein paar Minuten zu geben. Er packte seine Sachen in den Rucksack, dann entschied er, sie auf dem Handy anzurufen. Ihre Nummer hatte sie ihm gegeben und er drückte die Speichertaste. Gleich darauf erklang ein Klingelton und er verzog das Gesicht. Sie hatte ihr Handy in ihrer Tasche stecken lassen.

„Also, mir reicht's nun, ich will nach Hause, und mir ist es jetzt egal, ob du sauer bist oder nicht, ich gehe jetzt schauen, wo du bleibst." Damit verließ er die Bibliothek und lief den langen Gang entlang bis ans Ende des Flurs, wo sich der Kopierraum befand. Er drückte schwungvoll auf die Türklinge und wäre fast gegen die Tür geprallt, die verschlossen blieb. Was war das denn? „Emily? Bist du da drin?" Er horchte und rief dann noch mal: „Emily?"

Dabei klopfte er mit der flachen Hand an die Tür.

Dann hörte er eine leise Stimme von drinnen. „Niclas? Oh Niclas, Gott sei Dank, da bist du ja!"

Er konnte sehr deutlich die Angst und die Tränen in ihrer Stimme hören. „Emily, was ist denn los? Ist alles okay mit dir?"

„Ja, schon. Aber die Tür geht nicht auf und das Licht geht auch nicht an. Und, Nic, hier ist jemand." Ihre Stimme klang panisch und völlig atemlos, als würde sie kaum Luft bekommen. Niclas runzelte die Stirn und rüttelte an der Tür, die sich leider keinen Zentimeter bewegte.

„Da ist niemand, ganz sicher nicht. Die Tür klemmt vielleicht nur und bestimmt ist die Leuchtröhre kaputt."

„Nein! Nein, hier ist jemand drin, ich höre ihn." Sie schluchzte jetzt.

„Okay, bleib ganz ruhig! Ich hole Mr. Montez, der öffnet die Tür, dann bist du ganz schnell hier raus und siehst, das da absolut gar nichts ist."

„Nein! Nein, oh bitte, Niclas, geh nicht weg, bleib hier, bitte!"

„Okay, okay, schon gut, keine Angst. Hör zu, ich hab die Telefonnummer von Mr. Montez nicht in meinem Handy gespeichert, aber Dr. Smith hat sie mir gegeben, für alle

Fälle. Ich hab sie drüben in meinem Rucksack. Ich hole sie jetzt und dann rufe ich ihn an. Ich bin in einer Minute wieder da. Okay? Emily?"
Es dauerte einige Sekunden, dann kam ein klägliches „Okay", zurück.
Er stand auf und lief, so schnell er konnte, den Gang hinunter, kramte in seinem Rucksack, fand zum Glück gleich den Zettel und eilte dann zum Kopierraum zurück.
„So, hier bin ich. Alles okay. Ich rufe jetzt Mr. Montez an, der wird gleich hier sein, und dann bist du sofort draußen." Er wählte die Nummer des Hausmeisters, der nach dem dritten Läuten an den Apparat ging und sich meldete. Niclas erklärte ihm mit wenigen Worten die Lage. Carlos versprach, sofort zu kommen.
„So, alles klar, er wird gleich da sein. Emily, hörst du mich?"
„Ja. Bleibst du hier? Du gehst nicht weg?"
Er konnte ihre Angst fast körperlich fühlen, und am liebsten hätte er diese verflixte Tür eingetreten, aber nachdem ihr anscheinend keine wirkliche Gefahr drohte, erschien ihm das nicht sehr ratsam zu sein, denn er sah schon das wütende Gesicht des Direktors vor sich.
„Sicher, ich bleibe hier. Setz dich am besten hin. Es dauert noch einen Moment."
„Ja." Emily war aufgesprungen, als Niclas aufgetaucht war, ließ sich aber nun wieder auf den Boden sinken.
„Gut, ich setze mich auch hierhin, dann sitzen wir quasi Seite an Seite hier. Du bist also nicht alleine."
Ihre Stimme klang immer noch völlig atemlos. „Okay. Okay. Niclas, was ist das? Was kratzt hier so?"
Er lehnte den Kopf an die Tür, konnte aber nichts hören, außer Emilys leisem Schluchzen.

„Ich weiß nicht, ich höre nichts. Emily, beruhige dich, hier ist niemand, glaub mir. Ich bin ja hier, es ist alles gut. Hör zu, ich verspreche dir, wenn jemand da drin bei dir ist und dir zu nahe kommt, bin ich innerhalb von drei Sekunden bei dir drinnen und mache den Typen platt, okay?“
Emily lehnte von innen den Kopf an die Tür und musste nun doch lachen. „Versprochen?“
„Versprochen!“
Sie legte ihre Handfläche an die Tür und bildete sich ein, Niclas‘ Wärme zu fühlen.
„Ich hatte solche Angst, dass du schon ohne mich gegangen sein könntest und ich hier die ganze Nacht festsitze. Ich bin so froh, dass du da bist.“
Niclas schluckte und verzog leicht das Gesicht. Ihr Vertrauen in ihn war ja überwältigend, wenn sie es für möglich hielt, dass er einfach so abhauen würde.
„Ich wäre doch nie einfach so gegangen. Wirklich nicht.“
„Ja, ich weiß. Es tut mir leid.“ Ihre Stimme war ganz leise und verzagt, und er hoffte, dass Mr. Montez so schnell als möglich kommen würde, um sie da raus zu holen.
„Ist alles okay? Du klingst, als ob du keine Luft bekommst.“
Sie hustete. „Bekomme ich auch nicht. Ich ... ich habe manchmal Probleme mit der Atmung.“
Sie schwiegen jetzt und er zählte die Sekunden, bis Carlos Montez endlich mit hochrotem Gesicht um die Ecke bog.
Niclas stand hastig auf. „Gott sei Dank, da sind Sie ja. Emily Alexander ist da drin, und ich glaube, es geht ihr nicht besonders gut. Bitte, machen Sie schnell. Die Tür scheint sich verkantet zu haben.“

Carlos schüttelte mit finsterem Gesicht den Kopf. „Nein, nichts hat sich verkantet, das war mein Sohn, dieser Lausebengel. Emmanuel hat mitbekommen, dass ihr beide heute noch hier seid, und da ist ihm die Idee gekommen, euch und mich ein bisschen zu ärgern. Dieser unnütze Lausejunge“, schimpfte der Hausmeister etwas verärgert. Carlos griff in die Tasche seines grauen Kittels und schwenkte einen Schlüssel. „Den hier hat er mir geklaut und ist hier herumgeschlichen. Dann hat er die junge Lady gesehen und einfach abgeschlossen. Der kann was erleben, sage ich dir.“ Carlos war mit allen Schülern per du, da er ja die meisten schon seit vielen Jahren kannte, und niemand wäre je auf die Idee gekommen, sich darüber zu beschweren.
Niclas zog die Augenbrauen hoch. Emmanuel Montez, wer hätte das gedacht. Er kannte den kleinen Jungen, der immer fröhlich lachte und winkte. Und wenn Emily nicht tausend Ängste ausgestanden hätte, hätte er jetzt sicher schmunzeln müssen über den kleinen Gauner.
Carlos Montez steckte den Schlüssel in das Schloss.
„Emily, wir schließen jetzt auf, geh mal zur Seite“, rief Niclas. Gleich darauf schwang die Tür auf und er trat schnell in den stockfinsteren Raum, der jetzt allerdings von dem Licht aus dem Flur ein wenig erhellt wurde.
Emily lehnte an der Wand, und trotz dem schlechten Licht konnte er sehen, dass sie totenblass war. Um ihre Augen lagen dunkle Schatten. Sie sah völlig fertig aus. Ihr Atem ging immer noch hektisch und sie zitterte am ganzen Körper. Niclas wurde schlagartig klar, dass das hier nicht einfach nur die Angst eines Mädchens war, das für eine Weile in einem Kopierraum eingeschlossen gewesen war, sondern dass viel mehr dahinter steckte. Sie musste irgendetwas Entsetzliches erlebt haben, etwas,

das sich tief in ihre Seele gebrannt hatte. Sie wirkte verloren und verletzlich, wie sie da stand und nun offenbar angestrengt versuchte, ihre Tränen zurückzuhalten, dass er am liebsten zu ihr hingegangen wäre und sie ganz fest in seine Arme gezogen hätte, aber eine unbestimmte Ahnung hielt ihn zurück.
So trat er nur vorsichtig auf sie zu und fragte leise: „Hey, alles okay? Beruhige dich, es ist alles in Ordnung, siehst du, hier ist niemand." Er sprach so leise wie möglich, denn er konnte sich denken, wie unangenehm ihr das jetzt vor dem Hausmeister und vermutlich auch vor ihm war. Er drehte sich um und warf einen bittenden Blick zu Mr. Montez, der zum Glück gleich verstand. „Ich gehe mal eine neue Leuchtröhre besorgen, die Dinger gehen auch immer schneller kaputt." Er hielt kurz inne. „Es tut mir leid, dass mein Sohn dich so erschreckt hat, Emily, ich werde gleich morgen ein Hühnchen mit ihm rupfen."
Emily hob den Blick und sah Niclas fragend an.
„Emmanuel Montez hat uns einen Streich spielen wollen und die Tür abgeschlossen. Er ist acht Jahre alt."
Sie schluckte und nickte. „Oh. Nein, Mr. Montez, seien Sie bitte nicht so streng mit ihm, er hat es sicher nicht böse gemeint."
Der Hausmeister nickte und lächelte. „Das ist nett von dir, aber ich werde ihm trotzdem die Ohren lang ziehen." Damit wandte er sich um und ging den Flur hinunter.
Emilys Atem ging immer noch schnell. Niclas zögerte kurz, doch dann streckte er langsam den Arm aus und murmelte: „Gib mir deine Hand, du musst dich beruhigen."
Sie sah ihn unsicher an, doch dann legte sie ihre Hand in seine.

„So ist es gut, und jetzt atmest du ganz ruhig ein und wieder aus. Ich weiß, du hast dich ziemlich erschrocken, aber jetzt ist alles wieder okay. Hörst du? Alles ist okay, hier ist niemand außer uns und hier war auch niemand."
Sie nickte. „Du ... du musst mich für völlig verrückt halten, und ich kann es dir nicht mal verübeln." Ihre Stimme zitterte.
„Ich halte dich nicht für verrückt, Emily. Ich denke, du bist sehr verletzt wegen irgendetwas, und das ist kein Grund, sich zu schämen."
Sie sah ihn überrascht an, dann glitt ein winziges, schmerzliches Lächeln über ihr Gesicht. „Danke", flüsterte sie.
Er stand ganz nah vor ihr. Sie schloss die Augen und lehnte ihren Kopf ganz leicht an seine Schulter. Ihre Hand lag jetzt ruhig und sanft in seiner, und Niclas hielt den Atem an. Obwohl sich ihre Körper nicht berührten, hatte er noch niemals etwas als so innig und nah empfunden, als gerade diese Sekunden hier mit Emily in dem dunklen Kopierraum der Schule.

Emily fühlte Niclas' Hand, die sich fest um ihre schloss, sie fühlte seine Nähe. Fast hätte sie wieder geweint, dieses Mal aber vor Glück, dass er da war, dass er so nett und einfühlsam war, und aus Scham und Verzweiflung über sich selbst. Wie konnte sie nur so die Kontrolle verlieren? Niclas und Mr. Montez mussten sie für völlig durchgedreht halten.
Niclas' Nähe verwirrte sie völlig. Es war zwar wunderschön, dass er hier so nahe bei ihr war, und vor allem war es für sie fast unbegreiflich, dass sie das zulassen konnte. Mit niemandem sonst konnte sie sich das vorstellen. Andererseits machte es ihr Angst, denn es weckte wieder

diese unsinnigen Sehnsüchte in ihr, die sie nur traurig machten.
Am liebsten hätte sie sich in seine Arme fallen lassen und ihren ganzen Kummer an seiner Schulter herausgeweint, aber das war völlig unmöglich. Sie konnte ihm ja nicht mal erklären, was mit ihr los war. Sie atmete noch einmal tief durch, dann hob sie den Kopf und sah in seine braunen Augen, die nun besorgt auf ihr ruhten.
„Danke, es geht wieder. Ich hab das manchmal, wenn ich mich sehr aufrege oder so. Ich ... mir ist das schrecklich peinlich. Ich danke dir wirklich sehr für dein Verständnis, aber trotzdem. Wie konnte ich nur so ausflippen?“ Sie sah ihn unglücklich an.
Ein leichtes Lächeln legte sich auf sein Gesicht, das ihr Herz schon wieder einen Satz machen ließ. „Ach was, so schlimm war es doch gar nicht, mach dir keine Gedanken, okay? Und jetzt komm, lass uns lieber hier verschwinden, bevor Emmanuel uns noch mal einsperrt.“ Er zwinkerte ihr zu, und sie fühlte sich plötzlich ein wenig leichter.
Sie sah ihn dankbar an. „Wenn du dabei wärst, wäre es ja nicht so schlimm“, meinte sie leise.
Niclas lächelte ein wenig verlegen. „Meinst du? Na ja, dann. Aber wir müssen es ja nicht drauf ankommen lassen, was?“
Sie schüttelte den Kopf und lächelte nun auch. „Nein, müssen wir nicht.“
„Gut, dann los.“
Sie traten aus dem Kopierraum auf den Flur und dort wurde ihnen bewusst, dass sie sich noch immer an den Händen hielten. Zögernd ließ er ihre Hand los. Für einen kurzen Augenblick hatte sie das Gefühl, er würde es bedauern, genauso wie sie.

Im Saal packten sie ihre Sachen zusammen und verabschiedeten sich noch von Mr. Montez, der ihnen im Flur begegnete und eine Leuchtröhre in den Händen hielt. Er entschuldigte sich noch einmal für seinen Sohn. Emily sagte noch einmal, es wäre nicht so schlimm gewesen, er solle den Kleinen nicht zu sehr schimpfen.
Gleich darauf standen sie auf dem Parkplatz. „Wie kommst du nach Hause? Hast du Maras Auto dabei?“, fragte er.
Emily schüttelte den Kopf. „Nein, sie hat gesagt, ich soll sie anrufen, dann würde sie mich abholen. Aber es ist schon so spät, vielleicht schläft sie schon. Ich werde mit dem Bus fahren, da drüben ist die Haltestelle.“ Sie zog etwas unbehaglich die Schultern hoch.
„Quatsch, das kommt gar nicht infrage, ich fahre dich heim. Hier, nimm meinen Helm, ich hab leider nur einen, ich wusste ja nicht, dass du mitfährst.“ Er hielt ihr seinen Helm hin.
Sie schüttelte den Kopf. „Du fährst mich heim? Das ist nett von dir, aber dann zieh du den Helm auf. Es ist ja deiner.“
Er legte den Kopf schief. „Emily, keine Diskussionen, okay? Nimm jetzt den Helm, oder ich nehme dich nicht mit.“ Sie öffnete den Mund, um zu einer Erwiderung anzusetzen, doch er sagte schnell: „Ich meine es ernst, wirklich.“
Sie kniff etwas die Augen zusammen und griff dann seufzend nach dem Helm. „Was ist, wenn wir einen Unfall haben und du hast keinen Helm?“Sie zögerte.
Niclas verdrehte die Augen. „Ich baue keinen Unfall. Okay? Vertrau mir, und nun setz den Helm auf.“
Sie sah ihn einen Moment noch skeptisch an, dann allerdings nickte sie und zog den Helm über.

Er grinste und stieg auf. „Komm schon." Er wies mit der Hand hinter sich, und sie schwang sich zögernd auf den Sozius. Sie war noch nicht gerade oft Motorrad gefahren, nur einmal mit einem früheren Nachbarssohn, als sie noch zuhause gewohnt hatte. „Wo soll ich mich denn festhalten, hinten am Sitz, oder wo?" Sie klang etwas ängstlich.
Niclas musste wieder grinsen. „An mir, das ist sicherer, bevor du noch runterfällst." Er packte kurzerhand ihre beiden Arme und zog sie um seine Taille. „So geht das." Er lachte über ihr verlegenes Gesicht und schüttelte den Kopf. Dann startete er den Motor und bog gleich darauf auf die Straße ab.
Sie fuhren ein paar Minuten, dann fiel Emily auf, dass er nicht den Weg zu ihr nach Hause nahm. Sie zupfte ihn am Ärmel und zeigte dann in die andere Richtung, aber er schüttelte nur den Kopf. Einige Minuten später hielt er vor Antonios Eisdiele und stieg ab.
„Warte kurz hier."
Sie sah ihm nach, wie er an das Fenster ging, und gleich darauf tauchte Maria auf. Sie lachte, und Niclas sagte etwas zu ihr, woraufhin sie in Emilys Richtung schaute und nickte. Ihrem Lächeln nach zu schließen, schien sie gerade sehr mit Niclas einer Meinung zu sein.
Er bezahlte, drehte sich um und kam zum Motorrad zurück. „So, hier, ein bisschen Nervennahrung für dich, und hm, einfach so für mich." Er lächelte Emily zu, und ihr Herz begann schon wieder so eigenartig in ihrer Brust zu stolpern. Sie zog den Helm ab und betrachtete ihn gerührt. „Schokoladeneis?"
Er nickte. „Ja, das magst du doch, oder?"
„Oh ja, sehr. Dass du das noch weißt." Sie griff nach der Waffel mit den zwei dicken Kugeln von ihrem Lieblings-

eis. „Danke, Niclas. Für das Eis, und ganz besonders, dass du heute für mich da warst. Ich“, sie stockte kurz und fuhr dann zögernd fort, „ich würde es dir gerne erklären, warum ich so reagiert habe, aber ich kann nicht. Ich kann nicht darüber reden.“
Sie sah plötzlich wieder unglaublich verletzlich aus, dass Niclas heftig schlucken musste.
„Schon okay, du musst mir nichts erklären. Und ich hab ja nichts groß gemacht.“ Er senkte etwas verlegen den Kopf und sie aßen schweigend ihr Eis. Danach fuhr er sie nach Hause und brachte sie bis vor die Haustür.
„Ist es okay, wenn du jetzt alleine bist? Du warst sehr durcheinander vorhin. Ruf doch Mara an, sie kommt sicher rüber zu dir.“
Emily schüttelte den Kopf. „Nein, das ist nicht nötig, wirklich. Ich kann nicht jedes Mal wenn ich Angst habe jemanden herkommen lassen, sonst würde wohl dauernd jemand hier schlafen müssen.“ Sie verzog etwas das Gesicht und fügte dann lächelnd hinzu: „Außerdem, sieh, ich bin ja gar nicht alleine.“ Sie schloss die Tür auf und Ben kam schwanzwedelnd herausgestürmt. Er begrüßte Emily, die ihm das weiche Fell zauste. „Na, mein Süßer, warst du brav? Ich war lange weg heute, was? Tut mir leid.“
Dann wandte der Hund sich zu Niclas um und schnüffelte an seinen Beinen. Der beugte sich herunter und strich sanft durch das goldene Fell. „Ja, stimmt, da hast du ja jemanden, der auf dich aufpasst. Hallo Ben, na, wie geht’s dir?“ Niclas streichelte den Hund eine Weile und sagte schließlich: „Okay, dann werde ich jetzt mal fahren. Gute Nacht.“
„Gute Nacht. Schlaf gut.“
„Ja, du auch.“

Er wandte sich ab und ging zwei Schritte, um sich dann noch einmal umzudrehen.
„Ach, Emily. Ich hab dir heute Nachmittag ja gesagt, ich bin nicht besonders gut darin, über mich zu erzählen, ich bin besser im Zuhören. Also, wenn du mal jemanden brauchst, du hast ja meine Nummer. Du kannst mich immer anrufen, jederzeit."
Er strich sich mit einer Hand durch die Haare und in seinen Augen konnte sie Unsicherheit lesen.
Emily lächelte ihm zu. „Danke. Das ist wirklich nett von dir. Ich komme vielleicht darauf zurück."
„Hm, okay. Also dann." Er hob noch einmal kurz die Hand und schwang sich auf die Maschine. Bevor er losfuhr, gab er ihr ein Zeichen, sie solle hineingehen, was sie auch tat. Sie winkte ihm noch einmal und schloss dann sorgfältig die Tür.
Sie lehnte sich mit dem Rücken dagegen und ein Lächeln umspielte ihre Lippen. Heute hatte sie einen ganz anderen Niclas kennen gelernt. Einen, der sich um sie gesorgt hatte, der nett und einfühlsam gewesen war und unglaublich süß. Sie schloss die Augen und murmelte: „Ich komme um dieses Wort einfach nicht herum. Ben, was ist das nur mit ihm?" Sie öffnete wieder die Augen und kniete sich zu dem Hund auf den Boden. Ben sah sie mit schief gelegtem Kopf aufmerksam an. „Niclas ist ganz anders als die anderen Jungs, die ich kenne. Er kann so unfreundlich und unnahbar sein, aber heute war er völlig anders. Ich weiß, es klingt verrückt, aber ich fühle mich sicher, wenn er da ist. Es ist, als könnte mir nie wieder etwas geschehen, wenn er in meiner Nähe ist. Und das mit dem Eis, das war sehr nett von ihm, ich hätte nie gedacht, dass er das noch weiß." Sie schlang die Arme um Bens Hals und schmiegte ihr Gesicht in sein weiches

Fell. „Ich hab mich vorhin schrecklich blamiert. Niclas muss mich für eine hysterische Kuh halten, aber er hat es mich nicht merken lassen. Es war mir peinlich, aber er hat es hingekriegt, dass ich mich nicht ganz so elend gefühlt habe. Ben, ich weiß, es kann nicht sein, aber wenn, also, wenn ich mich verlieben könnte, so wie andere Mädchen auch, wäre es Niclas.“ Ihre Stimme war ganz leise geworden. Sie saß noch einen Moment ganz still da, dann sprang sie auf und lief hastig die Treppe nach oben, fast so, als könne sie damit ihren Gefühlen, die sie so verwirrten, entfliehen.

Peter Delaney saß in der Küche, als Niclas nach Hause kam, und wartete auf ihn.
„Hi, da bist du ja. Ich habe auf dich gewartet. Hast du Hunger? Ich habe Lasagne gemacht, die kann ich dir aufwärmen, wenn du möchtest.“ Er stand auf und sah seinen Sohn fragend an. Der zögerte kurz. „Nein, danke, ich hab keinen Hunger. Ich geh gleich ins Bett, gute Nacht.“
Ihm war klar, dass sein Vater bestürzt war, wegen seiner harschen Reaktion am Morgen, aber er hatte jetzt keine Lust, mit ihm zu reden. Er war ziemlich durcheinander, wusste nicht, was Emilys Nähe und ihre offensichtlichen Probleme in ihm auslösten, und wollte jetzt einfach nur noch seine Ruhe haben.
„Okay, wie du meinst. Ich stelle sie in den Kühlschrank, du kannst sie dir morgen aufwärmen, wenn du möchtest.“
Niclas nickte und drehte sich um, blieb allerdings noch einmal stehen. „Dad, wegen heute Morgen, es tut mir leid. Es ist nicht so, dass ich es dir nicht gönne, wenn du wieder jemanden hast, es ist nur – ich brauche ein wenig Zeit, um damit klarzukommen.“

Peter trat einen Schritt näher. „Aber das verstehe ich doch. Mir tut es auch leid. Es war eine blöde Idee, dir das morgens an einem Schultag vor dem Frühstück mitzuteilen. Und, glaub mir Niclas, ich weiß, dass ich viel falsch gemacht habe. Es ist nicht so, dass ich mir dessen nicht bewusst bin, und ich würde es sofort ändern, wenn ich nur könnte." Er zuckte mit den Schultern und wirkte plötzlich hilflos und müde. Niclas sah die Spuren all der einsamen Jahre in seinem Gesicht und fühlte Mitleid in sich aufsteigen.
„Du hast ja nicht alles falsch gemacht, Dad. Es war eben nicht leicht für dich. Und deine Lasagne ist spitze." Er lächelte seinem Vater zu, der nun ebenfalls lächelte, obgleich es ein eher trauriges Lächeln war.
„Danke, das ist ja wenigstens etwas." Peter betrachtete Niclas aufmerksam. „Alles in Ordnung bei dir?"
Niclas zog die Schultern hoch und murmelte: „Ja, klar. Wieso fragst du?"
„Ich weiß nicht. Du wirkst ein wenig anders als sonst."
Niclas lächelte unsicher. „Anders? Wie denn? Wachsen mir Hörner?" Er grinste etwas schief. Peter lachte. „Nein. Ich weiß nicht, ich kann es nicht erklären, aber du wirkst anders. Ja, ich wiederhole mich gerade, aber ich kann es wirklich nicht beschreiben. Irgendwie kommst du ernster rüber als sonst – erwachsener vielleicht. Aber auch ein bisschen durcheinander. Ach, vergiss es, dein alter Vater hat grad einen Rappel."
Niclas schüttelte grinsend den Kopf. „Vermutlich. Also dann, gute Nacht, Dad. Schlaf gut."
„Du auch, Nic."
Niclas lag noch lange wach und starrte an die Decke. Das Gespräch mit seinem Vater ging ihm im Kopf herum, und vor allem der Abend mit Emily. Sein Vater hatte

Recht, etwas in ihm veränderte sich, seit er sie kannte. Es war, als ob die Mauer, die er um sich und seine Gefühle aufgebaut hatte, langsam zu bröckeln begann. Und er wusste nicht, ob das gut war. Ob er das wollte oder nicht. Aber eines wusste er seit heute Abend genau: Nämlich, dass Emily ein erschütterndes Geheimnis mit sich herum trug. Irgendein Vorfall in ihrem Leben hatte ihr zutiefst wehgetan, und er nahm sich fest vor, sein Verhalten ihr gegenüber zu ändern. Er wusste nicht, wohin all das noch führen würde, aber er wollte auf alle Fälle netter zu ihr sein und sie nicht mehr dauernd vor den Kopf stoßen. Und mit diesem Gedanken schlief er schließlich doch endlich ein.

Kapitel 15

Am nächsten Morgen schwankte Emily zwischen Freude, Niclas zu sehen, und Scham, wegen dem, was gestern passiert war. Sie hoffte inständig, Mr. Montez nicht zu begegnen, denn der musste sie ja für völlig durchgedreht halten. Niclas dagegen schien verstanden zu haben, dass es einen Grund für ihr merkwürdiges Verhalten gab. Sie war ihm sehr dankbar, dass er nicht weiter nachgefragt hatte und gelassen damit umgegangen war.
Sie stand vor dem Spiegel im Badezimmer und kämmte ihr Haar. Dabei fiel ihr auf, dass es ihr zum ersten Mal seit langer Zeit wichtig war, hübsch auszusehen. Für wen? Für Niclas? Sie seufzte, legte die Bürste auf die Ablage und betrachtete sich. Was wäre, wenn er die gleichen Gefühle hätte, was allerdings vermutlich eine völlig utopische Vorstellung war. Was, wenn er sich in sie verlieben würde? Was dann? Sie schloss die Augen und versuchte, sich Niclas‘ Geruch in Erinnerung zu rufen. Wie würde sie damit umgehen? Vermutlich würde es für sie beide in einer schrecklichen Enttäuschung enden. Denn nicht nur Niclas könnte sie verletzen, sie auch ihn, und zwar dann, wenn er sich ihr tatsächlich öffnen und sie ihn zurückstoßen würde, weil sie seine Nähe nicht ertragen konnte, weil sie unfähig war, jemanden zu lieben. Und es wäre schrecklich, wenn sie ihm wehtun würde. Das durfte nicht passieren.
Als sie später etwas unsicher den Klassenraum betrat, stand Niclas mit Kevin und noch ein paar anderen am Fenster. Links von ihm stand Viola Meyers und an seiner rechten Seite klebte Tracy Bell, die sich giftige Blicke zuwarfen, da jede offensichtlich versuchte, Niclas‘ Auf-

merksamkeit zu erringen. Sein Gesichtsausdruck wirkte jedoch alles andere als interessiert, im Gegenteil, er schaute ziemlich genervt drein.
Als er Emily entdeckte, glitt allerdings ein Lächeln über sein Gesicht, und sie fühlte sich plötzlich sehr viel leichter. Sie lächelte schüchtern zurück und bemerkte Kevins Blick, der amüsiert zwischen ihr und Niclas hin und her pendelte. Er sagte etwas zu Niclas, der gab ihm eine kurze Antwort, schob sich dann zwischen seinen beiden Verehrerinnen hindurch und kam auf Emily zu. Viola und Tracy sahen ihm verdutzt nach und warfen Emily wütende Blicke zu. Und die spürte zu ihrem Ärger, wie sie heiße Wangen bekam.
„Hey." Niclas baute sich vor ihr auf.
„Hey", erwiderte sie leise.
Er musterte sie forschend. „Wie geht's dir? Konntest du schlafen heute Nacht?"
Sie zuckte mit den Schultern und murmelte: „Na ja, geht so. Nicht wirklich gut. Und du?"
Gleich darauf verzog sie das Gesicht. „Entschuldige, blöde Frage, da du dich ja nicht zu Tode gefürchtet und dich zum Affen gemacht hast."
Er lächelte. „Ich hab mich zwar nicht gefürchtet und auch nicht zum Affen gemacht, aber das hast du auch nicht. Mach dir doch darüber keine Gedanken. Von mir erfährt niemand etwas, und Mr. Montez verrät auch nichts, da bin ich mir sicher. Außerdem hat er gar nicht viel mitbekommen. Danke der Nachfrage, aber ich habe auch nicht besonders gut geschlafen." Er klang ein wenig verlegen.
Sie sah ihn aufmerksam an. „Wieso nicht?"
Er zuckte mit den Schultern. „Weiß nicht, einfach so." Sein Blick versank kurz in ihrem, und sie fühlte ein leichtes Ziehen in der Herzgegend. Einfach so? Hatte er

vielleicht aus ähnlichen Gründen wie sie nicht schlafen können? Hatte er genauso über sie nachgedacht, wie sie über ihn? Sie senkte hastig den Blick. „Das tut mir leid. Manchmal ist es wie verhext, ich weiß."
Das war völlig unmöglich, dass er ähnlich empfinden könnte, wie sie. Vor allen Dingen, wie empfand sie denn? Sie wusste es nicht, fühlte sich nur verwirrt, traurig und glücklich zugleich.
Sie setzte sich und legte ihre Bücher auf den Tisch. Niclas stand noch einen Moment da, dann ließ er sich neben ihr auf den Stuhl fallen, und sie fühlte seinen Blick auf sich ruhen. Dann jedoch trat Kevin neben ihren Tisch und Niclas wandte ihm seine Aufmerksamkeit zu. Für den Rest des Tages blieb er freundlich, aber reserviert, was ihr wehtat, auch wenn sie es sich nicht eingestehen wollte.
„Wollen wir uns morgen treffen, um die Arbeit zu Ende zu bringen?" Niclas sah sie fragend an.
Sie nickte. „Ja, gerne. Wann und wo? Magst du wieder zu mir kommen?"
„Ja, klar. Gegen drei vielleicht?"
„Ja, okay. Dann bis morgen." Sie lächelte ihm zu. Er lächelte zurück, was ihr schon wieder dieses merkwürdige Ziehen am Herzen bescherte.
Dann tauchte Mara auf und zog sie am Arm weiter. „Komm, wir müssen los. Mom will noch mit mir in die Stadt, um ein Kleid für den Feuerwehrball zu kaufen. Wenn wir zu lange warten, gibt's nichts Hübsches mehr in dem Kaff hier."
„Ja, ich komme. Bis dann, Niclas."
Er nickte, und Emily lief neben Mara über den Parkplatz. Beim Einsteigen drehte sie sich noch einmal um und sah,

dass Viola neben ihm stand und ihn schon wieder zuquatschte.
„Emily, steig ein, ich will fahren." Maras ungeduldige Stimme drang zu ihr durch. Sie schwang sich in den Sitz und knallte die Tür ziemlich lautstark zu.
Mara sah sie überrascht an. „Was ist denn los? Alles okay?" Das war sie von ihrer sanften, scheuen Cousine kaum gewohnt, dass sie etwas lauter wurde.
„Ja, klar, alles okay." Emily klang etwas säuerlich. Mara runzelte die Stirn. Dann fiel ihr Blick auf Niclas und Viola, die nebeneinander über den Platz liefen, und sie hob die Augenbrauen. Oha, das konnte ja interessant werden. Sie sah Emily prüfend an, die mürrisch aus dem Fenster schaute, und dann plötzlich sagte: „Sag mal, Mara, war Niclas mal mit Viola zusammen?" Sie versuchte, gleichgültig zu klingen, aber das gelang ihr nicht ganz, denn Mara hörte sehr wohl den unglücklichen Unterton heraus.
„Nein, nicht, dass ich wüsste. Sie ist allerdings schon lange hinter ihm her, genau wie Tracy. Die beiden liefern sich ein Kopf an Kopf Rennen um seine Gunst. Aber wenn du mich fragst, hat er weder an der einen noch der anderen Interesse. Warum willst du das wissen?" Sie sah ihre Cousine neugierig an.
Doch Emily zuckte nur mit den Schultern. „Nur so. Weil sie dauernd um ihn herumscharwenzelt, genau wie Tracy. War er eigentlich mal mit jemandem zusammen, den ich kenne?" Wieder dieser betont gleichgültige Tonfall.
Mara seufzte innerlich auf, denn so sehr sie es Emily gönnen würde, sich für jemanden zu interessieren, sie hatte Bedenken, ob Niclas der Richtige war.
Emily war ein zutiefst verletztes Mädchen, und wenn sie jemandem ihr Vertrauen schenkte, müsste derjenige verstehen, wie zerbrechlich und kostbar dieses Vertrauen

war. Er müsste sensibel und rücksichtsvoll mit ihr umgehen, und Mara hatte erhebliche Zweifel, ob Niclas dazu in der Lage wäre. Sie kannte ihn zwar nicht sehr gut, aber sie hatte schon einige seiner Mädchengeschichten und seine Unnahbarkeit mitbekommen. Sie zögerte ein wenig mit ihrer Antwort. „Nun ja, er war schon mit einigen zusammen. Wie ich allerdings schon mal sagte, glaube ich nicht, dass er eine von ihnen wirklich geliebt hat. Ich weiß nicht, es ist komisch, manchmal kommt es mir so vor, als würde er etwas suchen, es aber nicht finden. Hm. Und kennen? Na ja, das wäre wohl zuviel gesagt. Er war mal mit Laura Jennings und Sharon Tinkham zusammen. Die hast du vielleicht schon gesehen. Sie sind ein Jahr unter uns. In dem Jahrgang von Rocco Bentz."
Emily überlegte kurz. „Ja, ich glaube, ich kenne Laura. Sie ist diese hübsche Brünette mit den lockigen Haaren, stimmt's? Sharon kenne ich nicht. Und du denkst, Niclas war in keine von ihnen verliebt?"
Mara zuckte mit den Schultern. „Na ja, ich kann nicht in ihn reinschauen, aber er hat nicht so gewirkt, nein. Es ging auch nie lange, dann war wieder Schluss. Warum interessiert dich das denn so?"
Emily seufzte leise. „Ich weiß nicht. Ist ja auch egal." Sie sah wieder zum Fenster hinaus. Mara verstand, dass sie nicht mehr darüber reden wollte. „Komm doch nachher mit Mom und mir in die Stadt zum Shoppen. Was meinst du?"
Emily zuckte mit den Schultern.
„Außerdem brauchst du ja sicher auch noch was zum Anziehen für den Ball, oder?"
Emily wandte ihr den Kopf zu. „Den Ball? Ich gehe auf keinen Ball, ganz sicher nicht. Also brauche ich auch nichts zum Anziehen."

„Oh, Em, komm schon. Das wird sicher toll, es ist ein Jubiläumsball. Die hiesige Feuerwehr feiert ihr achtzigjähriges Bestehen. Dad würde sich sicher freuen, wenn du auch kommen würdest. Er ist immerhin der Chef der Feuerwehr. Bitte! Wir würden uns alle freuen. Du gehörst doch jetzt zu uns." Ihre Stimme hatte diesen einschmeichelnden, bittenden Klang, dem Emily nur schwer widerstehen konnte.
„Mara, es ist ja nicht so, dass ich euch diesen Gefallen nicht tun wollte, aber ... du weißt doch. Die vielen Leute da, und die Männer ... Musik, Tanz. Ich weiß nicht, ob ich das kann. Bitte, ich überlege es mir, okay?" Sie klang plötzlich müde und traurig.
Mara drückte ihre Hand. „Sicher, okay. Es ist ja auch noch viel Zeit bis dahin, du kannst es dir also in Ruhe überlegen."

Am nächsten Tag, einem Samstag, war Emily schon früh wach. In der Nacht hatte sie schlecht geschlafen und wirre Träume gehabt. Sie träumte von den Schatten, die sie umzingelten, aber da war auch ein Licht gewesen. Wie eine Art Hoffnungsschimmer, und schließlich war eine Gestalt aus dem Lichtschein hervorgetreten – Niclas. Nun lag sie wach in ihrem Bett und fühlte sich müde und verwirrt. Selten hatte sie die Leere und Einsamkeit des Hauses so bedrückend empfunden wie an diesem Morgen.
Es verhieß ein schöner Tag zu werden, die Sonne schien durch die zugezogenen Vorhänge und malte Muster an die zartgelben Wände. Nur die Stimmung in ihrem Herzen passte nicht so recht zu dem Sonnenlicht. Das Schlafzimmer war der einzige Raum im Haus, den sie komplett renoviert hatte. Es war neu gestrichen worden

und sie hatte neue Möbel und Vorhänge gekauft. Sie liebte dieses Zimmer. Es war hübsch geworden, auch wenn es ihr leider meistens nicht gelang, wirklich abzuschalten, wenn sie sich in ihr gemütliches Bett kuschelte. Sie sah zur Uhr. Am liebsten hätte sie sich noch einmal umgedreht, aber sie würde wohl sowieso nicht mehr einschlafen können. Schließlich stand sie gähnend auf und ging unter die Dusche. Ben musste raus, und sie wollte noch ein wenig aufräumen und saubermachen, bevor Niclas kam.
Drei Stunden später war sie mit ihrem Wochenendputz fertig. Alles blitzte und blinkte. Emily sah sich zufrieden in dem kleinen Wohnzimmer um. „Wenn Mom sehen würde, wie schön ich hier immer aufräume und alles sauber halte, sie würde glatt umfallen“, sagte sie zu Ben.
Sie dachte lächelnd an das Chaos aus Büchern, Zeitschriften und herumfliegenden Klamotten in ihrem alten Mädchenzimmer zuhause bei ihren Eltern. Heute erschien ihr das wie ein Bild aus einer anderen Zeit. Einer lange vergangenen Zeit.
Aber sie wollte jetzt nicht darüber nachdenken. „Weißt du, auf was ich Lust hätte? Auf diese leckeren Blaubeermuffins, die Mom immer gebacken hat. Ich glaube, die werde ich jetzt machen.“
Sie lief hinüber in die Küche und schaute in den Küchenschrank. „Hier ist noch ein Glas Blaubeeren, also, was meinst du?“
Ben saß mit schief gelegtem Kopf da. Emily musste lachen. „Ja, du bist natürlich dafür, in der Hoffnung, auch einen abzubekommen, aber da muss ich dich enttäuschen, mein Süßer, das ist nicht gesund für dich.“
Dann rief sie ihre Mutter an, um sie nach dem Rezept zu fragen.

„Emily, Liebes, wie schön, deine Stimme zu hören. Wie geht es dir?"
„Danke, mir geht's gut, Mom. Und bei euch, alles in Ordnung?"
Ihre Mutter atmete tief durch. „Nun ja, Dad und Connor hatten gestern wieder einen heftigen Streit. Sie reden in letzter Zeit wieder mehr miteinander, es ist nicht mehr so, dass dein Vater ihn kaum beachtet, aber sie kriegen sich andauernd in die Haare."
Emily schloss kurz die Augen. „Haben sie sich wegen mir gestritten?"
„Nein, nein, es ging um das College." Die Antwort ihrer Mutter kam schnell, und Emily wusste, sie log.
„Ach so." Sie wollte jetzt nicht weiter darauf eingehen, sie konnte es sowieso nicht ändern. Es war, wie es war, sie hatte schon soviel geredet, mit ihrem Vater, mit Connor, und dabei waren ihre eigenen Verletzungen immer wieder von neuem aufgerissen worden. „Mom, ich rufe an wegen dem Rezept für die Blaubeermuffins, kannst du es mir bitte durchgeben? Ich wollte sie gerne heute backen."
„Oh, ja, natürlich. Bekommst du Besuch?"
Emily seufzte innerlich. „Nein, nicht direkt. Ich hab einfach Lust drauf."
„Aha. Was heißt denn nicht direkt? Du musst doch wissen, ob du Besuch bekommst oder nicht." Die Stimme ihrer Mutter klang etwas nervös.
„Niclas kommt vorbei. Wir lernen zusammen. Er kommt aber nicht zum Kuchenessen, wenn du das meinst, er wäre sowieso gekommen."
„Niclas? Der Junge, der neben dir sitzt?" Ihre Mutter dehnte seinen Namen.

Emily verdrehte die Augen. „Ja, Niclas. Wir arbeiten zusammen an einem Projekt für den Geschichtsunterricht, ich hab dir davon erzählt.“ Sie sah ihre Mutter vor sich, wie sie die Augenbrauen hochzog und skeptisch schaute.
„Emily, Schatz, er kommt zu dir nach Hause? Alleine?“
„Ja, sicher kommt er alleine.“
Emilys Stimme klang ein wenig schnippisch.
„Das meine ich doch nicht. Ich meine, ob du und er, ob ihr alleine im Haus seid?“
„Och, Mom, ja, wir sind alleine im Haus. Obwohl, nein, stimmt nicht, Ben ist da.“ Sie atmete tief durch. „Mom, es tut mir leid, ich wollte nicht unfreundlich sein. Ich weiß, du machst dir Sorgen. Entschuldige bitte. Ich hab dich sehr lieb. Und du musst dir keine Gedanken machen, ich vertraue Niclas voll und ganz. Er mag manchmal schwierig sein, aber er ist keiner, der mir wehtun würde. Wirklich nicht. Okay?“ Sie hörte den Atem ihrer Mutter und wusste, sie hatte jetzt einen bekümmerten Ausdruck auf ihrem hübschen Gesicht.
„Okay. Entschuldige du bitte auch, Emily. Du wirst bald achtzehn, und ich frage dich aus wie eine Zehnjährige. Es tut mir leid.“
„Schon gut. Es ist für uns alle nicht immer leicht. Gibst du mir jetzt das Rezept? Ich würde gerne gleich mit dem Backen anfangen.“
Bald darauf verabschiedete Emily sich von Kate, mit dem Versprechen, sie am Abend noch einmal anzurufen und auch beste Grüße an Dorothy und ihre Familie auszurichten. Sie legte das Telefon weg. „So dann wollen wir mal sehen, ob wir das hinbekommen“, sagte sie zu Ben. Sie stellte das Glas mit den Blaubeeren auf den Tisch. „Denkst du, Niclas mag Blaubeermuffins?“ Dann drehte

sie sich um und holte eine Schüssel aus dem Schrank. „Na ja, ist ja auch egal."

Aber Niclas mochte Blaubeermuffins, und so saßen sie beide am Nachmittag zusammen, tranken Kaffee und futterten Emilys Muffins, die ihr wirklich gut gelungen waren.
„Wow, die sind lecker, die hast du selbst gemacht?"
„Ja, war nicht so schwer." Sie lächelte etwas verlegen.
Niclas betrachtete sie forschend. Dieses Mädchen war so anders als alle anderen. Sie war still und wirkte scheu und manchmal unendlich verletzlich. Vermutlich fühlte er sich gerade deshalb so wohl mit ihr. Er mochte es sich nur ungern eingestehen, aber das tat er. Er war gerne mit ihr zusammen, es war einfach schön, sich mit ihr zu unterhalten. Sie flirtete ihn nicht an, schob nicht ihren Rock höher und zupfte ihren Ausschnitt tiefer, so wie es viele der Mädchen taten, wenn er in ihrer Nähe auftauchte. Im Gegenteil, trotz der langsam stärker werdenden Vertrautheit zwischen ihnen, hatte er nach wie vor das Gefühl, dass sie immer noch darauf achtete, ihm nicht zu nahe zu kommen. Er respektierte das und passte ebenfalls auf, dass er sie nicht in Verlegenheit brachte. Er kannte den Grund für dieses Verhalten nicht, aber Emily kannte ihn, und das hatte ihm zu genügen.
„Magst du noch einen?"
Emilys Stimme drang zu ihm durch. Er nickte. „Ja, gerne. Sie schmecken wie die von meiner Mom." Seine Stimme war leiser geworden bei diesem Satz.
Sie sah ihn aufmerksam an. „Ja? Das freut mich, denn sie kann sicher viel besser backen als ich."
Er sah sie an und murmelte: „Sie *konnte* gut backen, ja. Meine Mutter ist tot."

Er sagte das fast gleichgültig, aber Emily sah für einen Moment tiefen Kummer in seinen Augen.
„Oh, Niclas, das tut mir leid, das wusste ich nicht." Sie klang bekümmert.
„Schon okay. Das konntest du ja auch nicht wissen. Es ist auch schon lange her. Sie ist vor acht Jahren gestorben. Also, vor fast acht Jahren." Er senkte den Kopf und bröselte ein wenig von dem Muffin ab.
Emily schluckte und überlegte krampfhaft, was sie jetzt sagen könnte. Sie hatte plötzlich dieses übermächtige Bedürfnis, ihn zu trösten, ihm etwas zu sagen, was ihn lächeln ließ, aber sie wusste nicht, was. Niclas und sie waren sich noch nicht so nahe, dass sie ihm etwas sehr Persönliches hätte sagen können, ohne dass er es vielleicht missverstehen könnte.
Sie biss sich auf die Lippen, als sie bemerkte, dass er sie ansah.
Ein leichtes Lächeln glitt über sein Gesicht. „Emily, es ist okay, wirklich. Du musst dir keine Gedanken machen. Aber ich finde es nett, dass du es tust."
Sie starrte ihn an und spürte, wie sie rot wurde. „Ich ... ja natürlich mache ich mir Gedanken. Es ist nur so, ich würde gerne etwas Passendes sagen, aber ich weiß nicht, was." Sie biss sich wieder auf die Lippen und verzog das Gesicht. Tolle Aussage! Sie warf Niclas einen unsicheren Blick zu.
Er lachte leise. Sie war wirklich süß. „Du musst nichts sagen. Komm, gib mir noch einen von deinen leckeren Muffins, und dann lass uns ein wenig arbeiten, okay?"
Sie nickte und lächelte ihm zu. „Okay."
Niclas schien gut damit umgehen zu können, und doch fühlte sie plötzlich eine heftige Zuneigung für ihn und tiefes Bedauern, bei dem Gedanken, wie viele Jahre er

ohne die Liebe einer Mutter hatte aufwachsen müssen. Sie selbst konnte sich das überhaupt nicht vorstellen. Sie hatte immer ein enges Verhältnis zu ihrer Mom gehabt und vermisste sie auch jetzt sehr, obwohl es im Moment so das Beste für alle war, dass sie ein wenig räumlichen Abstand zwischen sich gelegt hatten.
Nach dem Kaffeetrinken arbeiteten sie zwei Stunden lang sehr konzentriert.
„Puh, ich kann nicht mehr denken. Können wir eine Pause machen?“, fragte Emily.
Niclas sah sie an. „Ja, das wäre wohl besser, denn es raucht schon.“
Sie sah ihn erstaunt an. „Wie bitte? Was raucht?“
Er lachte und zeigte auf ihre Stirn. „Dein Kopf. Er raucht schon von dem vielen Denksport.“
„Ach so. Ja, vermutlich.“ Sie lächelte ihm verlegen zu. „Sag mal, hast du nicht Lust, mit Ben und mir eine Runde zu laufen? Ben muss sowieso noch nach draußen, und ein wenig frische Luft würde uns sicher nicht schaden.“
Niclas nickte. „Klar, warum nicht.“
„Prima. Warte, ich ziehe noch meine Schuhe an.“ Sie rannte schnell die Treppe nach oben und bürstete im Bad ihr Haar, dann verzog sie das Gesicht und murmelte: „Klar, das musste jetzt sein, Haare bürsten, du spinnst echt.“ Sie lächelte ihrem Spiegelbild sarkastisch zu und lief wieder nach unten. Dort zog sie ihre Schuhe und ihre Weste an, während Ben schon aufgeregt vor der Tür stand und mit dem Schwanz wedelte. Dabei stieß er kleine, merkwürdige Geräusche aus.
Niclas musste lachen. „Na, da freut sich aber einer. Komm mal her.“ Er bückte sich, und Ben lief freudig zu ihm.

Emily nahm die Leine vom Haken. „Ben mag dich wirklich sehr. Darauf kannst du dir was einbilden, denn normalerweise ist er Leuten gegenüber, die er nicht so gut kennt, ziemlich zurückhaltend. Und dafür, dass er dich heute erst zum dritten Mal sieht, stehst du schon ganz schön hoch in seiner Gunst."
„Ja? Hey, alter Junge, das freut mich aber. Weißt du, ich mag dich nämlich auch." Er kraulte den Hund am Kopf. „Ich hab mir auch immer einen Hund gewünscht, aber das hat leider nie geklappt." Er zuckte mit den Schultern, und Emily betrachtete ihn unauffällig. Ben hatte seinen dicken Kopf in Niclas' Armbeuge gelegt und brummte genießerisch vor sich hin. Es war sehr ungewöhnlich, dass der Hund sich jemandem so anvertraute, der nicht zur Familie gehörte. Und das sprach eindeutig für Niclas, denn Tiere hatten ein feines Gespür für Menschen, war es nicht so?
„Das ist schade, denn du kannst sehr gut mit Hunden umgehen. Sieh, gleich fängt er an zu schnurren." Sie zeigte schmunzelnd auf Ben, der einen sehr zufriedenen Eindruck machte. Niclas lachte. „Ja, sieht wirklich so aus. Vielleicht sollten wir gehen, bevor ich ihn noch tragen muss?"
Emily legte Ben die Leine an und hielt sie Niclas hin. „Magst du ihn nehmen?"
Er blickte überrascht auf, und sie sah, dass er einen Moment zögerte. „Gerne, wenn ich darf?"
Sie nickte. „Sicher."
Er stand auf und nahm die Leine in die Hand. „Danke."
Nun war er verlegen, aber Emily konnte deutlich die Freude in seinen Augen sehen, und sie spürte ein warmes Gefühl in der Brust.

„Gerne. Dann kannst du ihm aber nachher auch die Pfoten abwischen.“ Sie zwinkerte Niclas kurz zu.
Er lachte. „Ach so, das ist der Haken bei der Sache. Das hätte ich mir ja denken können.“
Bald darauf schlenderten sie langsam an dem kleinen Fluss entlang, der sich durch die Stadt schlängelte. Obwohl sie nicht viel redeten, spürten beide, dass heute etwas Neues zwischen ihnen entstanden war. Eine neue Nähe, eine neue Hoffnung. Etwas, das noch ganz frisch und jung war, und mit dem beide noch nicht wirklich umgehen konnten, was sich aber nicht mehr verbergen ließ. Sie fühlten sich wohl miteinander, weil keiner von dem anderen etwas erwartete, was er nicht geben konnte oder wollte.
Emily erwartete von Niclas nicht, dass er den coolen Mädchenschwarm gab. Im Gegenteil, sie mochte es, wenn er still, nachdenklich und auch manchmal unsicher war. Eine Seite an ihm, die er außer ihr noch nie einem Mädchen gezeigt hatte. Und er nahm ihre scheue Art, ihre Zurückhaltung Berührungen gegenüber einfach als gegeben hin. Er fragte nicht nach dem ‚Warum‘, er ließ sie so sein, und das gab ihr ein unglaubliches Gefühl von Sicherheit.
Sie liefen jetzt durch den kleinen Park, und er erzählte ihr, dass er hier als kleiner Junge oft Fußball gespielt hatte. „Kevin und ich haben uns hier oft getroffen und gespielt. Dort hinten war ein Spielplatz, siehst du?“ Er zeigte über die grüne Fläche, wo jetzt allerdings Blumenbeete angelegt waren.
„Kevin und du, ihr kennt euch schon ziemlich lange, was?“ Emily drehte an ihrem Schal herum und sah Niclas fragend an.

„Ja, seit dem Kindergarten. Er ist der Einzige, der alles über mich weiß. Na ja, fast alles." Er lächelte ihr etwas verlegen zu.
Sie nickte. „Verstehe. Das ist schön. Es ist toll, wenn man so einen guten Freund hat, der einen schon so lange kennt."
Er nickte. „Ja, stimmt. Besonders, nachdem meine Mom gestorben war. Ich war jedenfalls schon oft froh, Kevin zu kennen."
„Das kann ich mir gut vorstellen. Was ist mit deinem Vater? Verstehst du dich gut mit ihm?"
Emily betrachtete Niclas prüfend, der einen Moment schwieg.
„Na ja, früher haben wir uns gut verstanden. Nach dem Tod meiner Mutter nicht mehr so sehr. Mein Vater ist damit nicht gut zurechtgekommen und hat sich sehr zurückgezogen. Außerdem arbeitet er sehr viel, ich sehe ihn eigentlich nur selten."
„Wie alt warst du noch mal, als deine Mom starb?"
„Elf."
Elf. Emily spürte plötzlich eine tiefe Traurigkeit in sich, bei der Vorstellung von dem Jungen, der noch ein Kind war, dessen Mutter nicht mehr da war, und von einem Vater, der sich von ihm zurückzog und mit seiner eigenen Trauer nicht zurecht kam.
„Das war sicher schlimm für dich. Es tut mir wirklich sehr leid, Niclas."
Er warf ihr einen Blick zu. „Danke. Ja, es war schlimm", sagte er ruhig. Normalerweise hätte er bei jedem anderen sofort abgeblockt und sicher wahrscheinlich schroff reagiert, aber er spürte, dass Emily ihre Worte ernst meinte und nicht einfach nur so dahinsagte.

Er wusste nicht, was sie dazu bewogen hatte, ihre Familie zu verlassen und alleine hierher zu ziehen. Er wusste auch nicht, was ihr das Leben ganz offensichtlich manchmal so schwer machte, aber dass es da etwas geben musste, war ihm klar. Und vielleicht lag es gerade daran, dass er sich bei ihr, für seine Verhältnisse, so entspannen und sich öffnen konnte, denn sie war keines dieser Happy-Life-Girls, die das Leben als einen einzigen großen Spaß ansahen.

„Du hast sie sicher sehr vermisst? Ich kann mir das irgendwie gar nicht vorstellen, wie das so ist, ohne Mutter aufzuwachsen. Ich vermisse meine Mom auch, jetzt, wo wir nicht mehr zusammen wohnen, aber ich telefoniere oft mir ihr.“ Sie strich sich eine Haarsträhne hinters Ohr. „Entschuldige, das hätte ich wohl nicht sagen sollen. Wie dumm von mir.“

Niclas‘ Blick ruhte kurz auf ihr. „Nein, schon okay. Du kannst ruhig mit mir darüber reden. Und, na ja, sei froh, dass du es dir nicht vorstellen kannst, es ist nicht gerade schön. Ich habe sie wirklich oft vermisst. Ich vermisse sie heute noch.“

Emily nickte. Am liebsten hätte sie nach seiner Hand gegriffen und sie tröstend in ihrer gehalten, aber das traute sie sich nicht. „Das verstehe ich. Das würde mir sicher genauso gehen.“ Sie schwieg kurz. „Was ist passiert damals?“

Niclas beugte sich zu Ben hinunter und kraulte seinen Kopf. „Sie hatte einen Unfall.“ Mehr sagte er nicht, und Emily spürte sofort, dass er darüber nicht sprechen wollte.

Sie liefen schweigend ein Stück weiter.

„Brr, es ist ganz schön kalt geworden. Vorhin war es doch noch so mild.“ Sie warf einen prüfenden Blick zum

Himmel, wo sich dunkle Wolken zusammenzogen. „Es sieht auch nach Regen aus, vielleicht sollten wir zurückgehen?"
„Ja, gehen wir zurück."
Sie drehten um und Emily zog ihre Weste enger um ihren Körper.
Niclas warf ihr einen prüfenden Blick zu. „Ist dir kalt?"
Sie zog die Schultern hoch. „Ein bisschen. Aber es geht schon."
„Du kannst meine Jacke haben, wenn du möchtest."
„Oh, danke, das ist nett von dir, aber es geht."
Sie lächelte ihm zu, und er lächelte zurück. Emilys Herz machte wieder diesen merkwürdigen Satz in ihrer Brust, den es immer tat, wenn Niclas sie so ansah und sich dieses süße Lächeln auf sein hübsches Gesicht legte. Sie schluckte und senkte hastig den Blick. Sie wurde schon wieder rot, sie war so ein dusseliges Ding. Aber er sah wirklich gut aus. Wenn er lächelte, tanzten tausend kleine, goldene Fünkchen in seinen Augen, und sie vergaß zu atmen, bei diesem Anblick. Was war das nur? Sie mochte ihn mittlerweile sehr, aber mehr war da nicht. Mehr würde niemals sein, mit niemandem.

Niclas' Blick hing an Emily, die nun mit gesenktem Kopf neben ihm herlief. Sie war sehr hübsch, und er konnte kaum noch glauben, dass er sie bei ihrer ersten Begegnung für eine graue Maus gehalten hatte. Ihre langen blonden Haare umspielten ihr zartes Gesicht manchmal wie ein Schleier, und er mochte es, wie ihre Augen leuchteten, wenn sie ihm etwas erzählte. Sie hatte ein bezauberndes Lächeln, so schüchtern und süß. Aber all das war es nicht, was ihn so zu ihr hinzog. Es war ihre Art. Sie gab ihm das Gefühl, ihn zu mögen wie er war, für sein Inneres, nicht für sein Aussehen oder sein Motorrad. Er atmete tief durch und senkte den Kopf. Noch niemals hatte er so empfunden, und es verwirrte ihn sehr, aber es fühlte sich gut an. Er hob den Blick und wandte ihn wieder Emily zu, dabei fiel ihm sofort auf, dass ihr Gesichtsausdruck sich verändert hatte. Sie hatte ihre Schritte verlangsamt, und er sah Unsicherheit und fast so etwas wie Panik in ihren Augen. Er wandte den Kopf in die gleiche Richtung wie sie und erblickte eine Gruppe junger Männer, die lachend und feixend auf sie zukam. Seine Blicke schweiften zwischen den Jungs und Emily, und plötzlich stieg eine entsetzliche Ahnung in ihm hoch. Ihre Abneigung gegen Berührungen, ihre zurückhaltende, scheue Art, die hochgeschlossene Kleidung, ihre Angst, als sie im Kopierraum eingeschlossen gewesen war. All das ergab plötzlich einen erschreckenden Sinn. Er schloss kurz die Augen und biss sich auf die Lippen. In ihm stieg etwas auf, das er nicht in Worte fassen konnte. Emily ...

Die lärmende Gruppe kam immer näher, und er bemerkte, wie Ben sich an Emilys Beine drückte. Offenbar spürte der Hund ihre Angst und wollte sie trösten. Niclas sah in ihre starren, weit aufgerissenen Augen, zog dann kurz entschlossen seine Jacke aus und legte sie um ihre Schultern. Dabei drehte er sich so, dass er zwischen ihr und den, mittlerweile fast auf gleicher Höhe mit ihnen gehenden jungen Männern stand.

„Hier, zieh die Jacke an, es ist wirklich kühl geworden. Mir macht es nichts aus, aber du zitterst ja.“ Seine Stimme klang ruhig. Sie hob den Blick und sah ihn fragend an. „Komm, zieh sie an.“ Sein linker Arm lag leicht um ihre Schulter und er half ihr, in die Ärmel zu schlüpfen, während die Gruppe an ihnen vorbeilief und sich allmählich entfernte.

Emily sah ihnen nach, dann schloss sie kurz die Augen. „Danke, aber ...“

Er nickte nur. „Lass uns gehen, bevor wir noch pitschnass werden.“

Sie liefen schweigend weiter, und Emily fühlte, wie sich ihr wilder Herzschlag langsam wieder beruhigte. Wann würde das aufhören? Diese Jungs hatten doch überhaupt nichts von ihr gewollt, wieso konnte sie nicht einfach normal und gelassen mit solchen Situationen umgehen? Und Niclas, er hatte ganz offensichtlich gespürt, dass mit ihr etwas nicht stimmte, deshalb hatte er ihr seine Jacke gegeben, um ihr nahe sein und sich vor sie stellen zu können, ohne dass sie dabei ihr Gesicht verlor. Das war sehr nett von ihm. Trotzdem fühlte sie sich jetzt elend, es war ihr unglaublich peinlich. Was mochte er nur von ihr denken? Erst das Drama im Kopierraum, nun das hier. Er musste sie wirklich für verrückt halten. Sicher war er heilfroh, wenn sie ihre gemeinsame Arbeit endlich beendet hatten und er sich nicht mehr mit ihr beschäftigen musste.

Niclas lief stumm neben Emily her, und seine Gedanken drehten sich wild im Kreis. Konnte es sein? War ihr so etwas Entsetzliches widerfahren? Alles würde zusammenpassen. Aber vielleicht irrte er sich auch und bildete sich alles nur ein. Gott, er hoffte, dass es so war. Alleine bei der Vorstellung ...

Er warf ihr einen vorsichtigen Blick zu, aber sie reagierte nicht, sonders sah starr zu Boden. Ihre Arme hatte sie vor der Brust verschränkt und seine Jacke eng um ihren Körper gezogen. Die Jacke war ihr zu groß und zu weit, die Ärmel zu lang, und das verstärkte diesen verletzlichen, zerbrechlichen Eindruck noch, den sie gerade auf ihn ausübte. Ihm war klar, dass er sie auf seinen Verdacht

nicht ansprechen konnte, und so würde ihm nichts weiter übrig bleiben, als zu hoffen, dass er sich geirrt hatte und alles ganz anders war, als er befürchtete.
In dem Moment hob sie den Blick. Er sah einen solchen Schmerz in ihren Augen ... Schmerz, gepaart mit Scham und hilflosem Zorn, dass ihm ganz elend wurde. Und ohne lange nachzudenken, griff er nach ihrer Hand und murmelte: „Es wird alles wieder gut, du wirst schon sehen."
Sie sah ihn erstaunt an.
Er senkte den Kopf. „Entschuldige, ich weiß auch nicht ..." Er hielt ihre Hand noch in seiner, und Emily trat einen Schritt näher, sodass sie ganz nah vor ihm stand. In ihren blauen Augen stand ein Ausdruck, den er nicht definieren konnte, der aber dafür sorgte, dass sein Herzschlag sich beschleunigte. Was machte dieses Mädchen mit ihm? Er konnte sich nicht erinnern, auch nur ein einziges Mal so verwirrt gewesen zu sein.
Sie sah ihn unverwandt an. „Glaubst du wirklich, dass alles wieder gut werden wird?", fragte sie leise.
Sein Blick glitt über ihr Gesicht, er sah in ihre klaren Augen, sah die dunklen Schatten, die darunter lagen, und fühlte einen tiefen Kummer in sich.
„Ja, das glaube ich, Emily. Irgendwann wird alles wieder gut."
Sie verzog leicht das Gesicht, und für einen Moment dachte er, sie würde zu weinen beginnen, doch dann lächelte sie ihm ganz zaghaft zu. Er hatte plötzlich das Gefühl, niemals etwas Schöneres gesehen zu haben.
Sie standen beide ganz still und ihre Blicke hielten einander fest, während Ben zwischen ihnen stand und zufrieden mit dem Schwanz wedelte. Plötzlich wirbelte ein heftiger Windstoß Emilys Haare nach vorne in ihr Ge-

sicht, und sie musste lachen. Niclas stimmte ein, und damit war dieser eigenartige Zauber zwischen ihnen gebrochen. Er ließ etwas verlegen ihre Hand los, und sie lächelte ihm noch einmal zu, bevor sie weitergingen.

Kapitel 16

Bald darauf waren sie in ein angeregtes Gespräch vertieft und stellten fest, dass sie sogar einige gemeinsame Lieblingsfilme hatten und auch eine ähnliche Musikrichtung bevorzugten. Nur bei den so genannten Mädchenfilmen, wie Niclas sie nannte, musste er passen. Er zog Emily ein wenig damit auf, dass sie gerne diese schnulzigen Liebesfilme sah und zugab, dabei auch weinen zu müssen. Sie dagegen fand seine Vorliebe für Actionfilme lustig, und so kamen sie guter Laune und lachend wieder bei Emily zuhause an.

„Puh, das war schön. Aber jetzt ist mir kalt, und ich habe einen Bärenhunger." Emily zog Niclas' Jacke aus und hielt sie ihm hin. „Danke dafür. Du musst ja jetzt halb erfroren sein."

Er verzog das Gesicht. „Quatsch, ich bin doch kein, äh, Mädchen." Er grinste.

Sie lachte. „Ach ja? Ich glaube, du wolltest gerade etwas anderes sagen, kann das sein? Wolltest du eventuell erwähnen, dass du mich schon wieder für ein Püppchen hältst?"

Er schüttelte den Kopf. „Ach was, du bist doch kein Püppchen. Hab ich das jemals gedacht? Kann ich mir nicht vorstellen", erwiderte er ernst.

„Ja, ja, tu nur nicht so", lachte sie.

Er betrachtete sie. „Im Ernst, Emily, du bist kein Püppchen, du bist in Ordnung."

Sie sah ihn überrascht an. „Danke, das nehme ich mal als Kompliment."

Er nickte. „Es ist auch eines", murmelte er verlegen.

Sie strich sich eine Haarsträhne hinters Ohr. Sie standen sich für einen Moment unsicher gegenüber. „Ich gebe Ben mal frisches Wasser, dann könnten wir etwas essen, was meinst du?“
Niclas nickte. „Gerne, bevor ich noch ins Hungerkoma falle.“
Sie schüttelte lächelnd den Kopf. „Das können wir natürlich nicht riskieren. Wenn du Hände waschen willst, das Bad ist oben, erste Tür links. Du kannst sie aber auch in der Küche an der Spüle waschen. Wie du möchtest.“
„Oh, nein, ich gehe mal nach oben. Bis gleich.“
Sie sah ihm nach, wie er, immer zwei Stufen auf einmal nehmend, die schmale Holztreppe nach oben lief und aus ihrem Blickfeld verschwand. Dann drehte sie sich um und nahm Bens Wasserschüssel, die im Flur stand, um sie mit frischem Wasser aufzufüllen. Sie ging in die Küche und drehte den Hahn an der Spüle auf. Ben stand hechelnd neben ihr. „Ja, warte, bin gleich fertig. Das war ein schöner Spaziergang, was? Nun ja, davon abgesehen, dass ich mich schon wieder komplett zur Idiotin gemacht habe. Aber Niclas war so süß.“ Sie brach ab und schüttelte lächelnd den Kopf. Süß ... schon wieder. Sie stellte Ben sein Wasser hin und sah zu, wie er hastig schlabbernd das kühle Nass aus der Schüssel schlürfte.
Währenddessen wusch Niclas sich oben im Bad die Hände und nahm danach vorsichtig ein Parfumfläschchen in die Hand. Er roch prüfend daran, und ein Lächeln glitt über sein Gesicht. Es roch nach Emily. So zart, blumig und frisch. Wie eine gerade erblühte Rose. Er verharrte einen Moment, dann verzog er das Gesicht und murmelte: „Du bist ja irre, Delaney. Stehst hier in einem fremden Badezimmer und schnüffelst am Parfum einer Mitschülerin. Geht’s noch?“ Er stellte das Fläschchen so hastig

zurück, als ob er sich daran verbrannt hätte. Dann drehte er sich auf dem Absatz um und lief nach unten. Mitschülerin ... war Emily mittlerweile nicht viel mehr für ihn? Aber was war sie? Eine Bekannte? Eine Freundin? Oder noch mehr als das?

Emily wartete in der Küche auf ihn. „Auf was hast du Appetit? Ich habe Pizza, Pizza und Pizza.“ Sie lächelte verlegen. „Ich war heute nicht einkaufen, und sonst esse ich meistens bei meiner Tante, deshalb habe ich nie soviel daheim.“

„Hm, Pizza klingt gut. Oder, warte, hast du kein Sandwichbrot?“

Sie nickte. „Doch, hab ich.“

„Gut, was noch? Thunfisch? Schinken? Käse? Majo? Ketchup? Senf?

Emily lachte. „Ähm, zwei Dosen Thunfisch habe ich, Käse, Gurken, Senf, Ketchup und Majonäse auch.“

Niclas rieb sich die Hände und grinste. „Na, das ist doch optimal. Hast du Lust auf ein Niclas-Spezial-Supersandwich?“

Sie nickte lächelnd. „Ja, doch, sehr gerne.“

„Prima. Dann her mit dem Kram, das wird das beste Sandwich, das du jemals gegessen hast.“

„Okay, kommt sofort.“

Gleich darauf stand alles nebeneinander auf der Arbeitsfläche. „Hier, bitteschön. Du kannst loslegen. Soll ich dir was helfen?“

Niclas schüttelte den Kopf. „Nein, lass nur. Das ist ein Geheimrezept à la Delaney.“ Er grinste.

„Ach so. Na dann. Soll ich ins Wohnzimmer gehen, damit ich nichts sehe und dein Geheimrezept nicht ausplaudern kann?“ Sie lächelte ihm mit schief gelegtem Kopf zu.

Er starrte sie fasziniert an, dann jedoch räusperte er sich. „Nein, nein, bleib ruhig da. Wenn ich es mir recht überlege, kannst du mir doch helfen. Dann geht es schneller."
„Okay."
Und so machten sie sich gemeinsam ans Werk. Ben sah ihnen aufmerksam zu.
„Schau mal, was ist denn das?" Niclas deutete mit der Hand zum Fenster.
Emily drehte sich um. „Wo?"
Und schwupp, hatte sie einen Klecks Majo auf der Nase.
Niclas lächelte ganz unschuldig. „Oh, entschuldige, wie ungeschickt von mir."
Emily verdrehte die Augen und lachte. „Spinner."
Er grinste und griff nach einem Tuch, um ihr die Majo aus dem Gesicht zu wischen, doch sie wich zurück und meinte lachend: „Lass mal, das mache ich selbst, sonst habe ich das Zeug noch überall verteilt." Dann griff sie nach der Dose mit den Röstzwiebeln und stellte sie auf die Ablage. „Davon bitte viele."
Niclas sah sie ungläubig an. „Du willst Röstzwiebeln auf dein Sandwich? Viele?"
Sie nickte. „Ja, klar. Warum denn nicht?"
„Ähm, ja, warum nicht?"
Er nahm die Dose. „Ich mag die auch, aber man sollte sie vielleicht nur essen, wenn man kein Date hat."
Emily senkte den Kopf. „Stimmt. Aber nachdem wir ja keine romantischen Verabredungen heute mehr in Aussicht haben, stört es ja nicht, nicht wahr?" Sie sah auf und fügte schnell hinzu: „Oder hast du noch was vor heute?"
Er klappte die Brote zusammen. „Nein, eigentlich nicht. Also können wir uns so viele Zwiebeln gönnen, wie wir wollen." Er grinste etwas schief.

Emily lachte. „Genau. Auf uns Singles, wir müssen auf niemanden Rücksicht nehmen.“
Sie nahm ihren Teller, und Niclas folgte ihr an den Tisch. Sie setzten sich und aßen eine Weile schweigend.
„Wow, also das ist wirklich sehr lecker. Du bist mit Abstand der beste Sandwichzubereiter, den ich kenne.“
Niclas lächelte. „Danke, das freut mich.“ Er schwieg kurz. „Apropos Single. Gibt es jemanden, der auf dich wartet in deiner Heimatstadt? Ich meine, nicht, dass mich das was angehen würde, einfach nur mal so gefragt.“ Er sah sie aufmerksam an.
Sie fühlte, wie sie leicht errötete. „Nein, es gibt niemanden“, erwiderte sie leise. Sie beugte sich tiefer über ihren Teller und atmete tief durch. Dann hob sie jedoch den Blick und sah Niclas unsicher an. „Ich war zwar schon ab und zu mal aus mit jemandem, wenn du das wissen willst, aber es war nie etwas Ernstes. Eigentlich bin ich nicht so der Typ, der bei Jungs besonders gut ankommt. Sie langweilen sich schnell mit mir.“ Sie zuckte mit den Schultern. „Sie langweilen sich mit dir? Dann müssen das ja schöne Idioten gewesen sein, mit denen du aus warst.“
Emily sah ihn überrascht an. War das etwa schon wieder ein Kompliment? Ihr Blick versank in seinen Augen, in denen ein warmer Schimmer lag, und sie fühlte, wie ihr Herz heftiger zu schlagen begann. „Meinst du? Ich weiß nicht. Ich bin keins dieser Mädchen mit denen man angeben kann, weißt du. Also, ich war nie bei den Cheerleadern, bin still, ziemlich unsportlich, nicht besonders hübsch, und, ja, einfach langweilig.“ Sie lächelte ihm kurz zu. Niclas sah sie ungläubig an. Das konnte doch unmöglich sein, dass sie so von sich selbst dachte? „Du bist nicht hübsch? So ein Quatsch! Wer hat dir denn das

eingeredet? Und ob du hübsch bist, viel hübscher als alle Mädchen, die ich kenne. Und langweilig bist du auch nicht ..." Er brach ab und senkte den Kopf. Was redete er denn da? War er noch zu retten? Am Ende dachte sie noch, das sei eine billige Anmache. „Also, wenn du noch Hunger hast, kann ich dir noch ein Sandwich machen, es ist noch von allem da." Er sah an ihr vorbei.

„Nein danke, ich bin satt, aber mach du dir doch noch eines."

Er nickte und stand auf. „Ja, warum nicht." Er wandte ihr den Rücken zu.

Emily lehnte sich aufatmend zurück. Sie hatte natürlich bemerkt, dass ihm seine Worte von eben plötzlich unangenehm gewesen waren und er deshalb schnell das Thema gewechselt hatte. Ob er es ehrlich gemeint hatte und sie wirklich hübsch fand, oder das nur einfach so dahingesagt gewesen war? Sie wusste es nicht, und eigentlich wollte sie auch nicht weiter darüber nachdenken, geschweige denn reden.

Nach dem Essen räumten sie gemeinsam die Küche auf. Emily bereitete das Futter für Ben zu, der sich hungrig darauf stürzte. Danach gingen sie im Wohnzimmer noch mal ihre Arbeit durch, merkten aber beide schnell, dass sie sich nicht mehr richtig konzentrieren konnten.

„Komm, lassen wir es, wir sind sowieso fast fertig. Wenn wir am Montag noch den Rest machen, können wir es am Dienstag abgeben." Niclas lehnte sich im Sessel zurück und strich sich mit einer Hand durch die Haare.

Emily betrachtete ihn versonnen. Sie mochte diese Geste an ihm, es war eine typische Niclas-Geste. Schließlich riss sie sich jedoch zusammen und nickte. „Ja, ich glaube auch, dass wir am Dienstag soweit sind, um es abgeben zu können. Denkst du, es ist gut genug?"

„Klar, du nicht?“ Er sah sie fragend an.
Sie zuckte etwas unsicher mit den Schultern. „Ich weiß nicht, ich finde selten etwas gut genug, was ich mache.“ Sie zwirbelte an einer Haarsträhne und lächelte fast entschuldigend. Niclas zögerte. „Ehrlich? Weißt du, das geht mir genauso. Ich denke immer, ich hätte etwas anders oder besser machen können.“
„Wirklich?“ Sie biss sich auf die Lippen. „Das hätte ich nicht gedacht. Du, nun ja, du wirkst ziemlich selbstbewusst.“
Niclas kraulte Ben am Kopf, der sein Mahl beendet hatte und nun hechelnd neben dem Sessel saß. „Ja, manches ist anders als es scheint.“ Er sah konzentriert auf die goldenen Hundehaare, die zwischen seinen Fingern hindurch glitten.
Emily sah wieder diesen Schmerz, der manchmal von ihm ausging. „Ja, wahrscheinlich.“
Sie schwiegen eine Weile.
„Und jetzt? Was machen wir mit dem angebrochenen Abend? Schmeißt du mich raus, oder was fangen wir damit an?“ Sein jungenhaftes Grinsen war zurückgekehrt.
Emily lachte. „Nein, wenn du möchtest, kannst du natürlich gerne hier bleiben.“ Sie hielt kurz inne. „Ich würde mich freuen.“
Niclas hob den Kopf, und sein Blick verschmolz für Sekunden mit ihrem. „Klar, gerne. Wir könnten einen Film anschauen. Hast du was Gutes da?“
Emily verzog das Gesicht. „Äh, nun ja, gut für meinen Geschmack, aber für deinen? Na, ich weiß ja nicht.“ Sie deutete mit der Hand auf ein Regal. „Da drüben stehen meine DVDs, du kannst sie gerne durchsehen.“
Er grinste und stand auf, um zu dem Regal zu gehen. „Also, schauen wir mal, was du so da hast.“ Er sah sich

alles an und zog auch die eine oder andere Hülle heraus, während Emily ihm abwartend zusah. Sie wusste jetzt schon, dass nichts davon seinen Geschmack treffen würde, denn sie hatte weder Action- noch Horrorfilme im Haus.
Nach einer Weile zog er etwas heraus und wandte sich mit schiefem Grinsen zu ihr um.
„Also, du wirst meine Nerven heute Abend ziemlich strapazieren, aber mit dem hier könnte ich leben." Er hielt eine romantische Komödie in der Hand.
Emily lächelte. Sie wusste, er würde sich diesen Film normalerweise nie im Leben ansehen, aber dass er es ihr zuliebe tat, und hier mit ihr den Samstagabend verbrachte, freute sie viel mehr, als sie es sich selbst eingestehen wollte. „Okay, du wirst es nicht bereuen, der ist wirklich witzig. Und ... süß." Sie fühlte, wie sie schon wieder rot wurde.
Niclas sah sie amüsiert an. „Ach ja? Na, dann ist der Abend ja gerettet. Aber beim nächsten Mal bringe ich den Film mit, einverstanden?"
Emily lachte. „Einverstanden. Obwohl, ich fürchte mich vor Horrorfilmen, da kann ich hinterher nicht alleine bleiben." Sie sah ihn verlegen an.
Er lachte. „Ach so. Okay, dann kein Horrorfilm. Aber ein bisschen Action darf schon sein, oder?"
Sie nickte. „Ja, das ist okay."
„Gut, dann leg ich ihn mal ein. Was meinst du, Ben, können wir beide das verkraften?" Er hielt dem Hund den Film vor die Nase, und Ben wedelte freudig mit dem Schwanz. Niclas lachte. „Er scheint ein Romantiker zu sein, so, wie er sich freut."
„Ja, offensichtlich. Okay, du legst den Film ein und ich hole Popcorn und Cola."

Emily lief in die Küche. Niclas sah ihr schmunzelnd hinterher. Er fühlte sich an diesem Abend so glücklich wie schon seit ewigen Zeiten nicht mehr. Er hockte sich vor den Recorder und legte die DVD ein, als sein Handy klingelte. Kevin. „Hey, was gibt's?"
„Hey. Wo steckst du, Mann? Es ist Samstagabend, und weit und breit keine Spur von dir." Kevins Stimme drang an sein Ohr. Niclas stand auf und ließ sich in den Sessel fallen. „Kev, ich wollte dich ja anrufen, sorry, hab's vergessen."
„Ja, das hab ich gemerkt. Wo bist du?"
Niclas fuhr sich durch die Haare. „Ich bin noch bei Emily, du weißt doch, wir hatten noch einiges zu tun, wegen dem Projekt."
Er konnte Kevin förmlich grinsen sehen, als er antwortete: „Aha, na klar, das Projekt. Arbeitet ihr immer noch daran?"
Niclas verzog leicht das Gesicht. „Nein, wir sind fertig."
„Also kommst du noch?"
„Nein, heute nicht, wir schauen uns einen Film an."
Kevin lachte leise. „Ah, sag doch gleich, dass du ein Date mit Emily hast."
Niclas richtete sich ein wenig auf und zischte in den Hörer: „Ich hab kein Date mit ihr. Wir haben gelernt, und nun schauen wir eben noch einen Film an. Ist das verboten?" Manchmal könnte er seinen besten Kumpel glatt erwürgen. Niemand kannte ihn besser als Kevin, doch leider neigte der auch dazu, seine Meinung ziemlich unverblümt kundzutun, was er natürlich auch prompt tat.
„Hey, reg dich ab. Ist doch super. Ich finde, Emily passt sehr gut zu dir. Ich find sie total nett. Also, wenn ich nicht schon meine Susan hätte, könnte ich mir glatt was mit ihr vorstellen."

Niclas verdrehte die Augen. „Wie schön für dich. Und ob Emily deiner unmaßgeblichen Meinung nach gut zu mir passen würde oder nicht, spielt absolut keine Rolle, da wir einfach nur Freunde sind und es auch bleiben werden. Kapiert? Also, fang bloß nicht an, mich zu nerven." Er hob den Blick und sah Emily, die gerade zur Tür hereinkam, einen Eimer Popcorn, eine Flasche Cola und zwei Gläser balancierend. „Ich muss Schluss machen, ruf dich morgen an. Bye." Er legte das Handy weg und sprang auf. „Sag doch was, ich hätte dir doch geholfen." Er nahm Emily die Gläser ab und stellte sie auf den Tisch.

„Schon gut, ist ja nichts kaputt gegangen. War das Kevin?" Sie sah Niclas fragend an.

Er nickte. „Ja."

„Oh, also wenn du dich lieber mit deinen Freunden treffen möchtest, das ist schon okay. Du musst nicht hier bleiben, wenn du was anderes vorhast."

Er schüttelte den Kopf. „Nein. Außerdem hab ich doch was vor. Und zwar mit dir und Ben diesen", er malte mit den Fingern Anführungszeichen in die Luft, „wunderbaren Film anschauen." Er grinste.

Emily lachte. „Okay, ich sehe schon, du kannst es kaum erwarten. Vermutlich liebst du solche Filme und magst es nur nicht zugeben. Und nun hast du endlich mal die unverfängliche Gelegenheit einen anzusehen, ohne aufzufallen. Stimmt‘s?" Sie legte den Kopf schief und sah ihn schmunzelnd an, während er gespielt zerknirscht das Gesicht verzog.

„Stimmt. Du hast mich erwischt. Bitte nicht weitersagen."

Sie schüttelte lachend den Kopf. „Tu ich nicht, versprochen." Sie setzte sich auf die Couch. Niclas ließ sich

wieder im Sessel nieder und schaltete mit der Fernbedienung das Gerät an. Emily zog die Beine auf die Couch, und gleich darauf lief der Vorspann des Films an.
Sie hatten erst etwa zwanzig Minuten geschaut, in denen Niclas sich mit Ben über einige Szenen ausgetauscht hatte und Emily damit zum Lachen brachte, als es an der Haustür klingelte. Sie sah zur Uhr und murmelte: „Och, wer ist das denn jetzt? Drückst du mal auf Pause? Dann gehe ich mal nachsehen."
Niclas nickte, und Emily erhob sich widerwillig, um nachzusehen, wer diesen schönen Abend störte. Es war witzig, wenn Niclas Ben kleine spaßige Bemerkungen über besonders kitschige oder romantische Stellen zuflüsterte und der Hund aufmerksam seinen Worten lauschte. Und sie genoss diese unbeschwerten Stunden, sie konnte sich nicht erinnern, wann sie sich das letzte Mal so wohl und glücklich gefühlt hatte. Sie öffnete die Haustür und erblickte Mara und Thomas.
Mara lächelte. „Na, das hat aber lange gedauert. Hast du etwa schon geschlafen?"
Emily lächelte verlegen zurück. „Geschlafen? Nein, wieso? Äh, was macht ihr denn hier? Ich habe gar nicht mit euch gerechnet."
Mara wechselte einen Blick mit Thomas. „Ja, scheint so. Lässt du uns rein?"
Emily warf schnell einen Blick über die Schulter. „Ja, sicher. Kommt rein." Sie trat zögernd einen Schritt zur Seite und ließ die beiden eintreten.
„Wo ist Ben? Sonst kommt er doch immer gleich angelaufen." Mara sah sich suchend in der kleinen Diele um.
„Er ist im Wohnzimmer. Bei Niclas."
Maras Augenbrauen schossen in die Höhe. „Niclas? Was macht der denn hier?"

Emily strich sich durch die Haare. „Wir haben unsere Arbeit zu Ende gebracht. Na ja, fast zu Ende. Danach waren wir spazieren, haben was gegessen und nun schauen wir uns einen Film an." Sie klang fast trotzig.
Mara sah sie verwundert an. „Aha. Hm, nun ja, wenn du meinst." Mara sprach die Worte leicht gedehnt aus.
Emily funkelte sie an. „Ja, ich meine. Wollt ihr reinkommen?"
Mara sah Thomas an, und man konnte ihr deutlich anmerken, dass sie am liebsten gleich wieder gegangen wäre.
Thomas jedoch meinte beschwichtigend: „Komm, wir sagen kurz Hallo, dann können wir ja wieder verschwinden. Wir wollen ja nicht stören." Er zwinkerte Emily zu.
„Ihr stört doch nicht."
Mara schob sich an ihr vorbei. „Bist du sicher?" Damit stolzierte sie ins Wohnzimmer. Emily und Thomas folgten ihr.
„Hey, das ist ja eine Überraschung." Maras Augen fixierten Niclas mit eisigem Blick, ihre Stimme klang auch nicht gerade freundlich. Emily verzog das Gesicht. Sie wusste, dass Mara sich nur Sorgen machte und sie beschützen wollte, aber es war nicht ihre Sache, mit wem sie sich traf oder nicht. Ben erhob sich von seinem Platz neben Niclas' Sessel und kam schwanzwedelnd auf Mara zu. Sie bückte sich und strich dem Hund über das Fell.
„Na, du treulose Tomate? Kommst du mich auch mal begrüßen?" Sie hob wieder den Kopf.
Niclas lächelte ihr freundlich zu. „Hi, Mara. Thomas."
Mara ließ sich auf die Couch fallen und griff nach der DVD-Hülle. „Was seht ihr euch an? Oh, eine echte Liebesschnulze. Emily steht auf diese Dramen. Du etwa auch?" Sie sah Niclas herausfordernd an.

„Na ja, eher weniger, aber es macht mir nichts aus, den Film mit Emily anzusehen. Im Gegenteil, er ist besser, als ich dachte." Er lächelte Emily zu, die sich neben Mara gesetzt hatte. Sie lächelte etwas unsicher zurück. Offenbar war Mara bereit, ihre Krallen auszufahren, um sie vor Niclas zu retten. Sie wollte aber nicht gerettet werden, und vor allem wollte sie nicht, dass Mara sich Niclas gegenüber so zickig verhielt. Er war so nett gewesen heute. Mara kannte ihn nur nicht richtig. Würde sie ihn besser kennen, würde sie ihn sicher mögen.
„Möchtet ihr was trinken?" Emily blickte Mara fragend an, die stumm den Kopf schüttelte und Niclas weiterhin mit giftigen Blicken durchbohrte.
„Thomas?"
Er schüttelte ebenfalls den Kopf. „Nein danke, wir gehen gleich wieder. Wir wollen ins Kino, die Vorstellung fängt bald an. Wir wollten nur fragen, ob du mitkommen willst, aber du hast ja schon was vor." Er lächelte Emily gutmütig zu.
„Das ist nett von euch, vielleicht ein andermal."
Mara legte die DVD-Hülle zurück auf den Tisch und sagte süffisant zu Niclas: „Das ist ja süß von dir, dass du den Film Emily zuliebe anschaust. Nun ja, einige Szenen darin dürften dir ja einigermaßen vertraut sein."
Emily sah erschrocken von ihrer Cousine zu Niclas. Was im Himmel meinte Mara denn jetzt damit?
Niclas verzog jedoch keine Miene. „Wie bitte? Ich kann dir grad nicht ganz folgen."
Mara lehnte sich zurück und lächelte. „Nun ja, ich meine damit, dass du dich doch damit auskennst, wie man Mädchen um den Finger wickelt. Soweit ich mich erinnere, hast du doch so eine Art Fanclub an der Schule. Sie kratzen sich deinetwegen gegenseitig die Augen aus."

Emily hielt die Luft an und trat Mara unterm Tisch ans Schienbein, die sie daraufhin empört anschaute. Doch gleich darauf wandte sie sich wieder Niclas zu und sah ihn auffordernd an. Es war klar, dass sie ihn provozieren wollte, doch er schien sich nicht darauf einlassen zu wollen. Seine Stimme klang ruhig, als er sagte: „Nun, du hast Recht, ist mir auch schon aufgefallen, dass sich einige wie die Wildkatzen benehmen. Aber ich kann ja nichts dafür und hab mir das nicht ausgesucht. Ich ermutige keine dazu, sich so zu verhalten."
Mara starrte ihn verblüfft an. Sie hatte nicht damit gerechnet, dass Niclas ihr zustimmen, sondern dass er sich verteidigen würde. Nun hatte er ihr den Wind aus den Segeln genommen. Sie funkelte ihn wütend an. „Nun, dafür kannst du vielleicht nichts, stimmt, aber immerhin hattest du ja schon einige ... wie soll ich sagen, Bekannte, Freundinnen, Liebschaften, oder wie auch immer, wenn ich mich nicht irre? Und dafür konntest du wohl schon etwas." Ihr war klar, dass das nun wirklich zu weit ging, denn Niclas' Freundinnen waren hier überhaupt kein Thema und gingen sie auch gar nichts an, aber sie hatte schreckliche Angst um Emily. Sie wollte nicht, dass sie verletzt wurde, und es war leicht, sich in Niclas zu verlieben. Er sah gut aus, konnte unglaublich charmant sein, wenn er wollte, und Emily war auf der Suche nach einem Halt in ihrem Leben, dass sie vielleicht ohne nachzudenken auf ihn hereinfallen würde. Ihr war klar, dass es nicht fair war. Nicht Emily und nicht Niclas gegenüber. Emily war ein sehr verletztes Mädchen, aber sie war kein dummes Huhn, das sich Hals über Kopf in jemanden verlieben würde, nur weil er gut aussah und ein wenig nett zu ihr war, aber dennoch, sie hatte Angst um sie.

Niclas sah sie einen Moment lang schweigend an. „Ja, hatte ich. Aber darüber möchte ich eigentlich nicht mit dir reden. Weißt du, manche Dinge sind nicht so, wie sie scheinen.“ Er senkte den Kopf und strich sich durchs Haar.

Emily spürte wieder diesen merkwürdigen Kummer, der manchmal von ihm ausging. Sie packte Mara heftig am Arm und zischte: „Kannst du mal eben mitkommen und mir etwas helfen?“ Damit stand sie auf, zerrte ihre widerstrebende Cousine hinter sich her in die Küche und schloss ziemlich lautstark die Tür. Dann drehte sie sich um und funkelte Mara wütend an.

„Kannst du mir verraten, was das soll? Wieso benimmst du dich so unmöglich? Du musst mich nicht vor Niclas beschützen, ich bin doch kein Baby, auf das man ständig aufpassen muss.“

Mara stemmte die Fäuste in die Seiten und funkelte ebenso wütend zurück. „Ach ja? Scheint mir aber so. Wie oft hab ich dir gesagt, halte dich fern von Niclas? Wie oft? Aber es interessiert dich offenbar kein bisschen. Wieso, denkst du, sage ich das? Weil ich dir keinen Spaß gönne oder eifersüchtig bin?“ Die Cousinen starrten sich an. „Ich sage das, weil ich mir Sorgen um dich mache, Emily. Ich möchte nicht, dass er dir wehtut. Und ich habe Angst, dass er das wird. Schau, ich bin nicht blind, ich habe Augen im Kopf. Ich sehe, wie attraktiv Niclas ist. Ich sehe schon seit Jahren, welche Wirkung er auf Mädchen hat. Und ich kann mir sehr gut vorstellen, wie leicht man sich da, nun ja, in etwas verrennen kann, verstehst du?“

Emily lehnte sich mit dem Rücken an die Spüle und musterte Mara. „Und nun denkst du also, ich hätte mich in etwas verrannt? In etwas, das nicht gut für mich ist? Mara, hör zu, ich weiß, dass du es gut meinst, das weiß ich wirklich, aber es ist mein Leben. Ich muss die gleichen Erfahrungen sammeln wie jeder andere auch. Im Guten wie im Schlechten. Ihr könnt mich doch nicht ins Glashaus sperren und alles von mir fernhalten." Sie schwieg kurz. „Ich bin dir wirklich dankbar, dass du für mich da bist, das weißt du. Und ich ... ich will ja auch gar nichts von Niclas. Es ist nur so, es ist schön, mit ihm zusammen zu sein. Er ist witzig und er bringt mich zum Lachen. Wir haben uns heute wirklich gut verstanden. Er tritt mir nie zu nahe und ... bitte, Mara, ich mag ihn einfach. Lass es dabei bewenden, bitte."

Mara stand ganz still da und betrachtete ihre Schuhspitzen. Sie wusste, dass Emily sich etwas einredete, wenn sie behauptete, nichts für Niclas zu empfinden. Sie empfand bereits etwas für ihn, auch wenn ihr das vermutlich selbst noch nicht klar war. Aber sie hatte Recht, sie konnten sie nicht vor allem beschützen, auch wenn sie das nur zu gerne würden, nach allem, was gewesen war. Und wie würde sie reagieren, wenn ihr ständig jemand reinreden würde und zum Beispiel versuchen wollte, ihr Thomas madig zu machen? Sie wäre auch nicht begeistert davon. Sie hob den Kopf. „Okay, okay. Schon gut. Entschuldige bitte. Du weißt, ich bin auf deiner Seite und unterstütze dich bei allem, was du tust. Und wenn du Niclas magst, ja, dann magst du ihn eben, und ich werde in Zukunft netter zu ihm sein. Aber wehe, er tut dir weh, dann ..." Sie fuhr sich mit der Handkante am Hals entlang.

Emily lachte. „Ach, Mara, ich weiß, dass du auf meiner Seite bist, und du weißt, wie sehr ich dich lieb habe und dir dankbar bin für alles. Mach dir keine Sorgen, okay? Niclas kann schwierig sein, du hast Recht. Ich bin nicht blöd, er war schon oft unfreundlich zu mir und ich war traurig deswegen. Aber ... ich kann es nicht erklären, ich bilde mir ein, hinter seine coole Fassade sehen zu können, und, na ja, was ich da zu sehen glaube, das mag ich sehr. Er war heute unglaublich lieb zu mir. Auf dem Spaziergang vorhin, da ist uns eine Gruppe Jungs entgegengekommen, und ich hab mich natürlich wieder völlig versteift und Panik bekommen. Es wird einfach nicht besser.“ Sie stockte kurz und strich sich durch die Haare. Für einen Moment sah sie so resigniert aus, dass es Mara im Innersten schmerzte, doch dann fuhr sie mit weicher Stimme fort: „Niclas scheint es bemerkt zu haben, er hat nicht viel gesagt, aber er hat seine Jacke ausgezogen und sie mir umgelegt. So, dass er vor mir stand, als die Gruppe auf gleicher Höhe mit uns war. Verstehst du? Er hat mich nicht mit Fragen gelöchert, er wollte nicht wissen, warum ich mich so komisch verhalte, er war einfach da. Und deshalb denke ich, geht in ihm etwas vor, das ihn meine Probleme verstehen lässt. Es ist manchmal so, als ob uns etwas verbindet, irgendetwas, was ich nicht erklären kann, aber was ich einfach spüre. Ich weiß, es klingt verrückt, so, als ob ich mir etwas einzureden versuche, aber es ist die Wahrheit.“

„Em, du hattest schon immer eine gute Menschenkenntnis. Und vielleicht empfindet Niclas dir gegenüber ja so ähnlich wie du bei ihm. Also, dass er sich bei dir anders verhält, als bei anderen, warum auch immer. Ich hab dir ja schon mal gesagt, es scheint so, als ob du ihn ganz schön durcheinander bringst.“ Sie lächelte verlegen. „Tut mir leid, ich hab mich wie eine wild gewordene Glucke aufgeführt, was? Ich werde mich bessern und mich mehr zurückhalten, versprochen!“

Emily lächelte und legte ihrer Cousine den Arm um die Schultern. „Schon gut. Komm, lass uns wieder rüber gehen."
Niclas und Thomas waren in ein Gespräch über Motorräder vertieft, als die beiden Mädchen wieder das Wohnzimmer betraten. Mara blieb zögernd stehen. „Können wir gehen? Sonst kommen wir zu spät in die Vorstellung", fragte sie Thomas.
Er nickte und erhob sich.
Mara wandte sich an Niclas. „Nic, ähm, wegen eben, es tut mir leid, ich war ein bisschen drüber. Sorry."
Niclas musterte sie. „Klar, schon okay. Mach dir keinen Kopf."
Mara lächelte ihm etwas verlegen zu und zog Thomas an der Hand hinter sich her. „Also, dann einen schönen Abend noch. Bis morgen, Emily. Denkst du dran, dass wir grillen wollen?" Sie drehte sich zu Niclas um. „Mein Dad liebt es, Barbecues zu veranstalten, weißt du. Und er will unbedingt noch mal das schöne Wetter ausnutzen, bevor es endgültig Herbst wird." Sie hielt kurz inne. „Was machst du morgen, Niclas? Wenn du Zeit hast, kannst du auch gerne kommen. Thomas, Jeff, Mandy und Jennifer werden auch da sein. Ein paar Freunde meiner Eltern noch. Und Emily natürlich. Was meinst du?"
Niclas sah sie überrascht an und tauschte einen Blick mit Emily, die ebenso perplex zu sein schien wie er. „Du lädst mich zu eurem Barbecue ein? Hm, nun, danke. Aber ich weiß nicht."
Er zögerte.
„Ach, komm schon, wir würden uns freuen, nicht wahr, Emily?", sagte Mara. Sie sah ihre Cousine auffordernd an.

Emily nickte. „Ja, würden wir." Sie sah Niclas unsicher an. Er würde doch jetzt nicht denken, sie hätte Mara vorhin in der Küche dazu überredet?
Niclas zuckte mit den Schultern. „Na dann. Okay, ja, ich komme gerne. Danke."
Mara lächelte. „Super. Dann bis morgen. So gegen vier Uhr am Nachmittag. Und bring ordentlich Hunger mit, denn bei meinen Eltern gibt's immer massenweise zu essen." Sie winkte nochmal und gleich darauf waren sie und Thomas verschwunden.
Emily setzte sich auf die Couch und schwieg, während Niclas sich wieder in den Sessel setzte. Ben ließ sich schnaufend neben ihm nieder, und Niclas kraulte seinen Kopf.
Emily betrachtete die beiden. „Nic, hör zu, es tut mir leid, dass Mara dich vorhin so angepflaumt hat. Sie, nun ja, sie meint es nicht so, sie will nur auf mich aufpassen und mich vor allem beschützen. Sei nicht sauer auf sie, bitte."
Niclas kraulte weiter an Bens Ohr. „Ich bin nicht sauer auf Mara. Mir ist schon klar, dass sie dich, aus welchen Gründen auch immer, beschützen will. Es ist nur nicht grad ein Kompliment für mich, dass sie offenbar das Gefühl hat, dich vor mir beschützen zu müssen. Aber es ist ihr wohl nicht zu verdenken. Ich kenne meinen Ruf an der Schule. Wobei es wirklich nicht so ist, wie es aussieht, glaub mir." Er verzog leicht das Gesicht. „Obwohl, vielleicht doch, ich weiß nicht. Ich hatte einige Freundinnen, das stimmt, aber es ist nicht so, wie es scheint. Ich weiß, dass viele denken, ich würde die Mädchen benutzen und mit jeder, na ja, ins Bett gehen wollen. Aber das stimmt nicht, so ist das nicht."
Sie schwiegen beide verlegen.

„Niclas, du musst mir das nicht erklären und du musst dich nicht verteidigen. Glaub mir, ich weiß, dass man nach außen oft ganz anders wirkt, als man wirklich ist und empfindet. Ich hab schon oft gelacht, obwohl mir viel mehr nach weinen zumute war."
Niclas sah sie forschend an und nickte. „Ja, das kommt mir bekannt vor. Weißt du, was komisch ist? Ich habe noch niemals mit jemandem darüber geredet. Na ja, du weißt schon, cool sein ist angesagt." Er strich sich durch die Haare und lächelte. „Aber warum kann ich mit dir darüber reden?" Er zuckte mit den Schultern. Es war eine ebenso unsichere, wie ratlose Geste.
Emily lächelte ihm zu. „Ich weiß nicht. Manches ist eben einfach so."
Er schien zu überlegen. „Vielleicht, aber bei dir ist es anders. Du bist einfach anders als alle anderen Mädchen, die ich kenne." Er schwieg, und sie fühlten beide, dass da etwas zwischen ihnen entstand, was sie nicht einordnen konnten, und es war nicht ganz klar, wem von ihnen das mehr Angst machte.
„Lass uns den Film weiterschauen, okay?" Emily sah Niclas fragend an.
Er nickte. „Okay."
Sie sahen eine Weile schweigend der romantischen Liebesgeschichte auf dem Bildschirm zu, aber die unbeschwerte Stimmung von vorhin wollte sich nicht wieder einstellen. Emilys Blicke wanderten immer häufiger vom Bildschirm zu Niclas, der ziemlich gedankenverloren aussah und nicht gerade so wirkte, als würde er viel von dem Film mitbekommen.
Als schließlich das Telefon klingelte, stand sie fast erleichtert auf und verzog sich für eine Weile in die Küche

damit. Es war ihre Mutter, die sich wunderte, warum sie nicht, wie versprochen, angerufen hatte.
Niclas hatte wieder die Pausentaste gedrückt und war aufgestanden, um aus dem Fenster zu sehen. Es war stockdunkel draußen und er konnte seine Silhouette in der Scheibe erkennen. Vorhin, als Mara ihm diese provozierenden Fragen gestellt hatte, war ihm plötzlich etwas klar geworden. Erst war er ein wenig wütend gewesen und hätte ihr gerne eine passende Antwort gegeben, aber dann hatte er Emilys Blick gesehen, wie erschrocken sie Mara angeschaut hatte, und ihm war bewusst geworden, dass sie diejenige wäre, die unter einem Streit zwischen ihnen am meisten leiden würde. Und plötzlich wusste er, dass es ihm völlig egal war, was andere von ihm hielten, solange Emily ihn mochte. Diese Erkenntnis war zuerst ziemlich verwirrend gewesen, aber schließlich auch irgendwie schön. Sie war ihm wichtig geworden, daran gab es nichts mehr zu rütteln und auch nichts zu verleugnen. Er spürte ihre ehrliche Zuneigung, fühlte, dass sie ihn so mochte, wie er war, mit allen Fehlern und Schwächen, und genauso mochte er sie. Er sah jedoch auch, wie sehr sie an Mara hing, und er würde nichts tun, was sie verletzen würde. Nicht mehr, er hatte sie schon oft genug vor den Kopf gestoßen. Mara hatte sicher gute Gründe, warum sie Emily gegenüber so beschützend war. Wenn er ehrlich war, konnte er sie verstehen. Er war nicht gerade bekannt dafür, ernsthafte Beziehungen mit Mädchen zu unterhalten. Kein Wunder, dass Mara fürchtete, er könnte ihre Cousine benutzen und ihr wehtun wollen, wobei ihm nichts ferner lag als das. Er war froh über Emilys Freundschaft, aber mehr würde er nicht zulassen. Und sie schien das ja auch gar nicht zu wollen, also war alles bestens, so wie es war. Er drehte sich um und ging

zu seinem Sessel zurück, um Ben zu streicheln. „Genau so ist es, nicht wahr, alter Junge? Emily mag mich als Freund, nicht mehr und nicht weniger. Und genauso mag ich sie auch."
Ben hob den Kopf und sah Niclas aus seinen braunen Augen aufmerksam an. Und irgendwie hatte dieser das Gefühl, der Hund würde amüsiert lächeln. Niclas ließ den Blick ein wenig durch das kleine Wohnzimmer schweifen. Die Möbel waren alle schon alt, aber ihm gefiel dieser Stil. Sicher hätte Emily sich wohl andere Sachen gekauft, aber sie hatte ja gesagt, sie habe das meiste so übernommen. An der Wand stand ein alter Sekretär, der sicher schon hundert Jahre alt war, daneben eine wunderschöne Kommode, die leider ziemlich verwittert aussah und deren Farbe an einigen Stellen abblätterte. Er stand auf, ging hinüber und kniete sich davor. Sie war wirklich toll, die Schnitzereien wunderschön und mit viel Liebe gefertigt. Wenn man ein wenig Zeit und Arbeit investieren würde, könnte man daraus wieder ein echtes Schmuckstück machen.
„Sie ist schön, was?"
Er wandte sich zu Emily um, die unbemerkt hinter ihn getreten war. „Ja, sie ist herrlich. Sieh dir die Schnitzereien an, sie sind wunderschön." Er fuhr mit den Fingerspitzen über die verschnörkelten Ornamente. „Ich würde sie gerne ein bisschen aufmöbeln, dann wäre sie wieder das reinste Schmuckstück."
Emily sah ihn erstaunt an und hockte sich neben ihn vor die Kommode. „Das würdest du gerne machen? Kannst du das denn?"
Niclas sah sie etwas verlegen an. „Ja, das würde ich sicher hinkriegen. Ich arbeite sehr gerne mit Holz, weißt du. Ich schnitze gerne, das ist schon lange ein Hobby von

mir. Ich habe auch schon öfter mal alte Holzmöbel restauriert." Er strich noch einmal fast zärtlich über das verblichene Holz.
Emily sah ihm fasziniert zu. Wie sanft er sein konnte. Das hatte sie schon oft beobachtet, wenn er Ben streichelte und mit ihm sprach, und nun strich er hier über das Holz, als sei es lebendig. Sie warf ihm einen Blick von der Seite zu, und plötzlich kam ihr der Gedanke, wie es sich wohl anfühlen mochte, wenn er so zart ihre Wange berühren würde. Sie fühlte, wie sie rot wurde und stand hastig auf. „Wirklich? Das ist ja toll. Also, wenn du Lust dazu hast, von mir aus gerne. Ich könnte bei dem Sohn der Besitzerin anrufen und ihn fragen, ob es in Ordnung wäre. Was meinst du?" Sie senkte den Kopf und verknotete ihre Finger ineinander.
Niclas erhob sich nun ebenfalls. „Echt? Ja, das wäre klasse. Das würde ich wirklich sehr gerne machen. Du wirst sehen, sie wird wieder wie neu werden und doch ihren altertümlichen Charme nicht verlieren." Seine Augen funkelten vor Begeisterung.
Emily lächelte ihm zu. „Okay, dann rufe ich gleich morgen früh an und sage dir dann am Nachmittag Bescheid."
Er nickte.
„Was schnitzt du denn so?", fragte sie.
Er zuckte mit den Schultern. „Ach, alles Mögliche. Ich kann dir mal was zeigen, wenn du möchtest."
„Ja, gerne, das würde ich wirklich sehr gerne sehen." Sie sahen sich einen Moment stumm in die Augen.
„Sollen wir nun den Film zu Ende sehen? Vielleicht klappt es ja dieses Mal."
Emily lachte. „Ja, ich hoffe es. Okay."
Und dieses Mal hatten sie Glück, niemand kam mehr vorbei oder rief an.

Später, als Emily Niclas an der Tür verabschiedete, sagte sie leise: „Ach, übrigens, wegen morgen, ich wollte dir nur sagen, dass das nicht meine Idee war. Also, nicht dass du denkst, ich hätte Mara dazu überredet, dich einzuladen. Das war ihre Idee, aber ich freue mich natürlich sehr, dass du kommst."

Niclas musterte sie forschend. Offenbar hatte sie Angst, er könnte denken, sie wollte ihn anmachen oder so.

Er lächelte. „Das hab ich nicht gedacht. Ich freue mich auch. Bis morgen dann."

„Ja, bis morgen."

Emily sah ihm nach, als er den Helm aufsetzte, sich auf das Motorrad schwang, ihr noch einmal zuwinkte und dann losbrauste. Mit einem glücklichen Lächeln im Gesicht ging sie wieder nach drinnen.

Kapitel 17

Am nächsten Tag half Emily ihrer Tante bei den Vorbereitungen für das Barbecue. Dorothy hatte solche Massen an Essen vorbereitet, dass eine ganze Armee davon satt werden würde. Emily war fleißig, sie rührte Kuchenteig, schnippelte Gemüse und Obst und dekorierte kalte Platten. Doch dabei war sie sehr still und in Gedanken offenbar ganz weit weg. Dorothy beobachtete ihre Nichte so manches Mal besorgt. Wo mochte sie sein mit ihren Gedanken? Bei diesem Jungen, Niclas? Mara hatte ihr erzählt, dass sie ihn eingeladen hatte, und nun war sie gespannt, ihn kennen zu lernen. Sie wünschte sich, genau wie Mara und alle anderen in der Familie, dass Emily wieder glücklich werden würde, aber sie war auch ängstlich um ihr Wohl besorgt. Ihre Schwester hatte ihr das Kind anvertraut, und sie wollte alles dafür tun, damit es Emily hier gut ging.

„Reicht das, Tante Dorothy?"

Emilys Stimme drang zu ihr durch, und Dorothy sah auf den Berg Tomaten und Gurken, die sie geschnitten hatte.

„Oh, ja sicher, das reicht. Danke dir. Möchtest du eine Pause machen? Oder dich umziehen gehen?"

Emily nickte. „Wenn es dir recht ist, ja. Ich würde gerne kurz nach Hause gehen."

„Sicher, geh nur. Aber sei pünktlich hier. Ach, Emily, bringst du Niclas mit, oder kommt er hierher?" Dorothy sah ihre Nichte fragend an.

Emily hob die Schultern. „Ich weiß nicht, er hat nichts gesagt. Ich nehme an, dass er gleich hierher kommen wird. Ist es dir überhaupt recht, dass Mara ihn eingeladen

hat? Ihr kennt ihn ja gar nicht.“ Sie blickte ihre Tante etwas unsicher an.
Dorothy lächelte ihr liebevoll zu. „Das ist in Ordnung, Emily. Mara sagte, du und Niclas, ihr hättet euch ein wenig angefreundet. Wenn Maras und Andreas Freunde willkommen sind, sind deine Freunde es natürlich genauso.“ Sie legte ihrer Nichte den Arm um die Schulter und drückte sie an sich. „Du bist mir so lieb wie meine eigenen Mädchen, das weißt du, nicht wahr? Seit deiner Geburt war das so und das wird auch immer so bleiben.“
Emily lehnte den Kopf an die Schulter ihrer Tante. „Ich weiß, ich hab dich auch sehr lieb. Und Niclas, nun ja, wir sind nicht richtig befreundet. Ich weiß eigentlich nicht genau, was wir sind.“
Dorothy strich Emily sanft durch die Locken. „Ich weiß, manchmal sind solche Dinge nicht ganz einfach. Besonders für dich. Aber wenn ich dir einen Rat geben darf: Höre auf dein Herz, Emily, es wird dir den richtigen Weg zeigen. Ich weiß, das hört sich kitschig und naiv an, aber es ist so. Als ich damals Bob kennen gelernt habe, waren deine Großeltern nicht begeistert von ihm. Sie fanden ihn zu leichtsinnig, was er damals teilweise auch war, zu wild, zu ungehobelt, und er wohnte definitiv zu weit von meiner Heimatstadt entfernt. Aber ich habe immer darauf gehört, was mein Herz mir sagte. Du siehst ja, es war richtig. Bob und ich lieben uns immer noch. Er ist schon lange nicht mehr leichtsinnig, sondern der verantwortungsbewussteste Mensch den ich kenne. Und obwohl auch wir schwierige Zeiten durchleben mussten, habe ich meine Entscheidung niemals bereut. Amen.“ Sie verzog das Gesicht.
Emily musste lachen. „Ach, Tante Dorothy, ich danke dir. Und ich finde es toll, dass du und Bob immer noch so

glücklich zusammen seid. Ich wünschte nur, ich würde auch so jemanden finden.“ Ihre Stimme klang nun leise und traurig.
Dorothy drückte sie an sich. „Das wirst du, glaub mir. Du wirst jemanden finden, der deine Schmerzen heilen kann. Dem du wieder Vertrauen schenken kannst und der für dich da sein wird. Und vielleicht geht das schneller, als du denkst.“
Emily lächelte. „Ja, vielleicht“, sagte sie leise. Dabei sah sie jemand ganz Bestimmtes vor sich, mit braunen Augen, und Händen, die unendlich sanft und zärtlich sein konnten. Sie schüttelte den Kopf. „Ja, okay, dann gehe ich mich mal frisch machen. Ich bin pünktlich zurück. Bis nachher.“
Zuhause ging sie unter die Dusche und stand anschließend so lange wie schon seit ewigen Zeiten nicht mehr vor ihrem Kleiderschrank. Sie zog einige Sachen heraus und hängte sie wieder zurück. Ben saß daneben und sah ihr aufmerksam zu. „Ach, Ben, ich finde einfach nichts. Ich sollte wirklich mal wieder shoppen gehen.“ Sie seufzte und schließlich zog sie eine mit bunten Streublümchen bedruckte Bluse und eine dunkle Jeans an. Dann band sie ihre Haare zu einem Pferdeschwanz zusammen, um sie gleich darauf wieder zu öffnen. „Offen oder gebunden? Was meinst du, Ben?“ Schließlich entschied sie sich für eine Spange, mit der sie eine Seite ein wenig zurückhielt, und legte sogar ein wenig Rouge und Lipgloss auf. Sie betrachtete sich prüfend im Spiegel. „Na ja, das war schon mal besser, aber egal jetzt.“
Sie kämmte noch einmal ihr Haar und lief dann nach unten. Auch das Rouge und das Lipgloss konnten nicht verbergen, dass sie eine schmerzliche Zeit durchlebte. Die vielen durchwachten und durchweinten Nächte hat-

ten sich in ihr Gesicht gegraben und ließen es blass und zart erscheinen.
Doch ihre Augen leuchteten heute, und das lag nicht am Make-up.
Niclas kam zehn Minuten nach ihr. Emilys Herz klopfte vor Freude. Sie lief ihm entgegen und öffnete das Tor für ihn.
„Niclas, hi. Ich wusste nicht, ob du direkt hierher kommen würdest oder erst zu mir."
Er hielt den Helm in der einen Hand und schloss mit der anderen das Tor. „Ach so, ja, ich wäre erst bei dir vorbeigekommen, wenn ich nicht so spät gewesen wäre." Er lächelte entschuldigend.
„Ach, das macht doch nichts, es sind noch nicht alle da. Hier geht's recht locker zu. Komm, wir legen den Helm nach drinnen, dann kannst du auch meine Tante kennen lernen, sie werkelt noch in der Küche herum. Ich weiß nicht, ich glaub, sie hat für fünf Wochen vorgekocht heute."
Niclas lachte. „Okay, da bin ich ja mal gespannt." Er folgte Emily ins Haus. Im Flur legten sie den Helm ab und sie führte ihren Gast in die Küche.
„Tante Dorothy, schau, Niclas ist hier."
Dorothy sah von der kalten Platte, an der sie die letzten Verzierungen vornahm, hoch und schaute Niclas lächelnd an. Obwohl sie den jungen Mann nicht kannte, konnte sie Emilys Zuneigung zu ihm auf den ersten Blick nachvollziehen. Er sah sehr gut aus, die beiden würden ein süßes Paar abgeben. Niclas war groß und schlank, hatte braune Augen und ein sympathisches Lächeln. Emily reichte ihm gerade bis zur Schulter und wirkte neben ihm noch zarter und zerbrechlicher. Dorothy konnte sich nicht helfen, aber sie hatte das Gefühl, dass dieser Junge genau

richtig für sie war. Sie schüttelte unmerklich den Kopf. Was hatte sie nur für verrückte Gedanken, schließlich kannte sie den jungen Mann doch überhaupt nicht. Sie legte den Spritzbeutel weg und wischte sich die Hände ab, dann streckte sie Niclas lächelnd die Hand entgegen.
„Niclas, hallo. Wie schön, Sie kennen zu lernen. Ich bin Dorothy."
Er lächelte zurück, es sah fast ein wenig schüchtern aus. „Guten Tag, Mrs. Panabaker, ich freue mich auch, Sie kennen zu lernen. Vielen Dank für die Einladung."
Dorothy lachte und sah augenzwinkernd zu Emily. „Gern geschehen. Wir brauchen tatkräftige Unterstützung bei der Vernichtung all dieser Lebensmittel. Meine Lieben haben nämlich schon heftig gemeutert und gemeint, sie wollten nicht tagelang das Gleiche essen."
Emily wandte sich lächelnd an Niclas. „Hab ich's dir nicht gesagt? Fünf Wochen ..."
Niclas nickte schmunzelnd und öffnete den Rucksack, den er in der Hand hielt. „Ähm, ich hoffe, sie sind nicht komplett zerdrückt, aber ich hatte leider keine andere Möglichkeit, sie zu befördern." Er zog einen kleinen Blumenstrauß heraus, der ein wenig schief aussah. „Oh, nun ja, vorhin sahen sie noch besser aus. Sorry." Er hielt Dorothy den Strauß hin. „Für Sie, ein kleines Dankeschön für die Einladung."
Sie nahm die hübschen rosa Rosen und betrachtete sie gerührt. „Ach, Niclas, das wäre aber nicht nötig gewesen, wir freuen uns doch, dass Sie hier sind. Das ist sehr nett von Ihnen, vielen Dank."
Er lächelte. „Gern geschehen. Und bitte, sagen Sie doch du zu mir."

Dorothy nickte. „Gerne. So, wollt ihr beide schon mal nach draußen gehen und ein wenig was mitnehmen? Die anderen sind alle schon im Garten."
Draußen stellte Emily Niclas ihrem Onkel vor, der ihm freundlich die Hand schüttelte und ihn ebenso herzlich willkommen hieß wie seine Frau. Weiter hinten saßen Mara und ihre Clique, sowie Andrea mit ihrem Schwarm Casey. Als Mara Emily und Niclas sah, stand sie auf und kam auf sie zu. „Nic, hi. Schön, dass du da bist." Sie klang nicht wirklich herzlich, aber sie schien sich Mühe geben zu wollen, was Emily ihr hoch anrechnete. Sie gingen zusammen an den Tisch und begrüßten die anderen. Alle waren freundlich, nur Jeffrey starrte eher missgelaunt und schweigsam vor sich hin. Emily warf ihm hin und wieder einen prüfenden Blick zu, dem er allerdings beharrlich auswich. Mara hatte ihr schon erzählt, dass Jeffrey etwas für sie zu empfinden schien, aber sie hatte das nicht wirklich ernst genommen, er hatte auch noch nichts gesagt. Aber nun schien ihm Niclas' Gegenwart ziemlich sauer aufzustoßen. Emily fühlte sich unwohl bei dem Gedanken, dass Jeffrey in sie verliebt sein könnte. Alleine die Vorstellung bereitete ihr Schweißausbrüche. Sie konnte und wollte sich nicht vorstellen, dass ein Junge sie mögen oder gar begehren könnte. Nur bei einem konnte sie das, aber darüber durfte sie nicht näher nachdenken, denn das war völlig ausgeschlossen. Niclas und sie waren Freunde, mehr nicht.
Nach einer Weile schoben sie alle Tische zusammen, und es wurde eine lustige Runde. Dorothys und Bobs Freunde waren nette Leute, die gerne scherzten und redeten, und so fiel es nicht weiter auf, dass Jeffrey ein Gesicht wie zehn Tage Regenwetter zog und Emily still und zurückhaltend war. Solche Treffen, und vor allem so viele Men-

schen, waren eine Belastungsprobe für sie, aber heute empfand sie es als angenehm, und das lag nur an Niclas. Er saß neben ihr, und das genügte schon, damit sie sich wohl und sicher fühlte.
Manchmal fühlte sie seinen forschenden Blick auf sich ruhen und wenn sie ihn ansah, lächelte er ihr zu, und sie lächelte schüchtern zurück. Sie war froh, dass er hier war. Sie konnte es nicht erklären, aber seit sie ihn kannte, war ihre Welt nicht mehr ganz so dunkel, sie erhellte sich, wenn er in ihrer Nähe war. Er war auch eher still, aber es schien ihm ganz gut zu gefallen hier, worüber sie sich sehr freute.
„Niclas, ist das dein Motorrad da draußen?“ Bob setzte sich neben Emily und Niclas auf die Bank, und gleich darauf waren die beiden Männer in eine angeregte Unterhaltung über Motorräder vertieft. „Ah, das war auch immer mein Traum, als junger Mann habe ich mir nichts mehr gewünscht, als eine Maschine zu haben und damit quer durch Amerika zu fahren. Frei wie der Wind.“ Bob strich sich durch die Haare und warf einen liebevollen Blick zu seiner Frau. „Aber dann hat mir die Liebe einen Strich durch die Rechnung gemacht. Anstelle eines Motorrads bekam ich das süßeste Mädchen das man sich nur vorstellen konnte, und ich entschied mich natürlich für sie.“ Er lachte.
Niclas sah lächelnd in Dorothys Richtung. „Ja, das kann ich gut verstehen. Ihre Frau ist wirklich sehr nett.“
Bob nickte. „Das ist sie. Junge, wenn du mal die Richtige triffst, wirst du alles für sie aufgeben. Alles. Und es wird dir nicht ein einziges Mal leid tun.“
Niclas nickte und sein Blick streifte beiläufig Emily, die neben ihm saß und ihren Onkel lächelnd ansah. „Onkel

Bob, ich wusste gar nicht, dass du so ein Romantiker bist."
Er grinste. „Bin ich auch nicht, ich tu nur manchmal so."
Sie lachte und strich sich eine Haarsträhne hinters Ohr.
Bob tätschelte ihre Hand, dann stand er auf. „So, nun werde ich mich mal um die Fleischesgelüste kümmern. Es wird Zeit, dass etwas auf den Rost kommt." Er legte Niclas die Hand auf die Schulter. „War nett, mit dir zu reden. Vielleicht können wir beide ja bei Gelegenheit mal eine kleine Spritztour mit deiner Maschine machen, das würde mich sehr freuen."
Niclas nickte. „Sicher, jederzeit. Sagen Sie einfach Emily oder Mara Bescheid, wenn Sie mal Zeit und Lust haben, dann komm ich vorbei und wir machen eine Tour."
„Darauf werde ich zurückkommen, versprochen."
Niclas wandte sich an Emily, die ihrem Onkel lächelnd hinterher sah. „Dein Onkel ist wirklich okay. Denkst du, er meint das ernst und will mal mit mir mitfahren?"
Emily runzelte die Stirn. „Aber klar meint er das ernst. Und du? Hast du es auch ernst gemeint?"
„Sicher. Ich freu mich schon drauf."
Sie betrachtete ihn und fragte sich, ob sein Vater wohl auch jemals Lust auf eine Tour mit seinem Sohn gehabt hatte? Niclas hatte ihr ja erzählt, dass sie sich nicht sonderlich nahe standen. Vielleicht würde es ihm gut tun, ein wenig Zeit mit Bob zu verbringen. „Das ist schön. Ihr werdet sicher Spaß haben, mein Onkel ist ein cooler Typ."
„Emily." Jennifer war neben ihr aufgetaucht, setzte sich neben sie, und hatte sie schnell in ein Gespräch verwickelt.
Niclas lehnte sich zurück, und ohne dass es ihm überhaupt bewusst war, wurden die Geräusche um ihn herum

leiser, die Unterhaltungen der anderen verschmolzen zu einem leisen Hintergrundgemurmel, er sah nur noch Emily. Ihre blonden Haare schimmerten im warmen Licht des Nachmittags und erinnerten ihn an gesponnenes Gold. Sie lauschte aufmerksam Jennifers Worten, manchmal lächelte sie und dann wieder spielten ihre Finger mit dem Armband an ihrem Handgelenk. Das Kleeblatt. Er lächelte. Hoffentlich würde das Schmuckstück ihr das Glück bringen, das sie verdiente. Sie sah wunderschön aus heute. Die Bluse stand ihr wirklich gut und unterstrich ihre mädchenhafte, zarte Gestalt. Alles an Emily war zart und wirkte zerbrechlich. Er lächelte versonnen vor sich hin. Aber sie war kein Püppchen. Sie war alles andere als das. Er hätte noch stundenlang so sitzen und sie anschauen können, doch leider klingelte sein Handy und er riss sich widerwillig von ihrem Anblick los. „Entschuldigung", murmelte er und stand auf, um ein paar Meter vom Tisch weg zu gehen, um die anderen nicht zu stören. „Kevin, hi, was gibt's?"
„Ja, das frag ich dich. Du wolltest mich anrufen, Mann. Wo bist du?"
Niclas ging ums Haus herum. „Sorry, hab dich vergessen."
„Ach was. Das scheint ja neuerdings zur Gewohnheit zu werden bei dir: Also, wo steckst du?"
„Ich bin bei Maras Eltern eingeladen. Zum Barbecue." Niclas sagte es eher widerwillig, denn er konnte schon wieder Kevins zufriedenes Grinsen vor sich sehen.
„Bei den Panabakers? Wie kommst du denn dahin? Ah, lass mich raten. Emily ist ja die Nichte von ihnen. Sie hat dich eingeladen, was?"

„Nein, Mara hat mich eingeladen. Gestern Abend. Sie und Thomas sind noch bei Emily vorbeigekommen." Er hörte, wie Kevin am anderen Ende die Luft einzog.
„Mara hat dich eingeladen? Einfach so?"
Niclas verdrehte die Augen. „Ja, einfach so. Stell dir vor. Ich habe sie nicht dazu gezwungen, aber offenbar kannst du dir nicht vorstellen, dass mich jemand einfach so einladen könnte."
Kevin lachte gutmütig. „Red keinen Scheiß. Natürlich kann ich mir das vorstellen. Bei Tracy oder bei Viola, oder, oder, oder ... Aber dass Mara jetzt auch zu deinen Verehrerinnen gehört, ist mir noch gar nicht aufgefallen. Nun ja, tut sie wohl auch nicht, hm? Emily allerdings schon. Und das beruht ja wohl sehr auf Gegenseitigkeit."
Niclas runzelte die Stirn. „Wer redet denn hier jetzt Scheiß? Was willst du immer mit Emily? Sie ist neu hier, sie kennt niemanden, wir haben zusammen an diesem Projekt gearbeitet und uns ein bisschen angefreundet, das ist alles."
„Wenn du das sagst." Kevin klang gelassen.
Niclas brummte: „Ja, das sag ich. Also, ich muss Schluss machen. Wir sehen uns morgen." Er legte auf und betrachtete missmutig das Handy in seiner Hand. Das Dumme war, dass Kevin ihn so gut kannte, wie sonst niemand. Und meistens traf er mit seinen Überlegungen, was ihn betraf, voll ins Schwarze, noch bevor er es sich eingestehen wollte oder konnte. „Zum Teufel. Dieses Mal hast du nicht Recht. Ich mag Emily, nicht mehr und nicht weniger. Basta!" Er steckte das Handy zurück in die Tasche seiner Jeans und ging wieder zu den anderen.
Bob stand alleine an dem großen Grill. Niclas gesellte sich zu ihm. „Kann ich was helfen?"

Bob hob den Kopf und nickte. „Klar, immer gerne. Gib mir doch mal die große Grillzange dort drüben, bitte.“

„Hey, alles okay?“ Mara setzte sich neben Emily, die mittlerweile ganz alleine am Tisch saß, und sah sie forschend an.
„Sicher, was sollte nicht okay sein?“ Emily drehte an einer Haarsträhne und beobachtete Niclas, der mit Bob am Grill stand. Die beiden lachten und schienen sich offenbar sehr gut zu verstehen. „Ich glaube, dein Dad und Niclas planen gerade ihre Motorradtour.“
Mara folgte Emilys Blick. „Was für eine Motorradtour?“
„Nun, dein Dad hat Niclas gefragt, ob sie mal zusammen eine Tour mit der Maschine machen können, und Niclas war einverstanden. Sie scheinen sich ganz gut zu verstehen.“
Mara nickte. „Scheint so. Mom ist auch ganz hingerissen von Nic. Er hat ihr Blumen mitgebracht, hm?“
Emily nickte. „Ja, kleine rosa Rosen. Das ist doch total nett von ihm, oder? Sie waren etwas zerknautscht, weil er sie im Rucksack hatte, aber sie hat sich trotzdem sehr gefreut.“
Mara betrachtete Emily. Der Ausdruck in ihren Augen war, für ihren Geschmack, eindeutig ein wenig zu verträumt. „Ja, nett.“
Emily wandte sich Mara zu. „Klingt ja nicht sehr erfreut. Wäre es dir lieber, sie würden ihn nicht mögen?“
Mara sah sie verdutzt an. „Was? Nein, Quatsch. Warum denn? Es ist nur ... ach, ich weiß auch nicht. Ich habe immer noch kein besonders gutes Gefühl bei ihm. Langsam komme ich mir schon richtig paranoid vor, weil alle Niclas wirklich toll zu finden scheinen, nur ich sehe alles

schwarz. Guck dir Andrea an, sie vergisst sogar ihren geliebten Casey und schmachtet Niclas an.“
Emily sah in Richtung ihrer jüngeren Cousine, die in der Tat mit strahlenden Augen neben dem Grill stand und mit Niclas scherzte und lachte. „Hm, stimmt. Sie scheint ihn auch zu mögen.“ Sie wandte sich wieder Mara zu. „Ist das so schlimm? Was hast du dir erhofft? Dass der Tag ein Reinfall wird, Niclas sich daneben benimmt und ich nichts mehr mit ihm zu tun haben will?“
Mara setzte bereits zu einer empörten Antwort an, doch dann zögerte sie. „Na ja, vielleicht. Ich weiß nicht. Emily, sieh ihn dir doch an. Er sieht zum Niederknien gut aus. Er hat diese Mischung aus Bad Boy und liebenswertem Jungen. Es ist fast unmöglich, ihn nicht anzuhimmeln. Und du ... ich weiß, du willst das nicht hören, und ich habe es schon oft gesagt, zu oft vermutlich. Aber du bist nun mal sehr verletzt worden. So sehr verletzt, dass ich nicht mal weiß, wie du es bis hierher geschafft hast. Und, ja, Niclas ist anders in letzter Zeit, besonders wenn du in seiner Nähe bist. Er ist nicht mehr so unnahbar, er ist nett, und es kommt mir so vor, als würde er dich wirklich mögen. Aber dennoch, ich traue der Sache nicht. Zu lange habe ich den anderen Niclas gekannt. Den coolen Mädchenschwarm, der es mit keiner ernst gemeint hat. Der jede ernsthafte Annäherung sofort abgeblockt hat. Und darum habe ich Angst. Angst, dass diese Verwandlung bei ihm nicht von Dauer ist.“ Sie hielt inne und sah Emily in die Augen. „Ich sage es jetzt mal ganz direkt: Ich habe Angst, dass du dich in ihn verliebst, wenn du es nicht schon bist, und er irgendwann wieder dichtmachen, dich fallen lassen und dir das Herz brechen wird. Und ich habe Angst, dass das deine Kräfte übersteigt, du damit nicht zurechtkommst. Ich möchte nicht miterleben, wie

du alles verlierst, was du dir so mühsam wieder erarbeitet hast. Verstehst du das?“

Emily sah Mara an und entdeckte Tränen in deren Augen. „Oh, Mara, nicht doch. Nicht doch.“ Sie schlang die Arme um ihre Cousine und beide hielten sich gegenseitig fest. Emily war nie richtig bewusst gewesen, wie schlimm das alles auch für Mara gewesen war, und wie viele Sorgen sie sich ihretwegen machte. Sie wusste nicht, was sie sagen sollte. Sie konnte sich ihre Gefühle für Niclas ja selber kaum erklären. Sie empfand eine tiefe Zuneigung zu ihm, und wusste nicht, ob das, was sie fühlte, wirklich nur Freundschaft, oder in der Tat bereits sehr viel mehr? Sie lehnte ihre Stirn an die ihrer Cousine.

„Hör zu, Mara, lass den Dingen doch einfach ihren Lauf. Selbst wenn meine Gefühle für Niclas tiefer werden sollten, dann kann ich es doch auch nicht ändern. Ich kann es mir ja nicht aus dem Herzen reißen, was ich fühle. Vertrau mir einfach, okay? Ich verspreche dir, ich werde damit zurechtkommen, egal, was kommen wird. Ich hab doch dich.“ Sie strich Mara durch die Haare und lauschte auf die Worte, die nun zögernd kamen.

„Ich vertraue dir doch, Emily, aber dennoch hab ich Angst. Daran kann ich auch nichts ändern, genauso wenig, wie du an deinen Gefühlen für Niclas etwas ändern kannst. Aber vielleicht, na ja, vielleicht ist er ja der Prinz, der die Prinzessin aus der dunklen Höhle rettet. Ich wünsche es dir so sehr.“

Emily lächelte. „Ja, vielleicht.“

In dem Moment hob Niclas den Kopf und sah zu ihr herüber. Ein Lächeln stahl sich in seine Augen, während er immer noch aufmerksam dem zuhörte, was Andrea ihm gerade erzählte. Emily verspürte wieder dieses warme Gefühl im Herzen, das sie sich nicht erklären konnte, welches ihr einerseits Angst einjagte sie aber andererseits unendlich glücklich machte.

Nach dem Essen saßen sie noch lange zusammen. Es wurde allmählich dunkel, und Greg, ein Freund von Onkel Bob, spielte Country-Songs auf seiner alten Gitarre. Bob und Dorothy hatten Fackeln aufgestellt und Lampions baumelten in den Bäumen.
Es war kühl geworden. Emily hatte ihre Strickjacke übergezogen, dennoch zitterte sie und ihre Hände waren eiskalt.
Niclas saß hinter ihr, nun lehnte er sich ein wenig vor. „Wenn ich mal raten darf, dir ist kalt, kann das sein?" Seine Stimme klang leicht belustigt.
Emily verzog das Gesicht. „Wie kommst du denn darauf?" Sie wandte sich zu ihm um.
Er lächelte. „Ja, wie komm ich drauf? Vielleicht, weil du zitterst wie Espenlaub und ich schon bei deinem Anblick auch anfange zu frösteln. Komm, nimm meine Jacke, ich hab noch einen Pulli drunter."
Emily lächelte verlegen. „Das wird wohl zur Gewohnheit, hm? Dass ich deine Sachen anziehe und du frieren musst."
Niclas grinste. „Ich friere gerne für dich. Kein Problem." Sein Blick tauchte kurz in ihren, dann legte er ihr die Jacke um die Schultern.
Emily zog sie enger um sich herum. Sie roch so gut nach Niclas. Sie mochte sein Eau de Toilette, es war ganz nach ihrem Geschmack, herb, frisch und würzig. „Danke, das tut gut." Sie wandte sich wieder um und lauschte dem etwas wehmütigen Song, den Onkel Bobs Freund seiner Gitarre entlockte. Niclas war nicht wieder weggerutscht, sondern saß rittlings hinter ihr auf der Bank. Sie wusste,

wenn sie sich nur ein klein wenig zurücklehnen würde, könnte sie sich mit dem Rücken an ihn lehnen und seine Wärme spüren. Es war eine schöne Vorstellung, vielleicht würde er seine Arme um sie legen, sie könnte den Kopf an seine Schulter lehnen, in den dunklen Nachthimmel schauen und der Musik lauschen. Ja, das wäre schön ... Sie senkte etwas den Kopf und ein schmerzliches Lächeln glitt über ihr Gesicht, während sie blieb, wo sie war.

Der Wind schaukelte die Lampions sanft hin und her, die Flammen der Fackeln flackerten, es roch nach Gegrilltem, und eine von Abschied erfüllte Stimmung lag in der Luft. Der Sommer war vorbei, der Herbst würde mit großen Schritten Einzug halten.

Niclas‘ Blick strich nachdenklich über Emilys zarte Gestalt. Sie wirkte traurig, am liebsten hätte er seine Arme um sie geschlungen und sie fest gehalten. Er wollte nicht, dass sie unglücklich war. Es war merkwürdig, noch niemals hatte er so etwas empfunden. Sie wirkte manchmal verloren, regelrecht einsam, dass es ihm fast körperlich wehtat, sie so zu sehen.

Es war ein schöner Nachmittag gewesen. Er war zwar nur Emily zuliebe hergekommen, aber Maras Familie, ihr Vater, ihre Mutter, die kleine Andrea, sie waren alle so nett, dass er sich sofort hier wohl gefühlt hatte.

Auch Maras Freunde hatten ihn freundlich empfangen, besonders Thomas schien wirklich in Ordnung zu sein. Sie hatten bisher nie besonders viel Kontakt gehabt, aber es wäre schön, sie alle ein wenig besser kennen zu lernen. Mara selbst war immer noch misstrauisch, auch wenn sie versuchte, es nicht allzu offen zu zeigen, aber er nahm es ihr nicht übel.

Der Einzige, der heute fast keinen Ton von sich gegeben hatte, war Jeffrey Barkley. Niclas hatte recht schnell den Eindruck, dass er vor Eifersucht fast platzte. Offenbar schien Jeff etwas für Emily zu empfinden, wobei es nicht so aussah, als würde das auf Gegenseitigkeit beruhen. Aber das war ja nicht sein Problem. Emily konnte sich verlieben, in wen sie wollte. Oder nicht? Er betrachtete sie wieder, und bei dem Gedanken, sie könnte ebenfalls etwas für Jeffrey empfinden, breitete sich ein schmerzhaftes Ziehen in seiner Brust aus. Er schüttelte unwillig den Kopf. In dem Moment wandte Emily ihm ihr Gesicht zu und lächelte ihn zaghaft an. Sie wirkte oft scheu und unsicher, als ob sie nicht glauben konnte, dass er sie wirklich mögen würde. Sie beugte sich ein wenig zu ihm. „Ich bin müde. Ich glaube, ich gehe jetzt nach Hause", sagte sie leise.
Er nickte, während sein Blick in ihrem Gesicht forschte. Sie sah erschöpft aus, aber das war oft so. Als würde sie nicht genügend Schlaf bekommen. „Okay. Ich gehe dann auch und bringe dich heim."
Sie schüttelte den Kopf. „Das musst du aber nicht. Bleib noch, wenn du magst. Es ist ja nicht weit und Ben ist bei mir."
Niclas sah sie einen Moment an. „Ich würde dich aber gerne nach Hause begleiten. Wenn es okay ist."
Sie lächelte verlegen. „Natürlich ist das okay."
Niclas nickte. „Gut, dann los."
Sie verabschiedeten sich, und Emily umarmte Mara und Dorothy. „Danke für den schönen Tag, es war toll. Ich hab schon ewig nicht mehr einen so schönen Tag erlebt."
Dorothy drückte ihre Nichte an sich. „Mein Schatz, das freut mich. Soll Bob dich nach Hause bringen?"

„Nein, danke, Niclas kommt mit.“ Sie strich sich etwas verlegen eine Haarsträhne hinters Ohr. Ihre Tante nickte lächelnd. „Ach so, das ist gut.“
Emily sah sie erstaunt an. „Ja? Du magst ihn?“
Dorothy warf einen Blick zu Niclas, der bei Bob stand, und nickte. „Ja, ich mag ihn. Er ist nett, er hat etwas an sich, ich weiß nicht, ich kann es nicht erklären, aber ... es kommt mir so vor, als seist du bei ihm in guten Händen.“
Emily senkte den Kopf. „Ja, komisch, genauso empfinde ich das auch.“
In diesem Moment trat Niclas neben sie und bedankte sich bei Dorothy. Dann winkten sie den anderen noch mal zu und gingen ins Haus, dicht gefolgt von Ben.
„Du musst noch deinen Helm holen. Warte, hier liegt er.“ Emily nahm den Helm vom Schrank und reichte ihn Niclas.
„Danke.“
Daneben stand die Vase mit den Rosen. Emily strich vorsichtig mit dem Finger über eine der zarten Blüten. „Das war sehr nett von dir, meiner Tante Blumen mitzubringen. Sie war ganz angetan.“ Sie wandte sich zu Niclas um. „Sie sind wunderschön und gar nicht sehr zerdrückt. Ich liebe Rosen, es sind meine Lieblingsblumen. Rosen und Flieder.“ Sie beugte sich ein wenig vor. „Sieh dir nur die vielen feinen Adern an, mit denen jedes einzelne Blütenblatt durchzogen ist. Es ist perfekt, wie von einem Künstler geschaffen.“
Niclas‘ Blick hing an ihrem Gesicht. „Ja.“
Sie sah ihn an und fühlte, wie ihre Wangen sich röteten. Was genau meinte er gerade? Die Rose oder etwa ... sie? Nein, Quatsch. Sie wandte sich hastig ab. „Ach, übrigens, das hätte ich fast vergessen. Ich hab nachgefragt, wegen der Kommode. Also, wenn du daran arbeiten möchtest,

kannst du das gerne machen. Der Sohn der alten Dame meinte sogar, er würde keinen Wert auf die Möbel legen, ich könne die Kommode behalten."
„Echt? Das ist ja super. Weißt du, wie viele Leute sich alle zehn Finger nach dem Teil lecken würden? Emily, daraus mache ich dir ein echtes Schmuckstück." Er sah wirklich begeistert aus.
Sie lachte. „Da bin ich ja mal gespannt, was du daraus machen wirst."
„Das wird klasse, du wirst schon sehen. Ich muss nur noch sehen, wo ich sie hinstelle, denn in deinem Flur ist es nicht so geeignet."
Emily überlegte kurz. „Kannst du es nicht unten im Keller machen? Da ist ein großer heller Raum, der wäre doch prima, oder?"
Er nickte. „Ja, sicher. Dann besorge ich alles, was ich benötige, und dann brauch ich noch jemanden, der mir hilft, das Ding nach unten zu befördern."
Sie zuckte mit den Schultern. „Das kann ich doch machen."
Niclas sah sie an, als ob sie einen Witz gemacht hätte, dann lachte er. „Das ist ein Scherz, oder? Em, das Teil ist aus massivem Holz. Sorry, aber das schaffst du keinen Meter weit, glaub mir."
„Ach so. Ja, entschuldige, ich kenn mich damit nicht so aus." Sie sah etwas verlegen aus. Niclas schüttelte grinsend den Kopf. „Schon okay. Ich frag Kevin, oder vielleicht kann dein Onkel mir helfen."
Emily nickte. „Das macht er bestimmt." Und wieder fiel ihr auf, dass Niclas seinen eigenen Vater offenbar überhaupt nicht in Erwägung zog. Sie dachte kurz nach. „Aber, hör mal, wenn wir im Flur alles abdecken, mit

Folie oder alten Decken, kann doch nichts passieren, oder?“
Er zuckte mit den Schultern. „Nein, eigentlich nicht. Wenn es dich nicht stört, dass ich dort arbeite und es auch mal nach Lack oder Farbe riechen kann.“
Sie schüttelte den Kopf. „Quatsch, warum sollte mich das stören? Dann bräuchtest du das schwere Teil nicht in den Keller und danach wieder nach oben schleppen.“ Außerdem freu ich mich total, wenn du da bist, dachte sie bei sich.
„Gut, abgemacht, dann machen wir es so.“
Sie schlenderten nebeneinander die Straße entlang, während Ben am Straßenrand schnupperte. Es war eine laue Nacht, und jetzt, wo sie Bewegung hatte, fror Emily auch nicht mehr so sehr.
Niclas begleitete sie bis zur Haustür, und sie hatte das unbestimmte Gefühl, er würde sich eher zögernd von ihr verabschieden. Ihr ging es genauso, am liebsten hätte sie ihn gefragt, ob er noch mit rein kommen wolle, aber das traute sie sich nicht.
Also winkte sie ihm noch hinterher, als er den Weg zurück zu seinem Motorrad ging. Erst als sie die Tür schloss, fiel ihr auf, dass sie noch immer seine Jacke trug. Es war eine weiche, schwarze Sweatjacke. Sie lächelte. Sie war kuschelig, sie könnte sie sogar fürs Bett anbehalten und hätte dann seinen Duft bei sich.
Und obwohl niemand da war, der ihre Gedanken mitbekommen hätte können, fühlte sie, wie ihre Wangen schon wieder heiß wurden. Was würde Niclas denken, wenn er wüsste, dass sie seine Jacke im Bett anlassen wollte? Vermutlich würde er sie für komplett verrückt erklären.
Und dennoch nahm sie die Jacke mit nach oben, und als sie sich in die dicken Kissen kuschelte, vergrub sie ihr

Gesicht in dem weichen Stoff, der Niclas‘ Duft in sich trug.

Kapitel 18

Am nächsten Tag nahm Emily die Jacke mit in die Schule und gab sie Niclas vor der ersten Stunde zurück.
„Hier, bitte, ich hab sie gestern ganz vergessen.“
Er nahm sie. „Macht doch nichts, ich hab sie nicht mehr gebraucht.“
Sie nickte. Aber ich, dachte sie. Es stimmte, sie hatte in dieser Nacht um einiges besser geschlafen als sonst. Immer, wenn sie aufgewacht war, hatte sie ihr Gesicht in der Jacke vergraben und war mit einem Gefühl von Geborgenheit wieder eingeschlafen.
Aber das konnte sie Niclas natürlich nicht erzählen.
„Danke noch mal.“
„Gerne.“
Kevin tauchte neben ihnen auf. „Ah, da seid ihr ja. Na, war‘s schön gestern?“ Sein Blick ruhte fragend auf Emily, denn er wandte sich lieber an sie, da er sich denken konnte, dass aus Niclas nicht viel rauszukriegen war.
Sie nickte. „Ja, es war schön. Stimmt‘s?“
Niclas nickte. „Ja.“
Sie warf ihm einen prüfenden Blick zu, offenbar mochte er vor Kevin nicht allzu viel dazu sagen. Doch der ließ sich nicht abschrecken. „Gab‘s was Gutes zu essen?“
Emily lachte. „Oh ja, das kannst du glauben. Du kennst meine Tante nicht, sonst würdest du das nicht fragen.“
Kevin grinste. „Du kannst mich beim nächsten Mal gerne auch einladen, dann muss ich nicht mehr fragen.“
„Ja, beim nächsten Mal mach ich das gerne.“ Emily mochte Kevin, er war nett, meistens gut gelaunt und aufgeschlossen. Er sah gut aus, hatte rötlichbraune, immer etwas verstrubbelt aussehende Haare und grün-braune

Augen. Er war etwas kleiner als Niclas und hatte eine drahtige, sportliche Figur. Aber am meisten gefiel ihr an ihm, dass er Niclas mochte. Offenbar war er ihm schon über Jahre ein guter Freund, hatte ihm zur Seite gestanden, als seine Mutter starb, und kannte ihn wohl so gut wie sonst kaum jemand. Es war ein echtes Geschenk, solch einen Freund zu haben. Emily war glücklich für Niclas, dass er Kevin in seinem Leben hatte, wo er doch schon so früh auf seine Mutter hatte verzichten müssen. Natürlich konnte man das nicht vergleichen, aber es hatte ihm bestimmt so manches Mal durch traurige Stunden hindurch geholfen.
Sie unterhielt sich noch eine Weile mit Kevin und musste dabei oft lachen, denn er war recht witzig und nett. Niclas dagegen stand schweigsam daneben und schien sich etwas unwohl zu fühlen, was sie verwunderte, wo doch Kevin sein bester Freund war.
Dass genau das der Grund war, konnte sie natürlich nicht ahnen, denn Kevin kannte Niclas so gut, dass der ihm nichts vormachen konnte. Und er hatte keine Lust, sich wieder Sprüche über seine Zuneigung zu Emily anzuhören. Und schon gar nicht, wenn sie von Kevin kamen und am Ende noch der Wahrheit entsprachen. Zum Glück betrat Dr. Smith in diesem Moment den Raum und unterbrach das Gespräch zwischen Kevin und Emily, die sich ganz offensichtlich blendend verstanden.

Nach Schulschluss gaben Emily und Niclas schließlich ihrer gemeinsamen Projektarbeit noch den letzten Feinschliff, und am nächsten Tag übergaben sie sie an Dr. Smith.

„Puh, das wäre geschafft. Ich hoffe, es wird halbwegs was Gutes dabei herauskommen.“ Emily ging neben Niclas über den Parkplatz.
Er nickte. „Klar, warte nur ab, das wird schon klappen.“ Er lächelte ihr zu.
„Ja, ich hoffe es. Es wäre schon blöd, wenn ich gleich die erste größere Aufgabe hier in den Sand setzen würde.“
„Nun, wenn, hätten wir beide sie in den Sand gesetzt, und das kann ich mir nicht vorstellen. Wir waren doch ein gutes Team, nicht wahr?“ Sie blieben neben seinem Motorrad stehen.
„Ja, das waren wir wirklich. Wobei ich zugeben muss, dass ich das am Anfang eher nicht geglaubt hätte.“ Sie lächelte etwas schuldbewusst.
Er grinste. „Weißt du was? Ich auch nicht.“ Sie mussten nun beide lachen. „Okay. Ich fahr dann mal, ich wollte heute noch ein paar Sachen besorgen, wegen der Kommode. Wenn es dir recht ist, fange ich vielleicht am Wochenende damit an?“
Sie nickte. „Ja, sicher. Ich freu mich und bin schon sehr gespannt, was du draus machen wirst.“
Niclas verzog das Gesicht und lächelte etwas schief. „Na ja, ich auch. Aber keine Angst, ich werde sie nicht ruinieren.“
Emily sah ihn lächelnd an. „Ich weiß. Also dann, bis morgen. Mara wartet auf mich.“ Sie winkte Niclas noch einmal zu und ging dann quer über den Parkplatz zu Maras Wagen.

In den nächsten beiden Tagen schüttete es ständig wie aus Kübeln, und Emily stand oft nachdenklich am Fenster und sah hinaus in den strömenden Regen. Der Sommer war offensichtlich jetzt wirklich vorüber und der

Herbst nahte mit großen Schritten. Sie liebte den Herbst, den Geruch, die Farben, die Vergänglichkeit. Es roch nach Laub, nach Holz und Feuern. Es lagen Abschied und Wehmut in der Luft, aber sie mochte diese melancholische Stimmung, sie war ihrem Naturell näher, als die Leichtigkeit und Unbeschwertheit des Sommers. Es machte ihr normalerweise auch nichts aus, wenn die Tage kürzer wurden und die Nächte länger und dunkler. Nur, seit dem *Vorfall* fürchtete sie die Nacht, und deshalb sah sie der dunklen Jahreszeit nicht mehr so unbeschwert entgegen wie früher. Früher, als alles noch gut war in ihrem Leben.

Auch jetzt stand sie am Fenster und sah hinaus in den trüben Vormittag. Sie dachte an Niclas, während ihr Blick nun über die alte Kommode aus Kirschbaumholz strich. Zu Beginn, als sie ihn kennen gelernt hatte, hätte sie nie für möglich gehalten, dass er sich für das Restaurieren alter Möbel oder das Schnitzen begeistern konnte. Wie sehr man sich in Menschen täuschen konnte, wenn man sich nur davon leiten ließ, was sie einen glauben machen wollten.

Ein Lächeln glitt über ihr Gesicht, dann wandte sie sich seufzend ab und trat in den kleinen Flur hinaus. Mara kam gleich, um sie abzuholen. Es würde heute ein langer Tag werden, aber zum Glück war morgen Samstag.

Sie hatten heute nach dem regulären Unterricht eine Versammlung, in der beratschlagt werden sollte, was die Schule zu dem anstehenden Jubiläumsball der Feuerwehr beitragen konnte. Ein paar Mädchen wollten eine Tanzgruppe bilden und auf dem Ball einige Tänze vorführen, aber Emily hatte ihnen schon gesagt, dass sie dabei nicht mitmachen werde. Das konnte sie nicht, sich anschauen lassen von vielen wildfremden Menschen. Von Männern ...

Sie tanzte zwar gerne, zumindest hatte sie das früher getan, aber das erschien ihr lange her, und ein Auftritt vor Publikum war definitiv nichts für sie.

Der Tag zog sich wie Gummi. Niclas schien auch nicht gerade blendender Laune zu sein. Er hatte am Morgen etwas von Zoff mit seinem Vater gemurmelt, und Emily hatte ihn daraufhin in Ruhe gelassen.

Nun war endlich Schluss, und sie lief über den Parkplatz zur Bushaltestelle. Mara war früher gegangen, sie hatte starke Kopfschmerzen gehabt, und Emily wollte nicht, dass sie die ganze Zeit auf sie warten oder gar noch mal herfahren musste. Es war dämmrig und trüb. Sie war froh, dass der Bus bald kam. Sie hielt den Kopf gesenkt und hatte die Kapuze ihrer Jacke übergestreift, weil es bereits wieder zu nieseln begann, als plötzlich Stimmen zu ihr durchdrangen. Stimmen, die höhnisch und gemein klangen, gepaart mit lautem Gelächter.

Emily sah erschrocken hoch. Zu ihrem Entsetzen gewahrte sie ausgerechnet Rocco Bentz und einige seiner Kumpane, die sich um jemanden geschart hatten und die Person hin und her schubsten. Sie blieb unschlüssig stehen und fühlte, wie ihr Herz heftig zu schlagen begann. Die Person in dem Kreis musste recht klein sein, denn sie konnte nicht erkennen, um wen es sich handelte. Die Jungs schienen ihren Spaß zu haben, denn sie grölten. Emily konnte vereinzelte Wortfetzen heraushören. Sie verstand nicht viel, nur ‚Kleine mexikanische Ratte', und ‚Los, rück den Kram raus!' Schließlich rollten ein paar Apfelsinen über den Boden, und der Kreis lichtete sich ein wenig. Ein kleiner Junge bückte sich nach einer aufgerissenen Papiertüte, und zwei dunkelbraune Augen sahen sie verstört an. Emmanuel Montez! Der kleine Emmanuel, der sie im Kopierraum eingeschlossen hatte, war es, der hier zum Spielball für Bentz und seine Kumpane wurde. Offensichtlich war er von seiner Mutter zum Einkaufen geschickt worden, und die Clique wollte ihm nun seine Einkäufe wegnehmen oder ihn einfach nur quälen. Während Emmanuel sie noch ansah, packte Rocco ihn im Nacken und schüttelte ihn wie eine nasse Katze hin und her. „Muss ich noch deutlicher werden, Kleiner? Gib mir die Tüten. Ihr kleinen Mexikanos braucht sowieso nicht so viel zu essen, ihr seid schon fett genug.“

Emily sah die Tränen, die in Emmanuels Augen schossen, und konnte seine Angst förmlich spüren. Obwohl ihr Herz zum Zerspringen klopfte, sie das Gefühl hatte, ihre Knie würden sich gerade in Gummi verwandeln und sie kaum Luft bekam, so sehr erinnerte Rocco sie an einen von *ihnen,* trat sie nach vorne. „Lasst den Jungen los! Sofort! Schämt ihr euch nicht?“

Rocco, der Emmanuel immer noch am Kragen gepackt hielt, hob den Kopf und sah sie fast überrascht an. Dann legte sich ein Grinsen auf sein Gesicht. „Oh, seht nur, die kleine Ratte hat offenbar eine Freundin gefunden.“

Die vier Jungs um ihn herum lachten, und Rocco schüttelte Emmanuel erneut. Dann wandte er sich wieder an Emily. „Hau lieber ab, Kleine! Das hier geht dich nichts an, okay? Also, verschwinde einfach.“

Emily starrte Emmanuel an, dem mittlerweile Tränen über die Wangen liefen, und sie fühlte trotz ihrer fast unerträglichen Angst Zorn in sich aufsteigen. Gott, der Kleine war acht Jahre alt. Und so trat sie einen Schritt nach vorne und packte Emmanuel am Arm. „Lass ihn los, hab ich gesagt! Er ist doch noch ein Kind. Was soll denn

das?“ Ihre Stimme zitterte, war aber schon deutlich lauter als vorhin.
Rocco starrte sie fast überrascht an, ließ den Kleinen aber zu ihrer Verwunderung tatsächlich los. Emily zog ihn zu sich herüber und fühlte, wie sehr der kleine Kerl zitterte.
Rocco fixierte sie mit seinen kalten, grauen Augen. Sie sah deutlich, dass er wütend war, dennoch sagte er mit einer fast beunruhigenden Freundlichkeit: „Emily, richtig? Weißt du, du bist noch ziemlich neu hier und kennst dich noch nicht richtig aus, was ich dir mal zugute halten werde. Was du hier gerade machst, ist zwar mutig, aber auch sehr, sehr dumm.“
Emily versuchte, seinem eigenartig lauernden Blick standzuhalten. „Ach ja? Ich finde es eher dumm, wenn fast erwachsene Menschen kleine Jungs herumschubsen und ihnen ihre Sachen stehlen wollen.“ Sie schluckte heftig und versuchte, den Kloß in ihrem Hals loszuwerden, der jedoch mit jeder Sekunde dicker zu werden schien.
Rocco nickte. „Ja, das kann ich verstehen. Aber, wie gesagt, du bist neu hier, hast keine Ahnung von den Regeln und solltest dich besser nicht in Dinge einmischen, die dich nichts angehen.“ Er wechselte einen Blick mit seinen Kumpels, die Emily neugierig musterten. „Also, verschwinde einfach und lass uns machen, okay?“
Emily hörte die Schärfe in seiner Stimme, und für einen Moment schoss ihr durch den Kopf, sein Angebot anzunehmen und wegzulaufen. Fetzen von Bildern, die sie dringend verdrängen wollte, zogen vor ihrem inneren Auge auf und ihre Knie drohten jeden Moment nachzugeben. Doch sie wusste, wenn sie das jetzt tun würde, würde sie nie wieder in den Spiegel sehen können. Wenn sie sich umdrehen und Emmanuel Rocco und seiner Cli-

que überlassen würde, würde sie sich ihr Lebtag dafür schämen. Vielleicht würden sie ihm gar nichts Schlimmes tun, das war sogar ziemlich wahrscheinlich, denn Rocco war zwar ein Angeber, aber bestimmt nicht dumm. Er würde sicher nicht den kleinen Sohn des Hausmeisters seiner Schule verprügeln, aber dennoch, sie konnte das nicht tun, auf keinen Fall! „Okay, ich verschwinde, das ist eine gute Idee. Aber Emmanuel nehme ich natürlich mit." Emily hörte fast verwundert die Worte, die aus ihrem Mund kamen. Sie wusste, sie stand in diesem Moment vor Rocco wie das Kaninchen vor der Schlange. Es war vermutlich unmöglich, nicht zu bemerken, dass sie vor Angst fast umkam. Sie versuchte, ihm möglichst fest in die Augen zu schauen, aber sie hielt diesem Blick kaum stand, denn die Erinnerungen an die schrecklichste Nacht ihres Lebens drohten sie jeden Moment zu überwältigen.
Rocco sah kurz zu seinen Freunden, dann schüttelte er den Kopf. „Mädchen, du fängst langsam an, mich zu ärgern. Was soll ich nur mit dir machen?" Er trat einen Schritt auf sie zu, und Emily verstärkte unwillkürlich ihren Griff um Emmanuels Arm. Der Kleine stand still neben ihr und starrte Rocco aus großen dunklen Augen an.
Und dann streckte Rocco seine Hand nach ihr aus ... strich ihr die Kapuze von den Locken und legte seine Hand um ihren Nacken.
Sie fühlte, wie ihr Magen sich zusammenzukrampfen begann und ein unerträglicher Würge-Reiz in ihr aufstieg. Nicht anfassen! Nicht anfassen!
„Emily, du bist hübsch, weißt du das? Vielleicht könntest du mich ja ein bisschen netter stimmen? Dann würde ich die kleine Kröte vielleicht mit dir gehen lassen."

Roccos Stimme klang verzerrt an ihr Ohr, und sie hatte das Gefühl, seine Hand in ihrem Nacken würde sich in ihre Haut brennen und ein feuerrotes Mal hinterlassen. Sie bekam einen metallischen Geschmack im Mund und konnte nicht mehr normal atmen. „Nein ... nein, lass mich ... lass mich." Ihre Hand fuhr nach oben und umfasste Roccos Unterarm. „Lass mich los. Bitte ..." Vor ihren Augen begann es zu flimmern. Sie roch plötzlich wieder diesen widerlichen Alkoholgestank von damals, den Schweiß, den abgestandenen Zigarettengeruch, und für einen Moment verschwammen Vergangenheit und Gegenwart zu einer Fratze, die sie höhnisch anstarrte. Doch dann fühlte sie, wie zwei kleine Arme sich um ihre Taille schlangen, und das brachte sie wieder zurück in die Gegenwart. Emmanuel starrte sie mit furchtsam aufgerissenen Augen an, und sie hörte Roccos spöttisches Lachen. Sie ließ seinen Unterarm los und stieß ihm mit einer Hand vor die Brust. „Lass mich los! Geh weg von mir, geh weg!"
Rocco war so überrascht, dass er tatsächlich ein wenig zurücktaumelte, doch dann blitzten seine Augen auf, und er grinste. „Eine kleine Wildkatze, was? Oh, ich mag das. Komm, Kleine, leg dich ruhig mit mir an."
Seine höhnische Stimme klang in Emilys Ohren, und sie fühlte, wie sich winzige Schweißperlen auf ihrer Stirn bildeten.

Niclas und Kevin schlossen ihre Bücher in den Spind und gingen die Treppe nach unten. Es war spät geworden, und beide hatten keine große Lust zum Reden. Sie erreichten den Hof und liefen schweigend durch den leichten Nieselregen, als Stimmen zu ihnen herüber drangen. Ein Junge, der in einem ironisch-aggressiven Tonfall sprach. Und ein Mädchen. Offenbar war sie sehr aufgeregt und ängstlich. Die beiden Freunde hoben die Köpfe und sahen Richtung Parkplatz. Kevin erkannte, dass das Mädchen Emily war und warf einen Blick zu Niclas. Er sah, wie dessen Miene sich schlagartig verdüsterte und ein zorniges Funkeln in seine Augen trat. Wenn er noch einen einzigen Beweis gebraucht hatte, dass Niclas etwas für Emily empfand, so lieferte er ihm den gerade jetzt. Er drückte Kevin seinen Helm in die Hand. „Halt mal", murmelte er. Und schon war er mit einem Satz über dem niedrigen Zaun, der das Schulgelände vom Parkplatz trennte. Kevin verzog das Gesicht. Jetzt würde es Ärger geben. Er ließ den Helm und seine Tasche fallen und hechtete seinem besten Freund hinterher, bereit, zu verhindern, dass Niclas Rocco den Hals umdrehte.

Emily drückte Emmanuel an sich und starrte Rocco ängstlich an. Gott, nein. Er sollte damit aufhören. *Nicht anfassen! Nicht anfassen! Nicht anfassen!*
Sie wich mit dem Kleinen im Arm ein Stück zurück, als Rocco plötzlich auf sie zusprang und sie am Ärmel ihrer Jacke packte. Er zerrte sie zu sich hin. Sie schrie erschrocken auf.
Er lachte zynisch. „Warum so ängstlich? Ich will dir doch nichts tun, also was ist dein Problem? Wir könnten viel Spaß zusammen haben."
Emily fühlte ihr Herz in ihrer Brust rasen – und dann war Niclas da. Wie ein Schatten tauchte er neben ihr auf und packte Roccos Arm, der sie daraufhin sofort losließ. Sie sah, wie Roccos Gesicht sich schmerzhaft verzog, offenbar fasste Niclas ihn nicht gerade sanft an.
„Was das Problem ist? Du hast hier gerade ein Problem. Nämlich mich." Niclas' Augen funkelten vor Wut.

Emily hätte fast aufgeschluchzt, so froh war sie, ihn zu sehen. Gleichzeitig mit der Erkenntnis, dass sie nicht mehr alleine mit diesen Typen war, breitete sich jedoch sofort eine andere Art von Angst in ihr aus. Angst um Niclas. Die anderen waren zu viert, und wer wusste, zu was die noch fähig waren. Doch in dem Moment legte ihr jemand die Hand auf die Schulter. Sie drehte sich um und sah Kevin, der ihr beruhigend zunickte. Er ließ Rocco und Niclas nicht aus den Augen. Emily fühlte, wie ihr vor Erleichterung die Tränen in die Augen schossen.
Niclas hatte Rocco mittlerweile ein Stück weggedrängt, und seine Stimme zitterte vor Zorn, als er ihm zuzischte: „Na, das ist doch sicher ein tolles Gefühl, Bentz, sich mit einem kleinen Kind und einem Mädchen anzulegen, was? Da merkt man doch wieder, was für ein toller Hecht du bist."
Rocco versuchte, sich aus Niclas' Griff zu befreien, aber der ließ nicht locker. „Verdammt, lass los, bist du bescheuert? Ich hab deiner Kleinen überhaupt nichts getan."
Niclas nickte. „Das will ich hoffen. Em, seid ihr okay?" Er warf einen kurzen Blick über die Schulter.
„Ja, alles okay mit uns", rief Emily ihm zu. Sie strich Emmanuel, der sich immer noch dicht bei ihr hielt, beruhigend über das Haar.
Niclas hielt Rocco immer noch fest, sein Blick hing verächtlich an ihm. „Das ist dein Glück, du miese Kanalratte." Er beugte sich ein wenig näher zu ihm. „Wage es ja nicht, noch mal in Emilys Nähe zu kommen, verstanden? Du willst nicht wissen, was ich mit dir mache, falls du es doch tust."
Rocco starrte Niclas hasserfüllt an. „Schon okay, ich hab's kapiert. Und jetzt nimm endlich deine Hände von

mir." Er warf seinen Kumpels, die stumm daneben standen, wütende Blicke zu, die sie allerdings ignorierten. Sie taten normalerweise so ziemlich alles, was Rocco von ihnen verlangte, aber auf eine Auseinandersetzung mit Niclas und Kevin schienen sie gerade nicht viel Lust zu haben.
Niclas ließ Rocco los. Der trat hastig einen Schritt zurück und rückte seine Kleider zurecht. Seine Augen funkelten vor Wut, als er hervorstieß: „Verdammt, das war doch nur Spaß. Keiner hat auch nur einen Kratzer abbekommen, also reg dich ab, Delaney!"
Niclas musterte ihn abfällig. „Aber klar doch, das war nur Spaß. Weißt du was, du Spaßvogel? Such dir doch in Zukunft Leute für deine Späßchen aus, die dir gewachsen sind. Und nun verschwinde! Bleib weg von Emily und dem Kleinen, und wir werden keine Probleme haben, okay?"
Rocco warf Emily einen undefinierbaren Blick zu. Sie fühlte, wie ihre Hände wieder stärker zu zittern begannen. Dann drehte er sich um und stürmte davon. Seine Kumpels folgten ihm. „Was für feige Hurensöhne. Denen würde man am liebsten ein paar aufs Maul geben", murmelte Kevin.
Niclas starrte Rocco hinterher. Er fühlte einen Zorn in sich, den er kaum bändigen konnte. Als er die panische Angst in Emilys Augen gesehen hatte, hatte er sich kaum noch beherrschen können und hätte Bentz am liebsten eine in seine blöde, arrogante Fresse gehauen, und das nicht zu knapp.
Er konnte dieses feige Unternehmersöhnchen nicht ausstehen, er hasste die Art, wie Rocco mit Menschen umging, und wie er es ausnutzte, dass sein Vater ihn immer wieder aus jedem Schlamassel herausboxte.

Er atmete noch einmal kurz tief durch, dann wandte er sich zu Emily um, die immer noch starr dastand und Emmanuel im Arm hielt.
Niclas trat auf sie zu. „Emily? Alles okay?“
Sie sah ihn an. Er überlegte, ob sie ihn verstanden hatte, doch dann nickte sie. „Ja, ja, alles okay“, flüsterte sie. Sie beugte sich zu Emmanuel hinunter und strich ihm übers Haar. „Und du? Alles in Ordnung? Haben sie dir was getan?“
Der kleine Junge schüttelte den Kopf. „Nein, sie haben mich geschubst und wollten meine Sachen haben. Die Tüte ist zerrissen, Mommy wird schimpfen.“ Er klang unglücklich.
„Oh nein, sie wird nicht schimpfen. Ganz bestimmt nicht. Wir sammeln alles auf und bringen dich dann nach Hause, okay?“, sagte Emily.
Der Kleine nickte.
Kevin fasste ihn an der Schulter. „Komm, wir gehen mal meine Tasche holen, ich habe eine Tüte dabei, da können wir deine Sachen hineinräumen.“
Emmanuel nickte wieder und ging mit Kevin über den Parkplatz Richtung Schulhof. Niclas wusste, dass sein Freund ihm einen Moment alleine mit Emily verschaffen wollte, die totenblass war und wirkte, als ob sie jeden Moment in Tränen ausbrechen würde.
Er trat auf sie zu und legte ihr sachte die Hand auf den Arm. „Es ist alles in Ordnung, hörst du? Sie sind weg. Alles ist gut.“ Er sprach leise und beruhigend, denn er sah, dass ihr Atem wieder hektisch und flach ging, und das machte ihm Angst.
Sie sah ihn an und nickte. „Ja, sie sind weg. Ich ... danke.“ Ihre Worte waren so leise, dass er sie kaum verstand.

Er streckte die Hand aus und legte sie kurz an ihre Wange, die eiskalt war.
„Du musst mir nicht danken, ich schwör dir, der Kerl hatte Glück, dass er dir nichts getan hat, sonst ...“ Niclas beendete seinen Satz nicht, aber der Ausdruck auf seinem Gesicht sagte mehr als alle Worte.
Kevin und Emmanuel kamen zurück und sammelten die heruntergefallenen Einkäufe zusammen.
Niclas wandte sich an Emily. „Wollen wir Emmanuel nach Hause bringen?“
Sie sah zwar völlig fertig aus, und es war dringend nötig, dass sie selbst auch hier weg kam, aber er konnte sich denken, dass sie sehen wollte, dass der Kleine wohlbehalten zuhause ankam.
Sie nickte. „Ja, das machen wir.“
„Okay. Na, Cowboy, alles klar?“ Niclas zauste Emmanuel durch die schwarzen Haare.
Der Kleine konnte schon wieder lächeln. „Ja, alles klar. Hast du gesehen, dass der Blödmann sich fast ins Hemd gemacht hat? Der hatte tierischen Schiss vor dir.“
Niclas musste lachen. „Echt? Geschieht ihm recht.“ Er zwinkerte Emmanuel zu. „Hey, ich rufe dich morgen an, okay?“, sagte er anschließend zu Kevin.
Kevin nickte. „Ja, klar. Was ist mit ihr? Sie sieht völlig geschockt aus. War da noch mehr, als wir mitbekommen haben?“, fragte er leise. Er sah besorgt zu Emily, die ein Stück weg stand und versunken vor sich hinstarrte.
Niclas strich sich kurz durch die Haare. „Ich glaube nicht. Ich kann dir nichts dazu sagen, aber es muss etwas geben, was ihr in der Vergangenheit sehr zugesetzt hat. Dieser verdammte Arsch Rocco.“ Er legte seinem Freund kurz die Hand auf die Schulter, dann drehte Kevin sich

um und ging zu seinem Auto, während Niclas, Emily und Emmanuel über den Parkplatz zum Schulgelände liefen.
Niclas unterhielt sich mit Emmanuel, der schon wieder ganz munter war, während Emily schweigend neben ihnen her ging. Sie hatte die Hände tief in die Taschen ihrer Jacke gesteckt und hielt den Kopf gesenkt. Niclas warf ihr ab und an besorgte Blicke zu, wollte aber vor Emmanuel nichts weiter dazu sagen.
Kurz bevor sie das Gebäude erreichten, in dem die Hausmeisterwohnung untergebracht war, sagte Emily leise: „Warte mal", und hielt Niclas am Ärmel fest. „Ich kann jetzt nicht mit Emmanuels Eltern reden, bitte, kannst du das machen? Ich warte hier." Ihre Stimme zitterte und ihr Blick flackerte hektisch hin und her.
„Ja, klar, das mache ich. Ich bin gleich zurück. Bleib hier stehen, okay?"
Sie nickte schweigend.
„Komm, ich bring dich bis zur Tür, Emily wartet hier auf mich", sagte Niclas zu dem Jungen.
Emmanuel nickte, dann drehte er sich zu Emily um. „Dankeschön für deine Hilfe. Ich werde dich auch nie mehr einschließen", sagte er ernst.
Emily musste nun doch lächeln. „Okay, abgemacht. Geh nun, Emmanuel. Bis bald." Sie winkte kurz, und der Junge winkte zurück.
Emily trat ein paar Schritte zurück und lehnte sich aufatmend an einen Baumstamm. Sie sah, wie Niclas an der Tür klingelte. Gleich darauf wurde geöffnet und Carlos Montez erschien im Türrahmen. Niclas redete kurz mit ihm, dann rief Mr. Montez etwas nach drinnen und Mrs. Montez tauchte ebenfalls an der Tür auf. Die beiden sprachen mit Niclas, der ihnen offenbar erklärte, was passiert war, woraufhin Mr. Montez ihn anscheinend bat,

einzutreten, denn er gestikulierte mit den Händen und zeigte nach drinnen. Niclas schüttelte den Kopf, erwiderte etwas und verabschiedete sich von Emmanuel und seinen Eltern. Carlos schüttelte Niclas' Hand und Teresa umarmte ihn kurz. Dann schloss sich die Tür hinter der Familie und Niclas kam auf Emily zu, die immer noch still dastand.
Sie fühlte sich elend, und ihr Herz hörte nicht auf zu rasen, obwohl doch alles vorbei und auch nichts wirklich Dramatisches geschehen war.
„So, alles klar. Ich soll dir tausend Grüße von Carlos und Teresa ausrichten. Sie wollten unbedingt, dass wir zum Essen bleiben, aber ich dachte, das wäre heute wohl keine so gute Idee." Sein Blick forschte in Emilys blassem Gesicht.
Sie schüttelte den Kopf. „Nein, das wäre es nicht. Aber nett von ihnen. Haben sie sich sehr aufgeregt?"
Sie liefen langsam wieder über den Hof. „Na ja, schon. Aber sie kennen Rocco, und Carlos weiß, wie gut Roccos Vater mit dem Direktor steht, also wird er es wohl auf sich beruhen lassen, nachdem Emmanuel ja nichts passiert ist. Carlos fürchtet um seinen Arbeitsplatz, was ich natürlich schon verstehen kann. Aber, weißt du, es ist so ungerecht, dass der Kerl immer mit allem durchkommt."
Er schüttelte den Kopf und musterte Emily. „Geht's dir wirklich gut? Du siehst schrecklich blass aus."
Sie hatte die Arme vor der Brust verschränkt. „Na ja, geht so. Ging schon mal besser", murmelte sie. Sie versuchte ein Lächeln, welches allerdings ziemlich kläglich ausfiel. Wenn nur das Herzrasen aufhören würde.
Sie liefen schweigend weiter. Plötzlich blieb Emily stehen, bückte sich nach vorne und stützte sich mit den Händen auf den Oberschenkeln ab.

Niclas sah sie erschrocken an, sah, wie sehr sie zitterte, und legte ihr schnell den Arm um die Taille. „Emily, was ist denn? Ist dir schlecht? Komm, da ist eine Bank, komm, setz dich. Hier, ganz langsam." Er führte sie langsam zu der Bank und half ihr, sich hinzusetzen. Er setzte sich neben sie und strich ihr vorsichtig die Haare aus dem Gesicht. „Hey, ganz ruhig. Was ist denn los?"
In ihren Augen stand soviel Schmerz, dass ihm selbst die Brust ganz eng wurde. Er legte den Arm um ihre Schulter. „Sag mir, was los ist, bitte. Tut dir etwas weh? Ist dir übel?"
Sie schüttelte den Kopf. „Mein Herz, es hört nicht auf zu rasen. Ich ... ich hab solche Angst", flüsterte sie.
Niclas strich vorsichtig über ihren Rücken. „Du musst keine Angst haben, ich bin hier bei dir, hörst du? Dir passiert nichts, wenn ich bei dir bin. Ich passe auf dich auf." Er dachte gar nicht weiter über die Worte nach, wusste nur, er musste etwas sagen, was sie beruhigte. „Warte, ich hab eine Flasche Wasser dabei. Du trinkst jetzt mal ein paar Schlucke und dann geht es dir gleich besser, du wirst sehen." Er ließ sie los, zog den Rucksack ab und holte die Wasserflasche heraus. Er schraubte sie auf und hielt sie ihr an den Mund. „So, komm, ganz langsam. Trink einen Schluck."
Emily nickte und nahm gehorsam einen kleinen Schluck. Das Wasser war kühl und tat gut.
„Okay? Hier komm, noch einen. Ganz langsam, so ist es gut." Sie hörte Niclas' beruhigende Stimme und fühlte, wie der Druck auf ihrer Brust ein wenig nachließ. „Nochmal?"
Sie schüttelte den Kopf.
Er schraubte die Flasche zu und stellte sie zur Seite. „Okay. Geht's besser?"

Sie nickte und biss sich auf die Lippen, während Tränen in ihre Augen stiegen.
„Okay, komm her, komm her! Alles gut. Schhhhh." Niclas legte seinen Arm wieder um Emily und zog sie an sich. Sie verbarg ihr Gesicht an seiner Schulter. Er fühlte, wie sehr sie zitterte. „Hat Rocco dir wehgetan, Emily?"
Sie schüttelte den Kopf. „Nein, es ist ... das andere. Ich kann nicht drüber reden, ich kann nicht", flüsterte sie.
Er strich sanft durch ihre Haare. „Schon gut, das musst du auch nicht. Atme ganz ruhig, ganz ruhig. Ich bin hier bei dir, alles ist gut."
Emily fühlte Niclas' Arme, die sie fest hielten, und trotz aller Angst fühlte sie sich plötzlich sicher und beschützt. Sie schloss die Augen, lauschte seinen regelmäßigen Atemzügen und spürte, wie sie allmählich ruhiger wurde und auch wieder besser Luft bekam. Das Gefühl, gleich ohnmächtig zu werden, ließ nach, und die Angst, die sie fest umklammert hielt, lockerte ein wenig ihren Griff.
Sie saßen eine Weile schweigend da, bis Emilys Herzschlag sich normalisiert hatte und sie sich wieder besser fühlte. Sie löste sich ein Stück von Niclas und sah ihn unsicher an.
„Es tut mir leid. Immer mache ich dir solchen Ärger." Ihre Stimme war leise, und Niclas fühlte die tiefe Verzweiflung, die dieses Mädchen beherrschte.
„Unsinn, du machst mir doch keinen Ärger. Geht's dir besser?" Er strich ihr sanft eine Haarsträhne aus der Stirn und sah sie forschend an.
Emily konnte den Ausdruck in seinen Augen nicht deuten, aber sie fühlte, wie ihr Herzschlag sich schon wieder beschleunigte, dieses Mal allerdings nicht vor Angst, sondern vor Aufregung. „Ja, es geht, danke. Wir können gehen."

„Okay. Willst du noch einen Schluck nehmen?"
Sie schüttelte den Kopf. „Nein, danke."
Niclas steckte die Flasche zurück in den Rucksack, setzte ihn auf und griff nach ihrer Tasche.
„Die nehme ich. Und dich am besten auch gleich." Er lächelte, aber Emily sah ihm deutlich an, wie erschrocken er war und er immer noch Angst um sie hatte. Sie lächelte etwas schief zurück. Niclas zog sie mit sich hoch, ließ sie aber nicht los, als sie stand.
Sie gingen langsam über den Hof zum Parkplatz. Niclas hielt Emily ganz fest im Arm. Sie sah so erschöpft und elend aus, dass es ihm in der Seele wehtat. Bei der Maschine blieben sie stehen. „Kannst du überhaupt mitfahren? Nicht, dass du mir runter fällst. Wenn du denkst, es geht nicht, rufe ich Kevin an, der kann uns abholen. Was meinst du?"
Sie überlegte kurz, dann schüttelte sie den Kopf. „Nein, das geht schon. Ich bin zwar noch ein bisschen wackelig, aber es geht mir besser."
Niclas nickte. „Okay, wenn du meinst. Halt dich aber gut fest, und wenn was ist, mach dich bemerkbar, dann halte ich sofort an."
„Klar, mach ich."
Er hielt ihr den Helm hin.
„Nun gibst du mir schon wieder deinen Helm."
Er grinste leicht. „Ja, ich glaube, ich muss bald einen Zweithelm mitnehmen, wenn du dauernd mit mir mit fährst."
Er half ihr, die Tasche quer über die Schulter zu ziehen. „Soll ich dich zu deiner Tante fahren?"
Emily sah ihn an und biss sich leicht auf die Lippen. Er bemerkte sofort, dass sie jetzt nicht mit ihren Verwandten über den Vorfall mit Rocco reden wollte. „Ach was, kei-

ne gute Idee. Ich nehm dich mit zu mir. Ich wollte dir ja schon länger mal meine Schnitzereien zeigen. Das machen wir, okay?“ Er bemühte sich, seiner Stimme einen lockeren Klang zu geben, sodass sie sich nicht noch elender und schwächer fühlte als sowieso schon.
Sie sah ihn dankbar an und nickte. „Das wäre super.“
Er hörte, wie sehr ihre Stimme zitterte und nickte. „Okay, dann los.“
Sie zog den Helm über und Niclas half ihr aufzusteigen. Dann schwang er sich auf den Sitz und bog gleich darauf vom Parkplatz auf die Straße. Er fuhr sehr langsam und vorsichtig, damit es für Emily so angenehm wie möglich war. Und doch waren beide froh, als er in die Garage beim Haus fuhr und den Motor abstellte. „So, da sind wir. Hier wohne ich.“
Sie betraten das hübsche Haus. „Hier wohnst du? Es ist schön hier.“
„Ja. Danke.“ Niclas nahm den Helm, legte ihn auf eine Kommode und half Emily aus ihrer Jacke.
„Ist dein Vater da?“ Sie sah ihn fragend an.
Er schüttelte den Kopf. „Nein, er übernachtet heute bei Taylor.“
„Taylor?“
„Ja, das ist seine neue Freundin.“
Sie hörte am Klang seiner Stimme, dass er nicht sehr glücklich darüber zu sein schien.
„Oh, er hat eine Freundin? Das hast du noch gar nicht erzählt.“
Er schüttelte den Kopf. „Nein, hab ich nicht. Komm, lass uns ins Wohnzimmer gehen, dort kannst du dich ein wenig ausruhen. Oder möchtest du erst ins Badezimmer?“
Sie nickte. „Ja, bitte.“

Er zeigte ihr das Gästebadezimmer, und nachdem sie die Toilette benutzt hatte, wusch sie sich die Hände und schaute sich bestürzt im Spiegel an. Sie sah tatsächlich fix und fertig aus. Sie versuchte, mit den Händen ein wenig ihre Haare zu ordnen, gab es aber schnell wieder auf. Niclas wartete auf sie und ging mit ihr zusammen ins Wohnzimmer. Es war ein gemütlich eingerichteter großer Raum, mit hellen Möbeln und vielen Pflanzen.
„Wow, ihr habt aber viele Zimmerpflanzen."
Sie setzte sich auf die gemütliche, beige Couch. „Ja, die meisten sind noch von meiner Mutter. Mein Vater hat sie sehr gut gepflegt, denn er wusste, wie sehr meine Mutter ihre Blumenkinder geliebt hat. Sie nannte sie so." Er lächelte.
Emily hatte das unbestimmte Gefühl, als ob er damit andeuten wollte, sein Vater habe sich mehr um die Pflanzen als um seinen Sohn gekümmert. „Blumenkinder. Wie süß." Sie lächelte Niclas zu.
Er setzte sich neben sie. „Ja, meine Mutter hätte dir gefallen. Und sie hätte dich auch gemocht."
„Meinst du?"
„Ja, ich bin mir sicher. So, und jetzt ruhst du dich erstmal ein wenig aus. Okay?"
Sie nickte. „Okay. Niclas, ich danke dir. Wirklich. Du weißt gar nicht, wie sehr."
Er nickte. „Schon okay. Ich bin gerne für dich da." Und das war die Wahrheit. Während er so dasaß und Emily betrachtete, fiel ihm auf, dass er auch die Worte von vorhin ernst gemeint hatte. Er wollte sie beschützen und auf sie aufpassen. Nichts erschien ihm im Moment wichtiger als das.

Er senkte den Kopf und atmete tief durch. Dann stand er fast hastig auf und murmelte: „Ich koche mal Tee. Oder magst du lieber Kakao?“
„Nein, ein Tee wäre toll.“
Er nickte. „Okay. Bin gleich zurück.“
In der Küche gab er Wasser in den Wasserkocher, und während er wartete bis es kochte, ließ er die letzte Stunde noch einmal Revue passieren. In dem Moment, als er gesehen hatte, dass Rocco Emily am Arm festhielt, hatte er nicht mehr nachgedacht, sondern nur noch gehandelt. Alles, was er in diesen Minuten gewollt hatte, war, dass der Kerl seine Hände von ihr wegnahm und es ihr gut ging.
Er holte Teebeutel aus dem Schrank und schüttelte den Kopf. Sie hatte im Kopierraum Todesängste ausgestanden, und sogar vor den harmlosen Spaziergängern neulich im Park hatte sie sich gefürchtet. Und nun ging sie hin und stellte sich zwischen den bescheuerten Angeber Rocco und den kleinen Emmanuel. Er konnte sich gut vorstellen, wie diese Idioten mit dem Kleinen umgesprungen waren. Er hatte Emily noch nicht gefragt, was genau passiert war, sie war sowieso schon völlig von der Rolle, aber er konnte es sich auch so denken.
Rocco war skrupellos. Es hatte schon einige Vorfälle gegeben, in denen es zu Auseinandersetzungen gekommen war, aber ihm wurde nie etwas angehängt. Sein Vater winkte mit einem dicken Scheck und der Direktor ließ sich darauf ein.
Emily hatte Glück gehabt, ihr selbst war das allerdings nicht so bewusst, denn sie war ja noch relativ neu hier und hatte von den Vorfällen nichts mitbekommen. Und es war ihr Glück gewesen, dass er dazu gekommen war. Er wusste selbst nicht genau, warum, aber Rocco fürchte-

te ihn. Aber eines wusste er genau: Wenn dieses Schwein Emily heute wehgetan hätte, er hätte keine Sekunde gezögert, ihm eine Abreibung zu verpassen, die er sein Leben lang nicht vergessen würde.
Das Wasser kochte und Niclas füllte es in die vorgewärmte Kanne. Dann stellte er Zucker und einen Teller mit Keksen auf ein Tablett und trug alles hinüber ins Wohnzimmer.
Emily stand vor dem Kaminsims und betrachtete das Bild seiner Mutter. Er stellte das Tablett auf dem Tisch ab und trat neben sie.
„Deine Mom?“, fragte sie leise.
Er nickte. „Ja, das war kurz vor ihrem Tod.“
„Sie war sehr hübsch. Aber du siehst ihr gar nicht ähnlich.“
Niclas lächelte. „Nein, ich komme nach meinem Vater. Nur die Augen habe ich von meiner Mutter geerbt.“
Emilys Blick strich über das Foto, das in einem hübschen Rahmen steckte. Die junge Frau darauf war ihr auf Anhieb sympathisch. Sie hatte mittellange, dunkelblonde Haare und ein offenes Lächeln. Niclas‘ Lächeln. „Du siehst deinem Dad ähnlich? Aber das Lächeln hast du von deiner Mom, definitiv.“
Niclas sah sie an, und eben dieses Lächeln legte sich jetzt etwas verlegen auf sein Gesicht. „Findest du?“
Emily nickte. „Ja.“
„Mein Dad sagt immer, ich sei ihr auch sonst ziemlich ähnlich. Manchmal fällt es mir schwer, über Dinge zu reden, die mich beschäftigen, und sie war wohl genauso.“
Emily sah ihn an und spürte wieder dieses eigenartig ziehende Gefühl in ihrer Brust. Vorhin, als er plötzlich aufgetaucht war und sich zwischen sie und Rocco gestellt hatte, da war er ihr stark und selbstbewusst erschienen,

aber jetzt wirkte er ganz anders. Nachdenklich und manchmal unsicher. Und sie wusste nicht, welche Seite an ihm sie mehr mochte. Vermutlich alles. Sie mochte ihn einfach so, wie er war. Sie lächelte ihm zu.
„So, komm, setz dich und trink eine Tasse Tee, sonst wird er kalt. Magst du Pfefferminztee? Ich hab vergessen zu fragen."
Sie nickte. „Ja, den mag ich gerne. Danke."
Niclas schenkte ein und reichte ihr eine Tasse. „Hier hab ich auch was zu essen, wenn du magst."
Emily nahm einen Schluck von dem heißen Getränk. „Nein, danke, ich glaub, ich bekomme nichts runter." Sie sah ihn entschuldigend an.
„Macht nichts. Aber später, okay?"
Sie nickte und senkte den Blick. Es ging ihr zwar jetzt ein wenig besser, vor allem körperlich, aber tief im Inneren hatte dieser Vorfall sie so sehr geschockt, dass sie sich am liebsten weinend in eine Ecke gesetzt hätte und nie wieder aufgestanden wäre.
Damals, nach dieser schrecklichen Nacht, hatte sie jedes Gefühl von Sicherheit verloren gehabt. Sie hatte sich wie ein Blatt im Wind gefühlt, das jeden Moment von einem Sturm erfasst werden und irgendwohin geweht werden konnte, wo es gar nicht hin wollte. Und nur mit Hilfe der Psychologin war es ihr gelungen, im Alltag wenigstens einigermaßen wieder ein Gefühl von Sicherheit zu entwickeln. Heute allerdings war ihr wieder schlagartig klar geworden, dass es keine Sicherheit gab. Es konnte einem ständig und überall und wie aus heiterem Himmel etwas Schreckliches widerfahren. Und das war das Schlimmste für jemanden wie sie. Dr. Schuler hatte ihr damals erklärt, dass Sicherheit für Menschen mit solch traumatischen Erlebnissen das absolut Wichtigste war.

Sie schloss kurz die Augen und atmete tief durch. Es war alles gut, alles war gut. Und dann fühlte sie Niclas' Hand auf ihrem Arm. Sie öffnete die Augen wieder und sah seinen Blick, der forschend und sorgenvoll auf ihr ruhte.
„Geht's dir wieder schlechter?" Er klang besorgt.
Sie schüttelte schnell den Kopf. „Nein, alles okay. Ich bin nur ziemlich kaputt, weiß auch nicht."
Er nickte. „Ja, das denke ich mir." Er senkte den Blick und schien zu zögern, doch dann sah er sie wieder an. „Emily, ich sehe doch, wie sehr dir das zu schaffen macht. Warum hast du das getan? Du hättest auch einfach weitergehen oder jemanden anrufen können. Mich zum Beispiel. Stattdessen hast du dich zwischen Emmanuel und Rocco gestellt, obwohl du sicher gewusst hast, wie sich das auf dich auswirken wird." Er brach ab und sah sie forschend an. Sie senkte den Kopf. „Ich weiß nicht. Ich hab nicht weiter nachgedacht. Als ich über den Parkplatz gegangen bin, hab ich gesehen, wie sie den Jungen herum geschubst haben. Ich sah, dass er Angst hatte und bin hingegangen. Aber, glaub mir, ich hatte auch Angst." Sie sah Niclas wieder an.
Er nickte. „Ich weiß. Deshalb war es ja unglaublich mutig von dir. Und das meine ich ernst, denn du hast dich nicht nur Rocco und seinen Kumpanen gestellt, sondern auch deiner eigenen Angst. Und ich glaube, dazu gehört verdammt viel Mut."
Sie sah ihn nachdenklich an. „Ich weiß nicht. Ehrlich gesagt muss ich zugeben, dass mir zwischendurch der Gedanke gekommen ist, einfach wegzulaufen." Sie wischte sich kurz über die Augen, in denen Tränen schimmerten, und fügte hinzu: „Ich weiß nicht, ob das mutig ist."

Niclas strich ihr sanft über den Arm. „Doch, das ist es. Denn du bist nicht weggelaufen.“ Er senkte den Kopf und räusperte sich. „So, ruh dich noch ein bisschen aus! Ich werde mal schauen, was ich uns zu essen machen kann.“

„Niclas, du musst dir keine Mühe machen, wirklich nicht. Ich habe keinen Hunger.“

Er stand auf und schüttelte energisch den Kopf. „Kommt gar nicht infrage, du musst was essen. Wie wäre es mit Spaghetti und Tomatensoße? Die gehen doch immer.“ Er grinste. Emily musste lächeln. „Wenn du meinst. Dann helfe ich dir aber.“

„Oh nein, du bleibst schön hier sitzen! Ich mach das schon“, sagte er und hob abwehrend die Hände.

Emily verzog das Gesicht. „Du bist wirklich hartnäckig. Also schön. Aber vorher zeigst du mir noch deine Schnitzereien, okay? Bitte.“

Niclas sah sie etwas unschlüssig an. „Okay, obwohl es mir ja lieber wäre, wenn du dich ein wenig ausruhen würdest. Aber gut, ich zeige dir meine Sachen.“ Er führte Emily durch das Haus zu dem Raum, den er als Werkstatt benutzte. „So, hier ist mein Reich. Normalerweise kommt hier niemand rein außer mir, deshalb wundere dich nicht, denn es herrscht ein kreatives Chaos.“ Er grinste etwas schief.

„Kreatives Chaos klingt auf alle Fälle besser, als heilloses Durcheinander, was?“, lachte sie.

„Genau. Siehst du, das versuche ich meinem Vater und Mrs. Miller auch dauernd zu erklären, dass das ein Unterschied ist.“ Er zuckte mit den Schultern.

Emily sah ihn lächelnd an. „Mrs. Miller?“

„Ja, das ist unsere Zugehfrau. Sie macht hier im Haus zweimal in der Woche klar Schiff. Mein Dad und ich wären ohne sie echt aufgeschmissen. Sie kocht auch manchmal etwas für uns, aber meistens machen wir das selbst.“ Niclas strich sich durch die Haare und fügte hinzu: „Ich war ja noch ein Kind, als meine Mutter starb, und mein Vater hat sehr viel gearbeitet, also er kam immer erst spät nach Hause. Damals hat er Mrs. Miller eingestellt, damit es hier nicht völlig drunter und drüber ging. Sie ist echt nett, aber ziemlich resolut.“ Er verzog das Gesicht.

Emily lächelte erneut. „Will heißen, sie meckert mit dir, wenn du ein kreatives Chaos verbreitest?“

„Meckern ist noch leicht untertrieben.“ Er grinste und fügte hinzu: „Aber sie ist okay. Und sie backt super leckere Kuchen, von denen sie meinem Vater und mir immer etwas mitbringt.“

„Und sie räumt auch hier drin auf?“ Emily sah sich in dem Raum um, der zwei große Fenster hatte und tagsüber sicher hell und freundlich wirkte.

„Nein, sie wischt nur den Boden. Für den Rest bin ich zuständig, wie man sieht.“

Zwei große Tische standen in dem Raum, auf einem lag wirklich kunterbunt alles Mögliche durcheinander, Papier, Messer, Holzstücke, Stifte und noch einiges mehr. Der andere sah ordentlicher aus, es lagen nur ein großer Zeichenblock und ein offenbar begonnenes Holzrelief darauf.

„Darf ich mal sehen?“ Emily zeigte auf den Tisch.

Niclas ging voran. „Sicher, sieh dich nur um.“ Das fast fertige Bild von Ben hatte er in einem der Schränke verstaut, und darüber war er nun froh, denn er wollte es Emily erst zeigen, wenn es fertig war.

Sie trat neben den Tisch und betrachtete das angefangene Bild. „Oh, Niclas, das ist ja wunderschön. Wirklich wunderschön."
„Findest du? Ist noch einiges zu tun daran."
„Doch, es ist toll."
Das begonnene Bild zeigte zwei ineinander verschlungene Rosen, und Emily staunte, wie detailgetreu Niclas die Feinheiten dieser Blume herausgearbeitet hatte. Er zeigte ihr noch ein paar seiner Arbeiten.
„So, nun hast du aber genug geschaut für heute, du musst dich noch ein bisschen ausruhen. Du siehst sehr erschöpft aus. Ich glaube, ein wenig Ruhe tut dir gut."
Emily stimmte ihm zu, und so saß sie gleich darauf wieder im Wohnzimmer auf der Couch. Niclas stellte ihr den Fernseher an und brachte ihr noch ein Wasser. „So, wenn du alles hast, werde ich uns nun was zu essen machen. Wenn was ist, ruf mich einfach, ich bin gegenüber."
Emily nickte. „Danke, es ist lieb, wie du dich um mich kümmerst."
Er steckte die Hände in die Taschen seiner Jeans. „Wie gesagt, ich tu's gerne. Also, nicht weglaufen."
Sie schüttelte den Kopf und sah ihm lächelnd nach, wie er das Zimmer verließ. Er war unglaublich. Niemals hätte sie gedacht, dass sie und Niclas sich mal so nahe sein würden. Und sie war ihm dankbar dafür, dass sie heute hier sein durfte. Zuhause würde sie verrückt werden. Zum Glück war Ben heute bei Dorothy und Bob, sodass er nicht alleine daheim saß und auf sie wartete. Doch ihre Verwandten würden sich sicher Sorgen machen, wo sie blieb. Sie zog ihr Handy aus der Tasche und wählte die Nummer ihrer Tante. Wenn sie Glück hatte, ging nicht Mara dran, denn die würde sicher gleich merken, dass was nicht in Ordnung war. Aber sie hatte Glück, Andrea

war am Apparat. Emily erklärte ihrer Cousine kurz, dass sie noch unterwegs sei und bat sie, mit Ben raus zu gehen, doch Andrea meinte, das hätte sie schon erledigt. Emily bedankte sich herzlich bei ihr und verabschiedete sich. Nachdem sie aufgelegt hatte, starrte sie das Handy in ihrer Hand an und sah, wie sehr ihre Finger zitterten. Sie schüttelte unwillig den Kopf. „Nun reiß dich mal zusammen. Es ist nichts passiert, und Rocco ist keiner von diesen Typen. Er ist ein Widerling, aber er hat dir nicht wehgetan. Also, hör auf jetzt!“, murmelte sie vor sich hin. Sie legte das Handy auf den Tisch und lehnte sich aufatmend zurück. Warum nur konnte sie nicht endlich besser mit all dem umgehen? An jedem einzelnen Tag bemühte sie sich darum, dennoch gelang es ihr nicht. Sie schloss die Augen und versuchte, die Bilder dieser Nacht zu verdrängen, die seit dem Nachmittag wie ein Film ständig wieder vor ihrem inneren Auge abliefen. Vorhin, als Niclas ihr seine Arbeiten gezeigt hatte, hatte sie sich ein wenig besser gefühlt, aber nun kam alles mit Wucht wieder zurück. „Geht weg, geht doch weg!“ Ihre Stimme zitterte, sie wischte sich über die Stirn und beugte sich vor, um den Kopf in den Händen zu verbergen. Diese verfluchten Bilder. Wieso verblassten sie nicht endlich? Und plötzlich hatte sie wieder das Gefühl, den Geruch von Alkohol in der Nase zu haben. Von Alkohol und Schweiß. Ihr wurde übel. Sie stand hastig auf und lief nach nebenan in die Küche.
Niclas rührte in einem Topf und sah sie überrascht an. „Alles okay? Ich bin gleich fertig.“
Emily nickte. „Ja, alles okay. Ich wollte sehen, ob ich was helfen kann.“

Er sah sie forschend an. „Nein, wie gesagt, ich bin gleich fertig, die Nudeln müssen nur noch ein paar Minuten kochen."
Sie strich sich fahrig durch die Haare und setzte sich auf einen Stuhl. „Ach so. Ja dann."
Sie wollte nicht ins Wohnzimmer zurückgehen, sie wollte hier in Niclas' Nähe sein, denn so verrückt es auch klang, bei ihm war seit Monaten der einzige Ort, an dem sie sich sicher fühlte. Sie senkte den Kopf und spielte nervös mit ihren Händen.
Niclas beobachtete sie und seufzte innerlich. Es war schlimm für ihn, mit anzusehen, wie sie sich quälte. Vielleicht hätte er ihr besser helfen können, wenn er wüsste, was ihr passiert war, aber offenbar wollte sie nicht darüber sprechen, und er würde sie nicht drängen. „So, fertig. Wir können dann essen." Er goss die Spaghetti ab und füllte sie in die Teller. Dann gab er Soße darüber und stellte alles auf den Tisch.
„Danke, das sieht gut aus." Emily versuchte ein Lächeln, das jedoch ziemlich kläglich ausfiel. Sie hatte absolut keinen Hunger, im Gegenteil, ihr Magen fühlte sich an, als ob er mit einem Band abgeschnürt worden wäre. Dennoch wollte sie versuchen, ein wenig zu essen, Niclas hatte sich so viel Mühe gegeben.
„Na ja, wenn man schon viele Jahre mehr oder weniger selbst für sein Essen sorgen muss, lernt man so einiges." Niclas setzte sich ihr gegenüber und schenkte Wasser ein.
Emily nickte. „Ja, das kann ich mir vorstellen. Ich kann nicht gut kochen. Nur so ein paar Sachen. Aber seit ich hier wohne, hab ich auch schon ein bisschen was dazu gelernt."
Er lächelte ihr zu. „Aber du backst gute Muffins. Das kann ich nicht."

„Oh, ja, die Muffins. Die waren okay. Siehst du, da ergänzen wir uns ja ganz gut."
Er sah sie nachdenklich an. „Ja, das finde ich auch."
Emily probierte von den Spaghetti, sie schmeckten hervorragend, die Soße war würzig und doch nicht zu scharf. „Hm, die sind wirklich lecker." Sie bemühte sich, ihrer Stimme einen lockeren Klang zu geben, aber es wollte nicht so richtig gelingen.
„Super, das freut mich."
Sie spürte, dass Niclas nicht genau wusste, wie er mit ihr umgehen sollte. Vermutlich wollte er sie ablenken, wusste aber nicht, wie. Und sie war viel zu durcheinander und damit beschäftigt, ihre Gefühle und Ängste unter Kontrolle zu halten, um es ihm leichter machen zu können. Seit dem *Vorfall* hatte sie sich nicht mehr so verängstigt und verwirrt gefühlt wie heute. Und das machte ihr Angst, denn es zeigte ihr, welch langen Weg sie noch vor sich hatte, und an eine seelische Genesung bei weitem noch nicht zu denken war. Sie meinte, dass sie es niemals schaffen werde. Diese Dunkelheit in ihr würde sie niemals loslassen. Sie schob den Teller zurück. „Entschuldige, ich kann nicht mehr essen. Es tut mir leid, du gibst dir solche Mühe, aber ..." Sie brach ab und sah Niclas unglücklich an.
Er lächelte. „Kein Problem. Wirklich nicht." Er schob seinen Teller ebenfalls zurück und stand auf. „Ich bin auch fertig. Ich gehe mal schnell in den Keller und hole noch ein paar Flaschen Wasser. Bin gleich zurück."
Emily nickte und stand auf, nachdem Niclas die Küche verlassen hatte. Sie würde wenigstens das Geschirr abräumen, wenn sie sonst schon nichts zum Verlauf des Abends beitragen konnte. Sie nahm Niclas' leeren Teller und wusch ihn unter fließendem Wasser ab, bevor sie ihn

in die Spülmaschine räumte. Dann griff sie nach ihrem Teller, drehte sich wieder um und fuhr erschrocken zusammen ... am Fenster war ein Gesicht zu sehen. Jemand schaute in die Küche und klopfte an die Scheibe. Emily schrie entsetzt auf, der halbvolle Teller rutschte aus ihrer Hand und fiel mit einem lauten Scheppern auf die Fliesen. Sie wich einen Schritt zurück und stieß dabei gegen den Tisch, während sie mit weit aufgerissenen Augen zum Fenster starrte. Das runde Gesicht gehörte zweifellos einem Jungen, vielleicht vierzehn oder fünfzehn Jahre alt. Seine Augen waren genauso erschrocken aufgerissen wie ihre, denn er hatte wohl nicht damit gerechnet, jemanden hier drin zu Tode zu erschrecken. Und so plötzlich, wie das Gesicht aufgetaucht war, verschwand es auch wieder. Emily presste die Hand auf ihr rasendes Herz, während ein trockenes Schluchzen in ihrer Kehle aufstieg. Ihre Nerven waren zu überreizt, um noch mehr Schrecken zu verkraften. Ihr Blick fiel auf den Teller, der am Boden zerschellt war. Überall war Tomatensoße verspritzt und hatte die hellen Fließen und auch die Schränke beschmutzt.

„Oh Mist, Mist.“ Sie hockte sich auf den Boden und begann automatisch, die Scherben zusammenzuräumen. Dabei zitterten ihre Hände jedoch so stark, dass sie die Scherben kaum festhalten konnte und sie fühlte, wie Tränen über ihre Wangen strömten.

„Emily! Was ist denn hier los?“

Sie hörte Niclas‘ Stimme, und gleich darauf kniete er neben ihr und umfasste ihre Handgelenke. „Komm, hör auf damit. Du schneidest dich noch.“

Sie schüttelte den Kopf. „Nein, ich muss das wegräumen. Schau, es ist alles schmutzig. Es tut mir leid. Es tut mir so leid.“ Ihre Stimme ging jetzt in heftigem Schluchzen

unter. Sie wollte wieder nach einer Scherbe greifen, doch Niclas zog sie einfach mit sich hoch. „Ich mach das. Das ist doch nicht schlimm. Hörst du? Es ist nicht schlimm. Was ist denn passiert?"
Sie hob den Kopf und sah ihn an. „Da war jemand am Fenster. Ein Junge. Ich hab mich erschrocken und dann ist mir der Teller runter gefallen. Es tut mir leid."
Niclas hatte einen Arm um ihre Schultern gelegt und mit der anderen Hand strich er ihr sanft über die nasse Wange. „Ach herrje, das war Michael. Er ist der Sohn unserer Nachbarn. Er ist geistig ein wenig zurückgeblieben und kommt uns manchmal besuchen. Meistens kommt er über das Grundstück und klopft dann hier am Küchenfenster. Er ist völlig harmlos, Emily. Du musst dich nicht vor ihm fürchten."
Sie schüttelte den Kopf. „Ich weiß, ich weiß. Ich verliere noch den Verstand. Es tut mir leid. Lass mich das saubermachen, bitte."
Niclas sah sie bestürzt an. Sie war ja völlig durcheinander. Er sah, wie sie zitterte, sah die Tränen und diesen Ausdruck auf Emilys Gesicht, der ihm sagte, dass sie nicht mehr alleine weiterkonnte. Und ohne noch länger nachzudenken, zog er sie an sich. Sie ließ ihren Kopf an seine Schulter sinken, während er sie fest hielt. Und für diese schmerzvollen Sekunden war es für beide das Wichtigste auf der Welt, den anderen festzuhalten und ihm nahe zu sein.
Emily fühlte Niclas' Körper ganz nah an ihrem. Für einen Moment stockte ihr der Atem, doch dann wurde ihr trotz des eigenartigen Zustandes, in dem sie sich gerade befand, bewusst, dass dieses Gefühl wunderschön war. Da war keine Abwehr, kein Ekel, keine Panik, nur ein Gefühl von grenzenloser Geborgenheit und ... ja, was?

Sie war erschöpft, durcheinander. Sie konnte dieses Gefühl jetzt nicht einordnen, sie war nur überglücklich, dass Niclas da war und sie festhielt. Sie fühlte seine Hand, die ihr sanft die Tränen aus dem Gesicht wischte und durch ihre Haare strich. Er murmelte leise, beruhigende Worte, und sie ließ sich in seine Fürsorge und seinen Trost hineinfallen.

Niclas hatte sehr wohl bemerkt, dass Emily kurz zusammengezuckt war, als er sie an sich gezogen hatte. Doch dann war ihr Körper sofort wieder weich und nachgiebig geworden. Es kam ihm so vor, als ob sie eben an einem emotionalen Abgrund gestanden und er sie gerade noch rechtzeitig hatte festhalten können.

„Schhhh, alles okay. Es ist alles gut. Alles wird wieder gut. Das hab ich dir schon mal gesagt, irgendwann wird alles wieder gut sein.“

Sie schluchzte wieder, und er musste aufpassen, denn ihre Stimme war leise wie ein Hauch. „Ich weiß nicht. Niclas ich ... manchmal hab ich das Gefühl, ich kann nicht mehr weiter. Ich kann einfach nicht mehr weiter.“

Er schwieg einen Moment bedrückt. „Doch, du kannst weiter, Emily. Ich helfe dir dabei, das verspreche ich dir. Du wirst nicht alleine sein, hörst du? Ich bin für dich da, wenn du das willst. Mara sowieso und deine Tante, dein Onkel. Und Ben, er wartet auf dich. Hörst du mir zu, Emily?“, fragte er.

Sie schluchzte wieder, nickte aber. „Ja. Ich ... ach, Niclas.“ Sie hob den Kopf, und der Ausdruck in ihren Augen traf ihn bis ins Mark.

Er umfasste sanft ihr Gesicht. „Wir müssen jetzt nicht weiter darüber reden. Das ist jetzt nicht wichtig. Wichtig ist, dass du zur Ruhe kommst. Alles Weitere wird sich finden. Aber du bist nicht alleine, Emily, vergiss das

nie!“ Sie schaute ihn an und ihre Blicke verloren sich ineinander. Dann nickte sie. „Das werde ich nicht“, flüsterte sie.
„Okay, dann komm! Wir gehen nach oben, du hast mein Zimmer noch nicht gesehen.“
Er versuchte, gelassenen zu klingen, um es ihr leichter zu machen, sich wieder zu beruhigen. Leider gelang das nicht ganz so wie erhofft, aber sie schien in Gedanken sowieso weit weg zu sein und nicht wirklich zu realisieren, was um sie herum geschah.
Sie gingen langsam die Treppe nach oben, Niclas hielt Emily dabei fest im Arm. Sein Herz schlug heftig in seiner Brust, er fühlte sich unendlich hilflos. Was war nur mit diesem Mädchen? Noch nie hatte er jemanden gekannt, der so einen tiefen Schmerz in sich trug. Und noch niemals hatte er jemandem dringender helfen wollen, aber nicht die leiseste Ahnung gehabt, wie er das anstellen sollte.
„Die Küche, was ist, wenn dein Vater die Sauerei sieht?“ Emily klang verzagt.
„Mach dir darüber nur keine Gedanken. Das ist wirklich kein Problem, ich wische es nachher weg. Mein Vater kommt sowieso erst morgen Abend wieder.“
Sie nickte. Er spürte, dass sie sich dennoch schämte, aber er wusste auch, dass er im Moment vermutlich sagen konnte, was er wollte, es würde ihr nicht helfen. „So, hier sind wir.“ Er öffnete eine Zimmertür und gleich darauf standen sie in einem großen, geräumigen Raum. Durch eine weitere Tür gelangte man in ein etwas kleineres Zimmer, in dem das Bett stand. In dem größeren Raum stand eine schwarze Ledercouch, ein Fernseher, eine Stereoanlage und jede Menge Regale mit Büchern und sonstigem Krimskrams. Niclas führte Emily zur Couch. Sie

ließ sich aufatmend in die weichen Polster sinken. Das Leder schmiegte sich kühl und wie tröstend an ihren Körper. „Danke." Sie senkte den Blick. „Du hast immer nur Ärger mit mir. Erst das Theater im Kopierraum, dann meine dumme Angst während des Spaziergangs neulich und nun, als absolute Krönung, das hier. Ich kann mir schon denken, dass du froh wärst, wenn du mich nicht am Hals hättest."
Niclas ging vor ihr in die Hocke und nahm ihre eiskalten Hände vorsichtig in seine. „Glaubst du?"
Sie zuckte mit den Schultern und sah ihn unsicher an, während immer noch Tränen in ihren Augen schimmerten. „Ich könnte es dir nicht verdenken."
Sein Blick strich über ihr blasses, verweintes Gesicht. „Das stimmt nicht, Emily. Ich weiß nicht, ob du mir das glaubst, denn ich war ja nicht gerade immer nett zu dir, aber ich bin sehr froh, dich zu kennen. Und das ist die Wahrheit." Er stand auf und setzte sich neben sie, dabei hielt er ihre Hand weiterhin in seiner.
Ein zaghaftes Lächeln glitt über ihr Gesicht. „Na ja, wir hatten wohl wirklich nicht gerade den optimalen Start. Ehrlich gesagt dachte ich, du könntest mich nicht ausstehen." Sie strich sich unsicher eine Haarsträhne hinters Ohr.
„Ganz ehrlich? Das dachte ich auch. Dass du mich nicht leiden kannst und froh wärst, nicht neben mir sitzen und mich jeden Tag sehen zu müssen."
Emily schluckte und betrachtete ihre Hand in seiner. „Nein, so war das nicht. Eigentlich war gerade das Gegenteil der Fall. Du bist der Einzige", sie brach ab und suchte nach Worten, „du bist der Einzige, dessen Nähe ich ertragen kann. Ich weiß nicht, warum, aber da war

von Anfang an ein Gefühl, das mir sagte, dass ich dir vertrauen kann." Sie senkte den Kopf.
Er betrachtete sie nachdenklich. Er überlegte gerade, was er dazu sagen könnte, als sie mit zitternder Stimme fortfuhr: „Ich würde dir gerne alles erklären, aber ich kann das nicht. Ich kann das einfach nicht."
Niclas drückte beruhigend ihre Hand. „Du musst mir nichts erklären. Nichts, was du nicht willst, ich werde dich niemals zu etwas drängen, okay?"
Sie hob den Kopf und sah ihn mit einem schmerzlichen Ausdruck in den Augen an.
Er wusste, dass sie verstanden hatte, und er seine Worte eben nicht nur auf ihre Erklärung bezog, sondern auch auf alles andere.
Emily nickte und biss sich auf die Lippen. Er wusste es. Konnte es wirklich sein, dass er wusste, was ihr passiert war? Sie fühlte, wie ihr wieder Tränen in die Augen stiegen. Niclas zog sie näher zu sich heran. Sein Gesicht war ganz nah vor ihrem, und sie sah den Kummer in seinen Augen. Kummer über das, was ihr passiert war. Zärtlichkeit, Unsicherheit und Zorn lagen in seinem Blick, und Emilys Herzschlag setzte für eine Sekunde lang aus. Ihre Blicke versanken tief ineinander, und einen atemlosen Moment lang glaubte Emily, er würde sie küssen. Doch dann veränderte sich der Ausdruck in seinen Augen und die Zärtlichkeit wich einem tiefen Schmerz, der direkt in ihr Herz zu fahren schien. Und schlagartig wurde ihr klar, dass sie hier nicht die Einzige war, die Angst hatte. Sie hatte schon früher diese Aura von Kummer und Einsamkeit bei Niclas gespürt, aber noch nie war er ihr so nah gewesen wie jetzt gerade. Es tat unglaublich weh, zu sehen, dass es etwas gab, was ihn sehr quälte.

Niclas konnte sich kaum von Emilys Gesicht abwenden. Nie war sie ihm verletzlicher erschienen als jetzt. Sie war wunderschön. Hübsch, voller Schmerz und doch anmutig. Tränen schimmerten in ihren Augen, und er wollte sich am liebsten vorbeugen und sie ihr von den Wangen küssen. Er wollte ihre zitternden, weichen Lippen küssen und ihr sagen, dass alles gut war. Dass sie bei ihm in Sicherheit war und dass er sie ... Er schnappte nach Luft und fühlte, wie eine kalte Faust sich in seinen Magen bohrte. Nein! Nein! Er durfte keine Gefühle für Emily haben. Keine, die über Freundschaft hinausgingen. Er konnte das nicht. Er konnte sie nicht lieben. Liebe bedeutete nur Kummer und Schmerz. Liebe bedeutete, verletzlich zu sein, den Menschen verlieren zu können, der einem alles bedeutete. Das konnte er nicht ertragen. Nicht noch einmal.

Er wusste, sie brauchte ihn jetzt und er würde sie nicht im Stich lassen. Würde ihr ein Freund sein, wie er es ihr versprochen hatte. Ein Freund, der für sie da war. Es spielte keine Rolle, was er selbst dabei empfand, sie war jetzt wichtig, sonst nichts. Und so zog er Emilys Kopf an seine Schulter und verbarg sein Gesicht in ihren Locken. Sie saßen ganz still, sie weinte jetzt nicht mehr, und es schien fast, als ob die Welt den Atem anhalten würde, es gab nur sie beide. Sie waren sich so nah wie noch nie zuvor und doch unendlich fern.

Irgendwann bemerkte Niclas, dass Emily in seinen Armen eingeschlafen war. Sie war völlig erschöpft, und er brachte es nicht über sich, sie zu wecken und nach Hause zu fahren. Er rückte vorsichtig ein Stück von ihr ab, umfasste sie sanft und ließ sie sachte zurücksinken. Er hob ihre Beine hoch, legte sie auf die Sitzfläche der Couch und zog ihr vorsichtig die Schuhe aus. Dann stand er lei-

se auf und holte eine Decke, die er über ihr ausbreitete. Wie friedlich sie jetzt aussah. Er ging neben ihr in die Hocke und betrachtete das schlafende Mädchen. Es war unglaublich verwirrend, wie sich alles entwickelt hatte. Nie hätte er das für möglich gehalten. Und noch nie hatte er sich so durcheinander gefühlt. Er seufzte und stand auf. Mara und ihre Familie würden sich sicher Sorgen machen, wo Emily abgeblieben war. Und da war auch noch Ben, der versorgt werden musste. Niclas warf einen Blick auf Emily, die tief und fest zu schlafen schien, dann verließ er das Zimmer und zog die Tür hinter sich zu. Er ging die Treppe nach unten und wollte im Telefonbuch nach der Nummer der Panabakers suchen, denn er besaß keine Handynummer von Mara oder Andrea. Doch dann fiel sein Blick auf Emilys Handy, das auf dem Tisch im Wohnzimmer lag. Er zögerte kurz, doch schließlich griff er danach und suchte Maras Nummer heraus. Er wählte, und sie meldete sich so hastig, als ob sie schon lange auf den Anruf gewartet hätte.
„Emily, Gott sei Dank! Wo steckst du denn, ich hab mir schon Sorgen gemacht?“
Niclas lauschte ihren Worten, dann sagte er vorsichtig: „Mara, hier ist Niclas. Ich wollte dir nur kurz Bescheid sagen, dass es Emily gut geht. Sie ist hier bei mir.“
Er hörte, wie am anderen Ende der Leitung jemand überrascht nach Luft schnappte. „Niclas? Wie bitte? Was soll denn das heißen, es geht Emily gut, sie ist bei dir? Wo genau ist sie denn? Ich warte schon seit einer Ewigkeit, dass sie sich meldet, und hab mir totale Sorgen gemacht. Hol sie mir doch bitte ans Telefon, ich möchte selbst mit ihr sprechen.“
„Das geht im Moment leider nicht, sie schläft.“

„Sie schläft? Bei dir? Niclas, sag mir jetzt sofort, was los ist! Emily schläft doch nicht einfach so bei dir ein. Geht's ihr nicht gut? Was hast du gemacht?"
Fast hätte Niclas gelacht, denn das war wieder mal typisch, dass Mara sofort vermutete, er könnte Emily etwas zuleide getan haben. Andererseits konnte er es ihr nicht verübeln, er sah ja selbst, wie verletzlich Emily war. „Ich hab gar nichts gemacht, zumindest nichts Schlechtes, was du ja wohl gerade von mir annimmst." Er erzählte ihr mit wenigen Worten, was passiert war, erwähnte dabei allerdings nicht, wie durcheinander Emily gewesen war und wie sehr sie geweint hatte. Das konnte sie Mara selbst erzählen, wenn sie wollte. „Es ging ihr nicht gut, was ja verständlich ist. Ich hab sie mit zu mir genommen, wir haben etwas gegessen, ein bisschen ferngesehen und dann ist sie eingeschlafen. Sie war sehr müde und erschöpft, und ich wollte sie nicht wecken. Das ist alles." Er konnte Mara richtig vor sich sehen, wie sie die Stirn runzelte und missmutig vor sich hin starrte.
„Du hast Emily geholfen?" Sie klang misstrauisch.
„Ja, natürlich."
„Hm, na ja, also, das war wirklich sehr nett von dir. Dieser Bastard von Rocco." Leichtes Zögern, dann sagte sie leise: „Danke, Niclas. Und es geht ihr wirklich gut?"
Niclas hörte Maras Sorge um ihre Cousine deutlich. „Ja, keine Angst, es geht ihr gut. Ach ja, ich wollte dich noch bitten, dich um Ben zu kümmern. Geht das?"
„Ja, natürlich. Er ist sowieso hier bei uns. Aber, sag, wieso hast du Emily denn nicht zu uns gebracht? Wir wären doch auch für sie da gewesen, wir sind ihre Familie."
Niclas zögerte. „Sie wollte lieber mit zu mir kommen. Mara, bei euch wäre sie doch gleich mit Fragen bombar-

diert worden, und sie brauchte einfach etwas Ruhe. Das war nicht böse gemeint.“ Er lauschte in den Hörer.
„Ja, du hast sicher Recht. Bitte grüße Emily ganz lieb von mir, wenn sie wach wird. Und bitte, pass auf sie auf!“ Ihre Worte kamen nun sehr leise.
„Das werde ich, keine Angst.“ Er legte auf, ging in die Küche und räumte schnell die Scherben zusammen. Dann wischte er den gröbsten Schmutz weg und löschte überall das Licht, bevor er wieder nach oben ging.
Emily schlief noch immer tief und fest, sie schien ruhig zu sein, und doch wollte er sie nicht alleine hier lassen, während er sich nebenan in sein Bett legte. Und so setzte er sich vor die Couch und lehnte sich mit dem Rücken dagegen. Das war zwar nicht gerade bequem, aber es würde schon gehen. Er schloss die Augen und lauschte auf Emilys regelmäßige Atemzüge. Gott sei Dank schlief sie, sie hatte den Schlaf wirklich dringend nötig.
Und trotz der unbequemen Haltung schlief er irgendwann ein und wachte erst auf, als Emily offenbar einen schlimmen Traum hatte. Sie murmelte wirre Worte und ihre Hände strichen fahrig über die Decke. Niclas kniete sich neben sie und strich ihr sanft die Haare aus dem Gesicht. Er murmelte leise, beruhigende Worte in ihr Ohr, und tatsächlich wurde sie schnell wieder ruhiger und schlief danach bis zum Morgen durch.

Kapitel 19

Als Emily am nächsten Morgen erwachte, war es draußen bereits hell, im Zimmer jedoch war es noch dämmrig, da Niclas am Abend zuvor die Jalousien geschlossen hatte. Sie blinzelte und schaute sich verwirrt in dem fremden Raum um. Wo um alles in der Welt war sie hier? Erst allmählich lichtete sich der Nebel in ihrem Gehirn und sie seufzte leise. Niclas' Zimmer. Offensichtlich war sie hier eingeschlafen und er hatte sie nicht geweckt. Sie wandte den Kopf und ein Lächeln glitt über ihr Gesicht. Niclas saß auf dem Boden neben der Couch, hatte die Arme auf der Sitzfläche verschränkt und den Kopf darauf gelegt. Offenbar schlief er noch tief und fest.

Sie betrachtete ihn, und ein tiefes Gefühl von Dankbarkeit und Rührung stieg in ihr auf. Hatte er die ganze Nacht hier gesessen? Nur, um bei ihr zu sein? Sie wandte den Blick ab und biss sich leicht auf die Lippen. Niclas ... was hätte sie gestern nur ohne ihn getan? Noch niemals hatte jemand sie dermaßen aufgefangen und war für sie da gewesen wie er. Die Szene hier auf der Couch fiel ihr wieder ein, wie er sie angeschaut hatte. Soviel hatte sie in seinen Augen lesen können. Und sie erinnerte sich, dass sie für einen Moment geglaubt hatte, er würde sie küssen. Doch dann war er zurückgewichen und sie hatten schweigend hier gesessen. Sie wandte ihm wieder ihr Gesicht zu und unwillkürlich musste sie wieder lächeln. Er sah so unschuldig aus, wie er da saß und schlief. Die Haare fielen ihm in die Stirn, sie hätte am liebsten die Hand ausgestreckt und sie ihm zur Seite gestrichen. Plötzlich wusste sie nicht mehr, ob sie sich überhaupt richtig bei ihm bedankt hatte. Er war ihr zu Hilfe geeilt,

ohne an seine eigene Sicherheit zu denken. Rocco hätte seinen Zorn auch auf ihn lenken können. Aber es war ihr fast so vorgekommen, als ob er Angst vor Nic gehabt hatte.
Sie lehnte sich wieder zurück und betrachtete Niclas. Was war das, was sie gestern Abend zu fühlen geglaubt hatte? Was sie schon seit einigen Wochen tief in sich verspürte, aber das sie gerne verdrängen wollte? Sie streckte ganz langsam die Hand aus, um Niclas` Wange zu berühren, doch kurz vorher zögerte sie und zog sie ruckartig zurück.
In dem Moment regte er sich und schlug gleich darauf die Augen auf. Er sah sie einen Moment leicht verwirrt an, dann murmelte er schlaftrunken: „Emily, oh ... bist du schon lange wach?“ Er wechselte seine Sitzposition und verzog das Gesicht. „Oh Mann, ich bin tot. Ich glaube, ich bin zu alt, um die Nächte in sitzender Position auf dem Boden zu verbringen.“ Er grinste etwas verzerrt.
Emily musste lächeln. „Du Armer. Soll ich dir helfen?“
Er hob abwehrend die Hände.
„Danke, das schaffe ich grade noch.“ Er rappelte sich hoch und Emily setzte sich auch auf. Niclas ließ sich stöhnend neben ihr auf das Sofa fallen.
„Du siehst wirklich fertig aus“, lachte sie.
Er wandte ihr den Blick zu. „Danke. Du aber auch.“
Sie strich sich unsicher durch die Haare. „Ja, aber ich fühle mich besser als gestern. Wirklich.“ Sie sah ihn an und senkte dann verlegen den Blick. „Ich weiß nicht, was ich gestern ohne dich gemacht hätte, Niclas. Und ich weiß nicht, wie ich dir jemals dafür danken kann, dass du für mich da warst. Dass du mich gehalten hast, mich lässt und nicht nach dem ‚Warum‘ fragst.“ Ihre Stimme war

sehr leise geworden und Niclas fühlte ihren Kummer, als wäre es seiner.
Er beugte sich vor. „Sieh mich mal an."
Sie hob den Blick, und er fuhr mit leiser Stimme fort: „Ich hab es gestern schon gesagt, ich bin da für dich. Das hab ich nicht nur daher gesagt, sondern das meine ich auch so. Wann immer du jemanden brauchst, komm zu mir, okay?" Er hob die Hand und strich ihr vorsichtig eine Haarsträhne hinters Ohr. Emily musste heftig schlucken. Es war eine Geste voller verhaltener Zärtlichkeit, und am liebsten hätte sie sich in seine Arme fallen lassen und ihn gebeten, sie nie wieder loszulassen. Stattdessen nickte sie jedoch nur. „Danke. Das werde ich. Ich verspreche es."
„Okay. Das ist gut." Niclas' Augen waren direkt vor ihren und sie sah die kleinen goldenen Fünkchen darin tanzen. Ihre Blicke versanken kurz ineinander, dann stand er hastig auf. „Ich mach mal Frühstück, ich sterbe vor Hunger." Und schneller, als Emily auch nur blinzeln konnte, war er aus dem Zimmer verschwunden.
Später saßen sie etwas befangen am Frühstückstisch, und von Niclas' großem Hunger war nicht mehr allzu viel zu spüren, denn er stocherte ziemlich lustlos in seinen Cornflakes herum.
Nach dem Frühstück bat Emily ihn dann, sie nach Hause zu fahren, sie wollte unbedingt nach Ben sehen. Vor ihrem Grundstück hielt er an, und als sie ihm den Helm zurückgab, meinte er: „Hör mal, wenn es dir recht ist, komme ich später vorbei und fange mal mit der Kommode an?"
Sie nickte. „Ja, sicher ist es mir recht. Ich freu mich schon darauf. Also, bis nachher." Sie wollte sich umdrehen, um zur Haustür zu gehen, doch dann blieb sie stehen

und sah Niclas forschend an. „Nic, du hast mich gestern gefragt, warum ich das getan hätte. Warum ich Emmanuel geholfen habe. Weißt du noch?"
„Ja, sicher. Warum?"
Sie zog leicht die Schultern hoch. „Warum hast du mir geholfen, Niclas? Ohne zu zögern bist du dazwischen gegangen. Du hättest mächtigen Ärger bekommen können."
Er sah sie an, erst leicht unsicher, dann jedoch verschloss sich seine Miene. „Was ist das denn für eine merkwürdige Frage? Es war doch selbstverständlich, dass ich dir geholfen habe", meinte er ein wenig abweisend. Er strich sich durch die Haare und fügte fast trotzig hinzu: „Außerdem hätte ich das für jeden getan. Es ist nicht meine Art, zuzuschauen, wenn jemandem von solchen Typen bedroht wird."
Emily sah ihn fast erschrocken an. „Ach so. Ja, natürlich. Entschuldige." Sie wandte sich um, um zum Haus zu gehen, als sie Niclas sagen hörte: „Emily. Warte." Er zögerte. „Du weißt, warum ich es für dich getan habe."
Sie blieb stehen, und noch bevor sie sich umdrehen konnte, startete Niclas die Maschine. Sie sah ihm nach, als er um die Ecke bog und aus ihrem Blickfeld entschwand.

Eigentlich hatte Niclas gleich nach Hause fahren wollen, doch dann entschied er sich anders und fuhr zu seinem Lieblingsplatz. Es war recht mild heute, ein angenehmer Wind wehte. Ein guter Tag, um noch einmal an der frischen Luft zu sitzen und den Kopf ein wenig freizubekommen. Und das erschien ihm dringend nötig.
Er parkte die Maschine und lief ein paar Minuten, bis er zu der Stelle kam, an der er am liebsten saß. Von hier aus hatte man einen wunderschönen Blick über das Tal und

den kleinen Fluss. Er liebte diesen Ort, hier konnte er am besten nachdenken und mit sich alleine sein. Seine Gedanken schweiften zu Emily. Er hoffte, dass es ihr gut ging. Sie war unendlich verletzt gewesen gestern, voller Angst und Schmerz. Wenn er nur wüsste, was er tun konnte, um ihr zu helfen damit fertig zu werden.
Er setzte sich auf einen dicken Felsbrocken und schloss die Augen. Emily ...
Irgendwie kam sie ihm wie ein scheues Reh vor, zart und zerbrechlich. Noch niemals hatte er jemanden wie sie gekannt. Ihr Antlitz rührte einen und man mochte sich vor sie stellen und vor allem beschützen, was ihr wehtun könnte. Er fühlte sich unendlich wohl mit ihr und er begann sie zu vermissen, in jeder Minute, in der er nicht bei ihr sein konnte. Sie war wie ein sanfter Wind, der über erhitzte Wangen strich, wie eine kühle Meeresbrise nach einem langen anstrengenden Tag.
Er senkte den Kopf und lächelte. Was er hier für Gedanken hatte. Klang ziemlich poetisch das Ganze. Aber es war das, was er empfand, wenn er an Emily dachte.
Er sah ihr Gesicht genau vor sich, als würde sie direkt vor ihm stehen. Ihre wunderschönen blauen Augen. So klar wie ein Bergsee. Er liebte ihre Augen und ganz besonders ihre Haare, die lang und seidig über ihre Schultern fielen, dass er ständig das Bedürfnis hatte, sie anzufassen und durch seine Finger gleiten zu lassen. Was er natürlich nicht tat, aber alleine die Vorstellung gefiel ihm. Er seufzte leise. Emily war wie die Erfüllung eines Traums. Aber Träume wurden in der Regel nicht wahr. Sie blieben das, was sie waren, Wünsche, die tief aus der Seele kamen.
Er lehnte sich zurück und blieb noch eine Weile gedankenverloren sitzen. Irgendwann stand er auf, ging zu der

Kawasaki zurück und fuhr nach Hause, um zu duschen und sich umzuziehen. Anschließend wollte er zu Emily fahren und mit der Kommode anfangen. Er packte alles, was er heute brauchen würde, in den Rucksack und machte sich auf den Weg. Unterwegs hatte er allerdings eine Idee und änderte kurz entschlossen die Richtung.

Als er fünfzehn Minuten später an ihrer Tür klingelte, hörte er drinnen Ben schon freudig bellen, und gleich darauf öffnete Emily. Sie war offenbar auch duschen gewesen, ihre Haare waren noch ein klein wenig feucht.
„Hallo, da bist du ja. Ben, ist ja gut, friss Niclas nicht."
Sie klang locker, und er war froh darüber, denn er hoffte inständig, dass es ihr mittlerweile ein wenig besser ging. Ben tänzelte um seine Beine herum und stieß jaulende Freudengeräusche aus. Niclas lachte und beugte sich zu ihm hinunter. „Ja, du bist mein Guter. Ich muss mir unbedingt mal ein paar Leckereien für dich zulegen, die bringe ich dir dann mit." Er richtete sich wieder auf. „Aber vorerst hab ich nur was für dein Frauchen."
Sie sah ihn neugierig an. „Für mich?"
„Ja, warte."
Er öffnete den Rucksack und zog einen kleinen Strauß rosa Rosen heraus, den er ihr mit einem verlegenen Lächeln hinhielt. „Du hast doch gesagt, du magst Rosen. Und ich dachte, ein bisschen Aufmunterung könnte dir nicht schaden."
„Oh, Niclas, danke. Die sind ja schön." Emily lächelte und verbarg ihr Gesicht in den duftenden Blüten, damit Niclas nicht sah, wie ihre Wangen sich röteten. Das war ja lieb von ihm. „Danke, das ist wirklich nett von dir. Du weißt noch, dass ich gerne Rosen mag?"
Er nickte. „Klar, eine meiner leichtesten Übungen."

Emily lächelte ihm zu. „Ja, was mich betrifft, ganz bestimmt.“ Sie sah ihn etwas verlegen an. „Hast du eigentlich den Jungen, der gestern am Fenster war, inzwischen noch mal gesehen? Er hat sich sicher genauso erschrocken wie ich.“

Niclas trat ein. „Nein, ich hab ihn nicht gesehen, aber wenn, werde ich ihm sagen, dass du einfach erschrocken warst und er sich keine Gedanken machen soll.“

Emily nickte. „Ja, bitte. Sag ihm, es tut mir leid.“ Sie ging voran ins Wohnzimmer. „Onkel Bob hat mir alte Decken und Folie gegeben, damit wir den Boden abdecken können.“

„Oh, das ist toll, aber hör mal, ich hab mir überlegt, die Kommode doch lieber auseinander zu bauen und unten im Keller zu arbeiten. Die einzelnen Teile kann ich ja dann leicht nach unten und wieder nach oben tragen. Es arbeitet sich so einfach besser. Außerdem übersieht man schnell etwas, wenn man ein Teil zusammengebaut lässt, was im Endeffekt vielleicht nicht so schön aussieht.“

Emily sah ihn etwas enttäuscht an. „Oh, natürlich, wie du meinst. Sicher.“

Er ging vor der Kommode in die Hocke, öffnete die Schranktüren und die Schubladen.

Emily sah ihm nachdenklich zu. Sie hatte keine Ahnung davon, wie man alte Möbel restaurierte, und wenn Niclas sagte, dass er so besser arbeiten konnte und auch das Ergebnis schöner werden würde, war es sicher auch so. Dennoch hatte sie das unbestimmte Gefühl, dass das nicht der einzige Grund war, sondern er ein wenig Abstand zwischen sie legen wollte.

„Okay, ich werde dann mal anfangen. Zuerst lege ich unten mal alles mit der Folie aus, dann trage ich die

Schubladen und Türen runter. Den Rest lasse ich zusammen, mal sehen, wie schwer das dann noch ist."
Emily nickte. „Wie du meinst, du bist der Boss." Sie stand etwas unschlüssig da. „Soll ich dir helfen? Mit der Folie?"
Niclas zögerte einen Moment, was sie sehr wohl bemerkte. „Klar, das wäre toll."
Sie gingen nach unten in den großen Kellerraum und räumten ein paar Sachen zur Seite, um dann den Boden mit der Folie auszulegen.
„Super, das ist gut hier, da können die Sachen dann auch in Ruhe trocknen."
Er strich sich durch die Haare. „Ja, und du hast auch deine Ruhe", meinte sie leise.
Sie fühlte Niclas' forschenden Blick auf sich ruhen. „Wäre es dir lieber gewesen, wenn ich oben gearbeitet hätte?"
Sie zuckte mit den Schultern, während sie ein paar Sachen auf einem Regal hin und her schob. „Nein, ist schon okay." Damit drehte sie sich um und lief eilig die Treppe wieder nach oben. Er musste ja nicht unbedingt mitbekommen, dass sie gerade geschwindelt hatte und es ihr sehr wohl lieber gewesen wäre, wenn er oben geblieben wäre.
Die nächsten zwei Stunden ließ sie ihn ganz in Ruhe, er trug seine Sachen nach unten, schraubte die Türen ab und unterhielt sich dabei ab und zu mit Ben, der offensichtlich seine Nähe suchte und ständig um ihn herum war.
Emily setzte sich ins Wohnzimmer und sah sich den Anfang einer Liebeskomödie an, die ihr aber bald schon auf die Nerven ging, und so schaltete sie den Fernseher wieder aus und setzte sich an ihren Laptop.
Nach einer Weile bekam sie Hunger und beschloss, ein paar Sandwiches zuzubereiten. Niclas hatte sicher auch

schon seit dem Morgen nichts mehr gegessen, und eine Pause würde ihm gut tun. Sie ging in die Küche und murmelte: „Du kannst ja im Keller sitzen bleiben und essen, wenn du nicht mit mir zusammen sein willst."
„Wie bitte?"
Sie fuhr erschrocken herum und sah Niclas, der in der Tür stand und sie amüsiert musterte. „Führst du Selbstgespräche?"
„Oh, nein, ich dachte, Ben sei da." Eine blödere Ausrede konnte ihr natürlich nicht einfallen, denn Ben saß schon seit zwei Stunden mit Niclas im Keller, die treulose Tomate. Emily wandte sich verlegen ab. Wie kam es nur, dass ihr bei ihm immer so dumme Ausreden einfielen?
„Ach so. Na dann." In Niclas' Stimme lag ein unterdrücktes Lachen. „Kann ich mal ins Bad, bitte?"
„Natürlich, du weißt ja, wo es ist."
Emily holte die Zutaten für die Brote aus dem Kühlschrank und ärgerte sich über sich selbst. Sie stellte alles auf den Schrank und ging dann hinüber, um ihre Sachen im Computer abzuspeichern. Sie hörte, wie Niclas die Treppe wieder herunter kam und rief ihm zu: „Warte mal, hast du Hunger? Ich mache gerade Sandwiches."
Er trat ins Zimmer. „Hm, klingt gut, ich könnte schon was vertragen."
„Okay, Moment grad, ich muss noch was abspeichern."
Er nickte. Sein Blick fiel auf den Bildschirm. „Du schreibst?" Er sah Emily fragend an.
Sie nickte verlegen. „Ja, aber es ist nichts Besonderes."
„Das glaub ich nicht. Darf ich mal sehen?"
Sie zog unbehaglich die Schultern nach oben. „Ich weiß nicht, ich hab es noch nie jemandem gezeigt. Ich sag ja, es ist nichts Besonderes. Außerdem glaub ich nicht, dass

es dein Stil wäre, es ist, na ja, ziemlich romantisches Geschwafel.“ Sie verzog das Gesicht.
Niclas musste lachen. „Klingt doch gut. Aber das liegt natürlich bei dir, ob du es mir zeigen willst oder nicht.“
Sie sah ihn unsicher an. „Na ja, okay. Warum nicht. Du kannst ja mal rein lesen, solange ich die Brote schmiere. Das hier ist meine neueste Geschichte. Ich bin noch nicht sehr weit, aber du kannst es dir ja mal anschauen.“
Niclas musterte sie forschend. „Sehr gerne, aber nur, wenn du es wirklich willst. Wenn es dir unangenehm ist, lass ich es.“
„Nein, lies ruhig. Schon gut.“ Emily rieb nervös die Hände aneinander. „Ich gehe dann mal rüber. Bis gleich.“
„Bis gleich.“ Niclas zögerte noch kurz, doch dann setzte er sich vor den Laptop und las einige Zeilen. Dann scrollte er zum Anfang der Geschichte zurück und bald darauf war er so in die Story vertieft, dass er Emily gar nicht kommen hörte. Sie lehnte im Türrahmen und betrachtete ihn. Auf den ersten Blick wirkte er so, als ob es ihm gefiele, was er las. Sie räusperte sich.
Niclas sah hoch. „Oh, hab dich gar nicht gehört. Also, das ist wirklich gut. Du schreibst sehr schön, Emily.“ Er hielt kurz inne. „Und das sage ich jetzt nicht nur, das meine ich auch so. Es liegt sehr viel Gefühl in deinen Worten.“
Emily lächelte und zog die Schultern hoch. „Findest du wirklich? Danke, das freut mich total. Weißt du, na ja, wie ich dir ja schon mal gesagt habe, kann ich mir meistens nicht vorstellen, dass etwas von mir wirklich gut sein könnte. Das klingt vielleicht jetzt so, als ob ich nur darauf warten würde, dass du sagst, ‚Aber nein, du bist toll‘, aber das tu ich nicht. Ich empfinde wirklich so. Keine Ahnung, warum.“

Niclas betrachtete sie und sah dann wieder auf den Laptop. „Ja, ich weiß. Manche Dinge kann man nicht erklären, sie sind einfach so. Aber auf das hier, Emily, kannst du wirklich stolz sein, es ist toll.“ Er wandte ihr wieder das Gesicht zu und lächelte. „Und wenn du deinen ersten Bestseller schreibst, hoffe ich auf ein signiertes Exemplar von dir.“
Sie lachte. „Aber sicher doch, das werde ich nicht vergessen. Leider fürchte ich, dass du darauf lange warten kannst, bis ich jemals einen Bestseller schreiben werde. Aber träumen ist ja schließlich erlaubt.“
Nach dem Essen verzog Niclas sich wieder in den Keller, um weiterzuarbeiten, während Emily die Teller abwusch und dabei über den weiteren Verlauf ihrer Geschichte nachgrübelte. Durch Niclas‘ Worte war sie plötzlich viel inspirierter als vorher und hatte Lust, sich sofort wieder hinzusetzen und weiter zu schreiben, was sie dann auch tat. Die Worte schienen geradezu aus ihr herauszusprudeln und dabei schob sich immer wieder Niclas‘ Bild vor ihr inneres Auge.

Am Montag nach Schulschluss wartete Teresa Montez auf Niclas und Emily. Sie bedankte sich noch einmal herzlich und lud die beiden für Freitagabend zum Essen zu sich und ihrer Familie ein. „Bitte, es wäre uns eine große Freude.“
Emily wechselte einen Blick mit Niclas. „Also, das ist zwar wirklich nicht nötig, aber wir kommen natürlich trotzdem gerne. Vielen Dank“, erwiderte sie lächelnd.
Teresa verabschiedete sich strahlend.
Emily fragte Niclas, während sie nebeneinander über den Hof liefen: „Hast du eigentlich Rocco heute gesehen?“ Ihre Stimme zitterte leicht.

Niclas sah sie forschend an. „Nein, hab ich nicht. Du?“
„Nein, Gott sei Dank nicht. Nic, ich weiß überhaupt nicht, wie ich mich ihm gegenüber verhalten soll. Was mach ich, wenn er mich anspricht?“
„Am besten lässt du ihn links liegen. Er ist vermutlich jetzt ziemlich wütend, aber wohl mehr auf mich als auf dich. Aber soll er ruhig. Er kann sich mit mir anlegen so oft er will, solange er dich zufrieden lässt.“
Emily zuckte mit den Schultern. „Ich will aber nicht, dass Rocco wütend auf dich ist, und schon gar nicht, dass du dich meinetwegen mit ihm anlegst. Nic, bitte, lass dich nicht provozieren von ihm. Egal, was er über mich sagt oder so. Okay?“
Niclas brummte etwas Unverständliches.
„Versprich es mir, bitte!“
Er hob den Kopf und sah sie missmutig an. „Wenn es sein muss. Okay, ich verspreche es. Aber dieser Kerl macht mich wahnsinnig. Der denkt, er kann sich alles erlauben, nur weil Daddy einen dicken Geldbeutel hat und alles wieder geradebiegt, was dieser Mistkerl verbockt.“
„Ja, ich kann verstehen, dass dir das nicht gefällt, aber bitte. Ich will nicht, dass dir irgendetwas passiert. Und schon gar nicht wegen mir.“
Niclas verzog das Gesicht. „Was soll mir denn passieren? Em, der Kerl ist ein absoluter Loser. Mit dem werd ich jederzeit fertig, glaub mir.“ Er klang fast trotzig.
Emily verdrehte die Augen. „Das kann sein, trotzdem. Weißt du, Niclas, es gibt Menschen die sind vollkommen unberechenbar. Sie wollen sich nicht an Regeln halten und nehmen sich, was man ihnen nicht freiwillig geben will. Deshalb pass auf mit Rocco, leg dich nicht mit ihm an, bitte.“

Niclas drehte den Kopf und betrachtete Emily, die plötzlich mit den Gedanken weit weg schien. Und er war sich nicht sicher, ob sie ihre letzten Worte noch auf Rocco bezogen hatte oder auf etwas ganz anderes.

Kapitel 20

Am Freitagabend holte Niclas Emily kurz vor sieben Uhr ab, damit sie zusammen zu Familie Montez fahren konnten. Sie hatte eine große Schachtel Pralinen für Teresa und Carlos und für die Kinder kleine Süßigkeiten besorgt, die nun hübsch verpackt auf dem Garderobenschrank lagen. Niclas musste zunächst drei Minuten lang Ben begrüßen, nachdem er in den Flur getreten war, erst dann konnte er sich Emily widmen. Sie betrachtete die beiden lächelnd. „Also, man könnte glatt eifersüchtig werden. Er liebt dich fast mehr als mich."
Niclas lachte und erhob sich. „Das glaub ich kaum. Dich liebt er am allermeisten." Er zog seinen Rucksack ab und murmelte dabei etwas, was sich nach: „Was ich allerdings sehr gut verstehen kann", anhörte, öffnete den Rucksack und zog etwas heraus. „Hier, für dich, damit du nicht immer meinen nehmen musst." Er hielt ihr einen rot-schwarzen Motorradhelm hin. Emily sah ihn erstaunt an. „Für mich? Das ist nicht dein Ernst."
Er zuckte mit den Schultern. „Doch. Der lag sowieso nur immer bei mir zuhause rum, und du fährst nun mal am häufigsten mit mir, also kannst du ihn auch haben."
„Ja, aber, was ist, wenn du, na ja, wenn du mal jemand anderen mitnehmen willst?"
Niclas steckte die Hände in die Taschen seiner Jeans und sah sie mit einem leicht missmutigen Ausdruck an. „Was? Wen genau meinst du damit? Andere Mädchen, die ich ab und an abschleppe?"
Emily öffnete den Mund, um zu protestieren, dann jedoch schloss sie ihn wieder und zuckte leicht mit den Achseln. Schließlich sagte sie zaghaft: „Na ja, so würde

ich es nicht formulieren, aber es könnte ja sein, dass du mal ..." Sie brach ab und sah ihn unsicher an. Niclas starrte fast zornig zurück. Fing sie nun auch schon so an wie Mara und hielt ihn für einen, der reihenweise Mädchen abschleppte? Doch dann sah er den Ausdruck in ihren Augen und sofort verrauchte sein Ärger. Sie meinte es nicht böse, sie wollte ihm nur nicht im Wege stehen. Für Emily schien es unvorstellbar zu sein, dass er keine andere mitnehmen wollte, außer ihr. Er atmete durch.
„Schon gut, es gibt niemanden, du kannst den Helm also beruhigt nehmen. Kevin hat seinen eigenen, wenn er manchmal mitfährt. Und wenn dein Onkel mal Lust hat, kannst du ihm den Helm ja geben."
Sie zögerte noch einen Moment, doch schließlich nickte sie und griff nach dem Helm. „Okay. Dann vielen Dank. Wenn du ihn wiederhaben willst, brauchst du es ja nur zu sagen."
Niclas nickte nur und ersparte sich eine Antwort. Er wollte ihn nicht wiederhaben, und vor allem hatte er absolut keine Lust, mit einem anderen Mädchen auszugehen. Diese Tatsache sollte ihm eigentlich zu denken geben, aber er wollte nicht weiter darüber nachgrübeln.
„Können wir dann? Wir kommen sonst noch zu spät."
„Oh, ja. Schau, ich hab Pralinen gekauft und was Süßes für die Kids. Das ist doch okay, was meinst du?"
Niclas' Lächeln war warm, als er sie ansah. „Natürlich, das ist super. Daran hab ich gar nicht gedacht."
Emily lachte. „Na ja, das tun Männer im Allgemeinen nicht. Also, dann los."
„Soll ich die Sachen nehmen?" Er deutete auf seinen Rucksack.
Sie nickte. „Ja, gerne, dann muss ich keine Tasche nehmen. Danke."

Sie verstauten alles in Niclas‘ Rucksack und fuhren los.

Familie Montez erwartete sie schon und begrüßte sie so herzlich, dass selbst die scheue Emily sich gleich wohl fühlte. Besonders Teresa Montez hatte eine Art, dass man fast vergaß, dass man nur zu Besuch war, so sehr konnte sie einem das Gefühl vermitteln, willkommen zu sein.
„Kommt, setzt euch! Ich hoffe, ihr mögt mexikanisches Essen."
Sie nahmen Platz, und Teresa wuselte zwischen allen herum, freute sich über die Pralinen, schenkte Getränke ein und lief zwischendurch raus, um nach dem Essen zu sehen. Emily stand wieder auf und folgte ihr in die kleine, beengte Küche, in der es nach Knoblauch, Zwiebeln, Chili und noch allerhand anderem roch. „Hm, hier riecht es aber schon lecker. Kann ich Ihnen noch etwas helfen?"
Teresa schüttelte den Kopf. „Nein, danke, das ist nicht nötig. Ich bin es gewohnt, für viele Leute zu kochen, wir haben häufig Besuch." Sie lächelte Emily herzlich zu. „Ich kann es immer noch nicht glauben, dass du so mutig warst, dich zwischen diese Bande und meinen Jungen zu stellen. Wir alle hier kennen Rocco und die meisten fürchten ihn." Sie schüttelte den Kopf und schnaubte verächtlich. „Und sich einen kleinen, wehrlosen Jungen zu schnappen, passt genau zu diesem Kerl."
Emily nickte. „Vielleicht war es ganz gut, dass ich ihn nicht kannte. Ich hab ganz schön Angst gehabt. Aber ich konnte doch nicht einfach zusehen." Sie zog die Schultern hoch, es war eine ebenso hilflose wie rührende Geste.
Teresa kam um den Tisch herum und legte dem jungen Mädchen sanft den Arm um die Schultern. „Ich bin dir sehr dankbar, wirklich, aber ich bin auch sehr froh, dass

euch beiden und Niclas nichts passiert ist. Mein Mann ist schon seit vielen Jahren Hausmeister an dieser Schule, und in all den Jahren war hier kein Schüler, der schlimmer war als dieser Rocco Bentz. Wir alle warten nur auf den Tag, an dem etwas wirklich Schlimmes passieren wird. Woher sollte er auch lernen, was Recht und Unrecht ist? Sein Vater hat schon immer alles für ihn bezahlt und vertuscht. Eine Schande ist das." Teresa schüttelte den Kopf und wandte sich wieder ihren Töpfen zu. Emily sah nachdenklich zu ihr hin. Offenbar war Rocco noch um einiges schlimmer, als sie gedacht hatte, und ihr wurde bei dem Gedanken, was alles hätte geschehen können, ganz elend. Teresa wandte sich wieder zu ihr um. „Setz dich ruhig an den Tisch, Emily, ich bin gleich fertig. Ist alles in Ordnung mit dir? Du bist ganz blass."
Emily nickte. „Ja, ja, alles okay. Ich gehe dann schon mal raus." Sie lächelte Teresa zu und ging zurück ins Wohnzimmer, wo der große Esstisch stand. Sie setzte sich und warf einen Blick zu Niclas, der sich mit Emmanuel und dessen Bruder Juan unterhielt. Die beiden kleinen Jungen himmelten ihn an wie einen Helden aus ihren Zeichentrickserien, und es war rührend, zu sehen, wie ernsthaft er sich mit ihnen beschäftigte.
Nun jedoch hob er den Kopf. „Alles klar bei dir? Geht's dir gut?"
Emily nickte und griff ohne nachzudenken nach seiner Hand. Er sah sie kurz erstaunt an, dann drückte er sanft ihre Finger und wandte sich wieder den beiden Jungen zu, während er ihre Hand fest in seiner hielt. Sie fühlte die Wärme seiner Haut, den Druck seiner Finger, und wurde gleich ruhiger. Ihr Daumen strich über seinen Handrücken, und plötzlich wurde ihr bewusst, dass Teresa und Carlos unweigerlich denken mussten, Niclas und

sie wären ein Paar, wenn sie sie so sahen. Sie wusste nicht, ob Niclas das recht wäre, aber sie brachte es einfach nicht fertig, seine Hand loszulassen. Noch nicht. Gleich würde Teresa mit dem Essen kommen und dann ... dann würde sie ihn loslassen. Sie sah hoch und fühlte Niclas' Blick auf sich ruhen. Emmanuel und Juan waren aufgestanden und zur Couch gelaufen, wo sie mit ihren Autos spielten. Carlos war zu Teresa in die Küche gegangen.

Niclas beugte sich zu Emily. „Geht's wieder? Du warst vorhin plötzlich ganz blass, was war denn los?", fragte er leise.

Sie schluckte. „Ja, geht wieder. Ich hab mich nur kurz mit Teresa über Rocco unterhalten, und na ja, dann hab ich wieder fast diese Panik bekommen. Es ist blöd, ich weiß." Sie senkte den Kopf und fühlte Niclas' Finger unter ihrem Kinn. Er hob es sanft an, sodass sie ihm wieder in die Augen sehen musste. „Das ist nicht blöd. Kein bisschen, okay?" Sie nickte. „So ist es schon besser."

Jemand räusperte sich, und Teresa trat mit zwei großen Schüsseln in der Hand an den Tisch. Emily sah erschrocken hoch und rückte schnell ein Stück von Niclas ab, wobei sie ihre Hand aus seiner zog und an ihrem Pullover herumnestelte.

Niclas stand auf und nahm Teresa eine der Schüsseln ab. „Danke, das ist nett von dir." Sie lächelte, und Emily kam es so vor, als ob es ein wissendes Lächeln war. Sicher hatte Teresa gesehen, dass Niclas und sie sich an den Händen gehalten hatten, und dachte nun sonst was.

„So, erst mal gibt es überbackene Tortillachips. Ich dachte, so was essen doch alle jungen Leute gerne, oder?"

Alle versammelten sich um den großen Tisch und bald herrschte ein lustiges Durcheinander und jeder schnatter-

te. Emily musste oft lachen. Die Kleinen waren einfach zu drollig. Die vierjährige Selma trug ein rosa Prinzessinenkleid, und Teresa erklärte, ihr Töchterchen hätte sich nicht davon abbringen lassen, es heute Abend anzuziehen. Selma saß neben Emily und ließ sie kaum aus den Augen. Ihre braunen Augen strahlten, wenn Emily mit ihr scherzte und lachte. Manchmal berührte sie fast ehrfürchtig Emilys lange blonde Locken und meinte, sie würde aussehen wie Prinzessin Barbie aus dem Film ‚Barbie auf der Tierinsel'.
Niclas musste bei dieser Bemerkung grinsen.
Emily warf ihm einen amüsierten Blick zu. „Findest du nicht, dass ich aussehe wie Barbie?"
Er grinste wieder. „Ähm, du wärst eine ziemliche Mini-Barbie, würde ich sagen. Barbie kommt mir ziemlich groß vor für ein Mädchen, und du ... nun ja."
Emily schnitt ihm eine Grimasse und alle lachten.
Nach den Tortillachips tischte Teresa zwei große Pfannen mit brutzelndem Fleisch auf, dazu verschiedene Soßen und Salatstreifen, Tomaten und geriebenen Käse. Dazu eine extra Schüssel gefüllt mit warmen Tortillafladen und eine weitere mit mexikanischem Reis. „So, ich hoffe, ihr mögt Fajitas. Das hier ist Hühnerfleisch und das hier Rindfleisch. Dann guten Appetit." Teresa setzte sich wieder.
Emily betrachtete all die leckeren Dinge auf dem Tisch. „Ich hab das noch nie gegessen. Wie macht man das?"
„Du hast noch keine Fajitas gegessen? Da hast du aber was verpasst. Schau, so geht das." Niclas zeigte ihr, wie man die Tortillas füllte und aufrollte.
Emily nickte. „Hm, okay, das sieht ja nicht so schwierig aus." Leider war die Praxis dann doch nicht ganz so einfach.

Niclas schüttelte lachend den Kopf. „Gib mal her, so fällt ja alles gleich wieder raus.“ Mit ein paar flinken Bewegungen rollte er den Fladen auf Emilys Teller fachmännisch auf, so dass nichts tropfte, und schob ihr den Teller wieder hin. „So, bitte. Beim nächsten du wieder.“
Teresa wechselte einen Blick mit ihrem Mann und beide lächelten.
In der Tat klappte es beim nächsten Mal schon besser und Emily konnte ihren Tortillafladen alleine richtig aufrollen. Ein wenig leckte er dann zwar doch, aber das war nicht weiter schlimm.
Es wurde ein gemütliches, lustiges Essen, und als Teresa zum Nachtisch noch eine mächtige Schokoladentorte servierte, sagte Emily lachend: „Oh Gott, also das Essen war wirklich sehr lecker, aber wenn ich hiervon auch noch esse, platze ich. Ganz bestimmt.“
Teresa musterte sie mit gerunzelter Stirn. „Unsinn, du bist sowieso so dünn, du musst mehr essen, Kind. Nimm ein Stück, das Rezept stammt noch von meiner Großmutter. Ich könnte wetten, ihr beide habt noch niemals einen besseren Schokoladenkuchen gegessen.“ Ihr Blick glitt zwischen Emily und Niclas hin und her, die sich schon den ganzen Abend immer wieder versunken ansahen, aber sofort wie ertappt in die andere Richtung blickten, sobald der andere den Blick erwiderte.
Der Kuchen erwies sich in der Tat als kulinarisches Gedicht, und Emily sowie Niclas aßen sogar jeweils zwei Stücke, obwohl beide schon nach einem behaupteten, nun wirklich total satt zu sein.
Später half Emily Teresa beim Abräumen und Geschirrspülen, während die kleine Selma am Küchentisch saß und Emily-Barbie malte. Dass Niclas meinte, Emily sei zu klein für eine Barbie störte Selma nicht, sie war hinge-

rissen von dem hübschen Mädchen mit den langen blonden Haaren und den blauen Augen. Sie war ganz vertieft in ihr Bild.
Emily betrachtete sie lächelnd. „Sie ist süß. Und sie ist ein sehr ruhiges Kind, ist sie immer so still?"
Teresa nickte. „Ja, eigentlich schon. Sie ist eine kleine Träumerin. Anders als ihre Brüder, die sind meistens wild und haben dummes Zeug im Kopf. Das hast du ja am eigenen Leib erfahren müssen."
Emily lächelte. „Oh ja. Aber so sind halt kleine Lausejungen." Sie zuckte mit den Schultern und fuhr fort: „Ich war auch so wie Selma. Meistens ruhig und schüchtern. Ich habe auch viel gemalt und später gelesen." Sie trocknete die Schüssel ab, die sie in der Hand hielt. „Na ja, was heißt ‚war', ich bin eigentlich immer noch so." Sie stellte die Schüssel auf den Tisch. Teresa sah sie lächelnd an. Sie mochte die stille, scheue Emily sehr. Und selbstverständlich würde sie ihr niemals vergessen, dass sie Emmanuel beschützt hatte. „Weißt du, Emily, ich glaube, du bist genau richtig, wie du bist. Und das scheine nicht nur ich so zu sehen." Sie zwinkerte Emily zu.
„Wen meinen Sie? Ich verstehe grad nicht."
Teresa lächelte amüsiert. „Na, ich rede von Niclas. Er mag dich ganz offensichtlich auch genau so, wie du bist."
„Oh, ja ... vielleicht", antwortete Emily verlegen.
Teresa musste schmunzeln. „Er ist ein toller Junge, dein Niclas. Ich mochte ihn schon vom ersten Tag an." Sie räumte die Teller in die Spülmaschine.
Emily zögerte einen Moment. „Ja, das ist er. Aber er ist nicht mein Niclas. Wir sind nicht zusammen, wenn Sie das meinen."
Teresa richtete sich auf und sah Emily überrascht an. „Nein? Also, das erstaunt mich jetzt wirklich." Ihr Blick

strich forschend über Emilys Gesicht. „Ihr beide, nun, wenn ich das so sagen darf, ihr wirkt verliebt auf mich. Ihr seid süß miteinander und wie ihr euch anschaut."
Sie lächelte Emily zu, und die schaute ziemlich verlegen zu Boden.
„Nein ... das ... ich weiß nicht, das täuscht. Niclas, nun, ich kann mir nicht vorstellen, dass er mehr für mich empfinden könnte als Freundschaft." Sie zuckte mit den Schultern und schüttelte den Kopf.
Teresa musterte sie. „Aber, Emily, warum denn nicht? Du bist ein hübsches, liebenswertes Mädchen. Ich denke, du irrst dich sehr, denn Niclas kann seine Gefühle kaum verbergen. Er bemüht sich zwar, cool zu wirken, damit es keiner bemerkt, aber ich habe fünf Brüder und Schwestern, die alle mit ihren Problemen und ihrem Liebeskummer zu mir gekommen sind. Glaub mir, ich weiß, wie es aussieht, wenn jemand versucht, seine Gefühle zu verstecken. Und wenn du mich fragst, tut Niclas genau das. Und ich glaube, du auch. Ich will dir gewiss nicht zu nahe treten, Emily, wir kennen uns ja erst kurz, und ich möchte dir in nichts hineinreden, aber ich denke, da ist sehr viel an Gefühlen im Spiel, bei euch beiden."
Emily schüttelte erneut den Kopf. „Ich weiß nicht, vielleicht. Aber es ist auch völlig egal, denn ich kann sowieso nicht mit ihm zusammen sein. Außerdem, sehen Sie sich doch hier in der Schule um, es wimmelt von hübschen Mädchen, und alle sind sie nicht wie ich. Es gibt nichts, was ich Niclas geben könnte, das ihn glücklich machen würde. Nichts. Ich würde ihm nur wehtun und das will ich nicht, dazu hab ich ihn viel zu gern."
Teresa sah Emily bestürzt an. Was redete sie da bloß? Soviel Verachtung für sich selbst hatte eben in ihrer Stimme geklungen, dass Teresas Mutterherz schmerzte.

Dieses junge Mädchen könnte ihre Tochter sein, und sie wäre glücklich, wenn Selma einmal so werden würde wie Emily es war. Liebenswürdig, freundlich und selbstlos. Sie hätte Emily gerne gefragt, warum sie so dachte, aber das war im Moment wohl nicht der richtige Zeitpunkt dafür. Sie kannten sich nicht gut genug, um solche Gespräche zu führen, denn Teresa fühlte instinktiv, dass hinter Emilys Äußerungen ein tiefer Kummer steckte, über den sie trotz aller Sympathien sicher nicht mit einer ihr fast fremden Frau reden wollte. Und so schwieg Teresa, und auch Emily ging nicht weiter auf das Thema ein.
Der weitere Abend verlief entspannt und harmonisch, alle fühlten sich sehr wohl miteinander. Emily half Teresa dabei, Selma ins Bett zu bringen und las der Kleinen ein Kapitel aus ihrem Lieblingsbuch vor. Später schauten sie alle zusammen Fotos an, die zu der Zeit aufgenommen worden waren, als Carlos und Teresa sich kennen gelernt hatten.
„Ja, wir waren nicht viel älter damals, als ihr beide heute." Carlos schüttelte den Kopf. „Und nun sind wir schon so lange verheiratet und haben drei Kinder." Er lächelte Teresa zu, und sie lächelte liebevoll zurück. Es war klar, dass sie kein immer einfaches Leben gehabt hatten. Carlos hatte erzählt, dass er gerne Lehrer geworden wäre, aber das Geld hatte nicht für ein Studium gereicht. Und so war er Hausmeister an einer Schule geworden, um seinem Traumberuf zumindest ein bisschen näher zu sein. In seinen Worten schwang allerdings keinerlei Bitterkeit, über etwas, das verpasst worden war, sondern nur Freude und Dankbarkeit über das, was er haben durfte.
Es war schon fast Mitternacht, als Emily und Niclas sich von Familie Montez verabschiedeten und sich für den schönen Abend bedankten.

Nachdem Niclas sie nach Hause gebracht und sich verabschiedet hatte, hockte Emily sich neben Ben und streichelte seinen dicken Kopf. „Es ist alles so leicht, wenn Niclas bei mir ist. Es ist komisch, fast so, als ob er alles mit mir zusammen tragen und es deshalb für mich einfacher werden würde." Sie seufzte. „Ach, Ben, ich rede schon wieder Unsinn, was? Aber es wäre schön, wenn es immer so sein könnte."
Der Hund sah sie aufmerksam an, als ob er ihren Worten genau zuhören würde, und ein wehmütiges Lächeln umspielte Emilys Lippen. Niclas ... Teresas Worte fielen ihr wieder ein und sie flüsterte in Bens Fell: „Ich wünschte, er wäre wirklich mein Niclas. In einem anderen Leben und ohne all den Schmerz. Ja ..." Sie schlang beide Arme um Bens Hals und saß eine Weile stumm auf dem Boden, während der Hund ganz still hielt.
Schließlich stand sie auf. „So, genug gejammert für heute, es war so ein schöner Abend, den will ich jetzt noch ein bisschen genießen. Weißt du, Ben, Niclas hat ja bald Geburtstag, und ich hab mir überlegt, was ich ihm wohl schenken könnte. Komm, lass uns mal im Internet schauen, ob wir etwas Passendes finden." Sie setzte sich an ihren Laptop und klickte ein paar Seiten an, bis sie das gefunden hatte, wonach sie suchte. „Oh ja, das sieht gut aus. Das nehmen wir, was Ben?"
Emily schickte ihre Bestellung ab.

Kapitel 21

In den nächsten Tagen verbrachte Niclas viel Zeit bei Emily. Er arbeitete mit Feuereifer an der Kommode, und schon jetzt konnte man sich ungefähr vorstellen, wie schön sie werden würde. Die beiden saßen abends noch oft zusammen und unterhielten sich über alles Mögliche, wobei sie sich zwar immer vertrauter wurden, aber doch spürten, dass eine Art unsichtbare Trennlinie zwischen ihnen stand, die beide nicht zu überschreiten wagten.

Am Tag vor Niclas‘ Geburtstag ließ Emily sich von Teresa das Rezept für ihre leckere Schokoladentorte geben, kaufte alle Zutaten und versuchte sich an dem süßen Kunstwerk. Und zu ihrer großen Freude klappte alles ganz gut, und am Ende stand eine hübsche Torte auf dem Tisch, in deren Mitte mit roter Zuckerschrift Niclas‘ Name prangte.
„Wow, die ist nicht schlecht geworden, was, Ben?“ Sie betrachtete zufrieden ihr Meisterwerk. „Denkst du, Nic wird sich darüber freuen? Ach, bestimmt, und falls nicht, essen wir den Kuchen eben alleine.“
Ben hechelte zustimmend, und Emily musste lachen. „Wirklich, es gibt nirgends einen Hund, der so verfressen ist, wie du.“

Am nächsten Tag verpackte Emily alles hübsch, bat Mara um ihr Auto und fuhr zu Niclas. Die ganze Fahrt über klopfte ihr Herz so aufgeregt, als ob es gleich aus ihrer Brust hüpfen wollte. Sie parkte vor Niclas‘ Elternhaus und atmete tief durch. Hoffentlich würde er sich über die Sachen freuen, bei ihm war sie sich immer noch nicht

ganz sicher. Er war in letzter Zeit zwar sehr viel umgänglicher geworden und sie verstanden sich gut – meistens. Ab und zu jedoch hatte sie nach wie vor das Gefühl, dass er sich von ihr zurückzog und am liebsten jeden Kontakt abbrechen würde. Dann wurde er schweigsam und grüblerisch, und Emily fühlte wieder diese eigenartige Einsamkeit, die ihn umgab.
„So, dann wollen wir mal.“ Sie klingelte und im gleichen Moment schoss ihr durch den Kopf, dass sie nicht mal wusste, ob Niclas überhaupt zuhause war. „Mist, ich hätte ja mal anrufen können. Wie dumm von mir.“ Sie verzog leicht missmutig das Gesicht, und genau in dem Moment öffnete Niclas die Tür. Er sah sie einen Moment überrascht an, dann grinste er amüsiert. „Wolltest du zu mir oder was hat dir sonst die Laune verhagelt?“
„Was? Oh“, Emily lächelte verlegen, „mir hat nichts die Laune verhagelt, ich dachte nur gerade, du wärst nicht da. Ich wollte aber schon zu dir, ja. Ich“, sie räusperte sich, „ich wollte dir zum Geburtstag gratulieren und dir alles, alles Liebe wünschen.“ Sie zögerte kurz, dann jedoch stellte sie sich auf die Zehenspitzen und drückte Niclas ein Küsschen auf die Wange. Er sah sie an und für einen kurzen Moment blitzte etwas in seinen Augen auf, das Emilys Knie weich werden ließ. Doch dann lachte er. „Wow, danke. Du hast dran gedacht?“
„Natürlich. Hier, ich hab dir etwas mitgebracht.“ Sie hielt Niclas die Torte hin.
Er schüttelte lächelnd den Kopf. „Ich glaub es ja nicht. Teresas Schokoladentorte? Das ist sie doch, oder?“
Emily nickte. „Ja. Ich hab mir das Rezept geben lassen und einfach mal mein Glück versucht. Ich dachte, vielleicht freust du dich drüber. Du mochtest sie doch so gerne.“

Niclas nahm ihr das Tablett vorsichtig ab. „Die hast du selbst gemacht? Emily, wow, ich weiß gar nicht, was ich sagen soll. Vielen Dank, sie ist einfach toll geworden“, erwiderte er gerührt.
Sie zog verlegen die Schultern hoch. „Gern geschehen, aber warte erst mal ab, ob sie auch schmeckt. Und ich freu mich, wenn du dich freust.“
„Na, und wie ich mich freue. Aber jetzt komm doch erstmal rein. Komm.“ Niclas trat zur Seite, und Emily ging an ihm vorbei in den Flur. „Komm, wir gehen in die Küche. Sollen wir sie gleich anschneiden? Sie sieht echt lecker aus.“
Sie folgte Niclas. „Ja, wenn du Zeit hast, gerne. Aber ich will dich nicht stören oder aufhalten, du feierst ja sicher mit deinem Vater oder mit deinen Freunden.“
Er schüttelte den Kopf. „Kein Problem, ich hab nichts vor“, murmelte er.
Emily sah ihn überrascht an. „Bist du alleine? Wo ist denn dein Dad?“
Niclas stellte Teller auf den Tisch und zuckte mit den Achseln. „Er ist bei Taylor. Wir haben zusammen gefrühstückt, dann hab ich ihn zu ihr geschickt.“ Seine Stimme klang abweisend. Emily musterte ihn forschend. „Habt ihr euch gestritten?“
Niclas zuckte wieder mit den Achseln. „Nein, nicht wirklich. Er will heute Abend mit mir und seiner Freundin essen gehen, ich soll sie endlich kennen lernen. Aber, weißt du, wie viel Lust ich dazu habe?“ Er stellte etwas unsanft zwei Tassen auf den Tisch. „Setz dich doch. Magst du Tee? Oder was anderes?“
Emily setzte sich auf einen Stuhl. „Tee klingt gut. Du möchtest nicht mitgehen heute Abend?“ Niclas füllte Wasser in den Wasserkocher. „Eigentlich nicht. Aber

mein Vater ist total besessen von der Idee, dass Taylor und ich uns kennen lernen müssen. Keine Ahnung, warum."
Emily malte mit dem Finger ein Muster auf den Tisch. „Nun ja, irgendwann musst du sie ja mal kennen lernen", sagte sie vorsichtig.
Niclas sah sie an und verzog das Gesicht zu einem missmutigen Lächeln. „Muss ich?"
„Hm, ich weiß nicht, aber wenn sie nun mal jetzt die feste Freundin deines Vaters ist, wird sich das auf Dauer wohl kaum vermeiden lassen, denkst du nicht? Und vielleicht ist sie ja ganz nett?"
Niclas starrte düster vor sich hin. „Kann sein. Aber, weißt du, Emily, mein Vater hatte die ganzen Jahre, seit meine Mutter gestorben ist, fast nie Zeit für mich, und ich hab einfach keine Lust, nun mit ihm und seiner neuen Flamme einen auf heile Familie zu machen, verstehst du?" Er schenkte Tee ein und setzte sich Emily gegenüber. „Ich bin ja eigentlich froh, dass mein Dad wieder jemanden gefunden hat. Das ist ja auch kein Leben, immer nur Arbeit und sonst nichts, aber ... ach, ich weiß nicht, wie ich es erklären soll. Es wäre vermutlich anders, wenn wir ein besseres Verhältnis hätten. Keine Ahnung." Er zog die Schultern hoch.
Emily betrachtete ihn voller Zuneigung. Sie konnte ihn gut verstehen, er hatte sich jahrelang abgeschoben gefühlt, und nun war da jemand, der den Platz seiner Mutter einnahm, und Niclas hatte das Gefühl, sein Vater wolle jetzt alles wieder gut machen, nur weil eine neue Frau in seinem Leben war. Sie griff ohne nachzudenken über den Tisch und strich ihm sanft über die Hand. „Du musst dir keine Vorwürfe machen, dass du nicht in Jubelstürme ausbrichst, weil dein Vater wieder verliebt ist. Ich kann

dich sehr gut verstehen, Nic. Und ich glaube auch nicht, dass dein Dad erwartet, dass du seine neue Freundin sofort ins Herz schließt. Er möchte sicher einfach nur mal einen vorsichtigen Anfang machen."

Niclas senkte den Blick und betrachtete ihre Hand, die sachte über seine strich. Sie hatte hübsche Hände, zarte Finger. Am Mittelfinger ihrer rechten Hand trug sie einen schmalen Silberring mit einem filigran gearbeiteten Stein in Form einer Blüte. Er hob den Kopf. „Kommst du mit? Bitte, komm mit heute Abend, das würde mir wirklich viel bedeuten." Er hielt kurz inne. „Also, natürlich nur, wenn du Zeit und Lust hast."

Emily sah ihn überrascht an. „Du möchtest, dass ich mitkomme? Ich ... also ich weiß nicht, wäre deinem Vater das überhaupt recht? Er kennt mich ja nicht mal, und immerhin will er dir heute seine Lebensgefährtin vorstellen."

„Na und? Das ist doch mein Geburtstag, oder? Da kann ich doch wohl einladen, wen ich will." Er schwieg und strich sich durch die Haare. „Ich weiß, es ist jetzt sehr kurzfristig, und es kommt vielleicht auch ein bisschen komisch rüber, aber ich würde mich wirklich sehr freuen. Bitte", meinte er leise. Seine Augen hingen bittend an Emily.

Sie musste fast gegen ihren Willen lächeln. „Was ist das nur mit euch? Mara guckt mich auch immer so an und ich kann nicht nein sagen. Okay, okay. Wenn du es dir so sehr wünschst, komme ich natürlich mit."

„Wirklich? Das ist toll." Ein strahlendes Lächeln legte sich auf Niclas' Gesicht, und Emily spürte wieder dieses eigenartige Ziehen im Herzen. Er drückte ihre Hand, und ihr wurde jetzt erst bewusst, dass sie sich immer noch festhielten. Sie lächelte verlegen, zog ihre Hand aus sei-

ner und murmelte: „Schon gut. Aber nun warte mal, ich hab noch ein Geschenk für dich.“ Sie zog ein hübsch verpacktes Päckchen aus ihrer Tasche und reichte es ihm. „Ich hoffe, du kannst was damit anfangen, ich kenne mich ja nicht so aus damit.“
„Noch ein Geschenk? Em, du hast mir doch schon den Kuchen gebacken.“
„Ach, das war ja kein richtiges Geschenk, das hier aber schon. Mach mal auf.“ Sie sah ihm gespannt zu, wie er das Papier entfernte und das Kästchen öffnete.
„Ein Schnitzmesser? Emily, das ist ja toll. Danke dir.“
„Ist es okay? Es gibt ja so viele verschiedene. Ich wusste nicht genau, welche du schon hast.“
Niclas besah sich das Messer in seiner Hand. „So eines hab ich noch nicht. Es ist wirklich toll. Vielen Dank.“ Sie sahen sich einen Moment lang stumm an, dann klingelte es. Niclas lächelte Emily noch einmal zu, bevor er die Tür öffnen ging. Es war Kevin, und gleich darauf saßen sie zu dritt um den Tisch und verputzten Emilys Kuchen. Kevin kam aus dem Schwärmen gar nicht mehr heraus, und Emily musste über seine unverhohlene Begeisterung lachen. Es wurde ein lustiger Nachmittag, und als Emily sich gegen vier Uhr verabschiedete, um nach Hause zu fahren und sich umzuziehen, fühlte sie sich leicht und glücklich. Sie freute sich auf den Abend, was sie selbst überraschte, denn sonst ging sie seit dem, was ihr passiert war, nicht mehr sonderlich gerne in Lokale oder überhaupt aus. Aber mit Niclas war alles anders. Seit sie ihn kannte, hatte ihr Leben sich eindeutig zum Positiven verändert. Und sie war auch gespannt auf seinen Vater und dessen Freundin. Aber am meisten freute sie sich darüber, dass Niclas sie gerne dabei haben wollte. Es war ihm ein echtes Anliegen gewesen, und obwohl es vermutlich

überhaupt nichts zu bedeuten hatte, machte es sie glücklich.

Niclas winkte Emily noch hinterher und kehrte dann zu Kevin in die Küche zurück. Sein Freund hing ziemlich ermattet auf dem Stuhl.
Niclas musste grinsen. „Na, war wohl doch ein Stück zuviel, was?“ Er räumte die Teller in die Spülmaschine.
Kevin stöhnte. „Ja, ich fürchte auch, aber dieser Kuchen ist echt verdammt lecker.“
Niclas nickte. „Ja, das ist er.“
Kevin musterte ihn. „Und es war echt eine süße Idee von Emily, ihn für dich zu backen. Mal ehrlich, Nic, sie ist wirklich nett, oder? Sie passt zu dir.“
Niclas richtete sich auf, und Kevin sah ihn herausfordernd an. Die beiden Jungs fixierten sich einen Moment, dann seufzte Niclas. „Du kannst es einfach nicht lassen, was? Ja, sie ist nett. Natürlich ist sie nett. Sie ist komplett anders als all die Mädchen, die ich bis jetzt kannte. Aber das heißt doch noch lange nicht, dass ich was für sie empfinde oder so, also vergiss es, du musst dir keine Hoffnungen machen.“
Kevin wippte auf seinem Stuhl. „Nein? Seh ich nicht so. Du weißt nur noch nicht, dass du in sie verliebt bist, oder besser gesagt, du willst es nicht wissen.“
Niclas stieß ein empörtes Geräusch aus und tippte sich an die Stirn. „Was redest du wieder für einen Quatsch? Darf ich ein Mädchen nicht nett finden, ohne gleich in sie verliebt zu sein?“
Kevin nickte und sagte mit dieser gelassenen Stimme, die Niclas zur Weißglut treiben konnte: „Doch, klar darfst du das. Aber in Emily bist du verknallt. Nimmst du sie heute Abend mit zu deinem Dad oder nicht?“

„Ja, schon, aber doch nur, weil ... ach, lass mich doch in Ruhe damit. Du kannst einem echt den letzten Nerv rauben, und ich frage mich wirklich, wie ich dich schon so lange ertrage.“ Niclas‘ Augen blitzten.
Kevin lachte gutmütig. „Das kann ich dir sagen: Weil ich dein bester Freund bin und du meiner. Also, ich mach mich dann mal vom Acker. Viel Spaß heute Abend.“ Er erhob sich. „Wenn Susan mir doch auch mal so einen Kuchen backen würde, Liebe geht ja immerhin auch durch den Magen.“ Dabei grinste er etwas anzüglich, und gleich darauf fiel die Haustür hinter ihm ins Schloss. Niclas sah ihm kopfschüttelnd hinterher. Kevin wieder. Er nahm die Platte mit dem restlichen Kuchen vom Tisch und stellte sie in den Kühlschrank. So sehr Kevin auch stressen konnte, er hatte Recht. Es war eine süße Idee von Emily gewesen, den Kuchen für ihn zu backen, und er hatte sich unglaublich darüber gefreut. Und das Messer war auch toll. Sie hatte sich solche Mühe gegeben, Dinge zu finden, die er mochte. Aber am allermeisten freute er sich, dass sie da gewesen war. Sie hätte auch ohne alles kommen können und er wäre happy gewesen. Er seufzte wieder. Es war unglaublich, wie dieses Mädchen ihn durcheinander brachte. Und jetzt würde sie am Abend mit ihm und seinem Vater essen gehen. Er runzelte die Stirn. Hatte das wirklich etwas zu bedeuten? Nein, Unsinn. Kevin machte ihn noch ganz verrückt mit seinen Behauptungen. Er senkte den Kopf und fühlte plötzlich wieder Emilys Hand in seiner und ihre warmen Lippen auf seiner Wange, als sie ihm gratuliert hatte. „Nein, hör auf damit! Sofort!“ Er verließ die Küche und knallte dabei die Tür hinter sich zu. Es wurde Zeit, dass er duschen ging, und das am besten eiskalt, damit er wieder zu Verstand kam. Oben in seinem Zimmer klingelte sein Handy.

„Emily, hi."
„Nic, du hast mir nicht gesagt, wo wir hingehen. Was soll ich denn anziehen?" Sie klang etwas unsicher.
Er lächelte. „Entschuldige, ich dachte, ich hätte es erwähnt. Wir gehen ins ‚Crown Inn'. Kennst du das?"
Er hörte, wie Emily tief Luft holte und zögernd murmelte: „Oh, ja ich hab davon gehört. Das ist aber ziemlich vornehm da. Da muss ich mal schauen ..."
Niclas grinste, denn er sah sie jetzt genau vor sich. Sie runzelte sicher die Stirn und ihre Augen hatten einen unsicheren Ausdruck, während sie nervös an einer Haarsträhne herumspielte.
Er lachte leise. „Em, das war ein Witz. Entschuldige, ich wollte dich nur ein bisschen aufziehen. Wir gehen Pizza essen. Zu Fernando. Das Lokal ist in der Innenstadt, es ist eine kleine aber sehr gemütliche Pizzeria."
Kurzes Schweigen, dann lachte Emily. „Ach so, na, da hast du mir jetzt aber einen Schrecken eingejagt. Ich dachte schon, ich müsste mir von Tante Dorothy ein Cocktailkleid leihen oder so was."
„Nein, das musst du nicht. Zieh einfach an, was du magst. Du bist doch immer hübsch." Niclas' Stimme klang sanft, und zum Glück konnte er nicht sehen, dass Emily bis über beide Ohren rot wurde. Sie murmelte schnell ‚Danke' und verabschiedete sich.
Er hielt noch eine Weile das Handy in der Hand und war schon wieder verärgert und auch verblüfft über sich selbst. Was war das nur? Sobald er mit Emily redete, kamen solche Sätze aus seinem Mund, und das Schlimme war, er meinte sie auch genau so, wie er sie sagte. Missmutig warf er das Handy auf die Couch und ging ins Bad. Duschen! Eiskalt! Jetzt!

Emily stand in der Zwischenzeit etwas ratlos vor ihrem Kleiderschrank. Nun wusste sie zwar, wo sie hingehen würden, und zum Glück war es nicht das Crown Inn, dennoch hatte sie das Gefühl, alle ihre Sachen waren nicht passend für diesen Abend. Kurz entschlossen griff sie zum Telefon und rief Mara an. Sie erklärte ihrer Cousine kurz die Lage, und zehn Minuten später klingelte Mara unten an ihrer Tür und hatte eine riesige Tasche mit Klamotten dabei.

„So, hier, ich hab alles aus meinem Kleiderschrank geholt, was mir auch nur im Entferntesten passend erschien.“ Sie stellte die Tasche schnaufend auf Emilys Bett ab und musterte ihre Cousine. „Du gehst also heute Abend mit Niclas, seinem Vater und dessen Freundin essen?“

Emily nickte. „Ja. Niclas hat mich gebeten mitzukommen.“ Sie zog eine rote Bluse aus der Tasche und begutachtete sie.

„Er hat dich gebeten? Sag mal, weißt du, wie das aussieht?“ Mara klang etwas ungeduldig. Emily hob den Blick und schüttelte den Kopf. „Nein, wie denn?“

„Nun, wenn man mal so ganz unschuldig darüber nachdenkt, könnte man fast auf die Idee kommen, dass Niclas was von dir will. Er nimmt dich mit zu einem Essen mit seinem Vater. Soviel ich weiß, hat es noch nie eine auch nur in den Flur seines Hauses geschafft.“

Emily zuckte mit den Schultern, während sie weiter Maras Klamotten inspizierte. „Keine Ahnung, wer es bei Niclas wann wohin geschafft hat, und ich weiß auch nicht, was das mit mir zu tun hat. Niclas und ich sind Freunde und sonst nichts.“

Mara verzog das Gesicht. „Aber klar doch, und der Weihnachtsmann versteckt die Ostereier.“

Emily stand vor dem Spiegel und hielt sich ein blaues Oberteil an.
Mara seufzte. „Komm, lass mich mal sehen. Schau mal, die hier würde dir gut stehen.“ Sie zog eine zart rosafarbene Bluse mit langen Ärmeln aus der Tasche, die schmal geschnitten war und Emilys zarte Figur betonte. „Super, die ziehst du an. Dazu die schwarze Hose, das sieht klasse aus.“ Anschließend zog Mara Emily ins Bad und schminkte sie ein klein wenig. Sie frisierte ihr die Haare mit dem Lockenstab und pfiff anschließend anerkennend durch die Zähne. „Wow, Niclas wird Augen machen. Toll siehst du aus, superhübsch. Gott, wenn ich ein Junge wäre, ich würde mich heute glatt in dich verlieben.“ Sie grinste.
Emily lachte. „Du bist unmöglich. Danke, vielen Dank für deine Hilfe. Es sieht wirklich schön aus, du bist ein Genie.“ Sie umarmte Mara.
„Unsinn, dafür muss man kein Genie sein, du bist von Natur aus hübsch, da muss man nicht viel machen.“ Sie strich Emily sachte über die glänzenden Locken. „Ich wünsch dir viel Spaß, Kleine. Aber pass auf dein Herz auf, bevor du dich versiehst, gehört es Niclas.“
Emily löste sich von Mara und lächelte ihr verlegen zu. „Ach, Unsinn.“ Sie wandte sich um und griff nach dem Parfumfläschchen, um sich ein wenig hinters Ohrläppchen und auf die Handgelenke zu sprühen, während Mara sie bedrückt musterte. Offenbar war es bereits so, Emily war verliebt in Niclas, auch wenn sie es sich nicht eingestehen wollte oder konnte. Und so sehr Mara es ihr auch wünschte und gönnte, sie hatte Angst, dass Niclas Emilys Herz brechen würde.

Niclas kam pünktlich. Er sah atemberaubend aus. Er trug Jeans, ein weißes, fein gestreiftes Hemd und anstatt seiner Motorradlederjacke ein dunkelblaues Sakko. Die üblichen Haarsträhnen fielen ihm in die Stirn und in seinen braunen Augen blitzte etwas auf, als er Emily sah. „Hey, na, bist du fertig?“ Er lächelte sein umwerfend süßes Lächeln.
Emily starrte ihn hingerissen an. „Hm? Oh, ja, ich bin fertig. Wir können gleich gehen.“ Sie lächelte schüchtern zurück. „Du siehst toll aus. So anders als sonst, aber toll.“
Niclas‘ Blick versank in ihrem. „Findest du? Danke. Du aber auch. Ich ... wow, ich bin echt sprachlos. Du siehst wunderschön aus.“ Sie sahen sich beide noch einen Moment lang an, dann räusperte Niclas sich. „Also dann, gehen wir?“
Emily nickte und zog ihre Jacke über, nahm ihre Tasche und verabschiedete sich von Ben.
„Bis nachher, mein Junge, sei brav.“ Sie schloss die Tür ab, und Niclas bot ihr galant seinen Arm an. Sie lächelte und hängte sich bei ihm ein, während er sie über die Straße führte.
„Heute fahren wir mal nicht mit dem Motorrad. Bitteschön.“ Er öffnete die Beifahrertür des silbergrauen Lexus. Emily ließ sich in den Sitz fallen. Niclas machte sie heute noch nervöser als sonst, es war unglaublich, wie gut er aussah. Kein Wunder, dass alle Mädchen verrückt nach ihm waren. Sie strich sich eine Haarsträhne hinters Ohr und sah zu ihm hin, als er sich hinters Steuer setzte und den Motor anließ. „Mein Vater kommt mit Taylor direkt zu dem Lokal. Hast du Hunger?“ Er setzte den Blinker und fuhr langsam auf die Kreuzung zu.

„Es geht so. Und du?“ Emily nestelte an ihrer Handtasche herum.
„Na ja, geht auch so.“ Er warf ihr einen Blick zu. „Alles okay? Bist du nervös?“
Sie zuckte mit den Schultern. „Ja, ein wenig schon. Hast du deinem Vater gesagt, dass ich mitkomme?“
Niclas nickte. „Ja, wir haben vorhin kurz telefoniert. Er freut sich auf dich. Ich glaube, er war ganz froh. Er hatte wohl Angst, ich könnte den ganzen Abend stumm wie ein Fisch am Tisch sitzen und nicht wissen, was ich mit ihm und Taylor reden soll. Und da könnte er sogar Recht haben.“ Er grinste etwas schief.
Emily verzog das Gesicht. „Also soll ich nun den Abend retten, oder was?“
Niclas lachte. „Nun, wenn du so willst, ja. Nein, Quatsch, du gibst mir einfach ein gutes Gefühl, und so fällt es mir auch leichter, auf Taylor zuzugehen. Okay?“
Emily nickte. „Ist das so?“
Niclas warf ihr einen Blick zu. „Ja, das ist so.“
Sie sah ihn fast ungläubig an.
Am liebsten hätte er ihr sanft über die Wange gestrichen und ihr gesagt, sie solle nicht immer an sich zweifeln. Aber er ließ es sein, denn er musste schon genug aufpassen, nicht die ganze Zeit wie ein liebeskranker Idiot zu ihr hinüberzustarren und dabei noch einen Unfall zu bauen. Sie sah zauberhaft aus heute Abend, und dieses Treffen, das ihm am Morgen noch wie ein Felsbrocken auf der Seele gelegen hatte, war nun gar nicht mehr so schlimm, denn Emily war hier. Es kam ihm fast so vor, als würde seine Welt bunter werden, wenn sie bei ihm war. Er runzelte die Stirn und trat etwas zu heftig auf die Bremse. Meine Güte, die Dusche vorhin war offenbar nicht kalt genug gewesen.

Peter und Taylor warteten bereits vor dem Lokal, als Niclas und Emily ankamen. Niclas parkte den Wagen. Emily warf ihm einen prüfenden Blick zu. Er schien jetzt etwas angespannt zu sein. Sie konnte sich gut vorstellen, dass es ihm nicht gerade leicht fiel, die neue Freundin seines Vaters zu begrüßen. Andererseits konnte diese Taylor ja auch nichts für die Familiensituation der Delaneys und war vermutlich genauso nervös und aufgeregt wie Niclas. Sie beugte sich zu Niclas und legte ihm die Hand auf den Arm. „Alles okay bei dir?"
Er nickte und strich sich mit der Hand durch die Haare. „Ja, geht schon. Du bist ja hier." Er lächelte ihr zu.
Emily fühlte, dass er es wirklich ernst meinte. Sie lächelte zurück. „Taylor ist sicher genauso nervös wie du. Ich stelle mir das nicht so einfach vor, den erwachsenen Sohn des Partners kennen zu lernen. Sie hofft sicher auch, dass du sie magst und alles gut gehen wird."
Niclas senkte den Kopf und schwieg eine Weile. „Du hast sicher Recht. Darüber hab ich noch gar nicht nachgedacht." Er hob den Kopf. „Du bist süß. Immer denkst du darüber nach, dass es anderen gut geht. Danke dir."
Emily fühlte, wie ihre Wangen heiß wurden. „Ach Quatsch, ich tu ja nichts", sagte sie hastig.
Sie stiegen aus und gingen über die Straße auf das wartende Paar zu. Peter Delaney war ein großer, schlanker, gut aussehender Mann mit vollem dunklem Haar, und man sah auf den ersten Blick, dass Niclas sein Sohn war. Die beiden hatten das gleiche schelmische Lächeln, und wenn man Peter ansah, konnte man sich in etwa vorstellen, wie Niclas in fünfundzwanzig Jahren aussehen würde. Taylor Benton war ein bisschen größer als Emily, hatte eine rundliche Figur und dunkle glatte Haare, die

sie schulterlang trug. Sie trug eine Brille, hatte ein offenes, freundliches Gesicht und war Emily auf den ersten Blick sympathisch.
„Hey Dad.“ Niclas klang etwas unsicher und warf einen kurzen Blick zu der Frau neben seinem Vater. Sie war ganz anders als seine Mutter. Aber vermutlich war das sogar gut so, denn er konnte sich nicht vorstellen, seinen Vater mit jemandem zu sehen, der aussah wie Ashley.
„Niclas, wie schön dass ihr hier seid. Taylor, das ist mein Sohn Niclas.“
Niclas schüttelte der jungen Frau die Hand. „Hi. Freut mich, Sie kennen zu lernen, Miss Benton.“
Taylor lächelte herzlich. „Mich freut es auch, Niclas. Dein Vater hat schon sehr viel von dir erzählt. Darf ich du sagen?“
Niclas nickte. „Natürlich.“
„Prima. Dann nennst du mich bitte auch Taylor. Einverstanden?“
Ein zaghaftes Lächeln erschien auf Niclas‘ Gesicht und er nickte. „Einverstanden.“
Er wandte sich seinem Vater zu. „Dad, das ist Emily, ich hab dir von ihr erzählt.“
Peter nickte und streckte Emily die Hand hin, die sie zaghaft ergriff. „Emily, wie schön, Sie kennen zu lernen.“ Er musterte das zarte blonde Mädchen erfreut und lächelte, als er ihre schmale Hand umschloss. Sie schien mindestens genauso nervös zu sein wie sein Sohn und Taylor, die er auf der ganzen Fahrt hierher hatte beruhigen müssen. Als Niclas ihm gesagt hatte, er würde jemanden mitbringen, war er zwar einerseits erleichtert gewesen, denn es erschien ihm einfacher, den Abend zu viert zu verbringen als zu dritt. Andererseits hatte er sich auch Gedanken gemacht, denn er kannte Niclas‘ Mäd-

chengeschmack nicht und hatte keine Ahnung, was ihn erwarten würde. Aber Emily schien zauberhaft zu sein.
Sie lächelte schüchtern. „Hallo, Mr. Delaney. Ich freue mich auch, Sie beide kennen zu lernen. Und bitte, sagen Sie du zu mir.“
„Okay, das mache ich gerne.“
Emily begrüßte Taylor, und offenbar war die Sympathie sofort auf beiden Seiten, denn Taylor lächelte sie freundlich an. „Hallo Emily, ich bin ehrlich gesagt ziemlich froh, dass du dabei bist. Denn ich alleine mit den beiden Delaney Männern, das hat mich schon etwas nervös gemacht.“ Sie verdrehte etwas die Augen und alle lachten.
„Gehen wir hinein? Ich habe den Tisch für acht Uhr bestellt.“ Peter zeigte auf die Tür und reichte Taylor den Arm.
Emily und Niclas folgten den beiden etwas langsamer und Emily fragte leise: „Und, alles klar bei dir? Sie ist doch nett, oder?“
Er nickte. „Ja, schon“, murmelte er. Seine Stimme drückte immer noch leichten Widerwillen aus.
Emily musste lächeln. So ein Sturkopf. Aber sie war sich sicher, dass es ein angenehmer Abend werden würde und Niclas würde seine Meinung sicher bald ändern, denn Taylor schien in der Tat sehr nett und natürlich zu sein.
Peter hielt ihnen die Tür auf, und die Empfangsdame begrüßte sie. Peter nannte seinen Namen. Die junge Frau nickte und zeigte auf einen Tisch am Fenster. Das Lokal war gemütlich im mediterranen Stil eingerichtet. Gleich neben der Eingangstür saß eine Clique mit acht jungen Männern am Tisch, die laut lachten und flachsten. Niclas warf einen Blick zu Emily, die angestrengt zu Boden sah. Er wusste sofort, was in ihr vorging. Er fasste wortlos nach ihrer Hand und zog sie mit sich durch die Tischrei-

hen. An ihrem Tisch angekommen, rückte er ihr den Stuhl zurecht und setzte sich neben sie.
„Alles okay?“ Er sah sie forschend an.
Sie nickte. „Ja. Wie hast du vorhin gesagt? Du bist ja hier.“
Er lächelte und wandte sich zu seinem Vater um. Emily war ihm dankbar, dass er kein großes Aufhebens um ihre Ängste machte, sondern für sie da war, ohne lange nachzufragen. Gleich nachdem sie saßen, kam der Kellner, brachte die Karten und nahm die Getränkebestellung auf.
„Magst du Lasagne, Emily? Die schmeckt hier wirklich toll.“ Niclas lehnte sich zu ihr hinüber und schlug die Seite auf der Karte auf. „Schau hier, die gibt‘s mit Lachs, mit Fleisch und auch nur mit Gemüse, wie du magst.“
„Hm, Lasagne, ja, das klingt gut. Was nimmst du?“
„Ich nehme die mit Lachs und Spinat, die ist absolut Spitze. Obwohl“, er brach ab und sah schmunzelnd zu seinem Vater rüber, „niemand macht Lasagne so gut wie mein Vater. Stimmt‘s Dad?“
Peter lächelte und nickte. „Das stimmt. Behaupte ich einmal ganz unbescheiden.“
Emily lächelte. „Dann werde ich hier mal die Lasagne versuchen, wenn die fast so gut ist wie Ihre. Ich nehme aber lieber die mit Hackfleisch, ich bin nicht so der Fischfan.“
Sie gaben beim Kellner ihre Bestellungen.
„Du bist also Bob Panabakers Nichte, Emily?“, fragte Peter.
„Ja. Sie kennen meinen Onkel?“
Peter nickte. „Oh ja, wir kennen uns schon sehr lange. Wir waren Schulkameraden. Leider haben wir in den letzten Jahren ziemlich den Kontakt verloren, aber früher

haben wir uns immer sehr gut verstanden. Wie geht es ihm denn so?"
„Gut, danke. Ihm geht's wirklich gut, er ist der Leiter der Feuerwehr hier, und das ist genau das Richtige für ihn. Er könnte keinen reinen Bürojob machen, da würde er versauern."
Peter lachte. „Das passt zu ihm, er war früher schon einer, der immer half, wenn es irgendwo brannte. Und bei mir brannte es meistens bei den Hausaufgaben, die ich dann von ihm abschrieb."
Niclas musterte seinen Vater und meinte grinsend: „Sieh an, sieh an, dieses Gespräch wird ja direkt interessant. Was hast du immer für ein Theater gemacht, wenn ich mal keine Aufgaben gemacht habe, und nun gibst du zu, selber abgeschrieben zu haben."
Peter winkte lachend ab. „Ja, vielleicht sollte ich besser nicht über alte Zeiten reden, sonst droht zu viel Autoritätsverlust." Er zwinkerte Taylor zu, die schmunzelnd neben ihm saß.

Es wurde ein angenehmer Abend, das Essen war hervorragend, Niclas hatte nicht zu viel versprochen, die Lasagne war köstlich. Taylor entpuppte sich als eine nette Person, sie war freundlich und interessiert, ohne sich Niclas dabei aufdrängen zu wollen. Sie unterhielt sich viel mit Emily und ließ ihm damit die Zeit, sie zu beschnuppern, ohne selbst zu viel von sich preisgeben zu müssen. Sie hatte ihm als Geburtstagsgeschenk die neueste CD einer seiner Lieblingsbands mitgebracht und leicht verlegen gesagt: „Ich hoffe, du magst das, Niclas. Da wir uns noch nicht so gut kennen, habe ich natürlich bei deinem Vater um einen Tipp gebeten und er hat mir dieses hier empfohlen."

Niclas nickte. „Klar, das ist cool. Vielen Dank. Das wäre aber nicht nötig gewesen.“
Taylor lächelte ihm zu, und er lächelte noch etwas zurückhaltend, aber freundlich zurück. Sie würden Zeit brauchen, um sich an einander zu gewöhnen, aber der erste Schritt war heute getan worden. Als die beiden Frauen sich kurz zurückzogen, um zur Toilette zu gehen, meinte Peter: „Emily ist ein sehr nettes Mädchen. Ich bin froh, dass du sie mitgebracht hast. Sie scheint dich sehr gern zu haben.“
Niclas nickte. „Ja, ich sie auch. Und, Dad, das Gleiche gilt auch für Taylor. Sie ist nett. Ich freue mich für dich, sie passt sehr gut zu dir.“ Er senkte den Kopf.
Peter fühlte diese tiefe Zuneigung in sich, die er nur für seinen Jungen empfand, auch wenn er das nicht so zeigen konnte, wie er gerne würde. Er wusste, es war Niclas nicht leicht gefallen, heute Abend hierher zu kommen und die Frau kennen zu lernen, die den Platz seiner Mutter einnehmen sollte. Dennoch war er hier, und dass er Taylor nett fand, war wohl mehr, als Peter hatte erwarten können. „Danke, Niclas. Das bedeutet mir mehr, als du dir vorstellen kannst.“
„Schon klar. Kein Problem.“
Peter nickte. „Nic, du und Emily, seid ihr mehr als Freunde?“
Niclas hob den Kopf und wollte schon den üblichen Spruch aufsagen, dass Emily nur eine gute Freundin sei, doch dann zögerte er. „Ich weiß nicht, Dad. Es ist schwierig für mich.“ Er zuckte mit den Schultern.
Peter sah ihn nachdenklich an. „Liegt das an mir? An mir und meinem Verhalten nach Moms Tod?“
„Nein. Oder doch. Keine Ahnung. Ich weiß selbst nicht. Emily ist mir sehr wichtig geworden, aber ... ich weiß

nicht, ob ich das kann, ich meine, mehr für sie sein, als ein Freund. Ich will ihr nicht wehtun, und ich glaube, das würde ich.“ Niclas schwieg, und Peter wusste darauf ebenfalls nichts zu sagen. Er war bestürzt darüber, wie Niclas empfand, und noch bestürzter war er, dass er offenbar als Vater all die Jahre nicht mitbekommen hatte, dass sein Sohn mehr unter all dem litt, was vorgefallen war, als er nach außen hin gezeigt hatte. Wann hatte er zum letzten Mal ein richtiges Gespräch mit Niclas geführt? Was wusste er überhaupt von seinem Jungen? Er legte Niclas zögernd die Hand auf den Arm. „Es tut mir leid. Es tut mir alles so leid.“
Niclas sah ihn an, und für einen Moment dachte Peter, er wolle ihm etwas sagen. Er sah einen tiefen Schmerz, gepaart mit unbändigem Zorn in Niclas‘ Augen aufblitzen, dass ihm ganz elend wurde. Irgendetwas schien seinen Sohn unendlich zu belasten und ihm tiefen Kummer zu bereiten. Doch Sekunden später hatte Niclas sich schon wieder im Griff. „Schon gut. Mach dir keine Gedanken“, erwiderte er.
„Nic, willst du mit mir über irgendetwas reden? Ich weiß, ich habe viel falsch gemacht, aber du kannst mit allem zu mir kommen. Ich liebe dich, das habe ich immer getan.“
„Ich weiß, Dad. Das weiß ich doch. Es ist alles in Ordnung, wirklich. Schau, da kommen Taylor und Emily. Lass uns einen Nachtisch bestellen, okay?“
Peter lehnte sich zurück. „Ja, sicher. Sucht euch etwas aus.“
Emily setzte sich wieder neben Niclas und musterte ihn forschend. Sie kannte diesen Gesichtsausdruck. So schaute er immer, wenn es ihm nicht besonders gut ging, er aber unbedingt verbergen wollte, was er wirklich fühlte. Sie warf einen schnellen Blick zu Peter und Taylor,

die miteinander die Karte wegen einem Nachtisch studierten, und beugte sich zu Niclas hinüber. „Was ist los? Geht‘s dir gut?“
Er hob den Kopf und sein Blick tauchte tief in ihren ein. Er sah ihr hübsches Gesicht, ihre Augen, die ihn besorgt anschauten. „Ja, mir geht’s gut.“
„Wirklich?“ Sie legte den Kopf schief, und Niclas strich ihr vorsichtig eine ihrer langen Haarsträhnen hinters Ohr.
„Wirklich.“
„Gut.“ Sie lächelte.
„Komm, such dir einen Nachtisch aus, keiner zaubert bessere Desserts als Fernando.“
Peter hatte die kleine Szene beobachtet, obwohl er so tat, als ob er die Karte lesen würde. Und er hatte gesehen, wie der fast gequälte Ausdruck auf Niclas‘ Gesicht verschwand und ein zärtliches Leuchten in seine Augen trat, als er Emily ansah. Sein Sohn liebte dieses Mädchen, das war so offensichtlich, dass ein Blinder es sehen konnte. Nur Niclas wollte es scheinbar nicht wahrhaben. Peter seufzte und sah wieder in die Karte. Er hoffte, Niclas würde bald aufwachen und nicht vielleicht etwas verspielen, was unendlich wertvoll für ihn sein könnte.

Auf der Heimfahrt war Niclas recht schweigsam.
Emily fragte nach einer Weile: „Und, wie findest du Taylor? Also, ich mag sie, sie scheint nett zu sein.“
„Ja, finde ich auch. Sie passt zu meinem Vater, sie scheinen echt glücklich zu sein.“ Er schwieg wieder.
Emily musterte ihn forschend. „Niclas, was ist denn los? Vorhin warst du auch schon so bedrückt. Möchtest du mir nicht sagen, was mit dir ist?“
Er warf ihr einen kurzen Blick zu, sah die Zuneigung und Sorge in ihren Augen und konnte doch nicht mit ihr über

das reden, was ihm auf der Seele lag. Was sollte er auch sagen? *‚Emily, ich weiß nicht, wie ich mit meinen Gefühlen für dich umgehen soll? All das raubt mir noch den Verstand, weil in mir ein totales Chaos tobt?‘* Doch, das klang super. Und so sagte er nur kurz: „Em, es ist nichts. Wirklich. Mach dir keine Gedanken. Ich muss mich wohl erst daran gewöhnen, dass da nun eine neue Frau in unserer Familie ist.“

Emily nickte. „Ja, das denke ich mir. Okay, du weißt ja, du kannst zu mir kommen, wenn etwas ist.“

„Danke, das werde ich.“

Sie sah aus dem Fenster hinaus in die Dunkelheit. Sie wusste, dass das nicht alles war, was Niclas bedrückte, aber sie konnte ihn nicht zwingen, mit ihr zu sprechen. Und niemand wusste besser als sie selbst, dass es Dinge gab, die man kaum jemandem anvertrauen konnte, so gerne man es auch würde.

„Nächsten Samstag bist du dann dran, da ist dein Geburtstag. Freust du dich schon?“

Niclas‘ Stimme klang zu ihr herüber und sie wandte ihm wieder ihr Gesicht zu. „Na ja, ehrlich gesagt, nicht wirklich. Meine Eltern wollen kommen.“

„Aha. Und darüber freust du dich nicht?“ Er sah sie fragend an.

Sie zuckte mit den Schultern. „Ich weiß nicht. Schon irgendwie. Und irgendwie auch nicht. Es wird anstrengend werden, das weiß ich jetzt schon.“ Sie runzelte etwas die Stirn und fuhr dann fort: „Ich wollte dich gerne einladen für Samstag. Meine Tante und mein Onkel wollen eine kleine Party schmeißen in ihrem Haus, und ich würde mich sehr freuen, wenn du dabei wärst.“

Sie hatten mittlerweile Emilys Haus erreicht und Niclas parkte den Wagen vor dem Eingang. „Klar, ich komme gerne. Danke.“
Emily nickte. „Super, das freut mich. Ich werde noch ein paar von Maras Freunden einladen. Denkst du, Kevin würde auch gerne kommen mit seiner Freundin?“ Sie sah Niclas etwas unsicher an.
„Klar, Kevin freut sich auf alle Fälle, wenn du ihn einlädst. Er mag dich total gerne.“ Er musterte Emily. „Du nennst Thomas und die anderen immer ‚Maras Freunde‘. Sind sie denn nicht auch deine Freunde mittlerweile?“
Emily sah ihn etwas erstaunt an. „Hm, das ist mir noch gar nicht aufgefallen. Aber jetzt, wo du es sagst, nein, eigentlich nicht. Ich mag sie wirklich gerne, aber es sind nach wie vor Maras Freunde.“ Sie zögerte kurz. „Du bist mein Freund. Du und Mara.“ Sie senkte den Kopf und nestelte an ihrer Tasche herum. Niclas fühlte plötzlich wieder diesen Schmerz, der sie umgab, und verstand, dass Emily wohl noch sehr lange brauchen würde, bis sie Menschen wieder vertrauen konnte. Und dass sie es bei ihm offenbar tat, machte ihn sehr glücklich. Emily sah ihn wieder an. „Das bin ich, Emily. Das bin ich.“ Er strich sich durch die Haare und lächelte.
„Wer hätte das gedacht, hm? Dass wir beide uns mal so gut verstehen würden.“
Sie nickte. „Ja, vermutlich keiner, und wir schon gleich gar nicht. Ich hätte dich oft am liebsten auf den Mond geschossen. Aber ohne Rückfahrkarte.“
Er lachte leise. „Kann ich gut verstehen. Ich kann mich noch an den ersten Tag erinnern. Du hast mich angesehen, als ob du Angst hättest, dass mir Vampir-Zähne wachsen würden.“

Emily musste nun auch lachen. „So in etwa. Komm schon, gib es zu, du hast mich für eine verschrobene Tussi gehalten. Dein Blick hat Bände gesprochen."
„Hm, na ja, so ganz überzeugt hast du mich nicht an diesem Tag, das stimmt schon. Am meisten hat mich geärgert, dass du sofort nach dem Klingelton wie von der Tarantel gestochen von deinem Platz hochgeschossen bist und fluchtartig das Klassenzimmer verlassen hast. Ich saß ziemlich belämmert da und konnte es nicht fassen. Zum ersten Mal hatte mein bombastisches Aussehen und mein unwiderstehlicher Charme bei einem Mädchen komplett versagt."
Sie lachten beide. „Nein, das stimmt nicht, es ist mir durchaus aufgefallen, aber durch deine bösen Blicke hast du den guten Eindruck leider ziemlich geschmälert. Ich fand dich entsetzlich arrogant." Sie rückte ein wenig in ihrem Sitz zur Seite und sah Niclas neugierig an. „Sag mal, das wollte ich dich schon immer mal fragen. Erinnerst du dich an die erste Mathestunde bei Emmerson? Ich sollte zur Tafel vorkommen, und du hast mir deine Cola übergekippt. Hast du das mit Absicht gemacht?"
Niclas grinste. „Ja, klar war das Absicht. Ich fand dich zwar unmöglich, aber dennoch ist es mir gegen den Strich gegangen, dass der alte Sack dich so vor der Klasse vorführen wollte. Also hab ich die Cola umkippen lassen."
Emily schüttelte den Kopf. „Das hab ich mir damals schon gedacht, aber dann sagte ich mir, warum hättest du das tun sollen? Dann war das also das erste Mal gewesen, dass du mir zur Seite gestanden hast, und seitdem schon so oft wieder."
Niclas lächelte etwas verlegen. „Na ja, jeder hat eben ein anderes Hobby." Er schwieg kurz und fuhr fort: „Ich bin

froh, dass wir jetzt über unsere Differenzen zu Beginn lachen können, aber ich weiß, dass ich dir oft wehgetan habe. Ich war oft ziemlich gemein und verletzend dir gegenüber, und ich kann froh sein, dass du überhaupt noch mit mir redest." Er verzog zerknirscht das Gesicht.
„Vergiss es. Du hast es schon tausendmal wieder gut gemacht", erwiderte sie lächelnd.
Sie sahen sich etwas verlegen an. „Ja, dann werde ich mal reingehen. Danke für den schönen Abend, Niclas. Sehen wir uns morgen?"
Er nickte. „Ja, ich komme vorbei und arbeite ein wenig an der Kommode, wenn es dir recht ist."
„Okay, dann bis morgen."
Niclas stieg mit ihr aus und begleitete sie noch bis zur Tür, dann verabschiedete er sich. Emily winkte ihm nach. Sie freute sich nun doch ein wenig auf ihren Geburtstag, denn wenn Niclas dabei war, würde es schon nicht so schlimm werden mit ihren Eltern und Connor, der vielleicht auch mitkommen wollte. Sie hatte ihn lange nicht gesehen, und obwohl sie sich auf ihn freute, hatte sie auch ein wenig Angst davor, denn seit dem *Vorfall* fanden sie einfach keinen Zugang mehr zueinander, und sie wusste nicht mehr, was sie noch tun könnte, um ihrem Bruder die unsäglichen Schuldgefühle zu nehmen. Sie seufzte, zog ihre Schuhe aus und erzählte Ben von dem netten Abend mit Niclas, seinem Vater und Taylor.

Kapitel 22

Der nächste Tag war kühl, bewölkt und stürmisch. Emily und Ben waren ganz durchgefroren, als sie von ihrem Vormittagsspaziergang zurückkamen. Niclas wollte gegen Mittag vorbeikommen und ein wenig an der Kommode weiterarbeiten. Bald würde er fertig sein damit, und obwohl Emily sich schon sehr auf das Schmuckstück freute, bedauerte sie es jetzt schon, dass er dann vermutlich nicht mehr so oft bei ihr sein würde.
„Wir werden Niclas sehr vermissen, wenn er nicht mehr so oft kommen wird, was, mein Junge?“ Sie kraulte Bens Ohren und ging dann in die Küche, um sich eine Kanne Tee zu kochen. Anschließend setzte sie sich auf die Couch und vertiefte sich in den neuesten Roman ihrer Lieblingsautorin. „Wow, so müsste man schreiben können. Ben, diese Geschichte ist hinreißend. Eine wunderschöne, traurige Liebesgeschichte.“ Emily ließ das Buch sinken und schaute verträumt zum Fenster hinaus. Dunkle Wolken zogen am Himmel und es sah nach Regen aus. Sie mochte dieses Wetter, liebte es, wenn der Wind durch die Straßen pfiff und die Blätter sich bunt färbten.
Es klingelte, und sie legte das Buch auf den Tisch. „Oh, das ist Niclas.“
Sie eilte zur Tür. „Schnell, komm rein, bevor du weggeweht wirst. Es ist ganz schön stürmisch heute, was?“
Er nickte. „Hm, kann man wohl sagen. Hey, na ihr beiden?“
Ben war freudig herbeigeeilt und begrüßte Niclas, der ihm bereitwillig die Ohren kraulte. Schließlich richtete er sich auf und lächelte Emily zu. Sie musterte ihn forschend. Er sah heute blass und müde aus und sein Lä-

cheln wirkte nicht so strahlend wie sonst, sondern traurig und verloren. Er schien auch nicht besonders gesprächig zu sein, sondern murmelte nur: „Okay, ich fang gleich mal an, dann bekomme ich noch was zustande heute."
„Warte mal bitte." Emily zupfte ihn am Ärmel. Er blieb stehen und drehte sich zu ihr um.
„Geht's dir nicht gut, Nic? Du siehst fertig aus. War noch alles okay gestern mit dir und deinem Dad?"
„Ja, war alles okay. Ich hab ihn auch gar nicht mehr lange gesehen, bin grade ins Bett, als er kam. Mir geht's gut, mach dir keine Gedanken. Ich hab nur schlecht geschlafen, das ist alles."
Sie nickte. „Ach so. Na ja, dann. Möchtest du einen Tee? Ich hab vorhin welchen gekocht."
„Ja, gerne. Ich nehm ihn mit runter." Er wich ihrem Blick beharrlich aus und kraulte Ben am Kopf.
„Gut. Warte, ich hole dir eine Tasse." Emily wandte sich um und ging in die Küche. Was war nur los mit Niclas? War gestern noch irgendetwas vorgefallen, wovon er ihr nichts erzählen wollte? Er wirkte bedrückt und unglücklich heute. Sie beobachtete ihn besorgt, während sie den Tee eingoss. Er hatte sich vor Ben gehockt, und der Hund hatte seinen Kopf auf seine Schulter gelegt. Es war ein rührendes Bild. Sie konnte es immer noch kaum fassen, wie sehr Ben Niclas liebte. Niemandem, außer ihr, hatte der Hund jemals soviel Zärtlichkeit und Vertrauen entgegengebracht wie er es bei Niclas tat. Sie nahm die Tasse und ging zurück in den Flur. „Hier, dein Tee."
Niclas stand auf. „Danke. Gut, ich bin dann mal unten."
Emily sah ihm nach, wie er die Kellertreppe nach unten ging, Ben natürlich im Schlepptau. Sie seufzte und ging wieder ins Wohnzimmer zu ihrem Buch zurück. Aber sie konnte sich gar nicht mehr richtig auf die Story konzent-

rieren und musste oft einige Sätze doppelt lesen, weil sie mit den Gedanken ständig abschweifte. Irgendwann klappte sie das Buch zu und wollte es gerade weglegen, als Ben schwanzwedelnd vor ihr auftauchte und es klopfte. Niclas lehnte im Türrahmen. „Hast du ein paar Minuten, Emily?“
„Sicher, komm doch rein.“
Er blieb etwas unschlüssig in der Tür stehen, und Emily klopfte neben sich auf den Sitz.
„Komm, ich beiße dich nicht“, sagte sie lächelnd.

„Nein? Na, da hab ich ja Glück.“ Er setzte sich neben sie und schwieg einen Moment. „Du hattest Recht, es geht mir heute nicht besonders gut. Irgendwie ist es eine blöde Angewohnheit von mir, immer so zu tun, als sei alles in Ordnung, was?“ Er lächelte etwas unsicher.
Emily nickte seufzend. „Allerdings. Das ist mir schon aufgefallen.“ Sie lächelte ihm zu und ihre Augen hatten diesen Schimmer, bei dem ihm ganz warm ums Herz wurde, dann legte sie ihm sachte die Hand auf den Arm. „Was ist denn los mit dir? Kann ich dir irgendwie helfen?“ Niclas sah sie an, und der Ausdruck in seinen Augen war schwer zu deuten, dennoch fühlte Emily seinen Kummer bis tief in ihr Herz.
„Das ist lieb von dir, aber na ja, wirklich helfen kannst du mir nicht. Heute ist der Todestag meiner Mom, weißt du. Sie ist heute vor acht Jahren gestorben.“ Wie üblich versuchte er, seiner Stimme einen lockeren Klang zu geben, als ob es ihm nicht viel ausmachen würde, aber dieses Mal gelang es nicht so ganz, und Emily hörte sehr wohl das leichte Zittern.
„Oh, Niclas, das tut mir leid. Das ist sicher ein schwerer Tag für dich und deinen Vater.“

„Ja, schon.“ Er nickte.
Emily musterte ihn bedrückt. „Warum hast du denn nichts gesagt gestern, du hättest heute doch nicht herkommen müssen. Sicher wärst du lieber bei deinem Dad geblieben, oder?“
Niclas zuckte mit den Schultern. „Er ist heute Morgen nach Chicago geflogen, dienstlich. Er wird erst am Freitag zurück sein.“
„Oh, heute? Das tut mir leid. Du hättest ihn doch sicher gerne hier gehabt.“
Niclas zuckte erneut mit den Schultern. „Für ihn ist es besser so, dann muss er nicht so viel grübeln und ist abgelenkt. Das ist mir lieber, als wenn er hier herumsitzt und Trübsal bläst. Außerdem ist die Reise wichtig, er konnte sie nicht verschieben.“
„Ach so. Verstehe.“ Emily betrachtete ihn voller Sorge. Er sah wirklich elend aus, und sie verspürte eine tiefe Zärtlichkeit für ihn. Sie strich über seinen Unterarm. „Deine Mom ist also einen Tag nach deinem elften Geburtstag gestorben? Das tut mir schrecklich leid, Nic.“
Er nickte. „Danke, lieb von dir. Weißt du, ich erinnere mich noch gut an meine Feier damals. Meine Mom hatte einen Schokoladenkuchen gebacken, er war fast so wie der, den du mir gebacken hast. Am Abend hatte ich Bauchweh von dem vielen Kuchen und den Spaghetti, die ich verdrückt hatte. Kevin auch.“ Ein schmerzliches Lächeln legte sich auf sein Gesicht, und Emily verspürte einen scharfen Schmerz im Herzen. Das liebe Gesicht ihrer eigenen Mutter erschien vor ihrem inneren Auge, und sie blinzelte schnell die aufsteigenden Tränen weg.
„Weißt du, was ich jetzt grad gerne machen würde?“ Ihre Stimme zitterte leicht.
Niclas sah sie fragend an. „Nein, was denn?“

„Ich würde dich gerne ganz fest in den Arm nehmen. Meinst du, das ginge?“ Sie sah ihn unsicher an.
Er lächelte. „Ich glaube, das ginge, ja. Das wäre toll.“
„Ja? Okay.“ Sie sahen sich beide verlegen an, dann legte Emily fast etwas unbeholfen ihre Arme um ihn, und für einen Moment versanken ihre Blicke in einander, bevor sie ihren Kopf an seine Schulter legte und ihm mit einer Hand sachte über den Rücken strich. Sie fühlte, wie Niclas sie ganz vorsichtig umfasste, fast so, als sei sie zerbrechlich. Sie fühlte seinen Körper an ihrem, sie roch seinen unwiderstehlichen Duft, fühlte den Stoff seines Hemdes unter ihrer Wange. Und ein Gefühl breitete sich in ihr aus, das sie noch niemals zuvor verspürt hatte. Wunderschön und doch beängstigend. Sie horchte in sich hinein, ob sie die körperliche Nähe als unangenehm empfand, aber da war nichts außer Glück, ihm so nahe sein zu dürfen.
Niclas senkte den Kopf und verbarg sein Gesicht in Emilys Locken. Sie rochen schwach nach Zitrone, und er fühlte, wie der Schmerz, der ihn die ganze Nacht und den Tag über im Griff gehalten hatte, weniger wurde. Es fühlte sich gut an, sie zu halten. Noch niemals hatte er so empfunden, wenn er ein Mädchen in den Armen gehalten hatte. Es war, als ob er mit Emily alles neu entdecken würde, und alles, was vorher war, im Nichts verblasste. Er ließ eine ihrer Haarsträhnen durch seine Finger gleiten und lächelte. War das nicht genau das, was er schon so lange hatte tun wollen? Er fühlte, wie sie eine Hand hob und über seinen Hinterkopf strich. Ihre Finger vergruben sich kurz in seinen Haaren und er fühlte ihren Atem an seinem Hals. Schließlich löste sie sich fast zögernd von ihm, und am liebsten hätte er ihr gesagt, sie solle das nicht tun. Sie solle ihn bitte nicht loslassen. Doch er

schwieg und zog seine Arme ebenfalls zurück. Sie sahen sich einen Moment schweigend an, dann legte Emily den Kopf schief. Ein schüchternes Lächeln erschien auf ihrem Gesicht. „Möchtest du deine Mom besuchen gehen? Wenn du willst, komme ich mit."
Niclas sah sie überrascht an. „Du würdest mit mir zum Friedhof kommen?"
„Ja, sicher. Natürlich nur, wenn du das möchtest." Sie klang nun wieder etwas unsicher, und Niclas seufzte innerlich. Wieso zweifelte sie daran, dass er gerne mit ihr zusammen war?
„Das wäre wirklich schön. Ich wollte nachher sowieso noch hinfahren, aber wenn du mitkämest, das würde mir viel bedeuten."
Sie nickte. „Das mach ich gerne. Wirklich. Also, wollen wir gleich?"
„Ja, ich räume unten noch kurz auf, dann können wir los. Und, Emily, danke. Dafür, dass du mitkommst und auch für eben. Das hat mir gut getan."
Sie lächelte und strich sich verlegen eine Haarsträhne hinters Ohr. „Klar, wir sind schließlich Freunde."
Er nickte. „Ja, das sind wir."
Sie waren beide aufgestanden und wussten nicht genau, wohin mit ihren Händen und Blicken. Schließlich murmelte Niclas: „Okay, ich bin gleich fertig." Er drehte sich um und lief die Treppe nach unten in den Keller, während Emily sich aufatmend wieder auf die Couch fallen ließ. Freunde. Sonst nichts.
Eine halbe Stunde später fuhren sie durch den leichten Nieselregen zum Friedhof. Vorher hatten sie noch bei Niclas zuhause die Blumen geholt, die er am Tag zuvor schon besorgt hatte.

„Gelbe Rosen. Das waren die Lieblingsblumen meiner Mom. Ich bringe ihr öfter mal einen Strauß, und natürlich immer an ihrem Geburtstag und ihrem Todestag."
„Sie sind wunderschön. Deine Mom würde sich sicher sehr darüber freuen."
„Ja, vielleicht." Niclas griff nach dem Autoschlüssel, der an dem Schlüsselboard hing. „Fahren wir mit dem Wagen zum Friedhof, sonst werden die Blumen zerdrückt. Mein Dad ist mit dem Taxi zum Flughafen gefahren heute Morgen."
Emily nickte. „Okay." Sie nahm die Blumen und überlegte, warum er eben so eigenartig geklungen hatte, als er sagte, dass seine Mom sich vielleicht über die Rosen freuen würde. Als ob er sich nicht sicher sei, ob sie etwas von ihm haben wollte. Merkwürdig.
Auf dem Friedhof war außer ihnen keine Menschenseele zu sehen, alles wirkte traurig und melancholisch an diesem trüben, regnerischen Tag. Niclas hatte auf der kurzen Fahrt hierher kein Wort mehr gesagt, und Emily ließ ihn in Ruhe. Offenbar setzte ihm dieser Tag ziemlich zu, und sie wollte ihn nicht mit Fragen löchern, sondern ihm zeigen, dass sie für ihn da war. Sie gingen schweigend zwischen den Grabreihen hindurch, und Emily fühlte ein leichtes Frösteln, das nicht von der kühlen Witterung kam. Eigentlich mochte sie Friedhöfe sonst sehr gerne, so eigenartig das auch klang, aber sie fühlte sich wohl in dieser Umgebung des Vergänglichen. Sie mochte es, wenn Kerzen auf den Gräbern brannten, und sie mochte die Zwiesprache mit den Toten. Zuhause war sie oft auf den Friedhof gegangen, um das Grab ihres Großvaters zu besuchen. Sie brachte ihm Blumen und fragte ihn um Rat. Dann sah sie den weißhaarigen alten Herrn mit den

gütigen blauen Augen vor sich, fühlte sich getröstet und empfand einen tiefen inneren Frieden.
Niclas dagegen schien weit davon entfernt zu sein, Frieden zu empfinden, denn seine Augen wirkten leer und müde, und ein fast gequälter Ausdruck lag auf seinem Gesicht. Seine Blässe schien sich in den letzten Minuten noch verstärkt zu haben. Emily hatte plötzlich das übermächtige Bedürfnis, ihn zu halten und zu beschützen. Und obwohl seine Miene verschlossen war, und sie insgeheim immer noch mit einer Abfuhr rechnete, wie zu Anfang, als sie sich kennen gelernt hatten, schob sie ihre Hand unter seinen Arm und lächelte ihm etwas unsicher zu. Er blickte zu ihr herunter. Ein leichtes Lächeln stahl sich in seine Augen, und Emily atmete erleichtert auf. Nach einigen Minuten erreichten sie das Grab seiner Mutter und blieben schweigend davor stehen. Acht Jahre war es her, seit sie gestorben war. Acht Jahre, die Niclas ohne sie hatte verbringen müssen. Acht Jahre, die auch Ashley Delaney sicher liebend gerne mit ihrem Sohn verbracht hätte. Es hatte mittlerweile aufgehört zu regnen, nur ein heftiger Wind zerrte an den Bäumen und wirbelte die Blätter durch die Luft. Viele alte Eichen standen hier, und Emily dachte unwillkürlich daran, dass es im Sommer sicher schön sein musste, hier unter den Bäumen im Schatten auf einer Bank zu sitzen und dem Zwitschern der Vögel zu lauschen. Sie sah vorsichtig zu Niclas hoch, der sich noch nicht gerührt hatte. Er stand reglos da, die Blumen hielt er immer noch in der Hand.
Emily musste heftig schlucken, als sie den Kummer in seinen Augen sah. „Nic, möchtest du lieber einen Moment alleine sein? Ich kann hier ein wenig herumlaufen, das macht mir nichts aus."

Er senkte den Blick, und es schien fast so, als käme er von weither zurück. „Nein. Nein, danke. Bleib hier, bitte."
„Okay, sicher, ich dachte nur …"
„Ich weiß. Ich weiß ..." Niclas drückte kurz ihren Arm, dann ließ er sie los und kniete sich vor das Grab. Für einen Moment verharrte er still, schließlich legte er die Blumen auf die feuchte Erde und zog eine Kerze und ein Feuerzeug aus seiner Jackentasche. Er zündete das Licht an und stellte es nach hinten vor den Grabstein. Er blieb noch einen Moment in dieser Haltung, dann erhob er sich und murmelte: „Lass uns gehen, es ist kalt, du wirst dich noch erkälten." Er schien kurz zu zögern, doch dann streckte er die Hand nach Emilys aus. So liefen sie schweigend zum Auto zurück, und es erschien keinem von ihnen peinlich oder unpassend, sich an den Händen zu halten, es war völlig natürlich und fühlte sich gut und richtig an. „Ist es okay, wenn ich dich jetzt nach Hause bringe?", fragte er, als sie wieder im Auto saßen.
Emily nickte. „Natürlich." Sie spürte, so sehr er sie jetzt auch gebraucht hatte, und so dankbar er ihr war, dass er jetzt ein wenig alleine sein musste mit seinen Gedanken, Gefühlen und seinem Kummer um den Verlust seiner Mutter.
Als er den Wagen vor ihrem Haus anhielt, drehte er sich zu ihr um. „Danke. Danke, dass du da warst, Emily. Das bedeutet sehr viel für mich."
Sie lächelte. „Ich war gerne für dich da, wirklich. Du hast mir mal angeboten, dass ich immer zu dir kommen kann, und das Gleiche gilt für dich. Bis dann, Niclas. Ruf mich an oder komm vorbei, wenn du willst, okay?"
Er nickte, und Emily hätte ihn am liebsten schon wieder in die Arme genommen. Stattdessen jedoch stieg sie

schnell aus und winkte ihm noch einmal zu, bevor sie in den Flur trat, wo Ben schon sehnsüchtig auf sie wartete.

Niclas parkte den Wagen in der Garage und ging dann langsam ins Haus. In den Räumen war es dämmrig, doch er machte kein Licht. Er zog Jacke und Schuhe aus und ging nach oben in sein Zimmer. Dort streifte er die Jeans ab und zog das Hemd aus, bevor er sich auf sein Bett fallen ließ und nach oben an die Decke starrte. Und dabei nicht verhindern konnte, dass sich seine Augen mit Tränen füllten. Acht Jahre. Acht Jahre Schuld. Er sah das Gesicht seiner Mutter vor sich, hörte ihr Lachen und bildete sich ein, ihren Duft zu riechen. Sie war der wichtigste Mensch in seinem Kinderleben gewesen, er hatte sie sehr geliebt. Er vermisste sie bis zum heutigen Tag und würde es vermutlich bis zum Ende seines Lebens tun. Dennoch hatte er sich im Laufe der Jahre daran gewöhnt, dass sie nicht mehr bei ihm war und es nie wieder sein würde. Es tat immer noch weh, an sie zu denken, und daran, wie es wohl gewesen wäre, wenn sie nicht gestorben wäre. Aber es war wohl wirklich so, dass der Mensch sich mit allen Situationen arrangieren konnte, die er nicht zu ändern vermochte. Dagegen würde er seine eigene Rolle bei den Vorkommnissen von damals niemals vergessen oder akzeptieren können. Er hatte gelernt, mit dem Schmerz um den Verlust seiner Mutter zu leben, er hatte einen Weg gefunden, für sich damit umzugehen, doch nun war ein neuer Schmerz hinzugekommen. Einer, mit dem er nicht gerechnet hatte, und der viel mehr wehtat, als er es je für möglich gehalten hätte: Die Sehnsucht nach Emily, und die Ahnung, was sein könnte ...
Er wischte sich fast zornig über die Augen, und in diesem Moment piepste sein Handy. Eine Nachricht von Emily.

‚Hi Nic, wollte dich nur wissen lassen, dass wir an dich denken, und hoffen, dass es dir gut geht. Emily und Ben'
Er betrachtete die wenigen Worte auf dem Display und lächelte bei dem Gedanken an Emily und ihren drolligen Retrieverrüden. Dann tippte er schnell eine Antwort und rollte sich anschließend zur Seite.
‚Hi ihr beiden, mir geht's gut, ich denke auch an euch. Danke für alles. Bis morgen. Niclas.'
Er wusste, dass nun Emilys süßes Lächeln auf ihrem Gesicht erscheinen würde, wenn sie die Nachricht las. Und mit diesem Bild vor seinem inneren Auge schlief er schließlich erschöpft ein.

Die nächsten Tage verliefen für Emily ziemlich stressig, denn für Freitag war eine Matheklausur angesetzt, und nachdem Mathe nach wie vor ihr Horrorfach Nummer eins war, war sie entsprechend nervös. Niclas sah sich das eine Weile mit an, dann sagte er kurz entschlossen: „Hör zu, ich komme heute Nachmittag bei dir vorbei und wir lernen zusammen, okay?"
Sie betrachtete ihn zweifelnd. „Du musst ja Nerven haben, dir das freiwillig anzutun. Ich bin eine absolute Nullnummer in Mathe, das weißt du doch", murmelte sie.
„Quatsch, das wird schon. Du wirst vielleicht nicht grad ein Mathegenie werden, aber ich werde dir schon ein bisschen was beibringen können, ganz sicher. Wir haben ja noch drei Tage Zeit."
„Ja." Emily stöhnte. „Und als ob das nicht schon schlimm genug wäre, läuft am Samstag auch noch meine Familie hier auf. Ich will nicht. Kann ich mich nicht bei dir verstecken?"
Niclas grinste. „Bin ich wahnsinnig? Mara würde mich glatt wegen Entführung anzeigen. Oder mich gleich er-

schießen. Ach, Em, komm schon, so schlimm wird es schon nicht werden."
Sie sah ihn düster an. „Schlimmer. Mein Bruder kommt mit", brummte sie.
„Aha. Und?"
„Nichts und. Es gibt nichts zu berichten, außer, dass er seit", sie hielt kurz inne, „dass er schon länger kaum noch mit mir redet."
Niclas nickte und schwieg. Er konnte sich denken, was sie meinte, aber er konnte sich nicht vorstellen, warum. Warum sollte ihr Bruder ein Problem mit ihr haben, wegen dem, was ihr offensichtlich passiert war? Aber sie zu fragen, warum ihr Bruder sich so verhielt, hieße, sie müsste über etwas reden, worüber sie offenbar nicht reden wollte.
„Mach dir keine Sorgen, Emily, wir schaffen das schon. Wir schaffen doch alles." Niclas lächelte ihr aufmunternd zu, und sie betrachtete ihn mit schief gelegtem Kopf. Zum Glück schien es ihm wieder besser zu gehen, er hatte sich gefangen.
„Tun wir das?"
„Sicher. Das tun wir. Und nun komm, lächele wieder. Für mich." Er sah sie treuherzig an.
Sie lachte. „Du bist so ein Spinner. Zufrieden?"
„Für den Moment, ja. Ach, übrigens, Kevin freut sich schon sehr auf die Party, er nervt mich ständig damit. Du hast ihm schön den Kopf verdreht mit den Kochkünsten deiner Tante. Für gutes Essen würde Kevin nämlich so ziemlich alles tun."
Emily lachte wieder. „Nun, ich freu mich auch, dass er kommt. Ich mag ihn echt gerne." Sie drückte Niclas ihre Tasche in den Arm. „Kannst du die bitte mitnehmen in den Saal? Ich müsste mal grad noch zur Toilette."

„Ja, klar, mach ich. Beeil dich, Emmerson bekommt die Krise, wenn du zu spät kommst. Außerdem will er mit uns heute seine grandiose Idee für den Ausflug nächste Woche besprechen.“
Emily nickte. „Ja, ich beeile mich.“ Sie lief Richtung Toilette und dachte, dass es ihr nur recht war, wenn Mr. Emmerson so lange als möglich über den Ausflug sprach, denn je länger er damit beschäftig war, desto weniger Mathe wurde gemacht. „Ah, ich hasse Mathe, wer hat diesen Quatsch nur erfunden?“ Sie stieß die Tür zur Toilette auf, und Tracy und Viola drehten die Köpfe zu ihr um.
„Führst du Selbstgespräche, Emily?“ Tracy grinste sie spöttisch an.
„Ja, kein Niclas in der Nähe, den zu zuquatschen kannst?“ Das war Viola.
Emily sah die beiden an. „Stimmt, ich habe gerade mit mir selbst geredet, macht ihr das nie? Allerdings wüsste ich nicht, dass ich Niclas zuquatsche. Er hört mir ziemlich gerne zu, glaube ich“, sagte sie ruhig. Damit drehte sie sich um und verschwand in einer der Kabinen. Sie spürte noch die säuerlichen Blicke der beiden Mädchen im Nacken. Diese eifersüchtigen Tussis. Sie nutzten jede Gelegenheit, um ihr zu zeigen, dass sie ihr die Freundschaft zu Niclas von Herzen missgönnten. Früher waren sie wie Hund und Katze gewesen, aber neuerdings hatten sie ihre Zuneigung zueinander entdeckt, nachdem beide ihre Felle bei Niclas davonschwimmen sahen. In der Kabine schloss Emily einen Moment die Augen und atmete tief durch. Sie war bei weitem nicht so ruhig, wie sie gerade geklungen hatte, denn erstens war sie ein Mensch, der harmoniesüchtig war und gerne mit jedem gut auskam. Das war schon immer so gewesen. Und zweitens

hatte sie seit dem *Vorfall* das wenige an Selbstbewusstsein, das sie jemals besessen hatte, ziemlich eingebüßt, und Streitereien, seien sie auch noch so klein und unbedeutend, setzten ihr zu und kosteten sie zusätzlich noch von dem bisschen Kraft, das sie sich so mühevoll zurückerarbeitet hatte. Sie wartete, bis die Tür hinter den beiden Zicken ins Schloss fiel und verließ erst dann wieder ihre Kabine. Nun musste sie sich wirklich beeilen, vermutlich würde Mr. Emmerson schon im Saal sein. Sie lief schnell den Flur zurück und schaffte es gerade noch, vor dem Lehrer in den Klassenraum zu schlüpfen. Niclas sah sie vorwurfsvoll an, und sie zuckte entschuldigend mit den Schultern. Sie saß in Mathe leider nicht neben ihm, sondern neben Jennifer, und er musste sich mit Tracy herumplagen, die ihn schon wieder in Beschlag genommen hatte.
Mr. Emmerson rauschte in den Saal und warf die Tür missgelaunt hinter sich ins Schloss.
„Guten Morgen, Herrschaften. Zuerst wollen wir kurz über den Ausflug nächste Woche sprechen, dann haben wir das hinter uns.“ Er klang alles andere als begeistert, und Emily verdrehte leicht die Augen. Das konnte ja heiter werden. An der Middletown High war es üblich, dass die Klassen alle drei Monate mit einem wechselnden Lehrer einen Ausflug unternahmen. Das sollte dazu dienen, das Lehrer-Schüler-Verhältnis zu stabilisieren, und meistens klappte das auch ganz gut, denn die meisten Lehrer an dieser Schule waren beliebt. Leider jedoch gab es auch solche wie Mr. Emmerson, mit denen man einfach kein gutes Verhältnis aufbauen konnte, selbst wenn man jede Woche einen Ausflug zusammen unternehmen würde.

Emmerson klopfte mit einem Lineal auf das Lehrerpult und lenkte damit die allgemeine Aufmerksamkeit auf sich. „Nun, wie einige von Ihnen vielleicht wissen, fahre ich sehr gerne Fahrrad. Ich habe schon etliche sehr schöne Strecken hier entdeckt und dachte mir, das wäre eine gute Idee für unseren Ausflug. Wir könnten eine schöne Radtour unternehmen, das wäre doch einmal etwas anderes als die üblichen Fußmärsche, Schwimmbadbesuche und dergleichen. Was halten Sie davon?"
Alle schwiegen, denn jedem war klar, dass die Frage nur rhetorisch gemeint war, und eine ablehnende Antwort sowieso völlig unmaßgeblich sein würde, denn Emmerson stellte in der Regel keine Fragen, sondern machte nur Ansagen. Also würde er auf alle Fälle seinen Fahrradausflug durchziehen, gleich, was die Schüler davon hielten. Emily stützte den Kopf in die Hand und seufzte. Na toll, sie hatte ja nicht mal ein Fahrrad hier. Außerdem konnte sie sich Interessanteres vorstellen, als bei trübem Herbstwetter durch die Landschaft zu radeln. Sie warf einen Blick zu Mara, die ebenfalls ihre Begeisterung kaum in Zaum halten konnte, denn sie verzog das Gesicht zu einer übertrieben leidenden Grimasse. Emily musste grinsen. Dann sah sie zu Niclas hinüber und erschrak. Er hatte die Ellenbogen auf den Tisch gestützt und den Kopf in den Händen verborgen. Für einen Moment dachte sie, ihm sei schlecht geworden, doch dann richtete er sich wieder auf, und sie erkannte erleichtert, dass es ihm körperlich zumindest gut zu gehen schien. Allerdings hatte sein Gesicht einen harten, abweisenden Ausdruck angenommen. Emily wurde ganz elend bei der Erinnerung daran, wie oft er sie in ihrer Anfangzeit hier so unfreundlich angeschaut hatte. Sein Blick traf jetzt auf ihren, und für einen Moment schien er sich in irgendeiner

Erinnerung zu verlieren, dann jedoch wurden seine Züge wieder weich und er lächelte ihr zu. Sie lächelte zurück, war aber dennoch irritiert. Dieser Ausdruck eben – das war viel mehr als Lustlosigkeit oder Frust über einen ungeliebten Ausflug gewesen. Was war nur los mit ihm? Sie würde ihm so gerne helfen, denn dass Niclas einen tiefen Kummer mit sich herumtrug, war für sie offensichtlich.

„Nun, wenn niemand einen Einwand hat, ist es beschlossen. Ich werde Ihnen die Route dann noch genau mitteilen. Wir treffen uns hier um neun Uhr morgens. Bringen Sie gute Kondition mit." Emmersons Laune schien sich, in Vorfreude auf die Radtour, gehoben zu haben, denn für den Rest der Stunde verschonte er die Klasse mit seinen sonst üblichen Schikanen.

Kapitel 23

Die Klausur am Freitag lief dank Niclas‘ Hilfe schließlich um einiges besser als gedacht für Emily, und sie freute sich sehr darüber. Dennoch blieb sie still, war nervös und bedrückt. Am Samstagmorgen war ihr fast schlecht vor Aufregung, doch am Mittag, als ihre Familie dann eintraf, überwog letztendlich doch die Freude. Sie flog ihrer Mutter in die Arme und drückte sie so fest, dass Kate lachend nach Luft japste. „Drück mich nicht tot, mein Schatz. Herzlichen Glückwunsch zum Geburtstag, meine Kleine. Nun bist du achtzehn Jahre alt, ich kann es kaum glauben.“
„Ja, ich auch nicht. Ach, Mom, ich freu mich so, dich zu sehen. Ich hab dich total vermisst.“
„Mich etwa nicht?“
Emily lächelte und löste sich von ihrer Mutter.
„Doch, Dad, dich natürlich auch.“ Sie umarmte ihren Vater.
„Herzlichen Glückwunsch, mein Schatz, zu deinem Geburtstag. Ich wünsch dir alles Glück der Welt.“
„Danke, Dad. Ich bin froh, dass du da bist.“
Jack nickte schmunzelnd. „Das will ich hoffen.“ Er ließ seine Tochter los, und Emily wandte sich zu dem dritten Besucher um, der bis jetzt kein Wort gesagt hatte, sondern stumm Bens Ohren kraulte.
„Connor, hi. Wie schön, dich zu sehen.“
Die Geschwister sahen sich einen Moment an, dann trat Connor auf Emily zu und umarmte sie zögernd. „Happy Birthday, Schwesterherz. Alles Gute zum Geburtstag.“
„Danke.“ Emily drückte ihr Gesicht an seine Schulter. „Ich hab dich vermisst.“ Und das stimmte. Sie vermisste

ihren Bruder, der sie oft zum Lachen gebracht hatte. Sie vermisste ihn als Ratgeber und besten Freund. Es war, als hätte sich eine Kluft zwischen ihnen aufgetan, die sie nicht überwinden konnten. Oder besser, die Connor nicht überwinden wollte.

Sie hatte ihm immer und immer wieder die Hand gereicht, aber er ergriff sie nicht. Am Ende waren beide völlig frustriert und genervt voneinander gewesen, und kein Gespräch endete mehr ohne Streit.

„Du hast mir auch gefehlt."

Emily hörte zwar die Worte, und sie wünschte, sie wären wahr, aber wirklich daran glauben konnte sie nicht. „Ja? Das freut mich." Gott, wie sie miteinander redeten. Wie zwei Schauspieler, die ihren Text einstudiert hatten.

Connor ließ sie los und schob verlegen die Hände in die Taschen seiner Jeans. Emily sah ihn forschend an. Er sah gut aus, wie immer, allerdings wirkte er fast fremd auf sie. Seine frühere Fröhlichkeit, die Vertrautheit zwischen ihnen, all das war wie ausgelöscht. Und plötzlich spürte sie eine tiefe Traurigkeit in sich. Hatte sie ihren Bruder für immer verloren, wegen etwas, für das sie überhaupt nichts konnte? Und er ja auch nicht, auch wenn er das anders sah.

„Wie geht's dir, Connor?" Sie sah ihn fragend an.

Er zuckte mit den Schultern. „Gut, danke. Ich hoffe, dir auch."

Text, einstudierter Text.

„Ja, danke, es geht schon." Emily sah ihren Eltern nach, die schon mal vor ins Haus gingen, während Ben um sie herumhüpfte. „Wo ist Kelly? Warum ist sie nicht mitgekommen?"

Kelly war Connors Freundin, seit zwei Jahren bereits.

„Wir sind nicht mehr zusammen." Er verzog keine Miene bei diesen Worten.
Emily starrte ihn verdutzt an. „Was? Seit wann das denn? Und warum?"
Er zuckte wieder mit den Schultern. „Hat sich halt so ergeben."
Das hatte sich so ergeben? Emily schüttelte den Kopf. Sie konnte sich gut daran erinnern, wie glücklich und verliebt die beiden gewesen waren. Sicher, sie waren noch jung, und da kam es natürlich vor, dass man sich wieder trennte, aber so, wie Connor das sagte ... Völlig teilnahmslos. In ihr keimte ein Verdacht auf, der ihr überhaupt nicht gefiel. Connor war damals bei Kelly gewesen, in dieser Nacht, in der alles zerbrach. Er hatte seinen Eltern, die bei Jacks Chef zu einer Feier eingeladen gewesen waren, versprochen, Emily abzuholen. Weil Kelly und er sich gestritten hatten, war er zu spät losgefahren und hatte Emily verpasst. Machte er am Ende Kelly die gleichen Vorwürfe wie sich selbst? Hatte das ihre Beziehung kaputtgemacht? Das durfte doch nicht wahr sein, oder? Emily musterte ihren Bruder, der eine Tasche aus dem Wagen hob und für den das Gespräch damit offenbar beendet war. Er trug seine blonden Haare jetzt etwas länger, er schien viel Sport zu machen, denn seine Figur war durchtrainiert. Emily seufzte. Sie hoffte sehr, dass er sich bald wieder fangen würde, aber im Moment sah es wohl nicht danach aus, wenn sogar seine Beziehung zerbrochen war. Sie folgte Connor ins Haus und musste dort erst einmal alle ihre Geschenke auspacken. Es gab Bücher, CDs, eine neue Bluse und einen Pullover. Außerdem hatten ihre Eltern ihr eine Kette mit einem sehr schönen Perlenanhänger gekauft.
„Ach, danke, die ist aber toll. Vielen Dank."

Ihre Familie würde bei Dorothy und Bob übernachten, den nächsten Tag wollten sie noch alle zusammen verbringen und am Nachmittag würden sie wieder zurück fahren. Emily freute sich über den Besuch, doch zuerst war es ihr eigenartig erschienen, dass ihre Eltern und ihr Bruder bei Dorothy schlafen wollten und nicht hier, aber nun war sie ganz froh darüber. Und das lag nicht daran, dass die Panabakers zwei Gästezimmer hatten, sondern daran, dass die Stimmung zwischen ihnen nicht mehr wie früher war. Ihre Mom und ihr Dad schienen glücklich zu sein, sie zu sehen, dennoch wirkte ihre Fröhlichkeit aufgesetzt, und Emily merkte sehr wohl, wie sie sie beobachteten, und sie sah die Sorge in ihren Augen. All das machte sie unsicher und schob das, was sie vergessen wollte, wieder verstärkt in den Vordergrund.
„Wer kommt denn alles heute Abend?" Kate sah Emily fragend an.
„Ach, nicht gar so viele. Ein paar Freunde von Mara, Thomas natürlich, ihr Freund. Dann Jennifer, Mandy und Jeffrey. Andreas Schwarm Casey kommt auch. Und noch ein paar aus meiner Klasse. Und Niclas natürlich. Dann noch sein bester Freund Kevin mit seiner Freundin Susan. Ach ja, ich hab Niclas' Dad und seine Freundin Taylor eingeladen. Mr. Delaney ist ein alter Freund von Onkel Bob, und ich dachte, sie würden sich vielleicht gerne mal wieder sehen."
Kate nickte. „Niclas. Ihr versteht euch ganz gut, was?"
Emily nickte ebenfalls. „Ja, ziemlich gut. Anfangs hatten wir ein paar Schwierigkeiten, aber nun läuft es besser. Er ist sehr nett, ihr werdet ihn ganz bestimmt mögen."
Ihre Eltern tauschten einen Blick. „Das klingt ja sehr schön, aber bist du sicher, dass eine ... nun ja, Freund-

schaft, oder was auch immer, mit einem Jungen das Richtige für dich ist?“, fragte Jack.
Emily sah ihn an. „Wie meinst du das? Was soll daran falsch sein? Niclas ist absolut vertrauenswürdig, er würde niemals etwas tun, was ich nicht will.“ Ihre Worte kamen heftiger als beabsichtigt, aber sie hatte noch sehr gut die letzten Monate zuhause in Erinnerung, als ihr Vater ständig versucht hatte, sie vor allem abzuschirmen, und ihr damit immer wieder vor Augen geführt hatte, was passiert war. Sicher, er meinte es gut, aber Niclas würde er ihr nicht madig machen.
„Emily, daran ist nichts falsch. Dein Vater meint es doch nur gut.“ Ihre Mutter sah beschwichtigend zu ihrem Mann, der sich im Sessel zurücklehnte.
„Natürlich meine ich es gut. Ich möchte nur nicht, dass sie verletzt wird.“
Emily atmete tief durch. „Das werde ich nicht. Wie kommst du darauf? Du kennst Niclas nicht mal, und unterstellst ihm schon, dass er mich verletzen wird. Dad, ich möchte, dass du ihn heute Abend in Ruhe lässt, bitte. Löchere ihn nicht mit unsinnigen Fragen und nimm ihn nicht ins Kreuzverhör, hast du mich verstanden?“
Ihr Vater schaute sie empört an. „Als ob ich schon mal jemanden ins Kreuzverhör genommen hätte. Ich will doch nur dein Bestes.“
Emily seufzte. „Das weiß ich, und dafür bin ich dir auch wirklich dankbar. Aber, glaub mir, Niclas wird mir nicht wehtun. Ich mag ihn sehr, und ich möchte nicht, dass ihr ihn irgendwie komisch behandelt. Bitte!“
Kate legte Emily die Hand auf den Arm. „Natürlich nicht. Nicht wahr, Jack?“ Sie sah ihren Mann auffordernd an.
„Ich werd mir Mühe geben“, brummte er.

Emily verdrehte die Augen.
„Wir werden deinen Niclas und deine anderen Freunde nett und zuvorkommend behandeln, keine Sorge. Und nun lasst uns doch nicht streiten. Nun sehen wir uns seit Wochen zum ersten Mal wieder und müssen doch nicht gleich nach der ersten halben Stunde bereits anfangen zu zanken." Sie sah bittend in die Runde. Emily nickte und lächelte ihrer Mutter zerknirscht zu. „Du hast Recht. Entschuldige bitte. Ich bin doch froh, dass ihr hier seid." Sie wusste, sie reagierte etwas überempfindlich, aber nach all dem, was geschehen war, war es vielleicht auch kein Wunder. Ihr Vater meinte es gut, das wusste sie natürlich, sie liebte ihn und war dankbar für seine Fürsorge, aber sie sehnte sich so sehr nach Normalität in ihrem Leben. Doch mit den ständigen misstrauischen Blicken und Fragen, mit denen ihr Vater versuchte, alles, seiner Meinung nach Böse, von ihr fernzuhalten, war es völlig unmöglich, auch nur den leisesten Hauch von Normalität zu empfinden. Und sie konnte das nicht mehr verkraften, dieses ständige darüber Nachdenken, warum und wieso ihr das alles passiert war und wie man es hätte verhindern können. Genau deshalb war sie ja hierher gekommen, mit dem verzweifelten Wunsch, Abstand von allem zu gewinnen und wieder ein halbwegs normales Leben zu führen.

Die nächsten zwei Stunden vergingen eher zäh und verkrampft, als in fröhlicher Geburtstagsstimmung. Emily war froh, als sie am Nachmittag zu Dorothy gingen, um ihr bei den Vorbereitungen für die Party zu helfen. Jack und Connor luden das Auto aus und trugen alles nach oben in die Gästezimmer.

„Kate, wie schön, dich zu sehen." Die Schwestern umarmten sich herzlich und auch Mara, Andrea und Bob freuten sich, ihre Verwandten bei sich zu haben. Mara hatte für Emily eine CD gebrannt, mit all ihren Lieblingssongs und Andrea hatte ihr Sparschwein geschlachtet, um ihrer Cousine einen tollen Seidenschal zu kaufen.
„Meine Kleine, herzlichen Glückwunsch zu deinem achtzehnten Geburtstag. Wir wünschen dir alles Liebe und Gute, und dass du immer glücklich sein wirst in deinem Leben. Wir haben dich sehr lieb, und sind froh, dich hier bei uns zu haben." Dorothy umarmte ihre Nichte herzlich und Emily drückte sie fest an sich.
„Danke, vielen Dank. Ich hab euch auch lieb, ich bin sehr glücklich hier bei euch."
Ben bellte, und alle lachten. „Er anscheinend auch."
Danach stießen alle erst einmal mit einem Glas Sekt auf Emilys Geburtstag an, sogar Andrea durfte einen Schluck trinken, gemischt mit Orangensaft. Dann räumten die Männer das Wohnzimmer etwas um, sodass in der Mitte eine Art Tanzfläche entstand, auf die Emily zwar hätte gut und gerne verzichten können, Mara jedoch meinte, dann wäre das ja ein Kaffeeklatsch und keine Party.
Emily, Kate und Mara halfen Dorothy in der Küche, während Andrea mit Ben Gassi ging. Emily schälte Kartoffeln und beobachtete ihre Mutter. Sie fragte sich, ob Kate schon immer so müde Augen gehabt hatte. Oder war ihr das früher nur nie aufgefallen? Sie schien glücklich zu sein, ihre Schwester zu sehen, und darüber freute Emily sich. Manchmal kam es ihr so vor, als ob es mit der Ehe ihrer Eltern nicht mehr zum Besten stehen würde. Connor ging ihr aus dem Weg wo er nur konnte, mit seinem Vater hatte er auch nicht mehr das beste Verhältnis, und ihre Mutter stand zwischen den Fronten und ver-

suchte ständig, zu vermitteln. Wenn nun auch noch die Ehe ihrer Eltern kaputt gehen würde, würde gar nichts mehr übrig bleiben von ihrer Familie.
„Alles klar bei dir? Träumst du?"
„Hm? Oh, Mara, ich hab dich gar nicht gehört." Sie lächelte ihrer Cousine entschuldigend zu.
„Möchte mal wissen, bei wem du mit deinen Gedanken bist."
Emily zuckte mit den Schultern. „Bei niemandem", murmelte sie.
„Keine Sehnsucht nach Niclas?" Mara klang etwas spöttisch, doch Emily kannte sie gut und wusste, dass sie es nicht so meinte.
„Sollte ich?"
Mara begann, Zwiebeln zu hacken. „Keine Ahnung, könnte ich mir schon vorstellen, so oft wie ihr zusammenklebt in letzter Zeit."
Emily musste lachen. „Na ja, du hast schon Recht, wir waren viel zusammen letztens. Und ja, ich vermisse ihn. Blöd, ich weiß, und du musst auch gar nichts sagen jetzt."
„Tu ich ja gar nicht. Ich vermisse Thomas auch, wenn ich ihn mal ein paar Stunden nicht sehe."
Emily sah sie überrascht an. „Ja, aber das kannst du nicht vergleichen, du bist mit Thomas zusammen. Nic und ich sind nur Freunde."
Mara nickte und schwieg, während sie leicht vor sich hinlächelte.
„Was gibt's denn da zu lachen?" Emily sah sie etwas missmutig an.
„Nichts. Ihr seid nur Freunde, klar." Damit drehte Mara sich um, und ließ sie etwas verdattert stehen.

Später am Abend, als nach und nach alle Gäste eintrafen, wurde Emily immer nervöser. Wo blieb Niclas? Sie hatte gehofft, dass er als Erster kommen würde, damit sie vielleicht ein paar Minuten mit ihm alleine hätte, aber nun waren schon fast alle anderen da, und von ihm weit und breit keine Spur. Er würde es doch nicht vergessen haben? Sie zwang sich zu lächeln, und scherzte mit ihren Freunden, aber alles in ihr sehnte sich nach ihm. Wenn er nicht bei ihr war, fühlte sie sich verloren. Es war völlig verrückt, aber sie konnte es nicht ändern. Menschenansammlungen machten ihr nach wie vor Angst, selbst wenn sie alle kannte, war sie unsicher und nervös. Nur Niclas konnte ihr die Sicherheit geben, damit sie sich entspannen und den Abend vielleicht sogar genießen konnte.
Jeffrey tauchte vor ihr auf. „Wow, du siehst umwerfend hübsch aus, Emily. Herzlichen Glückwunsch.“ Er beugte sich zu ihr herunter und drückte ihr einen Kuss auf die Wange. Sie lächelte weiterhin, während ihr Körper zu Eis gefror. Selbst bei solch unverfänglichen, freundschaftlichen Berührungen musste sie bis an ihre Belastungsgrenze gehen, um sie zu ertragen. Jeffrey hielt ihr ein Päckchen hin. „Hier, bitte, ich hoffe, es gefällt dir.“
Emily nahm es. „Danke, das ist aber lieb von dir.“
Jeffreys Blicke klebten an ihr, und sie fühlte, wie ihre Hände zitterten, als sie das Papier öffnete und sich sein Geschenk ansah.
„Oh, vielen Dank, das hab ich noch nicht. Das ist ja toll.“ Es war der neueste Roman ihrer Lieblingsautorin.
Jeffrey strahlte. „Mara hat mir verraten, dass du diese Bücher gerne liest.“ Er sah sie an, als ob er ein Dankeschön-Küsschen erwartete, aber das brachte sie nicht über sich. Jeffrey war nett, höflich und sah gut aus, aber

er hatte einen entscheidenden Fehler ... er mochte sie offenbar mehr, als ihr lieb war. Und die Vorstellung, dass er in sie verliebt sein könnte und über sie nachdachte ... das waren Dinge, mit denen sie nicht sonderlich gut zurechtkam. Sie wollte ihn jedoch nicht vor den Kopf stoßen und strich ihm deshalb kurz über den Arm. „Danke dir noch mal sehr, Jeff. Ich werde es so bald wie möglich lesen.“

Wo blieb Niclas bloß? Er war der Einzige, dessen Nähe sie wollte und brauchte, und sie vermisste ihn schmerzlich. Sie hielt inne und runzelte die Stirn. Klang das noch freundschaftlich? Gott, in ihrem Innersten war alles so durcheinander, dass sie kaum noch einen klaren Gedanken fassen konnte.

„Hey, schöne Frau, alles Gute zum Geburtstag.“

Emily drehte sich um. „Kevin, Susan, ach, ich freu mich, dass ihr da seid.“

Sie umarmte Kevin, und das störte sie zu ihrer Überraschung nicht halb so sehr wie Jeffreys Kuss.

„Na, ist die Party schon im Gange? Ich bin ja schon mächtig gespannt auf die Kochkünste deiner Tante, glaub mir, ich habe drei Tage lang gefastet.“ Kevin grinste.

Susan tippte sich an die Stirn. „Glaub ihm kein Wort, Emily. Er würde nie im Leben drei Tage lang fasten können, dazu futtert er nämlich viel zu gerne. Alles Liebe zum Geburtstag.“

Sie umarmte Emily, und die musste lachen. Das war wieder typisch Kevin. Sie mochte Niclas‘ Freund unglaublich gerne.

Sie unterhielten sich kurz, dann fragte Emily wie beiläufig: „Sag mal, Kevin, hast du Niclas heute schon gesehen? Er ist noch gar nicht hier und hat sich auch nicht bei mir gemeldet.“

„Nein, ich hab ihn nicht gesehen und auch nicht mit ihm geredet.“ Kevin zuckte mit den Schultern.
„Ach so. Ja, ich dachte nur“, murmelte sie. Sie warf einen Seitenblick zu Jeffrey, der immer noch da stand und sie beobachtete. Wenn er doch nur endlich zu den anderen gehen würde. In dem Moment piepte ihr Handy. Sie zog es aus der Tasche ihrer Jeans.
‚Hey Geburtstagsmädchen, hast du ein paar Minuten für mich? Komm doch bitte nach draußen in den Garten. Niclas‘
Ein glückliches Lächeln legte sich auf ihr Gesicht, und sie sagte schnell zu Kevin und Susan: „Entschuldigt mich bitte kurz, bin gleich zurück.“ Dann lief sie in die Diele, um ihre Jacke überzuziehen, während Kevin grinsend die Augenbrauen hochzog. Wenn das nicht Emilys guter Freund Niclas war, der gerade dieses Leuchten in ihre Augen gezaubert hatte, wollte er einen Besen fressen.
Emily zog leise die Haustür hinter sich zu und lief ums Haus herum in den rückwärtigen Teil des Gartens. Ihr Herz klopfte heftig, so sehr freute sie sich auf Niclas. Es war schon ziemlich dämmrig draußen, und sie sah sich suchend um. Da war er. Er lehnte an einem Baum, und ein fast zärtliches Lächeln legte sich auf sein Gesicht, als er sie sah. Sie sahen sich an, dann löste Niclas sich aus dem Schatten des Baumes. Emily trat auf ihn zu. Für einen Moment schien er zu zögern, doch dann breitete er die Arme aus. Sie schmiegte sich an ihn. Er küsste sie sanft auf die Stirn. „Happy Birthday, Emily. Ich wünsche dir, dass alle deine Träume und Wünsche in Erfüllung gehen und du immer glücklich und zufrieden sein wirst.“
Emily hatte die Augen geschlossen und alles, was sie sich im Moment wünschte, war hier bei ihr. Niclas war hier, und somit war alles gut. Sie fühlte seine Arme, die

sie festhielten, seinen warmen Atem an ihrer Stirn, und hätte in diesem Minuten mit niemandem auf der Welt tauschen wollen.
„Danke. Ich bin froh, dass du da bist. Ich hab dich heute vermisst.“
Er strich ihr sanft durch die Haare. „Echt? Deine Familie ist doch da.“
Sie seufzte. „Eben.“
Er lachte leise. „So schlimm? Warte, vielleicht kann dich das hier ein wenig aufmuntern. Ich hoffe es zumindest. Deshalb bin ich auch so spät, entschuldige bitte. Aber ich wollte ihm unbedingt noch den letzten Schliff verpassen.“ Er ließ Emily los. „Leider kann ich keinen Kuchen backen, aber ich dachte mir, vielleicht tut es das hier auch.“ Etwas verlegen lächelnd bückte er sich und holte einen kleinen verpackten Schokoladenkuchen aus seinem Rucksack, zog das Papier ab und steckte eine kleine rosafarbene Kerze darauf. Dann zückte er ein Feuerzeug und zündete sie an. „So, ein Geburtstagskuchen á la Niclas. Nun musst du dir etwas wünschen und dann pusten.“ Er lächelte und fügte hinzu: „Leider haben keine achtzehn Kerzen draufgepasst, deshalb musst du mit einer Vorlieb nehmen.“
„Ach, Niclas, danke schön. Wie lieb von dir. Vielen Dank.“ Emily betrachtete gerührt den kleinen Kuchen mit der Kerze, und sie war sich sicher, niemals eine schönere Geburtstagstorte bekommen zu haben. Ihr Herz klopfte heftig, sie schloss die Augen und wünschte sich etwas. Etwas, was vermutlich nie wahr werden würde, aber was ihr größter Traum war. Dann pustete sie die Kerze aus.
Niclas lachte. „Prima. Nun geht dein Wunsch in Erfüllung.“

„Meinst du? Das wäre schön.“ Sie sah ihn an.
Er musste schlucken. Wie hübsch sie war. Er könnte sie immer anschauen und wäre glücklich damit.
„So, dann probier mal.“ Niclas hielt ihr den kleinen Kuchen hin.
Sie biss ein Stück davon ab. „Hm, der ist lecker. Wirklich. Komm, wir teilen ihn uns.“
Er nickte und beobachtete, wie sie noch einmal abbiss und sich einen Krümel aus dem Mundwinkel wischte. Niemals hatte er ein Mädchen mit solch einer Anmut gesehen.
Er aß die andere Hälfte. „Stimmt, schmeckt gut. Da hab ich ja Glück gehabt.“ Sie sahen sich einen Moment stumm in die Augen, dann räusperte er sich. „Aber das war natürlich nicht alles. Ich hab noch was für dich. Dem Kuchen hätte ich ja schließlich nicht den letzten Schliff verpassen müssen. Der war ja schon von alleine so lecker.“ Er zwinkerte ihr zu.
Emily lächelte. „Ach so. Ich dachte, du meinst vielleicht die Kerze.“
Niclas schüttelte den Kopf. „Nein, das hier ist mein Geschenk für dich. Ich hoffe, du magst es.“ Er überreichte ihr ein in buntes Papier eingeschlagenes Päckchen und sah sie etwas unsicher an.
„Danke. Und natürlich werde ich es mögen, es ist ja von dir.“
Er lächelte. So einfach war das. Emily öffnete vorsichtig das Papier, und er sah ihr gespannt zu. Sie holte den Inhalt heraus und sah ihn sich stumm an, während ihre Augen sich mit Tränen füllten. „Oh, Niclas, ich .. .ich weiß gar nicht, was ich sagen soll. Es ist wunderschön. Ich glaube, ich hab noch niemals etwas Schöneres gesehen.“

Niclas starrte sie fasziniert an und dachte, dass er sehr wohl schon etwas Schöneres gesehen hatte, und dass dieses genau in dem Moment hier vor ihm stand.
„Gefällt es dir? Ich war mir nicht sicher, ob du so was magst."
„Ob ich es mag? Ich liebe es. Es ist wunderschön. Vielen Dank, Nic. Vielen, vielen Dank. Und das hast du gemacht? Mein Gott, wie lange hast du dafür gebraucht? So viel Mühe. Ach, ich weiß gar nicht, was ich sagen soll."
Emily legte ihm einen Arm um die Taille und lehnte ihren Kopf an seine Schulter. Niclas lächelte und umfasste sie sanft.
„Ach, so lange hat das gar nicht gedauert. Ich bin nur auf den letzten Drücker fertig geworden, weil ich eigentlich erst eines nur mit Ben machen wollte. Aber dann dachte ich, eines mit dir und Ben wäre auch schön für deinen Geburtstag, und deshalb bin ich etwas spät. Aber es hat mir viel Spaß gemacht, und ich freue mich sehr, dass es dir gefällt."
Emily betrachtete das Bild aus hellem Holz in ihrer Hand. Die Portraits von Ben und ihr waren darauf zu sehen, und es war überwältigend, wie wunderschön Niclas die Details herausgearbeitet hatte. Man hatte das Gefühl, Ben würde einen wirklich anlächeln, mit diesem typischen fröhlichen Ausdruck auf seinem pelzigen Hundegesicht. Und ihr eigenes Gesicht. Sie betrachtete es und fühlte einen dicken Kloß im Hals. Niclas hatte dieses Gesicht mit viel Liebe erschaffen, anders konnte sie sich das nicht erklären. Er hatte diesen verletzlichen Ausdruck in ihren Augen eingefangen, die Zartheit ihrer Züge. Dieses leicht unsichere Lächeln, das oft ihre Lippen umspielte.

„Alles okay? Sollen wir langsam reingehen? Sie werden dich vermissen.“
Niclas‘ Stimme drang an ihr Ohr.
Sie nickte. „Ja, gehen wir. Nic? Vielen Dank. Das Bild ist toll, und das hier war jetzt schon definitiv der schönste Teil der Party. Danke, dass du das für mich getan hast.“
Er lächelte etwas verlegen. „Das hab ich gerne gemacht. Ich wollte dir gerne alleine gratulieren, ohne die anderen um uns rum. Und nun komm, lass uns gehen.“
Sie nickte, und sie gingen langsam ums Haus herum, um sich zu den anderen zu gesellen. Emilys Arm lag noch immer um Niclas‘ Taille und seiner um ihre Schulter, und so sahen Mara und Kevin sie aus dem dunklen Garten auftauchen. Während Maras Augenbrauen skeptisch in die Höhe schossen, breitete sich dagegen auf Kevins Gesicht ein zufriedenes Lächeln aus. Allerdings bemerkte er Niclas‘ warnenden Blick und verkniff sich eine Bemerkung.
„Wo kommt ihr denn her?“ Maras Stimme klang etwas spitz.
„Nic hat mir zum Geburtstag gratuliert. Sieh mal, Mara, das hier hat er gemacht, ist das nicht schön?“ Sie hielt ihrer Cousine das Bild hin. Mara warf erst Niclas einen leicht angesäuerten Blick zu, dann jedoch besah sie sich das Bild und meinte anerkennend: „Wow, das ist ja wirklich schön. Ganz toll. Das hast du gemacht, Niclas?“
Er nickte. „Ja. Ich schnitze schon ziemlich lange. Ist halt ein Hobby.“
„Wirklich? Also, du bist ja immer wieder für eine Überraschung gut.“ Maras dunkle Augen hefteten sich forschend auf ihn. Sie wurde nicht schlau aus ihm. In der letzten Zeit schien er sich sehr verändert zu haben, er war meistens freundlich, und man sah ihn nie mehr mit ande-

ren Mädchen, außer mit Emily. Und die Schnitzerei war sehr gelungen. Er hatte Emily so detailgetreu dargestellt, als ob er ihr Bild ganz genau im Kopf gehabt hätte.
„Zeig mal!“ Kevin beugte sich über Mara. „Hey, das ist ja toll geworden. Sag mal, wann hast du das gemacht? Und warum hast du mir nichts gesagt? Hast du vielleicht noch mehr Geheimnisse?“ Er grinste, denn diesen kleinen Seitenhieb konnte er sich nun doch nicht verkneifen.
In dem Moment öffnete Dorothy von innen die Haustür. „Hier seid ihr alle. Emily, komm rein, du wirst schon vermisst. Oh, hallo Niclas. Wie schön, dich wiederzusehen.“ Sie lächelte ihm herzlich zu und schüttelte seine Hand. Alle betraten den Flur.
Emily zupfte Niclas am Ärmel. „Warte mal bitte kurz. Also, äh, was ich sagen will, mein Dad ist manchmal ein wenig komisch. Er denkt, er müsste mich vor allem Möglichen beschützen, verstehst du? Es könnte also sein, dass er dir ein paar merkwürdige Fragen stellt. Denk dir nichts dabei, okay? Er meint es nicht so.“
Niclas legte den Kopf schief und überlegte. „Dein Dad will dich also vor mir beschützen?“
„Na ja, nicht direkt vor dir, vor allem irgendwie.“ Sie zog etwas unsicher die Schultern hoch. Niclas lachte. „Ich mag deinen Vater. Glaub mir, wenn ich einmal eine Tochter haben sollte, ich werde auch Gewehr bei Fuß stehen und ihre Verehrer genauestens überprüfen.“
Emily sah ihn an und murmelte: „Du machst Witze.“
„Nein, ich mach keine Witze. Genau so wird es sein.“ Er lachte wieder und zog sie an der Hand hinter sich her ins Wohnzimmer. Bob stand mit Peter und Taylor zusammen und winkte Emily zu, als sie das Zimmer betrat. Sie begrüßte Niclas‘ Vater und Taylor. Die beiden gratulierten ihr herzlich zum Geburtstag.

„Emily, hat Peter dir erzählt, dass wir uns schon ewig kennen? Das war ja eine tolle Überraschung heute Abend.“ Bob strahlte.
Sie nickte lachend. „Ja, so war es gedacht. Deshalb hab ich dir auch nicht erzählt, dass ich ihn eingeladen habe. Aber entschuldigt mich bitte, ich würde Nic gerne meinen Eltern vorstellen. Mein Dad hat ihn schon im Visier.“ Sie verdrehte die Augen.
Bob grinste. „Oje, armer Niclas. Sag mir Bescheid, wenn es zu doll wird, dann schreite ich ein.“
„Okay, danke.“ Sie drückte ihrem Onkel ein Küsschen auf die Wange. „Komm, bringen wir es hinter uns und wagen uns in die Höhle des Löwen“, sagte sie zu Niclas.
Er zuckte mit den Schultern. „Okay, dann los.“
Sie gingen zusammen hinüber zu Emilys Eltern, die neben Dorothy standen und noch einige Dinge auf dem Buffet richteten.
„Mom, Dad, das ist Niclas.“
Kate und Jack drehten sich zu ihnen um. Kate lächelte erfreut, während Jacks Miene verschlossen blieb. „Niclas, das freut mich, ich hab schon einiges von dir gehört. Ah, darf ich noch du sagen?“ Sie schüttelte ihm die Hand.
„Aber sicher, Mrs. Alexander. Ich freue mich auch, Sie kennen zu lernen. Mr. Alexander.“
Emily warf einen um Hilfe bittenden Blick zu ihrer Tante, die ihr aufmunternd zulächelte. „Niclas, Mara hat mir erzählt, dass du für Emily ein sehr hübsches Bild geschnitzt hast. Dürfen wir es auch sehen?“
„Natürlich. Obwohl, es gehört mir ja jetzt nicht mehr, es gehört ja jetzt Emily, also müssen Sie sie fragen.“ Er lächelte Emily zu.

„Ach du. Natürlich dürft ihr es sehen, ich habe es nur in den Schrank gelegt, damit nichts drankommt in dem Trubel hier. Es ist wunderschön geworden. Ich hätte nie mit einem so tollen Geschenk gerechnet."
Jack musterte Niclas. „Schnitzen ist sicher ein schönes Hobby. Mein Vater hat gerne geschnitzt, ich habe noch einige seiner Arbeiten zuhause."
Niclas nickte. „Ja, ich schnitze schon seit einigen Jahren. Eigentlich hätte ich auch nicht gedacht, dass es mir soviel Spaß machen würde, aber das tut es."
„Mom, wo ist Connor?" Emily sah ihre Mutter fragend an.
Sie zuckte mit den Schultern. „Ich weiß nicht. Vorhin war er noch hier. Ach, schau mal, da kommt er."
Emily wandte sich um und winkte ihrem Bruder, der nicht gerade ein glückliches Gesicht machte, sondern eher mies gelaunt wirkte. Er kam näher, und sie stellte ihm Niclas vor. Die beiden begrüßten sich, und Emily musterte Connor verwundert. Sein Blick war fast feindselig und er wandte sich ziemlich schnell wieder ab. Verärgert sah sie ihm nach, nahm sich jedoch vor, sich von ihm den Abend nicht verderben zu lassen. Kate tauchte neben ihr auf und legte ihr die Hand auf den Arm. „Ärgere dich nicht über ihn, er meint es nicht so."
„Nein? Wie dann? Seit wann ist er eigentlich nicht mehr mit Kelly zusammen? Und weißt du, warum?"
Ihre Mutter schüttelte den Kopf. „Nein, weiß ich nicht. Er hat nur gesagt, es sei aus. Ansonsten schweigt er sich momentan ziemlich aus, das weißt du ja." Kates Blick schweifte besorgt zu ihrem Ältesten, der sich neben Jennifer auf die Couch gesetzt hatte und anscheinend mit ihr zu flirten begann. Emily beobachtete ihn noch einen Moment, dann wandte sie sich ab. „Ja, dann werde ich

mich wohl mal ein wenig um meine Gäste kümmern müssen", sagte sie zu Niclas. Das war etwas, was ihr nach wie vor Magendrücken bereitete, wenn sie sich unter vielen Menschen bewegen musste. Dann kam dieses unbehagliche Gefühl, das ihre Kehle eng werden ließ und ihren Puls in die Höhe trieb. Sie konnte es nicht abstellen, so sehr sie es auch versuchte. Niclas nickte und lächelte ihr aufmunternd zu, dann wandte er seine Aufmerksamkeit wieder auf Emilys Vater, der offenbar noch einige Fragen an ihn hatte.

Bald darauf war die Party in vollem Gange. Die Leute unterhielten sich, bedienten sich vom Buffet und einige tanzten. Jeffrey hielt sich ständig in Emilys Nähe auf. Sie hatte das unbestimmte Gefühl, er hatte sich etwas vorgenommen für den heutigen Abend. Sie hoffte inständig, er wollte ihr kein Liebesgeständnis machen oder so was. Sie mochte Jeffrey, mehr aber auch nicht. Allerdings wollte sie ihm auf keinen Fall wehtun, denn schließlich konnte niemand etwas für seine Gefühle. Deshalb hoffte sie, dass sie sich irrte und er nichts in dieser Art geplant hatte.

Sie unterhielt sich mit allen möglichen Leuten, beobachtete ihren Vater, der Niclas ausfragte, versuchte ein Gespräch mit Connor in Gang zu bringen, was allerdings kläglich scheiterte, und wich Jeffrey aus, der ihr beharrlich folgte. Zwischenzeitlich suchten ihre Augen immer wieder Niclas' Blick, und wenn er ihr aufmunternd zulächelte, ging es wieder besser. Mittlerweile allerdings schien er auch nicht mehr gerade blendender Laune zu sein, denn seine Miene hatte sich verdüstert und irgendetwas schien ihm nicht besonders zu passen. Ihr Vater hatte ihn inzwischen glücklicherweise aus seinen Klauen

entlassen. Kevin, Susan und Thomas saßen jetzt bei ihm und unterhielten sich, aber Niclas schien kaum mitzubekommen, wovon sie redeten, jedenfalls wirkte er nicht so, als ob ihn das Gespräch besonders interessieren würde.
Emily schaute ihn verwundert an, denn vorhin war er doch noch so gut gelaunt gewesen. Hoffentlich hatte ihr Vater ihm nicht allzu sehr zugesetzt. Sie folgte seinem Blick und runzelte die Stirn. Er starrte Jeffrey mit verdrossener Miene an, und plötzlich schoss ihr ein Gedanke durch den Kopf. War Niclas etwa eifersüchtig auf Jeffrey? Das konnte doch nicht sein, oder? Erstens wusste er doch, dass sie für Jeffrey nichts empfand, zweitens, selbst wenn es so wäre, warum würde es ihn stören? Stören sollte es ihn doch nur, wenn er selbst mehr für sie empfinden würde als Freundschaft. Und das tat er nicht. Oder doch? Sie schloss für einen Moment die Augen. Das war alles sehr verwirrend. Sie wünschte sich, in ihrem Inneren würde nicht das pure Chaos herrschen und sie könnte die Dinge klarer einschätzen. Sie drehte sich um und stieß fast mit Jeffrey zusammen.
„Jeff, Gott, hast du mich jetzt erschreckt."
„Oh, entschuldige. Ich hab nicht bemerkt, dass du in Gedanken warst."
Emily strich sich die Haare hinters Ohr. „Schon gut, ist ja nichts passiert."
Er nickte. „Ich hätte dich schon aufgefangen."
Emily lächelte etwas gequält. „Da bin ich ja beruhigt." Sie warf einen Blick zu Niclas hinüber, dessen Miene sich noch mehr verdüstert hatte. Er hatte sich mit vor der Brust verschränkten Armen zurückgelehnt und tat so, als ob er Kevin zuhören würde, aber sie war sicher, er bekam kein Wort mit.
„Tanzt du mit mir?"

„Was?“ Sie sah Jeff erschrocken an. Hatte sie ihn grade richtig verstanden? Er wollte mit ihr tanzen? Oh nein, wie sollte sie das ablehnen, ohne ihn zu verletzen? Und das wollte sie wirklich nicht, aber sie konnte nicht mit ihm tanzen und sich von ihm anfassen lassen. Höchstens ... ja, das würde vielleicht gehen. „Warte kurz, ich bin gleich zurück.“
Jeffrey sah ihr etwas verdutzt nach, als sie schnell zur Musikanlage lief und hastig die Hülle der CD, die gerade abspielte, durchlas. Der nächste Song musste eine Nummer sein, auf die man unmöglich zusammen tanzen konnte, nur jeder für sich. So, der hier, der passte. Sie drückte auf den Knopf und das nächste Lied erklang. Einige sahen überrascht zu ihr herüber, weil sie den Song, der gerade gespielt worden war, ziemlich abrupt unterbrochen hatte, aber egal. „So, wir können.“ Emily lächelte Jeff ziemlich verkrampft zu, was er zum Glück nicht zu bemerken schien. „Das ist mein Lieblingslied.“ Das stimmte zwar überhaupt nicht, aber das konnte Jeff ja nicht wissen.
„Echt? Mag ich auch gerne.“
Entweder hatte Jeffrey einen eigenartigen Musikgeschmack, oder er schwindelte gerade genauso wie sie. Die harten Beats des Songs durchdrangen den Raum, und Emily hoffte, das Lied würde schnell zu Ende gehen. Sie tanzte gut und hatte es immer gerne getan, aber irgendwie kam es ihr so vor, als ob sie an fast allen Dingen, die sie früher mochte, die Freude verloren hatte.
Niclas starrte mürrisch in Richtung Emily und Jeffrey. Der Typ war wirklich hartnäckig. Den ganzen Abend hing er jetzt schon wie eine Klette an ihr. Und nun tanzten sie auch noch zusammen.

„Nic? Sag mal, bist du noch anwesend oder wurdest du von Aliens gekidnappt und nur dein Körper sitzt noch da?“
Kevins belustigte Stimme drang zu ihm durch und er wandte sich seinem Freund widerwillig zu. „Hm? Was hast du gesagt?“
Kevin grinste. „Nichts. Wo bist du mit deinen Gedanken? Na, ist ja nicht schwer zu erraten. Sollen wir ihn kaltmachen?“
„Kaltmachen? Wen?“
„Na, Jeffrey natürlich.“
„Ach so. Von mir aus.“ Niclas hörte eindeutig nur mit halbem Ohr zu.
Kevin schüttelte den Kopf. „Also, du bist echt schwer zu ertragen, wenn du verliebt bist, weißt du das?“
Nun drehte Niclas den Kopf zu ihm um. „Verliebt? Ich? Blödsinn.“ Damit stand er auf und verzog sich ans Buffet. Er betrachtete die Schüsseln und Platten mit dem leckeren Essen und wandte sich wieder ab. Irgendwie hatte er heute keinen Hunger. Sein Blick wanderte wie magisch angezogen wieder zu Emily und damit auch zu Jeffrey. Gott, wie der sie anglotzte. Wie ein hypnotisierter Thunfisch. Nun ja, nicht, dass er schon mal einen hypnotisierten Thunfisch gesehen hätte, aber so ähnlich konnte man ihn sich sicher vorstellen. Eine gemeine Stimme in seinem Innersten flüsterte ihm allerdings hartnäckig zu, dass seine Gedanken grad ziemlich unfair waren. Jeffrey tat nichts Verbotenes, und außerdem sah er gar nicht aus wie ein Thunfisch, sondern sogar recht gut. Und das wiederum gefiel ihm gar nicht. Außerdem, wenn er ehrlich war, fiel es schwer, Emily nicht wie ein liebeskranker Idiot anzustarren, denn sie sah hinreißend aus. Ihre Bewegungen waren anmutig und doch voller

Scheu. Sie war eindeutig das zauberhafteste Mädchen, das er jemals gesehen hatte. Er runzelte die Stirn, denn er hatte es ja echt gerade nötig, sich über Jeffrey lustig zu machen. Vielleicht sollte er erst einmal damit anfangen, seine eigenen Gedanken und Gefühle zu sortieren. Denn ob er es nun zugeben wollte oder nicht, es war nicht zu ignorieren, dass es ihn mächtig störte, dass Jeffrey Emily so eindeutig anflirtete.

„So eine Scheiße."

Jennifer, die gerade neben ihm auftauchte, blickte ihn verwundert an.

Er lächelte entschuldigend. „Hab mir grad das Hemd verdreckt." Oh Mann, er musste hier raus, bevor er noch mehr auffiel oder Jeffrey eine verpasste. Gerade wollte er sich durch die herumstehenden Grüppchen den Weg zum Ausgang bahnen, als ein neuer Song anlief. Und schon bei den ersten Takten war ihm klar, dass Emily jetzt in der Klemme steckte. Er wandte sich um und sah, wie sie Jeffrey verzweifelt ansah und einen Schritt zurückwich. Aber dieser schien seine Chance nutzen zu wollen und streckte seine Arme nach ihr aus. Niclas schloss kurz die Augen und schüttelte den Kopf. „Du kannst jetzt nicht einfach abhauen, du weißt, sie kann es nicht ertragen, angefasst zu werden. Also los, geh da hin." Und so stand er gleich darauf neben Emily und sah Jeffrey entschuldigend an. „Sorry, diesen Tanz hat das Geburtstagskind mir versprochen." Jeffrey starrte ihn wütend an, doch Niclas ignorierte ihn und fasste nach Emilys Hand. „Darf ich?"

Sie nickte und lächelte ihm erleichtert zu. „Ja." Dabei warf sie Jeff einen entschuldigenden Blick zu. Der nickte notgedrungen und lächelte etwas säuerlich, zog sich aber zurück.

„Oh, Nic, danke."

„Kein Problem.“ Er umfasste leicht ihre Taille, sie legte ihre Arme sachte um ihn. Sie sahen sich an, dann zog er sie näher an sich und sie legte ihren Kopf an seine Schulter.

Sie schloss die Augen und es schien ihr, als würde es nur noch Niclas, sie und dieses wunderschöne Lied geben.

Endless Love ... die Welt reduzierte sich auf sie beide und diese Melodie, diese Worte, die von einer wunderbaren, einzigartigen Liebe sprachen. Sie liebte diesen Song, und es war wunderschön, in Niclas‘ Armen zu dieser Melodie zu tanzen. Die anderen Gäste, ihre Familie, ihre ganzen Probleme, all das schien plötzlich Lichtjahre weit entfernt zu sein – es gab nur Niclas.

Als die letzten Töne verklangen, blieben sie noch für Sekunden stehen, ganz versunken in die Nähe zueinander, dann flüsterte Emily: „Entschuldige mich bitte.“ Sie löste sich aus Niclas‘ Armen und eilte in den Flur. Dort zog sie ihre Jacke über und lief nach draußen in den Garten. Sie war durcheinander und verwirrt ... diese Gefühle für Niclas, sie wurden immer stärker und konnten doch nicht sein. Sie musste einen Moment Luft schnappen und Abstand gewinnen, dann würde es wieder gehen. Ganz sicher.

Es war kühl und windig, aber das machte ihr nichts aus, im Gegenteil, sie empfand es als angenehm. Sie ging um die Ecke herum, um sich in die Hollywoodschaukel zu setzen, als sie erschrocken zusammenzuckte, denn da saß bereits jemand.

„Connor. Hast du mich jetzt erschreckt. Was machst du denn hier draußen?“

Ihr Bruder zuckte mit den Schultern. „Das Gleiche könnte ich dich wohl fragen. Solltest du nicht drinnen bei deinen Gästen sein?“

Emily setzte sich neben ihn. „Ja, sollte ich wohl. Aber ich brauche etwas frische Luft."
Er nickte. „Verstehe."
„Ja, es ist ziemlich voll da drinnen." Ging das schon wieder los, dass sie miteinander redeten wie flüchtige Bekannte. Sie warf ihrem Bruder einen überraschten Blick zu, als er sich eine Zigarette anzündete. „Seit wann rauchst du denn?"
„Eine Weile schon. Nicht viel, nur ab und zu." Connor zuckte mit den Schultern und zog an seiner Zigarette.
Emily senkte den Kopf. „Früher konntest du Zigaretten nicht ausstehen", sagte sie leise.
„Hast du was dagegen?" Seine Stimme hatte schon wieder diesen feindseligen Unterton.
Sie zuckte zusammen. „Nein. Ich sag ja nur."
„Na, jetzt hast du es gesagt."
Sie sah ihn von der Seite an. „Warum können wir keine drei Sätze mehr miteinander reden, ohne uns in die Haare zu bekommen?" Ihre Stimme zitterte leicht, denn sie war sowieso so aufgewühlt und hatte hier draußen ihre Ruhe haben wollen und keine dieser erneuten, unfruchtbaren Streitereien mit Connor. Sie biss sich leicht auf die Unterlippe und fuhr fort: „Warum kannst du es nicht endlich gut sein lassen?"
Er nahm einen tiefen Zug. „Was soll ich denn gut sein lassen? Tu ich dir was? Muss ich ja nicht, hab dir ja schon genug getan, nicht wahr?"
Emily schüttelte den Kopf. „Warum tust du das? Ich habe dir schon tausendmal gesagt, dass ich dir nicht die Schuld daran gebe, warum kannst du nicht endlich damit aufhören?" Sie schluckte und fuhr fort: „Weißt du, alles, was ich mir wünsche, ist, es endlich zu vergessen. Aber das

geht nicht, weil du es auch nicht vergessen kannst, und immer wenn ich dich sehe, kommt alles wieder hoch."
„Ja, dann wäre es wohl besser, wir würden uns ganz einfach nicht mehr treffen. Dann musst du mich nicht ansehen und wirst nicht an alles erinnert." Connor klang jetzt aggressiv, er warf die Zigarette auf den Boden und trat sie aus. Dann sah er Emily an. „Was willst du eigentlich von mir? Dass ich einen auf heile Welt mache und weiterhin den Superbruder spiele? Aber das bin ich leider nicht. Nie gewesen. Ich bin ein Versager, ein absoluter Versager."
„Das ist doch Blödsinn, und das weißt du auch. Aber weißt du noch was? Langsam glaube ich, du willst es gar nicht anders. Du gefällst dir in der Rolle des unverstandenen Märtyrers."
Emilys Knie zitterten, als sie aufsprang und sich vor ihren Bruder stellte, der immer noch auf der Schaukel saß. „Und ich sag dir noch was: Ich habe keine Lust mehr, mir von dir immer und immer wieder ein schlechtes Gewissen einreden zu lassen. Soll ich mich etwa noch entschuldigen für das, was mir passiert ist? Du siehst mich an und ich sehe nur Vorwürfe in deinen Augen. Als ob ich schuld an deiner Situation wäre. Aber das bin ich nicht. Ich bin nicht schuld an dem, was passiert ist, und du bist es auch nicht. Also, hör doch endlich auf damit." Sie war jetzt ziemlich laut geworden, und Connor starrte sie wütend an. Dann sprang er ebenfalls auf und zischte: „Richtig, du bist nicht schuld. Du bist das arme Opfer, das alle bedauern, aber ich ... ich bin der Böse, der die arme Emily im Stich gelassen hat. Genau so ist es doch. Dich sehen alle voller Mitleid an und mich voller Verachtung. Hast du eine Ahnung, wie das ist?" Er schlug mit der flachen Hand an das Metallgestell der Schaukel,

das daraufhin heftig wackelte und quietschte. Emily schüttelte den Kopf. Tränen standen in ihren Augen, als sie leise und fast tonlos sagte: „Nein, das weiß ich nicht. Aber du weißt auch nicht, wie das ist, was ich erlebt habe. Und bei Gott, ich wünsche niemandem, diese Erfahrung machen zu müssen. Es tut mir leid, dass du so empfindest. Aber ich weiß nicht, was ich machen soll. Ich weiß, wie Dad dich behandelt hat, und es manchmal immer noch tut, und du weißt auch, wie oft ich mit ihm deswegen gestritten habe. Sag mir, was ich noch machen soll?“ Die Tränen liefen ihr jetzt über die Wangen und sie schluchzte: „Ich vermisse dich, weißt du. Ich will nicht mehr ständig von dir so angesehen werden. Ich will das nicht mehr, ich will nicht, dass wir uns immer nur Vorwürfe machen. Hör doch auf damit, bitte. Und ich will auch kein Mitleid, ich will einfach nur wieder normal leben. Warum nur kannst du das nicht verstehen?“

„Was ist denn hier los? Emily, Schatz.“ Kate und Jack tauchten auf, und Kate lief sofort zu ihrer Tochter, um sie in die Arme zu nehmen, während Jack Connor anfuhr: „Was hast du gemacht? Kannst du denn nicht mal an ihrem Geburtstag Rücksicht nehmen?“

„Oh, hört auf! Alle beide!“ Emily wehrte die Arme ihrer Mutter ab und starrte ihre Eltern unter Tränen an. Und plötzlich konnte sie Connor besser verstehen. „Hört doch auf, euch immer wie die Furien vor mich zu stellen und kümmert euch um ihn! Seht ihr nicht, dass er euch auch braucht? Warum nur seht ihr das denn nicht?“

Ihre Mutter hob hilflos die Hände und ihr Vater warf irritierte Blicke zwischen Emily und Connor hin und her. Emily schaute verzweifelt in das Gesicht ihres Bruders, das wie zur Maske erstarrt war, dann drehte sie sich um und stürzte davon.

„Emily!“ Kate machte einen Schritt nach vorne, doch Jack fasste sie am Arm.
„Lass sie. Lass sie.“
Emily stieß heftig die Haustür auf und stolperte fast in Kevin hinein, der sie an den Armen packte. „Hoppla. Langsam.“ Dann musterte er sie. „Hey, was ist denn mit dir los? Alles okay?“
Sie schüttelte den Kopf und wischte sich mit einer Hand die Tränen aus dem Gesicht, während sie mit zitternder Stimme sagte: „Nicht wirklich. Ich gehe mal einen Moment nach oben in Maras Zimmer.“
Kevin nickte und sah ihr hinterher, als sie hastig die Treppe nach oben lief. Dann drehte er sich um und ging ins Wohnzimmer, denn im Moment gab es hier wohl nur einen Menschen, den Emily jetzt dringend brauchte.
In Maras Zimmer ließ Emily sich aufs Bett fallen und vergrub das Gesicht in den Händen. Ihr war elend zumute, am liebsten wäre sie nach Hause gegangen. Sie wusste nicht, wie lange sie schon so gesessen hatte, als es leise an der Tür klopfte. Wenn das jetzt ihr Vater oder ihre Mutter waren ...
„Ja, bitte?“, sagte sie zögernd.
Die Tür öffnete sich und Ben kam schwanzwedelnd ins Zimmer gelaufen. Emily beugte sich nach vorne und kraulte seine Ohren. Niclas stand etwas unschlüssig in der Tür, als ob er Angst habe, sie zu stören, doch dann trat er ein und schloss die Tür hinter sich. „Hey. Was ist denn los, hm?“ Er setzte sich neben sie aufs Bett, und ein Blick in seine besorgten Augen genügte, um die Tränen wieder fließen zu lassen. „Oh, nicht doch. Komm her, komm her. Schhhh ...“ Er legte einen Arm um sie, streichelte sanft ihren Rücken, und ganz allmählich fühlte

Emily, wie sie ruhiger wurde. „Geht's wieder? Willst du drüber reden?"
Sie hörte Niclas' sanfte Stimme an ihrem Ohr und schniefte. „Ich weiß nicht, wo ich anfangen soll." Sie war kaum zu verstehen.
„Du musst nicht. Nur, wenn es dir gut tut." Er zog eines der Papiertaschentücher aus dem Päckchen auf Maras Nachttisch und reichte es ihr. Dann schaltete er die kleine Lampe ein, sodass ein warmes Licht durch das Zimmer flutete. „Oder soll ich es wieder ausmachen?"
„Nein, lass nur. Ich, ach, Niclas, ich weiß nicht, ich ertrage das alles einfach nicht mehr."
Er zog sie wieder näher an sich. „Ich würde dir so gerne helfen. Wenn ich nur wüsste, wie."
Sie schniefte. „Aber du hilfst mir doch. Du hast ja keine Ahnung, wie sehr du mir hilfst."
Es war süß von ihm, wie er sich um sie kümmerte, und sie würde ihm gerne von allem erzählen, aber ihre Kehle war wie zugeschnürt. Sie konnte damals kaum darüber sprechen und jetzt auch nicht. Und schon gar nicht mit ihm. Und somit konnte sie ihm auch nicht erzählen, was ihr wegen Connor das Herz so schwer machte. „Connor und ich, wir verstehen uns in letzter Zeit nicht besonders gut, wir haben uns grad mal wieder gestritten. Nic, ich weiß, du verstehst das nicht, und irgendwie hab ich das Gefühl, ich mute dir ganz schön viel zu, ohne dir jemals eine Erklärung zu geben. Es tut mir leid, aber ..." Sie brach ab.
Niclas strich ihr sanft über die Haare. „Schon okay. Ich hab dir doch schon mal gesagt, du musst mir nichts erklären. Jetzt beruhigst du dich erstmal, in Ordnung? Alles andere wird sich dann schon finden. Hey, du hast heute Geburtstag, da darfst du doch nicht so traurig sein. Ich

glaube, es gibt irgendwo sogar ein Gesetz, das untersagt, dass Geburtstagsmädchen so viel weinen dürfen." Er drückte sie an sich.
Sie musste lachen. „Bist du sicher?"
„Ganz sicher." Er sah sie ernsthaft an, während in seinen Augen die Goldpünktchen tanzten und ein zärtliches Lächeln seine Lippen umspielte.
Emily schniefte. „Ach, Nic. Danke. Ich weiß gar nicht, was ich ohne dich machen würde." Und das stimmte wirklich. Was würde sie ohne Niclas nur machen? Er war sehr wichtig geworden in ihrem Leben. Er wollte ihr nicht ständig irgendwelche Ratschläge geben, sie nicht dauernd bevormunden, er nahm sie einfach so wie sie war, und sie konnte kaum in Worte fassen, wie unendlich gut das tat. Und wie gut es tat, ihm so nahe zu sein, wie jetzt. Seine Wärme und seine Fürsorge zu spüren.
Es klopfte leise an der Tür und Kate steckte den Kopf herein. „Darf ich?"
Emily schniefte wieder und nickte. „Komm rein."
Ihre Mutter schloss die Tür hinter sich und warf einen unsicheren Blick zu Niclas, der Emily noch einmal kurz an sich drückte. „Ich gehe nach unten, dann kannst du in Ruhe mit deiner Mom reden, okay?"
Sie nickte. „Okay. Danke, Niclas. Bitte, geh nicht weg, warte auf mich."
Er lächelte. „Natürlich. Bis gleich." Er nickte Kate zu und verließ das Zimmer.
Sie sah ihm nach und setzte sich zögernd neben Emily aufs Bett. „Du und Niclas, ihr mögt euch sehr, was?" Ihre Stimme klang leise und bedrückt.
Emily rückte näher zu ihr und legte ihren Kopf an die Schulter ihrer Mutter. „Ja, das tun wir. Mom, es tut mir leid, ich wollte euch vorhin nicht so anfahren. Aber ihr

müsst damit aufhören, immer wie die Furien dazwischen zu gehen, wenn ich einmal einen Streit mit Connor habe. So schaffe ich es nie, ihm wieder näher zu kommen." Sie warf ihrer Mutter einen Blick zu.
Kate nickte. „Du hast Recht. Natürlich hast du Recht." Sie senkte den Kopf, und Emily fühlte ihren Kummer. Sie wusste, ihre Mutter saß zwischen den Stühlen, sie liebte ihren Sohn, ihre Tochter und natürlich auch ihren Mann, und sie rieb sich auf bei dem Versuch, es jedem recht zu machen.
„Mom, ich weiß, es ist nicht einfach für dich, aber bitte, rede doch noch einmal mit Dad. Er muss damit aufhören, Connor die Schuld zu geben. Es zerstört ihn sonst noch. Er ist so voller Selbsthass."
Kate nickte wieder. „Ich weiß. Es ist schrecklich. Es ist schrecklich für dich und für ihn. Wir haben vermutlich völlig falsch reagiert damals. Er war nicht der Böse, aber er hat unsere Wut abbekommen, weil die wahren Schuldigen nicht greifbar waren für uns. Ach, Emily, was bin ich nur für eine Mutter? Meine Tochter flüchtet in eine andere Stadt und ist lieber alleine mit ihrem Kummer, weil sie es zuhause nicht mehr aushält. Und mein Sohn zerbricht an seinen Selbstvorwürfen, die wir, seine Eltern, ihm größtenteils eingeredet haben." Tränen schimmerten in ihren Augen.
Emily legte ihren Arm um ihre Mutter. „Nein, du bist nicht schuld. Fang du nicht auch noch damit an, bitte. Niemand ist schuld, wir waren alle überfordert, geschockt und entsetzt über das, was passiert ist. Aber wir werden es schaffen, Mom. Unsere Familie wird das überstehen, ganz bestimmt. Wir brauchen nur noch ein wenig Zeit. Niclas sagt das auch, wir schaffen alles zusammen, wenn wir es nur wollen."

Kate lächelte unter Tränen. „So, sagt er das? Ihr beide zusammen?“
Emily nickte. „So hat er es wohl gemeint, ja.“
Kate schwieg einen Moment, dann sagte sie nachdenklich: „Klingt jetzt vielleicht komisch, aber ich habe das Gefühl, dieser junge Mann hilft dir mehr, als wir es je gekonnt haben.“
„Ach, Mom, nein, das stimmt nicht. Ihr wart doch da für mich. Es ist nur so, ich kann es auch nicht erklären, aber, ja, es war von Anfang so, dass ich mich bei Niclas total sicher gefühlt habe. Obwohl er da noch so ein Ekel war.“ Emily lächelte ihre Mutter etwas unsicher an.
„Ja, er hat so was an sich. Man kann es wohl wirklich schlecht beschreiben, aber Dorothy hat mir das auch schon gesagt. Damals, nachdem sie ihn das erste Mal gesehen hatte, rief sie mich an und sagte, ich solle mir keine Sorgen machen wegen dir und Niclas, du wärst in guten Händen bei ihm. Und dieses Gefühl habe ich auch. Obwohl ich ihn ja kaum kenne.“ Sie zögerte kurz. „Weiß er davon? Hast du ihm erzählt, was passiert ist?“
Emily sah auf ihre Hände und antwortete leise: „Nein, ich habe ihm nichts erzählt. Ich schäme mich dafür.“
Kate sah ihre Tochter bestürzt an. „Um Gottes Willen, Emily, du musst dich doch dafür nicht schämen. Denkst du denn, das würde etwas an Niclas‘ Gefühlen für dich ändern? Dass er dich dann nicht mehr gern hätte?“
„Was? Nein, oh nein. So ist er nicht. Es ist ... es liegt an mir. Obwohl ich glaube, er ahnt sowieso etwas. Ich habe mich schon oft merkwürdig verhalten, dass es ihm einfach auffallen musste. Aber er hat mich nie danach gefragt, er sagt immer, er überlässt es mir, ob und wann ich ihm etwas erzählen will. Weißt du, das ist das Tolle an Niclas. Er lässt mich einfach so sein, wie ich bin. Wenn

er merkt, dass ich mich in einer Situation unwohl fühle oder Angst habe, ist er da für mich. Er nimmt mich an der Hand und führt mich da durch. Und er fragt nicht nach dem Warum und fordert keine Erklärungen. Ich weiß, er ist da, wenn ich es ihm erzählen will, aber er ist auch da, wenn ich es nicht tue. Er ist unglaublich."
Kate betrachtete ihre Tochter voller Liebe. Emilys Wangen hatten sich leicht gerötet, während sie von Niclas sprach. „Das klingt doch toll. Er scheint wirklich sehr nett zu sein. Und er sieht sehr gut aus." Sie zwinkerte Emily zu, und die musste nun doch lächeln.
„Ja, das tut er. Er hat schöne Augen, Mom. Manchmal sieht es aus, als ob kleine, goldene Funken darin tanzen würden. Außerdem kann ich an seinen Augen sofort erkennen, ob ihm was nicht passt, ob er sauer ist oder traurig. Er versucht oft, seine Gefühle vor mir zu verbergen, aber ich sehe es ihm an."
Kate nickte langsam. „Emily, ich frage jetzt mal ganz direkt: Bist du in Niclas verliebt?"
Emily hatte den Kopf gesenkt und spielte mit den Fingern am Saum ihrer Bluse herum. „Ich weiß nicht. Vor ein paar Wochen hätte ich noch nein gesagt, weil ich viel zu viel Angst vor einem Ja gehabt hätte, aber jetzt ... es ist alles nicht so einfach. Nic ist ... er ist unglaublich süß und liebenswert. Er bringt mich zum Lachen und ist für mich da, wenn es mir nicht gut geht. Ich vermisse ihn, wenn ich ihn eine Weile nicht sehen kann. Heute zum Beispiel, ich war so froh, als er endlich hier war, da hab ich mich natürlich schon gefragt, ob das wirklich nur Freundschaft ist, was ich für ihn empfinde. Und manchmal denke ich, ihm geht es genauso. Er scheint gerne mit mir zusammen zu sein, und ich glaube, es ist ihm sehr wichtig, dass es mir gut geht."

Kate nickte. „Das klingt alles sehr schön. Und wo ist das ‚Aber' in der Geschichte?"
Emily seufzte und verzog das Gesicht. Ihre Mutter blickte sie an und sah den Schmerz in ihren Augen. „Das ‚Aber', Mom, bin ich. Wie könnte ich Niclas das zumuten? Wie könnte ich ihm zumuten, mit jemandem zusammen zu sein, der so kaputt ist wie ich." Sie strich sich durch die Haare.
Kate musterte sie bestürzt. „Aber, Emily, was redest du denn da? Wenn Niclas dich liebt, bist du doch keine Zumutung für ihn. Dann ist er glücklich, wenn du ihn auch liebst und will mit dir zusammen sein, alles andere spielt überhaupt keine Rolle." Sie suchte nach Worten. „Du sagst doch, Niclas sei ein sehr verständnisvoller und einfühlsamer junger Mann. Denkst du wirklich, er würde nicht mit dir zusammen sein wollen, weil du vielleicht für ... nun ja, manche Dinge mehr Zeit brauchen wirst als andere Mädchen?"
Emily schüttelte heftig den Kopf. „Nein, natürlich nicht. Es liegt nicht an ihm. Es liegt an mir. Ich kann das nicht erklären. Ich hab Angst, Mom. Einfach Angst, verstehst du? Nic ... weißt du, es scheint auch irgendetwas in seinem Leben zu geben, mit dem er nicht gut klarkommt. Er redet zwar nie darüber, aber ich fühle es. Er ist verletzt, und manchmal wirkt er schrecklich unglücklich. Und, wie soll ich sagen? Er ist toll und er verdient es, jemanden zu haben, der ihn bedingungslos glücklich machen kann, und nicht so jemanden wie mich, der dauernd mit seinen eigenen Ängsten zu kämpfen hat. Und jetzt will ich nicht mehr drüber reden, es ist doch sowieso egal, denn Nic liebt mich nicht, er ist ein guter Freund und nicht mehr. Ich geh jetzt wieder runter."

„Emily, warte doch." Kate starrte ihrer Tochter verdutzt nach, doch Emily war schon aufgesprungen und zur Tür hinausgelaufen. Meine Güte, wieso lehnte das Mädchen sich selbst so sehr ab, und warum hatte sie als ihre Mutter das nicht schon viel früher gemerkt? Natürlich hatte sie gewusst, wie sehr Emily unter allem litt, aber dass sie sich nicht für gut genug hielt, um von jemandem geliebt zu werden, das hatte sie nicht geahnt. Kate blieb noch eine Weile sitzen und grübelte vor sich hin. Schließlich stand sie seufzend auf und ging ebenfalls nach unten. Für den Rest des Abends beobachtete sie ihre Tochter unauffällig, die sich ständig in Niclas' Nähe aufhielt. Emily war still und sah traurig aus, und auch wenn sie es zu verbergen versuchte, wirkte sie verloren inmitten all der fröhlichen jungen Leute. Auch Niclas schien dies zu bemerken, denn Kate sah, wie er Emily oft nachdenklich musterte. Es war rührend, zu sehen, wie sehr er sich um sie sorgte und welche Mühe er sich gab, damit es ihr gut ging. Und tatsächlich schaffte er es immer wieder, ein Lächeln auf ihr Gesicht zu zaubern.
„Sie sind süß zusammen, stimmt's?" Dorothy war neben ihre Schwester getreten und hatte ihr den Arm leicht um die Taille gelegt.
Kate nickte. „Ja, das sind sie. Es ist wirklich rührend, wie sehr Niclas sich um Emily kümmert. Denkst du, er empfindet mehr für sie als Freundschaft? Du kennst ihn ja besser als ich."
Dorothy zuckte mit den Schultern. „Na ja, so gut kenne ich ihn auch nicht. Aber wenn ich mich auf das verlasse, was ich hier gerade so sehe, würde ich sagen, ja." Die Schwestern sahen sich an, und Dorothy strich Kate über den Rücken. „Mach dir keine Sorgen, wir passen schon auf sie auf. Mara verteidigt sie wie eine Löwenmama."

Kate lächelte. „Das weiß ich doch. Es ist nur", sie seufzte, „sie ist so verletzlich. Nicht, dass ich Niclas nicht trauen würde, wie käme ich dazu, aber, ach, ich weiß auch nicht. Vermutlich bin ich nur eine olle Gluckenmutter."
Dorothy drückte ihre Schwester lachend an sich. „Na ja, sind wir das nicht alle?"
„Du bist aber nicht so schlimm wie ich. Emily fühlt sich sehr wohl bei euch. Viel wohler als zuletzt bei uns zuhause. Und sogar heute haben wir es nicht geschafft, ein paar Stunden ohne Streit hinzubekommen." Kate lehnte den Kopf an den ihrer Schwester. „Sie hat mir erzählt, es gäbe etwas, was Niclas bedrücken würde, sie würde spüren, dass er oft traurig sei. Weißt du, was mit ihm ist?"
Dorothy ließ den Blick zu Niclas schweifen. „Ich weiß nur, dass seine Mutter vor einigen Jahren bei einem Unfall ums Leben kam. Seitdem lebt er alleine mit seinem Vater, der offenbar nicht genug Zeit für ihn hatte. Mehr weiß ich eigentlich auch nicht."
Kate betrachtete den hübschen, groß gewachsenen jungen Mann und fühlte tiefes Mitleid in sich. „Der arme Junge. Wie schrecklich." Sie ließ den Blick weiterschweifen. „Und wer ist das dort? Der Junge mit den dunkelblonden Haaren, der neben Thomas sitzt?"
Dorothy folgte dem Blick ihrer Schwester. „Das ist Jeffrey Barkley, er ist schon lange mit Mara befreundet. Warum?"
Kate zuckte mit den Schultern. „Er scheint auch Interesse an Emily zu haben, jedenfalls war er oft in ihrer Nähe heute Abend, und dass sie nun die ganze Zeit neben Niclas sitzt, scheint ihm nicht besonders zu gefallen."
Dorothy lachte. „Wow, Sherlock Holmes ist ja gar nichts gegen dich."

Kate sah sie an und stimmte dann in das Lachen ein. „Na ja, oder doch eher Gluckenmutter.“
Sie verdrehte die Augen.
„Komm, lass uns in die Küche gehen und zusammen einen Schnaps trinken, ich glaube, der schadet heute nicht.“
Kate zog erstaunt die Augenbrauen hoch. „Du trinkst Schnaps? Nun gut, von mir aus, gerne.“
Und so zogen die Schwestern gemeinsam in die Küche, um Emilys Geburtstag mit einem Obstschnaps zu begießen.

Kapitel 24

In den nächsten Tagen verbrachten Emily und Niclas jede freie Minute miteinander. Sie redeten über Gott und die Welt, er zeigte ihr, wie man schnitzt und sie las ihm aus ihren Lieblingsbüchern und selbst geschriebenen Geschichten vor. Zwischenzeitlich hatte er auch die Restaurationsarbeiten an der alten Kommode beendet, die, nun zum Schmuckstück erstrahlt, in Emilys Wohnzimmer stand. Sie konnte es kaum glauben, wie wunderschön der kleine Schrank nun wieder aussah und war ganz glücklich damit. Sie gingen zusammen mit Ben spazieren, Emily zeigte Niclas, wie man Muffins backte, und er ihr, wie man eine köstliche Lasagne zauberte. Beide genossen diese neue Nähe sehr, und dennoch stand immer noch etwas zwischen ihnen, über das sie einfach nicht reden konnten.
Heute war Freitag. Emily stand missmutig in ihrer Küche am Herd und erwärmte etwas Milch. In der Nacht hatte sie kaum geschlafen, ihr Hals schmerzte und alle Glieder taten ihr weh. „Blöde Erkältung, ausgerechnet heute." Sie nahm den Topf vom Herd und goss die Milch in einen Becher. Heute fand der Fahrradausflug mit Mr. Emmerson statt, und sie wollte nicht gleich beim ersten Termin fehlen, obwohl sie viel lieber wieder ins Bett gegangen wäre. Ihre Knie zitterten, sie fühlte sich wirklich nicht gut. Zu allem Elend nieselte es auch noch und war windig und kalt.
Sie setzte sich an den Tisch und rührte zwei Teelöffel Honig in die warme Milch. Das hatte ihre Mom ihr früher immer gemacht, wenn sie Halsschmerzen hatte.

Nach diesem etwas kargen Frühstück zog sie sich an, eine Jeans, eine Bluse und einen dicken Pullover. Darüber die Jacke und Handschuhe, denn sonst würden ihr mit Sicherheit die Finger abfrieren, bei dem kalten, nassen Wetter.
„So, Ben, mein Großer, ich muss dann los. Du hast es gut, kannst schön hier im Warmen bleiben. Bis später, sei brav."
Sie lief schnell die paar Schritte hinüber zu dem Haus ihrer Tante, wo Mara und Bob schon auf sie warteten. Bob fuhr die beiden Mädchen mitsamt ihren Fahrrädern an diesem Morgen zur Schule, damit sie nicht schon pitschnass waren, bevor der Ausflug überhaupt losging. Emily hatte sich Andreas Fahrrad ausgeliehen, da ihr eigenes zuhause bei ihren Eltern stand.
Thomas wartete schon auf Mara, und deren Miene hellte sich sofort auf, als sie ihn sah. Auch Niclas war bereits da, allerdings schien er nicht gerade gut gelaunt zu sein. Emily seufzte. Das konnte ja ein super Tag werden.
„Hi, na, bist du fit?" Sie schob ihr Rad neben Niclas. Er betrachtete sie so finster, dass sie unwillkürlich überlegte, ob sie ihn gestern verärgert hatte. Da ihr nichts einfiel, lächelte sie ihm zu, und er lächelte schließlich etwas gezwungen zurück.
„Ja, alles klar. Und du? Du siehst ziemlich blass aus. Geht's dir nicht gut?"
„Geht so. Bin ziemlich erkältet."
Er musterte sie. „Und wieso bleibst du dann nicht zuhause? Noch dazu bei diesem Mistwetter?"
„Weil ich nicht gleich beim ersten Ausflug fehlen will. Das würde am Ende so aussehen, als ob ich keine Lust dazu hätte." Sie hustete.

„Emily, das ist doch Quatsch. Wenn du krank bist, bist du krank. Geh heim, ich entschuldige dich bei Emmerson."
Sie schüttelte den Kopf.
Er verzog missmutig das Gesicht. „Warum bist du so ein Dickkopf? Das wird anstrengend, und hinterher bist du dann vermutlich richtig krank."
Sie schüttelte wieder den Kopf. „Ich schaff das schon." Eigentlich wusste sie, dass Niclas Recht hatte, sie fühlte sich jetzt schon sterbenselend und hatte keine Ahnung, wie sie es schaffen sollte, stundenlang mit dem Fahrrad durch die Gegend zu fahren, noch dazu bei Regen und Kälte. Aber irgendetwas in ihr wollte dringend genauso sein wie die anderen, und dazu gehörte eben auch, diesen blöden Ausflug mitzumachen.
Niclas starrte sie frustriert an und zuckte mit den Schultern. „Wie du meinst. Du musst es ja wissen." Damit wandte er sich zu Kevin um, und Emily stand mit hängenden Schultern neben ihm. Na Klasse, nun war auch noch Niclas sauer auf sie. Was für ein blöder Tag. Ihre Augen suchten nach Mara, die an Thomas' Arm hing und sich an ihn kuschelte. Nun, da würde sie jetzt wohl auch nur stören, also konnte sie auch neben Niclas bleiben und sich weiterhin von ihm anmuffeln lassen.
Mr. Emmerson hatte inzwischen seine Schüler um sich versammelt und pfiff nun in seine Trillerpfeife.
Gleich darauf setzte sich der Tross in Bewegung. Emily hielt sich ziemlich am Ende, denn sie hatte keine allzu große Lust, mit jemandem zu reden. Niclas fuhr neben Kevin, schien allerdings auch nicht gerade gesprächig zu sein. Seine Miene war abweisend, und Emilys Herz wurde schwer, wenn sie ihn ansah. Warum war er sauer auf sie? Der Weg führte schnell aus der Stadt hinaus. Bei

besserem Wetter hätte es sicher Spaß gemacht, denn die Landschaft war schön und der Weg relativ eben. Leider hatte der Regen sich noch verstärkt, ständig liefen Emily die Tropfen in die Augen. Nach zwei Stunden hatte sie das Gefühl, Bleigewichte an den Füßen zu haben. Ihr Atem rasselte heftig in ihrer Brust. Niclas war mittlerweile an ihrer Seite, und sie fühlte seine besorgten, wenn auch ärgerlichen Blicke. Er redete kaum ein Wort mit ihr, blieb jedoch in ihrer Nähe. Die Stimmung in der Gruppe war allgemein eher als mies zu bezeichnen, von allen Seiten hörte man Gemurre. Nur Mr. Emmerson schien in seinem Element zu sein, er radelte munter vorneweg.
„Herrschaften, nur keine Müdigkeit vorschützen. Sie sind doch alle noch jung, also so ein bisschen Regen und Anstrengung werden Sie schon nicht gleich umbringen." Er lachte über seinen Spruch, während seine Schüler es offenbar weniger lustig fanden. Der Weg war nun schmal und führte recht steil nach oben. Durch den seit Tagen andauernden Regen war der Untergrund weich und rutschig, man musste höllisch aufpassen, um nicht zu stürzen. Links vom Weg fiel ein mit Gras und Büschen bewachsener Abhang ziemlich schroff nach unten ab. Emily war jetzt so erschöpft, dass sie am liebsten geweint hätte. Was für eine blöde Idee von ihr, hier mitzufahren. Niclas hatte Recht gehabt, sie hätte zuhause bleiben sollen. Die anderen waren schon ein ganzes Stück voraus, aber sie konnte einfach nicht schneller. Ihr Kopf fühlte sich glühend heiß an und ihr war schwindlig. Sie war vom Rad abgestiegen und schob es nun. Dummerweise hatte sie auch noch vergessen, sich eine Kopfschmerztablette mitzunehmen, es kam wirklich alles zusammen. Mara und Thomas waren kaum noch zu sehen, vor lauter Turteln hatte ihre Cousine sie wohl ganz vergessen. Nic-

las war auch ein Stück weit vor ihr, er wollte schauen, ob er eine Tablette für sie auftreiben konnte. Er war offenbar verstimmt, verkniff sich aber bissige Bemerkungen. Mist, nun lief auch ihre Nase schon wieder. Sie zerrte an dem Taschentuchpäckchen in ihrer Jackentasche herum und schaffte es schließlich, eines herauszuziehen und sich die Nase zu putzen, ohne das Rad umfallen zu lassen. Emily steckte das Taschentuch wieder weg und wollte gerade weitergehen, als ihr linker Fuß auf dem rutschigen Schlamm ausrutschte. Sie merkte, wie die aufgeweichte Erde nachgab und der Rand des Weges wegbrach. Sie griff hastig nach dem Rad, das aber ebenfalls auf dem Schlamm weg glitt wie auf Eis. Emilys linker Fuß rutschte ab, sie ruderte mit den Armen und versuchte vergebens, irgendwo Halt zu finden. Ein erschrockener Schrei kam über ihre Lippen, als sie das Gleichgewicht vollends verlor und halb rutschend, halb rollend, den Abhang hinunterstürzte.

Niclas hatte erwartungsgemäß niemanden gefunden, der eine Schmerztablette mit sich herumschleppte, aber einen Versuch war es wert gewesen, denn Emily sah wirklich erbarmungswürdig aus. Warum bloß war sie nicht zuhause geblieben? Stattdessen quälte sie sich nun schon seit Stunden hier herum, er rechnete jede Minute damit, dass sie umkippte. Er ärgerte sich über Emily und ihre Dickköpfigkeit, aber auch über sich selbst. Niemals hätte er es zulassen dürfen, dass sie hier mitfuhr, so elend wie sie sich fühlte. Dieser bescheuerte Emmerson und seine dämliche Schnapsidee mit diesem Ausflug. Niclas hob den Kopf und sah zu Emily, die ein Stück weit von ihm weg stand. Was tat sie denn da? Er kniff die Augen zu-

sammen, denn der verdammte Nieselregen legte sich wie ein Schleier vor sein Blickfeld.
„Emily ...“ Das Wort blieb ihm im Halse stecken, denn er sah gerade noch, wie erst ihr Fuß abrutschte, dann das ganze Stück von dem aufgeweichten Boden nachgab, das Rad wegrutschte, sie den Halt verlor und fiel. Für einen Moment setzte sein Herzschlag aus, und Bilder, die er normalerweise mit aller Gewalt aus seiner Erinnerung verdrängte, stiegen mit Macht in ihm hoch. Er sah Blut, hörte Sirenen, sah zuckende Lichter im Regen. „Scheiße, Emily.“ Er begann zu laufen, stürzte zu dem Abhang und starrte einen Moment nach unten, ohne auch nur das Geringste erkennen zu können. Dann rutschte er, ohne länger nachzudenken, über das nasse, glitschige Gras nach unten. Der feine Nieselregen hing wie Nebelschwaden in der Luft, er konnte nicht mal genau erkennen, wo dieser Abhang endete.
„Emily? Wo bist du?“ Seine Kehle war wie zugeschnürt und sein Herz hämmerte wie ein Presslufthammer in seiner Brust. Lieber Gott, lass ihr nichts passiert sein. Bitte! Nicht Emily. Nicht Emily ...Er lief und rutschte, so schnell er konnte, ein oder zweimal wäre er selber fast gestürzt, so glatt und steil war es an manchen Stellen. Verdammt, wo war sie? Endlich war der Abhang zu Ende und er sah sich suchend um. „Emily? Komm schon, sag was.“
„Nic? Oh, Nic, hier bin ich.“
Niclas kniff die Augen zusammen, dann sah er sie. Sie saß auf dem Boden und hielt ihren rechten Arm etwas merkwürdig, aber ansonsten schien sie okay zu sein. Er hoffte es zumindest.„Gott sei Dank, da bist du ja.“ Er kniete sich neben sie und umfasste vorsichtig ihr Gesicht. „Bist du okay? Hast du dir wehgetan?“

Sie schüttelte den Kopf, und er sah den langen Kratzer, der sich von der Schläfe fast ganz über ihre rechte Wange zog. „Meine Hand tut weh, aber ich glaub, das ist nicht so schlimm."
„Zeig mal her." Er besah sich ganz vorsichtig ihr Handgelenk. „Gebrochen scheint nichts zu sein. Was hast du denn gemacht um Himmels willen?"
Sie zuckte mit den Schultern. „Ich weiß nicht, plötzlich ist der Weg weggebrochen und ich konnte mich nicht mehr festhalten, es war alles so rutschig. Und dann bin ich gefallen. Gott, ich hab mich so erschrocken."
Niclas nickte. „Und ich erst." Lange vergessen geglaubte Bilder blitzten urplötzlich in unerträglich grellen Farben vor seinem inneren Auge auf, alles lief in rasender Reihenfolge ab, und der Schmerz von damals bohrte sich mit voller Wucht in sein Herz. Er stand abrupt auf. „Du hättest dir das Genick brechen können. Ich hab dir doch gleich gesagt, du sollst daheim bleiben. Warum hast du nicht auf mich gehört? Du ... du könntest tot sein", rief er zornig.
Emily hob den Kopf und sah ihn erschrocken an. Ihre Wangen waren schmutzig, die Kapuze ihrer Jacke war heruntergerutscht. Die blonden Locken kringelten sich um ihr blasses Gesicht, sie waren zerzaust und feucht und Grashalme hingen darin. Niclas starrte sie an. Irgendetwas bohrte sich kalt und mit solcher Kraft in seinen Magen, dass er fast gewürgt hätte.
„Nic .. .ich." Sie brach ab und senkte den Kopf. Ihre Stimme zitterte.
Er starrte sie noch einen Moment heftig atmend an, dann war er wieder neben ihr auf den Knien und strich mit beiden Händen durch ihre feuchten Haare. „Entschuldige. Entschuldige bitte. Es tut mir leid." Seine Stimme klang

heiser und seine Hände zitterten. Er küsste sie auf die Stirn. „Es tut mir leid, ich wollte dich nicht so anfahren."
Sie hob den Kopf und ihr Gesicht war ganz dicht an seinem. Ihre Augen hatten einen besorgten, verwirrten Ausdruck, und schließlich hob sie die unverletzte Hand und strich ihm sanft über die Wange. „Schon gut, schon gut. Ist ja nichts passiert. Niclas, was ist denn nur mit dir?"
Sein Blick verfing sich in diesen Augen, die immer genau zu erkennen schienen, wenn es ihm nicht gut ging. „Nichts. Ich ... ich weiß nicht. Emily ..." Er spürte ihren Atem in seinem Gesicht und schloss die Augen. Seine Stirn lag nun an ihrer, und er fühlte, wie sie ihren Arm um seinen Nacken schlang und ihm sanft durch die Haare strich. Ihre zitternden Lippen waren direkt vor seinen, und alles, was er wollte, war, sie zu küssen. Sie zu küssen, zu halten und nie wieder loszulassen. Er wollte ihr sagen, dass er von nun an immer auf sie aufpassen und ihr niemals mehr wieder etwas geschehen würde. Aber das ging nicht, das ging nicht.
Sie beugte sich noch ein wenig näher und ihre Lippen strichen ganz vorsichtig, wie ein Hauch nur, über seine Wange. Ihre feuchten Locken kringelten sich unter seinen Fingern und er fühlte einen solchen Kummer im Herzen, der ihm fast den Verstand raubte.
„Emily ... nicht. Bitte." Er klang heiser und es brauchte all seine Willenskraft, sich von ihr zu lösen. Er stand auf und trat taumelnd zwei Schritte zurück, dabei senkte er den Kopf. „Es tut mir leid. Ich ..."
„Schon gut, schon gut. Ist schon gut. Mir tut es auch leid. Tut mir leid." Emily schüttelte den Kopf und sah ebenfalls zu Boden. Ihr Herz raste, und sie fühlte sich mit einmal so beschämt. Für einen Moment hatte sie wirklich geglaubt, Niclas wolle sie küssen, und sie hatte sich

plötzlich so sehr gewünscht, er würde es tun. Wie dumm von ihr. Wie konnte sie nur glauben, ein Junge wie Niclas würde mehr für sie empfinden können als Freundschaft?
„Emily? Niclas? Seid ihr da unten? Wo seid ihr?“ Das war Maras Stimme, die von oben zu ihnen herunter drang.
Emily atmete erleichtert auf. „Wir sind hier. Es ist alles okay.“
„Emily. Was ist denn passiert, geht‘s dir gut?“ Mara klang leicht panisch.
„Ihr geht‘s gut. Wir kommen jetzt rauf. Bleibt oben, wir sind gleich da“, rief Niclas herauf.
Er wandte sich zu Emily. „Kannst du aufstehen?“
Sie nickte, sah ihn dabei aber nicht an. „Ja, geht schon.“ Sie erhob sich mit wackligen Knien und ignorierte Niclas‘ Hand, die er ihr entgegenstreckte. Erst als er sagte: „Emily, bitte! Es tut mir leid. Es liegt nicht an dir. Es liegt an mir“, hob sie den Kopf. Der Kummer in seinen Augen traf sie mitten ins Herz. „Du weißt doch, wie sehr ich dich mag“, fügte er hinzu.
Sie sah ihn an. Seine Haare waren genauso feucht wie ihre und kringelten sich leicht im Nacken. Er sah unglaublich gut aus, jung, männlich, verletzlich, stark, alles gleichzeitig. Doch sie sah nur den Schmerz in seinen Augen. „Ja, ich weiß. Ich wünschte nur, ich könnte es dir abnehmen.“
Er wich ihrem Blick aus. „Was denn?“
Sie trat einen Schritt auf ihn zu und strich ihm ganz vorsichtig eine feuchte Haarsträhne aus der Stirn. „Das, was dir so schrecklich wehtut.“
Er wandte ihr den Blick zu und starrte sie überrascht an.

Emily schluckte. War sie zu weit gegangen? Viele verschiedene Emotionen waren jetzt auf seinem hübschen Gesicht zu sehen, und sie ahnte, dass irgendetwas in ihm sich ihr liebend gerne anvertrauen würde. Aber offenbar hatte er ebenso viel Angst davor, wie sie selbst es hatte, sich ihm anzuvertrauen. Er starrte sie immer noch an, und sie konnte sehen, wie er die Zähne zusammenbiss, dann jedoch stieß er plötzlich hervor: „Da gibt es nichts, Emily. Du irrst dich. Glaub mir, du irrst dich. Und nun komm, lass uns sehen, dass wir diesen Abhang hochkommen."
Sie senkte den Kopf und nickte. „Okay." Sie wusste, er würde nicht näher darauf eingehen, und sie würde ihn genauso wenig bedrängen, wie er sie. Aber er wusste nun, dass er nicht alleine war. Sie hoffte zumindest, dass er es wusste.
Es wurde ein ziemlich mühseliges Unterfangen, den rutschigen Abhang hochzuklettern, da Emily ihre rechte Hand kaum einsetzen konnte. Sobald sie versuchte, sich irgendwo abzustützen oder hochzuziehen, tat es höllisch weh. Niclas hielt sie allerdings die ganze Zeit über fest und sie hatte keine Angst, wieder abzurutschen. Auf dem letzten Stück kamen Thomas und Kevin ihnen entgegen, und schließlich hatten sie es geschafft.
„Emily, Gott sei Dank. Geht's dir gut?" Mara schluchzte fast vor Erleichterung, als sie ihrer Cousine um den Hals fiel. „Was habt ihr denn so lange da unten gemacht? Ich bin fast verrückt geworden. Hast du dir wehgetan?" Sie drückte Emily fest an sich, und die zuckte zusammen. „Aua. Ja, meine Hand ist anscheinend verstaucht."
Mr. Emmerson tauchte neben ihnen auf. „Um Himmels willen, Miss Alexander. Was machen Sie denn? Das war aber wirklich sehr ungeschickt. Nun mussten wir alle

umdrehen und auf Sie warten und haben dadurch viel Zeit verloren“, meinte er verärgert. Er fuchtelte mit den Händen in der Luft herum.
Niclas starrte ihn ungläubig an. „Wie bitte? Ungeschickt? Zeit verloren? Fällt Ihnen sonst nichts dazu ein? Sie hätte sich das Genick brechen können, und das wäre alleine Ihre Schuld gewesen. Wessen bescheuerte Idee war das denn, uns bei diesem Sauwetter hier stundenlang durch die Gegend zu scheuchen? Also, wagen Sie es ja nicht, so mit Emily zu reden, kapiert?“
Emily starrte Niclas erschrocken an, dessen Augen vor Wut blitzten, und sah dann zu ihrem Lehrer, der mit offenem Mund dastand und um Fassung rang. Schließlich zischte er: „Nicht in diesem Ton, Mr. Delaney. Nicht in diesem Ton.“ Er warf einen Blick in die Runde, sah allerdings an den Gesichtern seiner Schüler, dass er wohl nicht auf Unterstützung hoffen durfte. „Lassen Sie uns nun endlich fahren“, brummte er.
Niclas verdrehte die Augen. „Emily kann nicht Rad fahren, ihre Hand ist verletzt.“ Er war nun wirklich wütend.
Emily fasste schnell nach seinen Arm. „Lass nur, Nic, es wird schon gehen. Ich schiebe das Rad eben.“ Sie warf einen Blick zu ihrem Lehrer. „Ich glaube wirklich nicht, dass ich mit einer Hand fahren kann.“
Und so schob Niclas Emilys und sein eigenes Rad, während sie den anderen langsam folgten. Auch Mara, Thomas und Kevin trabten stumm neben ihnen her. Jeder spürte die merkwürdige Stimmung zwischen Emily und Niclas. Keiner redete ein Wort, Emily hielt ihre Hand und sah sehr bedrückt aus, während Niclas mit seinen Gedanken weit weg zu sein schien. Kevins Blicke schweiften nachdenklich zwischen den beiden hin und her, und innerlich raufte er sich die Haare. Was war nur

los mit seinem besten Freund? Er hatte Niclas noch nie so durcheinander gesehen wie in der letzten Zeit.
Alle waren froh, als sie endlich die Schule wieder erreichten.
„Ich kann nicht mehr. Ich will jetzt nur noch nach Hause in mein Bett“, meinte Emily stöhnend.
Von Mr. Emmerson war zum Glück nichts mehr zu sehen, was ihr nur recht war, bevor Niclas wieder mit ihm aneinander geraten würde.
„Ja, das kann ich mir denken, aber das muss noch warten. Du musst erst zum Arzt.“ Niclas stellte die Räder ab.
Emily sah ihn erschöpft an. „Was? Nein, das muss nicht sein. Meine Hand ist nur verstaucht, wirklich.“
Er nickte. „Bist du Ärztin?“
Sie verzog das Gesicht. „Nein, natürlich nicht. Aber ...“
„Nichts aber. Du gehst zum Arzt, basta! Und diskutiere nicht mit mir, okay? Heute Morgen hast du dich durchgesetzt, und wir sehen ja, was dabei herausgekommen ist. Also, lass es.“
Emily schnappte nach Luft und wollte etwas entgegnen, doch Niclas schnitt ihr das Wort ab.
„Ich schwöre dir, ich trage dich eigenhändig da hin, wenn es sein muss.“ Seine Augen blitzten verärgert, und Emily schloss den Mund wieder. Das würde sie ihm ohne weiteres zutrauen. Sie warf einen missmutigen Blick zu Mara, die an der Wand lehnte und grinste. Irgendein kindischer Impuls regte sich in Emily, sie hätte den beiden am liebsten die Zunge heraus gestreckt, aber selbst dazu war sie zu erschöpft.
„Nun gut, okay. Wenn du dann zufrieden bist. Aber wie sollen wir denn dahin kommen? Mit dem Fahrrad?“ Sie klang leicht schnippisch.

Mara lachte. „Nein, lieber nicht, wer weiß, was sonst noch passiert. Ich rufe Mom an, sie kann uns abholen und zum Arzt fahren."
Dorothy kam zehn Minuten später.
„Bitte, kommst du mit? Wenn ich schon deinetwegen zum Arzt muss", bat Emily Niclas.
Er zuckte mit den Schultern. „Sicher komm ich mit, du glaubst doch nicht, dass ich dich heute noch einen Schritt alleine gehen lasse? Und was heißt hier, meinetwegen? Du musst zum Arzt, weil du einen nicht ganz filmreifen Abflug hingelegt hast, an dem ich ja wohl völlig unschuldig bin. Schuld ist Emmerson, dieser Affe."
Sie verabschiedeten sich von Kevin, Thomas und Susan und stiegen in Dorothys Wagen. Mara saß vorne neben ihrer Mutter, Emily und Niclas nahmen auf dem Rücksitz Platz.
„Du hättest dich nicht mit Emmerson anlegen sollen. Jetzt hat er dich sicher total auf dem Kieker." Sie sah ihn bedrückt an.
Er nickte. „Vermutlich. Aber soll ich dir mal sagen, wie viel mir das ausmacht? Der kann mir echt gestohlen bleiben. Mach dir keine Gedanken, der Idiot kann mir nichts."
„Er kann dich beim Direktor anschwärzen."
Niclas zuckte mit den Schultern. „Soll er. Er muss ja auch mal eine Freude im Leben haben."
Emily schüttelte den Kopf und lächelte. „Du bist wirklich unmöglich. Danke, Nic. Danke für alles." Sie legte ihm die Hand auf den Arm, verzog jedoch gleich darauf schmerzhaft das Gesicht, denn es war die verletzte rechte Hand gewesen.
„Wir fahren am besten gleich ins Krankenhaus in die Notaufnahme. Dort können sie deine Hand auch röntgen.

Und wegen dem Lehrer, der kann froh sein, wenn ich mich nicht über *ihn* beim Direktor beschwere. Er hat nicht mal gewartet, um zu sehen, wie es dir geht, Emily."
Dorothy musterte ihre blasse Nichte besorgt im Rückspiegel und wechselte dann einen Blick mit Mara. Emily hatte wirklich Glück gehabt, das hätte auch anders ausgehen können.
Zum Glück war wenig los und sie kamen recht schnell dran. Der Dienst habende Arzt untersuchte Emilys Hand, ließ sie röntgen und desinfizierte den Kratzer in ihrem Gesicht.
„Haben Sie Kopfschmerzen oder sonstige Beschwerden?"
Sie schüttelte den Kopf. „Nein, außer meiner Erkältung nicht."
Der Arzt horchte die Lungen und das Herz ab und legte einen Verband um das rechte Handgelenk, dazu schrieb er eine Salbe auf. „Die Verstauchung ist zum Glück nicht sehr schlimm, der Verband wird das Gelenk ein paar Tage stabilisieren. Wechseln Sie ihn bitte täglich und reiben Sie die Hand dabei mit der Salbe ein. Nach vier bis fünf Tagen ist die Sache erledigt. Gute Besserung."
Auf dem Rückweg hielten sie an einer Apotheke und Dorothy besorgte die Salbe. Emily war so müde, dass sie im Auto fast schon einschlief. Ihr Kopf tat nun doch weh, aber das kam von der Erkältung und nicht von dem Sturz.
„Niclas, soll ich dich nach Hause fahren oder möchtest du noch mit zu uns kommen?" Dorothy warf einen Blick in den Rückspiegel.
„Nein danke, wenn Sie mich an der Schule absetzen könnten, das wäre nett. Mein Rad steht noch dort."
Sie nickte. „Okay, mach ich."

Emily öffnete die Augen. „Kommst du nicht noch mit zu mir?“
Er strich sich durch die Haare. „Nein. Du brauchst jetzt ein bisschen Ruhe, würde ich sagen. Ich sehe morgen nach dir.“
Emily nickte. „Okay. Du bist sicher auch müde.“ Sie versuchte, ihrer Stimme einen leichten Klang zu geben, dabei hätte sie ihn am liebsten angefleht, sie nicht alleine zu lassen und bei ihr zu bleiben. Sie brauchte keine Ruhe, sie brauchte ihn. Dann jedoch erinnerte sie sich an den Kummer in seinen Augen vorhin und wusste, dass er jetzt ein wenig Abstand brauchte. Es war immer schon so gewesen, seit sie sich kannten. Er suchte ihre Nähe und zog sich dann wieder zurück.
„Emily, du kommst natürlich mit zu uns, du kannst jetzt nicht alleine sein.“ Dorothys Stimme ließ keinen Widerspruch zu.
„Ich bin doch nicht todkrank. Ich hab nur eine verstauchte Hand.“
„Ja, genau. Und mit dieser Hand kannst du nicht mal eine Flasche Wasser öffnen oder dir etwas zu essen machen. Also, keine Widerrede bitte. Ich lasse heute nicht mit mir verhandeln.“
Emily warf Niclas einen Blick zu. Er nickte nur. Offenbar war er der gleichen Meinung wie ihre Tante.
Dorothy parkte vor dem Eingang zur Schule.
„Okay, dann bis morgen. Ich ruf dich nachher noch mal an, wenn du magst“, sagte Niclas.
Emily nickte stumm. Er sah sie forschend an und strich ihr sanft mit einem Finger über die Wange. Dann bedankte er sich bei Dorothy, verabschiedete sich von Mara und stieg aus. Emily sah ihm hinterher und biss sich auf die Lippen. Sie war so blöd. Grade hatte sie noch be-

hauptet, doch nicht sterbenskrank zu sein, aber so fühlte sie sich jetzt. Es tat weh, ohne Niclas.

Im Haus ihrer Tante ging sie zuerst duschen, während Mara Ben holte und ein paar Kleider mitbrachte. Danach verschwand sie gleich ins Bett. Erstens, weil sie sehr müde war, und zweitens, um alleine zu sein. Sie war total verwirrt wegen dem, was vorhin zwischen ihr und Niclas fast passiert wäre. Ihr wurde klar, dass sie sich nicht länger vor ihren Gefühlen verstecken konnte. Es war unmöglich, weiterhin so zu tun, als würde sie nichts weiter für ihn empfinden als Freundschaft. Sie vermisste ihn, wenn er nicht bei ihr sein konnte, sie war unglücklich, wenn er unglücklich war. Sie sehnte sich nach seiner Nähe und auch nach seinen Berührungen, was für sie das größte Wunder überhaupt darstellte. Wenn Niclas sie anlächelte, ging für sie die Sonne auf, so kitschig sich das auch anhören mochte. „Ach, Nic. Warum ist nur alles so kompliziert?“ Emily drehte sich auf den Bauch und vergrub das Gesicht im Kissen. Und mit Niclas‘ Bild vor Augen schlief sie schließlich todmüde ein.

Niclas feuerte das Fahrrad in der Garage in die Ecke und zog die Regenjacke aus. Dann lief er ins Haus, zog die Motorradjacke über und nahm den Helm. Es war verrückt, es regnete mittlerweile wie aus Kübeln, und er war ohnehin schon völlig durchgefroren, aber er musste jetzt einfach ein bisschen Motorradfahren. Er musste den Kopf ein wenig freikriegen, und für ihn war das die beste Möglichkeit, damit dies gelang.
Über eine Stunde fuhr er kreuz und quer durch die Gegend und fühlte sich danach auch nicht besser. Was tat er hier bloß? Hatte er wirklich geglaubt, er könnte das, was

in seinem Innersten tobte, mit einer Motorradfahrt durch den strömenden Regen in den Griff bekommen? Er bremste die Maschine ab und ließ sie am Fahrbahnrand ausrollen. Verdammt, verdammt, verdammt! Er konnte das nicht. Er konnte nicht so für Emily empfinden, wie er es tat. Was, wenn es schief ging? Und irgendwann würde es das, ganz sicher. Es ging immer schief. Er wusste nicht, wie lange er reglos im Regen stand, bevor er langsam nach Hause zurück fuhr.

Kevin saß in seinem Wagen vor der Einfahrt und stieg aus, als Niclas in die Garage fuhr.

„Mann, wo warst du? Ich warte hier schon seit einer Ewigkeit."

Niclas zuckte mit den Schultern. „Tut mir leid."

„Schon gut."

Sie gingen nach drinnen. „Mensch, du siehst vielleicht scheiße aus", sagte Kevin.

Niclas warf ihm einen missmutigen Blick zu und ging in die Küche, um sich ein Bier zu holen. „Auch eins?"

Kevin nickte. „Wenn's sein muss. Seit wann trinkst du am Tag? Oder besser, seit wann trinkst du überhaupt?"

„Es ist schon Abend. Fast zumindest. Und mir ist heute so danach." Niclas nahm einen Schluck aus der Flasche. „Ich geh erst mal duschen."

Sie gingen die Treppe nach oben.

„Wie geht's Emily? Was hat der Arzt gesagt?", wollte Kevin wissen.

„Es geht ihr ganz gut, denke ich. Ihre Hand ist verstaucht, ist aber nicht so schlimm." Niclas zog sein Shirt über den Kopf. „Setz dich, bin gleich zurück."

Er ließ das heiße Wasser über seinen Körper laufen und merkte jetzt erst, wie durchgefroren er wirklich war. Nach dem Duschen fühlte er sich wenigstens körperlich

etwas besser, als er zurück zu Kevin ins Zimmer ging. Sein Freund saß auf der Couch und nippte an seinem Bier.
Er ließ sich neben ihn fallen und nahm ebenfalls einen Schluck, während Kevin ihn nachdenklich musterte. Niclas sah immer noch elend aus, und er konnte sich denken, was ihm zu schaffen machte, schließlich kannten sie sich lange genug.
„Reden oder Film?“ Kevin zog zwei DVDs, die er mitgebracht hatte, aus seinem Rucksack und hielt sie hoch.
Niclas warf ihm einen Blick zu und griff nach den DVDs. „Film klingt gut.“
Kevin nickte. „Dachte ich mir. Horror oder Action?“
Niclas besah sich die Hüllen. „Action. Horror hab ich grad selber genug“, murmelte er.
Kevin zog die Augenbrauen hoch, verkniff sich aber eine Bemerkung. Sie sahen sich schweigend den Film an, und Kevin fragte sich, ob Niclas bemerken würde, wenn er die DVD stoppen und stattdessen die Teletubbies einlegen würde. Der Abspann war schon fast zu Ende, und Niclas starrte immer noch wortlos auf den Bildschirm. Kevin seufzte und schaltete den Player aus. „So, und jetzt sagst du mir, was los ist. Was setzt dir so zu, dass du wie ein Zombie durch die Gegend läufst und anfängst zu trinken?“
Niclas verdrehte die Augen. „Das waren zwei Flaschen Bier, eine davon alkoholfrei. Man könnte meinen, ich würde zum Alkoholiker mutieren.“
„Quatsch, du weißt, was ich meine. Also, ich höre.“ Kevin lehnte sich zurück und sah Niclas auffordernd an.
Der verzog das Gesicht. „Was willst du denn hören? Ich wüsste nicht, was ich dir erzählen könnte.“

„Ach, Nic, komm schon. Ich seh doch, dass es dir beschissen geht. Wir sind Freunde, schon vergessen?"
Niclas lehnte sich jetzt ebenfalls zurück und strich sich mit beiden Händen durch die Haare. Er schloss die Augen. „Es ist Emily, Kevin. Schon die ganze Zeit. Ich weiß nicht, wie ich mit dem umgehen soll, was ich ... was ich für sie fühle. Ich hab noch niemals so etwas empfunden, und das macht mir Angst."
Kevin nickte. „Das sehe ich. Aber warum nur? Ich meine, ich versteh es nicht. Emily ist total nett und süß. Sie würde dich nie ausnutzen oder dir wehtun. So ist sie nicht."
Er sah Niclas aufmerksam an, doch der schwieg eine Weile, bevor er sagte: „Nein, das würde sie nicht. Das ist auch nicht das Problem. Ich ... hör zu, ich kann nicht drüber reden, okay? Danke für deine Sorge, wirklich. Du bist ein guter Freund, das warst du immer schon. Aber ich kann nicht drüber reden."
Kevin nickte wieder. „Okay, wie du meinst. Ich will dir nur noch eines sagen: Du liebst Emily. Und sag mir jetzt nicht, das sei nicht wahr. Ich kenne dich schon lange, ich hab dich mit so einigen Mädchen gesehen, und mit keiner war es dir ernst. Aber Emily ist dir wichtig. Ich wage jetzt einfach mal, zu behaupten, sie bedeutet dir mehr, als dir jemals etwas bedeutet hat. Und wenn ich sie mir so ansehe, würde ich sagen, du bedeutest für sie ebenso viel. Aber pass auf, Niclas. Pass auf, dass du nicht etwas verspielst, was das Beste in deinem Leben werden könnte. Denk mal drüber nach! Ich mach mich jetzt vom Acker. Gute Nacht." Damit stand er auf, legte Niclas noch einmal kurz die Hand auf die Schulter, und gleich darauf fiel die Tür hinter ihm zu. Niclas saß reglos auf der Couch und Kevins Worte hallten in seinem Kopf.

‚Du liebst Emily ... sie bedeutet dir mehr, als dir jemals etwas bedeutet hat ... du bedeutest für sie ebenso viel ... pass auf, dass du nicht etwas verspielst, was das Beste in deinem Leben werden könnte ... das Beste in deinem Leben ...‘
Er beugte sich vor und verbarg den Kopf in den Händen. Was sollte er nur tun? Er fühlte sich, als ob er nie wieder einen einzigen klaren Gedanken fassen könnte.
Emily. Ob es ihr gut ging? Konnte sie schlafen? Er hatte ihr heute Nachmittag deutlich angesehen, was sie dachte. Sie hatte gedacht, er würde sie nicht küssen *wollen,* weil er nichts für sie empfand. Wenn sie nur wüsste. Wenn er ihr nur alles sagen könnte. Er sah zur Uhr. Es war zehn Uhr am Abend. Ob sie schon schlief? Er hatte ihr doch versprochen, sie noch einmal anzurufen. Und er vermisste sie so sehr. Er griff zögernd nach dem Handy und ging damit hinüber zum Bett, zog seine Jeans aus und ließ sich rücklings in die Kissen fallen. Sollte er, oder lieber nicht? Am Ende weckte er sie noch. Er betrachtete das Handy in seiner Hand und wählte dann kurzentschlossen Emilys Nummer. Er würde so gerne ihre Stimme hören. Nur ein paar Minuten. Ein Lächeln glitt über sein Gesicht, als sie sich meldete. Sie klang müde, aber offenbar freute sie sich, ihn zu hören.
„Niclas, hi. Wie schön, dass du noch anrufst.“
„Ja, entschuldige, ich bin spät. Kevin war noch hier. Hab ich dich geweckt?“
„Nein, ich war wach. Ich hab heute Nachmittag geschlafen, aber jetzt nicht mehr.“
„Ach so, gut. Wie geht‘s dir? Tut deine Hand sehr weh?“
Er lauschte Emilys warmer, sanfter Stimme, und der Druck auf seiner Brust wurde leichter.

„Es geht, wenn ich sie nicht viel bewege tut es nicht weh. Zum Glück ist jetzt Wochenende, am Montag wird es hoffentlich schon besser sein. Und du? Was hast du gemacht?“
Er starrte an die Decke. „Ich bin noch Motorrad gefahren und hab danach mit Kevin eine DVD angeschaut.“
„Du bist noch Motorrad gefahren? Oh.“
Er konnte sie richtig vor sich sehen, wie sie die Stirn runzelte und darüber nachdachte, was ihn dazu veranlasst haben könnte, bei dem Wetter und nach all dem Stress noch mal loszufahren.
„Ja, ich ... ich musste nachdenken.“
Er hörte ihr Atmen. „Ich auch. Komisch, hm?“
„Ja, komisch.“
Sie schwiegen einen Moment verlegen. „Ich bin froh, dass du anrufst, ich war mir nicht sicher, ob du es tun wirst.“ Sie hielt kurz inne. „Ich vermisse dich. Vorhin habe ich schreckliche Dinge geträumt, und als ich aufwachte, ist mir das Atmen wieder so schwer gefallen. Ich wünschte, du wärst hier.“
Niclas schloss die Augen und murmelte: „Ich vermisse dich auch. Und ich bin doch hier. Ich bin bei dir, Emily. Wenn du es zulässt, bin ich jetzt ganz nah bei dir.“
„Wirklich? Bist du das?“ Ihre Stimme klang zweifelnd.
Er verzog schmerzlich das Gesicht. Die Szene am Nachmittag hatte ihr offenbar ziemlich zugesetzt. „Das bin ich, Emily. Es tut mir leid, wegen vorhin. Ich kann es dir nicht erklären, aber es ist nicht so, wie du denkst. Bitte, du darfst nicht glauben, es würde an dir liegen. Bitte nicht.“ Er zögerte kurz. „Du bist zauberhaft. Und ich wünschte, es wäre alles anders.“
Emily schwieg einen Moment und versuchte, die aufsteigenden Tränen hinunterzuschlucken. Sie sah wieder die-

sen Schmerz in Niclas‘ Augen. Sie wollte ihm so gerne etwas sagen, was ihn trösten könnte. Aber es fiel ihr nichts Passendes ein. „Das wünschte ich auch.“
Sie schwiegen nun beide eine Weile.
„Möchtest du mir erzählen, was du geträumt hast?“, fragte er.
„Ich träume von den Schatten. Ich träume immer von ihnen. Jede Nacht. Sie sind überall.“
Niclas fühlte, wie sich etwas in ihm verkrampfte bei ihrem Worten, aber er lauschte still weiter. Ihre Stimme zitterte. „Sie sind immer da, ich versuche, sie abzuschütteln, aber es gelingt mir nicht. Sie haben keine Gesichter und machen mir schreckliche Angst. Es ist immer ganz finster, da wo sie sind. Nicht einfach nur dunkel, verstehst du, sondern rabenschwarz. Ich fürchte mich vor ihnen, und laufe, so schnell ich kann, aber egal wo ich hinkomme, sie sind schon da.“
Niclas presste das Handy fester ans Ohr. Emilys Atem ging schneller. „Em, alles okay? Hör zu, du musst nicht darüber reden, wenn du nicht möchtest.“
Erst kam keine Antwort, und er dachte schon, sie hätte ihn nicht gehört, als sie fast unhörbar flüsterte: „Sie sind überall, Niclas. Vor mir, hinter mir und ...“, ihr Atem flog jetzt regelrecht, und Niclas‘ Magen krampfte sich zusammen, „und dann, dann sind sie in mir.“
Er hörte das leise Schluchzen am anderen Ende der Leitung, und am liebsten hätte er das Handy gegen die Wand geschleudert. In ihr ... oh Gott. Er sah sie vor sich, ihr Gesicht, ihr Lächeln. *Was haben sie mit dir gemacht, Emily?* „Emily, wo bist du? Bist du bei deiner Tante?“
„Ja.“ Er hörte ein leises Schniefen, offenbar versuchte sie, die Tränen zurückzuhalten.
„Okay. Gib mir zehn Minuten, dann bin ich bei dir.“

„Was? Niclas, warte!" Emily starrte auf das Handy, aber er hatte schon aufgelegt. „Nic."
Er musste todmüde sein, offenbar machte ihm etwas schwer zu schaffen, aber dennoch kam er jetzt her zu ihr. Warum? Sie legte das Handy weg und stieg mit etwas wackeligen Knien aus dem Bett. Ob die anderen bereits schliefen? Sie öffnete leise die Zimmertür und schaute hinaus auf den Flur. Es brannte kein Licht mehr, also waren wohl alle im Bett. Sie lief im Dunkeln vorsichtig die Treppe nach unten, während Ben ihr auf dem Fuß folgte.
„Du musst still sein, wenn Niclas kommt, hörst du? Nicht bellen, sonst werden alle wach."
Unten in der Küche stellte sie sich ans Fenster und sah hinaus, während sie Bens Kopf streichelte. Sie zitterte, denn sie hatte nur den dünnen Schlafanzug an und vergessen, sich etwas überzuziehen. „Nic, bitte fahr vorsichtig, es ist spät und du bist müde. Du hättest nicht kommen sollen." Sie lehnte die Stirn an die kühle Scheibe, und obwohl sie sich Sorgen um Niclas machte, war sie doch glücklich, dass er gleich da sein würde. Alles war viel leichter, wenn er bei ihr war. Sie starrte in die Dunkelheit und atmete erleichtert auf, als seine Maschine um die Ecke bog und er vor dem Grundstück stoppte.
„Niclas." Ohne darauf zu achten, dass sie nicht mal Schuhe, sondern nur Socken anhatte, lief Emily zur Tür und hinaus in den Garten. Ben hatte Niclas bereits erreicht, blieb aber gegen seine sonstige Gewohnheit still, sondern schnüffelte nur an seinen Beinen herum und hob die Pfote. Niclas beugte sich zu ihm hinunter und streichelte ihn. „Na du? Braver Ben, brav."
Dann richtete er sich auf und Emily konnte sein Gesicht sehen. Er sah müde und erschöpft aus, dass ihr Herz sich

schmerzlich zusammenzog. Seine Haare waren verwuschelt und er hatte Schatten unter den Augen. Sein Blick suchte ihren. „Emily. Hey."
„Hey." Ihr Blick versank in seinem, dann lief sie einfach los und ließ sich mit einem trockenen Schluchzen in seine Arme fallen. Er zog sie eng an sich. „Schhh, ist ja gut, ist ja gut. Ich bin ja hier." Emily drückte ihr Gesicht an seine Schulter und nickte. Sie roch den Duft seiner Lederjacke und seines Duschgels. Es roch nach Niclas, nach Geborgenheit, Zärtlichkeit, nach Schmerz und Einsamkeit.
„Warum bist du gekommen, Niclas?" Ihre Stimme war kaum zu verstehen.
Niclas zögerte einen Moment mit der Antwort. „Das weißt du doch." Er umfasste ihr Gesicht und hob es unendlich vorsichtig an. „Du weißt, warum ich hier bin. Ich weiß, das ist alles sehr verwirrend für dich, aber glaub mir, für mich auch." Er senkte den Kopf, und Emilys Herz klopfte bis zum Hals. Sie strich ihm sanft mit beiden Händen durch die Haare. „Dann nimm dir doch einfach die Zeit, die du brauchst, bis es vielleicht nicht mehr so verwirrend ist", flüsterte sie.
„Wäre das okay für dich?"
Sie nickte. „Das wäre okay, ja. Ach, Niclas."
Er zog sie wieder an sich. „Komm, du musst ins Haus, du holst dir noch den Tod hier draußen. Sag mal, du hast ja nicht mal Schuhe an. Jetzt aber schnell." Und bevor sie etwas sagen konnte, hatte er sie hochgehoben und ins Haus getragen. Oben in ihrem Zimmer setzte er sie vorsichtig auf dem Bett ab und zeigte auf ihre Strümpfe. „Die solltest du vielleicht ausziehen, bevor du dich hinlegst."

Emily besah sich ihre Füße und schaute Niclas dann verlegen an, der lachen musste.
„Oh, ziemlich schmutzig.“ Sie zog die Strümpfe aus und kuschelte sich unter die Decke. Niclas setzte sich neben sie auf die Bettkante und strich ihr sanft mit einem Finger über die Stirn. „Du siehst müde aus. Schlaf jetzt. Ich bleibe hier. Dann werden die Schatten sicher nicht mehr zurückkommen.“
„Und du? Du siehst genauso müde aus. Du kannst doch nicht schon wieder auf dem Boden schlafen.“ Sie klang so bekümmert, dass er lächeln musste.
„Mach dir nur keine Sorgen um mich. Ich setze mich da drüben in den Sessel, wenn du schläfst.“
Sie sah ihn etwas unsicher an. „Du kannst dich auch zu mir legen, das Bett ist doch breit genug. Wir werden uns schon nicht in die Quere kommen, was meinst du?“
Niclas zögerte kurz, doch dann nickte er. „Okay. Dann rutsch mal.“
Er lächelte ihr zu, doch Emily sah in seinen Augen, dass er genauso unsicher war wie sie. Sie rutschte zur Seite. Er zog die Jacke aus und legte sich ganz vorsichtig neben sie. „Denkst du, dein Onkel erschießt mich, falls er das hier zufällig mitbekommt?“
Emily lächelte. „Nein, keine Angst, er ist ja nicht wie mein Dad. Bei dem wäre ich mir nicht so sicher.“
„Na, da bin ich ja beruhigt.“ Er drehte sich zu ihr um und strich ihr sanft durch die Haare. „Schlaf schön. Ich pass auf dich auf. Keine Schatten mehr heute Nacht.“
„Okay. Keine Schatten. Danke. Danke, dass du da bist. Gute Nacht, Nic.“
Keine fünf Minuten später war Emily tief und fest eingeschlafen, denn sie wusste, in dieser Nacht konnte ihr nichts passieren. Niclas dagegen lag noch lange wach

und betrachtete sie. Sie sah friedlich und hübsch aus. Sie hatte gesagt, er solle sich die Zeit nehmen, die er brauchen würde, um mit allem besser klarzukommen. Aber brauchte er diese Zeit überhaupt noch? Er wusste doch schon längst, was er für sie empfand. Er wusste es und konnte es dennoch nicht aussprechen oder zugeben. Aber bald ... bald.

Kapitel 25

Am nächsten Morgen erwachte Emily früh. Es war noch dämmrig im Zimmer. Sie blinzelte und fuhr sich mit einer Hand über die Augen. Dabei fiel ihr Blick auf Niclas, und eine heiße Woge von Zärtlichkeit für ihn stieg in ihr auf. Er schlief noch fest. Sie blieb ganz still liegen, um ihn nicht zu wecken. Er hatte so müde ausgesehen gestern, und doch war er ohne zu zögern zu ihr gekommen, nur wegen ihres Albtraumes.

‚Warum bist du gekommen, Niclas?'

‚Das weißt du doch.'

Wusste sie das wirklich? Sie wusste, was sie sich so sehr wünschte, und was immer mehr Raum in ihren Gedanken und ihrem Herzen einnahm. Aber war es auch das, was Niclas sich wünschte? Er schien Angst vor seinen Gefühlen zu haben, aber die hatte sie auch. Sie hatte schreckliche Angst, ihm wehzutun, nicht das zu sein, was er wollte, was er brauchte. Und doch ... je länger sie Niclas kannte, je näher sie sich kamen, desto mehr Vertrauen hatte sie in ihn. Und damit auch in sich selbst. Hatte er nicht gesagt, zusammen könnten sie alles schaffen? Könnten sie es dann nicht auch schaffen, zusammen gegen ihre Ängste anzukämpfen und sie überwinden? Sie war glücklich, wenn Niclas bei ihr war. Es war ein inniges Gefühl von Nähe und Geborgenheit, das sie dann verspürte. Wäre es möglich, dass er das Gleiche fühlte? Und wenn er das wirklich tat, würden sie nicht etwas unendlich Wertvolles aufgeben, wenn sie sich ihren Ängsten nicht stellten und sie besiegten?

Emilys Blick strich zärtlich über Niclas' Gesicht. Tief in ihrem Herzen, noch ganz zart und verletzlich, begann

eine winzigkleine Hoffnung zu wachsen, dass das Leben noch etwas anderes für sie bereithalten könnte, außer Angst und Schmerz. Etwas, mit dem sie nie gerechnet hätte und das es wert war, darum zu kämpfen. Das einfach alles wert war.
Sie beugte sich vorsichtig zu Niclas hinüber und flüsterte: „Du bist alles wert."
Er verzog im Schlaf das Gesicht, und Emily lächelte. Sicher würde er bald aufwachen. Sie schob vorsichtig die Decke zur Seite und huschte aus dem Zimmer. Im Bad putzte sie schnell die Zähne und lief dann die Treppe nach unten. Ihre Tante und Mara saßen am Küchentisch und frühstückten. Andrea schlief offenbar noch und ihr Onkel hatte Dienst.
„Guten Morgen." Emily betrat die Küche.
Die beiden sahen hoch. „Guten Morgen. Wie geht es dir, Schatz?" Dorothy betrachtete ihre Nichte besorgt.
Emily küsste sie auf die Wange. „Mir geht's ganz gut, mach dir keine Sorgen. Die Erkältung ist besser und meine Hand tut auch nicht mehr so weh. Gibt's noch Kaffee?"
„Ja, natürlich. Setz dich, ich schenke dir welchen ein. Magst du etwas essen?"
„Ähm, nein, danke. Und den Kaffee würde ich gerne mit nach oben nehmen, er ist nicht für mich." Sie sah Dorothy verlegen an. Die musterte sie erstaunt.
Mara grinste. „Nicht für dich? Seit wann trinkt denn Ben Kaffee?"
Emily schluckte. „Er ist nicht für Ben, sondern für Niclas."
Ihre Tante und Mara sahen sie verblüfft an. „Für Niclas? Kannst du das mal bitte genauer erläutern?", fragte Mara.

Emily nahm ihrer Tante die Tasse aus der Hand und zog etwas unbehaglich die Schultern hoch. „Na ja, das ist so: Er hat mich gestern Abend noch mal angerufen, das hatten wir ja abgemacht. Und ich hab ihm von dem Traum erzählt. Ihr wisst schon. Die Schatten.“ Sie schwieg.
Dorothy und Mara wechselten einen beunruhigten Blick. „Hast du wieder geträumt?“ Dorothy legte Emily den Arm um die Schultern.
„Ja. Ich träume immer. Na ja, ich hab es ihm erzählt. Es ging mir nicht gut, und, ja, da ist er eben hergekommen. Ihr habt alle schon geschlafen. Ich hoffe, es ist okay, es ist ja immerhin euer Haus.“
Dorothy drückte ihre Nichte an sich. „Emily, du bist hier auch zuhause, das weißt du doch. Und wenn Niclas dir heute Nacht helfen konnte, ist das natürlich in Ordnung.“
Emily lächelte und lehnte ihren Kopf an den ihrer Tante. „Danke.“
Mara rührte in ihrer Tasse. „Also, ich kann es echt kaum glauben, dass ich das sage, aber Niclas ist wohl wirklich nicht so, wie ich immer dachte. Ist ja total süß von ihm, dass er zu dir gekommen ist. Vielleicht ist er ja doch der Prinz. Du weißt schon.“ Die Cousinen tauschten einen Blick und lächelten sich zu.
„Ja, wer weiß. Vielleicht. Ich wollte euch auch nur vorwarnen. Es hätte vielleicht ein bisschen komisch ausgesehen, wenn Nic und ich nachher zusammen die Treppe runtergekommen wären.“ Sie verzog das Gesicht.
Dorothy lachte. „Na ja, dein Vater ist nicht hier, da wäre es schon nicht so schlimm geworden. Wäre Jack hier, hätte es gefährlich werden können.“
Alle drei lachten.
„Ja, ich geh dann mal wieder nach oben. Mal sehen, ob der Prinz schon aufgewacht ist.“

Dorothy und Mara sahen ihr nach, als sie die Küche verließ.
„Vielleicht hab ich Niclas die ganze Zeit wirklich falsch eingeschätzt. Am Anfang, als Emily sich mit ihm angefreundet hat, da dachte ich, das geht niemals gut. Er wird ihr das Herz brechen. Aber offenbar liegt ihm wirklich sehr viel an ihr."
Dorothy setzte sich wieder und strich Marmelade auf ihren Toast. „Also ich mochte Niclas schon vom ersten Tag an, als ich ihn kennen gelernt habe. Er hat von Anfang an auf mich gewirkt, als ob er auf Emily aufpassen wollte und sie unglaublich gern hat. Ach Gott, ist das romantisch. Der junge Mann kommt mitten in der Nacht bei Wind und Wetter durch den Sturm gefahren, um bei dem Mädchen zu sein, das er liebt, um sie zu trösten und zu beschützen." Dorothy sah verträumt vor sich hin.
Mara musste laut lachen. „Mom, nun übertreib mal nicht. Es war kein Sturm, es hat nur geregnet. Beschützen musste er sie auch nicht wirklich, schließlich war sie hier in unserem Haus und nicht in irgendeiner Drachenhöhle, und ob er Emily liebt, wissen wir noch nicht. Und vor allem wissen wir nicht, wie sie selber damit umgehen kann. Es ist ja schließlich alles nicht so einfach bei ihr."
Dorothy nickte bekümmert. „Ja, du hast natürlich Recht. Ich wünsche es mir nur so sehr für Emily. Ich kann mir nicht helfen, aber wenn einer es schafft, sie aus ihrem Schneckenhaus herauszuholen und sie glücklich machen kann, ist das meiner Meinung nach Niclas. Hast du an ihrer Geburtstagsfeier nicht bemerkt, wie Jeffrey ständig um sie herumgeschlichen ist? Und sie hat sich völlig unwohl damit gefühlt. Sie erträgt es immer noch nicht, von Männern angefasst oder auch nur angeschaut zu werden. Nur mit Niclas ist es anders."

Mara stand auf und holte sich einen Joghurt aus dem Kühlschrank. „Du hast Recht. Es ist anders mit ihm. Es war von Anfang an anders. Keine Ahnung, warum.“ Sie setzte sich wieder und sah ihre Mutter an. „Mom, wenn Niclas der Richtige ist für Emily, lass uns alle Daumen drücken, damit es klappt mit ihnen. Ich würde es Em so sehr wünschen. Ich kenne niemanden, der es mehr verdient hat, wieder glücklich zu sein, als sie.“
Dorothy nickte und strich ihrer Tochter zärtlich durch die Haare. „Ja, drücken wir die Daumen.“

Emily öffnete leise die Tür und trat ein. Ben hob den Kopf, blieb aber auf seinem Platz neben Niclas‘ Bettseite liegen. Niclas schlief offenbar noch. Sie legte sich vorsichtig wieder neben ihn. Die Tasse stellte sie auf dem Nachttisch ab und betrachtete ihn. Er sah so friedlich aus. Alles, was sie sich für ihn wünschte, war, dass er glücklich war. Nun bewegte er sich ein wenig, und bevor sie etwas sagen konnte, war Ben aufgesprungen und drückte Niclas einen dicken Hundekuss mitten ins Gesicht. Der riss erschrocken die Augen auf und gab ein ziemlich entsetztes Geräusch von sich.
Emily lachte. „Guten Morgen, du Schlafmütze. Das ist wecken auf Ben-Art. Ziemlich feucht, aber liebevoll.“
Niclas sah sie erst einen Moment verdutzt an, und setzte sich dann langsam im Bett auf. „Oh ja. Und eine prima Sache, um den Leuten gleich zum Aufwachen einen Herzinfarkt zu bescheren.“
Emily lächelte. „Das ist alles Gewohnheitssache. Wenn du jeden Morgen so geweckt wirst, fällst du irgendwann nicht mehr vor Schreck fast aus dem Bett.“
Niclas verzog das Gesicht. „Wie beruhigend.“

„Ja, finde ich auch. Hier, ich hab dir einen Kaffee besorgt. Oder möchtest du lieber einen Beruhigungstee?"
„Nein, danke. Mein Blutdruck ist schon wieder in den Normalbereich gesunken. Kaffee wäre also super." Er griff mit einer Hand nach der Tasse, die Emily ihm reichte, und kraulte mit der anderen Ben, der zufrieden neben dem Bett saß.
„Hast du gut geschlafen?" Emily sah ihn mit schief gelegtem Kopf an.
Niclas betrachtete sie lächelnd. Sie sah ihn irritiert an.
„Was? Hab ich eine Warze auf der Nase?", fragte sie.
Er schüttelte schmunzelnd den Kopf. „Nein, im Gegenteil, du siehst sehr süß aus. Deine Haare sind noch ganz verwuschelt."
Emily fuhr sich erschrocken mit beiden Händen durch die Locken. „Oh. Ich hab total vergessen, mich zu kämmen. Ich geh mal eben schnell." Sie machte Anstalten, aus dem Bett zu klettern, doch Niclas fasste nach ihrem Arm.
„Nein, bleib doch hier. Du siehst süß aus, wirklich. Ich mag das."
Sie sah ihn skeptisch an. „Echt? Das sagst du doch nur so."
Er lachte. „Nein, gar nicht. Du siehst wirklich sehr hübsch aus so. Ich mein, du siehst natürlich immer hübsch aus. Also, du weißt schon." Er lächelte etwas verlegen.
„Danke. Und, hast du nun gut geschlafen?"
„Oh, ja. Ich war noch ziemlich lange wach, aber dann ging's. Und du? Hast du wieder geträumt? Wie geht's deiner Hand?"

„Meiner Hand geht's ganz gut. Tut zwar noch weh, ist aber auszuhalten. Und, nein, du hattest Recht, keine Schatten mehr. Danke, dass du da warst."
Niclas strich sich durch die Haare. „Das hab ich doch gerne getan. Ich hab dir doch gesagt, ich bin für dich da."
Sie schwiegen eine Weile. „Als du unten warst, den Kaffee holen, hast du da deine Tante gesehen? Oder Mara?", fragte er.
Emily nickte. „Ja. Ich hab ihnen gesagt, dass du hier geschlafen hast."
„Oh. Und? Sie waren sicher nicht sehr erfreut, oder? Zumindest Mara nicht."
Sie legte den Kopf schief. „Hm, doch, eigentlich schon. Ich war auch erstaunt, aber sie fand es süß von dir, und sagte, du wärest vielleicht mein Prinz."
Niclas verschluckte sich fast an seinem Kaffee und sah sie ungläubig an. „Das hat Mara gesagt? Sie findet etwas, was ich tue, süß? Bist du sicher, dass die sie heute Nacht nicht ausgetauscht haben?"
Emily grinste. „Du meinst die kleinen grünen Männchen? Hm, na ja, könnte schon sein, aber nein, ich glaub eher, sie war es selbst. Und, ja, sie fand es süß. Unglaublich, oder?"
„Da sagst du was. Ich bin echt schockiert."
„Ja, ich auch."
Sie sahen sich an und mussten beide lachen. Niclas stellte die Tasse weg und lehnte sich zurück. Sein Blick hing an Emilys Gesicht. „Es gibt so vieles, was ich noch nicht über dich weiß. Ich weiß zum Beispiel, dass du Tiere sehr liebst, besonders Hunde, stimmt's, Ben?" Er zupfte dem Retriever spielerisch am Ohr. Ben brummte. „Du isst gerne Pizza und Nudeln und magst keinen Fisch. Ich weiß, dass du für Schokolade sterben würdest und am

liebsten Pastellfarben magst. Du schreibst gerne Geschichten, liest gerne und magst keine Sommerhitze. Stattdessen stehst du auf den Herbst und den Frühling. Ich kenne einige deiner Lieblingsautoren, weiß, dass du dir bei Horrorfilmen meistens die Augen zuhältst, weil du schreckliche Angst hast, und auf schmalzige Liebeskomödien stehst."

Emily warf ihm einen beleidigten Blick zu.

„Ähm, ich meine natürlich romantische Liebeskomödien", setzte er grinsend hinzu.

Sie nickte. „Genau, das ist ein großer Unterschied. Nun, da weißt du doch schon so einiges über mich. Was willst du noch wissen? Du kannst mich ruhig fragen." Ihre Augen ruhten auf ihm.

Er sah den leicht unsicheren Ausdruck darin und wusste, sie würde ihm alles beantworten, bis auf das Eine. „Okay. Lass mal überlegen. Hast du einen zweiten Vornamen?"

Emily nickte lächelnd. „Ja, hab ich. Ich heiße mit zweitem Vornamen Rose. Wie Rose auf der Titanic."

„Emily Rose. Das klingt schön. Leider heiße ich nicht Jack." Niclas zog bedauernd die Schultern hoch.

Emily lachte. „So heißt mein Dad. Und ein Jack genügt, glaub mir." Sie sah Niclas neugierig an. „Und du? Hast du auch einen zweiten Vornamen?"

Niclas zwirbelte immer noch an Bens Ohr herum, der geduldig still hielt. „Ja, ich heiße Jonathan. Keine Ahnung, wer auf die bescheuerte Idee kam."

„Oh, das ist doch nicht bescheuert. Ich finde den Namen sehr schön. Rose und Jonathan. Das klingt wie aus einem alten Film. Oder nach einem Liebespaar aus einer anderen, längst vergangenen Zeit."

Niclas betrachtete sie. Süße, romantische Emily. „Du hast Recht, das klingt sehr schön. Nach einer großen, besonderen Liebe in den Wirren des Bürgerkrieges."
Emily sah ihn begeistert an. „Ja, genau. Gott, dazu würden mir so viele Dinge einfallen."
Und so schmiedeten sie in der nächsten halben Stunde eine romantische, herzzerreißende Geschichte um die große Liebe zwischen dem Mädchen Rose aus Atlanta und dem jungen Soldaten Jonathan. Sie erweckten die beiden zum Leben und lachten und litten mit ihnen. Niclas war selbst überrascht, aber er hatte schon ewig nicht mehr soviel Spaß gehabt. Es war, als würde er mit Emily in eine Welt abtauchen, zu der nur sie beide Zutritt hatten. Und er fand es wunderschön.
„Weißt du was? Diese Geschichte schreibe ich auf. Das wird die beste Geschichte, die ich jemals geschrieben habe." Emilys Augen leuchteten und ihre sonst blassen Wangen hatten sich gerötet.
Niclas sah sie an und sah das Mädchen aus lange vergangener Zeit, das nichts auf der Welt mehr liebte als den jungen Soldaten Jonathan, das für ihn alles aufgab und mit ihm gegen alle Widerstände kämpfte. Er senkte den Kopf. Kämpfte er genug gegen seine Ängste und für Emily? Versuchte er energisch genug, die Fesseln, die seine Gefühle noch im Zaum hielten, abzustreifen? War es überhaupt das, was sie wollte? Er hob den Kopf wieder. Sie hatte einen Block und einen Stift aus der Schublade des Nachttisches geholt und machte sich eifrig Notizen. Ihre langen Haare fielen wie ein Schleier über ihr Gesicht, und plötzlich wurde ihm bewusst, wie leer und sinnlos sein Leben ohne sie wäre. Ohne ihre sanfte, zurückhaltende Art. Ihr Lächeln. Die Gespräche, die er nur

mit ihr führen konnte. Ohne Emily eben. Das konnte er sich überhaupt nicht mehr vorstellen.
Sie hob den Kopf. „Schau, ich hab mir die wichtigsten Sachen mal aufgeschrieben, damit ich nichts vergesse. Das wird unsere Geschichte, Niclas.“ Er sah das Leuchten in ihren Augen. „Ja, unsere Geschichte.“
Sie legte den Kopf schief und sah ihn aufmerksam an. Er hatte schon wieder das Gefühl, dass sie bis auf den Grund seines Herzens sehen konnte. „Geht‘s dir gut?“ Ihre Stimme klang leise an sein Ohr.
Er nickte. „Hm. Mir geht nur ziemlich viel im Kopf herum.“
Sie nickte ebenfalls. „Ja, ich weiß. Mir auch.“
Sie sahen sich an und die ungesagten Worte hingen zum Greifen nah zwischen ihnen, als Niclas‘ Handy klingelte. „Entschuldige.“ Er stand auf und zog es aus seiner Lederjacke, die über dem Sessel hing. „Dad, hi. Ja? Nein, ich bin bei Emily. Ja, ich weiß. Okay, bin gleich da.“ Er sah sie bedauernd an. „Sorry, ich muss los, mein Vater wartet auf mich. Wir wollen heute noch ein paar Besorgungen machen.“
„Ach so. Ja, klar. Er hat dich sicher schon vermisst, was?“
„Na ja, er war etwas verwundert.“
Emily nickte. „Das kann ich mir denken. Aber geh nur, ich werde unsere Geschichte noch ein bisschen weiterspinnen. Ach, ich würde so gerne anfangen, sie am Laptop aufzuschreiben, aber mit meiner Hand reicht es heute nur für diese paar Notizen.“
„Tut es sehr weh beim Schreiben?“
„Ja, leider. Aber es läuft ja nicht weg. Es bleibt ja unsere Geschichte.“

Niclas lächelte. „Ja, das bleibt es. Was hältst du von einem Ball, auf den Rose und Jonathan gehen könnten?“
„Ein Ball? Au ja, das ist eine super Idee.“ Emily beugte sich wieder über ihr Blatt und schrieb die neue Idee sofort dazu.
„Gehst du eigentlich auf den Feuerwehrball nächste Woche?“ Niclas sah sie fragend an.
Sie strich sich unsicher eine Haarsträhne hinters Ohr. „Ich weiß nicht. Das ist eigentlich nicht so mein Ding. Mara nervt mich zwar dauernd damit, sie möchte unbedingt, dass ich mitkomme, aber ich weiß nicht. Gehst du?“
Niclas zuckte mit den Schultern. „Ich weiß auch nicht. Dein Onkel würde sich sicher freuen, wenn du kommen würdest, oder?“
Sie nickte. „Ja, schon.“
„Okay, was hältst du davon, wenn wir zusammen hingehen? Dann wird es vielleicht ganz nett, und deine Family ist auch happy. Kevin und Susan gehen auch hin, und genau wie Mara dich, nervt Kevin auch mich damit. Tun wir ihnen also den Gefallen?“
Emily zögerte noch, doch dann gab sie sich einen Ruck. „Okay, warum nicht. Gehen wir also auf den Ball.“
Niclas lächelte ihr zu. „Wie Rose und Jonathan.“
„Ja, wie Rose und Jonathan.“
Emily begleitete Niclas noch zur Haustür, wobei sie ganz froh war, dass sich weder Dorothy noch Mara blicken ließen.

Als er weg war, lief sie wieder nach oben und las ihre Notizen noch einmal durch. Die Geschichte würde sicher toll werden. Und sie gehörte Niclas und ihr.

„Darf man fragen, was dieser Gesichtsausdruck zu bedeuten hat?“ Mara steckte den Kopf zur Tür herein. „Ich hab zweimal geklopft, aber offenbar bist du zu abgelenkt, um darauf zu reagieren.“
„Mara, oh, entschuldige bitte, ich hab dich nicht gehört. Komm doch rein. Und welchen Gesichtsausdruck meinst du?“
Mara lachte. „Nun, diesen ‚Ich bin das glücklichste Mädchen auf der Welt‘ Ausdruck.“
Emily zog die Schultern nach oben. „Quatsch, so gucke ich doch gar nicht.“
„Natürlich guckst du so. Das ist doch toll. Komm, erzähl doch mal. Wie war es denn so?“
Emily zögerte. „Ach, wie soll es denn gewesen sein?“ Doch dann lächelte sie. „Es war unheimlich schön. Niclas ist so anders als die Jungs, die ich so kenne. Ich hätte nie gedacht, dass ich mich mal mit jemandem so wohl fühlen könnte, wie mit ihm. Er hat so eine Art, er macht mir alles leicht. Ich kann das irgendwie nicht beschreiben.“
Mara setzte sich neben sie und fasste nach ihrer Hand.
Emily lächelte ihrer Cousine zu. „Ich weiß nicht, ich denke, mit Niclas kann ich alles schaffen. Er gibt mir soviel Mut und Kraft, ich hab das Gefühl, mit ihm über das tosende Meer laufen oder die höchsten Berggipfel erklimmen zu können“, fuhr sie fort.
In Maras Augen glitzerten Tränen, als Emily leise sagte: „Mit ihm finde ich die alte Emily wieder. Die, die glücklich ist, die lachen und Freude empfinden kann, weißt du? Ich dachte, sie wäre für immer fort, aber sie ist noch da. Tief in mir drinnen. Und Niclas hilft mir, sie wieder hervorzuholen.“

Mara schmiegte ihr Gesicht an Emilys Schulter. „Wow. Ich weiß grad nicht, was ich sagen soll. Das klingt wunderschön. Lass mich mal ein paar Minuten heulen, okay?“

Emily legte ihren Arm um ihre Cousine, und so saßen die Mädchen eine Weile still da. Schließlich rückte Mara ein Stückchen von Emily ab und sah sie forschend an. „Niclas macht dich wirklich glücklich, was? Ach, Em, ich freu mich so für dich.“ Sie schwieg kurz. „Und er? Denkst du, er empfindet genauso?“

Emily zögerte einen Moment mit ihrer Antwort. „Ich weiß nicht. Es ist nicht so einfach für ihn. Irgendetwas bedrückt ihn, aber er will nicht drüber reden. Auf alle Fälle glaube ich, oder besser gesagt, ich hoffe es zumindest, fühlt er sich sehr wohl mit mir. Und ganz egal bin ich ihm hoffentlich auch nicht, sonst wäre er sicher nicht hierher gekommen heute Nacht, oder?“

Mara lächelte. „Das denke ich auch, dass du ihm nicht egal bist. Ach, Emily.“

Emily drückte Maras Arm. „Du, sag mal, wegen dem Feuerwehrball. Also, Nic hat mich gefragt, ob ich hingehe, und, na ja, wir haben beschlossen, zusammen hinzugehen. Würdest du mir helfen, ein Kleid oder einen Rock oder so was zu kaufen?“

Mara schaute Emily an. „Du kommst mit zum Ball? Ach Gott, ich liebe Niclas, er ist ein Wunderknabe. Natürlich helfe ich dir, wir gehen ganz toll zusammen shoppen. Oh, das wird so cool“, rief sie begeistert. Sie fiel ihrer Cousine um den Hals.

„Ach, auf einmal liebst du Niclas? Da kann ich mich aber noch an ganz andere Töne erinnern“, lachte Emily.

Mara ließ sie los und runzelte die Stirn. „Ja, das stimmt. Aber anscheinend hab ich mich in ihm getäuscht, und du hattest von Anfang an den besseren Riecher. Er kümmert sich wirklich rührend um dich, und es scheint ihm unglaublich wichtig zu sein, dass es dir gut geht. Das hätte ich ihm nicht zugetraut, muss ich gestehen. Früher war er ganz anders.“

Emily schüttelte nachdenklich den Kopf. „Nein, ich glaube, er war schon immer so, er kann nur seine Gefühle sehr gut verbergen. Ich weiß nicht, warum er ausgerechnet bei mir anders ist. Vielleicht, weil ich auch anders bin.“

Mara nickte. „Ja, das kann sein. Ich denke, für Niclas war das eine ganz neue Erfahrung, ein Mädchen kennen zu lernen, das ihm nicht sofort an die Wäsche wollte. Also, du verstehst schon. Die anderen waren in erster Linie von seinem Aussehen und seiner coolen Art begeistert. Gerade weil er so unnahbar war, wollte jede ihn haben. Und jede hat wohl davon geträumt, echte Gefühle in ihm zu wecken, aber keine hat es geschafft. Nur du.“ Mara kraulte Bens Ohr. „Denkst du, dass ihr beide, also, dass ihr mal so richtig zusammen kommen werdet? Als Paar? Willst du das denn überhaupt?“

Emily beugte sich vor und stützte das Kinn in die Hand. „Ehrlich gesagt, ich hab keine Ahnung, wie sich das alles weiter entwickeln wird. Wie gesagt, es scheint etwas zu geben, was Niclas schwer zu schaffen macht, und auch ich hab ja meine Dämonen, mit denen ich täglich zu kämpfen habe. Und vor ein paar Wochen noch hätte ich gesagt, nein, das hat keinen Sinn mit Nic und mir. Aber jetzt ...“ Sie schwieg kurz. „Muss man nicht auch etwas wagen im Leben? Was riskieren, wenn man sich etwas so sehr wünscht? Ist nicht gerade das, worum wir kämpfen müssen, am wertvollsten für uns? Wie ich vorhin gesagt habe, ich hab das Gefühl, mit Niclas zusammen alles

schaffen zu können.“ Sie zuckte mit den Schultern. „Aber ich kann dir wirklich nicht sagen, wie es kommen wird. Wir werden sehen.“
Mara nickte. Sie wusste, dass Emily noch viel zu verwirrt von diesen neuen Gefühlen und Wünschen war, um alles in Worte fassen und aussprechen zu können. Bis jetzt hatte sie auch noch nie wirklich gesagt, wie sie für Niclas fühlte und ob sie ihn liebte. Aber Mara wusste, sie tat es. Vielleicht wusste sie es nur selbst noch nicht so richtig.
„Also, heute ruhst du dich noch aus, und am Montag gehen wir gleich nach einem Kleid für dich schauen, okay? Hoffentlich finden wir noch etwas Schönes. Was hättest du denn gerne? Am besten etwas in einem Pastellton, nichts zu Knalliges.“Mara war in ihrem Element, sie liebte Mode und alles, was damit zu tun hatte. Emily war es nur recht, ein wenig abgelenkt zu werden.

Am nächsten Tag, einem Sonntag, ging es Emily schon besser. Ihre Erkältung war fast verschwunden, nur ihr Hals schmerzte noch ein wenig. Sie überredete Dorothy, wieder in ihr Häuschen gehen zu dürfen.
Ihre Tante gab widerstrebend nach. Auch ihre Hand tat nicht mehr so weh, und sie war sicher, den Verband in zwei oder drei Tagen abnehmen zu können. Für den Nachmittag hatte sie sich mit Niclas zu einem Spaziergang verabredet, darauf freute sie sich schon sehr.
Er kam pünktlich. Sie liefen langsam durch den Park, hinunter zu dem kleinen Fluss, der eigentlich eher ein breiterer Bach war, aber von den Bewohnern der Stadt liebevoll Flüsschen genannt wurde. Ein leichter Wind wehte, es war kühl, aber angenehm.

„Hast du gut geschlafen, letzte Nacht?“ Niclas‘ Blick ruhte auf Emily, die dick in eine warme Jacke und einen Wollschal eingemummelt war.
„Na ja, es ging so. Vorletzte Nacht war es besser, als du da warst.“ Sie lächelte ihm etwas verlegen zu, und er hätte sie am liebsten in den Arm genommen. „Und du? Hast du gut geschlafen?“ Sie sah ihn fragend an.
Er zuckte mit den Schultern. „Ging auch so. War schon mal besser.“
Emily nickte. Sie liefen eine Weile schweigend nebeneinander her. Beide fühlten, wie gerne sie mit dem anderen über alles reden würden, was das Herz verwirrte und schwer machte, aber noch waren die Ängste nicht bereit, endgültig zu weichen.
„Hast du noch an der ... nein, an unserer Geschichte, weitergebastelt?“ Niclas bohrte mit den Fäusten in den Taschen seiner Jeans herum und fixierte einen unbestimmten Fleck am Horizont.
„Ein wenig. Mara hat mich ziemlich in Beschlag genommen. Sie ist Feuer und Flamme, dass ich nun doch mit auf den Ball gehe. Und am liebsten wäre sie sofort losgezogen, um ein Kleid für mich zu kaufen.“
Er nickte. „Ja, das kann ich mir vorstellen. Und du? Freust du dich auf den Ball?“
„Hm. Na ja, schon irgendwie.“
Sie schwiegen wieder, und Emily beobachtete Niclas besorgt. Er wirkte sehr nachdenklich heute, und sie fühlte, wie sehr ihn etwas quälte. Gerne hätte sie ihn getröstet, es bereitete ihr fast körperliches Unbehagen, ihn so unglücklich zu sehen. Sie zögerte einen Moment, doch dann trat sie fast scheu näher zu ihm heran und legte ihm sachte die Hand auf den Arm. „Nic, dir geht‘s nicht gut, oder? Du siehst traurig aus. Ich weiß, du hast gesagt, al-

les wäre nicht so leicht für dich, und ich will dich auch nicht bedrängen, es ist nur so ..." Sie hielt kurz inne. „Es tut mir furchtbar weh, wenn du so traurig bist. Ich möchte nur, dass du weißt, dass ich für dich da bin, wie du auch für mich da bist."
Niclas nickte. „Danke. Das weiß ich doch. Mach dir keine Sorgen, okay?" Er zog seine Hand aus der Hosentasche und schloss seine Finger um Emilys. So gingen sie schweigend weiter, während jeder seinen Gedanken nachhing. Am liebsten wäre er stehen geblieben und hätte sie fest in seine Arme genommen. Er wollte nicht, dass sie seinetwegen unglücklich war und sich Sorgen machte. Und er wusste, er konnte nicht mehr lange so weitermachen. Er tat ihr damit nur weh, wenn er ständig ihre Nähe suchte, aber nicht klar Stellung bezog. Sie spürten beide, dass da etwas war zwischen ihnen, etwas, das immer stärker wurde, und der Punkt war überschritten, bis zu dem sie hatten so tun können, als ob sie nur gute Freunde wären. Er wusste nicht, wie Emily zu all dem stand, was sie sich wünschte, aber er fühlte, wie nah sie ihm war. Es war nicht fair, diese Gefühle weiterhin totzuschweigen. Er senkte den Blick und betrachtete Emilys Hand in seiner. Das fühlte sich gut an, als ob es so sein müsste. Als ob das hier der Platz war, an den sie gehörte. An seine Seite. Gott, er wünschte sich so sehr, sie würde genauso empfinden. Er hatte Angst, Emily könnte ihn nicht lieben, und im gleichen Atemzug fürchtete er, sie könnte es tun. Sein Blick strich über ihr Gesicht und ihre blonden Locken, die weich über ihre Schultern fielen. Sie hielt einen Ball in der Hand und warf ihn für Ben. Ein Lächeln umspielte ihre Lippen, und er zog sie unwillkürlich näher zu sich heran. Sie hob den Kopf, und er sah soviel Zärtlichkeit und Vertrauen in ihren Augen, dass er schlucken

musste. Sie sahen sich nur stumm an, bis ein lautes Jaulen sie zusammenfahren ließ.
„Ben." Sie liefen zu dem Hund, der auf dem Boden saß und die rechte Vorderpfote hochhielt.
„Oh, Ben, was ist denn?" Emily kniete sich auf den Boden und legte den Arm um den Hund, der sich offenbar die Pfote verletzt hatte und leise, fiepende Geräusche ausstieß. Niclas kniete an Bens anderer Seite. „Na, was hast du angestellt? Bist du in etwas hinein getreten? Lässt du mich mal sehen?" Ben wandte Niclas das Gesicht zu und leckte ihm einmal kurz über die Hand, als ob er sagen wollte: „Ja, du darfst nachsehen, ich vertraue dir." Niclas nahm Bens Pfote vorsichtig in die Hand und besah sie sich. „Da steckt ein Dorn. Ich werde versuchen, ihn raus zu ziehen. Emily, halt ihn mal fest, okay?"
Sie nickte und streichelte Bens Kopf, während sie Niclas beobachtete, der mit ruhiger Stimme mit dem Hund sprach und dabei vorsichtig den ziemlich großen Dorn aus der Pfote zog.
„So, da haben wir den Übeltäter schon. Guter Junge, Ben. Das machst du toll."
Es blutete ein wenig, und Emily verspürte ein flaues Gefühl im Magen. Zu ihrer Verwunderung hielt Ben ganz still, als ob er spürte, dass Niclas ihm helfen wollte.
„So, fertig. Fein gemacht. Du bist ein Braver." Niclas streichelte den Kopf des Hundes, und Ben wedelte stürmisch mit dem Schwanz. Emily betrachtete die beiden gerührt. Wie liebevoll Niclas immer mit Ben umging. Und der Hund liebte ihn dafür. Niclas kramte in der Tasche seiner Jacke und zog ein Papiertaschentuch hervor. „Emily, drück das Taschentuch auf die Pfote, damit die Blutung aufhört. Er wird auch nicht gut laufen können,

das tut sicher weh. Denkst du, er wird sich von mir tragen lassen?“
Emily strich Ben über den Rücken. „Du willst ihn tragen? Er ist ganz schön schwer. Aber still halten würde er sicher. Er liebt dich und vertraut dir.“ Sie lächelte Niclas etwas unsicher zu. „Ich hab ihn auch sehr gern. Obwohl das vielleicht doch keine so gute Idee ist, das wäre für Ben sicher nicht grad bequem, er ist zu groß, als dass man ihn richtig gut zu fassen bekäme. Hör mal, ich hole unseren Wagen. Weiter vorne kann ich anhalten, dann ist es nicht mehr weit von hier und das kurze Stück kann ich Ben tragen, wenn er nicht laufen kann. Warte hier mit ihm, okay? Ich bin bald zurück.“
Emily nickte. „Okay. Danke.“
Zwanzig Minuten später war Niclas wieder da.
„Es blutet nicht mehr, zum Glück“, sagte sie erleichtert.
„Prima. Gut, dann befördern wir den Patienten mal zum Auto.“ Ben hielt wieder ganz still, als Niclas ihn vorsichtig hochhob. Im Wagen legten sie den Hund auf die Rückbank, Emily setzte sich neben ihn. „Danke, Nic, dass du dich so um Ben kümmerst. Vielen Dank.“ Emily streichelte Ben, und ihr Blick verfing sich in Niclas‘ Augen, die sie im Rückspiegel musterten.
„Das mach ich doch gerne.“
Zuhause desinfizierte Niclas die Wunde an Bens Pfote und sie legten ihm einen Verband an. Darüber war er nicht sonderlich begeistert.
Emily lachte. „Nun gehen wir im Partnerlook.“ Sie betrachtete den Verband an ihrer Hand. Niclas musste auch lachen. „Super. Auf euch muss man echt aufpassen, einer schlimmer als der andere.“

Am nächsten Tag ging es Ben zum Glück bereits besser, er konnte laufen ohne zu humpeln, und auch Emilys Hand tat fast nicht mehr weh.
Nach der Schule schleppte Mara sie voller Begeisterung durch verschiedene Läden, um ein Kleid für den Ball zu finden. Dorothy hatte sich den Mädchen angeschlossen und half fleißig mit, eine Auswahl zu treffen. „Was schwebt dir denn so vor, Emily? Hast du eine bestimmte Vorstellung?"
„Nein, eigentlich nicht. Na ja, es sollte nicht zu offenherzig sein, ihr wisst schon." Sie verzog etwas das Gesicht.
Ihre Tante und Mara wechselten einen Blick. „Natürlich. Wir finden schon was Schönes, du wirst sehen."
Mittlerweile waren sie im fünften Geschäft, und allmählich gab Emily die Hoffnung auf, etwas zu finden, was zu ihr passte und dem Mara ihren Segen geben würde. Sie sah die Kleider durch. „Schaut mal, wie findet ihr das hier?" Sie zog ein blaues Kleid hervor.
Mara betrachtete es kritisch. „Nein, das ist passt nicht zu dir. Die Farbe würde zwar schön zu deinen Augen passen, aber der Schnitt ist nichts für dich."
„Okay. Wie du meinst, du bist schließlich hier die Expertin."
Mara grinste. „Genau, verlasse dich nur auf mich, dann geht nichts schief." Sie zog ein cremefarbenes, ziemlich kurz geschnittenes Kleid heraus und hielt es Emily an. „Oh, wow, das ist toll. Niclas würde umfallen."
Emily lächelte etwas unsicher. „Ja, und ich mit ihm. Nein, das ist zu kurz." Schließlich verbrachte Emily fast eine halbe Stunde in der Umkleidekabine, während Mara und Dorothy ihr dauernd andere Outfits brachten. Mutter und Tochter waren sich öfter nicht ganz einig und diskutierten ausführlich über die Vor- und Nachteile der ver-

schiedenen Kleider, Röcke und Blusen. Emily war schon ganz durcheinander, und so richtig hatte ihr bis jetzt auch noch nichts gefallen.
„Kann ich Ihnen vielleicht helfen?"
„Oh, wir suchen nach einem Kleid für meine Nichte. Für den Feuerwehrball am Samstag, Sie wissen bestimmt davon."
Emily verzog in ihrer Kabine das Gesicht. Nun würden Mara und Tante Dorothy wohl auch noch Verstärkung bekommen.
„Emily, komm mal raus."
Fast widerwillig schob sie den Vorhang der Umkleidekabine zur Seite und trat nach draußen. Die Verkäuferin sah nett und sympathisch aus und musterte Emily freundlich.
„Hallo. Sie suchen ein Kleid für den Ball? Dann sollte es sicher etwas Jugendliches sein. Etwas romantisch Verspieltes würde zu Ihrem Typ passen. Oh, warten Sie, wir haben heute Morgen eine Lieferung bekommen, die noch nicht komplett ausgepackt ist. Eines der Kleider wäre wie geschaffen für Sie. Wenn Sie einen Moment warten, hole ich es." Die Dame lächelte Emily freundlich zu.
Sie nickte. „Ja, gerne. Das ist nett von Ihnen."
Die Verkäuferin eilte davon und kam gleich darauf wieder, mit einem Traum in Flieder. „Hier, wenn Sie es einmal anprobieren möchten?"
Emily schaute das Kleid fasziniert an. „Oh, das ist ja wirklich wunderschön."
„Ja, das ist es. Und es würde hervorragend zu Ihrem Typ passen."
Sie zog es an und stand staunend vor dem Spiegel. Es sah hinreißend aus. „Wow, es ist wirklich wunderschön." Sie trat nach draußen.

Mara klatschte begeistert in die Hände. „Oh ja, das ist es. Das ist dein Kleid, Emily."
Das Kleid passte wie angegossen. Es hatte eine zarte Spitze am Ausschnitt, kleine Perlen waren um die Taille herum aufgestickt und das Oberteil war eng geschnitten mit kleinen Puffärmeln. Der Schnitt betonte Emilys schmale Taille und ihre zarte Figur, ohne dabei aufdringlich zu wirken. Der Rock fiel glockig bis zu den Knien und war nicht zu kurz und nicht zu lang.
„Es ist toll. Das nehme ich. Oh, vielen Dank, dass Sie mir das Kleid gezeigt haben." Emily strahlte die Verkäuferin an.
„Gern geschehen. Ich freue mich, dass es Ihnen so gut gefällt. Dann darf ich es einpacken?"
Der Preis des Fliedertraums überstieg zwar ein wenig Emilys Budget, aber Dorothy legte augenzwinkernd den Rest drauf, und als sie sich bedanken wollte, legte ihre Tante ihr einfach nur den Zeigefinger auf die Lippen und schüttelte den Kopf.
Auf der Heimfahrt lächelte Emily die ganze Zeit vor sich hin, und dieses Lächeln war Dorothy Dank genug. Emily freute sich jetzt wirklich sehr auf den Ball, und wandte sich an Mara: „Denkst du, Nic wird das Kleid mögen?" Sie sah Mara aufgeregt an.
Die lachte. „Machst du Witze? Er wird dich anbeten. Jeffrey allerdings wohl leider auch." Sie rollte die Augen.
Emily seufzte. Jeffrey. „Hat er mal was gesagt über mich?"
„Hm, na ja, nicht direkt. Er versucht immer, mich hinten rum auszuquetschen. Über dich. Und über Niclas."
„Niclas?"
Mara zuckte mit den Schultern. „Na ja, er ist eifersüchtig auf Nic. Du verbringst fast deine ganze Freizeit mit ihm.

Und jeder, der Augen im Kopf hat, kann sehen, dass ihr euch sehr mögt."
Emily nickte und spielte an der Einkaufstüte herum. „Mara, das tut mir leid, wegen Jeff, wirklich. Aber ich hab nichts getan, um ihm irgendwelche Hoffnungen zu machen. Trotzdem hab ich irgendwie ein schlechtes Gewissen wegen ihm. Aber was soll ich denn machen? Ich kann doch nicht zu ihm hingehen und sagen, hey, tut mir leid, dass du in mich verliebt bist, aber ich nicht in dich. Kann ich dir vielleicht helfen?" Sie sah Mara betrübt an.
Mara schüttelte den Kopf. „Nein, du tust gar nichts. Solange er nichts zu dir sagt, lässt du es auf sich beruhen. Du kannst ja nichts für Jeffreys Gefühle. Sei nett und unverbindlich, dann wird er es schon merken."
Emily nickte. „Ja, er tut mir trotzdem leid."
„Ich hoffe nur, er kommt dir nicht mal zu nahe. Ich fürchte, Niclas würde es ihm nicht so schonend beibringen, dass er seine Finger von dir lassen soll." Mara verdrehte die Augen und grinste.
Emily sah sie etwas unsicher an. „Wie meinst du das?"
„Na ja, Nic hat eine sehr beschützende Art dir gegenüber, und wenn Jeffrey dir gegen deinen Willen zu nahe kommt, wird Niclas ihn sich schnappen, garantiert."
Emily sah Mara erschrocken an. „Du denkst, Nic würde sich mit Jeffrey prügeln, meinetwegen?"
Mara lachte. „Na klar. Niclas ist nicht der Typ, der zuschauen würde, wie ein anderer sein Mädchen belästigt."
Emily fühlte, wie sie rot wurde. „Ja, kann sein. Aber ich bin nicht seine Freundin."
„Noch nicht. Ach, Em, mach dir keine Gedanken. Nic ist doch kein Schläger. Und Jeffrey kein Grabscher. Ich mein ja nur. Also mir würde es schmeicheln, wenn zwei

Typen auf mich stehen und sich für mich duellieren würden."
Dorothy warf einen Blick in den Rückspiegel und tippte sich an die Stirn.
Mara lachte. „Mom, hast du mir nicht mal erzählt, Dad hätte einem, der dich belästigt hat, die Nase gebrochen?"
„Richtig. Aber das war ein Versehen." Und für den Rest der Fahrt erzählte Dorothy den Mädchen die Geschichte, wie Bob vor über zwanzig Jahren ihre Ehre verteidigt hatte.

In den nächsten Tagen probierte Emily mit Mara zusammen Frisuren aus. Die Mädchen schminkten sich und übten Walzer zu tanzen. Mara war froh, Emily endlich wieder lachen zu sehen, und ihre Vorbehalte gegen die Freundschaft mit Niclas waren vergessen.
„Oh Gott, morgen ist der Ball, Thomas wird sicher wahnsinnig gut aussehen in seinem Anzug. Ich bin schon sehr gespannt." Mara lief neben Emily über den Parkplatz und fuchtelte aufgeregt mit dem Autoschlüssel in der Luft herum.
Emily lächelte. „Natürlich wird er gut aussehen und du wirst umwerfend hübsch sein. Dein Kleid passt wunderbar zu deinen dunklen Haaren."
Mara hängte sich bei ihr ein. „Und Niclas holt dich ab? Du kannst auch mit Thomas und mir fahren, wenn Nic kein Auto hat."
Emily schüttelte den Kopf. „Nein, er kann den Wagen nehmen, sein Vater fährt mit Taylor. Außerdem, wäre das nicht romantisch, eine Fahrt in dem Kleid auf dem Motorrad?" Emily lachte.

Mara sah sie skeptisch an. „Im November? Und wenn es regnet? Nein, das lass mal schön bleiben, du warst erst krank."
„Das war doch nur Spaß. Denkst du wirklich, Nic würde mich so mitnehmen? Im Leben nicht."
Mara zog die Schultern hoch. „Was weiß denn ich? Bei euch ist offenbar alles möglich." Sie grinste etwas zweideutig.
Emily verdrehte die Augen.
Zuhause ging sie duschen, zog sich um und begab sich dann in die Küche, um einen Pizzateig vorzubereiten. Niclas und sie waren verabredet, um eine Runde mit Ben zu gehen, der zum Glück wieder gut laufen konnte. Danach wollten sie noch einen Film zusammen anschauen.
„Ben, morgen gehe ich auf einen Ball. Weißt du, ich hätte nie gedacht, mich mal wieder auf so etwas freuen zu können, aber ich tu's. Und das habe ich nur Nic zu verdanken. Er kommt übrigens gleich, dann gehen wir spazieren."
Aber Niclas kam nicht. Emily sah immer wieder zur Uhr. Langsam wurde sie unruhig, denn er war nun schon fast eine Stunde überfällig. An sein Handy ging er auch nicht und bei ihm zuhause sprang nur der Anrufbeantworter an. Das war gar nicht seine Art, sonst meldete er sich immer, wenn er sich verspätete. Außerdem war er immer sehr pünktlich.
„Nic, wo steckst du?" Emily stand nervös am Fenster und sah hinaus auf die Straße. Es war wieder stürmisch heute und nun begann es auch noch leicht zu regnen. Ben saß neben ihr und schob immer wieder seine Schnauze in ihre Hand. Der Hund spürte offenbar die Nervosität seines Frauchens und wollte sie beruhigen. „Ach, Ben, wo ist

Niclas? Warum ruft er nicht an? Ihm wird doch nichts passiert sein?“
Sie schnappte sich ihre Jacke und ging nach draußen. Dort konnte sie Niclas zwar auch nicht schneller herbeizaubern, aber sie brauchte jetzt unbedingt ein wenig frische Luft. Sie stand schon eine Weile an der Gartenpforte, als ihre Nachbarin, die alte Mrs. Johnson, um die Ecke bog. Die alte Dame hatte mehrere Tüten in der Hand und atmete schwer. Emily lief ihr schnell entgegen. „Warten Sie, ich helfe Ihnen. Meine Güte, die sind aber schwer.“
Mrs. Johnson nickte. „Ja, mein Sohn kommt am Sonntag mit seiner Familie zum Essen, da war ich einkaufen. Danke, mein Kind, das ist aber lieb von Ihnen. Stellen Sie die Tüte doch bitte hier auf dem Tisch ab.“
Emily war Mrs. Johnson ins Haus gefolgt und stellte die schwere Tasche auf dem Küchentisch ab. „Mrs. Johnson, sagen Sie mir doch in Zukunft Bescheid, wenn Sie so viel einzukaufen haben, dann komme ich mit und helfe Ihnen.“
„Wirklich? Ach, Emily, Sie sind ein Schatz. Wenn Sie das wirklich tun würden? Das wäre mir eine große Hilfe. Ich kann ja nicht mehr so gut laufen, und das Tragen all der Sachen fällt mir schwer.“
Emily streichelte den alten Dackel ihrer Nachbarin. „Natürlich mache ich das. Das ist gar kein Problem. Ich war auch früher immer mit meiner Oma einkaufen. Sie erinnern mich ein bisschen an sie.“
Mrs. Johnson lächelte herzlich. „Ja? Meine Enkel sind in Ihrem Alter, Emily. Aber sie sind immer sehr beschäftigt.“
Emily betrachtete die alte Dame, die plötzlich traurig wirkte, und verspürte ein tiefes Mitleid mit ihr. „Ich hab Zeit. Sagen Sie mir einfach Bescheid, wenn Sie mich

brauchen." Das stimmte zwar nicht so ganz, sie hatte auch nicht immer Zeit, musste in den nächsten Monaten viel lernen, aber es schmerzte sie, zu sehen, wie alleine die ältere Dame war und wie sehr sie sich über ein wenig menschliche Zuwendung freute. Und diese Zeit würde sie sich freischaufeln, das würde schon klappen.

„Ach, Emily, nun habe ich wenigstens etwas, worüber ich mich heute freuen kann. Wissen Sie, ich habe gerade einen schlimmen Unfall gesehen. Schrecklich, so was. Mit diesen Autos und dem Verkehr heutzutage, das wird einfach immer schlimmer."

Emily sah ihre Nachbarin an und ihre Worte drangen langsam in ihr Bewusstsein. Einen Unfall?„Was ist denn passiert?" Ihre Stimme zitterte leicht, als sie die Frage stellte.

„Ich weiß nicht genau. Sie wissen ja, wie das ist. Überall stehen Schaulustige herum, die alles blockieren. Ich habe nur aufgeschnappt, dass ein Auto einem Motorradfahrer die Vorfahrt genommen haben soll. Es scheint schlimm gewesen zu sein, der Rettungswagen stand noch dort. Die Polizei auch. Die Leute sagten, der Fahrer des Autos sei schuld gewesen, aber den Motorradfahrer habe es schlimm erwischt. Einige meinten sogar, er sei tot."

Oh mein Gott! Emily fühlte, wie ihr schwindlig wurde. Niclas. Er hatte sich immer noch nicht gemeldet. „Wo war denn der Unfall genau?"

„An der großen Kreuzung, drei Straßen von hier. Wo der Supermarkt ist."

Über diese Kreuzung fuhr Niclas normalerweise, wenn er von zuhause aus zu ihr kam.

„Oh mein Gott. Nic!" Emily hatte plötzlich das Gefühl, der Boden würde schwanken und hielt sich schnell am Küchentisch fest.

„Emily? Ist Ihnen nicht gut? Sie sind ja ganz blass geworden.“ Mrs. Johnsons Stimme klang besorgt an Emilys Ohr.
„Ich, nein, es geht schon. Ich muss gehen. Entschuldigung.“ Sie drehte sich um und stürzte nach draußen. Niclas! Nein!
Mrs. Johnson eilte zur Haustür und sah ihrer jungen Nachbarin verblüfft hinterher, die einen Moment lang wie betäubt an der Gartenpforte stand, sich dann jedoch umdrehte und einfach loslief.
Emily rannte, so schnell sie konnte. In ihrem Kopf hämmerten die Worte ihrer Nachbarin.
Die Leute sagten, der Motorradfahrer sei tot.
Oh nein! Sie spürte nicht, wie kalt es geworden war, sie spürte den Wind nicht, der ihr den Regen ins Gesicht peitschte. Sie rannte und verspürte nur nackte Panik und Angst um Niclas. Er durfte nicht verletzt oder gar tot sein! Oh Gott, nein! Während des Laufens wählte sie wieder seine Handynummer, aber nichts. Endlich erreichte sie keuchend die Unfallstelle. Leute standen immer noch überall herum und auf der Straße lagen Glassplitter und Blechteile. Die Feuerwehr war mittlerweile eingetroffen und begann mit den Aufräumarbeiten. Emilys Augen suchten hektisch nach ihrem Onkel, aber dann fiel ihr ein, dass er heute nicht im Dienst war. Die Sanitäter schlossen gerade die Türen des Rettungswagens, der Fahrer ging nach vorne, stieg ein und gleich darauf erklang die Sirene.
Der Unfallwagen stand quer auf der Fahrbahn, sein vorderer Kotflügel war abgerissen und da, wo die Frontscheibe gewesen war, prangte ein riesiges Loch. Emily hustete, ihr Atem ging heftig und ihre Augen brannten. Sie hasste es, hier zu stehen und dem Unglück zuzu-

schauen, aber sie musste wissen, was passiert war. Deshalb lief sie ein Stück weiter und wollte gerade einen der Polizisten nach dem Motorradfahrer fragen, als ihr Blick auf die völlig zertrümmerte Maschine fiel, die seitlich am Straßenrand lag.
Ihr Herz setzte für einige Schläge aus, und sie trat noch näher heran. Und dann schossen ihr vor Erleichterung die Tränen in die Augen. Das war nicht Niclas‘ Maschine. Diese hier hatte eine rote Lackierung, Niclas‘ Kawasaki dagegen war schwarz.
„Oh Gott sei Dank.“ Emily starrte auf die Trümmer, auf denen vor nicht allzu langer Zeit noch ein Mensch gesessen hatte, der vielleicht zu seiner Frau oder seiner Arbeitsstelle fahren wollte. Ein Mensch, der Familie und Freunde hatte.
„Es tut mir leid.“ Sie flüsterte die Worte, und ihr Herz schmerzte vor Mitleid mit dem Fremden, der hier verletzt worden war oder gar sein Leben hatte lassen müssen. Und doch fühlte sie grenzenlose Erleichterung, dass es nicht Niclas war, dessen Maschine hier lag.
„Miss, alles in Ordnung?“ Ein dunkelhäutiger Polizist sah sie fragend an.
„Ja. Danke. Ich ... ich hatte Angst, es könnte jemand sein, den ich kenne. Bitte ... wie geht es dem Motorradfahrer? Ich weiß, Sie sind sicher nicht befugt, mir das zu sagen, aber es tut mir so leid, was hier passiert ist“, stammelte Emily.
Der Polizist musterte das blonde Mädchen, das mit den Tränen kämpfend vor ihm stand. „Nun, da sind Sie sicher froh, dass es nicht Ihren Bekannten getroffen hat. Ich darf Ihnen nicht genau sagen, was mit dem Motorradfahrer ist, aber offenbar hatte er verdammtes Glück. Es hat ihn zwar übel erwischt, aber er wird wohl durchkommen.“

„Wirklich? Oh, da bin ich aber froh. Vielen Dank, Officer. Vielen Dank.“ Emily wandte sich ab und lief langsam den Weg zurück, den sie eben voller Panik entlang gerannt war. Es war nicht Niclas. „Lieber Gott, danke! Danke, dass du Niclas beschützt hast! Oh Nic, wo bist du?“
Sie blieb stehen und schloss kurz die Augen. Was hätte sie getan, wenn er es gewesen wäre? Bei diesem Gedanken wurde ihr übel. Sie beugte sich nach vorne und stützte sich mit beiden Händen auf den Oberschenkeln ab. Was würde sie tun, wenn sie Niclas verlieren würde? Wie könnte sie ohne ihn weiterleben? Ohne Niclas, der ihr soviel Kraft gab, der sie zum Lachen brachte, sie immer unterstützte und für sie da war? Ohne sein süßes Lächeln zu sehen, seine Stimme zu hören? Ohne Niclas, der ihr mittlerweile alles bedeutete.
Emily richtete sich wieder auf und schlug die Hände vors Gesicht. Tränen liefen über ihre Wangen. Hatte sie ihn heute bereits verloren? Nicht durch einen Unfall, dem Himmel sei Dank, das nicht. Aber hatte er seine Entscheidung getroffen? Warum meldete er sich nicht? Weil er sie nicht mehr wieder sehen wollte? Weil der Schmerz in ihm stärker war als alles andere? Hatte er sich für ein Leben ohne sie entschieden?
„Emily!“
Sie ließ die Hände sinken und hob den Kopf. „Niclas!“
Da war er. Er kam ihr entgegen. Emily begann zu laufen. Sie stürzte sich mit einem unterdrückten Schluchzen in seine Arme.
Er drückte sie fest an sich. „Hey, ist ja gut. Was ist denn los? Was machst du denn hier? Deine Nachbarin hat mir gesagt, dass du ganz durcheinander warst und in diese Richtung gelaufen bist. Entschuldige, dass ich mich so

verspätet und dich nicht angerufen habe. Ich musste Kevin helfen, sein Wagen ist liegen geblieben, und mein Handyakku war leer. Kevin hatte seins natürlich zuhause vergessen. Es war also alles perfekt. Emily?"
Sie hatte ihre Arme fest um ihn geschlungen, hörte seine Worte, aber der Sinn rauschte an ihr vorbei. Er war hier und es ging ihm gut. Sie hob den Kopf und sah sein Gesicht. Diese Augen, die so aufmerksam und zärtlich schauen konnten. Seine Haare, die ihm wie üblich in die Stirn fielen. Sie sah seinen besorgten Blick, und gleichzeitig erschien vor ihrem inneren Auge das zertrümmerte Motorrad des verunglückten Fremden. Niclas ... oh Gott, sie liebte ihn. Sie liebte ihn viel mehr als sie jemals irgendetwas geliebt hatte. Wie hatte sie nur glauben können, dieses Gefühl, das stärker war als alles, was sie je empfunden hatte, verleugnen zu können? „Niclas. Oh, Niclas, ich dachte, du bist das, der diesen schweren Unfall hatte." Kleine Schluchzer klangen in Emilys Stimme, und ohne weiter nachzudenken, stellte sie sich auf die Zehenspitzen und zog Niclas' Kopf zu sich herunter. Sie schmiegte ihre zitternden Lippen auf seine, und für einen winzigen Moment erstarrte er wie zu Eis. Er umfasste ihr Gesicht, sein Atem ging heftig, und Emily fühlte diese schmerzliche Zerrissenheit, die ihn gerade umfangen hielt. Und für eine unendlich lange Sekunde glaubte sie, er würde sie von sich wegschieben, dann jedoch fuhren seine Hände in ihre Locken und er zog ihren Kopf näher zu sich hin. Sein Mund suchte ihren und er erwiderte ihren Kuss mit einer solch verzweifelten Intensität, dass Emilys Knie zu zittern begannen. Sie fühlte seine weichen, warmen Lippen auf ihren, fühlte seine Hände, seinen Körper, und plötzlich wusste sie, dass sie niemals mehr wieder aufhören konnte ihn zu lieben.

Sie wussten beide nicht, wie lange sie so dastanden. Sekunden schienen zu Ewigkeiten zu werden, und sogar der Straßenlärm um sie herum schien leiser geworden zu sein. Emily fühlte nur noch Niclas und Niclas nur noch Emily.
Irgendwann jedoch löste sie sich fast widerwillig von ihm und lehnte ihre Stirn an seine Schulter. Ihr Herz raste wie wahnsinnig in ihrer Brust, ihr Atem ging heftig und ihre Gefühle schlugen gerade dreifachen Salto. Oh Gott, was hatte sie getan? Sie hatte Niclas geküsst. Ohne Vorwarnung, einfach so. Ausgerechnet sie. Und dabei hatte sie selbst ihm doch gesagt, er solle sich Zeit mit allem lassen. Musste er sich jetzt nicht völlig überrumpelt fühlen? Er hatte den Kuss zwar erwidert, aber vielleicht hatte er ihr nur nicht wehtun wollen, indem er sie zurückwies. Widerstrebend hob sie den Kopf und sah ihn vorsichtig an. Seine Miene war schwer zu deuten. „Nic ... ich, es tut mir leid, ich weiß auch nicht ..."
Jetzt senkte er den Kopf und strich ihr sanft mit dem Daumen über die Lippen. „Schhhh, nicht. Dir muss nichts leid tun." Seine Stimme klang gepresst und seine Augen wirkten dunkler als sonst. Er beugte sich zu ihr herunter und hauchte noch einen ganz leichten Kuss auf ihre Lippen. „Lass uns nach Hause gehen", murmelte er.
Sie liefen das erste Stück schweigend nebeneinander her, dann hielt Emily diese merkwürdige Stille nicht mehr aus. „Du warst bei mir zuhause und hast Mrs. Johnson getroffen?"
„Ja. Sie war draußen und hat mich gesehen. Sie fragte mich, ob ich zu dir wolle und hat mir erzählt, dass du bei ihr warst und dann völlig aufgelöst weggelaufen bist."
Emily nickte, während sie Niclas bedrückt ansah. Er war auf Abstand zu ihr gegangen, hatte die Hände in die Ta-

schen seiner Jeans gesteckt und hielt den Kopf gesenkt. „Ja, weißt du, ich hatte lange auf dich gewartet und immer wieder versucht, dich zu erreichen. Dann hat mir Mrs. Johnson von dem Unfall erzählt, dass ein Motorradfahrer darin verwickelt sei und man nicht wisse, ob er überlebt habe. Und da hatte ich plötzlich solche Angst, dass du das sein könntest. Verstehst du?“ Sie biss sich auf die Lippen und warf ihm einen unsicheren Blick zu.
Er nickte, sagte aber nichts. Dann blieb er jedoch plötzlich stehen. „Ja, ich verstehe. Besser, als du dir vorstellen kannst.“ Er zögerte einen Moment, doch dann legte er den Arm um ihre Schultern und zog sie an sich. So gingen sie langsam den Weg zu Emilys Haus zurück.

Den Rest des Abends taten beide so, als sei nichts Besonderes passiert. Sie aßen ihre Pizza und sahen sich den Film an. Die Stimmung zwischen ihnen war verkrampft, und sogar Ben spürte, dass etwas anders war als sonst, denn er lag nicht neben Niclas‘ Sessel, sondern hatte sich in eine Ecke des Zimmers verzogen.
Emily fühlte sich unendlich traurig und schuldbewusst. Sie hatte Niclas doch nicht verunsichern wollen, es war eine spontane Reaktion gewesen. Ihr Herz schmerzte, so sehr liebte sie diesen jungen Mann, der ganz offenbar um keinen Preis mit ihr über seine Gefühle reden wollte. Sie starrte auf den Bildschirm und fragte sich, wie sie es so lange hinbekommen hatte, sich selbst einzureden, dass sie für Niclas nur Freundschaft empfand, und vor allem, wie sie es sich einreden konnte, damit glücklich zu sein. Ihr Blick schweifte zu Niclas, der versunken sein Colaglas in der Hand hin und her drehte und mit den Gedanken weit weg zu sein schien. Was dachte er jetzt? Fühlte er ähnlich wie sie? War er verwirrt, unglücklich, traurig?

Hatte er die gleichen Wünsche und Träume wie sie? War er wütend, weil sie ihn geküsst hatte? Am liebsten wäre sie aufgestanden, hätte sich neben ihn gesetzt und ihn fest in die Arme genommen. Die ganzen letzten Wochen war es ihr gelungen, die Sehnsucht nach ihm einigermaßen im Zaum zu halten, aber nun, da es nichts mehr zu leugnen gab, bahnte sich dieses Gefühl mit Macht seinen Weg. Und es tat verdammt weh, Niclas so nahe zu sein und doch so fern. Schließlich hielt sie es nicht mehr aus. „Nic? Ich weiß, es klingt blöd, aber, na ja, wegen vorhin. Fandest du es schlimm? Ich wollte dich nicht bedrängen, wirklich nicht. Ich war nur froh, dass dir nichts passiert war. Es tut mir leid, bitte sei nicht sauer auf mich." Sie schwieg und sah ihn unglücklich an. So sollte das ganz sicher nicht ablaufen, wenn zwei Menschen sich zum ersten Mal küssten. Niclas drehte noch einen Moment an seinem Glas, und sie dachte schon, er würde ihr nicht antworten, als er endlich aufsah und sein Blick ihren suchte. Sie sah Kummer in seinen Augen, Schmerz, Ratlosigkeit, aber auch etwas, dass ihr Herz vor Glück stolpern ließ. Er sah sie an. „Ich bin nicht sauer auf dich. Und, nein, ich fand es nicht schlimm. Im Gegenteil, es war wunderschön. Ich weiß, du kannst das alles nicht verstehen, und ich mache es dir nicht gerade leicht." Er stellte das Glas auf den Tisch, stand auf und kniete sich vor Emilys Sessel. Dann fasste er zärtlich nach ihren Händen. „Sei nicht traurig, Emily. Du hast nichts falsch gemacht. Glaub mir, mir tut es nicht leid. Es tut mir nicht im Mindesten leid." Er richtete sich ein wenig auf, beugte sich vor und küsste sie unendlich sanft. Ihre Hände zitterten in seinen, als er leise flüsterte: „Emily. Meine süße Emily." Sie verharrten einen Moment still in dieser Haltung, dann stand Niclas abrupt auf. „Ich muss jetzt los.

Bitte verzeih, aber ich habe noch ein paar Dinge zu erledigen. Ich hole dich morgen Abend dann ab."
Emily war ebenfalls aufgestanden und sah ihn etwas verwirrt an. Er wollte jetzt gehen? Und doch nickte sie.
„Sicher. Dann bis morgen. Ich freu mich." Sie lächelte ihm zu.
Er erwiderte ihr Lächeln, doch sie spürte deutlich, wie durcheinander er war.
„Ja, ich freue mich auch. Bis dann."

Als Niclas gegangen war, saß Emily noch lange im Wohnzimmer und starrte vor sich hin. Einerseits war sie sehr glücklich über das, was er gerade gesagt hatte, andererseits ahnte sie, dass dieser Kuss in ihm etwas ausgelöst hatte, was er eventuell nicht verkraften würde. Wenn sie nur wüsste, was ihn quälte, warum er solche Angst vor seinen und auch vor ihren Gefühlen hatte. Sie liebte ihn aus tiefstem Herzen und wäre gerne für ihn da. Wenn jemand verstehen konnte, was es bedeutete, gegen seine Ängste kämpfen zu müssen, war sie es. Sie hatte auch Angst, aber die Liebe zu Niclas war soviel stärker als dieses dunkle Gefühl, das sie in den letzten Monaten ständig umklammert gehalten hatte. Er war der einzige Mensch auf dieser Welt, der in der Lage war, sie durch die Dunkelheit hinaus ins Licht zu führen. Und sie würde das gerne auch für ihn tun. Sie seufzte, stand auf und trat ans Fenster. Ihr Blick verlor sich in der Dunkelheit, während ihr Herz bei Niclas war ...

Es war spät und stockdunkel, doch Niclas fuhr dennoch zum Friedhof. Er konnte das Chaos in seinem Innersten kaum noch im Zaum halten und wusste nicht, was er tun sollte. Als Emily ihn vorhin geküsst hatte, waren die letzten Reste der Mauer, die er um sein Herz aufgebaut hatte, mit einem lauten Knall zusammengebrochen, und er wusste, wenn er sich diesen Gefühlen für sie jetzt hingab, war es zu spät. Dann gab es kein Zurück mehr. Und Gott, er wünschte sich sehr, sie zu halten, ihr zu sagen, was er empfand. Die Sehnsucht nach ihr brannte wie Feuer in ihm, er konnte seine Gedanken kaum noch kontrollieren. Er lief, so schnell als möglich, durch die Grabreihen und erreichte schließlich das Grab seiner Mutter. Dort stand er einen Moment lang reglos davor und ließ sich schließlich auf die Knie sinken. Er verbarg das Gesicht in den Händen und flüsterte: „Mom. Mom, was soll ich tun? Bitte, sag mir, was ich tun soll! Ich liebe Emily. Und ich würde sie gerne glücklich machen, aber“, ein trockenes Schluchzen schüttelte Niclas‘ Körper, „wie könnte ich das? Wie sollte ich jemanden glücklich machen können? Wie sollte ich selbst Glück empfinden dürfen, nachdem, was ich dir angetan habe?“ Er schwieg und setzte sich auf den Boden vor dem Grab. „Wenn ich es zulasse, dass Emily sich mir völlig öffnet und sich mir anvertraut, muss ich auch dazu stehen, dann gibt es kein Zurück mehr, verstehst du? Sie ist nicht so stark, sie hat etwas Entsetzliches erlebt, und ich habe solche Angst, ihr noch mehr wehzutun.“ Er strich mit der Hand durch die feuchte Erde. „Was ist, wenn ich wieder versage? Wenn Emily den gleichen Preis zahlen muss wie du damals?“ Mit einer fast wütenden Bewegung schleuderte er die Erde von sich und verbarg den Kopf wieder in den Händen. „Ich würde es nicht ertragen, sie zu verlieren. Das stehe ich nicht noch einmal durch.“ Er schwieg kurz. „Wenn ich nur wüsste, ob du mir verziehen hast. Bitte, verzeih mir, Mom!“

Niclas wusste nicht, wie lange er reglos vor dem Grab seiner Mutter gesessen hatte. Irgendwann erhob er sich und ging mit schleppenden Schritten zu seiner Maschine zurück.
Der Ball. Wie sollte er das durchstehen? Wie sollte er Emily nahe sein und ihr nicht sagen können, was er für sie empfand? Ein schmerzliches Lächeln glitt über sein Gesicht. Sie würde sicher wunderhübsch aussehen, und sie verdiente es, glücklich zu sein. Emily mit ihrer warmherzigen Art und dem tiefen Schmerz im Herzen. Sie brauchte jemanden an ihrer Seite, der stark war, der sie beschützte und für den sie das Wichtigste auf der Welt war. Konnte er das sein, für Emily?
Niclas erreichte das Motorrad, stieg auf, und in diesen Sekunden fiel seine Entscheidung.

Kapitel 26

Am nächsten Tag schien die Sonne, als wollte sie die Menschen für den bevorstehenden Ball fröhlich stimmen. Emily hatte fast nicht geschlafen in dieser Nacht, sie hatte unablässig an Niclas denken müssen. Sie hoffte sehr, dass es ihm gut ging. Sollte sie ihn anrufen? Gerne hätte sie ein paar Worte mit ihm gewechselt, aber nach diesem Kuss gestern, von dem sie sich immer noch nicht sicher war, ob er nicht ein großer Fehler gewesen war, traute sie sich nicht.
So verbrachte sie den Tag damit, unnötige Dinge zu tun. Sie räumte das Haus auf, in dem keine Unordnung herrschte, staubte alle Möbel ab, die nicht staubig waren, und bügelte aus lauter Verzweiflung sogar ihre Handtücher, was sie sonst im Leben nicht tun würde. Von Niclas hörte sie nichts, und so schwankte sie zwischen Vorfreude auf den Ball und Sorge um ihn.
Endlich, als sie schon nicht mehr damit gerechnet hatte, klingelte das Telefon und Niclas war dran. Er teilte ihr mit, dass er es leider nicht schaffen würde, sie abzuholen, und bat sie, mit Mara und Thomas zu fahren.
„Oh, ja, natürlich, kein Problem. Nic, geht‘s dir gut?“
„Ja, ja, mach dir keine Sorgen. Bis nachher dann.“ Schon hatte er aufgelegt.
Emily starrte verdutzt das Telefon in ihrer Hand an. In ihr begann sich ein ungutes Gefühl zu regen, denn er hatte eigenartig geklungen. Doch dann schüttelte sie den Kopf. „Quatsch, es ist alles in Ordnung. Sonst würde er sicher nicht zu dem Ball kommen. Ist doch nicht schlimm, dass er es nicht schafft, mich abzuholen.“ Sie räumte weiterhin auf, machte einen Spaziergang mit Ben, und schließ-

lich kam Mara, um sich für den Ball umzuziehen. Die Mädchen halfen sich gegenseitig beim Schminken und mit den Haaren und hatten viel Spaß dabei. Mara war blendender Laune, sie sprühte nur so vor Freude und Aufregung und steckte Emily damit an. Sie lachten und alberten herum, und dieses unruhige Gefühl in Emily verblasste.

„Wow, du bist wunderschön." Mara stand neben Emily vor dem Spiegel und betrachtete zufrieden ihr Werk. Emily sah hinreißend aus. Mara hatte ihr die Haare aufgedreht, sodass sie nun in weichen Locken um ihr Gesicht fielen. Auf einer Seite trug sie die Haare mit einer Spange aus glitzerndem Strass ein wenig zurückgesteckt, und ihre Augen leuchteten vor Vorfreude. „Danke. Du aber auch." Und das stimmte. Mara sah ebenfalls bildhübsch aus. Ihre dunklen Haare hatte sie hochgesteckt und das Kleid in einem zarten Gelb stand ihr hervorragend.

„Nun gut, dann sind wir ja gerüstet. Nun fehlen nur noch unsere Jungs. Warum holt Niclas dich nicht ab? Ist ihm was dazwischengekommen?" Mara sah Emily fragend an.

Sie zuckte mit den Schultern. „Ich weiß nicht, er hat nur gesagt, dass er es nicht rechtzeitig schaffen würde." Sie strich mit beiden Händen über den Rock ihres Kleides.

Mara betrachtete sie prüfend. „Ist alles okay bei euch? Habt ihr euch gestritten?"

„Nein. Gestern haben wir uns noch gesehen, und da sagte Nic, er würde mich abholen. Mehr weiß ich auch nicht." Emily fühlte, wie sie rot wurde, bei der Erinnerung an den Kuss, von dem sie Mara nichts erzählt hatte. Zum Glück schien ihre Cousine jedoch nichts zu bemerken,

denn sie stand am Fenster und sah aufgeregt hinaus. „Thomas wird gleich hier sein. Bist du fertig?"
„Ja, von mir aus können wir los."

Thomas kam pünktlich, und eine halbe Stunde später betraten sie den festlich geschmückten Saal, den die Feuerwehr für den heutigen Ball gemietet hatte. Es waren schon sehr viele Leute da, eine Live-Band spielte, und es sah so aus, als würde der Ball ein voller Erfolg werden. Alles war wunderschön dekoriert, und die Stimmung war bereits bestens.
Emily sah sich unbehaglich um. Sie hatte gehofft, Niclas wäre bereits hier und würde auf sie warten. Diese vielen Menschen weckten die alten Ängste in ihr, und obwohl sie versuchte, sich zu sagen, dass alles in Ordnung sei und dieser Abend sicher einmalig schön werden würde, vermisste sie Niclas sehr und hoffte inständig, dass er bald da sein würde.
Ihre Tante und ihr Onkel kamen auf sie zu. „Wow, ihr seht ja alle umwerfend aus", meinte Dorothy. Sie küsste Emily auf die Wange. „Schatz, wolltest du nicht mit Niclas kommen? Wo ist er denn?"
Emily zwirbelte nervös an einer Haarsträhne herum. „Er kommt sicher gleich. Ich bin mit Mara und Thomas gefahren, Nic hat mich angerufen und gesagt, er würde es nicht rechtzeitig schaffen."
„Ach so. Da drüben sind übrigens Niclas' Vater und Taylor Benton." Dorothy winkte ihnen zu, und Peter und Taylor gesellten sich zu ihnen. Emily begrüßte die beiden herzlich.
„Emily, du siehst sehr hübsch aus heute. Wunderschön."
Sie nickte verlegen. „Danke. Mr. Delaney, wissen Sie, wo Niclas ist? Er wollte eigentlich mit mir zusammen

herkommen, aber er rief mich an und sagte, er würde es nicht rechtzeitig schaffen. Denken Sie, er kommt bald?"
Peter sah sie überrascht an. „Nein, tut mir leid, er hat mir gegenüber nichts davon erwähnt, dass er nicht pünktlich hier sein wird. Überhaupt war er in den letzten Tagen nicht sehr gesprächig, muss ich sagen. Aber er wird sicher bald kommen."
Inzwischen war der Rest von Maras Clique eingetroffen, auch Jeffrey stand in der Runde dabei. Sein Blick hing bewundernd an Emily, die ihm unsicher zulächelte. Sie drehte sich um und ihre Augen schweiften zum Eingang. Immer noch keine Spur von Niclas. Dafür schob Rocco Bentz sich in ihr Blickfeld und grinste sie unverschämt an. Zum Glück hatte er sie nach dem Zwischenfall mit Emmanuel in Ruhe gelassen und sie hatte ihn kaum zu Gesicht bekommen. An seinem Arm hing eine aufgetakelte Rothaarige, die gefährlich auf ihren Stilettos herumschwankte. Emily wich unwillkürlich einen Schritt zurück, als Rocco auf sie zukam. Glücklicherweise stellte Onkel Bob sich jedoch vor sie und fixierte Rocco mit finsterem Blick, sodass der es vorzog, die Richtung zu wechseln. Emily atmete erleichtert auf. Bob zwinkerte ihr zu. Am anderen Ende des Saals hatte sie mittlerweile auch Kevin, Susan und die anderen Freunde von Niclas entdeckt. Kevin hatte sie ebenfalls gesehen und winkte ihr zu. Emily winkte zurück und musste lachen, als er beide Daumen nach oben streckte, um ihr zu zeigen, dass er sie hübsch fand.
„So, ich denke, wir Alten lassen die Jugend nun mal alleine und setzen uns, weil unsere Knochen uns nicht mehr so lange tragen können." Bob grinste und hielt Dorothy galant seinen Arm hin. Sie lachte und die beiden verschwanden, gefolgt von Peter und Taylor. Bob und

Peter hatten ihre Jugendfreundschaft wieder aufgefrischt. Emily freute sich darüber, dass die beiden sich so gut verstanden. Sie warf einen Blick zu Mara, die ein Stück entfernt neben Thomas stand und mit ihm tuschelte. Schließlich gab Mara ihr ein Zeichen, dass sie noch einmal kurz nach draußen gehen würden und Emily hier auf sie warten sollte. Emily lächelte. Was die beiden wohl draußen zu tun hatten? Sie stand etwas verloren herum, denn die anderen aus der Clique unterhielten sich, einige tanzten bereits, Kevin war auch verschwunden und Niclas ließ sich nicht blicken. Wo blieb er nur? Was hielt ihn so lange auf? Emily spielte an ihrem Armband und betrachtete das winzige Kleeblatt. Würde es ihr Glück bringen? Im Moment gab es nur eines, was sie glücklich machen würde. Oder besser, einer. Und der blieb leider unsichtbar.

„Mara, kann ich dich kurz sprechen?“ Kevin tauchte neben Mara und Thomas auf, die ihn allerdings nicht sofort bemerkten, so sehr waren sie damit beschäftigt, sich zu küssen. „Mara, bitte. Es ist wichtig.“ Kevin klang ungeduldig.
Mara wandte sich zu ihm um. „Was ist denn los?“
„Niclas ist hier.“
Sie zuckte mit den Schultern. „Na endlich. Das ist doch toll, da wird Emily sich freuen.“
„Das bezweifele ich.“
Mara sah ihn irritiert an und sagte schließlich zu Thomas: „Schatz, ich bin gleich zurück, okay?“
Thomas nickte.
Mara zog Kevin ein Stück zur Seite. „Sag mal, was ist denn los?“ Sie sah ihn beunruhigt an, denn er wirkte aufgebracht und seine Miene verhieß nichts Gutes.

„Niclas ist ... nun, er ist nicht alleine gekommen."
Mara starrte Kevin einen Moment irritiert an. „Wie meinst du das, nicht alleine gekommen?"
Kevin seufzte. „Er ist mit Laura hier. Laura Jennings, du weißt schon, seine Ex." Mara runzelte die Stirn. „Nun, er wird sie mitgenommen haben. Das heißt ja nicht, dass sie zusammen hier sind, also, du weißt schon."
Kevin seufzte wieder. „Doch, sind sie. Es tut mir leid, Mara. Ich weiß auch nicht, was mit ihm los ist. Er ist schon seit Tagen völlig durch den Wind, aber ich komm nicht an ihn ran. Das hier ... das ist mit Sicherheit eine blöde Kurzschlussreaktion wegen dem, was ihm so zusetzt."
Er sah Mara um Verzeihung bittend an, fast so, als ob er den Mist gebaut hätte und nicht Niclas, doch sie antwortete nicht, sondern starrte ihn an, als ob er plötzlich grüne Haare hätte. „Weißt du was? Das ist mir scheißegal, was das ist. Er wird Emily das Herz brechen. Das lass ich nicht zu! Kevin, sie darf ihn nicht sehen. Wir müssen sie wegbringen. Ach Gott, dieser Mistkerl. Ich hab es doch die ganze Zeit geahnt. Warum tut er das?", stieß sie hervor. Maras Stimme zitterte vor Wut.
Kevin zuckte hilflos mit den Schultern. Er hätte seinen besten Freund gerne verteidigt, aber im Moment fiel ihm keine Entschuldigung für Niclas' Verhalten ein, außerdem war er gerade selber stocksauer auf ihn.
„Okay. Was machen wir? Kevin ... Emily, ich kann dir nicht erklären, was mit ihr ist, aber sie verkraftet das nicht, verstehst du? Sie hängt an Niclas, sie vertraut ihm, von Anfang an hat sie das getan, weiß der Teufel, warum. Sie hat schon soviel mitgemacht, und nun hat sie endlich wieder jemandem vertraut." Mara starrte Kevin an, während ihr die Tränen in die Augen schossen, bei dem Ge-

danken an ihre Cousine, die voller Vorfreude auf Niclas wartete und gleich eine bitterböse Enttäuschung erleben würde. „Ich bring ihn um, ich schwör dir, ich bring ihn um. Scheißkerl. Los, wir gehen jetzt da rein, und ich sage Emily, mir sei schlecht und bitte sie, mich nach Hause zu begleiten. Du fängst Niclas ab, und wehe, du lässt ihn in Emilys Nähe."
Kevin sah sie zweifelnd an. „Das glaubt Emily dir doch nie im Leben. Du warst die ganze Zeit topfit und nun ist dir plötzlich wie aus heiterem Himmel schlecht? Außerdem, selbst wenn, würde dich dann nicht eher Thomas nach Hause begleiten?"
„Hast du vielleicht eine bessere Idee, du Schlaumeier? Ich will nicht, dass sie das sehen muss, verstehst du?" Mara war jetzt ziemlich laut geworden.
„Ist ja gut. Gehen wir", erwiderte Kevin beschwichtigend.

Emily stand immer noch etwas verloren in der Mitte all der fröhlichen, gut gelaunten Menschen. Die meisten hatten sich schick herausgeputzt heute Abend, und die Stimmung war schon ziemlich ausgelassen. Sie überlegte gerade, ob sie Niclas anrufen sollte, als Jennifer sie anstieß und ihr ins Ohr raunte: „Niclas ist hier. Oh Mann, sieht er gut aus. Hast du ein Glück." Jennifer lächelte ihr zu und zeigte Richtung Eingang. Emily drehte sich langsam um, und ein glückliches Lächeln breitete sich auf ihrem Gesicht aus. Niclas. Da war er. Endlich war er da. Und Jennifer hatte Recht, er sah umwerfend gut aus in dem dunklen Anzug.

Niclas' Blick schweifte durch die Menge, seine Augen suchten nach Emily. Dort hinten stand sie, Jennifer sagte gerade etwas zu ihr und sie drehte sich zu ihm um. Sie sah ihn an und ihre Augen begannen zu leuchten. Ihr zauberhaftes Lächeln legte sich auf ihr Gesicht, sie sah glücklich und wunderhübsch aus. Er starrte sie durch die Menge hindurch an. Es war, als würden plötzlich alle Geräusche leiser werden und alle anderen Menschen in einem Nebel versinken. Er sah nur Emily, sah ihr Gesicht, ihr Lächeln. Sie trug das neue Kleid und sah darin aus wie eine Prinzessin. Er sah sie an, wusste, was gleich geschehen würde, und sein Herz wurde schwer wie ein Stein in seiner Brust. Was tat er hier? Er fühlte ihren Blick auf sich ruhen. Sie legte den Kopf ein wenig schief, und er wusste, sie spürte instinktiv, dass etwas mit ihm nicht stimmte. Emily konnte in ihm lesen wie in einem offenen Buch. Er starrte sie an und sah in ihrem Gesicht, in ihren Augen, was sie für ihn empfand. Sie liebte ihn. Sie vertraute ihm. Oh Gott, was tat er hier nur? Emily ...

Emily sah Niclas fragend an, und ein merkwürdiges Gefühl breitete sich in ihrer Magengegend aus. Ja, er sah unglaublich gut aus heute Abend. Und wenn man ihn nicht gut kannte, bemerkte man vielleicht nicht die dunklen Schatten unter seinen Augen, man sah vielleicht auch nicht, wie blass er war und achtete nicht auf den zutiefst unglücklichen Ausdruck auf seinem hübschen Gesicht. Aber sie kannte ihn gut, und bei seinem Anblick schnürte sich ihr Herz zusammen. Was war los mit ihm? Irgendetwas stimmte hier ganz und gar nicht, und sie fühlte, wie ihre Hände zu zittern begannen.

Niclas spürte, wie Panik in ihm aufstieg. Er musste das hier beenden, sofort. Das ging so nicht. Was für ein Teufel hatte ihn nur geritten? Er tat einen Schritt nach vorne, und im nächsten Moment schlangen sich zwei Arme um ihn und eine helle Stimme raunte ihm zu: „Hi, mein Süßer. Da bin ich. Nun, kann der Spaß losgehen? Du siehst zum Anbeißen aus heute, wir werden uns ganz bestimmt wunderbar vergnügen, auf dem Ball und hinterher auch, da bin ich mir sicher." Laura drückte sich eng an ihn, doch er sah nur Emily. Er sah, wie das Lächeln auf ihrem Gesicht erlosch, in der Sekunde, als sie begriff, was hier los war. Dass er ein anderes Mädchen im Arm hielt. Dass er mit einer anderen auf den Ball gekommen war, während sie hier auf ihn gewartet hatte. In seinem ganzen Leben hatte er sich noch niemals so sehr geschämt, wie in diesem Moment, als Emily ihn anschaute und er sah, wie mühsam sie um Fassung rang und wie sehr er sie gerade verletzt hatte. Sie biss sich auf die Lippen und drehte sich ein wenig von ihm weg. Er sah, wie heftig ihr Atem ging, und machte einen Schritt nach vorne, um zu ihr zu eilen, doch genau in diesem Moment tauchten Mara und Kevin auf und der Blick, den Mara ihm zuwarf, ließ ihn mitten in der Bewegung verharren und stehen bleiben. Die beiden eilten zu Emily, Kevin wandte sich zu Niclas um und der zuckte unwillkürlich zusammen. Noch niemals hatte er einen solchen Zorn in den Augen seines Freundes gesehen.

Emily starrte wie betäubt auf Niclas und das Mädchen, das an seinem Arm hing. Das war doch Laura Jennings, Niclas' Ex-Freundin. Was machte er hier mit ihr? Er hatte doch gesagt, sie würden sich hier treffen, es war seine Idee gewesen, zusammen auf den Ball zu gehen. Und während sie auf das Pärchen starrte, wurde ihr schmerzhaft klar, dass es hier überhaupt nicht um den Ball ging. Sie hatte Niclas verloren. Nicht nur für diesen einen Abend. Sie verstand sehr genau, was er ihr sagen wollte. Es war vorbei. Er wollte nicht mit ihr zusammen sein, nicht nur für den Ball, auch sonst nicht. Aber war er wirklich so feige, ihr das auf solch eine gemeine, demütigende Art mitzuteilen? Konnte er ihr nicht ins Gesicht sehen und ihr sagen, dass seine Gefühle für sie nicht stark genug waren? Sie versuchte verzweifelt, die aufsteigenden Tränen hinunterzuschlucken und ihren heftig rasselnden Atem unter Kontrolle zu bringen. Nicht jetzt. Nicht hier. Nicht vor ihm. Oh Gott, Niclas. Er liebte sie nicht, alles, was sie sich erträumt hatte, zerbrach in diesen Sekunden. All die Hoffnungen auf eine leichtere, glücklichere Zukunft stürzten ins Nichts, und sie fühlte, wie die schwarzen Schatten aus allen Winkeln krochen. Wie sollte sie ohne Niclas weitermachen können? Emily konnte die Tränen jetzt nicht mehr zurückhalten, Panik stieg in ihr auf. Sie hatte das Gefühl, alle würden sie anstarren, obwohl in Wahrheit überhaupt niemand auf sie achtete. Sie musste hier weg. Aber dafür musste sie an Niclas vorbei, der immer noch vor dem Eingang stand und zu ihr herüberschaute. Und das konnte sie nicht. Sie konnte nicht an ihm und seiner neuen Freundin vorbeigehen.

„Emily!" Mara, Gott sei Dank, da war Mara. Emily fühlte die Arme ihrer Cousine, die sie sanft umfingen und sie ein Stück zur Seite zogen. „Liebes, ich bin hier. Komm, sei ganz ruhig. Sieh nicht hin zu ihm. Du wirst jetzt ganz ruhig sein. Du bist stark und lässt dich davon nicht runterziehen, hörst du mich?"

Emily sah in die dunklen Augen ihrer Cousine, in denen Sorge und Angst standen. „Warum tut er das?"

Kevin tauchte neben ihnen auf und fasste nach ihrem Ellenbogen. „Mensch, willst du dich setzen? Du bist ja totenblass. Nicht, dass du hier noch umkippst." Seine Miene war ebenfalls besorgt.

Emily zwang sich zu einem leichten Lächeln. „Nein, keine Angst. Geht schon."
Mara streichelte Emilys Haare und flüsterte Worte, die sie nicht verstand. Alles in ihr tat weh ... so weh, und sie wusste, es würde nicht wieder aufhören zu schmerzen. Sie liebte Niclas. Vom ersten Tag an war diese Verbindung zu ihm da gewesen, und nun hatte er sie gekappt. Wie sollte sie jetzt weiterleben, ohne ihn?

Niclas konnte nicht aufhören, zu Emily hinüberzuschauen. Am liebsten hätte er sich seinen Weg durch die Menschenmenge gebahnt und wäre zu ihr hingestürzt. Aber er wollte ihr nicht noch mehr wehtun, nicht die Aufmerksamkeit der anderen auf sie lenken. Mara und Kevin standen bei ihr, und Mara redete ununterbrochen auf sie ein. Laura dagegen stand schweigend neben ihm und sah ziemlich mürrisch aus. So hatte sie sich das offenbar nicht vorgestellt, und Niclas wurde bewusst, dass er gerade im Begriff war, auch ihr wehzutun. Sie war zwar ein ziemlich oberflächliches Mädchen, und er glaubte nicht, dass er ihr das Herz brechen würde, dennoch war es nicht fair.
Nun tauchte auch noch Jeffrey auf und drückte sich in Emilys Nähe herum. Das fehlte ihr sicher gerade noch. Musste der Kerl so aufdringlich sein? Sah er nicht, dass es ihr nicht gut ging? Doch noch während er das dachte, wurde ihm klar, dass er überhaupt kein Recht hatte, über Jeffrey zu urteilen. Er selbst hatte Emily gerade unendlich verletzt, nicht Jeffrey. Er schüttelte den Kopf und wandte sich Laura zu, um sich bei ihr zu entschuldigen und ihr zu sagen, warum er sie wirklich gebeten hatte, mit ihm hierher zu kommen, als sie plötzlich ihre Arme um seinen Nacken schlang und ihn mitten auf den Mund

küsste. Vor lauter Verblüffung umfasste er ihre Taille, und natürlich schauten genau in diesem Moment die anderen alle zu ihnen herüber. Niclas sah, wie Emily schmerzlich das Gesicht verzog und Kevin ungläubig den Kopf schüttelte.
Er schob Laura hastig von sich weg. „Laura, bitte lass das!"
Sie lachte und fasste nach seiner Hand. Offenbar hatte sie sich einiges vorgenommen für heute Abend, und war nicht bereit, ihre Pläne so schnell aufzugeben. Warum sollte sie auch? Er war ja selbst schuld. Schließlich hatte er sie mit hierher gebracht und ihr damit wieder Hoffnungen gemacht. Er war dumm gewesen. Und Emily war diejenige, die für seine Blödheit, seine Feigheit, den Preis zahlen musste.

„Ich muss hier raus. Bitte, Mara, ich kann nicht so tun, als ob mir das da drüben nichts ausmachen würde. Bitte." Emilys Augen schwammen in Tränen.
Maras Herz zog sich zusammen. „Em, ich weiß, wie weh dir das tut. Aber Mom und Dad sehen schon herüber und Niclas' Vater auch. Sie werden wissen wollen, was los ist. Bleib noch kurz, ein kleines bisschen wenigstens. Ich tische ihnen irgendeine Geschichte auf, damit sie dich in Ruhe lassen, okay?"
Emily schüttelte den Kopf und sah erstaunt auf, als Jeffrey vortrat.
Seine Stimme klang ruhig. „Er ist ein Arsch, Emily. Ich weiß, du bist jetzt durcheinander und verwirrt, aber hör zu: Wir tanzen einen Tanz, dann begleite ich dich nach draußen und niemandem wird etwas auffallen. Wenn du jetzt aber Hals über Kopf raus läufst, werden deine Tante und dein Onkel dir nachgehen und Fragen stellen, und

ich glaube nicht, dass du jetzt mit ihnen reden willst, oder?“
Emily starrte ihn an. „Ich weiß nicht. Nein ... nein, ich möchte jetzt nicht mit ihnen reden. Aber ich kann doch jetzt nicht tanzen hier.“
„Doch, das kannst du. Komm schon.“ Jeffrey fasste nach ihrer Hand und zog sie hinter sich her.
Die Band spielte einen ruhigen Country-Song. Emily atmete tief durch. Nur diesen einen Song. Jeffrey hatte Recht, so war es am besten. Er legte sachte seine Arme um sie. Emily fühlte, wie ihr Körper sich versteifte. Es war ein Albtraum, ein wahrer Albtraum. Sie passte sich automatisch Jeffreys Schritten an.
„Siehst du, geht doch. Das schaffst du“, sagte er.
Emily hob den Kopf. „Danke, Jeff. Ich weiß gar nicht, warum du das für mich tust.“
Er zuckte mit den Schultern. „Na ja, ich mag dich eben.“
Sie wollte etwas erwidern, doch er sagte schnell: „Nein, schon okay. Ich hab‘s mittlerweile gecheckt, dass du nicht auf mich stehst. Also, nicht *so* auf mich stehst. Das ist in Ordnung. Aber wir können ja vielleicht trotzdem Freunde sein, was meinst du?“ Er klang etwas traurig.
Emily nickte. „Ja, natürlich. Es tut mir leid, Jeffrey. Ich wollte dir nicht wehtun. Ganz bestimmt nicht.“
„Das weiß ich. So was kann man eben nicht erzwingen.“
Sie blinzelte die Tränen weg. „Nein, das kann man wohl nicht.“ Wie dumm war sie gewesen, zu glauben, Niclas würde ihr seine Liebe freiwillig schenken. Hatte er überhaupt irgendetwas von dem ernst gemeint, was er ihr in den letzten Wochen erzählt hatte? Oder war es von Anfang an so gewesen, wie Mara gesagt hatte? War Niclas einfach so? Ein Mädchenschwarm, der von einer zur anderen flatterte und es mit keiner ernst meinte? Und sie

war das dumme, naive Ding, das geglaubt hatte, bei ihr wäre es anders? Nein, das konnte sie nicht glauben, so war er nicht. Sie hob den Blick und sah in seine Richtung. Er stand stocksteif da, hatte die Hände in den Taschen vergraben und starrte zu ihr und Jeffrey herüber. Seine Augen waren ganz dunkel. Vor Kummer, Schmerz, Zorn? Warum? Er war doch hier mit einem anderen Mädchen aufgetaucht.

„Wow, er platzt gleich vor Eifersucht."

„Was?" Emily richtete ihren Blick wieder auf Jeffrey, der die Augen verdrehte.

„Na, Niclas. Sieh ihn dir doch an. Er hat keinen einzigen Blick für die arme Laura, er starrt uns die ganze Zeit an, und ich wette, er würde mir am liebsten eine reinhauen."

Emily schüttelte den Kopf. „Warum sollte er das tun wollen?" Sie klang unendlich verletzt. „Ich würde ihm auch am liebsten eine reinhauen. Er hat es überhaupt nicht verdient, dass du ihn gern hast. Was für ein Blödmann", erwiderte Jeffrey.

Emily schaute wieder verstohlen in Niclas' Richtung und sah, wie Laura ihre Hand in seine schob. Sie schloss kurz die Augen. „Jeff, es tut mir leid, ich muss gehen. Ich halt das nicht mehr aus. Tut mir leid."

„Dann begleite ich dich."

„Nein. Nein, bitte nicht. Ich danke dir für dein Verständnis. Es tut mir leid."

Jeffrey nickte und ließ sie widerstrebend los. Sie lächelte ihm unter Tränen zu, dann drehte sie sich um und lief davon.

Niclas sah ihr hinterher, und im gleichen Moment tauchte Kevin vor ihm auf, der ihn wütend anstarrte. „Kann ich dich mal sprechen? Unter vier Augen."

„Nein, jetzt nicht. Ich muss nach Emily sehen."

„Oh, das musst du ganz bestimmt nicht. Entschuldige uns bitte."
Kevin nickte Laura kurz zu, dann packte er Niclas kurzerhand am Arm und schubste ihn in eine Ecke. „So, und jetzt hoffe ich für dich, dass du eine verdammt gute Erklärung hast, warum du dich heute Abend wie der letzte egoistische Arsch benimmst." Kevin funkelte seinen Freund wütend an.
Niclas senkte den Kopf. „Nein, hab ich nicht. Es ist nichts, was ich dir erklären könnte."
„Aha. Du kannst mir also nicht erklären, warum du mit Emily hier verabredet warst, dann allerdings mit deiner Ex-Tussi hier aufläufst, die dir auch noch vor Emilys Augen die Zunge in den Hals stecken muss?"
Niclas hob den Kopf wieder. „Nein, kann ich nicht. Kevin, ich weiß, du verstehst es nicht. Ich verstehe es ja selbst nicht. Und jetzt muss ich mit ihr reden. Das wollte ich doch alles nicht."
Kevin schüttelte den Kopf. „Was ist bloß mit dir los, verdammt? Du hast Emily gerade unglaublich wehgetan, und nun willst du mit ihr reden? Ja, was willst du ihr denn sagen, wenn du es selber nicht verstehst? Wie soll sie es dann verstehen? Denkst du wirklich, du könntest einfach so ankommen und sagen, hey, tut mir leid, lass uns alles vergessen, ich hatte gerade meine bekloppten fünf Minuten, war nicht so gemeint? Sie wird dir vermutlich nicht mal zuhören, und dann bist du echt im Arsch, mein Freund, denn ein Mädchen wie Emily findest du so schnell nicht wieder. Sie empfindet nämlich wirklich etwas für dich, nicht wie all die anderen Mäuschen hier, die dich nur als hübsche Trophäe haben wollen."
Niclas lehnte sich gegen die Wand. „Das weiß ich doch."

„Wie schön. Sag mal, ich hoffe, du warst nicht so blöd und hast mit Laura geschlafen? Wenn doch, lass Emily in Ruhe und bleib weg von ihr. Falls nicht, was ich wirklich hoffe, kannst du vielleicht noch mal was hinbiegen, wenn du Glück hast. Ich würde es dir wünschen."
„Ich habe nicht mit Laura geschlafen, reg dich ab. Ich habe sie nur mit hierher genommen. Und das war ein Fehler. Ein riesengroßer, dummer Fehler."
„Ja, das war es wohl. Hör zu, Nic, ich weiß nicht, was mit dir los ist, aber ich bin dein Freund, und ich hoffe echt, Emily gibt dir noch eine Chance. Dann ergreife sie und vermassele es nicht wieder, denn sie ist das Beste, was du je hattest." Kevin musterte Niclas noch einen Moment, dann drehte er sich um und ging zurück zu Susan.

Emily rannte, so schnell sie in dem Gedränge vorankam, nach draußen und blieb erst auf dem Parkplatz heftig atmend stehen. Tränen strömten über ihre Wangen und ein Schluchzen schüttelte ihren Körper. Sie fühlte sich so elend und einsam wie noch nie in ihrem ganzen Leben. Nicht mal *der Vorfall* hatte damals so geschmerzt, wie das Gefühl, Niclas verloren zu haben. Sie verbarg ihr Gesicht in den Händen und beugte sich zitternd nach vorne, als sich zwei Arme von hinten um sie schlangen.
„Emily, nicht doch." Mara drehte sie zu sich um und hielt ihre schluchzende Cousine fest in den Armen. Sie standen einen Moment still, und Mara fühlte, wie sehr Emily zitterte. Sie strich ihr beruhigend über die Haare. „Ach, meine Süße, ich weiß nicht, was ich sagen soll. Es tut mir schrecklich leid."
Emily nickte und löste sich aus Maras Armen, die ihr ein Taschentuch hinhielt.

„Komm, setz dich.“ Mara deutete auf eine kleine Mauer. Die Mädchen setzten sich hin. Es war kalt, aber Emily zitterte so sehr, dass Mara fürchtete, sie könne stürzen.
„Warum hat er das getan, Mara? Ich verstehe das nicht. Warum nur? Ich dachte, ich bedeute ihm was, aber anscheinend war das ein Irrtum. Wieso nur ist er so gemein?“ Die Tränen strömten jetzt wieder über Emilys blasse Wangen.
Mara konnte ihre eigenen Tränen kaum noch zurückhalten. „Ich weiß es nicht, Emily. Ich weiß es nicht.“
Emily senkte den Kopf. „Wir haben uns geküsst gestern. Und ich dachte, Niclas empfindet ebenso wie ich“, flüsterte sie.
„Ihr habt euch geküsst? Und heute schleppt er eine andere hier an? Wer weiß, was er sonst noch mit dieser Tussi getrieben hat.“ Mara schnappte nach Luft und sprang empört auf.
Emily zuckte mit den Schultern. „Ich schaffe das nicht. Nicht noch einmal. Nicht das. Ich kann nicht noch mal mit etwas fertig werden, was so weh tut. Mara, ich liebe Niclas. Ich wollte es lange nicht wahrhaben und habe mir eingeredet, es wäre nur Freundschaft, aber das stimmt nicht. Er ist das Liebste, was ich jemals hatte. Wie soll ich nur ohne ihn gegen all das weiterhin ankämpfen? Er hat mir sehr geholfen in den letzten Wochen, und jetzt ist er weg. Und ich weiß nicht einmal, warum.“ Sie verbarg den Kopf in den Händen, während ihr Körper wie von Krämpfen geschüttelt wurde.
Mara stand hilflos daneben, während ihr selbst die Tränen über die Wangen liefen. Sie setzte sich wieder, schlang ihre Arme um Emily und drückte sie an sich. „Wir schaffen das, hörst du? Wir schaffen das, wir haben es damals doch auch geschafft. Ich bin da für dich.“

Emily hob den Kopf. Mara erschrak über den Ausdruck in ihren Augen. Müde und voller Schmerz. Sie legte Mara die Hand an die Wange. „Ich weiß, dass du für mich da bist. Und ich hab dich lieb. Aber ich kann nicht mehr weiter. Weißt du, ich dachte wirklich, Niclas empfindet das Gleiche für mich, wie ich für ihn. Wie konnte ich nur so dumm sein? Niemand wäre so verrückt, sich in jemanden wie mich zu verlieben. Ich bin so ... so …" Sie brach ab und strich sich über beide Arme, als ob sie voller Ekel etwas wegwischen wollte. Dann senkte sie den Kopf und stieß heftig hervor: „Ich wünschte, sie hätten es damals zu Ende gebracht. Warum nur haben sie es nicht getan?"
Mara riss entsetzt die Augen auf, dann packte sie Emily an den Schultern und schüttelte sie. „Bist du verrückt geworden? Warum sagst du so was? Es gibt so viele Menschen, die dich lieben. Mich zum Beispiel. Hör auf, solche Sachen zu sagen. Nicht mal denken darfst du das, hast du mich verstanden?" Mara zitterte, während Tränen über ihre Wangen liefen. Sie war entsetzt über diese namenlose Verzweiflung Emilys, und fühlte ihre eigene Hilflosigkeit, die sie unglaublich wütend machte. „Er ist es nicht wert, hörst du? Wenn er dir das antut, ist er es einfach nicht wert. Du darfst nicht aufgeben, Em, versprich mir das!" Die Mädchen umarmten sich.
„Verzeih! Verzeih! Ich hab dich doch lieb. Es war nicht so gemeint." Emily wollte Mara nicht wehtun, aber ihre Kräfte waren aufgebraucht. Sie fühlte sich leer und müde, und in ihrem Herzen brannte ein Schmerz, der ihr den Atem nahm. Ihr Blick fiel auf den hell erleuchteten Eingang, wo gerade ein junger Mann auftauchte, der sich suchend umsah. „Da ist Niclas. Er sucht offenbar nach mir. Ich will ihn nicht sehen. Ich will ihn nicht sehen."

Emily löste sich von Mara und starrte panisch in Niclas' Richtung. Wenn sie jetzt eines nicht ertragen konnte, war es, dass er sich bei ihr entschuldigte, ihr ein paar fadenscheinige Erklärungen lieferte und ihr am Ende anbot, Freunde zu bleiben.
„Okay." Sie erhoben sich. Mara suchte hektisch in ihrer Tasche und zerrte einen Autoschlüssel heraus. „Hier ist der Schlüssel von Thomas' Auto. Setz dich da rein und warte auf mich. Ich fange Niclas ab." Sie wandte den Kopf und Emily erschrak fast, über den Zorn in ihren dunklen Augen.
„Okay. Danke." Emily griff nach dem Schlüssel, drehte sich um und lief durch die parkenden Autos zu Thomas' Wagen.
Mara sah ihr einen Moment nach, dann fuhr sie herum und wartete auf Niclas, der auf sie zu eilte.
„Mara. Wo ist Emily? Bitte, ich muss sie sehen."
Maras Augen funkelten unter den Tränen, die sie sich wütend wegwischte. „Du? Du musst gar nichts. Du hast für heute wirklich schon genug getan, findest du nicht?"
Niclas schloss einen Moment die Augen. „Du hast Recht. Es tut mir schrecklich leid. Das wollte ich nicht."
„Ach was. Du wolltest das nicht? Hat Laura dich entführt? Dass du dich nicht schämst. Ich hätte nie gedacht, dass du so gemein sein kannst."
„Mara ..."
„Nichts Mara. Kannst du dir eigentlich vorstellen, wie weh du Emily heute Abend getan hast? Sie hat sich so auf diesen Abend gefreut. Sie war aufgeregt und glücklich. Gott, Niclas. Du verbringst nun schon seit Wochen viel Zeit mit ihr, sag, ist dir an ihr nichts aufgefallen? Siehst du nicht, dass Emily ein zutiefst verletztes Mädchen ist? Sie verkraftet nicht noch mehr Schmerz, ver-

stehst du?“ Mara drehte sich einen Moment weg, Tränen liefen über ihre Wangen, als sie sich wieder zu Niclas umwandte, der nur stumm dastand. „Kannst du dir nicht denken, dass ihr etwas Entsetzliches passiert ist?“
Sie wischte sich die Tränen weg.
Niclas fühlte eine heftige Übelkeit in sich aufsteigen.
Maras Stimme zitterte vor Wut und Kummer, als sie weiter sprach: „Kannst du dir vorstellen, wie lange es gedauert hat, bis sie wieder soweit war, wie sie jetzt ist? Weißt du, wie viel Angst wir um sie hatten? Du hast sie nicht gesehen damals. Ich schon. Jeden Tag habe ich an ihrem Bett gesessen und gebetet, dass sie es übersteht. Nicht nur körperlich, verstehst du? Verdammt, ich liebe Emily.“ Mara starrte Niclas mit verzerrtem Gesicht an, und urplötzlich schlug sie mit ihrer Tasche nach ihm. Er zuckte zusammen, wich aber nicht zurück. Sie funkelte ihn an und schrie: „Weißt du wirklich nicht, was du ihr bedeutest? Emily hat dir vertraut. Endlich hat sie wieder jemandem vertraut. Warum hast du sie nicht einfach in Ruhe gelassen, wenn du es doch sowieso mal wieder nicht ernst gemeint hast? Es gibt doch genug andere hier, mit denen du dich vergnügen kannst.“ Mara atmete schwer. „Sie hat mir gerade gesagt, sie wünschte sich, die hätten sie damals umgebracht. Sie hat es zwar anders formuliert, aber genau das hat sie gemeint. Weil es sowieso nie jemanden geben würde, der sie lieben könnte. Kannst du dir das vorstellen? Weißt du, wie ich mich fühle, wenn ich so etwas höre? Meine süße, liebenswerte Emily. Ich dachte, ich könnte sie dir anvertrauen. Ich war sehr skeptisch zu Anfang, aber sie hat an dich geglaubt und dich gegen alles verteidigt. Und nun tust du ihr so weh. Du bist ein Schwein, Niclas.“ Damit drehte sie sich um und ging über den Parkplatz davon.

Niclas starrte ihr geschockt hinterher. Was hatte Emily gesagt? Sie wünschte sich, tot zu sein? Das hatte sie nicht ernst gemeint, oder doch? Er fühlte, wie ihm kalter Schweiß ausbrach. Oh Gott, Emily! Er ließ sich auf die kleine Mauer sinken und starrte blicklos in die Dunkelheit. Was hatte er nur getan? Er sah wieder Emilys Gesicht vor sich, vorhin, als ihr bewusst wurde, dass er mit Laura gekommen war. So viel Enttäuschung hatte in ihrem Blick gelegen. Sie musste sich ja sonst was gedacht haben. Er hatte ihr gesagt, er könne sie nicht abholen, sicher glaubte sie, er hätte die letzten Stunden, vielleicht sogar die Nacht, mit Laura verbracht. Und die anderen dachten das natürlich auch, aber das war ihm egal. Wichtig war nur Emily. „Gott, bitte, verzeih mir! Ich wollte dir nicht wehtun." Er beugte sich vor und vergrub den Kopf in den Händen. Wieso war er nur so feige gewesen? Bilder, die er unbedingt aus seiner Erinnerung hatte verdrängen wollen, stiegen in ihm auf. Sie taten weh, wirklich weh. Aber es gab etwas, was noch viel schmerzvoller war. Nämlich, Emily zu verlieren. Was war er nur für ein Idiot gewesen. Sie war ein zartes, verletztes Mädchen, aber sie war viel mutiger als er. Sie kämpfte gegen ihre Ängste, während er seine nur verdrängt hatte. Mehr als einmal hatte sie ihm ihre Hand gereicht und ihm klargemacht, dass sie an seiner Seite war. Dass sie für ihn da sein wollte. Er hätte ihre Hand nur ergreifen müssen und sie wäre mit ihm durch das Tal der Tränen gegangen. Und jetzt? War es jetzt zu spät? Niclas fühlte, wie Panik in ihm aufstieg. Was tat er noch hier? Wo war Emily? Sie würde doch nichts Dummes tun, oder? Sein Magen drehte sich um, bei der Vorstellung, ihr könnte etwas passieren. „Emily, bitte. Warte auf mich. Ich werde dir alles erklären. Gib mir noch eine Chance. Bitte!"

Er musste zu ihr. Jetzt sofort. Musste ihr sagen, wie alles wirklich gewesen war. Sie musste wissen, wie er für sie empfand. Er musste ihr sagen, dass er sie liebte. Und das tat er. Niemals zuvor war ihm etwas so klar gewesen, und er konnte nicht glauben, dass er es so lange verleugnet hatte.

Er sprang auf, zerrte sein Handy aus der Tasche seines Sakkos und wählte Emilys Handynummer. Es sprang nur die Mailbox an. „Emily. Hör zu, ich bin‘s. Es tut mir leid. Das ist alles ganz anders, als du jetzt denkst. Bitte, ich muss dich sehen. Bitte."

Niclas hoffte, dass sie die Nachricht abhören und sich dann ein wenig beruhigen würde. Er eilte nach drinnen in den Saal und sah sich hektisch um. Da war Laura. Schnell lief er zu ihr und packte sie an den Schultern.

Sie sah ihn erschrocken an. „Um Himmels willen, Niclas. Was ist denn mit dir los? Du siehst ja schrecklich aus. Ist dir nicht gut?"

„Nein. Doch. Hör zu, Laura. Ich wollte mich bei dir entschuldigen. Es tut mir leid, ich hätte dich nicht bitten dürfen, mit mir hierher zu kommen. Es war falsch. Ich wollte damit nur ... nun, ich wollte Emily aus dem Weg gehen. Bitte entschuldige."

Sie sah ihn an. „Schon gut. Ich hab mir das sowieso gedacht. Schon als wir rein kamen und du Emily gesehen hast, war mir klar, dass da was ist zwischen euch, es aber irgendein Problem gab und ich dir helfen sollte, dieses Problem zu lösen. Ich nehme an, du willst nun zu ihr?", antwortete sie erstaunlich ruhig.

Niclas nickte. „Ist es okay, wenn ich dich hier alleine lasse?"

Laura grinste. „Natürlich. Mein Bruder ist auch hier. Ich find schon jemanden. Hau schon ab. Viel Glück! Du siehst aus, als ob du es nötig hättest."
„Danke, Laura. Es tut mir wirklich leid. Bis dann." Er drehte sich um, eilte draußen über den dunklen Parkplatz, stieg in den Wagen und ließ den Motor an. Vermutlich war er zwar gerade der letzte Mensch auf der Welt, den sie sehen wollte, und noch wahrscheinlicher war es, dass Mara ihm die Augen auskratzen würde, aber er musste unbedingt mit Emily reden. Er musste ihr alles erklären, und er konnte nur beten, dass sie ihm verzieh. Außerdem musste er sehen, ob es ihr gut ging. Maras Worte hatten ihm auf erschreckende Weise klargemacht, wie anders Emily war, wie zerbrechlich ihr Vertrauen. Ihm hatte sie vertraut, und er hatte gewusst, wie schwer ihr das fiel. Mara hatte Recht, er hatte viel Zeit mit Emily verbracht, und obwohl er nichts Genaues wusste, hätte er blind sein müssen, um nicht zu sehen, wie verletzlich sie war. Und jetzt würde sie sich sicher schrecklich fühlen. Wie demütigend musste das vorhin für sie gewesen sein, als sie dort stand und auf ihn gewartet hatte, und er kam mit einer anderen an. Und in ihren Augen hatte er überdeutlich gesehen, dass sie die Botschaft verstanden hatte, die er ihr damit hatte schicken wollen. Nämlich, dass er nicht bereit war, ihr und dem, was zwischen ihnen beiden entstanden war, eine Chance zu geben. Und nun dachte sie, er hätte das getan, weil er sie nicht liebte. Weil niemand sie je lieben könnte. Er schlug mit der flachen Hand auf das Lenkrad und drückte das Gaspedal weiter durch. Wieso hatte er das nur getan? Wie hatte er ihr das antun können? Und das nur, weil er so feige war und sich seinen Ängsten nicht hatte stellen wollen.

Knappe zehn Minuten später hielt Niclas vor Emilys Haus. Er konnte von Glück sagen, dass ihm keine Polizeistreife begegnet war, denn er hatte die zulässige Höchstgeschwindigkeit heute um ein Vielfaches überschritten. Nun saß er im Auto und atmete tief durch, bevor er schließlich zögernd ausstieg. Ihm war durchaus bewusst, dass seine Chancen, dass Emily ihn sehen wollte, nicht wirklich gut standen. Dass sie ihn vielleicht nie wieder sehen wollte. Er hatte ihr schrecklich wehgetan heute. Langsam ging er die paar Schritte durch den Vorgarten und sah nach oben. Im Flur brannte Licht, also durfte er wohl hoffen, dass jemand hier war. Vor der Haustür blieb er stehen und schloss die Augen. Er wusste, seine einzige Chance, es Emily begreiflich zu machen, warum er heute so gehandelt hatte, war, absolut ehrlich zu ihr zu sein. Und das hieß, über Dinge zu reden, über die er noch mit keiner Menschenseele gesprochen hatte. Nicht mit seinem Vater, nicht mit Kevin, mit niemandem. Und die er tief in seinem Innersten verborgen gehalten hatte. Acht Jahre lang.
Er atmete tief durch und drückte dann zögernd auf den Klingelknopf. Es läutete drinnen, und Ben schlug an.
Erst dachte Niclas, niemand würde öffnen, doch dann ging die Tür auf und Mara erschien. Sie funkelte ihn erwartungsgemäß wütend an und zischte: „Was willst du denn hier? Verschwinde, aber schnell.“ Ben hatte sich zwischenzeitlich an ihren Beinen vorbei gedrückt. Niclas bückte sich automatisch, um ihn zu streicheln. Dann jedoch richtete er sich schnell wieder auf, weil er befürchtete, Mara könnte ihm einfach die Tür vor der Nase zuschlagen.
„Mara, bitte. Ich weiß, ich habe Emily heute sehr wehgetan, und ich kann sehr gut verstehen, dass du sauer auf

mich bist, aber lass mich mit ihr reden. Bitte. Ich muss ihr alles erklären, es ist wichtig."
„Ach ja? Für wen? Für dich oder für Emily?" Mara hatte die Arme vor der Brust verschränkt und musterte ihn feindselig.
„Es ist für uns beide wichtig. Glaub mir, sie muss hören, was ich ihr zu sagen habe. Bitte."
Mara betrachtete Niclas, und zu ihrem Ärger regte sich leises Mitleid in ihr. Er sah wirklich erbarmungswürdig elend aus. Fast so schlimm wie Emily. Und so sagte sie fast gegen ihren Willen ein wenig freundlicher: „Niclas, ich verstehe, dass es dir leid tut. Und ich verstehe, dass du mit Emily reden möchtest, aber sie ist fix und fertig, und zwar wegen dir, und ich werde nicht zulassen, dass du sie jetzt noch mehr aufregst."
Niclas senkte den Kopf. „Ich will sie nicht aufregen oder ihr noch mehr wehtun, deshalb bin ich doch nicht hier. Ich will ihr sagen, wie leid mir alles tut, und", er zögerte kurz, „und was sie mir bedeutet. Bitte, Mara, lass sie nicht in dem Glauben, ich sei ein gewissenloser Dreckskerl, der ihre Zuneigung nur ausgenutzt hat. Ich weiß, wie schlimm dieser Gedanke für sie ist, und du weißt das auch. Lass mich mit ihr reden, bitte. Nicht meinetwegen, sondern für Emily."
Mara betrachtete ihn zweifelnd. Es schien ihm wirklich sehr wichtig zu sein, mit Emily zu sprechen. Was sollte sie nur tun?
„Mara, ist alles okay?" Emily tauchte im Flur auf und erstarrte, als sie Niclas erkannte. „Niclas." Ihre Stimme war leise wie ein Hauch, und Niclas' Herz zog sich schmerzhaft zusammen bei ihrem Anblick. Sie war so verletzt. Ihre Augen waren rot vom Weinen und sie war totenblass. Sie sah müde und erschöpft aus, so todun-

glücklich, dass er kaum atmen konnte vor Kummer. Sie hatte sich umgezogen und trug nun einen Flanellpyjama, der ihr ein wenig zu groß war und ihre Verletzlichkeit noch unterstrich.
Sie starrte ihn einen Moment an, dann drehte sie sich um und wollte zurück ins Haus gehen.
„Emily, warte! Bitte." Niclas war es nun egal, was Mara von ihm dachte oder wollte, er schob sie einfach zur Seite und war mit zwei Schritten neben Emily. Er umfasste ihre Schultern und drehte sie zu sich um. „Em, hör mir zu, bitte!"
„Sag mal, geht's noch?" Mara baute sich wütend neben ihnen auf.
Doch Emily sagte leise: „Lass nur. Schon okay. Was willst du mir sagen, Niclas? Dass es dir leid tut und du mich nicht verletzen wolltest, du aber nun eben mit Laura zusammen bist? Das musst du nicht. Du musst mir nichts erklären, und du musst dich nicht rechtfertigen, das ist ganz alleine deine Entscheidung." Sie hatte sich aus seinem Griff gewunden und sah ihn an, während sie offenbar mit aller Macht versuchte, die Tränen zurück zu halten.
„Was? Nein! Ich bin nicht mit Laura zusammen. Emily, das ist alles ganz anders. Ja, ich will dir sagen, wie leid es mir tut, aber es ist nicht so, wie du denkst."
Sie sahen sich an. „Bitte. Du kennst mich, das war nicht ich heute. Lass mich dir alles erklären. Wenn du danach willst, dass ich gehe, werde ich das tun, aber bitte gib mir diese Chance! Gib sie uns, bitte!" Seine Stimme klang flehend, und Emily starrte in sein Gesicht, das sie so sehr liebte. Seine Augen waren dunkel vor Kummer, und sie konnte wieder diesen abgrundtiefen Schmerz in ihm spüren. Und obwohl er ihr heute so wehgetan hatte, konnte

sie es kaum ertragen, ihn so zu sehen. Sie warf einen Blick zu Mara, die Niclas finster anschaute. „Okay. Okay. Sag mir, was du zu sagen hast."
Mara stieß einen undefinierbaren Laut aus, hielt sich aber zurück.
Er nickte. „Danke. Danke, Emily."
Sie hörte die Unsicherheit in seiner Stimme und wusste, er konnte das, was er ihr sagen wollte, nicht vor Mara aussprechen. Sie atmete tief durch und blinzelte die Tränen weg, dann fasste sie Mara am Arm und zog sie ein Stück weg. „Mara, hör zu: Ich weiß, du verstehst es nicht, aber ich muss hören, was Niclas mir sagen will. Wahrscheinlich ist es völlig idiotisch von mir, aber ich muss es wissen. Bitte, Liebes, sei nicht sauer auf mich, wenn ich dich jetzt bitte, mich mit ihm alleine zu lassen. Ich weiß, du machst dir Sorgen, und er hat es vermutlich auch nicht verdient, aber", sie biss sich auf die Lippen, „aber ich kann ihn einfach jetzt nicht so stehen lassen. Und deshalb, bitte, geh zurück zum Ball und versuche dich ein wenig zu amüsieren. Ich bin okay, hab keine Angst. Außerdem werden deine Eltern uns schon vermissen und sich fragen, wo wir abgeblieben sind. Ewig kann Thomas sie nicht hinhalten. Sag ihnen, mir ist nicht gut, aber sie sollen sich keine Sorgen machen. Bitte."
Mara schüttelte den Kopf und setzte an: „Nein, das ...", doch Emily drückte ihre Hand und sagte flehend: „Bitte. Tu es für mich. Bitte."
Mara zögerte, und in ihrem Gesicht konnte man deutlich ihren Widerwillen erkennen. „Na schön, es bleibt mir ja wohl nichts anderes übrig. Aber gerne tu ich das nicht. Nun gut, dann gehe ich jetzt zum Ball zurück und sage Mom und Dad, dass ich dich heimgebracht habe, weil dir übel ist. Und dass Niclas sich um dich kümmert. Damit

ist dann auch erklärt, warum er nicht auf dem Ball ist, und sie wissen, dass du nicht alleine bist." Sie warf Niclas einen missmutigen Blick zu. „Wehe, du tust ihr wieder weh, dann reiße ich dir den Kopf ab. Ruf mich an, Emily, wenn du mich brauchst, dann komme ich sofort, versprich es mir!"

„Sicher, ich verspreche es. Danke, Mara. Ich danke dir für alles."

Mara nahm ihre Tasche und ging in Richtung Tür, nicht ohne Niclas vorher noch einen finsteren Blick zuzuwerfen. Als die Tür hinter ihrer Cousine zugefallen war, drehte Emily sich langsam um und ging an Niclas vorbei ins Wohnzimmer. Dort blieb sie vor dem Fenster stehen und schlang beide Arme um ihren Oberkörper, als wollte sie sich selbst festhalten. „Also, was möchtest du mir sagen, Niclas?" Ihre Stimme zitterte, und ihr war schrecklich kalt. Dabei war es warm in der Wohnung, aber diese Kälte kam von tief drinnen aus ihrem Herzen.

Niclas stand in der Tür zum Wohnzimmer und hatte beide Hände in die Taschen seiner Hose gesteckt. Nun zuckte er mit den Schultern. „Ich weiß nicht, wo ich anfangen soll. Aber, Emily, bitte glaub mir, ich wollte dir nicht wehtun. Es war eine bescheuerte Idee von mir, die Sache mit Laura. Ich kann mir das gar nicht mehr erklären, und es tut mir unendlich leid." Er hatte den Kopf gesenkt und stand eine Weile schweigend so da. Schließlich sah er Emily wieder an, und sie erschrak über den Ausdruck auf seinem Gesicht. Er war wirklich fertig.

Sie schluckte. „Jetzt komm doch erstmal richtig rein. Und dann sagst du mir einfach, was du sagen willst, okay?"

Er nickte und setzte sich vorsichtig in den Sessel. Emily setzte sich ans Ende der Couch und verknotete die Finger

im Schoß, während Niclas auf den Boden starrte und schließlich tonlos sagte: „Emily, ich möchte, dass du weißt, wie wichtig du mir bist, und wie leid es mir tut, wie ich mich heute dir gegenüber verhalten habe. Ich weiß, du bist sehr verletzt und verwirrt, und, glaub mir, das wollte ich nicht. Mein Verhalten war ... nun, eine Reaktion auf etwas, das ich nicht mehr unter Kontrolle habe.“ Er strich sich fahrig durch die Haare, stand auf und stellte sich ans Fenster. Sie sah ihn an und biss sich auf die Lippen. Noch niemals hatte sie Niclas so verwirrt und durcheinander gesehen. Er zögerte kurz, dann jedoch drehte er sich kurz entschlossen um und kam zu ihr herüber, ging vor ihr in die Hocke und umfasste unendlich behutsam ihre zitternden Hände. „Darf ich?“ Sein Blick war fragend und voller Schuldbewusstsein. Emily betrachtete ihre Hände in seinen und nickte leicht. Reden konnte sie nicht, denn sie fürchtete, sofort wieder in Tränen auszubrechen, wenn sie etwas sagte. Sie fühlte Niclas‘ Blick auf sich ruhen und hob unsicher den Kopf.
„Hör zu, ich werde dir alles erklären, das werde ich, auch wenn ich noch niemals darüber geredet und ehrlich gesagt eine Scheißangst davor habe. Aber zuerst möchte ich dir das sagen, was mir am Wichtigsten ist und warum ich hergekommen bin. Du bist mir das Wichtigste, Emily. Und ich möchte, dass du dich wieder gut fühlst. Ich will nicht, dass du weiterhin unglücklich bist, wegen mir. Ich hab dir schrecklich wehgetan heute, und ich kann dir nicht sagen, wie leid mir das tut.“ Er schwieg kurz und strich mit dem Daumen sanft über ihren Handrücken. Sie schluckte heftig und die dummen Tränen stiegen schon wieder in ihr hoch, ohne sich aufhalten zu lassen. Ja, Niclas hatte ihr heute sehr wehgetan, aber nun war er hier, und sie spürte, dass es wieder da war. Dieses Gefühl von

Sicherheit und Geborgenheit, das sie nur bei ihm jemals so empfunden hatte. Sie hatte sich heute im Stich gelassen gefühlt von ihm, aber nun war es fast wieder so, wie es immer war. Und sie spürte, dass er die Wahrheit sagte. Ihr Blick strich über sein Gesicht und ein tiefes Gefühl von Zärtlichkeit für ihn stieg in ihr auf. Sie liebte ihn, und nichts konnte daran etwas ändern.
Er atmete tief durch und sprach fast hastig weiter, während Emily erschrocken sah, dass Tränen in seinen Augen schimmerten. „Ich wollte nicht, dass es so kommt, wirklich nicht. Aber ich kann es leider nicht mehr rückgängig machen, und ich habe schreckliche Angst, dass ich nun alles kaputtgemacht habe. Ach, Emily, ich bin so ein Idiot." Er brach ab, senkte den Kopf und zog ihre Hände an seine Lippen. Seine Stimme klang nun ganz leise und erstickt. „Ich will dich nicht verlieren. Ich liebe dich doch. Irgendwie glaube ich, habe ich das von Anfang an getan, aber ich war feige. Ich wollte es nicht zulassen, und jetzt ist es vielleicht zu spät."
Emily saß reglos da und lauschte in sich hinein. Ihr Herz klopfte heftig, und sie fühlte, dass Tränen über ihre Wangen rollten. Hatte er das gerade wirklich gesagt? Oder war es nur das, was sie sich so sehr wünschte, zu hören? Sie zog ihre Hände vorsichtig aus seinen und umfasste ganz sachte sein Gesicht. Er hob den Kopf und sein Blick war voller Reue und Schmerz.
„Du ... was sagst du, Nic? Oh, bitte, sag nichts, was du nicht so meinst, bitte. Das ertrage ich nicht." Ihre Stimme war leise wie ein Hauch, und der Ausdruck in ihren Augen war voller Zweifel und gleichzeitig voll bittender Hoffnung, dass ihm ganz eigenartig zu Mute wurde.
„Ich sage nichts, was ich nicht so meine, Emily. Ich liebe dich. Du bist das Liebste, was ich jemals hatte."

Sie starrte ihn an, als ob sie nicht wüsste, ob sie träumte oder nicht, doch dann kam ein leises Schluchzen über ihre Lippen. Sie rutschte von der Couch direkt in seine Arme. Niclas umfing sie und zog sie fest an sich. Sie drückte ihr Gesicht in seine Halsbeuge, und er fühlte, wie sehr sie zitterte. Sie weinte jetzt heftig, und er ließ sie sich den Kummer von der Seele weinen. Er streichelte ihre Haare, ihre zuckenden Schultern und hielt sie fest. Irgendwann löste sie sich ein klein wenig von ihm. Er strich ihr zärtlich die Haare aus dem tränennassen Gesicht.
Sie sah ihn an. „Niclas. Ich hatte solche Angst, dich für immer verloren zu haben. Das hat schrecklich wehgetan, als ich dich mit Laura gesehen habe."
Er schluckte. „Ich weiß. Ich weiß. Hab keine Angst mehr, ich bin hier bei dir, Emily, weil du es bist, die ich liebe. Hörst du?"
Sie sah ihn fast erstaunt an. Er wischte ihr sanft mit dem Daumen die Tränen von den Wangen.
„Du meinst das wirklich ernst?" Ihre Stimme war kaum zu verstehen.
Niclas zog sie wieder näher an sich. „Ja, das meine ich ernst. Die ganze Zeit über wollte ich mir nicht eingestehen, was ich für dich empfinde und hab dagegen angekämpft. Aber es ging nicht weg, egal, wie sehr ich mich dagegen gewehrt hab."
Emily lehnte ihre Stirn an seine Wange. „Ach, Nic, ich liebe dich doch auch. Wenn du wüsstest, wie sehr ich dich liebe. Und ich hab ja auch ganz schön lange gebraucht, um zu kapieren, dass man davor nicht weglaufen kann. Aber irgendwann wurde mir klar, dass ich das auch gar nicht mehr will. Und ich hab so gehofft, dass du das irgendwann genauso sehen wirst."

Niclas biss sich kurz auf die Lippen. „Ich war so dumm, und beinahe hätte ich damit alles kaputtgemacht. Bitte entschuldige.“ Er umfasste ihr Gesicht. „Sag es noch einmal, bitte.“ Emily lächelte leicht unter Tränen. „Ich liebe dich. Meinst du das?“
Er nickte, dann beugte er sich vor und seine Lippen strichen unendlich sanft über ihre nassen Wangen. Ihr Atem streifte sein Gesicht, er fühlte ihre Arme, die um seinen Nacken lagen, ihre Hände, die durch seine Haare strichen, und dann endlich fanden ihre Lippen sich zu einem ganz vorsichtigen Kuss, sanft wie ein Windhauch nur. Emilys Lippen zitterten, als er sie näher an sich zog und sie sich völlig in diesem Kuss voller unstillbarer Sehnsucht verloren. Sie konnten nicht aufhören, sich zu küssen und konnten sich nicht loslassen, es war, als hätten sie ihr Leben lang nur darauf gewartet. Irgendwann sank ihr Kopf an seine Schulter. „Ich kann es immer noch nicht glauben, dass du wirklich da bist.“ Sie drückte ihr Gesicht in den Stoff seines Sakkos. „Nic, vielleicht sollte ich dich das nicht fragen, aber ... was war mit dir und Laura?“ Sie hob fast widerstrebend den Kopf.
Niclas sah die Unsicherheit in ihren Augen und strich ihr sanft über die Wange. „Nichts. Es war nichts. Ich habe sie angerufen und gefragt, ob sie mit mir zum Ball kommen will, das war alles. Ich habe sie vorher nicht gesehen, erst, als ich sie abgeholt habe.“
„Ihr habt euch geküsst.“ Emily klang unglücklich.
Niclas schüttelte den Kopf. „Nein, sie hat mich geküsst. Ich habe damit überhaupt nicht gerechnet, und natürlich hast du gerade in dem Moment herüber geschaut. Emily, ich empfinde nichts für Laura, absolut nichts. Es war falsch von mir, sie zu bitten mich zu begleiten, und ich

habe mich bei ihr dafür entschuldigt. Das ist alles. Bitte, glaub mir."
Sie nickte. „Das tu ich. Aber warum denn das alles? Warum wolltest du, dass ich dich mit Laura sehe? Das ist dir doch sicher nicht erst fünf Minuten vor dem Ball eingefallen, oder?"
Er senkte den Kopf. „Nein, am Tag zuvor, als wir uns geküsst haben. Da ist mir klar geworden, dass ich das nicht mehr lange aushalte, dir nicht zu sagen, was ich für dich empfinde. Alles in mir hat sich nach dir gesehnt, aber ich hatte solche Angst. Die habe ich immer noch, Emily, aber ich kann das nicht mehr. Ich halte es nicht mehr aus ohne dich." Er lächelte kurz. Emilys Herz zog sich schmerzhaft zusammen. Was setzte ihm so zu, dass er dafür ihrer beider Glück aufs Spiel gesetzt hatte?
Niclas löste sich kurz von ihr und zog sein Sakko aus. Er warf es über den Sessel, und Emily schmiegte sich wieder in seine Arme. Ben lag dicht an seiner anderen Seite, als ob er ihn trösten wollte. Einen Moment lang zögerte Niclas noch. „An diesem Abend, nachdem wir uns geküsst hatten, war ich völlig verzweifelt und durch den Wind. Ich wusste nicht mehr, was ich tun sollte. Ich hab dich vermisst, und wollte nichts mehr, als mit dir zusammen zu sein. Doch gleichzeitig wurde ich immer panischer, und kam dann auf diese blödsinnige Idee mit Laura. Ich dachte, wenn du mich mit ihr siehst, bist du so wütend auf mich, dass du nichts mehr mit mir zu tun haben willst und es wird einfacher für dich, mich zu vergessen." Er drehte sich zu Emily um. „Ich will nur dein Bestes, weißt du, und ich habe solche Angst, dass ich dir wehtue, dass ich es nicht schaffe, dich glücklich zu machen und", er stockte und verzog schmerzlich das Gesicht, „und dass ich dich dann letztendlich wieder verlie-

re. Ich hab Angst, dich zu lieben, Emily, und dich dann wieder zu verlieren.“
Emily sah ihn bestürzt an. Sie fühlte den Schmerz hinter diesen Worten und schlang ihre Arme fest um ihn. Sie streichelte sein Gesicht, seine Haare. „Aber warum nur hast du solche Angst? Nic, eines musst du mir glauben: Ich liebe dich von ganzem Herzen, und du kannst mir völlig vertrauen. Ich habe auch Angst, aber ich tu alles für dich. Wirklich alles.“ Sie schmiegte ihr Gesicht an seines.
Er lächelte. Seine süße, zauberhafte Emily. „Ich weiß. Das weiß ich doch. Und, glaub mir, das bedeutet mir unendlich viel. Emily, wenn ich dir nicht vertrauen würde, wäre ich nicht hier. Du bist der erste Mensch, dem ich so sehr vertraue, dass ich überhaupt darüber reden kann.“
Er schwieg, und Emily spürte, wie schwer es ihm fiel, weiterzusprechen. Sie saß still neben ihm und hielt seine Hand. Bilder aus der Anfangszeit, als sie sich kennen lernten, zogen vor ihr auf. Niclas … bildhübsch und unnahbar. Wie oft hatten seine Augen sie voller Arroganz gemustert, und doch hatte sie von Beginn an diesen Kummer in ihm gespürt. Diese Einsamkeit, die ihn umfangen gehalten hatte, und die er hinter seiner spöttischen, coolen Art verbergen wollte. Die meisten hatten ihm diese Art wohl auch abgekauft, aber sie nicht. Er hatte sie oft verletzt, aber sie konnte ihm nie wirklich böse sein. Weil sie unbewusst gespürt hatte, dass er es gar nicht so meinte, sondern nur versuchte, sein Innerstes zu schützen. Vielleicht weil sie selbst ebenso sehr versuchte, ihren Schmerz zu verbergen. Sie erinnerte sich an seinen Frust, den er an ihr ausließ, als er bemerkte, dass sie sich von seiner oftmals barschen Art nicht abschrecken ließ und ihn weiterhin mochte. Das war etwas ge-

wesen, womit er zu Beginn überhaupt nicht hatte umgehen können. Ein Mädchen, das ihn einfach mochte, weil er so war, wie er war. Und das ihn nicht anhimmelte und ins Bett zerren wollte, sondern ehrliches Interesse an ihm als Mensch zeigte. Er war wirklich oft ziemlich gemein gewesen in seinem verzweifelten Bemühen, sie abzuwimmeln.
Sie streichelte zärtlich seinen Handrücken. Niclas betrachtete ihre zarte Hand in seiner, ihre zierlichen Finger, die sich fest um seine geschlossen hatten und die ihm so viel Halt gaben, wie noch niemals irgendetwas zuvor. Er wandte ihr das Gesicht zu und küsste sie sanft auf die Schläfe, bevor er sich einen Ruck gab. „Du erinnerst dich sicher daran, dass ich dir von meiner Mutter erzählt habe? Daran, dass sie bei einem Unfall starb?“
Emily nickte. „Ja, natürlich.“
„Es passierte am Tag nach meinem Geburtstag.“ Er umfasste ihre Hand fester, und sie lehnte ihre Wange an seine Schulter. „Ich hatte ein Fahrrad geschenkt bekommen. Ich weiß noch, wie sehr ich es mir gewünscht hatte und wie ich mich gefreut habe, als es tatsächlich da stand. Es war grün, so ein richtig knalliges Grün, weißt du. Ich war total stolz drauf.“ Er sah Emily an und lächelte.
Sie lächelte zurück, aber ihr Herz tat weh, denn noch niemals hatte sie soviel Schmerz und Wehmut in einem Lächeln gesehen, wie eben in diesem. Sie strich sanft über seine Wange. „Es war sicher ein tolles Rad.“
„Ja, das war es. An meinem Geburtstag hatte ich nur kurz damit fahren können, und so wollte ich es am Tag danach unbedingt richtig ausprobieren.“ Er drückte Emilys Hand noch einmal kurz, stand dann auf und stellte sich ans Fenster. Und draußen in der Dunkelheit sah er wieder den elfjährigen Jungen, der Feuer und Flamme für das

neue Fahrrad war und unbedingt damit durch die Gegend kurven wollte. „Es war ein total verregneter Tag, es war kalt und neblig, man konnte kaum die Hand vor Augen erkennen. Aber das war mir egal, ich wollte raus und das Rad ausprobieren. Unbedingt.“ Niclas sprach jetzt fast wie zu sich selbst, und Emily beobachtete ihn besorgt. Er sah elend aus, und die Schatten um seine Augen schienen sich noch verstärkt zu haben. Zumindest kam es ihr so vor. Am liebsten wäre sie aufgesprungen und hätte ihn in die Arme genommen, aber sie wusste, sie musste ihn jetzt reden lassen.
„Meine Mom wollte nicht, dass ich rausgehe, sie sagte, ich solle warten, bis das Wetter besser werden würde. Es sei zu gefährlich mit dem Rad, die Autofahrer würden einen fast nicht erkennen können. Aber ich ließ nicht locker, bis sie endlich nachgab und mich gehen ließ.“ Niclas atmete tief durch und lehnte die Stirn an die kühle Scheibe. „Warum nur hab ich nicht auf sie gehört? Warum musste ich unbedingt meinen Kopf durchsetzen? Warum, Emily?“ Er wandte ihr sein Gesicht zu.
Emily erschrak über den Ausdruck von Selbsthass in seinen Augen. Sie fühlte, wie ihr die Tränen kamen. „Nic, du warst elf Jahre alt, da tut man nun mal manchmal Dinge, die nicht immer vernünftig sind.“
Er lachte bitter auf. „Nicht vernünftig, ja. Es war meine Schuld, Emily. Ganz allein meine Schuld. Verstehst du? Ich bin schuld daran, dass meine Mutter sterben musste.“
Emily fühlte den Herzschlag in ihrer Brust hämmern. Noch niemals hatte ihr Herz so wild geklopft wie in diesen Minuten. „Das kann nicht sein. Du warst elf Jahre alt. Ein Kind noch. Bitte, rede dir das nicht ein, bitte, tu das nicht.“ Ihre Stimme zitterte und sie fühlte einen fast unerträglichen Schmerz im Herzen.

Niclas lächelte wieder, doch es war ein solch bitteres und schmerzerfülltes Lächeln, dass Emily ein Schluchzen nicht mehr unterdrücken konnte. „Das muss ich mir nicht einreden, Emily. Das ist so. Ich bin also mit dem Rad hinaus. Meine Mutter hatte mir eingeschärft, nur auf den Wegen im Park zu fahren und pünktlich wieder zuhause zu sein. Aber ich war nicht pünktlich. Ich bin immer weiter herumgefahren und habe nicht auf die Uhr geschaut. Irgendwann hat meine Mom begonnen, nach mir zu suchen. Und um in den Park zu gelangen, musste sie ein Stück an der Straße entlanglaufen. Nur ein ganz kurzes Stück." Niclas stand jetzt völlig unbeweglich da, und Emily sah die Tränen in seinen Augen schimmern. Sie ballte die Hände zu Fäusten und biss sich auf die Lippen. Seine Schultern zuckten und sie streckte hilflos die Hände nach ihm aus, zog sie aber wieder zurück. Er musste das jetzt rauslassen, sonst würde es ihn irgendwann zerstören. „Was passierte dann, Niclas?" Emily hatte ihre Stimme kaum unter Kontrolle, denn niemals hatte ihr etwas mehr wehgetan, als Niclas so zu sehen, voller Schmerz und Kummer.

„Der Wagen war zu schnell, der Fahrer hatte was getrunken. Er hat meine Mom viel zu spät gesehen und sie einfach über den Haufen gefahren. Ich war gerade auf dem Weg zurück nach Hause und habe gesehen, wie es passierte. Sie flog wie eine Puppe durch die Luft und stürzte auf die Wiese neben der Straße. Oh Gott." Seine Stimme brach fast, und er schlug sich mit beiden Fäusten gegen die Stirn.

Emily liefen die Tränen über die Wangen, sie hatte ihre Hand in Bens Fell gekrallt, der sich dicht neben sie gesetzt hatte.

„Ich hab sie sterben sehen, Emily. Ich kniete neben ihr und sie sah mich an. Blut lief aus ihrer Nase und sie flüsterte meinen Namen. Sie starb da auf diesem dreckigen, nassen Boden, viel zu jung und völlig sinnlos, und das nur, weil ich meinen Kopf durchsetzen musste." Niclas' Gesicht war schmerzverzerrt, als er nun hervorstieß: „Ich hätte es sein sollen, nicht sie. Es war meine Schuld, nicht ihre. Verstehst du jetzt, warum ich es nicht verdient habe, glücklich zu sein?" Er wischte sich mit einer zornigen Bewegung die Tränen aus dem Gesicht.
Emily starrte ihn erschrocken an. Erschrocken über seine Worte und den Hass in seiner Stimme. Hass auf sich selbst. Sie schüttelte den Kopf. „Aber nein, nicht doch. Das war doch keine Absicht, du wolltest doch nicht, dass so etwas Schreckliches passiert. Das wolltest du doch nicht ..."
Niclas starrte sie mit Tränen in den Augen an und flüsterte kaum hörbar: „Nein, das wollte ich nicht. Aber das macht sie nicht wieder lebendig." Er senkte den Kopf, verbarg das Gesicht in den Händen, während sein Körper von heftigem Schluchzen geschüttelt wurde.
Emily dachte nun nicht mehr länger nach. Sie sprang auf, eilte zu ihm und schlang beide Arme um ihn. „Nicht, oh, bitte nicht. Es war nicht deine Schuld, das war es ganz bestimmt nicht." Sie spürte, wie sein Körper sich für einen Moment komplett versteifte und fürchtete schon, er würde sie von sich stoßen und sich wieder hinter seiner Mauer verschanzen. Doch er zog sie in seine Arme und presste sie so fest an sich, als ob er fürchtete, ohne sie jeden Halt zu verlieren. Er flüsterte erstickt ihren Namen.
Emily stellte sich auf die Zehenspitzen, zog seinen Kopf zu sich herunter und küsste seine feuchten Wangen, seinen Mund, seine Nase. Dabei liefen ihr selbst die Tränen

über das Gesicht. „Mein armer Schatz. So lange schleppst du das schon mit dir herum. Mein Gott, Niclas.“ Sie legte ihren Arm um seine Taille. „Komm, setz dich. Setz dich auf die Couch. Gut so.“ Emily schlang beide Arme um Niclas‘ Nacken. Er schmiegte sein Gesicht in ihre Locken. Sie war immer noch völlig geschockt über diesen Selbsthass, der ihn beherrschte. So viele Jahre quälte er sich nun schon damit herum. Sie hielt ihn fest umschlungen, streichelte seinen Rücken und flüsterte leise, beruhigende Worte in sein Ohr, von denen sie nicht wusste, ob er sie überhaupt wahrnehmen würde. Die Szene damals im Klassensaal fiel ihr wieder ein, als Mr. Emmerson den Fahrradausflug vorgeschlagen hatte und Niclas‘ Miene völlig versteinerte. Jetzt wusste sie auch, warum. Alles, was mit Fahrrädern zu tun hatte, erinnerte ihn an den schlimmsten Tag seines Lebens. Und ihr Sturz bei diesem Ausflug. Er war voller Angst um sie gewesen, dabei so wütend und durcheinander. Ach Gott, Niclas, wie schrecklich musste er all die Jahre gelitten haben.

Sie wusste nicht, wie lange sie so da saßen, bis Niclas sich irgendwann langsam von ihr löste und sich zurücklehnte. Er schloss die Augen, und sie betrachtete ihn voller Sorge. Er sah völlig fertig aus. Sie streckte die Hand aus und strich ihm zärtlich über die Wange. „Möchtest du etwas trinken? Einen Tee oder ein Wasser? Oder einen Schnaps?“

Niclas verzog das Gesicht. „Ein Schnaps würde nicht reichen, da müsstest du mir schon ein ganzes Fass hinstellen.“ Er öffnete die Augen und ein winziges Lächeln glitt über sein Gesicht, über das Emily jedoch in diesem Moment unendlich glücklich war. Er drückte ihre Hand. „Ein Wasser wäre nicht schlecht.“

„Okay, ich bin gleich zurück.“ Sie lief in die Küche und holte die Flasche aus dem Kühlschrank, froh, etwas tun zu können, denn Niclas‘ Verzweiflung machte sie fix und fertig. Als sie ins Wohnzimmer zurückkam, hatte Ben seinen Kopf auf Niclas‘ Schoß gelegt, es sah aus, als ob er ihn trösten wolle. Sie lächelte und setzte sich neben die beiden. „Hier. Trink das, das wird dir gut tun. Du siehst richtig elend aus. Ach, Nic, ich möchte dir so gerne helfen.“ Sie gab Niclas das Glas.
Er nahm einen tiefen Schluck. „Danke. Du hilfst mir doch. Weißt du, ich hab noch niemals mit jemandem darüber geredet, nur mit dir. Selbst mit meinem Vater habe ich nie darüber gesprochen. Mit niemandem.“ Er stellte das Glas auf dem Tisch ab.
Emily sah ihn erschüttert an. „Du hast niemals mit jemandem darüber geredet? Oh, Nic, wie hast du das nur all die Jahre ausgehalten? Warum hast du denn nicht mit deinem Vater gesprochen, er hätte dir gesagt, dass es dumm ist, was du dir vorwirfst.“ Sie legte ihm den Arm um die Schultern, und er lehnte seinen Kopf an ihren. Es war dämmrig im Zimmer, nur eine kleine Stehlampe brannte, und draußen hatte offenbar auch der Wind aufgefrischt, denn es rüttelte gewaltig an den Rollläden.
Niclas‘ Stimme war voller Schuldbewusstsein und Schmerz, als er antwortete: „Warum ich nicht mit ihm geredet habe? Ich hab mich nicht getraut, Emily. Er war so verzweifelt. Nach der Beerdigung hat er tagelang kein Wort gesprochen und danach war er nie wieder der Alte. Er hat sie geliebt, und ich hatte sie ihm genommen. Ich hatte Angst, er hasst mich. Er war doch alles, was ich noch hatte. Und je länger ich schwieg, desto unmöglicher erschien es mir, jemals noch darüber reden zu können. Und so hat er nie erfahren, warum meine Mutter an die-

sem Tag das Haus verlassen hat und im Nebel über die Landstraße lief. Auf der Suche nach mir."

Emily schloss die Augen und schüttelte den Kopf. „Niclas, natürlich hat dein Vater deine Mutter geliebt und war verzweifelt, aber er liebt auch dich, das hat er damals getan und tut es heute noch. Selbstverständlich hat er getrauert, aber du bist sein Sohn, du bist auch alles, was er noch hat. Denkst du wirklich, er würde dich hassen? Nic, du warst ein Junge von elf Jahren, der sein neues Fahrrad ausprobieren wollte und dabei die Zeit vergessen hat. Wie oft, denkst du, kommt das täglich in tausenden Städten und Orten dieser Welt vor? Was glaubst du, wie oft ich als Kind zu spät nach Hause gekommen bin, weil ich die Zeit irgendwo verbummelt habe?" Sie beugte sich vor und sah Niclas direkt in die Augen, als sie eindringlich sagte: „Nic, es war nicht deine Schuld! Es war nicht deine Schuld! Es war einfach eine Verkettung von unglücklichen Umständen. Das schlechte Wetter, du, der nicht auf die Uhr geschaut hat, aber doch damit nichts Schlimmes anrichten wollte. Du warst ein Kind, Niclas! Dann der betrunkene Fahrer, der sich niemals hätte ins Auto setzen dürfen und der ausgerechnet zu diesem Zeitpunkt diese Strecke entlangfuhr. Wäre er nüchtern gewesen, hätte er sicher schneller reagieren können. Oder aber wenn deine Mom nur zwei Minuten später aus dem Haus gegangen wäre, wäre er schon vorbei gewesen. Du siehst, es gibt so viele Faktoren, so viele Wenn und Aber ... Es war ein schreckliches Unglück, aber es war nicht deine Schuld! Bitte, du darfst dich nicht weiter selbst zerstören, du musst damit aufhören, bitte!" Sie lehnte sich wieder zu ihm und zog seinen Kopf zu sich heran. Ihre Stimme zitterte. „Was du vorhin gesagt hast, du hättest es sein sollen, hast du mal darüber nachgedacht? Sie war deine

Mutter. Denkst du, sie hätte gewollt, dass du stirbst? Denkst du, sie hätte jemals wieder glücklich sein können? Ich denke nicht. So sind Mütter nicht. Meine Mom kommt jedenfalls nicht zurecht mit dem was ... nun, was mir passiert ist. Ich weiß genau, wenn sie die Möglichkeit hätte, würde sie alles auf sich nehmen, nur um mich zu schützen. Und wenn ich jemals ein Kind haben sollte, werde ich auch alles tun, was ich nur kann, um es zu beschützen. Und du wirst das sicher auch einmal tun."
Niclas schwieg und zog Emily näher an sich. Sie fühlte, dass seine Hände zitterten und schmiegte sich eng an ihn. Sie lauschte seinem Herzschlag, und Tränen stiegen ihr wieder in die Augen. Es war so unfair. Kein Kind sollte mit solchen Schuldgefühlen leben müssen.
Irgendwann sagte Niclas leise: „Du hast Recht, sicher hätte sie nicht gewollt, dass mir etwas passiert. Sie war eine tolle Mom, sie war immer für mich da. Aber gerade das macht es ja so schwer, weißt du. Ich hab sie sehr geliebt, und ich vermisse sie immer noch. Ich wünschte, ich könnte sie noch ein einziges Mal sehen und sie um Verzeihung bitten."
Emily nickte. „Ja, das verstehe ich gut. Aber, Nic, ich denke, sie wusste, wie sehr du sie geliebt hast und es immer noch tust. Sie würde keine Entschuldigung erwarten, denn es war ein Unfall. Schrecklich und sinnlos, aber ein Unfall. Und ganz bestimmt hätte sie nicht gewollt, dass du dein Leben unglücklich und alleine verbringst und dir einredest, du verdienst es nicht, glücklich zu sein. Sie würde ganz bestimmt nur das Beste für dich wollen, und du solltest das auch. Versuche, so zu leben, wie deine Mom es sich für dich gewünscht hätte, damit hältst du ihr Vermächtnis und die Erinnerung an sie in Ehren."

Niclas‘ Hand vergrub sich in ihren Locken. „Denkst du, sie wäre stolz auf mich?“
„Natürlich. Natürlich wäre sie stolz auf dich.“ Emily schmiegte ihren Mund an seinen und flüsterte: „Und ich bin auch stolz auf dich, weil du heute unglaublich mutig warst und endlich über deine Ängste geredet hast. Acht lange Jahre hast du für etwas gebüßt, was du nicht verursacht hast und was du nicht wolltest. Denkst du nicht, das ist genug? Ich verstehe deine Gefühle, wirklich, ich glaube, ich hätte ähnlich empfunden in deiner Lage. Aber ich glaube auch, dass es an der Zeit ist, dir selbst zu verzeihen. Deine Mutter hätte dir sicher schon lange verziehen. Ich liebe dich, Niclas, und ich möchte für dich da sein. Wir werden das schon schaffen, oder?“
Sie fühlte seine Lippen, die ihr einen zärtlichen Kuss auf den Mund hauchten. „Das werden wir. Du weißt doch, zusammen schaffen wir alles. Ich liebe dich auch, Emily. Du weißt ja gar nicht, wie sehr.“ Er strich ihr sanft über die Haare und flüsterte zwischen zwei Küssen: „Wie konnte ich nur so dumm sein und denken, ohne dich leben zu können?“ Ben brummte, und sie sahen sich lächelnd an. „Natürlich auch nicht ohne dich, mein Großer.“ Niclas strich Ben über den Kopf, woraufhin dieser genießerisch grummelte und sich mit einem lauten Schnaufen vor der Couch auf den Boden fallen ließ.
„Jetzt ist er glücklich.“ Emily betrachtete den großen Hund, der den Kopf auf die Pfoten gelegt und die Augen geschlossen hatte. Sie kuschelte sich an Niclas und schloss die Augen. Er drehte eine ihrer Locken um seinen Zeigefinger. „Ich wollte niemals jemanden lieben, niemals. Aber dann bist du gekommen und hast meine ganze Welt komplett auf den Kopf gestellt. Ich hab mich gewehrt gegen diese Gefühle für dich, aber du hast mir

überhaupt keine Chance gelassen. Von Anfang war da etwas, was ich nicht kontrollieren konnte, und das hat mich so was von wahnsinnig gemacht." Er küsste sie auf die Schläfe und fuhr dann leise fort. „Spätestens aber seit dem Tag, als du Emmanuel geholfen hast, war ich völlig verloren. Ich sah, wie viel Angst du selbst hattest, aber du hast nicht darauf geachtet, sondern dich vor diesen kleinen Jungen gestellt. Da war mir klar, dass du etwas ganz Besonderes bist. So jemanden wie dich habe ich noch nie gekannt. Und je tiefer meine Gefühle für dich wurden, desto mehr hab ich sie abgestritten, vor anderen, aber ganz besonders vor mir selbst. Kevin hat mich dauernd genervt damit, er hat schon von Anfang an gemerkt, was los ist. Aber ich wollte nicht auf ihn hören."
Emily strich über seine Hand. „Mir ging es ja auch so. Zumindest am Anfang. Aber jetzt bin ich froh, dass du da bist." Sie umarmte ihn.
Er drückte sie an sich. „Ich auch. Vorhin, als Mara mich auf dem Parkplatz vor der Halle abfing und mir an den Kopf warf, was ich doch für ein Scheißkerl sei, und wie fertig du wegen mir wärst, da ist mir erst so richtig bewusst geworden, was ich getan hatte. Wie schrecklich weh ich dir getan habe, und plötzlich hatte ich wahnsinnige Angst um dich. Und dass du vielleicht etwas Dummes tun könntest." Er zögerte.
Emily schluckte. „Oh, ich kann mir denken, was Mara dir gesagt hat." Sie hob den Kopf, und Niclas sah Tränen in ihren Augen schimmern. Er umfasste zärtlich ihr Gesicht und küsste sie vorsichtig auf den Mund.
„Schon okay. Wir müssen nicht drüber reden, du bist hier bei mir und es geht dir gut, das ist alles, was jetzt zählt. Es war ein anstrengender Tag, für uns beide. Vielleicht hatten wir genug Aufregung für heute. Ich danke dir,

Emily, für dein Verständnis, für deine Liebe, einfach für alles. Ich kann dir nicht sagen, wie froh ich bin, dass du in meinem Leben bist.“ Er strich ihr sanft eine Haarsträhne hinters Ohr und zog sie an sich. Sie legten sich eng aneinandergeschmiegt auf die Couch und lauschten dem Wind und Bens Schnarchen. Plötzlich jedoch sagte Niclas: „Emily, ist es okay für dich ... nun, wenn du mir so nahe bist? Ich ... bitte entschuldige, ich weiß nicht, wie ich das jetzt sagen soll ...“ Er brach ab.
Emily biss sich auf die Lippen. Sie küsste ihn auf die Wange. „Ja, das ist okay. Bei dir ist es okay.“
„Gut. Dann ist es ja gut.“ Mehr wollte Niclas jetzt dazu nicht sagen, denn er fühlte, wie schmerzlich dieses Thema für Emily war, und sie brauchte jetzt dringend Ruhe. Sie hatte ihr Gesicht an seiner Schulter vergraben. Er schlang beide Arme um sie und flüsterte ihr ins Ohr: „Ich lass dich nie wieder los. Ich kann dir gar nicht sagen, wie glücklich ich darüber bin, dass du mich liebst. Das ist wie ein Geschenk, mit dem ich niemals gerechnet hätte.“
Sie hob den Kopf und sah ihn an. „Das geht mir genauso. Versprichst du mir, dass du mich nicht loslässt? Nicht jetzt, nicht morgen und nie mehr wieder?“
„Ich verspreche es. Und jetzt schlaf ein wenig, du siehst müde aus. Ich pass auf dich auf.“
Emily lächelte und sie küssten sich zärtlich. Dann schmiegte sie sich an Niclas‘ Brust und kurze Zeit später waren beide erschöpft eingeschlafen.

Kapitel 27

Es war dunkel, so dunkel. Sie lief durch verwinkelte Gassen, ihr Herz raste wie wahnsinnig in ihrer Brust. Wieso waren hier keine Menschen? Alles war still und sie hörte nichts außer ihrem wilden Herzschlag und ihrem keuchenden Atem. Tränen liefen über ihre erhitzten Wangen, ihre Sicht war verschwommen. Sie hatte rasende Angst. Bald würden sie da sein, sie konnte schon ihre verschwommenen Silhouetten aus den Augenwinkeln erkennen. Es war immer so. Am Anfang waren sie nur eine diffuse Bedrohung, eine Ahnung, dass etwas nicht stimmte. Bis sie dann plötzlich von allen Seiten kamen.
Die Schatten – schwarz wie der Tod und bedrohlich wie Satan persönlich. Sie kreisten sie ein und es gab kein Entrinnen. Und niemand war da, der ihr helfen würde. ‚Nein, geht weg. Bitte nicht.' Sie lief schneller und schneller, aber sie waren jetzt überall. Heiße, verschwitzte Hände lösten sich aus dem grauen Nebel und griffen nach ihr. ‚Nein. Nein.' Sie schluchzte voller Panik, denn sie wusste, was jetzt kommen würde.
Doch was war das? Ein neuer Schatten löste sich aus der Dunkelheit. Sie starrte ihn voller Furcht und gleichzeitig voller Faszination an. Er hatte ein Gesicht, ein Gesicht, das sie kannte und liebte. Ein leises Schluchzen kam über ihre Lippen, als sie verstand. Sie war nicht mehr alleine. Der Schatten trat näher, und sie sah das Licht in seinem Inneren pulsieren. Warm und leuchtend. Eine menschliche Gestalt wurde unter der Nebelschicht erkennbar. Eine Gestalt, wunderschön und stark. Der Schatten breitete seine Arme aus und stellte sich schützend zwischen

sie und die dunklen Verfolger. Er stand da, und sie fühlte, wie alle Angst von ihr abfiel.
Die schwarzen Schatten wichen zurück vor dem anderen, dessen Licht jetzt wechselte und strahlte wie bei einem Regenbogen.
Die dunklen Angreifer irrlichterten voller Frustration um die mittlerweile gleißend helle Lichtgestalt herum, kamen aber nicht an ihr vorbei.
Ein wütendes Flüstern erfüllte die Luft, und schließlich gaben die dunklen Verfolger auf und verschwanden in der Schwärze der Nacht.
Sie starrte ihnen mit weit aufgerissenen Augen hinterher, ein trockenes Schluchzen kam über ihre Lippen und sie sank kraftlos zu Boden. Dort lag sie auf der kalten Erde, bis die helle Gestalt sich zu ihr hinunterbeugte, sie sanft und doch kraftvoll umfing und hochhob.
‚Hab keine Angst mehr, ich bin an deiner Seite. Ich werde dich vor ihnen beschützen. Jetzt und für alle Zeiten.'
Eine Stimme wie eine Melodie, engelsgleich und hinreißend. Sie hob den Kopf und sah in zwei wunderschöne Augen, in denen ein warmes Lächeln stand.
‚Du bleibst bei mir?'
‚Ja. Ich werde dich nie mehr verlassen. Nie mehr.'
Die leuchtende Gestalt drehte sich mit ihr in den Armen um und ging auf ein Licht zu, wie sie es noch nie gesehen hatte. Es mussten Millionen von Farben sein, wie sie noch niemals ein Mensch zu Gesicht bekommen hatte, die gemeinsam zu einem Leuchten von unermesslicher Schönheit verschmolzen. Und sie wusste, es war alles gut. Alles war jetzt gut ...

Emily erwachte langsam und wandte den Kopf. Sie öffnete schlaftrunken die Augen, und es dauerte einen Mo-

ment, bis sie wieder in der Realität angekommen war. Der Traum. Die Lichtgestalt ... ihr Blick fiel auf Niclas, der neben ihr noch fest schlief. Sein Arm lag über ihrem Bauch und seine Atemzüge gingen gleichmäßig. Sie betrachtete ihn. Tränen stiegen in ihre Augen, während ihr Blick über sein geliebtes Gesicht strich.
Niclas ... die wunderschöne Lichtgestalt aus ihrem Traum ... das war er gewesen. Er war jetzt an ihrer Seite, und damit war sie nicht mehr so verwundbar, wie die ganze Zeit über, denn seine Liebe gab ihr die Kraft, gegen ihre Albträume anzukämpfen. Sie kuschelte sich wieder näher an ihn und blieb eine lange Weile still liegen. Sie lauschte seinen Atemzügen, als ihr einfiel, dass Mara sicher schon ungeduldig und voller Sorge auf ein Lebenszeichen von ihr wartete. Wie spät war es? Sie richtete sich ein wenig auf und sah auf die Uhr. Schon fast zehn Uhr am Morgen. Ein Wunder, dass Mara noch nicht hier aufgetaucht war.
Sie löste sich ganz vorsichtig von Niclas, um ihn nicht zu wecken. Er verzog etwas das Gesicht. Emily lächelte und konnte nicht widerstehen, ihm einen ganz sachten, zärtlichen Kuss auf den Mund zu hauchen. Und zu ihrer Überraschung erwiderte er ihn. Völlig schlaftrunken zwar, doch voller inniger Zärtlichkeit. Seine Augen waren geschlossen, er murmelte ihren Namen, während ihre Lippen sich in selbstvergessener Zärtlichkeit aufeinander schmiegten. Sie strich ihm sanft eine Haarsträhne aus der Stirn. „Schlaf noch ein bisschen, ich bin gleich zurück.“
Er brummte etwas, was nach einer Zustimmung klang, rollte sich herum und atmete wieder völlig gleichmäßig und ruhig. Emily griff nach dem Telefon und ging damit hinaus in die Küche. Sie wählte Maras Nummer.

Ihre Cousine meldete sich. „Emily? Gott sei Dank, ich hab mir schon Sorgen gemacht. Geht's dir gut? Warum hast du denn nicht früher angerufen?"
„Entschuldige, ich bin eben erst aufgewacht. Mir geht's gut, ja, mach dir keine Sorgen." Sie setzte sich auf einen Küchenstuhl und kraulte Ben, der hinter ihr hergetappt war, in der Hoffnung, ein Frühstück zu bekommen.
„Ich habe mir aber Sorgen gemacht. Wie ist es gelaufen mit Niclas?" Emily hörte Maras Sorge.
„Es ist gut gelaufen mit ihm. Er hat es mir erklärt. Es war alles ganz anders, als es ausgesehen hat."
„Ach ja? Also habt ihr euch wieder vertragen?" Mara klang skeptisch.
„Ja, wir haben uns vertragen. Sozusagen."
„Sozusagen? Hör mal, Emily, ich komme bei dir vorbei und wir reden, okay?"
„Oh, nein, nein. Das ist nicht nötig." Sie strich sich durch die Haare und schloss die Augen, während sie auf Maras Antwort wartete.
„Nicht nötig? Warum, das macht mir nichts aus, ich, oh ... warte." Mara holte tief Luft. „Niclas ist noch bei dir?"
Emily verzog das Gesicht. „Ja ... ja, er ist noch hier. Er schläft noch."
„Ah. Dann habt ihr euch wohl mehr als nur vertragen, nehme ich mal an", zischte Mara mit leicht giftigem Unterton.
Emily malte mit dem Zeigefinger Kreise auf den Tisch. „Ja. Ach, Mara, ich weiß, es ist schwierig für dich zu verstehen, aber Nic ... er hat mir alles erklärt, es war wirklich nicht leicht für ihn. Ich hab ihn noch nie so gesehen, er war fix und fertig. Er wollte mir nicht wehtun. Ich kann dir nicht sagen, warum er das mit Laura getan hat. Es sind sehr persönliche Gründe, über die er gestern

Abend zum ersten Mal gesprochen hat. Und, glaub mir, ich war entsetzt, er hat mir schrecklich leid getan. Mara, er liebt mich, und ich bin darüber sehr glücklich, denn ich liebe ihn doch auch." Emilys Stimme war sehr leise geworden und sie hörte, wie Mara am anderen Ende der Leitung tief einatmete und schließlich sagte: „Und du bist dir sicher, dass das nicht wieder eine Laune von ihm ist? Er hat dir schrecklich wehgetan gestern, er hat dich auf dem Ball einfach sitzen lassen, ist mit einer anderen gekommen, die noch dazu mal mit ihm zusammen war, und sie haben sich geküsst. Und dann sagt er dir, er liebt dich und du glaubst ihm?"
Emily stützte den Kopf in die Hand. „Ja, ich glaube ihm. Ich weiß, wie sich das anhört, als ob ich ein dummes, naives Schaf wäre, das auf ein paar salbungsvolle Worte hereinfällt, aber so ist es nicht. Ich weiß, dass Niclas die Wahrheit sagt. Er liebt mich wirklich. Ich höre es nicht nur in seinen Worten, ich sehe es in seinen Augen und ich fühle es in allem, was er tut. Bitte, glaub mir. Ich tue das Richtige." Sie schwieg kurz. „Niclas ist der Richtige für mich. Ich vertraue ihm völlig, und ich weiß, er verdient dieses Vertrauen. Er wird mich nicht enttäuschen. Er hat gestern über etwas geredet, was ihm jahrelang schwer zu schaffen gemacht hat, eigentlich wollte er es nur vergessen und niemals darüber sprechen, aber er hat es getan, weil er mich nicht verlieren wollte, obwohl es schrecklich für ihn war. Verstehst du? Wenn ich ihm nicht wichtig wäre, hätte er es bleiben lassen und es wäre vorbei gewesen mit uns." Emily konnte Mara vor sich sehen, wie sie sorgenvoll den Kopf aufstützte und wartete geduldig, bis ihre Cousine wieder sprach.
„Okay. Wenn du das glaubst, werde ich es wohl oder übel auch glauben müssen." Mara hielt kurz inne. „Also,

du bist nun diejenige, die es geschafft hat. Du hast dir den hübschen, coolen Niclas geschnappt, den alle gerne haben wollten. Du bist die Erste, die er wirklich liebt. Und noch dazu hast du ihn abbekommen, ohne dich groß anstrengen zu müssen, während die anderen im tiefsten Winter mit kurzen Röcken und tiefen Ausschnitten sich den Hintern abgefroren haben. Oh Mann, Viola, Tracy und Co. werden dich hassen", meinte sie leicht amüsiert.
Emily lachte. „Hm, das könnte sein, sie haben mich schon vorher nicht besonders gemocht. Aber das ist mir im Moment wirklich herzlich egal. Ich bin einfach nur glücklich, Mara, dass Nic hier ist und wir das alles hinbekommen haben. Es wäre schrecklich für mich gewesen, ihn zu verlieren."
„Ich weiß. Ich weiß, Emily. Also, ich freu mich für euch. Wirklich. Jeder macht ja mal einen Fehler."
Emily lächelte. Sie wusste, es fiel ihrer Cousine sicher nicht leicht, das zu sagen. „Danke, dass du das sagst. Es bedeutet mir viel, dass du auf unserer Seite bist."
„Ach, natürlich bin ich das. Jemand muss ja deinen Süßen ein wenig im Auge behalten und ihm gegebenenfalls einen Tritt in den hübschen Hintern verpassen."
Die Mädchen lachten jetzt beide. Für Emily wie für Mara wäre es unerträglich, wenn sie sich deshalb streiten würden, denn alles, was in den letzten Monaten passiert war, hatte sie eng zusammengeschweißt, dass sie ohne einander total unglücklich wären.

Nachdem Emily aufgelegt hatte, ging sie ins Badezimmer, putzte die Zähne und duschte schnell. Danach zog sie eine bequeme, graue Hose und ein rosa T-Shirt an. Dann bereitete sie Bens Frühstück und ging mit ihm Gassi. Niclas schlief immer noch und sie ließ ihn, denn er hatte den Schlaf sicher bitter nötig. Wieder zurück kochte sie Kaffee, schenkte sich eine Tasse ein und setzte sich damit ins Wohnzimmer in den Sessel. Sie zog die Beine auf die Sitzfläche und betrachtete Niclas. Es erschien ihr wie ein Wunder, dass er hier bei ihr war, und vor allem, dass er ihre Gefühle erwiderte. Sie lächelte. „Du bist mein Wunder. Mein ganz persönliches Wunder“, flüsterte sie. Sie senkte den Blick, und ohne dass sie es wollte, schweiften ihre Gedanken zu dem nächtlichen Traum und weiter zu der Nacht, die alles zerstört hatte. In ihrem Magen begann wieder dieser mittlerweile schon vertraute bohrende, dumpfe Schmerz zu nagen. Sie wusste nicht, wie lange sie so dasaß und vor sich hinstarrte. Sie schrak zusammen und sah hoch, als jemand nach der Tasse in ihrer Hand griff.

„Vorsicht, du verschüttest ihn noch.“ Niclas kniete vor ihrem Sessel, nahm ihr die Tasse aus der Hand und stellte sie auf dem Tisch ab. Dann beugte er sich vor und hauchte ihr einen vorsichtigen Kuss auf die Lippen. „Hey. Was ist denn los mit dir? Tränen? Bist du noch traurig wegen gestern?“ Er strich ihr sanft mit dem Daumen über die Wange.

„Was? Nein, ich bin nicht mehr traurig. Und ich weine doch gar nicht.“

„Doch, tust du.“ Seine Stimme klang zärtlich und besorgt.

Sie fuhr sich mit der Hand über die Wange, die tatsächlich nass war. „Oh. Das hab ich gar nicht bemerkt. So was.“ Sie senkte verlegen den Blick.

Niclas nahm ihre Hände in seine. „Geht‘s dir nicht gut, Emily?“

„Doch, doch. Ich weiß auch nicht." Sie zuckte mit den Schultern. „Und du? Wie geht es dir? Hast du gut geschlafen?" Sie hob wieder den Blick.
Niclas sah sie forschend an. „Ja, ich habe geschlafen wie ein Stein. Wundert mich selbst, nach dem ganzen Stress gestern. Ich fühle mich ganz gut. Natürlich tut es noch weh, daran zu denken, was meiner Mom passiert ist, und welche Rolle ich dabei gespielt habe. Vielleicht wird es mein Leben lang wehtun, aber es ist immerhin ein Anfang, nicht wahr? Ohne dich hätte ich das niemals geschafft. Du hast mir sehr geholfen, Emily. Und ich werde damit klarkommen ... deinetwegen." Er nahm ihr Gesicht in beide Hände und küsste sie sanft. Emily legte ihre Hände um seinen Nacken und strich ihm durch die Haare. „Ich bin froh, dass es dir besser geht. Es war schlimm, dich gestern so fertig zu sehen. Ich wünsch mir nur, dass es dir gut geht."
„Ich weiß. Das wünsche ich mir auch für dich. Und ich glaube, jetzt geht es dir gar nicht gut."
Sie zuckte mit den Schultern.
„Rutsch mal ein Stück." Sie rutschte ein wenig zur Seite. Niclas setzte sich neben sie in den Sessel und zog sie auf seinen Schoß. Emily schlang beide Arme um seinen Nacken und schmiegte ihr Gesicht in seine Halsbeuge. Sie schloss die Augen und atmete tief seinen Duft ein. Ein leichter Hauch seines Eau de Toilette war noch zu riechen. „Ich mag deinen Duft. Er riecht nach dir."
Niclas küsste sie auf die Haare. „Ja, besonders jetzt. Vielleicht sollte ich mal duschen gehen." Emily lächelte. „Du riechst gut und du siehst süß aus. Niclas pur." Sie hob den Kopf, hob die Hand und strich ihm sachte eine Haarsträhne aus der Stirn. „Weißt du, dass ich das schon am ersten Tag gerne gemacht hätte? Du hast im Klassenraum

an unserem Tisch gesessen und hast etwas geschrieben, als ich rein kam. Dabei sind dir deine Haare ins Gesicht gefallen und das hat süß ausgesehen. Da war ich zum ersten Mal fasziniert von dir. Und das, obwohl du vorher so brummig zu mir gewesen bist."
Niclas verzog das Gesicht. „Erinnere mich nicht daran. Ich hab mich echt oft unmöglich benommen."
Sie lehnte ihren Kopf an seinen und sie saßen eine Weile schweigend da, bis Emily schließlich leise sagte: „Ich denke, ich muss es dir erzählen, was? Das, was mir damals passiert ist."
Niclas streichelte ihr Gesicht. „Du musst mir nichts erzählen, du sollst nur das tun, was für dich in Ordnung ist und womit es dir gut geht. Ich werde für dich da sein."
„Ja, das weiß ich. Aber du hast auch darüber geredet, bist du nun nicht froh darüber?"
„Doch, das bin ich. Aber bei mir war es eine ganz andere Ausgangssituation. Ich musste darüber reden, weil ich dich sonst vielleicht verloren hätte. Und ich will dich um nichts in der Welt verlieren, Emily. Ich will ehrlich sein: Ich weiß nicht, ob ich ansonsten den Mut dazu gefunden hätte, wenn es nicht um dich gegangen wäre."
Emily schwieg und schmiegte sich eng an Niclas. „Ich will dich auch nicht verlieren, Nic. Und ich habe Angst, dass du mich nicht immer verstehen wirst, wenn ich es dir nicht erzähle."
Er schüttelte heftig den Kopf. „Du wirst mich nicht verlieren, ganz bestimmt nicht. Du musst keine Angst haben, hörst du? Hab keine Angst."
Sie nickte. „Okay. Im Grunde weißt du ja sowieso schon, was mir passiert ist, nicht wahr? Du weißt es."
Niclas sah in ihr blasses Gesicht, in ihre Augen, in denen Tränen schimmerten. „Ich kann es mir denken, ja." Er

wollte sie nicht verletzen und war sich nicht sicher, was er antworten sollte. Sie hatte in der Vergangenheit immer sehr empfindlich und verschlossen auf dieses Thema reagiert, und er konnte sich vorstellen, dass ein falsches Wort die Wunden wieder aufreißen würde.
Sie nickte. Er sah Scham in ihren Augen, die er schon öfter bei ihr wahrgenommen hatte, und sein Herz presste sich vor Schmerz zusammen. Er zog sie näher an sich und küsste zärtlich ihr süßes Gesicht. „Emily, ganz egal, was dir passiert ist, es spielt keine Rolle für mich, verstehst du? Ich liebe dich. Ich liebe dich so sehr."
Sie nickte wieder. „Ich liebe dich auch." Sie sah in sein Gesicht, und alles, was sie sah, war Liebe und Sorge. Sie wusste, er würde ihr alle Zeit der Welt lassen. Für alles. Und dafür liebte sie ihn unendlich. Und doch hatte sie das Gefühl, ihm erklären zu müssen, was mit ihr los war. Sie schob ihre Hand in seine und lehnte ihren Kopf an seine Schulter. „Heute Nacht habe ich wieder geträumt. Von den Schatten, du weißt schon."
„Ja, ich weiß. Bist du wieder aufgewacht deswegen? Warum hast du mich nicht geweckt? Ich möchte doch für dich da sein."
„Nein, ich bin nicht aufgewacht. Und du warst da für mich, Niclas. In dem Traum, da waren wie üblich die Schatten, weißt du. Ich bin vor ihnen weggelaufen, und dann war da plötzlich eine andere Gestalt. Sie trat hervor, und in ihrem Inneren leuchtete ein Licht. Es war warm und kraftvoll, und ich hatte auf einmal keine Angst mehr. Dann war die Gestalt in ein gleißend helles Licht getaucht und stellte sich zwischen mich und die Schatten. Sie war wunderschön, wie ein Engel. Das warst du, Niclas. Du bist dieser Engel für mich. Die Schatten wollten an dir vorbei, aber sie schafften es nicht. Schließlich ga-

ben sie auf und verschwanden. Du hast mir gesagt, dass du von nun an immer bei mir bleiben und mich beschützen wirst. Ich wusste plötzlich, ich habe viel mehr Kraft, als ich dachte. Weil du da bist und mir diese Kraft gibst."
Niclas hatte ihr aufmerksam zugehört. „Wow, Emily, das ist ein schöner, aber gleichzeitig auch ein beängstigender Traum gewesen, was? Aber genau so wird es sein, ich werde tun was ich kann, um dir zu helfen mit all dem klar zu kommen." Er streichelte sanft ihre Hand.
Sie lächelte ihm kurz zu. „Es ist letztes Jahr im August passiert. Diese Sache ... ja."
Niclas schwieg und lauschte ihren Worten. Er wusste, es fiel ihr unsagbar schwer, darüber zu reden, vermutlich gerade mit ihm, aber aus irgendeinem Grund schien es ihr wirklich wichtig zu sein, es ihm zu erzählen. Fast konnte er sich diesen Grund schon denken, aber er wusste nicht, wie er es ansprechen sollte. Also zog er sie näher an sich und küsste sie zärtlich auf die Schläfe. Sie sah ihn unsicher an. Er konnte sehen, wie weh es ihr tat, darüber zu sprechen, und vermutlich auch nur daran zu denken. Dennoch versuchte sie ein Lächeln, was allerdings nicht wirklich gelang, denn ihre Lippen zitterten, während ihre Augen sich mit Tränen füllten. Ihre Stimme war sehr leise, als sie stockend fortfuhr: „Ich war an diesem Abend auf eine Party bei einer Klassenkameradin eingeladen. Eigentlich hatte ich gar keine große Lust hinzugehen, aber dann bin ich schließlich doch gegangen. Ich wollte nicht immer nur der Bücherwurm sein, der zu Hause sitzt. Meine Eltern waren an diesem Abend auch eingeladen. Der Chef von meinem Dad feierte seinen sechzigsten Geburtstag, und es war wichtig, dass mein Vater sich da blicken ließ. Und ich ... ich war also auf

dieser Party, und Connor hatte versprochen, mich abzuholen.“ Sie schwieg.
Niclas blickte voller Sorge in ihr hübsches Gesicht, in dem der Schmerz dieser Nacht jetzt ganz deutlich zu erkennen war. Ihre Augen schienen das Grauen wieder vor sich zu sehen, denn der Ausdruck darin war voller Angst und Panik.
„Emily. Schatz, ganz ruhig. Okay. Komm, du musst nicht weiterreden, wenn du nicht willst. Hörst du? Du musst das nicht tun.“ Er zog sie an sich und küsste ihre Stirn. Er hatte schreckliche Angst, dass dieses Gespräch Emily überfordern würde. Und wenn er ehrlich war, hatte er selbst auch Angst davor, denn die Vorstellung, was ihr passiert war, brachte ihn fast um den Verstand. Noch niemals hatte er solche Gefühle verspürt wie in diesen Minuten, in denen Emily bereit war, ihr Innerstes in seine Hände zu legen. Er liebte sie mehr, als er in Worte fassen konnte. Alles, was er wollte, war, sie glücklich zu sehen. Und die Vorstellung, dass es irgendwo auf dieser Welt jemanden gab, der ihr entsetzlich wehgetan hatte, machte ihn wahnsinnig. Er wünschte sich, er könnte diese Nacht rückgängig machen, er wünschte sich, er wäre da gewesen und hätte sie beschützen können. Aber all das konnte er nicht. Alles, was er konnte, war, sie jetzt zu halten und ihr zuzuhören. Er streichelte ihr Haar.
Emily verbarg ihr Gesicht an seiner Brust, als sie stockend weiter sprach. „Nein, ist schon okay. Ich schaff das schon.“
Niclas nickte und hielt sie fest.
„Ich hab auf Connor gewartet, aber er kam nicht. Er ging auch nicht an sein Handy, und dann habe ich mir gedacht, ich fahre mit dem Bus. Es war noch nicht sehr spät, das Wetter war gut und die meisten auf der Party

waren nicht mehr ganz nüchtern, sodass ich niemanden fragen wollte, ob ich mitfahren könnte. Und meine Eltern wollte ich natürlich erst recht nicht stören an diesem Abend. Es waren doch auch nur ein paar Haltestellen, weißt du.“ Sie schniefte leise.
Niclas‘ fühlte sich unsagbar elend. Er nickte. „Ja, sicher. Ein paar Haltestellen.“
Sie nickte auch. „Ich bin also losgegangen und als der Bus kam, bin ich eingestiegen, um nach Hause zu fahren. Die Bushaltestelle liegt gar nicht weit von unserem Haus entfernt, wirklich nicht weit.“
Niclas fühlte ihr Herz an seiner Brust rasen, oder zumindest glaubte er, es zu spüren, und zog sie unwillkürlich näher an sich. Alle seine Sinne waren nun auf Emily ausgerichtet, er fühlte ihren Schmerz, als wäre es sein eigener, und seine Kehle wurde eng und trocken. Er hätte sonst was dafür gegeben, um ihr all die Schmerzen und die Qual zu ersparen, durch die sie nicht nur in dieser Nacht hatte gehen müssen, sondern seitdem an jedem einzelnen Tag.
Er schloss die Augen und hörte schweigend zu, als sie zwischen leisen Schluchzern weiter sprach: „Auf dem kurzen Wegstück zu unserem Haus kamen mir dann diese beiden jungen Männer entgegen. Sie lachten, und als sie an mir vorbeigingen, roch ich den Alkohol. Sie haben mir irgendwas nachgerufen, aber ich hab sie nicht verstanden und bin auch nicht stehen geblieben. Ich bin weitergelaufen und plötzlich hab ich Schritte hinter mir gehört. Ich hab mich umgedreht und gesehen, dass sie mir hinterherkommen. Und dann ... dann.“ Sie brach ab, heftiges Weinen schüttelte ihren Körper. Dann plötzlich löste sie sich abrupt aus Niclas‘ Armen und sprang auf. Tränen flossen in wahren Sturzbächen über ihr Gesicht,

ihre Wangen hatten sich gerötet. Sie starrte Niclas an, dann stieß sie unvermittelt hervor: „Es ist nicht richtig. Ich kann nicht mit dir zusammen sein. Siehst du das nicht? Sie haben alles zerstört, was ich einmal war. Alle meine Träume und Hoffnungen. Wie kannst du mich lieben, nachdem was sie mit mir gemacht haben? Wie? Ich weiß ja nicht mal, ob ich jemals mit dir ... also ... oh Gott ...“ Sie brach ab und hob in einer solch hilflosen, verzweifelten Geste die Hände, dass Niclas selbst die Tränen in die Augen schossen, obwohl er doch unbedingt hatte stark bleiben wollen, für Emily. Sie starrte ihn immer noch mit weit aufgerissenen Augen an. Plötzlich jedoch krümmte sie sich wie unter heftigen Schmerzen zusammen und ein leichtes Stöhnen kam über ihre Lippen. Er war mit einem Satz neben ihr, bevor sie ihm in die Arme kippte. Kleine Schweißperlen standen auf ihrer Stirn und ihr Atem ging heftig. Niclas hielt sie einen Moment, dann ließ er sie zu Boden gleiten und setzte sich hinter sie. „Emily, um Himmels willen, beruhige dich. Bitte, du musst dich beruhigen. Es ist alles gut. Es ist alles gut. Schhhh, mein Schatz, schhhh, beruhige dich.“ Er strich ihr sanft die Haare aus dem tränennassen Gesicht. Es war zuviel für sie, er hatte es befürchtet. Es war zuviel an Demütigung, und jetzt war ihm auch klar, warum sie es ihm unbedingt hatte erzählen wollen. Sie musste von ihm hören, dass er sie noch lieben konnte, wenn er alles wusste. Dass er sich nicht angewidert von ihr abwenden würde, denn davor schien sie schreckliche Angst zu haben. Er schlang beide Arme um sie, wiegte sie hin und her, küsste ihr Gesicht und ihre Haare und murmelte beruhigende Worte, während Emilys Körper von Weinkrämpfen geschüttelt wurde.

Irgendwann, Niclas hätte nicht sagen können, ob Stunden vergangen waren oder nur Minuten, beruhigte sie sich endlich wieder, und der eiserne Ring um seine Brust lockerte sich ein wenig. Sie wandte ihm ihr Gesicht zu. Er erschrak über den Ausdruck in ihren Augen, als sie leise und erstickt flüsterte: „Sie waren so brutal, Niclas. So brutal. Sie hatten ein Klappmesser und hielten es mir an die Kehle, dann haben sie mich an den Haaren in die kleine Grünanlage neben der Straße gezerrt. Sie haben nach mir getreten und mit Fäusten auf mich eingeschlagen. Ich dachte, sie bringen mich um. Und dann ... dann ... es hat so wehgetan. Warum haben sie mir das angetan, Niclas? Warum nur?" Sie brach schluchzend ab. Niclas fühlte die Angst und die Panik, die sie umklammert hielten, und niemals in seinem ganzen Leben hatte er sich hilfloser gefühlt als jetzt. Ihm war klar, alles, was er jetzt sagen könnte, würde ihren Schmerz nicht lindern. Also schwieg er und biss die Zähne zusammen, während er sie fest hielt und dabei am liebsten vor Zorn um sich geschlagen hätte. Allein die Vorstellung von all dem raubte ihm fast den Verstand. Seine wunderhübsche, zarte, sanfte Emily. Wenn er darüber nachdachte, wie diese groben, verschwitzen Hände nach ihr gegriffen hatten, wie nach Alkohol stinkende Körper sich an ihren gedrückt und brutale Fäuste danach auf sie eingeschlagen hatten, wurde ihm so speiübel, dass er kaum noch klar denken konnte. Und ein Gefühl, das er bis dahin nicht gekannt hatte, stieg mit unkontrollierbarer Macht in ihm hoch - Hass. Hass auf die, die ihr das angetan hatten. Und er wünschte sich in diesen Minuten nur eines, diese Kerle in die Finger zu kriegen und ihre verdammten, dämlichen Visagen zu Brei zu schlagen.

Irgendwann flüsterte Emily mit tränenerstickter Stimme: „Weißt du, als sie dann weg waren, ich war benommen und alles hat mir wehgetan, aber das war nicht mal das Schlimmste. Das Schlimmste war, dass ich mich so geschämt habe. Ich wollte nur noch heim. Ich hab versucht, aufzustehen und meine Kleider zu richten, damit keiner was merkt, aber das ging nicht. Ich hatte solche Angst, dass jemand kommt und mich so sieht. Ich wollte doch nicht, dass meine Eltern und Connor mich so sehen. Oder überhaupt irgendjemand. Dann kam ein älterer Mann mit seinem Hund, und ich sah das Entsetzen auf seinem Gesicht und das Mitleid in seinen Augen, da hab ich mir gewünscht, ich wäre tot."

Niclas drückte Emilys Kopf an seine Schulter und schluckte die Tränen hinunter. Sie klammerte sich fest an ihn. „Sie haben mich ins Krankenhaus gebracht. Dort war eine Ärztin, die mich untersucht hat. Ich wollte nicht, dass sie mich anfasst und mich so sieht, aber ich konnte nichts dagegen machen. Dann ist noch eine Polizistin gekommen, und ich sollte alles beantworten, aber ich wusste gar nichts mehr. Ich wollte nur weg sein. Sie hat sich trotzdem alles Mögliche aufgeschrieben, und ich dachte nur an Ben. Ich hab mir sein Gesicht und sein weiches Fell vorgestellt, dann ging es irgendwie. Dann sind meine Eltern gekommen. Meine Mom hat schrecklich geweint. Mein Vater hat gar nichts gesagt, kein einziges Wort. Danach kam Connor, und mein Dad hat ihn geschlagen. Er hat ihn geschlagen, Niclas. Nie im Leben hatte mein Vater uns geschlagen." Sie weinte jetzt wieder so sehr, dass ihr ganzer Körper bebte. Niclas hielt sie so fest, wie es nur ging. Er konnte nicht mal annähernd in Worte fassen, was er in diesen Minuten fühlte. Er hatte sich noch niemals in seinem ganzen Leben so elend gefühlt, aber auch noch nie soviel Liebe für einen Menschen empfunden, wie er in diesen Minuten für Emily empfand.

„Connor war völlig außer sich. Er hat versucht, sich zu entschuldigen, dann hat er auch geweint. Er hat mir schrecklich leid getan Ich wusste doch, er wollte das nicht, aber ich konnte gar nicht mehr denken. Alles war wie hinter einer Nebelwand verschwunden. Irgendwann kam die Ärztin und hat alle rausgeschickt. Sie hat mir eine Spritze gegeben und dann weiß ich nichts mehr."

Niclas strich ihr sanft über das tränennasse Gesicht. „Schhhh, beruhige dich, Kleines. Atme ganz ruhig, okay. Ich bin hier bei dir, ich lass dich nicht los, hörst du?"

Sie nickte und sprach leise weiter: „Ich musste eine Weile im Krankenhaus bleiben, ich hatte ein paar Platzwunden, ziemlich schlimme Prellungen und zwei Rippen waren gebrochen, das ist alles einigermaßen schnell verheilt. Das andere aber nicht. Ich habe versucht, in mein altes Leben zurückzukehren, ich hab es wirklich versucht. Aber es ging nicht, denn irgendwie war ich innerlich wie tot. Und das hat sich erst mit dir wieder geändert. Ach, Nic, ich brauche dich. Und ich liebe dich, aber ich weiß nicht, ob ich gut für dich bin, und ob du jemals mit mir glücklich werden kannst." Ihre Stimme klang tränenerstickt und verzweifelt. Es tat ihm weh, sie so zu sehen und solche Worte sprechen zu hören. Und in diesem Moment wurde ihm zum ersten Mal so richtig bewusst, wie tief verletzt sie wirklich war. Wie gedemütigt sie sich gefühlt haben musste, wie beschmutzt. Er hatte noch niemals mit einem Vergewaltigungsopfer zu tun gehabt und sich darüber nie Gedanken gemacht, man las so etwas ab und zu in der Zeitung und vergaß es wieder. Und nun wurde ihm mit aller Deutlichkeit bewusst, dass

ein Mensch daran zerbrechen konnte und solch ein Erlebnis Wunden hinterließ, die vielleicht nie heilen würden. Bestenfalls würden schmerzende Narben zurückbleiben.
Ausgerechnet Emily musste so sehr leiden, und er wusste nicht, wie er ihr da durch helfen konnte. Ausgerechnet das Mädchen, das ihm das liebste auf der Welt war. Er brauchte sie doch auch. Er hatte in seinem ganzen Leben niemals jemanden mehr gebraucht als sie. Sie brachte soviel Wärme und Glück in sein Dasein, aber offensichtlich war ihr das überhaupt nicht klar. Er umfasste sanft ihren Kopf. „Em, sieh mich an! Sieh mich an, Kleines, bitte!“ Sie hob zögernd den Kopf und sah ihm in die Augen. Niclas strich ihr mit beiden Daumen die Tränen von den Wangen und beugte sich vor, um sie ganz vorsichtig zu küssen. „Emily, bitte denke nicht, dass du nicht gut für mich bist. Bitte nicht. Du bist das Beste, was mir je passiert ist. Und, glaub mir, ich brauche dich auch, mehr, als du dir vorstellen kannst. Niemand könnte mich jemals glücklicher machen, als du es tust. Ich liebe dich, und nichts kann daran etwas ändern, gar nichts. Was dir passiert ist, das war entsetzlich und grausam, aber es ändert nichts an meinen Gefühlen für dich. Nichts auf der Welt könnte daran jemals etwas ändern.“
Emily sah in Niclas‘ Augen, die ganz dunkel waren vor Kummer und Zorn. Sie sah, wie blass er geworden war, wie sehr er versuchte, sich für sie zusammenzureißen. Ihr wurde schlagartig klar, wie entsetzlich das für ihn sein musste, sie all diese Dinge sagen zu hören. Sie schlang ihre Arme um seinen Nacken und schmiegte ihre Wange an seine, während sie immer noch leise schluchzend sagte: „Ich liebe dich auch. So sehr, Nic. Danke, dass du für mich da bist. Es tut mir leid, dass ich dir das zumute.

Aber ich dachte, es sei wichtig, dass du es weißt. Vielleicht war das falsch, ich weiß nicht."
Niclas schüttelte den Kopf. „Nein, du kannst mir alles sagen. Alles. Es ist nur ..." Er schwieg kurz, dann stieß er heftig hervor: „Ich wünschte, wir hätten uns damals schon gekannt. Ich wünschte, ich wäre bei dir gewesen und all das wäre nicht passiert. Wenn ich dir das doch nur hätte ersparen können. Es gibt nichts, was ich dafür nicht tun würde."
Emily löste sich ein wenig von ihm und strich mit beiden Händen über seine Wangen. „Das weiß ich doch, dass du alles dafür tun würdest. Aber wir können nun mal nicht ändern, was geschehen ist." Sie sah ihn an und erschrak über den Ausdruck von Zorn und Wut auf seinem Gesicht. Tränen schimmerten in seinen Augen. „Aber jetzt ist es vorbei, Emily. Ich werde alles tun, was ich nur kann, dass du damit zurechtkommst und wieder glücklich sein wirst. Niemals mehr wieder wird dir jemand wehtun. Nicht, solange ich es verhindern kann, das schwöre ich dir!" Er zog sie an sich, und sie verharrten lange still und hielten sich fest. Sie ahnte, wie schlimm es für ihn war, zu hören, was ihr passiert war. Er liebte sie, außerdem war da noch das Trauma aus seiner Kindheit. Er hatte seine Mutter verloren und das nie wirklich verarbeiten können. Und er wollte nie jemanden lieben, aus Angst, ihn dann auch zu verlieren, und nun war ihm schon wieder auf grausame Art vor Augen geführt worden, wie zerbrechlich das Leben, und damit auch die Liebe, war.

Niclas strich Emily sanft über die Haare. „Wie geht es dir? Du zitterst immer noch. Möchtest du etwas trinken? Oder etwas essen?"

Sie schüttelte den Kopf. „Nein. Ich hätte es dir nicht erzählen sollen. Es war dumm von mir. Ich habe dir damit nur wehgetan, und es ändert ja nichts. Bitte entschuldige."
„Das stimmt nicht, Emily, es war richtig, dass du es mir gesagt hast. Ja, es tut mir sogar verdammt weh, wenn ich darüber nachdenke, was mit dir passiert ist, aber ich bin froh, dass du es mir erzählt hast. Ich werde immer für dich da sein und möchte dir helfen, damit klarzukommen. Und das kann ich nur, wenn ich alles weiß." Er hielt kurz inne. „Ich bin froh, dass du genug Vertrauen zu mir hast, um mit mir darüber zu reden. Das ist sicher sehr schwer für dich."
Emily nickte. „Ja, das ist es. Eigentlich habe ich nur mit Dr. Schuler wirklich darüber geredet. Das ist die Psychologin, bei der ich in Behandlung war – danach. Na ja, eigentlich bin ich es immer noch, ich rufe sie regelmäßig an. Aber mit meiner Familie ... ich konnte mit ihnen nicht darüber sprechen. Ich hab mich so geschämt. Und sie waren verzweifelt und wütend. Mein Vater hat nur mit Connor gestritten und meine Mutter weinte ständig. Sie waren völlig überfordert, ich wollte sie nicht noch mehr belasten. Es war alles so irrational bei uns zu Hause, verstehst du? Ich kann das kaum beschreiben, ich hab es irgendwann nicht mehr ausgehalten. Deshalb bin ich hierher gekommen. Alles was ich wollte, war ein klein wenig Normalität in meinem Leben. Und das ging zu Hause einfach nicht. Es war schrecklich – für uns alle."
Niclas nickte. „Das kann ich mir vorstellen. Es muss für deine Eltern schlimm gewesen sein."
„Ja, das war es. Und du? Wie geht es dir? Nic, ich kann mir denken, wie schrecklich es für dich ist, all das zu hören. Ich wollte dich auch nicht mit all dem belasten, es

ist nur, ich habe manchmal das Gefühl, ich kann es nicht mehr alleine tragen, verstehst du? Ich brauche dringend jemanden, der es mit mir zusammen trägt." Tränen stiegen wieder in ihre Augen. Niclas drückte sie an sich. „Ach, Emily, das bist wieder typisch du. Mach dir doch keine Sorgen um mich, ich schaff das schon. Ich schaffe alles, wenn es um dich geht. Und du musst es nicht mehr alleine tragen, dafür hast du ja jetzt mich. Schau, ich hab sogar ein paar Muskeln, damit kann ich deine Sorgen locker schultern." Er zwinkerte Emily zu, faste nach ihrer Hand und legte sie auf seinen Oberarm, während er die Muskeln anspannte.
Sie musste unter Tränen lachen. „Ja, tatsächlich. Ach, Nic, danke. Danke, dass du für mich da bist, und überhaupt für alles. Ich liebe dich, du kannst dir gar nicht vorstellen, wie sehr." Sie strich ganz vorsichtig mit den Fingerspitzen über sein Gesicht, beugte sie sich vor und küsste ihn zärtlich. Niclas umfasste sie fester, und alles, was er fühlte, war Emily. Ihre zitternden, weichen Lippen auf seinen, ihren Körper in seinen Armen, ihre Haare, die an seinem Gesicht kitzelten. Und er wusste, wenn er sie jemals wieder verlieren sollte, würde er das nicht überstehen. Es klang verrückt, aber er wusste es einfach. Erst durch ihre Zuneigung und Liebe war ihm klar geworden, wie einsam er in den letzten Jahren gewesen war, und allein der Gedanke, wieder ohne sie sein zu müssen, tat so höllisch weh, dass er es kaum ertragen konnte.
Irgendwann lösten sie sich ein wenig voneinander. „Ich liebe dich auch. Ich geb dich nie wieder her, nie wieder", sagte er.
Sie lächelte.
„Ich glaube, du brauchst jetzt dringend ein bisschen Ruhe, du bist ja völlig erschöpft. Komm, ich bringe dich

nach oben ins Bett, da kannst du versuchen, ein wenig zu schlafen. Was meinst du?"
Sie nickte.
„Gut, dann halt dich mal fest, ich trage dich nach oben."
Emily lächelte und strich ihm zärtlich über die Wange. Ihre Augen waren rot vom Weinen, sie sah wirklich todmüde und fix und fertig aus. „Das ist süß von dir, aber das musst du nicht, ich bin doch viel zu schwer für dich."
Niclas verzog leicht das Gesicht. „Das ist wohl ein Witz, du bist leicht wie eine Feder. Und, ja, ich weiß, dass ich das nicht muss, aber ich würde gerne. Ist das in Ordnung?"
Emily schmiegte ihr Gesicht an seine Wange und nickte, während Niclas sie ohne Anstrengung hochhob. Sie atmete tief seinen Duft ein, und trotzdem dieses Gespräch so schmerzhaft gewesen war, fühlte sie sich glücklich. Glücklich, weil Niclas da war und sie bedingungslos liebte. Und sie liebte ihn auch. Dieses Gefühl für ihn war so stark, dass es schmerzte, doch gleichzeitig war es das Schönste, was sie jemals empfunden hatte. Sie schlang ihre Arme um seinen Nacken. „Geh nicht weg! Bitte, geh nicht weg!"
Er schüttelte den Kopf und küsste sie sanft, während er mit der Schulter die Tür des Schlafzimmers aufstieß und sie vorsichtig auf das Bett sinken ließ. Dann legte er sich neben sie und sie schmiegte sich in seine Arme.
„Ist das okay so?" Er klang etwas unsicher.
Emily nickte. „So lange du mich nicht loslässt, ist es okay. Nic, mach dir keine Gedanken, ich liebe es, wenn du mir nahe bist. Ich weiß nicht, warum, aber ich hatte von Anfang an bei dir keine Berührungsängste."
„Okay, gut. Aber, Em, versprich mir, dass du es mir sagst, wenn dir etwas unangenehm ist, bitte. Ich meine,

ich will einfach nur, dass du dich wohl fühlst mit mir, und ich kann nicht hellsehen, deshalb, versprich es mir, okay?“
Emily seufzte. „Ich verspreche es.“
„Brav. Und nun schlaf ein wenig. Keine Angst, ich gehe nicht weg, ich pass auf dich auf. Schlaf schön.“
Emily hatte die Augen schon geschlossen und lächelte. „Du auch. Ich passe auch auf dich auf, versprochen.“
Niclas beugte sich ein wenig über sie und küsste zärtlich ihre Stirn, dann glitt sein Blick über ihr Gesicht. „Das tust du. Das hast du von der ersten Sekunde an getan.“
Sie murmelte leise etwas im Halbschlaf und schmiegte sich enger an ihn.

Sie schliefen fast bis zum Abend, dann fuhr Niclas kurz nach Hause, um zu duschen und sich umzuziehen, da er ja immer noch den Anzug vom Ball trug, während Emily schon nach zehn Minuten sehnsüchtig auf ihn wartete. Er hatte ihr versprochen, die Nacht hier zu verbringen, und darüber war sie sehr froh. Als er schließlich wieder auftauchte, flog sie ihm überglücklich in die Arme und wollte ihn gar nicht mehr loslassen. Sie gingen noch mit Ben Gassi, aßen Nudeln mit Tomatensoße und gingen früh wieder zu Bett. Eigentlich nicht, weil sie schon wieder müde waren, aber sie hatten beide ein unstillbare Bedürfnis nach Nähe.
„Ich kann es immer noch kaum glauben, dass du hier bist. Gestern um diese Zeit war ich todunglücklich, denn da bist du gerade mit Laura zusammen aufgetaucht. Und heute ist alles anders. Wenn ich mir vorstelle, du wärst jetzt nicht hier ...“ Emily drückte ihr Gesicht an Niclas‘ Schulter.

Er strich zärtlich durch ihre Haare. „Aber ich bin hier. Und ich geh auch nicht weg, vertrau mir. Ich weiß, ich habe mich in den letzten Monaten manchmal nicht gerade vertrauenswürdig verhalten, ich hab dich oft vor den Kopf gestoßen, und meine Stimmungsschwankungen waren für dich sicher kaum nachvollziehbar. Aber ich tu alles dafür, damit du dich sicher fühlen kannst. Und wenn ich doch mal in alte Verhaltensmuster zurückfalle, haust du mir einfach eine runter, okay?"
Emily lächelte. „Blödmann. Ich werde dich ganz bestimmt nicht hauen."
„Nein? Aber vielleicht möchtest du mich küssen?"
Sie hob den Kopf von seiner Schulter und musste lachen, als sie den treuherzigen Ausdruck in seinen Augen sah. „Ja, vielleicht. Das klingt schon besser."
„Ja? Dann tu's doch einfach." Niclas beugte sich über sie, und sie fühlte, wie ihr Herzschlag sich beschleunigte. Er strich mit dem Zeigefinger leicht über ihre Wange, dann senkte er den Kopf und sie spürte, wie seine weichen Lippen sich voller Zärtlichkeit auf ihre schmiegten. Sie legte die Hände um seinen Nacken und zog ihn näher zu sich. Es war wunderschön, ihm so nahe zu sein. Sie konnten nicht aufhören sich zu küssen, und während draußen heftiger Regen gegen die Fensterscheiben prasselte, blieb die Welt in dem sanft erleuchteten kleinen Schlafzimmer für sie stehen. Es gab nur sie beide, und Emily wünschte sich, diese Nacht würde nie zu Ende gehen. Sie konnte sich nicht erinnern, sich jemals so geliebt, beschützt und geborgen gefühlt zu haben, wie hier mit Niclas. Er war unglaublich zärtlich und besorgt um sie. Es war wunderschön mit ihm. Niemals hätte sie, nach dem, was ihr passiert war, gedacht, sich jemandem so anvertrauen zu können. Soviel Nähe zulassen zu können.

Normalerweise zuckte sie schon zusammen, wenn jemand sie nur länger als fünf Sekunden ansah, aber mit Niclas war alles anders.
Nun löste er sich ein wenig von ihr und sah sie aufmerksam an. „An was denkst du gerade?"
Emily lächelte. „An dich natürlich. An dich, und wie schön es hier mit dir ist. Und dass ich nie gedacht hätte, so etwas erleben zu dürfen. Nicht nach dem, was war."
Er malte mit dem Zeigfinger sanft die Konturen ihres Gesichtes nach. „Ja, ich weiß, was du meinst. Emily, bitte versteh mich jetzt nicht falsch, ich würde normalerweise nie am ersten Tag darüber reden, aber ich hab das Gefühl, du machst dir ziemlich viele Gedanken deswegen, und dass das mit ein Grund war, warum du mir unbedingt erzählen wolltest, was mit dir passiert ist. Weil du Angst hast, ich wäre enttäuscht, wenn du mir nicht das geben kannst, was du offenbar glaubst, mir unbedingt geben zu müssen. Was ich sagen will, ich liebe dich. Verstehst du? Ich liebe dich total. So wie du bist, und gerade weil du so bist wie du bist." Er lächelte verlegen. „Na ja, das klingt jetzt ein bisschen verquer, aber du weißt hoffentlich, wie ich es meine. Ich ... also, ich will einfach nur, dass du weißt, dass ich nichts von dir erwarte. Ich hab das Gefühl, du denkst, du bist nicht gut genug für mich, weil wir vielleicht nicht sofort, na ja, miteinander schlafen können. Aber das will ich gar nicht. Also, ich meine, natürlich will ich das, aber nicht jetzt. Es ist mir nicht wichtig, weißt du. Das heißt jetzt aber natürlich nicht, dass ich dich nicht hübsch oder anziehend finden würde, ganz bestimmt nicht. Was ich damit sagen will, du bist mir wichtig, du als Mensch." Er brach ab und verzog das Gesicht. „Gott, ich wusste gar nicht, dass man sich so blöd anstellen kann."

Emily lag still da und betrachtete Niclas‘ Gesicht, die Augen, die sie nun ziemlich unsicher ansahen, seinen Mund, der so zärtlich küssen konnte und der ihr wunderbare Dinge sagte. Dinge, wie eben dieses. Und sie verspürte schon wieder einen dicken Kloß im Hals, dieses Mal allerdings vor Rührung und Glück. Sie legte beide Handflächen an seine Wangen. „Ich weiß, was du meinst, und, glaub mir, du kannst dir nicht vorstellen, was es mir bedeutet, dass du so empfindest. Ich muss zugeben, ich hatte wirklich Angst deswegen. Ich möchte dich doch gerne glücklich machen und ich weiß eben nicht, na ja, wann ...“ Sie brach ab.
Niclas küsste zärtlich ihre Wange. „Das musst du nicht, hab keine Angst, bitte. Vertrau mir, okay? Ich werde dich niemals zu etwas drängen, und was am Wichtigsten ist, ich werde nie etwas vermissen, solange du da bist und mich liebst.“ Er strich durch ihre Locken. „Sollen wir so verbleiben, dass wir glücklich sind mit dem, was wir haben? Nimm dir alle Zeit, die du brauchst. Ich werde warten und dabei der glücklichste Mensch auf der Welt sein, solange du meine Emily bist.“
Emily biss sich auf die Lippen, dann schniefte sie leise und drückte ihr Gesicht an Niclas‘ Schulter. „Okay, so können wir verbleiben. Danke. Ach, Nic, weißt du, dass du der tollste Mensch auf der ganzen Welt bist? Ich kann grad nicht mehr sagen, sonst heule ich wieder los.“
Er lächelte leicht und schmiegte seine Wange in ihre Locken. „Nein, ich wusste bis jetzt nicht, dass ich der tollste Mensch auf der Welt bin, aber du kannst es mir gerne ab und an sagen.“
Sie lachte leise. „Das tu ich gerne. Aber am Ende wirst du noch eingebildet. Obwohl“, sie hob den Kopf und sah ihn mit einem zärtlich-amüsierten Lächeln an, „so ein

klein wenig bist du das ja sowieso schon, oder? Sag mir nur nicht, du genießt es nicht, wie dich die Mädchen ständig anhimmeln?“
Niclas schnappte gespielt empört nach Luft und begann, Emily zu kitzeln, die lächelnd seine Hände abzuwehren versuchte. „Ich und eingebildet? Was kann ich dafür, wenn ich nun mal der hübscheste Junge der Schule bin, noch dazu der intelligenteste, witzigste und charmanteste.“ Er grinste.
Emily musste lachen. „Aber du bist nicht eingebildet, nein, natürlich nicht. Du hast mich Püppchen genannt am ersten Tag. Das war schrecklich arrogant. Wie ein echter Macho.“
Niclas grinste wieder und zog sie eng an sich. „Aber das bist du doch auch. Du bist mein Zuckerpüppchen.“
„Dein, was? Wehe, du nennst mich jemals so vor anderen Leuten, dann werde ich dir nie wieder eine Portion Schokoeis übriglassen und dir nie wieder Teresas Schokoladentorte backen.“
„Nie wieder?“
„Nie wieder!“
Niclas sah sie mit gespieltem Entsetzen an. „Unglaublich. Wie kann man aussehen wie ein Engel und solche knallharten Verhandlungen führen?“
Emily zog die Schultern hoch. „Ich bin eben sehr facettenreich. Vielleicht willst du es dir ja noch einmal überlegen mit mir?“
Er musterte sie und tat so, als ob er nachdenken müsste, dann sagte er grinsend: „Ach, ich behalte dich. Wo sollte ich denn sonst wieder so ein süßes Zuckerpüppchen wie dich herbekommen?“
Emily schüttelte lachend den Kopf. „Du bist wirklich unmöglich.“

Sie redeten an diesem Abend noch lange, und als Emily sich schließlich müde in Niclas‘ Arm kuschelte, hatte sie das Gefühl, der Schmerz in ihrem Herzen sei weniger geworden, und das lag alleine an Niclas. Er nahm ihre Angst und ihren Kummer ernst, schaffte es aber auch, sie zum Lachen zu bringen. Sie hatte sich noch niemals in ihrem Leben so wohl gefühlt wie mit ihm. In dieser Nacht schlief sie tief und traumlos. Die Schatten würden sicher wiederkommen, aber nun hatte sie jemanden an ihrer Seite, der ihr half sie abzuwehren, und zum ersten Mal seit langem glaubte sie daran, sie besiegen zu können.

Kapitel 28

Am nächsten Morgen stand Emily ein wenig nervös vor dem Spiegel und bürstete ihre Haare. Sie wusste, nicht alle würden begeistert sein von ihrer Beziehung mit Niclas. Tracy und auch Viola hatten immer noch auf eine Chance bei ihm gehofft und würden sich ganz bestimmt nicht mit ihnen freuen. Eigentlich konnte ihr das egal sein, aber sie war nun mal ein Mensch, der gerne mit allen gut auskam, und es war schwer für sie, wenn es nicht so war. Aber noch viel mehr Angst hatte sie vor der Begegnung mit Mara und der Clique. Mara hatte zwar gestern am Telefon nicht mehr versucht, ihr Niclas auszureden und schien sich damit abgefunden zu haben, und doch war Emily unsicher, was sie wirklich darüber dachte. Und auch Jeffrey dürfte wohl nicht allzu glücklich damit sein.

Sie seufzte und bürstete weiter ihre Locken durch. Niclas war schon fertig und wartete unten auf sie. Er schien sich keine Gedanken darüber zu machen, was die anderen dachten, und vermutlich hatte er damit auch Recht und es war das Beste, was er tun konnte. Schließlich legte sie die Bürste weg und lief nach unten. Es roch nach Kaffee und frisch getoastetem Brot. Niclas saß am Tisch und sah hoch, als Emily die Küche betrat. „Hey, du kleine Trödlerin. Nun musst du dich aber beeilen, um noch frühstücken zu können. Brauchst du immer so lange im Bad?“ Er sah sie amüsiert an.

Sie schüttelte verlegen den Kopf. „Nein, sonst nicht. Ich hab wohl die Zeit verbummelt. Oh, du hast schon Frühstück gemacht? Wie lieb von dir, danke schön.“

Er musterte sie aufmerksam. „Hm, ich glaube eher, du möchtest am liebsten hier bleiben, hab ich Recht?“
Emily setzte sich und griff nach ihrer Tasse Kaffee. „Nein, wie kommst du darauf?“ Dann jedoch zog sie die Schultern hoch. „Na ja, es ist schon komisch für mich heute Morgen. Alle werden uns anschauen, und damit komme ich nicht so gut klar, das weißt du ja. Ich meine, versteh mich nicht falsch, ich bin glücklich, mit dir zusammen zur Schule fahren zu können, und du weißt, es gibt nichts Wichtigeres für mich, als überhaupt mit dir zusammen zu sein. Es ist nur“, sie verzog etwas das Gesicht, „alle werden denken, wie du dazu kommst, ausgerechnet mich zu lieben. Alle Mädchen wollten dich, die hübschesten, tollsten Mädchen der Schule, und ausgerechnet mit mir bist du nun zusammen. Ich bin ziemlich genau das Gegenteil von ihnen, und sie werden sich fragen, mit was ich dich verhext habe.“
Niclas sah sie zuerst verdutzt an, dann glitt ein zärtliches Lächeln über sein Gesicht, das Emilys Knie weich werden ließ. Er beugte sich zu ihr und küsste sie sanft. „Du weißt es wirklich nicht, hm? Wie bezaubernd du bist. Wieso nur denkst du so über dich? Du bist sehr hübsch und dabei so natürlich, dass es mir regelmäßig den Atem verschlägt, wenn ich dich ansehe. Du hast das süßeste Lächeln von allen, die schönsten Augen und wunderschöne Haare. Du bist das schönste Mädchen, das ich jemals gesehen habe.“
Emily lächelte verlegen. „Danke, das ist wirklich total lieb, dass du das sagst. Aber kann es sein, dass du ein klein wenig voreingenommen bist?“ Sie sah in seine Augen und hatte das Gefühl, in ihnen zu ertrinken. Ihr Herz schlug bis zum Hals, und sie fragte sich, ob das jemals

aufhören würde, dass sie vor Aufregung nicht mehr klar denken konnte, wenn Niclas ihr so nahe war.
Er lächelte. „Nun, vielleicht bin ich tatsächlich ein wenig voreingenommen, immerhin ist das hübscheste Mädchen der Welt meine Freundin, aber was wahr ist, ist eben wahr.“ Er zwinkerte ihr leicht zu.
Sie musste lachen. Niclas schaffte es immer wieder, ihr Situationen, die nicht ganz einfach für sie waren, leichter zu machen. Sie stand auf und setzte sich auf seinen Schoß. Er schloss sie in seine Arme und sie schmiegte ihre Wange an seine. Und plötzlich kamen ihr all ihre Ängste und Bedenken völlig überflüssig und dumm vor. Niclas war doch bei ihr, und wenn er da war, war alles gut. Es klang vielleicht komisch, aber sie empfand es so. Nichts war wichtiger als er, nichts bedeutete ihr mehr, als mit ihm zusammen zu sein und ihn glücklich zu machen. Wenn er lächelte, war ihre Welt hell und bunt. Sie liebte ihn so sehr, dass ihr die Worte dafür fehlten, sie liebte es, ihn anzusehen, ihm zuzuhören, seiner Stimme zu lauschen und seinen Geruch wahrzunehmen. Einfach alles an Niclas machte sie glücklich.
Sie küsste ihn zärtlich auf die Wange. „Ich bin dumm, was? Entschuldige bitte, ich bin nur glücklich, mit dir zusammen zu sein, alles andere kann mir egal sein. Die Mädchen werden mich hassen, aber was soll‘s?“ Sie lächelte ihm zu.
Er küsste ihre Nasenspitze. „Ich bin auch glücklich, mit dir zusammen zu sein, Emily. Du hast Recht, das ist das Einzige, was zählt. Ach, hassen werden sie dich sicher nicht. Hassen würden sie dich, wenn ich Zac Efron wäre.“ Er grinste wie ein großer Junge.
Emily lachte. „Zac Efron? Also, nichts gegen ihn, aber Niclas Delaney ist mir sehr viel lieber.“

„Das hoffe ich doch.“ Seine Augen funkelten.
Sie beugte sich vor und küsste ihn lächelnd.
Er erwiderte den Kuss voller Zärtlichkeit. „Ich mag dich nicht loslassen. Komm, wir machen einfach blau.“
Emily lachte leise und strich ihm sanft mit beiden Händen durch die Haare. „Ich möchte dich auch nicht loslassen. Und einfach hier bleiben, das wäre schön, ja. Aber morgen haben wir sicher auch keine Lust, und dann? Machen wir wieder blau?“
Niclas verzog das Gesicht. „Ah, Miss Vernünftig, du willst mir damit also sagen, ich muss dich nun aus meinen Armen lassen und mich stattdessen Emmerson und seinen langweiligen Formeln widmen?“
Emily lächelte und spielte mit den drei schmalen Lederbändchen an seinem rechtem Handgelenk. „Ich fürchte schon. Aber wir haben ja noch den Nachmittag, den Abend und die Nacht. Also, wenn du willst, du musst natürlich nicht immer hier schlafen.“ Sie hatte bei den letzten Worten den Kopf gesenkt und ihre Stimme war leiser geworden.
Niclas sah sie forschend an und legte ihr dann den Finger unters Kinn. Sie hob den Kopf wieder und ihre Blicke verfingen sich ineinander. Er wusste, wie sehr sie sich vor ihren Träumen fürchtete, und dass es leichter für sie war, wenn er bei ihr war. Er beugte sich vor und küsste sie. „Ich freu mich auf die Nacht.“
Emily schloss die Augen und schlang ihre Arme um seinen Nacken. „Danke. Ich freu mich auch.“ Sie war froh, dass Niclas für sie da war. Sie musste ihm nichts groß erklären, er verstand und handelte ohne viele Worte, damit machte er es ihr um vieles leichter.
Er nickte und küsste sie auf die Haare. „Aber wehe, du klaust mir wieder die ganze Bettdecke.“

Emily lächelte. „Ich werde mich bessern, versprochen."
„Okay. Und nun komm, lass uns fahren, sonst kommen wir noch zu spät und dann fragen sich alle, was wir so lange gemacht haben." Er grinste.
Emily knuffte ihn in die Seite. „Als ob dir das was ausmachen würde, wenn alle denken, wir kommen zu spät, weil du sooooo gut bist."
Niclas lachte laut und schob sie von seinem Schoß. „Na ja, wir wollen die anderen ja nicht gleich am ersten Tag komplett irre machen vor Neid."
Sie lachten beide, und Emily schmiegte sich noch einmal kurz in Niclas' Arme. Dann richtete sie das Trockenfutter für Ben, goss seine Schüssel voll Wasser, und schließlich waren sie abmarschbereit.
Emily saß nervös hinter Niclas auf dem Motorrad und fühlte ihr Herz heftig in der Brust klopfen. Erstens, weil es immer klopfte, wenn er ihr so nahe war wie jetzt, und zweitens vor Aufregung. Sie seufzte leise und schlang ihre Arme fester um Niclas' Taille. Auf dem Parkplatz zog sie den Helm ab und ihr Blick schweifte suchend über die Autoreihen. Dort hinten stand Maras Wagen, sie war also bereits da. Sie stieg langsam von der Maschine ab und warf einen Blick zu Niclas. Er schien völlig gelassen zu sein, und plötzlich musste sie lächeln. War es nicht schön, dass er ihre Beziehung als richtig und gut empfand, dass er völlig ruhig bleiben konnte? Und so war es ja auch. Was interessierten sie die Meinungen der anderen? Sie gehörte zu Niclas und er gehörte zu ihr. So einfach war das. Sie hatten beide eine schmerzliche Zeit hinter sich, hatten Angst gehabt vor diesen Gefühlen, und besonders Niclas wäre fast an seinen Ängsten gescheitert. Doch nun hatten sie es gemeinsam geschafft, bis hierher zu kommen, und niemals in ihrem ganzen Leben hatte

sich etwas richtiger und besser angefühlt als diese Liebe, die sie füreinander empfanden. Emily drehte sich um und schob ihre Hand in die von Niclas.
Er lächelte ihr aufmunternd zu. Seine Finger schlossen sich warm und fest um ihre. „Alles okay?" Er sah sie fragend an.
Sie nickte. „Ja, alles okay."
Sie gingen Hand in Hand über den Parkplatz, und natürlich lief ihnen als erstes Tracy Bell über den Weg, die wie angewurzelt stehen blieb und sie verdutzt anstarrte. Emily lächelte ihr zu, doch im gleichen Moment wurde ihr klar, dass das gerade ein Fehler gewesen war, denn Tracys Gesicht wurde plötzlich erst blass, dann rot, und ihre Augen schossen wütende Giftblitze in Emilys Richtung. Vermutlich hatte sie das freundliche Lächeln als Affront empfunden und war nun erst recht sauer. Tracy stieß etwas hervor, was sich nicht gerade freundlich anhörte, drehte sich auf dem Absatz um und schoss wie der Blitz davon. Emily biss sich auf die Lippen und warf einen unsicheren Blick zu Niclas, der Tracy kopfschüttelnd hinterher sah und trocken bemerkte: „Was hat die denn gebissen?"
Sie zog die Schultern hoch. „Ich. Glaub ich."
Niclas grinste. „Du? Wie das denn?"
„Ich hab sie angelächelt. Und wahrscheinlich hat sie gedacht, ich wolle sie damit ärgern, weil ich doch genau weiß, dass sie gerne mit dir zusammengekommen wäre."
Niclas lachte. „Aha. Na ja, das ist doch aber nicht dein Problem, wenn sie falsche Vorstellungen hat. Emily, ich hab ihr mehr als einmal deutlich zu verstehen gegeben, dass ich nichts von ihr will. Ich wäre nie im Leben mit Tracy zusammengekommen, auch wenn es dich nicht

gäbe. Also, mach dir jetzt bloß keine Vorwürfe. Ich kenn dich doch."
Sie verzog ein wenig das Gesicht. „Tu ich ja nicht. Ich weiß, dass du nichts von ihr wolltest, aber sie ist halt nun trotzdem enttäuscht, was ich auch irgendwie verstehen kann." Sie zuckte mit den Schultern.
Niclas seufzte. „Em, mir würde sie auch leid tun, wenn ich wüsste, sie wäre in mich verliebt. Aber ich bin mir sicher, das ist sie nicht. Sie wollte nur ihren Willen durchsetzen und mich endlich knacken. Glaub mir, ich habe schon viele Mädchen ihrer Sorte getroffen, und leider war ich so blöd, mich mit einigen von ihnen einzulassen. Ich dachte, damit könne ich die Einsamkeit und diese Leere in mir ausfüllen, aber das hat nicht funktioniert. Im Gegenteil, danach hab ich mich nur noch mieser gefühlt."
Emily blieb stehen und lehnte sich kurz an ihn, dann stellte sie sich auf die Zehenspitzen und hauchte ihm einen leichten Kuss auf die Wange. „Ich weiß. Jetzt hast du ja mich." Sie senkte den Kopf und fühlte, wie sie rot wurde, denn es kam ihr immer noch unfassbar vor, dass er ausgerechnet sie liebte. Niclas betrachtete sie und ein Lächeln glitt über sein Gesicht. Süße Emily, schon wieder machte sie sich unnötige Gedanken.

Im Klassensaal standen die üblichen Grüppchen zusammen. Emilys Augen suchten nach Mara. Sie stand am Fenster, mit Thomas und den anderen. Jeffrey stand auch dabei, und zu ihrer Erleichterung winkte er ihr zu und lächelte sogar.
Niclas hielt ihre Hand immer noch fest in seiner und warf ihr einen prüfenden Blick zu. Er spürte, wie viel Mühe sie sich gab, locker mit allem umzugehen, aber ihm war

durchaus klar, dass es nicht so einfach für sie war. Viele Dinge, die für andere selbstverständlich waren, waren für Emily schwierig, und auch er selbst musste lernen, damit umzugehen. Sein Blick streifte über ihr Gesicht, ein leicht unsicheres Lächeln umspielte ihre Lippen und ließ sie unglaublich verletzlich erscheinen. Sie lächelte oft so, als ob sie sich für alles Mögliche entschuldigen müsste, und Niclas fragte sich, ob sie auch früher schon so gewesen war, oder ob erst nach dem Überfall ihr Selbstvertrauen dermaßen gelitten hatte. Er betrachtete sie, und ein heißes Gefühl von Zärtlichkeit für sie stieg in ihm auf. Und alles, was er sich im diesem Moment wünschte, war, sie für immer vor allem Bösem zu beschützen, niemand sollte ihr jemals wieder wehtun.
„Na, also ich glaub es ja nicht, ihr habt es tatsächlich hingekriegt? Meine Güte, Gott sei Dank, noch länger hätte ich dich nicht ertragen.“ Kevin war hinter ihnen aufgetaucht und schlug Niclas begeistert auf die Schulter. Er und Emily tauschten einen Blick und drehten sich dann zu Kevin um, der da stand und sie strahlend angrinste.
Niclas lächelte zurück. „Wen hättest du nicht mehr ertragen, mich oder Emily?“
Kevin zwinkerte gutmütig. „Dich, mein Freund. Du warst echt eine Zumutung in den letzten Wochen. Und ganz besonders am Samstagabend. Stimmt's, Em?“, meinte er lachend.
Emily lächelte verlegen. „Ja, schon.“ Sie lehnte sich leicht an Niclas.
Der nickte. „Das war ich wirklich. Und ich hatte echt verdammtes Glück, dass sie mich trotzdem genommen hat. Wie hast du gesagt, Kev? Ansonsten wäre ich ganz schön im Arsch gewesen.“ Er strich mit dem Daumen

leicht über Emilys Handrücken, und sie sahen sich einen Moment lang stumm an.
Kevin tauschte einen Blick mit Susan, die neben ihm aufgetaucht war, und nickte dann grinsend. „Allerdings. Das wärst du in der Tat gewesen, und ich darf mir gar nicht vorstellen, wie mies du dann drauf gewesen wärst. Und ich hätte das wieder ausbaden dürfen."
Niclas wandte den Blick zu seinem besten Freund. „Ja, ich weiß, ich war in letzter Zeit wohl echt ziemlich daneben. Tut mir leid, dass ich dich so genervt hab. Und danke, dass du es ertragen hast."
Kevin zuckte mit den Schultern. „Kein Thema. Aber im Ernst, ich freu mich sehr für euch. Weißt du, Emily, ich hab nämlich gleich gewusst, dass du und Nic ein super Pärchen abgeben würdet." Er zwinkerte Emily zu.
Niclas verdrehte schmunzelnd die Augen.
Emily musste auch lachen. „Ach ja? Du hast das schon von Anfang an gewusst? Da warst du Niclas und mir aber einen gewaltigen Schritt voraus. Warum hast du nichts gesagt?"
Kevin riss die Augen auf. „Ja, was denkst du denn, was ich schon seit Wochen tue? Mit dir hab ich natürlich nicht drüber geredet, Niclas hätte mir den Kopf abgerissen, aber ihn texte ich damit schon seit Ewigkeiten zu. Leider wollte er ja nicht auf mich hören, hat ständig behauptet, ich würde mir was einbilden. Dabei musste man euch nur ansehen und es war alles klar", rief er aus.
Emily und Niclas sahen sich an.
„Ja, nur wir haben so lange gebraucht. Und beinahe hätte ich alles vermasselt", erwiderte Niclas leise.
Kevin verzog das Gesicht. „Stimmt. Ehrlich, du hattest mehr Glück als Verstand, das ist dir schon klar?"

„Ich weiß. Vor allen Dingen aber hatte ich Glück, dass Emily so ein besonderes Mädchen ist.“
Sie lächelte verlegen und sah zu Mara, die gerade mit Thomas im Schlepptau auf sie zukam. „Hi. Na, alles okay?“ Mara umarmte ihre Cousine.
Emily nickte. „Ja, alles prima. Und du, geht‘s dir gut?“
„Na ja, jetzt geht‘s mir gut, wo ich sehe, dass es dir anscheinend auch gut geht.“ Mara warf einen schrägen Blick zu Niclas. „Aber anscheinend ist ja alles in Butter.“
Sie fasste nach Emilys Arm und sagte zu Niclas: „Ich entführe dir deinen Schatz mal kurz. Bekommst sie gleich wieder, keine Angst.“ Mara zog ihre Cousine mit sich vor die Tür. „Geht‘s dir gut? Wie fühlst du dich? Ich meine, das ist doch sicher jetzt total ungewohnt für dich, also, na ja, wie soll ich sagen, mit ihm halt. Ach Gott, keine Ahnung, wie ich das formulieren soll. Weißt du, was ich meine?“ Sie zappelte aufgeregt vor Emily herum.
Die musste lächeln. „Ja, ich glaube, ich weiß, was du meinst. Du willst mich fragen, ob ich mich unwohl fühle, weil man sich als Pärchen ja normalerweise auch anfasst und so was, stimmt‘s?“
Mara sah etwas verlegen aus. „Stimmt. Und ... ist es okay für dich?“
Emily legte ihr den Arm um die Taille. „Ja, es ist okay, mach dir keine Sorgen. Niclas ist total süß, er nimmt soviel Rücksicht auf mich.“ Sie schwieg kurz und senkte den Kopf. „Ich hab es ihm gesagt. Gestern. Ich dachte, er sollte es wissen.“ In ihrer Stimme klang jetzt ein wenig von dem Schmerz durch, den sie während des Gespräches mit Niclas empfunden hatte.
Mara legte ihr schnell den Arm um die Schultern. „Echt? Du hast es ihm erzählt? Und, war es sehr schlimm? Ach, meine Süße.“ Mara drückte Emily an sich und zog sie

näher zur Wand, um den um sie herumlaufenden Schülern aus dem Weg zu gehen.
„Ja, es war schon schlimm. Besonders auch für Nic. Ich hab darüber gar nicht richtig nachgedacht, wie es für ihn ist, das zu hören. Er war ziemlich fertig. Aber er hat großartig reagiert." Emily zog die Schultern hoch. „Ich fühle mich sehr sicher bei ihm, Mara. Ich hab mich noch nie so beschützt und geborgen gefühlt wie mit Niclas. Ich liebe ihn sehr, und ich weiß, er empfindet das Gleiche für mich. Das ist wie ein Wunder."
Mara nickte. „Und was war das am Samstag? Habt ihr das geklärt? Versteh mich nicht falsch, das klingt wunderschön, was du da sagst, und du weißt, wie sehr ich mich darüber freue, wenn du glücklich bist. Aber am Samstag warst du ganz und gar nicht glücklich, ich hatte echt Angst um dich. Ich möchte nicht, dass Niclas irgendwann wieder so einen Rappel bekommt und irgendwas Verrücktes tut."
Emily schüttelte den Kopf. „Das wird er nicht. Ich hab dir doch am Telefon schon gesagt, wir haben darüber gesprochen. Ich kann es dir nicht erklären, das ist etwas ... was sehr persönlich ist, und, glaub mir, Nic hat sehr darunter gelitten. Es war schlimm für ihn, und ist es wohl noch immer. Manche Dinge vergisst man ein Leben lang nicht und sie werden immer irgendwie wehtun. Aber ich werde ihm damit helfen, genau, wie er mir auch hilft, und wir werden das zusammen schaffen, ganz sicher."
Mara nickte. „Ich finde es sehr mutig von dir, dass du es ihm erzählt hast. Und ich kann mir gut vorstellen, dass er ziemlich fertig war, er scheint dich echt sehr lieb zu haben. Ich hab euch vorhin beobachtet, als ihr mit Kevin geredet habt, und wie Niclas dich ansieht, wow. So was hab ich bei ihm noch nie gesehen."

Dr. Smith näherte sich dem Saal.
„Komm, wir müssen reingehen“, sagte Emily.
Mara nickte wieder. „Ja. Aber noch eines: Ich war und bin immer noch ein wenig skeptisch, das weißt du. Du bist mir zu wichtig, als dass ich meine Sorge um dich einfach so von jetzt auf gleich abstellen könnte. Aber ich möchte, dass du weißt, ich werde deine Beziehung mit Niclas akzeptieren und unterstützen, solange du damit glücklich bist.“
Emily lächelte und drückte ihre Cousine an sich. „Danke. Das bedeutet mir unendlich viel.“
„Hast du schon mit deinen Eltern gesprochen und ihnen von dir und Nic erzählt?“
Die beiden Mädchen gingen in den Saal.
Emily schüttelte den Kopf. „Nein. Und, ganz ehrlich, ich hab ein wenig Angst davor. Du kennst meinen Dad, er wird nicht begeistert sein und garantiert wieder ein Haar in der Suppe finden.“ Sie verdrehte die Augen.
Mara nickte. „Das glaub ich allerdings auch. Aber wir sind ja auch noch da. Und wenn dein Dad merkt, wie gut Niclas dir tut, wird er Ruhe geben, ganz bestimmt.“
Dr. Smith zog geräuschvoll die Tür hinter sich zu.
Emily und Mara eilten schnell zu ihren Plätzen.
Niclas lächelte Emily zu, als sie sich neben ihn setzte. Sie strich ihm schnell über die Hand. Dann versuchte sie, sich auf die Ausführungen von Dr. Smith zu konzentrieren, aber das fiel ihr heute Morgen ziemlich schwer. Ständig musste sie zu Niclas hinüberschauen, und selbst wenn er den Blick nicht erwiderte, glitt ein Lächeln über sein Gesicht, das ihr zeigte, dass er es sehr wohl bemerkt hatte, dass sie ihn dauernd ansehen musste.
In der Mittagspause saßen sie mit Mara und den anderen zusammen, und auch Kevin, Susan, Eddie und Cody hat-

ten sich dazugesellt. Auch Jeffrey war da, und zu Emilys Erleichterung schien er damit klarzukommen, dass sie nun mit Niclas zusammen war. Mara hatte es ihm vermutlich schon am Wochenende erzählt, und er hatte Zeit gehabt, sich an den Gedanken zu gewöhnen. Mandy hatte sich neben ihn gesetzt und schwärmte ihn wie üblich an. Emily war froh darüber. Sie mochte Jeffrey und hoffte, Mandys Aufmerksamkeit würde ihm gut tun.

Und trotzdem alles gut gelaufen war, war sie froh, als der Schultag zu Ende war und sie neben Niclas über den Parkplatz zu seinem Motorrad lief.

„Na, das war doch gar nicht so schlimm heute, oder? Mara hat mir nicht die Augen ausgekratzt, Tracy und Viola haben dich nicht erdolcht, und Jeffrey hat sich nicht von der Brücke gestürzt." Niclas drückte ihre Hand.

„Haha, Witzbold. Ja, du hast Recht, es ist ganz gut gelaufen. Mara freut sich für uns, und das ist mir wirklich wichtig. Jetzt muss ich es nur noch meinen Eltern erzählen und meinen Dad davon abhalten, herzukommen und dich abzumurksen."

„Was, so schlimm? Vielleicht sollten wir verschwinden, nach Bolivien oder auf die Fidschiinseln. Dort findet er uns nie. Oder zumindest nicht so schnell, und ich lebe noch eine Weile." Er grinste.

Emily verdrehte die Augen und lachte. „Keine Angst, wir müssen nicht flüchten. Ben schlägt ja an, wenn mein Dad kommt, dann verstecke ich dich rechtzeitig im Schrank."

„Na, dann hoffe ich mal für mich, du hast einen Schlüssel für diesen Schrank und die Tür ist schusssicher." Niclas legte den Arm um Emilys Schulter und küsste sie sanft auf die Haare.

„Mach dir doch nicht so viele Gedanken. Natürlich wird dein Vater erstmal nicht begeistert sein, was ich ihm

nicht verübeln kann. Er hat eben Angst um dich, weil er dich liebt, und nicht will, dass dir jemand wehtut, nach allem, was war. Aber wenn er merkt, dass ich dich auch liebe, und alles tue, damit es dir gut geht, wird er es akzeptieren, du wirst schon sehen."
Emily lächelte. „Ja, bestimmt."

Am Abend telefonierte sie mit ihrer Mutter und erzählte ihr von sich und Niclas. Kate reagierte etwas verhalten. Sie freute sich zwar, weil Emily wirklich glücklich klang, gleichzeitig war sie aber auch beunruhigt, weil sie wusste, wie labil und verletzlich ihre Tochter immer noch war. „Schatz, bist du sicher, dass das in Ordnung ist für dich? Versteh mich nicht falsch, ich freue mich natürlich für dich, aber es ist ein Unterschied, für jemanden zu schwärmen, oder wirklich mit ihm zusammen zu sein. Was ist, wenn Niclas nicht genug Rücksicht auf dich und deine Gefühle nimmt?"
„Aber das tut er. Mom, ich hab mit ihm über alles geredet, er war lieb und verständnisvoll. Er wird mich zu nichts drängen, das weiß ich genau. Ich fühle mich total wohl und sicher mit ihm. Er ist der Richtige, Mom. Der Einzige. Mit niemandem sonst könnte ich mir das vorstellen. Ich kann es dir nicht besser erklären." Sie zuckte mit den Schultern. „Ich hätte nie gedacht, dass ich mal jemanden lieben könnte und dass ich jemanden finden würde, der mich liebt. So, wie ich bin. Aber Niclas tut es und ich bin dankbar dafür. Es hat ihn total fertig gemacht, was mir passiert ist. Dann hat es mir leid getan, mit ihm darüber gesprochen zu haben, weil ich dachte, es wird ihm zuviel. Aber er hat gesagt, ich könne mit allem zu ihm kommen, er würde alles schaffen – für mich, Mom. Für mich und mit mir, verstehst du? Nic und ich

sind uns in vielen Dingen ähnlich, er versteht mich wie kein anderer. Ich hätte doch sonst niemals mit ihm darüber reden können. Es hat uns beiden schrecklich wehgetan, aber es hat uns noch enger zusammengebracht. Ich weiß, das klingt alles ein bisschen verrückt, als ob ich mir da was zusammen spinnen würde, aber das ist nicht so. Ich kann es einfach nicht anders erklären." Emily schwieg und lauschte auf den Atem ihrer Mutter am anderen Ende der Leitung. Dabei fragte sie sich unwillkürlich, ob ihre Eltern auch jemals diese innere Verbindung miteinander geteilt hatten, wie sie und Niclas es taten. Das wäre ein schöner Gedanke, aber irgendwie konnte sie es sich nicht vorstellen. In letzter Zeit leider schon gar nicht mehr. Ihre Eltern wirkten nicht glücklich. Nicht so, als ob sie gemeinsam stark genug wären, diesen Schicksalsschlag zu verarbeiten. Sondern eher so, als würden sie dadurch immer weiter auseinander getrieben. Sie blinzelte und konzentrierte sich wieder auf die Worte ihrer Mutter.

„Emily, ich verstehe dich schon, glaub mir. Ich habe euch zusammen gesehen, auf deiner Geburtstagsparty, und es war ziemlich offensichtlich, dass ihr ineinander verliebt seid. Und ich wünsche euch wirklich alles, alles Gute." Kates Stimme klang sanft durch den Hörer. Emily lächelte. Ihre liebe Mom, gerne hätte sie sie jetzt umarmt. Doch just in diesem Moment sagte Kate: „Schatz, Dad möchte mit dir reden, ich reiche den Hörer mal weiter. Bis bald, hab dich lieb."

Emily nickte, obwohl ihre Mutter das natürlich nicht sehen konnte, und pustete sich eine Haarsträhne aus der Stirn. Vermutlich hatte ihr Vater Teile des Gesprächs mitgehört und wollte nun wissen, was los war.

„Emily? Hallo Schatz, sag mal, was muss ich da hören? Du hast einen Freund?“
Emily schüttelte den Kopf. Typisch ihr Vater, nicht lange drum herumreden, sondern sofort mit der Tür ins Haus fallen. „Hi, Dad. Ja, Niclas und ich, wir sind jetzt zusammen. Ich hoffe, das ist okay für dich?“ Im gleichen Moment, als sie diese Worte aussprach, ärgerte sie sich auch schon wieder darüber. Wie kam sie dazu, ihren Vater zu fragen, ob ihre Beziehung für ihn okay war? Sie war schließlich keine dreizehn mehr. Spielte es wirklich eine Rolle, ob er damit einverstanden war oder nicht? Niclas und sie liebten sich, und niemand konnte daran etwas ändern. Auch ihr Vater nicht. Aber so war es immer gewesen, wenn sie genau überlegte. Sie hatte immer schon das Gefühl gehabt, es jedem recht machen zu müssen, und ganz besonders ihrem Vater, mit seiner doch manchmal ziemlich dominanten Art.
„Spielt es eine Rolle, ob es okay für mich ist oder nicht?“, erwiderte Jack gerade.
Emily zuckte zusammen. Konnte er Gedanken lesen? Sie zögerte kurz. „Ach, Dad, du weißt, es ist mir wichtig, was du denkst. Aber Niclas lasse ich mir nicht ausreden, nein. Ich weiß, du machst dir Sorgen, und ich bin dir dankbar, dass du nur mein Bestes willst. Aber, glaub mir, er ist das Beste für mich.“ Sie holte tief Luft und wappnete sich gegen den Schwall von Vorwürfen, der jetzt unweigerlich kommen würde, aber zu ihrem Erstaunen sagte ihr Vater nur: „Das freut mich. Emily, ich weiß, ich habe es in letzter Zeit ein wenig übertrieben mit meiner Fürsorge, und damit habe ich einen nicht unermesslichen Teil dazu beigetragen, dass du zuhause ausgezogen bist. Du bist alt genug, um deine eigenen Entscheidungen zu treffen, obwohl du für mich wohl immer mein kleines

Mädchen bleiben wirst. Dennoch werde ich versuchen, mich mehr aus deinen Angelegenheiten herauszuhalten. Aber du sollst wissen, dass wir immer für dich da sind, und du jederzeit zu uns kommen kannst."
Emily lauschte in den Hörer und einen Moment lang wusste sie nicht, was sie sagen sollte, so sehr war sie schon auf Widerstand eingestellt gewesen. „Ach, Daddy, du kannst dir gar nicht vorstellen, wie froh ich bin, dass du das sagst. Danke. Ich hab dich lieb, und ich werde zu euch kommen, wenn etwas sein sollte. Versprochen."
„Damit hast du nicht gerechnet, was?", sagte Jack ziemlich zerknirscht.
Emily musste lächeln. „Nein, eigentlich nicht. Aber ich bin unglaublich froh drüber. Niclas dachte schon, wir müssten auf die Fidschiinseln auswandern, so sehr hab ich im Angst eingejagt wegen dir."
Jack lachte. „Na toll. Nun denkt dein Freund, ich sei ein olles männliches Schwiegermonster. Dabei mag ich ihn ja. Wirklich, er war mir sehr sympathisch auf deiner Geburtstagsparty. Und wenn er dich gut behandelt, werde ich ihn auch in einem Stück lassen."
„Dad", sagte Emily, und musste auch lachen. Dann fügte sie jedoch ernst hinzu: „Dad, wie geht es Connor? Versteht ihr euch denn jetzt wieder ein wenig besser?"
Ihr Vater seufzte. „Na ja, es geht so. Ich bemühe mich, und er sich auch, aber es ist viel vorgefallen. Ich habe Fehler gemacht und mich bei ihm entschuldigt. Den Rest wird hoffentlich die Zeit wieder gut machen. Es war nicht richtig von mir, Connor für alles verantwortlich zu machen, leider wusste ich nicht, wohin mit meiner Wut, und er musste es ausbaden. Er hat einen Fehler gemacht, aber wir alle machen Fehler."
Emily nickte. „Das stimmt. Grüß ihn doch bitte von mir."

„Das mache ich."
Nachdem Emily aufgelegt hatte, saß sie noch eine Weile stumm auf der Couch und starrte vor sich hin. Das Gespräch war besser gelaufen, als sie je gedacht hätte, aber dennoch war sie irgendwie traurig. Sie war froh, als Niclas kurz danach kam, und als sie zusammen auf der Couch saßen, sagte sie: „Nic, weißt du, was komisch ist? Das, was mir passiert ist, war wirklich schrecklich, aber letztendlich ist für mich etwas Wunderbares daraus entstanden. Ich hab dich gefunden. Wenn mir das nicht passiert wäre, wäre ich nicht hierher gezogen, und wir hätten uns wahrscheinlich niemals kennen gelernt. Darüber darf ich gar nicht nachdenken, und so schlimm auch alles war, aber für dich würde ich alles noch einmal auf mich nehmen." Sie verzog das Gesicht. „Klingt ziemlich masochistisch, was? Als ob ich nicht mehr alle Tassen im Schrank hätte, aber weißt du, was ich meine?"
Niclas nickte und strich ihr sanft eine Haarsträhne aus der Stirn. „Ich weiß, was du meinst, ja. Wie kommst du jetzt darauf?"
Emily zuckte mit den Schultern. „Ich weiß nicht. Durch diese Sache ist meine ganze Familie ins Wanken gekommen. Alle haben schrecklich gelitten, und nur für mich ist im Endeffekt etwas Wunderbares daraus entstanden. Meine Eltern ... ich weiß nicht, ich glaube, ihre Ehe ist nicht mehr wirklich glücklich. Sie haben es nicht geschafft, in ihrem Schmerz zusammenzustehen, verstehst du? Meine Mutter war immer hin und her gerissen zwischen mir, Connor und meinem Vater und wollte es jedem recht machen. Connor ist seitdem wie ausgewechselt, er kommt mit seinen Selbstvorwürfen nicht klar, und sogar seine Beziehung mit Kelly ist daran zerbrochen. Irgendwie haben alle verloren, nur ich hab dich gefun-

den, und darüber bin ich glücklich. Und doch erscheint es mir ungerecht. Schließlich bin ich diejenige, die irgendwie alles ausgelöst hat, verstehst du?"
Niclas legte sein Kinn auf ihren Kopf und runzelte die Stirn. „Nein, versteh ich nicht. Was ich verstehe, ist, dass es dir leid tut, dass die Ehe deiner Eltern nicht mehr richtig funktioniert, und ich verstehe auch, dass dein Bruder dir leid tut. Aber, Em, du hast gelitten und leidest noch unter allem, was geschehen ist, rede dir doch nicht ein, es wäre ungerecht, weil du nun mich gefunden hast und darüber glücklich bist. Du bist nicht verantwortlich für das, was passiert ist, und auch nicht für die Ehe deiner Eltern oder den Gemütszustand deines Bruders. Emily, du hast ihm nie Vorwürfe gemacht, dass er dich versetzt hat an diesem Abend, und deshalb das alles erst passieren konnte. Das ist so viel mehr, als die meisten gekonnt hätten." Er schwieg kurz. „Du hast es verdient, glücklich zu sein. Glaub mir, alles, was ich dazu beitragen kann, dass du es sein wirst, werde ich tun."
Emily kuschelte sich näher an ihn. „Ich weiß. Wahrscheinlich hast du Recht und ich hab nur wieder dumme Ideen."
Niclas lächelte und küsste sie auf die Stirn. „Aber genau deswegen liebe ich dich. Ich kenne niemanden, der sich so viele Gedanken darum macht, dass es anderen gut geht. Selbst wenn es dir selbst absolut beschissen geht, bist du immer noch um andere besorgt. So was hab ich noch niemals erlebt. Du darfst nur dich selbst dabei nicht aus den Augen verlieren, aber dafür werde ich schon sorgen."
„Wirst du?"
„Klar."

Er grinste und küsste sie. „Soll ich schon mal anfangen, damit du dich besser fühlst?“
Emily legte den Kopf etwas schief und sah lächelnd in sein Gesicht. „Gerne. Tu das.“
„Soll ich?“
„Hm, ja.“
„Okay.“ Niclas‘ süßes Lächeln legte sich auf sein Gesicht, und Emily war froh, dass sie saß, weil ihre Knie wieder gefährlich weich wurden. Und dann redeten sie eine lange Weile gar nicht mehr, sondern verloren sich in diesen Gefühlen von Zärtlichkeit und Hingabe, die sich wie Balsam auf ihre verletzten Seelen legten.

In dieser Nacht schlief Emily nicht gut. Sie lag die meiste Zeit still da, um Niclas nicht zu wecken, betrachtete im Dämmerlicht des Schlafzimmers sein Gesicht, und plötzlich kam ihr eine Idee. Sie löste sich vorsichtig aus seinen Armen und stand leise auf. Dann lief sie nach unten, setzte sich mit Papier und Stift bewaffnet an den Küchentisch und begann zu schreiben. Sie musste nicht lange überlegen, die Worte sprudelten fast wie von selbst auf das Papier.
Irgendwann kam Ben in die Küche getappt, dicht gefolgt von Niclas.
„Em? Sag mal, was machst du denn hier? Du bist schon ewig lange weg, ich hab mir Sorgen gemacht.“ Er strich sich die Haare aus der Stirn und musterte sie besorgt. Er trug nur Shorts und ein T-Shirt, und Emily musste lächeln. Selbst wenn er so verschlafen aussah wie jetzt gerade, war er der schönste Mann, den sie jemals gesehen hatte. Sie streckte ihm die Hand hin.
Er ergriff sie und setzte sich neben sie auf den Stuhl. „Ist alles okay? Hast du wieder geträumt?“

„Nein, alles okay. Ich konnte nur nicht schlafen, und dann ist mir eine Idee gekommen. Ich dachte, vielleicht magst du es. Schau mal.“ Sie schob ihm das Blatt hin, auf das sie ihren Text geschrieben hatte.
Er nahm es in die Hand, las die ersten Worte und sah sie überrascht an. „Für meine Mom? Emily, was ist das?“
Sie strich mit dem Daumen über seinen Handrücken. „Na ja, ich schreibe doch gerne, und ich kenne dich ja ganz gut, und weiß, was du fühlst, wegen deiner Mom, und da dachte ich, ich schreibe für dich einen Brief an sie. In dem du deine Trauer, deine Angst, deinen Kummer wegen dem, was passiert ist, ausdrücken kannst. Alles, was dir wichtig ist, und was du ihr gerne noch gesagt hättest. Du kannst ihr alles erklären und sie um Verzeihung bitten. Ich dachte, wir könnten den Brief auf den Friedhof bringen und ihn dort vergraben. So als eine Art Abschied, weißt du? Also natürlich nur, wenn du willst. Du kannst es ruhig sagen, wenn du denkst, das sei eine bescheuerte Idee, und dass mich das überhaupt nichts angeht.“ Sie zog die Schultern hoch und sah ihn unsicher an.
Sein Blick hing etwas überrascht an ihr, dann senkte er den Kopf und las die Zeilen, die Emily geschrieben hatte. Eine ganze Weile war es absolut still im Zimmer, und Emily fühlte, wie sehr ihr Herz klopfte. War sie zu weit gegangen? Empfand Niclas das als Einmischung in seine innerste Privatsphäre? Sie hätte ihn erst fragen sollen, was er von der Idee hielt, anstatt ungefragt seine innersten Gefühle und Gedanken aufzuschreiben. Niclas hielt immer noch ihre Hand in seiner, während er mit der anderen das Blatt festhielt. Sein Blick hing wie festgeklebt an den Zeilen auf dem Papier. Schließlich hielt sie es nicht mehr aus und fragte mit zitternder Stimme: „Nic? Sag doch mal was! Du findest es schrecklich, hab ich

Recht? Und du fragst dich, wie ich dazu komme, die Dinge, die du mir anvertraut hast, einfach aufzuschreiben. Bitte entschuldige, es ist mir spontan eingefallen, und ich dachte, es sei eine gute Idee und könnte dir vielleicht helfen, besser mit all dem abzuschließen. Ich hab nicht genug nachgedacht. Komm, wir zerreißen es einfach und vergessen es. Es tut mir leid."

Endlich hob Niclas den Kopf und sah sie an.

Emily sah sofort, wie sehr ihn ihre Zeilen berührt und aufgewühlt hatten, und biss sich auf die Lippen. Sie schlang einen Arm um seine Schulter und schmiegte ihr Gesicht an seines. „Oh, Schatz, entschuldige. Was bin ich nur für eine dusselige Kuh. Gib mir das, ich werfe es weg. Es tut mir leid, Nic, ich wollte dir nicht wehtun."

Sie wollte nach dem Papier greifen, doch Niclas zog es weg. „Nicht. Nicht doch, Emily. Das ist wunderschön. Du ... du hast mir direkt aus dem Herzen gesprochen. Ich kann kaum glauben, dass du das geschrieben hast. Es ist, als ob du in mich hineingeschaut und meine innersten Gedanken erraten hättest. Das, was ich meiner Mom schon immer sagen wollte, hast du hier in Worte gefasst. Ich weiß nicht, was ich sagen soll, wirklich nicht." Er zuckte mit den Schultern.

Emily sah ihn erstaunt an. „Im Ernst? Du bist nicht sauer?"

„Nein. Natürlich nicht. Em, das ist unglaublich. Du bist unglaublich. Ich danke dir. Das ist eine süße Idee von dir. Das werden wir machen. Gleich morgen, okay?"

Ein warmes Lächeln glitt über sein Gesicht.

Emily fiel ein Stein vom Herzen. „Wirklich? Ja, ja, natürlich. Ich kann es auch ändern, wenn dir etwas nicht gefällt, gar kein Problem, ich ..."

Sie wollte noch weiterreden, doch Niclas hatte sich vorgebeugt und verschloss ihr den Mund mit einem zärtlichen Kuss. „Schhhh. Es ist wunderschön, so wie es ist. Ich liebe dich, Emily. Danke, dass du all das für mich tust."
Sie strich ihm sachte mit der Hand über die Wange. „Ich liebe dich auch. Und ich bin froh, wenn ich dir ein bisschen helfen kann, mit dem Schmerz wegen deiner Mom klarzukommen. Ich hatte jetzt aber echt Angst, du wärst sauer auf mich. Sag mal, Nic, wirst du eigentlich mit deinem Dad über all das reden? Ich weiß, das wolltest du nicht, aber vielleicht würde es dir helfen, mit ihm darüber zu sprechen. Wenn du sehen könntest, dass er dich dafür nicht hasst. Und das wird er nicht, er hat dich doch lieb."
Niclas sah sie nachdenklich an. „Ich weiß nicht. Vielleicht sollte ich wirklich mit ihm reden, aber, ehrlich gesagt, hab ich ziemlich Angst davor."
Emily nickte. „Ja, das verstehe ich gut. Du musst ja auch nichts überstürzen, überlege es dir einfach. Ich bin für dich da, egal, was du tun wirst."
Niclas breitete die Arme aus. Sie stand auf und setzte sich auf seinen Schoß. Er zog sie an sich. „Weißt du, das ist ein ganz eigenartiges Gefühl, plötzlich jemanden zu haben, der für einen da ist. Die ganzen Jahre hindurch hab ich alles mit mir selbst ausgemacht, denn ich hatte ja niemanden, mit dem ich über das reden konnte, was mich am meisten bedrückt hat. Manchmal war das nicht gerade leicht. Aber ich hab mich auch dran gewöhnt, ich musste ja. Deshalb, Emily, wenn ich mal wieder in diese alten Verhaltensmuster falle und dichtmache, also, ich möchte, dass du weißt, dass das nichts mit dir zu tun hat. Das heißt nicht, dass ich dir nicht genug vertraue oder nicht

mit dir reden möchte, es ist nur so tief in mir verwurzelt, verstehst du?“
„Hm, ja, ich verstehe. Ach, Nic, es tut mir so leid.“ Emily schlang beide Arme um Niclas‘ Hals und hauchte ihm lauter kleine Küsse auf den Mund.
Er lächelte leicht und zog sie näher an sich. „Und was tut dir so leid?“
Sie lehnte sich ein wenig zurück und sah ihn ernst an. „Du. Und wie schrecklich einsam du dich all die Jahre über gefühlt haben musst. Es tut mir schrecklich weh, wenn ich darüber nachdenke.“
Niclas‘ Blick ruhte auf ihrem Gesicht, dann beugte er sich vor und küsste sie sanft. Emilys Hände strichen zärtlich über seinen Nacken. Sie fühlte die feinen Härchen unter ihren Fingern, und ein leichter Schauer lief durch ihren Körper.
Niclas lächelte. „Du hältst mich also für eine bemitleidenswerte Kreatur?“
Sie runzelte die Stirn und lehnte den Kopf ein wenig zurück. Tausend kleine Funken tanzten in Niclas‘ Augen.
Sie musste lachen. „Bemitleidenswerte Kreatur? Nun ja, im Moment halte ich dich eher für eine ziemlich freche Kreatur. Und für unglaublich süß.“
Er zog beide Augenbrauen in die Höhe. „Ah. Süß. Daran müssen wir noch arbeiten.“
Emily kicherte. „Arbeiten? An was?“
Niclas‘ Hände glitten über ihren Rücken unter ihre langen Haare. „An diesem ‚Süß‘. Süß, das klingt nach Zuckerguss, Erdbeermarmelade oder Schokocreme. Oder nach dir. Aber nach mir?“ Er grinste.
Emily küsste ihn. „Ach, du magst nicht süß sein? Was möchtest du dann sein? Männlich? Hot? Sexy?“

Niclas legte dieses Lächeln auf, bei dem tausend Schmetterlinge in Emilys Bauch zu flattern begannen. „Klingt schon besser. Ja, also das gefällt mir."
Sie lachte. „Du Macho. Ich finde dich nun mal süß. Du bist der süßeste Typ, den ich kenne."
Niclas verdrehte die Augen. „Nun gut. Solange du nur mich süß findest, kann ich damit leben."

Am nächsten Tag nach der Schule schrieb Emily ihre Zeilen für Niclas' Mom auf ein hübsches Briefpapier um, und nachdem er alles noch mal durchgelesen hatte, klebten sie den Umschlag zu.
„So, von mir aus können wir dann zum Friedhof fahren. Oder möchtest du das lieber alleine machen?" Sie sah ihn fragend an.
Er schüttelte den Kopf. „Nein, bitte komm mit."
„Okay, sicher. Ich hole nur meine Jacke."
Sie wollte an ihm vorbeigehen, doch er hielt ihren Arm fest und zog sie zu sich heran. „Danke noch mal, Emily. Du hast dir soviel Mühe mit all dem gegeben. Weißt du, natürlich ist mir klar, dass meine Mom das nicht wirklich jemals lesen wird, aber trotzdem, irgendwie hilft mir die Vorstellung, sie könnte es doch tun. Irgendwo an einem Ort, den wir uns nicht mal vorstellen können. Dass meine Gedanken doch durch irgendeinen Zauber zu ihr durchdringen, sie mich versteht und mir verzeiht." Er senkte den Kopf und verzog das Gesicht. „Klingt irre, was?"
Emily sah ihn einen Moment an, dann schüttelte sie den Kopf. „Nein, ich finde, es klingt verständlich. Es ist doch klar, dass du dir das tief im Innersten wünschst, auch wenn es nicht dem entspricht, was wir hier unsere Realität nennen. Aber, wer weiß schon, was zwischen Himmel und Erde so alles geschieht? Ob es wirklich nur das gibt,

was wir sehen und uns erklären können. Und selbst wenn es so ist, wer hindert uns daran, unsere Gedanken fliegen zu lassen und uns das vorzustellen, womit wir uns gut und glücklich fühlen? Wir bringen jetzt diesen Brief zum Friedhof und stellen uns vor, wie deine Mom ihn lesen wird, irgendwo an einem Ort, an dem es keinen Kummer und keinen Schmerz gibt. Wo sie glücklich ist und sich voller Liebe an dich erinnert. Was hältst du davon?"
Niclas lächelte und umfasste zärtlich Emilys Gesicht. „Wie machst du das nur, dass alles, was mir so lange wehgetan hat, in deiner Gegenwart leichter und weniger schmerzvoll wird?"
Sie schmiegte ihre Wange in seine Handfläche. „Ich weiß nicht, vielleicht, weil ich dich sehr liebe?"
Niclas beugte sich zu ihr hinunter und küsste sie sanft. Dann schloss er sie fest in seine Arme und sie standen einen Moment ganz still so da, bevor er sagte: „Komm, lass uns fahren, es sieht schon wieder nach Regen aus."

Zwanzig Minuten später liefen sie Hand in Hand über den Friedhof. Es herrschte eine melancholische Stimmung, leichter Nebel lag über den Gräbern, und fast überall brannten Kerzen. Niclas war sehr still und auch Emily schwieg. Sie dachte an den Brief, der in Niclas' Jackentasche steckte, und daran, was sich hinter diesen Worten verbarg. Viele Jahre Kummer und Einsamkeit, so viele Schuldgefühle und Schmerz. Und natürlich wusste sie, dass mit diesem symbolischen Abschied Niclas' Kummer über das, was geschehen war, nicht auf einmal verschwinden würde, aber sie hoffte, dass es ihm ein wenig dabei helfen konnte, damit abzuschließen.
Sie hatten Ashley Delaneys Grab erreicht und standen eine Weile schweigend davor. Emily fühlte Niclas'

Trauer, die Schuld, die immer noch schwer auf ihm lastete, und drückte zärtlich seine Hand. Er lächelte ihr kurz zu, dann ließ er ihre Hand los und kniete sich vor das Grab. Fast zögernd zog er den Umschlag aus seiner Jacke und betrachtete ihn nachdenklich. „Gibst du mir bitte die Schaufel?“ Seine Stimme klang leicht gepresst.
Emily nickte. Sie zog den Rucksack ab, den sie auf dem Rücken trug, öffnete ihn und reichte ihm die kleine Schaufel, die sie eingepackt hatten. Der Boden war zum Glück noch nicht gefroren.
„Danke.“ Niclas begann zuerst zögernd, doch dann recht zügig ein kleines Loch in die Erde zu graben. Als er damit fertig war, schloss er kurz die Augen. „Mom, ich hab dir hier einen Brief geschrieben, in dem ich dir gerne alles erklären würde. Du weißt schon, wegen damals. Es tut mir alles unendlich leid. Bitte, verzeih mir! Ich hoffe sehr, dass du mir verzeihst.“ Er drückte den Brief kurz an seine Lippen und legte ihn dann in die Erde. Dann begann er, das Loch wieder zuzuschaufeln. „Na ja, eigentlich hat Emily den Brief geschrieben, sie kann das sehr viel besser als ich, aber es sind meine Gedanken, alles, was ich fühle. Manchmal glaube ich, sie kennt mich fast besser, als ich mich selbst. Ich liebe sie sehr, und ich hoffe, nein, eigentlich weiß ich, du würdest dich für mich freuen, dass ich so ein tolles Mädchen gefunden habe. Obwohl ich es ja beinahe vermasselt hätte.“ Er brach ab und stützte den Kopf in die Hand.
Emily kniete sich neben ihn und schlang beide Arme um seine Schultern.
Niclas wischte sich mit einer Hand über das Gesicht. „Das tut immer noch unglaublich weh. Weißt du, irgendwie hab ich die Trauer all die Jahre nie richtig zuge-

lassen. Es ist, als ob mir jetzt erst so richtig bewusst wird, dass sie für immer weg ist.“ Er schwieg bedrückt.
Emily schmiegte ihre Stirn an seine Wange. „Ja, ich weiß. Es wird sicher auch noch eine lange Weile wehtun, Nic. Wichtig ist aber, dass du dir selbst endlich verzeihst. Denn solange du das nicht tust, kann es nicht heilen.“ Sie sah auf das Grab. „Sie haben einen wunderbaren Sohn, Mrs. Delaney. Er hat mir sehr geholfen in den letzten Wochen. Er ist da für mich, er kümmert sich um mich, mit ihm kann ich lachen und weinen. Er hilft mir ins Leben zurück. Und für all das, und noch ganz viel mehr, liebe ich ihn unendlich.“ Sie schwieg kurz. „Sie können wirklich stolz auf ihn sein.“ Sie lehnte den Kopf an Niclas‘ Schulter, und so saßen sie eine Weile stumm vor dem Grab. Dann zündete er noch eine Kerze an und sie gingen langsam zum Ausgang zurück. Es hatte leicht zu regnen begonnen und ein unangenehm kalter Wind wehte. Niclas hatte einen Arm um Emilys Schultern gelegt. Sie fühlte, dass er mit den Gedanken noch nicht ganz bei ihr war, dennoch wirkte er ruhig und zuversichtlich. Wenn sie daran dachte, wie sie zum ersten Mal zusammen hier auf dem Friedhof gewesen waren, an Ashleys Todestag, damals hatte er gequält und zerrissen gewirkt. Vor dem Motorrad blieben sie stehen. Niclas zog sie in seine Arme. Er schmiegte seine Wange in ihre feuchten Locken. „Danke, für alles. Ich hab mir überlegt, ich rede mit meinem Vater. Ich glaube, das ist wichtig für mich, um endlich meinen Frieden zu finden“, murmelte er.
Emily nickte.
Er reichte ihr den Helm. „Komm, ich lad dich auf eine Pizza ein, du siehst ziemlich durchgefroren aus.“
In ihrer Lieblingspizzeria war an diesem Abend nicht viel los, offenbar war es den meisten Leuten zu ungemütlich,

um vor die Tür zu gehen. Sie zogen ihre nassen Jacken aus.
Niclas betrachtete Emily prüfend. „Du brauchst unbedingt eine Lederjacke. Und am besten auch eine Hose. Wenn wir mit der Maschine wirklich mal stürzen sollten, bist du mit diesen Straßenklamotten nicht ausreichend geschützt.“
Sie setzten sich an einen freien Tisch. Sie zuckte mit den Schultern. „Ja, schon, aber die Sachen sind teuer, das kann ich mir nicht leisten. Meine Eltern zahlen mir schon die Miete hier und geben mir das monatliche Geld für Lebensmittel und all das, mehr kann ich echt nicht verlangen. Ich hab übrigens drüber nachgedacht, mir einen Job zu suchen. Dann hätte ich ein wenig mehr Spielraum.“ Sie malte mit dem Zeigefinger ein Muster auf die Tischdecke. „Es ist nur ... na ja, du kennst mich. Es fällt mir schwer, unbefangen mit Männern umzugehen, wie soll das gehen? Ich kann ja schlecht zum Beispiel irgendwo kellnern und nur die weiblichen Gäste bedienen.“ Sie strich sich eine Haarsträhne hinters Ohr. Für einen Moment sah Niclas wieder den Schmerz und diesen ohnmächtigen Zorn, über das, was ihr passiert war, auf ihrem zarten Gesicht. Noch jetzt, Monate nach der Tat, musste sie sich diesen Kerlen beugen, ob sie wollte oder nicht. Ihre Tat bestimmte Emilys Handeln, ihr Denken und Fühlen, und er konnte gut verstehen, wie hilflos sie sich manchmal vorkommen musste. Diese Typen saßen zum Glück hinter Schloss und Riegel, aber auch Emily lebte in ihrem inneren Gefängnis, dank ihnen. Er seufzte innerlich, beugte sich zu ihr und küsste sie zärtlich. „Hey, hör zu, das passt ja prima. Hab ich dir erzählt, dass ich bis zu den Sommerferien im Baumarkt gejobbt habe? Nein? Nun, der alte Chef ist gestorben und der

neue Besitzer wollte erstmal alles Mögliche umbauen und hat deshalb alle Aushilfen gebeten, sich kurz vor Weihnachten wieder bei ihm zu melden. Und da melden wir uns einfach zusammen, was meinst du? Man verdient nicht schlecht da, ich hab zweimal die Woche nach der Schule dort gejobbt, das kann man auch noch ganz gut mit dem Lernen vereinbaren. Und wir wären zusammen, du müsstest dir also keine Gedanken machen. Sobald dir einer zu nahe kommt, hau ich ihn mit der Gartenschaufel." Er zwinkerte Emily zu.
Sie musste lachen. „Ja, und dann wärst du deinen Job blitzschnell wieder los. Aber, im Ernst, das ist eine tolle Idee. Denkst du, die würden mich nehmen?"
„Klar, warum denn nicht? Von den alten Aushilfen kommen sicher einige nicht mehr wieder, die jetzt aufs College gewechselt sind. Wir können ja morgen mal vorbei fahren und fragen."
Die Kellnerin kam und brachte die Karten. Nachdem sie weg war, sagte Emily: „Ja, das können wir machen. Ach, Nic, das wäre ja toll, wenn das klappen würde. Es ist ja auch bald Weihnachten und ich muss viele Geschenke kaufen. Außerdem wäre das total praktisch, weil der Supermarkt direkt neben dem Baumarkt liegt, da könnte ich meine Sachen dann gleich mit einkaufen. Und ab und an was für Mrs. Johnson mitbringen. Sie tut mir wirklich leid, sie ist oft alleine, und solche Sachen wie das Einkaufen fallen ihr total schwer."
Niclas lächelte und umfasste sanft Emilys Gesicht. „Du bist unglaublich süß, weißt du das?"
„Süß?" Emily lächelte.
Niclas nickte. „Natürlich. *Du* darfst ja süß sein."

Am nächsten Tag nach der Schule stellten sie sich dann bei dem Leiter des Baumarktes vor und wurden beide eingestellt.
Draußen auf dem Parkplatz fiel Emily Niclas um den Hals. „Oh Mann, das ist ja super. Ich freu mich so, dass das geklappt hat." In Zukunft würden sie jeden Dienstag und Donnerstagnachmittag nach der Schule hier arbeiten. Sie freute sich wirklich darauf, denn es war ein weiterer kleiner Schritt zurück in die Normalität. Sie lief neben Niclas über den Parkplatz und schmiedete schon Pläne, was sie für wen zu Weihnachten kaufen wollte.
Niclas lachte. „Nun mal langsam. Wir werden hier keine Millionäre. Schon gar nicht bis Weihnachten. Es gibt ja nur ein Gehalt bis dahin."
„Oh, keine Millionäre? Wie schade." Emily sah ihn betrübt an.
Er zauste ihr grinsend durchs Haar.
Sie lächelte und schlang ihren Arm um seine Taille. „Hauptsache, es reicht, um ein schönes Geschenk für dich zu kaufen."
Niclas blieb stehen und zog sie an sich. „Für mich? Nein, mir musst du nichts kaufen, ich hab doch schon das schönste aller Geschenke. Ich hab dich, was will ich mehr?"
Sie legte den Kopf schief. „Du empfindest mich als Geschenk?"
Niclas sah sie fast erstaunt an. „Ja, das tue ich."
Er beugte sich zu ihr hinunter und küsste sie zärtlich, während in diesem Moment ein Auto in ziemlich rasantem Tempo auf den Parkplatz bog. Musik dröhnte aus dem offenen Fenster. Niclas verzog das Gesicht. „Das kann doch nur Bentz sein, dieser Idiot. Kein Mensch fährt sonst im Winter bei offenem Fenster durch die Ge-

gend, nur damit jeder seine ach so coole Musik hören kann."
„Komm, lass uns fahren." Emily fasste nach seiner Hand und zog ihn mit sich. Irgendwie hatte sie ein ungutes Gefühl, wenn Rocco in Niclas' Nähe kam. Sie wusste, Nic konnte den Kerl nicht ausstehen, und sie wollte nicht, dass es Ärger zwischen den beiden gab. Doch leider hatte Rocco sie offenbar schon gesehen und bremste seinen Wagen direkt vor ihnen ab. Er stieg aus, ließ aber die Musik weiterdröhnen.
Auf dem Beifahrersitz saß ein schwarzhaariges Mädchen, das sich gelangweilt die Lippen nachschminkte, während Rocco sich grinsend vor Emily und Niclas aufbaute.
„Hey. Na, was sehen meine müden Augen da? Unser neues Traumpaar. Also, ich muss schon sagen, Delaney, du überraschst mich immer wieder. Ich hätte nicht gedacht, dass du an Miss Rühr-mich-nicht-an Gefallen findest. Immerhin hattest du ja ein paar echt scharfe Schnecken am Start. Na ja, man nimmt halt, was man kriegen kann, stimmt's?" Rocco grinste.
Emily umklammerte Niclas' Hand fester. Sie sah unsicher zu ihm hoch.
Doch er lächelte nur. „Du musst es ja wissen."
Rocco lehnte sich an seinen Wagen und zündete sich eine Zigarette an.
Emily konnte ihn kaum ansehen, sie fühlte, wie ihr Herz wild klopfte, und ihre Finger in Niclas' Hand zitterten. Immer, wenn sie Rocco traf, sah sie einen dieser Kerle vor sich. Das gleiche überhebliche Grinsen, diese eigenartigen kalten Augen. Es war unheimlich, wie ähnlich Rocco ihm war.
Sie waren ein Stück weitergegangen, da ließ Rocco sein Feuerzeug klicken. „Na ja, vielleicht hat die Kleine ja

ungeahnte Talente. Stille Wasser sind ja bekanntlich tief. Komm schon, Emily, mit was hast du ihn dir gekrallt? Muss ja was Tolles sein, nachdem er dafür die geilsten Bräute stehen lässt. Vielleicht magst du es mir ja auch mal zeigen? Oder besser, vielleicht willst du es mir mal machen?“
Niclas blieb stehen und drehte sich langsam zu Rocco um.
Emily wandte sich ebenfalls um.
Rocco machte ein paar eindeutige Bewegungen mit dem Unterleib, während ein feistes Grinsen auf seinem Gesicht lag.
Niclas trat einen Schritt auf Rocco zu.
Emily packte ihn an der Jacke. „Nic, nicht. Bitte. Lass dich doch nicht von ihm provozieren, genau das will er doch. Komm jetzt. Bitte.“ Ihre Stimme klang flehend.
Niclas wandte ihr den Blick zu. Seine Augen blitzten zornig, und für einen Moment dachte sie, er würde nicht auf ihre Worte reagieren, doch zu ihrer grenzenlosen Erleichterung nickte er schließlich. „Okay. Du hast Recht. Komm.“ Er warf Rocco noch einen verächtlichen Blick zu, und zog Emily dann mit sich zum Motorrad. Gleich darauf röhrte der Motor von Roccos Angeber-Schlitten auf. Er fuhr haarscharf an ihnen vorbei und winkte aus dem Fenster.
„Arschloch. Irgendwann schnapp ich ihn mir, darauf kannst du wetten.“ Niclas starrte der Corvette zornig hinterher.
„Ich weiß, du kannst Rocco nicht ausstehen, und ich ja auch nicht. Aber lass ihn doch reden. Er ist ein Blödmann und nicht wert, dass du dich mit ihm anlegst. Außerdem trau ich dem so ziemlich alles zu, er ist feige und falsch.

Also, lass ihn einfach in Ruhe, bitte. Nic, hörst du mir zu?"
„Ja, klar." Niclas wandte ihr das Gesicht zu. „Ja, du hast Recht mit allem, was du sagst. Trotzdem. Der wird nicht so mit dir reden. Beim nächsten Mal ist er fällig, das schwöre ich dir."
Emily senkte den Kopf und biss sich auf die Lippen. Roccos merkwürdige Augen tauchten wieder vor ihr auf. Eisaugen. Kalt und unheimlich, als wenn man in einen dunklen, tiefen See blicken würde. Sie schauderte. „Nic, bitte nicht. Bitte nicht. Rocco ... er hat etwas Unberechenbares, Unheimliches an sich. Er ist nicht nur ein Großmaul, er ist ... ich weiß nicht, wie ich es sagen soll, er ist mir nicht geheuer. Ich will nicht, dass du dich mit ihm anlegst. Bitte, versprich es mir!" Sie sah Niclas bittend an.
Der zornige Ausdruck in seinen Augen verschwand, als sein Blick über ihr Gesicht strich. Er beugte sich zu ihr und küsste sie auf die Schläfe. „Kleiner Angsthase. Rocco ist ein feiger Arsch, sonst nichts. Und ich kann dir echt nicht sagen, was ich tun werde, wenn er mir wieder so dumm kommt. Aber ich werde versuchen, mich zu beherrschen, okay? Wenn es dir so wichtig ist."
„Es ist mir wichtig. Du bist mir wichtig. Und ich will nicht, dass dir jemand wehtut."
Er legte ihr den Finger unters Kinn und küsste sie zärtlich auf die Nasenspitze. „Keine Angst, das wird nicht passieren. Ich bin doch schon ein großer Junge. Also, mach dir keine Gedanken."
Emily kniff die Augen zusammen. „Du nimmst mich nicht ernst."
„Doch, tu ich. Ach, Em, komm schon, lass dir nicht von dem Idioten die Laune vermiesen. Wir haben den Job,

den wir wollten, wir haben uns, und Rocco kann uns mal gerne haben. So sieht's aus. Und jetzt fahren wir nach Hause und trinken einen schönen heißen Kakao. Okay?"
Emily nickte seufzend. „Okay. Lass uns fahren."
Zuhause begrüßte Ben die beiden stürmisch. „Ich geh schnell noch mal raus mit ihm", meinte Emily.
Sie griff nach der Leine, doch Niclas nahm sie ihr aus der Hand. „Du bleibst schön hier im Warmen, ich geh mit ihm. Männerwetter, du weißt schon." Er zwinkerte ihr zu.
Sie lächelte. „Ach, du meinst, nichts für Püppchen? Hast du Angst, ich werde weggeweht?"
Niclas zuckte mit den Schultern und grinste. „Das hast du gesagt. Bin gleich zurück." Er legte Ben die Leine an, und gleich darauf waren die beiden zur Tür hinaus verschwunden.
Emily blieb einen Moment stehen und starrte auf die verschlossene Tür, dann drehte sie sich um und lief nach oben, um sich umzuziehen. Im Schlafzimmer zog sie ihre Jeans und den dicken Pulli aus, sodass sie nur in Slip und einem T-Shirt dastand, und betrachtete sich im Spiegel. Die Worte, die Rocco vorhin gesagt hatte, gingen ihr nicht aus dem Kopf, so sehr sie sich auch ärgerte, dass sie die ganze Zeit daran denken musste.
‚Immerhin hattest du ja ein paar echt scharfe Schnecken am Start.'
Sie setzte sich aufs Bett und schloss die Augen. Es war nur das dumme Gerede eines arroganten Blödmanns gewesen, und doch spürte sie einen scharfen Schmerz im Herzen. Denn dieser Spruch kratzte an dem, was ihr sehr zusetzte, obwohl sie es nicht zugeben wollte, und auch Niclas es als völlig unwichtig abtat. Sie wusste nicht, wann und ob sie mit Niclas würde schlafen können. Ja, er sagte, das sei ihm nicht wichtig, und sie wusste, er meinte

das auch so. Und dennoch. Wie lange würde es ihm genügen, nur kuscheln zu können? Würde er nicht doch irgendwann das Gefühl haben, etwas zu verpassen? Emily machte sich nichts vor. Niclas hatte bereits einige Freundinnen gehabt, und ihr war klar, dass er mit denen nicht nur Händchen gehalten hatte. Er sagte zwar, all das habe ihm nichts bedeutet, er hätte damit nur seine Einsamkeit betäuben wollen, und sie glaubte ihm das auch. Dennoch war Niclas ein gesunder junger Mann, und da war es doch nur normal und verständlich, dass er auch körperliche Wünsche und Bedürfnisse hatte. Sie stützte den Kopf in die Hände und verdrehte die Augen. Wie das klang. So unbeteiligt, als ob sie es aus einem Lehrbuch ablesen würde. Die Wahrheit jedoch war, dass es ihr wehtat, daran zu denken, dass andere Mädchen ihm etwas hatten geben können, was sie nicht konnte. Das konnte sie noch so sehr abstreiten, es war so. Und die Wahrheit war auch, dass Niclas sie liebte und sich sicher wünschte, ihr ganz nahe zu sein. So nahe, wie zwei Liebende sich eben sein können. Und sie? Wünschte sie sich das auch? Sie strich sich mit beiden Händen durch die Haare und plötzlich hatte sie das Gefühl, Niclas‘ Duft zu riechen, sie sah sein süßes Lächeln, seinen unglaublich sexy Körper. Fühlte seine glatte Haut und seine Muskeln unter ihren Fingern. Sah seine Augen, die sie so zärtlich anschauen konnten, dass ihr Herz vor Aufregung wie ein Schmetterling in ihrer Brust flatterte. Sie fühlte seine Arme, die sie fest hielten, seine Schulter, an der sie sich geborgen fühlte, an der sie sich ausweinen konnte und die ihr Halt versprach. Und plötzlich war ihr klar, ja, sie wünschte sich das auch. Sie wünschte sich, dass Niclas sie liebte. Mit allen Sinnen, und sie wollte ihm alles schenken, was sie ihm geben konnte, wollte ihm ganz

nah sein, ihn spüren, halten und lieben. Sie wünschte sich das sehr, und doch hatte sie Angst davor. Angst, an *das andere* erinnert zu werden, und dass die Zärtlichkeit, das Begehren und die innige Nähe zu Niclas beschmutzt werden würden, durch diese dunklen Erinnerungen. Angst, dass in den intimsten Momenten, die sie teilen könnten, diese Panik und Abwehr in ihr aufsteigen und alles zerstören würden. Wie weh würde sie Niclas damit tun? Wenn sie ihn in solch einem Moment panisch abwehren und etwas, was doch das Schönste auf der Welt zwischen zwei Menschen sein sollte, als schmutzig und falsch empfinden würde? Und sie wusste ja nicht, wie sie in solch einer Situation letztendlich reagieren würde. Emily stöhnte leicht auf und schüttelte widerwillig den Kopf. „Hör auf damit! Hör auf! Du bist erst ein paar Tage mit Niclas zusammen und machst dich schon verrückt. Vertrau ihm einfach.“ Sie strich sich die Haare zurück. „Wir kriegen das schon hin. Ich liebe Nic, und er liebt mich, also, nur keinen Stress jetzt.“
„Führst du mal wieder Selbstgespräche?“
„Was?“ Sie schaute erschrocken hoch und sah Niclas, der lässig im Türrahmen lehnte und sie halb besorgt, halb amüsiert musterte. Er trug ein weißes Shirt und ausgewaschene Jeans, die ihm ziemlich auf der Hüfte saßen. Seine Haare waren leicht feucht und fielen ihm wie üblich widerspenstig in die Stirn. Emily starrte ihn an und ihr Herz klopfte heftig. Er war wunderschön. Noch nie hatte sie dieses Wort im Zusammenhang mit einem Mann verwendet, aber für Niclas fiel ihr im Moment keines ein, das besser passen würde.
„Ich ... nein, ich hab nur laut gedacht“, sagte sie verlegen. Zum Glück schien er ihre unsinnigen Worte nicht verstanden zu haben. Er legte den Kopf schief und lächelte.

Gott, wie sehr sie ihn liebte. Nie hätte sie gedacht, jemanden so lieben zu können. Eine heftige Sehnsucht stieg in ihr auf. Sie sprang auf, lief zu ihm hin, ließ sich in seine Arme fallen und hielt ihn fest. Für einen kurzen Moment schoss ihr durch den Kopf, dass sie nur ein T-Shirt und einen Slip trug, doch dann fühlte sie nur noch Niclas, alles andere spielte keine Rolle mehr.
Er umfing sie und strich ihr zärtlich durch die Haare. „Hey, mein Schatz, alles okay?“
Er klang so liebevoll und zärtlich, dass Emily ein Schauer über den Rücken lief. Sie drückte ihr Gesicht an seine Schulter und atmete tief ein. „Ja, alles okay. Ich bin froh, dass du da bist. Bitte, lass mich nie mehr alleine, ich wüsste nicht, was ich ohne dich tun sollte. Ich weiß, das klingt komisch, ich war schließlich die ganzen Jahre auch ohne dich, aber da musste ich ja. Aber jetzt, wo du da bist und mich liebst, ich weiß wirklich nicht, was ich machen würde, wenn ich wieder ohne dich leben müsste.“
Niclas‘ Finger vergruben sich in ihren Locken. „Das musst du auch nicht wissen. Ich lass dich nicht alleine, nie wieder.“
„Versprichst du es mir?“
„Ich verspreche es, ja.“
Sie hob den Kopf und ihre Blicke versanken ineinander. Niclas‘ Blick strich zärtlich über ihr Gesicht, und er fühlte, wie sehr sein Herz klopfte. Das war ein völlig neues Gefühl für ihn, bis jetzt hatte ihn die Nähe eines Mädchens immer ziemlich kalt gelassen. Sicher, er hatte es als körperlich angenehm empfunden, aber noch niemals hatte er Herzklopfen oder weiche Knie gehabt. Noch nie so intensiv gefühlt wie jetzt. Und noch nie war sein Herz im Spiel gewesen. Ein Lächeln umspielte Emilys Lippen, sie stellte sich auf die Zehenspitzen, und er fühlte ihre

weichen Arme um seinen Hals. Ihre Finger strichen durch seine Haare und er zog sie noch enger an sich. Er fühlte die Wärme ihrer Haut unter dem dünnen Shirt, und ein Schauer durchlief ihn von Kopf bis zu den Zehenspitzen, als sein Mund sich voller Sehnsucht auf ihre Lippen schmiegte.
„Emily." Seine Stimme klang erstickt, und seine Hand glitt zärtlich über ihren Rücken. Sie fühlte sich zerbrechlich an, so zart. So kostbar. Sie war sein größter Schatz, im wahrsten Sinne des Wortes. Nichts auf dieser Welt bedeutete ihm mehr, als dieses Mädchen hier in seinen Armen. Sie hatte schrecklich gelitten, und er würde alles tun, was er nur konnte, um zu verhindern, dass ihr jemals wieder jemand wehtun würde. Er umfasste ihre Taille und schob sie ein klein wenig von sich weg. Er wollte sie nicht loslassen, aber auf keinen Fall sollte sie das Gefühl, haben, dass er sie zu etwas drängen wollte, wozu sie nicht bereit war. Und leider hielt sein Körper sich nicht unbedingt an das, was sein Herz und sein Verstand wollten, denn er reagierte mit einer Heftigkeit auf Emilys Nähe, die ihn total aus dem Konzept brachte.
Ein kleines Lächeln glitt über ihr Gesicht, ihre Hände strichen durch seine Haare, und bevor ihre Nähe seinen Verstand noch komplett ausschalten würde, murmelte er widerstrebend: „Komm, lass uns jetzt den Kakao trinken gehen." Eiswasser von innen und außen wäre vermutlich besser, denn er hatte das Gefühl, sein ganzer Körper würde in Flammen stehen. Er löste sich ziemlich überstürzt von Emily und wandte sich um. Sie sah ihm erstaunt hinterher, zog jedoch schnell eine Hose über und folgte ihm wortlos die Treppe hinunter.
Später in der Küche sagte Niclas: „Em, ich wollte dieses Wochenende mit meinem Vater sprechen. Also, was ich

sagen will, ich denke, ich muss dieses Gespräch mit ihm alleine führen, aber, bitte, könntest du in meinem Zimmer auf mich warten in dieser Zeit? Ich weiß, es ist blöd, aber ich fühl mich sicherer, wenn du in meiner Nähe bist.“ Er strich sich etwas verlegen durch die Haare.
Emily griff nach seiner Hand. „Natürlich mache ich das. Du wirst sehen, dein Vater wird aus allen Wolken fallen, wenn du ihm sagst, was du all die Jahre mit dir herumgeschleppt hast. Er wird nicht böse auf dich sein, ganz sicher nicht. Und vielleicht wirst du dann endlich diese Schuldgefühle los. Ich wünsche mir das sehr für dich.“
„Ich weiß, dass du das tust. Und ich hoffe, du hast Recht und mein Vater wird die Dinge so sehen wie du.“

Am Samstag darauf war es soweit. Niclas führte mit seinem Vater das Gespräch, das er nie hatte mit ihm führen wollen. Emily wartete unterdessen oben in seinem Zimmer. Sie stand am Fenster und sah hinaus. Es war ein schöner Tag, relativ warm für die Jahreszeit und die Sonne schien mit der ihr eigenen milden Wärme, die es nur im Herbst gab. Sie knetete ihre Finger und seufzte leise. Niclas war sehr nervös gewesen. Er hatte zwar nicht viel gesagt, aber sie kannte ihn mittlerweile gut genug, um zu merken, wenn ihm etwas sehr an die Nieren ging. Sie hoffte inständig, dass das Gespräch mit seinem Vater gut verlaufen würde. Er musste endlich damit aufhören, sich selbst kaputtzumachen wegen dieser Sache. Er war ein Kind gewesen, das die Zeit vergessen hatte, nicht mehr und nicht weniger. Sie konnte zwar gut verstehen, dass er sich Vorwürfe machte, denn seine Mutter war deswegen auf die Straße gegangen und hatte ihr Leben verloren. Sie war nicht nur verletzt worden, hatte sich ein Bein oder einen Arm gebrochen, sie war tot, und damit musste Nic-

las leben. Aber es sollte ein Leben frei von diesen selbstzerstörerischen Schuldgefühlen sein. Was geschehen war, war ein Unfall gewesen, ein schrecklicher, tragischer Unfall. Jedem hätte das passieren können.
Emily seufzte wieder und wandte sich dem DVD Regal zu. Sie besah sich die Filme, holte hin und wieder einen heraus, las die Inhaltsangabe, ohne wirklich zu verstehen, was da stand, und stellte ihn wieder zurück. Schließlich setzte sie sich auf die Couch und wartete. Die Zeit verging und sie überlegte, ob das ein gutes oder ein schlechtes Zeichen war, wenn die beiden so lange miteinander sprachen. Schließlich kam sie zu dem Schluss, dass es gut sein musste, sonst würden sie sicher nicht so lange reden. Dennoch war sie nervös und erleichtert, als Niclas nach einer gefühlten Ewigkeit endlich auftauchte. Er war blass und seine Augen waren gerötet.
Emilys Herz zog sich zusammen, sie lief ihm schnell entgegen. Er schloss sie in die Arme und drückte sie an sich.
„Und? Wie ist es gelaufen. Geht‘s dir gut, Nic?“ Emilys Stimme zitterte etwas.
Niclas nickte. „Mir geht‘s gut, keine Angst. Es war ziemlich aufwühlend, aber mein Dad hat großartig reagiert. So, wie du es gesagt hast. Komm, wir setzen uns erst mal.“
Sie setzten sich nebeneinander auf die Couch. „Mein Dad war ziemlich geschockt von all dem. Er war entsetzt darüber, dass ich das so lange mit mir herumgeschleppt habe und er nichts gemerkt hat. Aber wie hätte er das merken sollen? Ich glaub, ich war ziemlich gut darin, es zu verbergen. Nur du hast mich durchschaut.“ Niclas lächelte kurz und drückte Emily an sich. Sie strich ihm über die Wange. „Er hat das Gleiche gesagt wie du, dass es nicht

meine Schuld war, dass es ein Unfall war, und meine Mutter nicht gewollt hätte, dass ich daran zerbreche. Und er war ziemlich fertig, weil ich mich damals nicht getraut habe, gleich mit ihm darüber zu reden. Er hat sich entschuldigt, dass er als Vater versagt hat, aber das wäre zu einfach, ihm alleine die Schuld zu geben. Wir haben beide Fehler gemacht. Ich hätte auch mehr auf ihn zugehen können, als ich älter wurde. Es war für uns beide nicht gerade leicht, über all das zu reden, aber ich bin froh, dass wir es getan haben. Emily, irgendwie hab ich das Gefühl, mein Vater und ich können nun noch einmal ganz von vorne anfangen, verstehst du?“

Sie nickte. „Ja, das verstehe ich. Endlich ist diese Mauer zwischen euch weg. Ach, Nic, ich bin froh, dass es gut gelaufen ist. Ich hab mir echt Sorgen gemacht.“

„Ja, das hab ich auch. Em, danke, dass du mich darin bestärkt hast, mit meinem Vater zu sprechen. Ich kann dir gar nicht sagen, wie es sich anfühlt, dass er endlich Bescheid weiß. Dass er damit klarkommt und mich jetzt nicht hasst. Es fühlt sich an, als ob eine riesige Last von mir abgefallen wäre. Weißt du, es ist nicht so, dass ich nun nicht mehr traurig bin, wegen dem, was passiert ist, und dass ich es nicht mehr bereue. Ich werde es wohl mein Leben lang bereuen, dass ich damals nicht pünktlich war. Aber, Em, zum ersten Mal seit acht Jahren hab ich das Gefühl, mich endlich mit mir selbst aussöhnen zu können.“ Niclas senkte den Kopf und seine Stimme wurde sehr leise. „Du kannst dir nicht vorstellen, wie es ist, wenn man jeden Tag mit solch einer Schuld leben muss. Es gab Tage, da habe ich mich so gehasst, dass ich am liebsten von der nächsten Brücke gesprungen wäre. Tage, an denen ich sah, wie einsam mein Vater war, wie sehr er

meine Mutter vermisst hat. Und ich stand da und wusste, warum alles so gekommen war.“
Emily streichelte zärtlich sein Gesicht, während Tränen in ihren Augen schimmerten. „Es tut mir leid, dass du all das so lange ertragen musstest. Es tut mir leid, dass eurer Familie so etwas Entsetzliches passiert ist. Dir, deinem Dad und deiner Mom. Aber du wirst sehen, jetzt wird alles besser. Es kann nicht mehr so werden, wie es vor acht Jahren war, aber es wird vielleicht auf eine andere Art wieder gut.“ Sie beugte sich vor und schlang beide Arme um Niclas. Sie hielten sich fest, dabei drückte sie ihr Gesicht in seine Halsbeuge und flüsterte: „Irgendwie wird alles wieder gut, ich helf dir dabei.“
Sie saßen noch lange so da, und irgendwann fragte Niclas: „Emily?“
„Ja?“
„Möchtest du meinen Lieblingsplatz sehen? Ich zeige ihn dir, wenn du willst.“
Emily rückte ein klein wenig von ihm ab. „Wirklich? Ja, ja, natürlich, ich würde mich freuen. Ich weiß, dass niemand außer dir diesen Platz kennt, und ich freu mich wirklich sehr, dass du ihn mir zeigen willst, aber du musst das nicht tun. Ich meine, ich versteh das, wenn du gerne einen Ort hättest, den sonst keiner kennt und an den du dich zurückziehen kannst, wenn dir danach ist.“
Niclas sah in ihr Gesicht und musste lächeln. Süße Emily. Immer dachte sie zuerst daran, dass es ihm gut ging. Er strich ihr zärtlich eine Haarsträhne hinters Ohr. „Nein, ich brauche keinen Ort, an den ich mich von dir zurückziehen kann. Ganz bestimmt nicht. Ich würde mich wirklich freuen, dir diesen Ort zeigen zu können. Vielleicht wird es ja unser gemeinsamer Lieblingsplatz.“

„Das wäre schön. Okay, dann los, die Sonne scheint." Emily stand auf und zog Niclas an der Hand mit sich hoch.
Er betrachtete sie, ihre zarte Gestalt, das Leuchten in ihren Augen, das Lächeln auf ihrem Gesicht, und wusste, sie hatte Recht. Die Sonne schien ... endlich schien sie wieder.

Kapitel 29

Eine halbe Stunde später parkte Niclas die Maschine an der üblichen Stelle, an der er immer hielt, wenn er hierher kam. Dieser Ort hatte ihm schon so manches Mal in den letzten Jahren eine Zuflucht geboten, wenn er sich einsam und verzweifelt gefühlt hatte. Heute jedoch war alles anders. Emily war mit ihm hier, er hatte ein klärendes Gespräch mit seinem Vater geführt und fühlte sich froh und glücklich. „Wir müssen noch ein paar Schritte gehen, es ist nicht weit“, sagte er, und hielt Emily seine Hand hin. So schlenderten sie langsam den schmalen, gewundenen Weg entlang, bis zu der Stelle, von wo aus man einen wunderschönen Ausblick über das Tal hatte. „So, hier ist es.“

Emilys Blick schweifte über das weite Tal, über die Wiesen, die Bäume, die zum Teil schon ihre Blätter verloren hatten, teilweise aber auch noch in ihrem bunten Herbstkleid leuchteten. Über den kleinen Fluss, dessen Wasser in der milden Sonne glitzerte. Niclas war hinter sie getreten und hatte beide Arme um sie gelegt.

Sie lehnte sich an ihn. „Es ist wunderschön hier, Niclas. Wirklich wunderschön. Kannst du dir vorstellen, irgendwo in der Großstadt zu leben, ohne die Möglichkeit, so etwas sehen zu können? Ich nicht. Ich möchte niemals in diesen grauen Häuserschluchten leben.“

Niclas lehnte sein Kinn an Emilys Schläfe. „Ich auch nicht. Weißt du, dieser Ort hier ist für mich in den letzten Jahren eine Art Zuflucht gewesen. Hier konnte ich sicher sein, dass niemand mich findet, nicht mein Dad, nicht Kevin. Ich hab oft stundenlang hier gesessen und es gab nur mich. Den Geruch des Waldes und des Grases. Die

Geräusche der Natur. Ich kann das gar nicht wirklich beschreiben, aber es hat mir einfach Trost gegeben, hier zu sein. Es war mein Platz. Und nun ist es unser Platz."

Emily legte ihre Hände auf seine und atmete tief durch. Die Luft roch würzig, nach Laub, Herbst, und sie bildete sich ein, sogar die bunten Farben riechen zu können. „Danke, dass du mich mit hierher genommen hast. Es bedeutet mir wirklich sehr viel."

Niclas nickte. Sie standen eine Weile schweigend da, schließlich sagte er: „Komm, setzen wir uns ein wenig da vorne auf den großen Stein." Er breitete die Decke, die er mitgebracht hatte, auf dem Felsen aus. Sie setzten sich nebeneinander und Emily kuschelte sich in seine Arme. Er küsste sie aufs Ohr. „Ich hab von dir geträumt. Von dir und diesen Ort hier. Ist schon ein paar Wochen her, als ich noch damit beschäftigt war, meine Gefühle für dich vor mir selbst aufs Heftigste abzustreiten. Wir waren zusammen hier, es war Sommer, du hast mich umarmt und mir gesagt, dass du mich liebst. Du warst so zärtlich und liebevoll, es war wunderschön mit dir. Dann haben wir nebeneinander hier gesessen und ich war einfach nur glücklich. Doch dann warst du plötzlich verschwunden und ich bin aufgewacht. Als mir klar wurde, dass ich das alles nur geträumt hatte, du nicht in meinem Leben warst und mich schon gar nicht liebtest, das hat unglaublich wehgetan. Und das wiederum hat mich total wütend gemacht. Es sollte nicht wehtun, denn ich wollte doch auf keinen Fall etwas für dich empfinden. Ich war jedenfalls ziemlich von der Rolle an diesem Morgen, und ausgerechnet da hat mein Vater mir dann auch noch von Taylor erzählt. Und du musstest es später in der Schule ausbaden. Ich konnte es kaum ertragen, in deiner Nähe zu sein, und doch hat sich alles in mir nach dir gesehnt. Ich

wusste mir nicht anders zu helfen, mit diesem Chaos in mir umzugehen, als dich anzumotzen, damit du mir ja nicht noch näher kamst. Mann, wenn ich so darüber nachdenke, ist es echt ein Wunder, dass du überhaupt noch mit mir geredet hast, ich hab mich unmöglich benommen.“ Er sah Emily zerknirscht an.
Sie musste lächeln. „Hast du, ja. Und ich kann nicht sagen, dass es mich nicht verletzt hätte. Aber manchmal hab ich dich angeschaut, und du hast einsam und unglücklich gewirkt. Und da konnte ich dir nicht böse sein, egal, wie sehr du mich auch angemault hast.“ Sie küsste ihn. „Und du hast von mir geträumt, das ist ja ...“
„Süß?“, unterbrach er sie grinsend.
Sie lachte. „Genau, süß. Ach, Nic, wenn man es genau betrachtet, ist es schon ein Wunder, dass wir zwei uns letztendlich wirklich getraut haben, über unsere Mauer zu klettern und zu unseren Gefühlen zu stehen.“ Sie lehnte ihren Kopf an seine Schulter.
„Du bist mein Wunder. Ohne dich würde ich immer noch in meinem dunklen Loch sitzen und nichts und niemanden an mich heran lassen. Nur du hast mir den Mut gegeben, endlich nach vorne zu sehen und mit der Vergangenheit abzuschließen“, murmelte er.
Emily hob den Kopf und sah ihn aufmerksam an. Dann beugte sie sich vor und küsste ihn zärtlich. „Darüber bin ich sehr froh, Niclas. Ich wünsch mir nichts mehr auf der Welt, als dass du glücklich bist.“ Sie schwieg kurz. „Nur für Connor würde ich mir auch so ein Wunder wünschen. Er geht durch die gleiche Hölle aus Schuldgefühlen wie du, und ich weiß nicht, wie ich ihm helfen könnte. Er hört mir einfach nicht zu.“
Niclas schwieg. Er kannte Emilys Bruder nur von ihrer Geburtstagsfeier, und wenn er ehrlich war, hegte er nicht

die allerfreundschaftlichsten Gefühle für ihn. Hätte Connor Emily an diesem Abend wie versprochen abgeholt, wäre ihr das entsetzlichste Erlebnis ihres Lebens erspart geblieben. Ihm war durchaus bewusst, dass Connor, genau wie er selbst vor acht Jahren, nicht mit böser Absicht gehandelt hatte, aber es ging hier um Emily, um seine süße, geliebte Emily, und er musste zugeben, es fiel ihm schwer, objektiv zu bleiben, wenn es um sie und diese schreckliche Nacht ging. Dennoch – war er nicht selbst auch überglücklich, dass sein Vater ihm heute keinerlei Vorwürfe gemacht und ihn weiterhin vorbehaltlos liebte, obwohl er seine Frau verloren hatte? Und Emily, sie trug ihrem Bruder nichts nach. Im Gegenteil, es bekümmerte sie sehr, dass er so unglücklich war und gab sich sogar noch die Schuld daran. Wie leicht wäre es für sie gewesen, ihre ganze Wut, ihre Verzweiflung und ihren Hass auf Connor abzuladen. Aber sie tat es nicht. Sie liebte ihn nach wie vor, und hatte ihm verziehen. Wie viel schwerer war es, zu verzeihen, wie viel leichter dagegen, zu hassen. Niclas atmete tief durch. „Em, hör zu. Wenn du möchtest, rede ich mit Connor. Wir werden deine Familie ja sicher zu Weihnachten sehen, dann könnte ich ja mal mit ihm sprechen. Natürlich nur, wenn du willst."
Emily sah ihn erstaunt an. „Das würdest du tun? Aber du müsstest dafür mit ihm über deine Mom sprechen, und darüber, was damals passiert ist. Und ich weiß doch, wie schwer es dir fällt, darüber zu reden." Sie klang bekümmert.
„Ja, das stimmt, aber ich würde es tun. Für dich. Und wenn es ihm helfen würde, besser mit all dem fertig zu werden ... ja, also ich würde es tun." Er zuckte etwas verlegen mit den Schultern.

„Ach, Niclas, das ... ich weiß nicht, ich möchte dir das nicht zumuten, aber Connor ... was soll ich nur machen? Ich möchte doch nicht, dass er ein verbitterter, gebrochener Mensch wird. Wenn du das wirklich für meinen Bruder tun würdest, das wäre großartig. Vielleicht kannst du ja zu ihm durchdringen. Weil du vielleicht der Einzige bist, der weiß, wie er sich fühlt."
Niclas nickte. Dass er es in erster Linie für Emily tat, spielte keine Rolle, wenn sie glücklich war, wenn es ihrem Bruder besser ging, war er auch glücklich damit.
„Danke. Ach, Nic, danke. Das werde ich dir nie vergessen." Emily schlang ihre Arme um seinen Nacken und verbarg ihr Gesicht an seiner Schulter.
Er streichelte ihren Rücken. „Schon okay. Ich werd mal sehen, dass ich ihn an den Feiertagen irgendwann zu fassen bekomme. Was er dann daraus macht, ist allerdings seine Sache. Zwingen können wir ihn nicht, mir zuzuhören, und vor allem nicht, damit abzuschließen."
„Nein, natürlich nicht. Aber es wäre immerhin eine Chance."
Niclas nickte, während er Emily in seinen Armen hielt. Sie schmiegte ihre Wange an seine und er atmete tief ihren Duft ein. Wie zart ihre Haut war, so weich und warm. Ihre Haare kitzelten in seinem Gesicht und er lächelte. Es war fast wie in seinem Traum, nur noch viel schöner.
Später dann, als er sie nach Hause brachte, fiel ihm etwas auf, und er hatte eine Idee.

Am darauf folgenden Samstag wollte Mara unbedingt mit Emily shoppen gehen, und schleppte sie danach zufrieden mit zu sich nach Hause, um all ihre Errungenschaften auszuprobieren. Emily beobachtete sie schmunzelnd.

„Damit bist du jetzt glücklich, was? Okay, ich gehe dann mal, du bist ja beschäftigt."
Mara legte eine der Blusen weg und drehte sich zu Emily um. „Oh bitte, bleib doch noch ein wenig hier, wir könnten noch ein bisschen Zeit zusammen verbringen. Du weißt schon, Haare machen, schminken und so was. Was man mit Jungs halt nicht machen kann." Ihre Augen blitzten übermütig.
Emily sah sie irritiert an. „Ähm, jetzt?"
„Ja, warum denn nicht? Oh, komm schon, geh doch erstmal duschen, dann werde ich dir die Haare machen und dich ein wenig schminken. Ich mache so was total gerne, das weißt du doch." Sie lächelte unschuldig.
Emily musterte sie argwöhnisch.
Mara lachte und schob ihre Cousine in Richtung Badezimmer. „Guck nicht so, ich tu dir nichts. Du darfst auch meinen superflauschigen Bademantel anziehen. Also, geh schön duschen, dann macht Tante Mara dich hübsch."
Emily tippte sich vielsagend an die Stirn, tat ihr aber den Gefallen und verschwand im Badezimmer. Als sie zurückkam, lag Mara auf dem Bett und blätterte in einer Modezeitschrift. Sie sah hoch, als Emily den Raum betrat. „Super, da bist du ja. Nun kann's losgehen."
„Möchtest du denn nicht auch duschen gehen? Dein Schönheitsabend ist ja wohl für uns beide gedacht, oder? Du machst mir die Haare, ich mach dir die Haare und so weiter." Emily sah Mara abwartend an.
Doch die schüttelte den Kopf. „Ach nein, heute bist nur du dran. Komm, setz dich." Sie zeigte auf den Stuhl vor dem Spiegel.
Emily setzte sich. „So, nur ich. Sag mal, was wird hier gespielt?"

Doch ihre Cousine grinste nur. „Nichts. Ich hab einfach Lust, dich hübsch zu machen."
„So, so. Ich muss dann aber Nic anrufen, er wird sicher auf mich warten."
„Ja, tu das." Mara drehte an ihren Haaren herum und lächelte.
Emily wählte Niclas' Nummer.
Er nahm sofort ab. „Em, hi."
„Hi. Hör mal, ich wollte dir nur kurz sagen, dass ich noch bei Mara bin. Sie hat heute so einen Beautywahn und will mich unbedingt frisieren und schminken, keine Ahnung, warum." Emily warf einen Blick auf ihre Cousine, die ihr fröhlich lächelnd die Haare kämmte.
„So? Hm, macht ja nichts. Dann sehen wir uns später?"
„Ja, sicher. Was machst du gerade?" Sie bemerkte sein Zögern.
„Ich? Nichts. Ich warte auf dich. Sonst nichts."
Emily runzelte leicht die Stirn. Niclas klang genauso merkwürdig wie Mara. „Na ja, okay, dann bis später. Bye." Sie legte auf. „Du und Nic, irgendwas ist komisch mit euch heute." Mara zuckte nur mit den Schultern und lächelte weiterhin.
„Wo ist eigentlich Thomas? Triffst du dich heute nicht mit ihm?" Emily wippte mit den Zehen und sah ihre Cousine erwartungsvoll an.
„Doch, nachher. Und ich weiß nicht, wo er ist, hat er mir nicht gesagt."
„Aha. Tja dann." Emily schwieg und sah Mara zu, die mit flinken Fingern ihre Locken aufdrehte und dabei die ganze Zeit vor sich hin schmunzelte.
„So, nun noch ein leichtes Make-up, dann die Wickler rausnehmen und du bist wunderschön."

Mara hatte Recht, Emily sah wirklich hübsch aus. Die Locken fielen ganz weich und weit über ihre Schultern, und das Make-up war so natürlich, dass man es fast nicht als solches wahrnehmen konnte. Ihre Augen strahlten. „Wow, du hast echt Talent für so was. Hast du dir mal überlegt, ob du das später nicht beruflich machen möchtest?“

„Beruflich? Hm, nein, darüber hab ich noch nicht nachgedacht, aber Spaß macht es mir auf alle Fälle. Das wäre vielleicht sogar eine Idee.“

Emily stand auf und umarmte ihre Cousine. „Danke dir. Es sieht toll aus. Leider wird der super Eindruck durch meine langweiligen Klamotten ein wenig geschmälert.“ Mit einem bedauernden Blick auf ihre Jeans und den schlichten Pulli, die auf Maras Bett lagen, streifte sie den Bademantel ab und wollte nach ihren Sachen greifen. Mara hielt jedoch ihren Arm fest. „Oh nein, nicht das. Das hier.“ Sie ging zum Schrank und holte ein Kleid heraus.

Emilys Augen weiteten sich erstaunt. „Das ist ja mein Ballkleid. Wie kommt das denn hier her? Und warum soll ich das jetzt anziehen?“

„Fragen, Fragen, Fragen. Lass dich überraschen. Oh, Emily, das wird toll.“ Mara hüpfte ein wenig auf und ab.

Emily betrachtete sie halb irritiert, halb belustigt. „Aber ...“

„Nichts aber. Komm, zieh es an.“

Emily lachte. „Okay. Ich komme gegen deinen Dickkopf ja sowieso nicht an.“ Sie schlüpfte in das Kleid und die Schuhe, die Mara selbstverständlich auch dabei hatte, warf einen Blick in den Spiegel und musste schlucken. Sie sah wirklich hübsch aus ... fast genauso wie an dem Ballabend. Ihre Haare waren ein wenig anders frisiert,

aber sonst ... Und obwohl sie es nicht wollte, tauchte das Bild von Niclas und Laura vor ihr auf. Sie biss sich auf die Lippen, seufzte und wandte sich zu Mara um, die stumm dastand und sie ansah.
„Und jetzt? Was machen wir jetzt? Willst du ein Erinnerungsfoto machen, oder was?“
Mara grinste schelmisch. „Nicht wirklich. Obwohl, ein Bild wäre nicht schlecht. Warte mal.“ Sie holte ihr Handy und fotografierte Emily. „So. Das wär‘s. Und nun gehst du nach Hause. Gleich wird jemand kommen und dich abholen.“
Emily runzelte leicht die Stirn. „Mich abholen? Mara, ich wohne gerade mal vier Häuser weiter.“
Mara lachte. „Ich weiß. Oh, es klingelt. Das ist für dich. Komm schon, geh nach unten.“ Sie trat auf Emily zu und umarmte sie liebevoll. „Ich wünsch dir einen unvergesslichen Abend, Liebes.“
„Danke. Auch wenn ich nicht weiß, was hier los ist.“
Die beiden Mädchen umarmten sich, dann wandte Emily sich um und ging hinaus zur Treppe. Langsam stieg sie die ersten Stufen nach unten, während ihr Herz aufgeregt klopfte. Was hatte das alles nur zu bedeuten? Draußen war es mittlerweile dunkel geworden und warmes Licht durchleuchtete den Flur. Sie lief langsam weiter, dann hielt sie überrascht inne, denn Niclas stand unten am Fuß der Treppe und sah ihr entgegen. Er trug den dunklen Anzug, den er auch auf dem Ball an hatte, und sah ihr erwartungsvoll entgegen. Der Ausdruck in seinen Augen ließ Emilys Herz vor Glück stolpern, und ein zärtliches Lächeln legte sich auf ihr Gesicht. Sie eilte die letzten Stufen hinunter. Niclas streckte ihr seine Hand entgegen. Sie gab ihm ihre, und er hauchte ihr einen zarten Kuss auf den Handrücken.

„Nic, was ... was machst du denn hier? Also, ich meine, was hat das alles zu bedeuten?“
Er zog sie näher an sich, und sie schlang ihren Arm um seine Taille. Er senkte den Kopf und küsste sie zärtlich auf die Stirn. Seine Stimme klang leicht rau. „Hey. Na ja, weißt du, ich hab dir den letzten Ball ja leider ziemlich verdorben, und da dachte ich, wir könnten ihn vielleicht nachholen. Nur du und ich. Mara hat mir damals erzählt, wie sehr du dich darauf gefreut hattest, und dann ist alles schief gegangen. Und das war alleine meiner Blödheit zu verdanken. Und deshalb, Emily, möchte ich dich bitten, mit mir heute einen unvergesslichen Abend zu verbringen.“
Emily sah ihn sprachlos an. „Du möchtest den Ball nachholen? Nur wir beide? Ich ... ach, Niclas, ich weiß gar nicht, was ich sagen soll. Das ist ja eine süße Idee. Ich danke dir.“
Sie schlang beide Arme um seinen Hals und küsste ihn stürmisch.
Er lachte. „Vorsicht. Hier, für dich.“
Jetzt erst bemerkte Emily den rund gebundenen Strauß aus weißen Rosen, den er in der Hand hielt. „Für mich? Ach, Nic, danke, die sind wunderschön. Vielen Dank.“
Sie nahm das zarte Gebinde vorsichtig in die Hand.
„Du bist wunderschön. Du siehst hinreißend aus. Es tut mir immer noch leid, dass ich dir diesen Abend damals vermasselt hab.“
Emily schüttelte den Kopf. „Lass uns nicht mehr daran denken, Nic. Stattdessen haben wir nun unseren eigenen Ball, das ist doch tausendmal schöner. Du siehst übrigens auch wunderschön aus.“ Sie hielt inne und verzog verlegen das Gesicht. Sie sahen sich an und mussten beide lachen.

„Sollen wir dann fahren?“ Niclas legte einen Arm um ihre Taille.
Sie sah ihn erstaunt an. „Fahren? Sag bloß, du hast das Auto da? Mara sagte doch, ich würde zu mir nach Hause gehen?“
Niclas lächelte. „Ja, das stimmt ja auch. Aber, na ja, ich wollte dich doch beim letzten Mal schon abholen und hab dich versetzt. Und dieses Mal wollte ich einfach alles richtig machen.“
Er zog etwas unsicher die Schultern hoch.
Emily betrachtete ihn voller Zärtlichkeit. Sie küsste ihn schnell auf die Wange. „Ja, lass uns fahren.“
Gleich darauf saßen sie im Wagen und Niclas ließ den Motor an. Er lächelte. „Eigentlich könnte ich den Wagen ja auch die paar Meter schieben, würde den Motor schonen.“
Emily nickte schmunzelnd und besah sich den Blumenstrauß in ihrem Schoß. Sie hob den Kopf, betrachtete Niclas‘ Profil und ihr Herz klopfte heftig, bei der Vorstellung, diesen besonderen Abend mit ihm zu verbringen. Was für eine wunderschöne Idee von ihm.
Er wandte ihr den Blick zu und griff nach ihrer Hand. „Was ist? Was zaubert dieses süßes Lächeln auf dein Gesicht?“
Sie strich mit dem Daumen über seinen Handrücken, dann hob sie seine Hand an und legte sie an ihre Wange. „Du. Du zauberst dieses Lächeln auf mein Gesicht. Ich kann‘s nicht glauben, dass du das heute Abend wirklich für mich tust.“
Niclas sah sie an, und für einen Moment schienen seine Augen einen Tick dunkler zu werden. „Du hast keine Ahnung, was ich alles für dich tun würde.“ Er hatte den Wagen mittlerweile vor Emilys Haus geparkt und sie

sahen sich stumm an. Schließlich räusperte er sich. „Wollen wir reingehen?“
Sie nickte. Er stieg aus, ging um den Wagen herum, öffnete die Wagentür und half ihr beim Aussteigen. Ein charmantes Lächeln lag auf seinem Gesicht. „Willkommen, meine Schöne.“ Dabei zwinkerte er ihr zu, und Emily musste lachen. Sie gingen Hand in Hand zum Haus, und die Tür wurde, wie von Zauberhand, von innen geöffnet. Thomas stand da und grinste sie schelmisch an. „Na, das ist eine Überraschung, was Emily?“
Sie lachte. „Thomas. Deshalb wollte Mara mir nicht verraten, wo du bist. Du und Niclas steckt also unter einer Decke.“
Thomas grinste. „Ja. Allerdings hab ich nur ein wenig geholfen, das war alles seine Idee. Und jemand musste ja auf die Kerzen aufpassen, während er dich abgeholt hat.“ Er zwinkerte ihr zu und wandte sich dann an Niclas. „So, ich geh dann mal. Wünsche euch viel Spaß. Es ist soweit alles fertig. Bye.“
„Ciao, Thomas, und vielen Dank.“
Die Tür fiel hinter Thomas ins Schloss.
Emily sah sich entzückt um. „Oh mein Gott, das ist ja ... also, ich weiß gar nicht, was ich sagen soll. Es ist wunderschön.“
Und tatsächlich, die beiden Jungs hatten sich selbst übertroffen. Überall hingen Netze mit winzig kleinen Lämpchen, die wie Sterne funkelten. Brennende Kerzen standen auf dem Wohnzimmertisch und der Kommode. In der Küche war der Tisch festlich für zwei Personen gedeckt und leise Musik lief im Hintergrund. Sogar eine Vase stand bereit, für den Rosenstrauß, den Emily immer noch in der Hand hielt. Sie wandte sich zu Niclas um, der im Türrahmen lehnte und sie zärtlich ansah. „Danke. Ich

bin wirklich überwältigt. Damit hätte ich niemals gerechnet. Dass du auf so eine Idee kommst, also, das ist einfach unglaublich. Du bist ein Schatz." Sie lief zu ihm und küsste ihn stürmisch. „Danke, danke, danke."
Er umfasste ihre Taille und zog sie näher an sich. „Gern geschehen. Ich freu mich, dass es dir gefällt."
„Aber natürlich gefällt es mir. Sag mal, wie bist du überhaupt auf die Idee gekommen?"
Er strich ihr sanft über den Rücken. „Na ja, neulich Abend, da hab ich dein Kleid oben im Schlafzimmer am Schrank hängen sehen. Und da dachte ich, es wäre toll, dich noch mal darin zu sehen. Und zwar glücklich und ohne Tränen und Kummer." Er senkte den Kopf. „Immer wenn ich an diesen Ball denke, sehe ich dein Gesicht vor mir, wie du mich angeschaut hast, als Laura hinter mir aufgetaucht ist. Du hast unendlich verletzt und enttäuscht ausgesehen, enttäuscht von mir. So wirst du mich nie wieder ansehen müssen, das verspreche ich dir. Ich werde dir nie wieder wehtun."
Emily sah ihn zärtlich an. „Das weiß ich doch. Das weiß ich doch", flüsterte sie. Sie küsste ihn wieder sanft, während ihre Finger zärtlich über seinen Nacken strichen.
Er lächelte. „Komm, lass uns erst mal essen, sonst verbrennt alles." Niclas hatte ein kleines Menü für zwei Personen vorbereitet.
Emily war tief beeindruckt. „Wow, sag bloß, das hast du alles alleine gemacht?"
Er lächelte. „Na ja, war nicht so schwer. Ich hab mir was ausgesucht, was recht einfach zuzubereiten war, nicht, dass am Ende noch was schief gegangen wäre." Er rückte den Stuhl für Emily zurecht, und sie setzte sich.
Als Vorspeise gab es eine Maiscremesuppe, die wirklich gut gelungen war. Danach einen Makkaroni-Auflauf, von

dem Niclas zwar meinte, er sei etwas versalzen, aber Emily fand ihn wunderbar. Während des Essens unterhielten sie sich über dies und das, aber meistens saßen sie nur stumm da und sahen sich an. Die Kerzen tauchten die kleine Küche mit den altmodischen Möbeln in ein warmes, romantisches Licht. Emily konnte sich nicht erinnern, jemals an einem schöneren Ort gespeist zu haben. Sie konnte ihren Blick kaum von Niclas abwenden, und ihr Herz klopfte so stürmisch, dass sie glaubte, er müsste es hören. In der Ballnacht damals war ihr gar nicht aufgefallen, wie gut ihm der Anzug stand. Dieser Abend war voller Emotionen gewesen, dass sie darauf überhaupt nicht geachtet hatte. Aber nun hätte sie ihn die ganze Zeit anstarren können, so gut sah er heute Abend aus. Noch nie hatte sie bei jemandem solch eine Mischung aus jungenhaftem Charme, Männlichkeit, Stärke und Verletzlichkeit gesehen wie bei Niclas. Es war, als hätte er den ganzen Schmerz, die Angst und Verbitterung, die ihn so fest umklammert gehalten hatten, als sie sich kennen lernten, Schicht für Schicht abgestreift. Und zum Vorschein gekommen war der Niclas, der er schon immer gewesen war, den er aber all die Jahre über sorgsam verborgen gehalten hatte. Dieser junge Mann, der sensibel und einfühlsam sein konnte, zärtlich und verständnisvoll. Der soviel Humor hatte und auch über sich selbst lachen konnte. Und den sie mehr liebte, als alles auf der Welt. Vielleicht würde ein Teil von ihm immer diese dunkle Verzweiflung in sich tragen, die er all die Jahre über empfunden hatte, aber sie wollte alles, was sie nur konnte, dafür tun, damit dieser Teil nie wieder die Oberhand in ihm gewinnen würde.

„Hey, an was denkst du gerade?“ Niclas‘ Stimme drang zu ihr durch, und er strich ihr sanft eine Haarsträhne aus der Stirn.
Emily sah hastig hoch. Sie war völlig in Gedanken versunken gewesen. Seine Augen waren direkt vor ihren. „Entschuldige bitte. Ich habe gerade darüber nachgedacht, wie sehr du dich verändert hast, seit wir uns kennen. Du wirkst viel ausgeglichener als früher. So, als ob dich die Vergangenheit endlich loslassen würde, und darüber bin ich unglaublich froh.“ Sie legte ihm beide Hände an die Wangen.
Er lächelte. „Du hast Recht, so fühle ich mich auch. Es geht mir gut. Und das verdanke ich nur dir. Dir und deiner Liebe zu mir. Und dem Vertrauen, das du mir von Anfang entgegen gebracht hast. Weißt du, ich denke, ich krieg das hin, ich kann die vergangenen acht Jahre verarbeiten. Ich darf dich nur nicht verlieren.“
Emilys Finger strichen zärtlich über sein Gesicht, sie beugte sich vor, lehnte ihre Stirn an seine und ihr Mund suchte vorsichtig, fast schüchtern, seinen. Ihre Lippen berührten sich erst zart, wie ein Hauch nur, dann jedoch schmiegten sie sich voller zärtlicher Leidenschaft aufeinander. Als sie sich schließlich irgendwann zögernd voneinander lösten murmelte Niclas: „Ich glaub, dieser Ball gefällt mir richtig gut.“
Emily lächelte und legte den Kopf schief. „Mir auch.“ Und das stimmte, sie fühlte sich wie eine verzauberte Prinzessin.
Er erhob sich und hielt ihr seine Hand hin. „Komm, lass uns ins Wohnzimmer gehen.“
Dort sah an diesem Abend alles ganz anders aus als sonst, das kleine Zimmer wirkte völlig verwandelt. Die Kerzen leuchteten und tauchten alles in ein sanftes, war-

mes Licht, während die kleinen Lichter wie ein Sternenhimmel funkelten. Niclas drückte kurz Emilys Hand, dann ging er zu der kleinen Musikanlage, und gleich darauf erklang ein Song, der ihr ein Lächeln aufs Gesicht zauberte. Niclas drehte sich zu ihr um und ihr Blick versank in seinem. Er trat auf sie zu und legte seine Hände sanft um ihre Taille. „Erinnerst du dich? Zu diesem Lied haben wir das erste Mal miteinander getanzt. An deinem Geburtstag."
Sie nickte, während sie ihre Arme um ihn legte und sich sachte an ihn lehnte. „Natürlich erinnere ich mich. Ich werde das nie vergessen, es war wunderschön, dir so nahe zu sein, und gleichzeitig so verwirrend." Sie lächelte leicht und flüsterte: „*Endless Love* – das wünsch ich mir so sehr für uns. Dass unsere Liebe ewig halten wird."
Niclas nickte und schmiegte sein Gesicht in ihre Locken, während er sie fester an sich zog. „Das ist unser Lied, Emily. Und immer, wenn wir es hören, werden wir uns an diesen besonderen Abend erinnern, und daran, was wir einander bedeuten."
Emily lächelte. „Ja, das werden wir", murmelte sie.
Sie waren noch sehr jung, und niemand konnte wissen, wohin der Fluss des Lebens sie treiben würde, aber sie wussten beide, ohne einander würden sie in den Fluten aus Einsamkeit und Schmerz untergehen.
Emily hatte ihre Arme unter Niclas' geöffnetes Sakko geschoben, sie fühlte die Wärme seines Körpers, roch seinen unvergleichlichen Duft, diesen Duft, den sie nie im Leben vergessen würde, auch wenn sie ihn nie wieder riechen dürfte. Sie schloss die Augen und gab sich ganz seiner Führung hin, fühlte den Stoff des Sakkos unter ihrer Wange und merkte, wie Tränen in ihr aufstiegen. Konnte man so sehr lieben? Nach solch einer kurzen

Zeit? Niclas hatte ihr vorhin gesagt, er dürfe sie nur nie verlieren, aber für sie galt genau das Gleiche. Ohne ihn würde sie davon treiben wie eine vermoderte Schiffsplanke in den Weiten des Ozeans. Völlig ohne Halt und Ziel. Sie hob den Kopf und sah ihn an. Sein Blick fiel zärtlich auf ihr Gesicht, dann hob er eine Hand und strich ihr sanft mit dem Daumen über die Wange, wo eine Träne entlang kullerte. Er fragte nicht, warum sie weinte, wollte nicht wissen, ob alles in Ordnung war, er wusste um das Chaos in ihrem Innersten. Er wusste, wie es war, wenn man einerseits unendlich glücklich war, andererseits immer noch von einem immerwährenden Albtraum gequält wurde. Sie lächelte ihm zaghaft zu und schmiegte ihre Wange in seine warme Handfläche. Er küsste sie sanft auf die Schläfe, dann zog er sie wieder näher an sich, sie überließen sich einfach der Musik und den Gefühlen tief in ihren Herzen.

Sie tanzten, lachten, redeten, aßen Schokoladeneis mit ganz viel Sahne und Schokoladensoße, denn Niclas meinte, wenn schon, denn schon. Sie sahen sie sich alte Kinderfotos von Emily an, und für Mitternacht hatte Niclas sogar ein Feuerwerk besorgt. Es war zwar nur ein Tischfeuerwerk, das ziemliche Startschwierigkeiten hatte und schließlich mehr traurig als funkelnd emporstieg. Niclas redete dem widerspenstigen Teil gut zu, während Ben hechelnd daneben saß und Emily so lachen musste, dass ihr fast schon wieder die Tränen kamen. Aber es war eindeutig das schönste Feuerwerk, das sie jemals gesehen hatte.
„Ach, Nic, danke. Danke für diesen wunderschönen Abend. Ich werde unseren Ball niemals vergessen, nie in meinem ganzen Leben."

Sie saßen eng umschlungen auf der Couch und sahen in die Flammen der mittlerweile fast heruntergebrannten Kerzen. Niclas spielte mit Emilys Fingern, drehte an ihrem Ring und sagte leise: „Ich auch nicht. Und ich danke dir. Für alles, was du in mein Leben gebracht hast." Mehr gab es im Moment nicht zu sagen.

Kapitel 30

Die wenigen, noch verbleibenden Wochen bis Weihnachten vergingen schnell, mit Schule und Job. Emily hatte sich rasch im Baumarkt eingewöhnt, und es machte ihr Spaß dort zu arbeiten. Außerdem gab ihr Niclas‘ Nähe ein Gefühl von Sicherheit. Sie verbrachten jede freie Minute zusammen, lernten zusammen, kochten, trafen sich mit Mara, Thomas, Kevin und Susan, gingen mit Ben spazieren und genossen ihre junge Liebe. Es war eine glückliche Zeit, und sowohl Emily als auch Niclas empfanden diese Liebe wie ein kostbares Geschenk. Emily fühlte sich unendlich sicher und geborgen bei ihm. Nie gab er ihr das Gefühl, nicht zufrieden zu sein mit dem, was sie ihm geben konnte. Im Gegenteil, wenn sie sich sehr nahe kamen, war es meistens Niclas, der sich irgendwann zurückzog. Am Anfang war sie davon etwas irritiert gewesen, doch dann wurde ihr klar, dass er sie damit nur schützen wollte. Er wollte ihr seine körperlichen Empfindungen nicht zeigen, um ihr nicht das Gefühl zu geben, sie zu etwas drängen zu wollen, wozu sie noch nicht bereit war. Sie war gerührt, wie sehr er versuchte, Rücksicht auf sie zu nehmen, und dafür liebte sie ihn. Und doch war da eine kleine, gemeine Stimme in ihrem Kopf, die ihr ab und an zuflüsterte, dass sie nicht gut genug für Niclas war, ihm nicht das geben konnte, was er sich sicher wünschte, auch wenn er es nicht aussprach. Meistens jedoch gelang es ihr, diese Stimme zum Schweigen zu bringen. Nur manchmal in der Nacht, wenn sie nicht schlafen konnte, lag sie da, betrachtete Niclas‘ Gesicht und dachte darüber nach, ob die Stimme, die sich in ihren Kopf und in ihr Herz bohrte, nicht vielleicht doch Recht hatte. Dann fühlte sie wieder die Demütigung, die ihr angetan worden war, fühlte sich minderwertig, klein und nicht in der Lage, jemanden glücklich zu machen. Dann drehte sie sich weg und weinte leise in die Kissen, damit Niclas nichts von dem mitbekam, was ihr das Herz schwermachte.

„Em, bist du fertig?“ Niclas klopfte an die Tür des Badezimmers.
„Ja, gleich. Komme.“ Sie bürstete noch einmal schnell ihre Haare durch und sprühte sich ein wenig Parfum hinters Ohrläppchen. Fertig. Sie öffnete die Badezimmertür und trat hinaus auf den Flur. Niclas lehnte an der Wand gegenüber. Ihr Herz machte den üblichen Satz, wenn sie ihn so sah.
Ein Lächeln glitt über sein Gesicht, er trat auf sie zu und küsste sie zärtlich auf die Stirn. „Können wir dann los?“
Sie nickte. „Ja. Dass du auch immer so lange brauchst.“ Sie lächelte ihm zu.
Er stupste sie auf die Nase. „Ja, ich muss mich eben aufbrezeln, du weißt schon.“
Er strich sich durch die Haare und klimperte theatralisch mit den Wimpern, sodass Emily laut lachen musste.
Bald darauf betraten sie das Bowling-Center, wo sie mit den anderen verabredet waren. Mara und Thomas waren auch gerade gekommen, und so gingen sie zu viert zu den Bahnen, wo die anderen schon warteten.
„Hey, da seid ihr ja endlich. Wer von euch hat so lange gebraucht?“ Kevin grinste, als Niclas und Emily gleichzeitig den Namen des jeweils anderen nannten. „Ah ja, alles klar.“
Emily lächelte, sah sich allerdings etwas unbehaglich um und fühlte, wie ihr Herzschlag sich beschleunigte. Das

Center war sehr gut besucht, alle Bahnen waren belegt. Sie fühlte sich immer noch unwohl an solchen Orten, an denen sie das Gefühl hatte, nicht alles unter Kontrolle haben zu können. Natürlich waren auch viele Männer hier, und damit kam sie leider immer noch nicht besonders gut zurecht. Sie seufzte und setzte sich auf eine der Bänke, um ihre Sportschuhe anzuziehen. Es würde sicher ein lustiger Abend werden, Niclas war bei ihr, alle ihre Freunde waren hier. In wenigen Tagen war Weihnachten, und sie nahm sich vor, die nächsten Stunden zu genießen. Ihr Blick fiel auf Niclas, Kevin und Thomas, die zusammenstanden und lachten. Sie freute sich darüber, dass Thomas und Niclas sich angefreundet hatten und sich so gut verstanden. Auch Maras Skepsis hatte sich mittlerweile gelegt, obgleich sie immer noch wachsam war.
„Alles okay?“ Mara setzte sich neben sie und band sich ihre Schuhe zu.
„Ja, alles okay. Ist ganz schön was los hier.“
„Ja, das ist meistens so am Samstagabend. Ist das ein Problem für dich?“ Mara sah sie forschend an.
Emily zuckte mit den Schultern. „Na ja, ich kann nicht grad behaupten, dass es mich überglücklich macht, aber ich komme klar. Außerdem freu ich mich aufs Bowlen, das hab ich schon ewig nicht mehr gemacht. Lass uns den Jungs mal zeigen, was wir draufhaben.“
Mara lachte. „Genau. Die werden sich warm anziehen müssen.“
Heute war ein sogenanntes „Moonlightbowling“ angesagt, bei dem die Bahnen in buntes Discolicht getaucht waren und die Kugeln fluoreszierten. Musik aus den Achtzigern dröhnte aus den Boxen, und die Stimmung war allgemein ausgelassen.

„Em, was möchtest du trinken? Wir gehen mal zur Bar." Niclas hockte sich vor sie.
„Eine Cola, bitte."
Er küsste sie kurz. „Okay."
Sie sah ihm nach, und dabei fiel ihr Blick auf die Nachbarbahn, an der lauter junge Frauen spielten. Eine von ihnen, eine schlanke, hübsche Rothaarige, stieß ihre Nachbarin an, flüsterte ihr etwas ins Ohr und beide sahen Niclas hinterher. Als er auf dem Rückweg wieder an ihnen vorbeikam, schaute ihm die Rothaarige direkt ins Gesicht und lächelte, während sie sich langsam durch die langen Haare strich. Niclas lächelte kurz zurück. Emily biss sich auf die Lippen.
„Hier, deine Cola." Er reichte ihr das Glas.
Sie nickte. „Danke." Sie sah etwas verlegen zu Boden.
Er musterte sie forschend. „Alles okay?"
„Ja, sicher." Sie hob den Kopf und strich sich eine Haarsträhne hinters Ohr.
Er nickte langsam. „Gut."
Bald darauf waren sie in ihr Spiel vertieft, und nachdem Emily bemerkt hatte, dass Niclas die Blicke der Rothaarigen nicht erwiderte, achtete sie selbst auch nicht mehr auf sie.
Niclas hingegen beobachtete Emily, die neben Mara stand und an einer ihrer Haarsträhnen drehte. Das tat sie oft, wenn sie ein wenig nervös und unsicher war. Jetzt lachte sie, als Kevin seinen Wurf versiebte und einen lautstarken Fluch ausstieß. Sie sah hinreißend aus, wenn sie lachte. Er nahm einen Schluck aus seinem Glas und lächelte ihr zu. Die Blicke des rothaarigen Mädchens von der Nachbarbahn hatte er natürlich bemerkt, sie starrte ihn schon die ganze Zeit an und versuchte, seine Aufmerksamkeit zu erregen. Sie konnte ja nicht ahnen, dass

ihre Bemühungen absolut fruchtlos sein würden. Sein Blick strich zärtlich über Emilys schmale Gestalt. Das, was er für sie empfand, war keine verliebte Schwärmerei, nichts, was sich in ein paar Monaten wieder ändern würde, nein, das war Liebe. Er konnte es nicht erklären, er fühlte es einfach. Sie war tief in ihm, in seinem Herzen, seinen Gedanken. Er war neugierig auf die Zukunft mit ihr, wollte sehen, wie sie sich weiterentwickeln würde, wollte Träume mit ihr zusammen verwirklichen. Ein Leben ohne Emily – allein der Gedanke daran bereitete ihm eine Qual, die er sich niemals hatte vorstellen können. Es war verrückt, noch vor ein paar Monaten hatte er sie nicht gekannt, nicht gewusst, dass es dieses wunderbare Mädchen überhaupt gab, und nun schmerzte alles in ihm, bei dem Gedanken, sie verlieren zu können. In all den Jahren, in denen er sich die Schuld am Tod seiner Mutter gegeben hatte, war er voller Zorn und Bitterkeit gewesen, dass er gar nicht in der Lage gewesen wäre, jemanden an sich heran zu lassen. Nur Emily hatte dieses Wunder fertig gebracht. Und sie hatte Recht, er hatte sich verändert, die Wut in ihm war gewichen. Geblieben allerdings war die Angst, den Menschen, den er mehr liebte als sein Leben, wieder zu verlieren. Er seufzte leise, und sein Blick streifte die Nachbarbahn. Das rothaarige Mädchen schaute immer noch zu ihm herüber. Er nahm noch einen Schluck und sah wieder zu Emily hin. Sie redete mit Susan, ein leichtes Lächeln lag auf ihrem Gesicht. Nie mehr würde er etwas tun, was ihr wehtun könnte. Er war nicht so ahnungslos wie sie dachte, er wusste, wie viele Gedanken sie sich wegen allem Möglichen machte, und um ihre Befürchtungen, ihn nicht glücklich machen zu können. Gerade, weil sie ihre körperliche Beziehung noch nicht vertieft hatten, und es vermutlich auch so schnell

nicht tun würden. Ihn störte das nicht, es war nicht so, dass er es sich nicht wünschte, aber so lange sie nicht soweit war, akzeptierte er das und hatte kein Problem damit. Emily selbst allerdings hatte sehr wohl ein Problem damit, auch wenn sie nicht darüber sprach. Er sah die Traurigkeit in ihren Augen, sah, wie unsicher sie reagierte, wenn ein anderes Mädchen ihm zulächelte, und er wusste, dass es an ihrem Selbstvertrauen nagte. Er versuchte, es ihr so leicht wie möglich zu machen, indem er ihr immer wieder sagte und zeigte, wie sehr er sie liebte, und dass sie ihm das Wichtigste im Leben war. Dennoch hatte er öfter das Gefühl, nicht an die Wurzel des Problems heranzukommen. Er würde ihr alle Zeit der Welt geben, aber es war wohl einfach so, dass er nicht wirklich nachvollziehen konnte, was sie empfand. Er wusste nicht, wie es war, wenn einem solche Gewalt angetan wurde. Er wusste, dass er Emily liebte, dass er alles tun wollte, um ihre Wunden zu heilen, aber wie es tatsächlich tief in ihrem Innersten aussah, das wusste er nicht und würde es vermutlich auch nie wissen.
„Nic, du bist dran. Komm, leg dich mal ins Zeug, die Mädels hängen uns ganz schön ab.“ Kevin tauchte grinsend neben ihm auf.
„Na, dann wollen wir denen mal zeigen, wie man bowlt.“ Niclas stellte sein Glas auf den Tisch und ging nach vorne, um eine Kugel zu nehmen. Im Vorbeigehen küsste er Emily. „Ich liebe dich, das weißt du, oder?“ Er klang ein wenig unsicher.
Sie sah ihn ein wenig erstaunt an. „Natürlich weiß ich das. Ich liebe dich auch.“ Sie strich ihm zärtlich durch die Haare.
Er lächelte, nahm eine Kugel, drehte sie in den Händen und grinste. „Und nun, Ladies, zieht euch warm an, die

Schonzeit ist vorbei." Er zwinkerte den Mädchen zu und ging zur Bahn. Thomas und Kevin bauten sich neben ihm auf und beobachteten gebannt, wie die Kugel rollte.
„Strike!", schrie Kevin begeistert, und schlug seinem Freund auf die Schulter.
Es wurde noch ein lustiges und spannendes Duell, denn auch Emily, Mara und Susan ließen sich nicht die Butter vom Brot nehmen und brachten das Jungen-Team ganz schön in Verlegenheit.
„Oh Mann, ich muss mir was zu trinken holen." Niclas legte beide Arme um Emilys Taille und zog sie an sich. „Du machst mich fertig, Mädchen. Wo hast du so gut bowlen gelernt?" Er grinste.
Sie zog die Schultern hoch. „Dabei hab ich noch gar nicht so oft gespielt, ist wohl einfach Anfängerglück. Nimm es nicht so schwer, mein Schatz", erwiderte sie lachend.
„Ja, ja, das sagst du so. Wohl noch nie was von Mannesehre gehört, hm?" Niclas verzog das Gesicht.
Emily lachte. „Oh, mein armer Süßer." Sie küsste ihn zärtlich.
„Nun gut, dafür nehm ich sogar eine Bowlingniederlage in Kauf. Ich geh mal zur Bar, möchtest du auch was?"
Sie schüttelte den Kopf. „Nein, danke. Ich bin ja nicht so ins schwitzen gekommen wie du und deine Mannen." Sie lächelte schelmisch.
Niclas nickte. „Ja, könnte man so sagen. Sieh dir die Jungs an, die sind fertig mit der Welt. Also, bis gleich."
Emily nickte, dann setzte sie sich neben Mara und lauschte der Musik.
„Na, unsere Helden sind ganz schön irritiert, was? Dachten die doch, sie könnten uns locker in die Tasche ste-

cken.“ Mara grinste und nahm einen Schluck aus ihrem Colaglas. „Tja, falsch gedacht.“
Emily lächelte ihr zu, während ihr Blick zur Bar schweifte. Es standen ziemlich viele Leute an, doch sie entdeckte Niclas – und neben ihm die hübsche Rothaarige. Sie fühlte, wie das Lächeln auf ihren Lippen gefror, als sie sah, dass die junge Frau Niclas anscheinend in ein Gespräch verwickelt hatte. Er hatte den Kopf etwas gesenkt, offenbar, um besser verstehen zu können, was das Mädchen sagte, da die Geräuschkulisse doch ziemlich laut war. Emily starrte zu ihnen hin und fühlte, wie sich ein kleiner Stachel in ihr Herz bohrte. Sie vertraute Niclas, er liebte sie, das war es nicht, was ihr gerade so wehtat. Weh tat ihr der unbeschwerte Anblick der jungen Frau neben ihm. Sie trug ein körperenges Top mit einem ziemlich tiefen Ausschnitt und Jeans. Ihre langen roten Haare fielen über die nackten Schultern und sie redete unbekümmert auf Niclas ein. Selbstbewusst, sexy und voller Lebensfreude. Dieses Mädchen würde sich sicher nicht jede Nacht im Flanellschlafanzug neben ihn legen. Sie wandte hastig den Blick ab und sah zu Thomas und Kevin hinüber, die wieder an der Bahn standen und miteinander redeten.
„Hey, was machst du denn für ein Gesicht? Alles in Ordnung?“ Mara sah sie fragend an.
Sie nickte. „Klar, was soll denn nicht in Ordnung sein?“
„Weiß nicht. Vielleicht stört dich ja die Rothaarige, die sich gerade an Nic ranschmeißt?“
Emily sah Mara an und zog unbehaglich die Schultern hoch. „Das ist dir aufgefallen?“
„Klar. Sie schmachtet ja schon die ganze Zeit nach ihm. Vielleicht solltest du ihr mal klarmachen, dass das dein Boyfriend ist.“

Emily sah ihre Cousine unsicher an, dann schüttelte sie den Kopf. „Also das mach ich bestimmt nicht. Da käme ich mir echt blöd vor. Was soll ich denn sagen? Finger weg von meinem Freund? Oder ihr besser gleich die Augen auskratzen? Außerdem kann sie schmachten soviel sie will, Nic ist das sowieso egal. Und somit auch mir." Sie warf wieder einen Blick zur Bar, wo Niclas mittlerweile an der Reihe war. Das rothaarige Mädchen stand nun so dicht neben ihm, dass ihre Hüfte seine berührte. Emily schluckte. Sie wusste, es war dumm, aber bei diesem Anblick stieg ein brennender Schmerz in ihr auf. Sie bückte sich schnell und tat so, als ob sie in ihrer Tasche nach etwas suchen würde. Warum trat Nic nicht einfach einen Schritt zur Seite? Gefiel ihm die Rothaarige am Ende noch? Oder blieb er aus alter Gewohnheit so stehen, weil er wusste, dass die Mädchen ihn anhimmelten? Warum lächelte er sie dauernd an? Verflixt, warum tat das so weh? Sie wusste, dass Niclas kein Interesse an dem Mädchen hatte, sie wusste es genau, und dennoch bohrte sich bei dem Anblick der beiden ein schmerzhafter Stachel in ihr Herz.

Niclas gab dem Barkeeper seine Bestellung durch und wandte sich dann um, um nach Emily zu sehen. Sie saß neben Mara auf einer der Bänke und wühlte in ihrer Tasche. Neben ihm stand das rothaarige Mädchen von der Nachbarbahn, Megan, wie sie sich vorgestellt hatte, und redete immer noch auf ihn ein. Er hörte nur mit halbem Ohr zu, wollte allerdings auch nicht allzu unhöflich sein und gar nicht auf ihr Geplapper reagieren. In diesem Moment richtete Emily sich wieder auf und ihr Blick streifte ihn kurz. Sie lächelte jedoch nicht, wie sie es

sonst immer tat, sondern sah sofort wieder in die andere Richtung. Er runzelte die Stirn. War sie sauer?
„Kennst du den Laden? Die spielen geile Musik dort. Vielleicht möchtest du mal mit mir dahin gehen?“
Megans Stimme drang an sein Ohr. Er schüttelte den Kopf. „Nein, danke. Hör zu, ich bin nicht alleine hier, also lassen wir es dabei, okay? Tut mir leid. Ciao.“ Er ging an ihr vorbei, und sie sah ihm hinterher. Offensichtlich war sie jetzt enttäuscht, aber daran konnte er nichts ändern. Die Discomusik dröhnte nach wie vor, aber irgendwie kam es ihm so vor, als sei sie mittlerweile noch lauter geworden.
„Hey. Möchtest du einen Schluck nehmen?“ Er setzte sich neben Emily und hielt ihr sein Glas hin.
Sie schüttelte den Kopf. „Nein, danke.“
Er nickte. Das hatte er sich schon gedacht, denn sie sah verletzt aus. Er seufzte leise.
Sie spielten noch ungefähr eine halbe Stunde lang weiter. Emily unterhielt sich dabei mit allen, nur nicht mit ihm.
Später auf dem Heimweg war sie ebenfalls schweigsam und sah stumm aus dem Fenster. Sie hatten den Wagen seines Vaters nehmen können, denn der fuhr meistens mit Taylor in die Firma, und das Motorrad war im Winter nicht immer ein angenehmes Gefährt. Besonders nicht für jemanden ohne Schutzkleidung, wie Emily. Niclas lenkte den Wagen ebenfalls schweigend durch die Dunkelheit, und obwohl es ihn schon ein wenig ärgerte, dass sie nicht mit ihm redete, wollte er sie nicht darauf ansprechen. Ihm war klar, dass er nichts getan hatte, womit er Emilys Zorn verdient hätte, und er wusste, dass es ihr ebenfalls klar war. Es war ihre eigene Unsicherheit, mit der sie nicht zurechtkam. Er wollte ihr Zeit lassen und es ihr nicht noch schwerer machen. Sie würde schon wieder

aus ihrem Schmollwinkel hervorkommen, so gut kannte er sie nun schon, um zu wissen, dass sie ihm nicht allzu lange böse sein konnte.
Zuhause angekommen, verschwand sie wie der Blitz im Badezimmer, und danach schaltete sie den Fernseher an, um sich eine Talkshow anzusehen, die sie sonst nie schaute.
Niclas setzte sich in den Sessel und schwieg eine Weile.
„Möchtest du ein Glas Wasser?“, fragte er schließlich.
„Nein, danke.“ Sie klang mürrisch.
Er nickte. „Okay. Vielleicht ein Sandwich? Ich mache dir eines, du hast ja noch nichts gegessen heute Abend.“
„Nein, ich hab keinen Hunger. Aber du kannst dir ruhig etwas machen.“ Sie wandte ihren Blick nicht vom Bildschirm ab, wo der Moderator platte Witze riss und das Publikum wie auf Befehl lachte und klatschte.
Niclas strich sich durch die Haare. „Möchtest du, dass ich gehe?“
Jetzt endlich sah Emily ihn an. „Was? Nein. Nein, ich möchte nicht, dass du gehst.“ Sie sah ihn an und der Ausdruck auf ihrem Gesicht veränderte sich. Das trotzige Funkeln in ihren Augen erlosch, und Niclas sah nur noch das zutiefst unsichere, verletzte Mädchen. Er stand wortlos auf, setzte sich neben sie, und sie schmiegte sich an ihn. Sie drückte ihr Gesicht an seine Schulter, und er strich ihr sanft durch die Haare.
„Nic, ich ...“ Sie hob den Kopf.
Er legte ihr den Finger auf die Lippen. „Schhhh, da gibt es nichts, worüber wir reden müssten, okay?“
Sie sah ihn stumm an, dann nickte sie. „Okay.“
„Okay.“ Er umfasste ihr Gesicht mit beiden Händen und küsste sie. Er wollte nicht, dass sie sich bei ihm für etwas entschuldigte, wofür sie nichts konnte.

„Ich bin müde, kommst du mit nach oben?", fragte sie leise.
Er nickte. „Klar. Dann hält der da wenigstens endlich die Klappe." Er zeigte mit dem Daumen auf den Talkmaster im Fernsehen, der sich gerade über einen seiner schrägen Witze kaputtlachte.
Emily lächelte etwas gequält. „Ja, er ist schrecklich. So wie ich." Sie senkte den Kopf.
Niclas küsste sie auf die Haare. „Quatsch. Wenn du so wärst wie der da, würde ich lieber barfuß durch die Wüste wandern, als hier mit dir zu sitzen."
Ben bellte, und Emily lachte. „Er scheint deiner Meinung zu sein."

Weihnachten kam, und es wurde viel schöner, als Emily sich erhofft hatte. Ihre Eltern und Connor kamen und brachten ihre Großmutter Ellen mit, die Mutter der beiden Schwestern Kate und Dorothy. Emily freute sich wahnsinnig, ihre Großmutter zu sehen, und bei dem Anblick der weißhaarigen alten Dame wurde ihr erst bewusst, wie sehr sie sie vermisst hatte. Ellen freute sich ebenfalls sehr, ihre Enkelin wiederzusehen, und schon beim ersten Treffen hatte sie einen Narren an Niclas gefressen, was allerdings auf Gegenseitigkeit beruhte. Er war sehr angetan von der schlagfertigen, herzlichen alten Dame, und sie verbrachten viel Zeit zu dritt. Außerdem hielt er sein Versprechen und sprach mit Connor, der anfangs wenig begeistert war. Aber Niclas blieb hartnäckig, und schließlich hatte er das Gefühl, zu ihm durchdringen zu können. Es war nicht so, dass nach diesem Gespräch sofort alles in Ordnung war, aber Emilys Bruder wirkte nachdenklich und suchte wieder öfter den Kontakt zu ihr. Sie konnten

ruhig, sachlich und ohne Streitereien miteinander reden, und das machte Emily glücklich.
Und nach der Abreise ihrer Familie hatte sie, zum ersten Mal seit langer Zeit, die Hoffnung, alles könnte wieder gut werden.

Kapitel 31

Nach der letzten Schulstunde räumte Emily schnell ihre Sachen zusammen, denn sie wollte noch einige Unterlagen kopieren, und Niclas wartete schon auf sie. Es war mittlerweile März geworden, und heute war ein schöner, schon ziemlich warmer Tag, den sie noch ein wenig nutzen wollten. Ein Hauch von Frühling lag in der Luft, und Niclas hatte vorgeschlagen, eine kleine Spritztour mit der Maschine zu unternehmen. Sie war einverstanden gewesen, denn sie wusste, wie sehr er es liebte, Motorrad zu fahren, und sie selbst fuhr außerordentlich gerne mit ihm. Er war ein sicherer Fahrer, manchmal fuhr er zwar gerne etwas schneller, aber nie leichtsinnig. Zu Weihnachten hatte er ihr eine Motorradlederjacke geschenkt und gemeint, eigentlich hätte er ihr lieber ein Schmuckstück gekauft, eine Kette oder einen Ring, aber die würden sie im Falle eine Sturzes nicht schützen, deshalb hätte er sich für die Jacke entschieden. Sie war gerührt gewesen, dass er so besorgt um sie war, und natürlich hatte sie sich sehr über die Jacke gefreut, obwohl sie das Geschenk als viel zu kostspielig empfand. Und nun sparte sie fleißig, um sich auch noch die dazugehörige Hose kaufen zu können. Jetzt lief sie eilig über die Flure des Schulgebäudes und hoffte, dass wenigstens eines der beiden Kopiergeräte nicht belegt sein würde. Sie hatte Glück, es befand sich niemand in dem kleinen Raum. Sie holte ihre Unterlagen heraus und legte das erste Blatt ein. Dabei schweiften ihre Gedanken zu dem Abend, als sie mit Niclas in der Bibliothek gesessen und der kleine Emmanuel sie hier drin eingeschlossen hatte. Im Nachhinein fand sie es schon irgendwie witzig, aber damals war ihr nicht gerade

zum Lachen zu Mute gewesen. Aber immerhin, die Projektarbeit, an der sie damals gearbeitet hatten, war im Endeffekt sehr gut geworden, Niclas und sie hatten die volle Punktzahl dafür bekommen. Die Tür hinter ihr klappte zu. Sie drehte sich um. Rocco stand an die Tür gelehnt und lächelte süffisant.
„Hi, Emily. Na, wie geht‘s denn so?“
Sie starrte ihn an und fühlte, wie ihr Herzschlag sich beschleunigte. Wie sie diesen Kerl verabscheute! Seit dem letzten Aufeinandertreffen auf dem Parkplatz des Baumarktes hatte sie es meistens irgendwie geschafft, ihm aus dem Weg zu gehen. Aber wie hatte Mara einmal gesagt? Jedes Glück ist mal zu Ende. Und irgendwie hatte sie das ungute Gefühl, als ob Rocco es ihr noch heimzahlen wollte, wegen der Sache mit Emmanuel. Er war nicht der Typ, der so etwas gerne auf sich beruhen ließ. Und er vergaß nicht. Er vergaß es ihr und auch Niclas nicht, da war sie sich sicher.
„Gut, danke“, sagte sie und wandte sich wieder dem Kopiergerät zu. Eigentlich hatte sie noch einige Seiten zu kopieren, aber nun wollte sie nur noch hier raus. Sie konnte sich einfach nicht dagegen wehren, bei Roccos Anblick an die geifernde Fratze ihres Vergewaltigers denken zu müssen. Und durch seine ätzende Art machte er es ihr auch nicht gerade leichter. Er trat neben sie an das andere Kopiergerät und stellte seine Tasche ab.
„Bist du schon fertig? Wegen mir musst du dich nicht so beeilen. Oder wartet dein Lover auf dich?“ Er grinste.
Emily schluckte den Kloß in ihrem Hals hinunter. „Ja, Niclas wartet auf mich.“ Sie raffte ihre Sachen zusammen und stopfte sie in den Rucksack. Dann wollte sie an Rocco vorbeigehen, doch der verstellte ihr den Weg. Sie hob den Blick und sah ihn ängstlich an.

„Irgendwie hab ich das Gefühl, Emily, du kannst mich nicht leiden. Vielleicht wegen der Sache mit der kleinen mexikanischen Ratte damals? Weißt du, du darfst das nicht so eng sehen, war doch nur ein Spaß. Vielleicht sollten wir beide uns mal ein bisschen besser kennen lernen, was meinst du? Ich bin nämlich eigentlich ein total netter Typ." Seine Augen fixierten sie spöttisch und sie hörte den Hohn in seiner Stimme.
„Ich ... ich weiß nicht. Ich muss jetzt gehen." Verflixt, sie konnte in der Nähe dieses Kerls kaum einen vernünftigen Satz denken, geschweige denn aussprechen. Sie versuchte, an ihm vorbeizukommen, aber urplötzlich packte er sie an den Oberarmen und drückte sie gegen die Wand. Emily schnappte nach Luft.
Er grinste. „Du bist ganz schön nervös, Mädchen. Irgendwas stimmt mit dir nicht, und ich wüsste nur zu gerne, was."
„Mit mir stimmt alles, ich hab's nur eilig. Lass mich bitte los!" Emily hasste sich dafür, dass ihre Stimme so zitterte, dass ihre Knie weich wie Pudding wurden, und sie sicher aussah wie ein verschrecktes Mäuschen. Typen wie Rocco musste man ganz anders entgegentreten, selbstbewusst und furchtlos. Aber sie hatte solche Angst ... solche Angst. Sie musste hier raus! Warum roch es hier plötzlich so nach Alkohol? Und hatte Rocco geraucht? Sein Atem stank nach Zigaretten. Oder nicht? Sie starrte ihn an, und seine Gesichtszüge zerflossen plötzlich und wurden zu einer Fratze des Schreckens. Emily schnappte panisch nach Luft und hatte das schreckliche Gefühl, zu ersticken.
Rocco sah sie merkwürdig an und stieß abfällig hervor: „Meine Güte, du hast echt ein Problem. Du willst mich also nicht näher kennen lernen? Auch gut, Pech für dich."

Er ließ sie abrupt los und wandte sich um, dabei hob er den Arm und rammte urplötzlich seinen Ellenbogen grob in Emilys Gesicht.
Sie schrie erschrocken auf, ließ ihren Rucksack fallen und presste beide Hände an ihre rechte Wange. Dort, wo Rocco sie getroffen hatte, brannte ein höllischer Schmerz, direkt unter ihrem Auge.
„Hoppla. Das wollte ich jetzt aber nicht. Was läufst du auch in meinen ausgestreckten Arm? So was aber auch." Er lachte schallend.
Emily fühlte, wie Tränen in ihre Augen schossen. Erstens tat es verdammt weh, und sie merkte, wie etwas in ihrem Gesicht anschwoll. Und zweitens, weil sie sich so schrecklich gedemütigt fühlte. Sie wollte hier nur noch weg, packte ihre Sachen und stürzte an Rocco vorbei zur Tür, die in diesem Moment geöffnet wurde.
Dr. Smith erschien. Er warf einen prüfenden Blick auf Emily, die sich immer noch die Wange hielt, und sah dann zu Rocco. „Darf ich fragen, was hier los ist? Alles in Ordnung, Emily?" Sie wich dem Blick des Lehrers aus und stammelte: „Ja, alles okay. Hab mich gestoßen. Entschuldigen Sie bitte, ich muss gehen." Auf keinen Fall wollte sie Dr. Smith von der Sache erzählen. Rocco würde sich sowieso herausreden, und sie hatte keine Kraft für solche Auseinandersetzungen. Obwohl ihr klar war, dass es nicht richtig war, ihn schon wieder davonkommen zu lassen. Außerdem trug sie immer noch diesen bescheuerten Ehrenkodex aus Grundschultagen in sich, der ihr sagte: *Du darfst nicht petzen!* Und so lief sie, ohne noch ein Wort zu sagen, an Dr. Smith vorbei, der ihr nachdenklich hinterher schaute.

Emily stürmte eilig durch die Flure zum Ausgang und versuchte, die Tränen zurückzuhalten. Sie war zornig auf Rocco, aber auch auf sich selbst. Warum hatte sie die Gelegenheit nicht ergriffen, ihm auch mal eins reinzuwürgen und Dr. Smith alles erzählt? Selbst wenn Rocco alles abgestritten hätte, wäre er zumindest unangenehm aufgefallen. Aber so lachte er sich jetzt wieder ins Fäustchen. Sie stieß die Tür nach draußen auf und hastete über den Hof zum Parkplatz. Ihr Blick fiel auf Niclas, der an das Motorrad gelehnt dastand und in einem Buch blätterte. Er durfte nichts mitbekommen von dem Vorfall eben, denn sie wollte auf keinen Fall, dass er sich mit Rocco anlegte. Und das würde er garantiert tun. Sie verabscheute Rocco und traute ihm mittlerweile alles zu. Und sie wollte Niclas nicht in seiner Nähe haben. Sie sah zu Niclas und fühlte, wie ihr wieder die Tränen kamen. Fast wäre sie losgerannt, um sich in seine Arme zu werfen und ihren ganzen Frust an seiner Schulter herauszuweinen. Aber sie musste sich unbedingt zusammenreißen, damit ihm nichts auffiel.

Niclas hob den Kopf und sah, wie Emily vom Schulhof auf den Parkplatz lief. Sie rannte fast und starrte dabei die ganze Zeit auf den Boden. Ihren Rucksack hatte sie über die Schulter gehängt und die Arme hielt sie fest vor der Brust verschränkt. Er runzelte die Stirn. Sie wirkte aufgelöst, dabei war sie doch vorhin noch in guter Stimmung gewesen. Er bückte sich und steckte das Buch, in dem er gelesen hatte, in seinen Rucksack. Kaum hatte er sich wieder aufgerichtet, als Emily ihn schon erreichte und ihre Arme um ihn schlang. Sie drückte ihr Gesicht wortlos an seine Schulter, und er umfasste sie zärtlich. Mit einer Hand strich er durch ihre Locken, mit der ande-

ren hielt er sie fest an sich gedrückt. „Hey, was ist denn mit dir los? Alles okay?“
Sie nickte. „Hm. Können wir gleich fahren.“
„Ja, sicher. Sag mal, du zitterst ja. Was ist denn los?“
Sie löste sich nun ein wenig von ihm, hielt aber immer noch den Kopf gesenkt und sah zu Boden. „Nichts. Es war nur ein anstrengender Tag. Bitte, Nic, lass uns einfach fahren, okay?“
Sie wandte sich um.
Er reichte ihr den Helm.
„Danke.“
Er betrachtete sie forschend, sah, wie ihre Hände zitterten. „Emily, bitte sag mir, was mit dir ist. Sieh mich mal an.“
Sie schüttelte den Kopf. „Nein, bitte lass uns fahren“, erwiderte sie flehend. Sie hob den Helm, um ihn über den Kopf zu ziehen, zuckte dann aber wieder zurück. „Ich glaube, ich kann den Helm nicht aufsetzen.“
„Und warum nicht?“
Sie biss sich auf die Lippen und hob langsam den Kopf. Er würde es ja sowieso sehen.
Niclas starrte sie erschrocken an. „Was ist das denn?“ Er legte den Finger unter ihr Kinn und hob ihr Gesicht an. Unter dem Auge war ihre Wange angeschwollen und deutlich gerötet. „Emily, was ist das? Sagst du mir jetzt bitte, was passiert ist?“
Sie wich seinem Blick aus und murmelte: „Ich ... nichts. Ich hab mich gestoßen. Am Spind. Vorhin, als ich die Bücher weggelegt hab. Du weißt schon, an der Tür.“
Niclas sah sie ungläubig an. „Du hast dich an der Tür vom Spind gestoßen? Und deshalb bist du total durcheinander und konntest mir das nicht gleich sagen?“

Sie zog die Schultern hoch. „Ja. Bitte, Nic, lass es gut sein, ich möchte nach Hause. Bitte."
Er sah sie an, sah, wie Tränen in ihre Augen stiegen und nickte schließlich. „Okay. Natürlich." Er strich ihr zärtlich über die unverletzte Wange. „Wir kühlen das zuhause, dann wird es nicht mehr so wehtun."
Sie nickte, dankbar, dass er keine Fragen mehr stellte, und lächelte ihm zaghaft zu. Ihr war natürlich klar, dass er ihr kein Wort glaubte, aber für den Moment würde er es gut sein lassen, und darüber war sie froh.
Niclas lächelte zurück, bis sein Blick auf Rocco fiel, der mit einem seiner Kumpel und zwei Mädchen ein Stück weit von ihnen aufgetaucht war. Rocco hob feixend den Arm und führte eine Stoßbewegung aus, dazu sagte er etwas und verzog dann weinerlich das Gesicht. Die anderen lachten und er grinste selbstgefällig. Niclas sah zu Emily hin, die Rocco ebenfalls bemerkt hatte und zu ihm hinüberstarrte. Sie schluckte und wandte sich hastig ab. „Komm, lass uns endlich fahren." Ihre Stimme zitterte.
Niclas umfasste ihren Arm. „War er das?" Er sah ihr forschend in die Augen, und auch ohne dass sie etwas erwiderte, wusste er Bescheid. „Das glaub ich ja jetzt nicht. Was hat er gemacht? Hat er dich etwa geschlagen, Emily?"
Sie schüttelte hastig den Kopf und sah ihn erschrocken an. Er war sehr blass geworden, seine Augen waren ganz dunkel vor Zorn. „Nein, es ... es war sicher ein Versehen. Ich war im Kopierraum, er ist reingekommen und dann ... dann ... wollte er mich nicht durchlassen und da ist es eben passiert, er hat mir den Ellenbogen ist Gesicht gestoßen. Bitte, Nic, lass ihn. Bitte." Sie fasste nach Niclas' Ärmel, doch er hatte sich schon in Bewegung gesetzt und schüttelte ihre Hand ab. „Niclas, nicht!"

Emily stürzte hinterher und hielt den Atem an, als er Rocco erreichte, ihn am Kragen packte und zu sich herumzerrte. Oh Gott, warum nur hatte sie sich nicht besser verstellen können?
„Was hast du gemacht? Hm? Du ... du bist ein feiges Arschloch. Kannst du dich nicht ein einziges Mal mit jemandem anlegen, der nicht schwächer ist als du?"
Eines der Mädchen kreischte auf, als Niclas Rocco beide Hände vor die Brust stieß und der fluchend nach hinten taumelte.
„Mann, bist du irre? Finger weg!" Rocco schlug mit der Faust nach Niclas, doch der duckte sich und hatte Rocco blitzschnell wieder gepackt.
„Richtig, Finger weg! Hab ich dir nicht gesagt, du sollst Emily in Ruhe lassen? Hab ich?" Er drückte Rocco gegen dessen Wagen und der funkelte ihn voller Hass an.
„Lass mich los, Delaney! Sonst wirst du das wirklich bereuen." Roccos Stimme kippte fast vor Wut, er sah aus den Augenwinkeln seinen Kumpel, sah die Mädchen, vor denen er gut dastehen wollte, und versuchte, sich mit aller Kraft aus Niclas' Griff zu winden.
Doch der hielt ihn eisern fest und zischte: „Bereuen werd ich das? Ich sag dir was: Wenn du Emily noch einmal anfasst, wirst du das bereuen, und zwar richtig. Fass sie nie wieder an! Komm nie wieder auch nur in ihre Nähe, sonst mach ich dich fertig! Kapiert?"
Emily sah entsetzt zwischen den beiden hin und her. Roccos Augen versprühten blanken Hass, und sie wusste, das würde er Niclas nie verzeihen, dass der ihn hier dermaßen bloßstellte. Noch nie hatte sie Niclas so wütend gesehen. Sie wusste von seiner Verachtung für Rocco, wie sehr er es verabscheute, wenn der mal wieder Schwächere drangsalierte. Und sie wusste, wie sehr er sie

vor allem beschützen wollte, was ihr wehtun könnte. Sie trat einen Schritt vor und legte ihre Hände auf Niclas' Hüften. „Lass ihn los! Bitte. Bitte, komm jetzt."
Er warf ihr über die Schulter einen kurzen Blick zu. „Vergiss nicht, was ich dir gesagt habe! Komm ihr nie wieder zu nahe!", wandte er sich noch einmal an Rocco.
Rocco warf erst ihm, dann Emily einen hasserfüllten Blick zu. „Hau ab und nimm deine kleine Schlampe mit. Eins solltest *du* nicht vergessen, Delaney: Das hier wirst du noch bereuen."
Niclas verzog angewidert das Gesicht und stieß Rocco wieder gegen den Wagen, als hinter ihnen eine Stimme ertönte: „Was ist hier los? Auseinander, aber sofort!"
Emily wandte sich um und sah Dr. Smith, der sich zwischen den anderen, die um sie herumstanden, hindurch schob und seine Hand auf Niclas' Arm legte. „Niclas? Haben Sie mich verstanden?"
Der atmete noch einmal kurz durch und ließ Rocco dann widerstrebend los. Er trat einen Schritt zurück und legte seinen Arm um Emilys Taille, während er Rocco nicht aus den Augen ließ. Der starrte ihn weiterhin hasserfüllt an, senkte dann aber den Kopf und sah, mit vor der Brust verschränkten Armen, zu Boden.
„So, kann mir nun bitte mal jemand sagen, um was es hier geht?" Dr. Smith' Blick schweifte zwischen Niclas und Rocco hin und her. „Mr. Bentz? Sie sind mir vorhin im Kopierraum bereits aufgefallen, gibt es da vielleicht etwas, was Sie mir sagen möchten?"
Rocco wich dem Blick des Lehrers aus und schüttelte den Kopf. „Weiß nicht, was Sie meinen."
„Nun gut. Niclas? Haben Sie vielleicht etwas dazu zu sagen?" Dr. Smith musterte Niclas forschend. Er mochte den jungen Mann sehr, und ihm war klar, dass Niclas

niemals ohne Grund auf Rocco losgehen würde. Aber genauso klar war ihm auch, dass er diesen Grund nicht erfahren würde. Obwohl er sich denken konnte, was passiert war, wenn er in Emily Alexanders Gesicht schaute und die Schwellung unter ihrem Auge ansah.

Emily blickte zu Niclas hoch, sah, wie er die Zähne zusammenbiss und stumm den Kopf schüttelte.

Dr. Smith nickte. „Nun, ich kann Sie natürlich nicht zwingen, mir zu sagen, was passiert ist. Aber ich möchte klarstellen, dass wir solche Raufereien hier nicht dulden. Und halten Sie mich bitte nicht für dumm, Mr. Bentz. Ich werde Sie im Auge behalten."

Rocco funkelte den Lehrer zornig an. „Mich? Wieso mich? Was kann ich dafür, wenn Delaney wie ein Irrer auf mich losgeht?"

Dr. Smith machte eine ungeduldige Handbewegung. „Wie gesagt, halten Sie mich nicht für dumm. Und nun würde ich vorschlagen, lösen wir diese kleine Runde hier auf und jeder geht nach Hause." Er zeigte auf den Wagen und sagte in Roccos Richtung: „Steigen Sie ein! Na los. Und, Rocco ... ersparen Sie sich eine Beschwerde bei Ihrem Vater über mich. Es ist Zeitverschwendung, Sie verstehen?"

Rocco warf einen wütenden Blick zu Niclas, dann drehte er sich wortlos um, stieg ein und gleich darauf heulte der Motor der knallgelben Corvette auf. Er gab Gas und bog mit quietschenden Reifen vom Parkplatz auf die Straße ab, während ihm die Zurückgebliebenen stumm hinterher sahen. Die beiden Mädchen murmelten etwas, wandten sich um und gingen hastig davon. Auch Roccos Kumpel folgte ihnen eilig.

Dr. Smith wandte sich an Niclas und Emily. „Dürfte ich Sie beide auch bitten? Und, Niclas ... ich weiß nicht, was vorgefallen ist, aber ich bin mir sicher, Sie hatten gute Gründe, wütend auf Mr. Bentz zu sein. Dennoch, beim nächsten Mal muss ich so etwas dem Direktor melden, das wissen Sie? Und Sie wissen sicher auch, wie gut Bentz senior mit ihm steht. Also, reißen Sie sich zusammen, das Schuljahr ist ja bald zu Ende." Er wandte sich zum Gehen, drehte sich jedoch noch einmal um und sagte mit einem leicht ironischen Unterton: „Nicht, dass ich Sie nicht verstehen und es ihm nicht gönnen würde. Das bleibt aber unter uns."

Niclas senkte den Kopf. „Natürlich. Danke, Dr. Smith. Es tut mir leid, ich wollte Ihnen keine Unannehmlichkeiten bereiten."

Ein leichtes Lächeln glitt über das Gesicht des Lehrers. „Keine Sorge, das haben Sie nicht. Sehen Sie zu, dass Sie beide sich fern halten von diesem jungen Mann. Er ist hinterhältig und skrupellos. Und nun fahren Sie nach Hause." Dann zeigte er auf Emilys Wange. „Das sollten Sie kühlen."

Sie nickte stumm und folgte Niclas, der sie an der Hand hinter sich her zum Motorrad zog. Ihre Knie zitterten und ihr war übel. Vor einer Stunde war es noch so ein schöner Tag gewesen, sie hatten eine kleine Motorradtour geplant, und nun schien der strahlend blaue Himmel sich schlagartig verdunkelt so haben. Sie sah Roccos hasserfüllten Blick vor sich, hörte seine Worte: ‚*Das hier wirst du noch bereuen*'. Er fühlte sich von Niclas gedemütigt und vor seinen Begleiterinnen bloßgestellt, und das würde er ihm nicht vergessen. Typen wie Rocco vergaßen nie.

Neben dem Motorrad blieb Niclas stehen und drehte sich zu Emily um. Er sah in ihr blasses Gesicht, schlang seine Arme um sie und zog sie an sich. „Alles okay? Hör zu,

Em, ich weiß, du wolltest, dass ich wegbleibe von Rocco, aber das ... das geht nicht. Ich steh nicht da und sehe zu, wie der Arsch dir wehtut. Das kann ich nicht, verstehst du? Und das werde ich nicht. Niemals."

Emily biss sich auf die Lippen. „Ich weiß. Das weiß ich doch, und, glaub mir, ich liebe dich dafür, dass du mich beschützen willst. Aber ... Rocco, er hat dir gesagt, du wirst das noch bereuen, und ich glaube, er meint das ernst." Sie löste sich ein Stück von Niclas und sah ihn an. „Hast du nicht bemerkt, wie er dich angeschaut hat? Er hasst dich. Und das ist allein meine Schuld." Emily klang verzweifelt.

Niclas schüttelte heftig den Kopf und zog sie wieder an sich. „Rede doch keinen Unsinn, Emily. Das ist nicht deine Schuld. Der Kerl war schon immer ein Psychopath. Und er konnte mich noch nie ausstehen, weil er weiß, dass ich mir nichts gefallen lasse. Ich komm schon klar mit ihm, mach dir keine Sorgen, okay?"

Sie zog zweifelnd die Schultern hoch.

Niclas senkte den Kopf und drückte sein Gesicht in ihre Locken. „Das, was dir damals passiert ist, konnte ich nicht verhindern, aber ich tu alles, damit dir nie wieder jemand wehtut", sagte er leise.

Emily schmiegte ihr Gesicht an seine Schulter und schloss die Augen. Ja, Niclas würde alles tun, um sie zu beschützen, egal, was es ihn kosten würde. Er hatte seine Mutter verloren und nichts dagegen tun können, und sie wusste, was sein größter Albtraum war.

An diesem Abend gingen sie bereits früh zu Bett, und Emily schmiegte sich erschöpft in Niclas' Arme. Sie versuchte, den Vorfall heute ähnlich locker zu nehmen wie er, und sich nicht allzu viele Gedanken über Roccos

Worte zu machen, was ihr allerdings nicht besonders gut gelang.

Die nächsten Wochen vergingen, entgegen aller Befürchtungen, jedoch ruhig. Rocco hielt sich komplett fern von Niclas und Emily, und allmählich verblassten seine hasserfüllten Worte. An diesem Samstag hatte Mr. Gray, der Chef aus dem Bau- und Gartenmarkt, Emily gebeten, zur Arbeit zu kommen, denn der Laden musste umdekoriert werden. Sie hatte sehr gerne zugesagt, erstens, weil Mr. Gray ein sehr angenehmer, entgegenkommender Chef war, und zweitens, weil ihr solche Dekorationsarbeiten sehr viel Spaß machten. Mara hatte ihr das Auto geliehen, und nach Arbeitsende war sie auf dem Weg zu Niclas. Sie parkte den Wagen vor dem Grundstück der Delaneys und ging durch den Vorgarten zur Haustür. Niclas, der nicht hatte arbeiten müssen, hatte den Tag dazu nutzen wollen, seinem Vater bei Reparaturarbeiten an der Terrasse zu helfen. Emily klingelte, und gleich darauf öffnete Taylor ihr die Tür. „Emily, hallo. Komm rein, ich bin auch gerade erst gekommen. Von den Jungs ist nichts zu sehen, Peter ist noch mal weggefahren und Niclas ist wohl oben. Ist das heute ein Mistwetter, was?“
Emily nickte. „Ja, allerdings. Hallo Taylor. Wie geht es Ihnen?“ Sie mochte die junge Frau sehr und freute sich immer, wenn sie sich trafen.
„Danke, es geht so. Irgendwie bin ich urlaubsreif. Und du? Alles okay?“
„Ja, danke. Mir geht es gut. Vielleicht klappt es ja bald einmal mit einem Urlaub. Sie und Mr. Delaney, das wäre doch toll, oder?“
Taylor lachte. „Ja, sag ihm das mal. Er ist ein Arbeitstier. Lass das bei Niclas am besten gar nicht erst einreißen.“

Emily lächelte. „Ich werde es versuchen. Okay, ich geh dann mal hoch, bis nachher.“ Sie winkte Taylor zu und lief die Treppe nach oben. Vor Niclas‘ Zimmer blieb sie kurz stehen und lächelte. Eigenartig, wenn sie ihn nur ein paar Stunden nicht sah, vermisste sie ihn schon. Sie klopfte kurz an und öffnete schwungvoll die Tür, um dann jedoch mitten in der Bewegung zu verharren und ungläubig auf das Bild zu starren, das sich ihr bot. Niclas kam gerade aus dem angrenzenden Badezimmer. Er trug Shorts, sonst nichts. Und auf der Couch saß Laura Jennings, die sogleich aufsprang und flötete: „Hey, da bist du ja wieder. Ich hab schon gedacht, du kommst gar nicht mehr. Na ja, wenn man so verschwitzt ist, braucht man ein wenig länger, hm? Ach, Süßer, komm her, lass dich drücken.“ Damit fiel sie Niclas um den Hals und küsste ihn stürmisch auf den Mund. Emily stand wie erstarrt in der Tür und fühlte, wie sich ein eiskalter Klumpen in ihrem Magen bildete. Die Szenen auf dem Feuerwehrball standen schlagartig wieder vor ihrem inneren Auge ... Laura und Niclas. Auch dort hatte Laura ihn geküsst. Damals hatte er ihr versichert, es wäre nichts weiter passiert, und sie hatte ihm natürlich geglaubt. Doch was war das hier? Was tat Laura in Niclas‘ Zimmer? Und wieso sagte sie ihm, da wäre er ja *wieder*? Wieso wieder? Wie lange war sie denn schon hier? Und von was war Niclas so verschwitzt? Von der Arbeit an der Terrasse, oder von etwas ganz anderem? Emily verspürte einen dicken Kloß in der Kehle und wandte sich hastig ab. Aus den Augenwinkeln sah sie, dass die beiden sie bemerkt hatten, und rannte, so schnell sie konnte, die Treppe nach unten. Holte Niclas sich bei Laura das, was sie ihm nicht geben konnte?

Nein! Nein, nein, nein! Das würde er niemals tun. Niemals. Sie wusste das, dennoch hastete sie weiter. Sie hörte, wie Niclas nach ihr rief und oben aus seinem Zimmer kam.
Taylor trat gerade aus der Küche und sah ihr verdutzt hinterher. „Emily ... was ...“
Emily erreichte die Haustür, riss sie auf und zerrte dabei den Wagenschlüssel aus der Tasche ihrer Jeans. Tränen brannten in ihren Augen und ein heftiges Schluchzen stieg in ihr auf.
„Emily, warte! Warte doch! Du hast das völlig falsch verstanden.“
Sie blieb neben dem Wagen stehen und drehte sich wütend zu Niclas um, der hinter ihr an der Haustür auftauchte. „Ach ja? Was gibt‘s da falsch zu verstehen? Schon wieder Laura. Offenbar hast du dich ohne mich heute nicht gelangweilt.“ Ihr war klar, dass sie jetzt stehen bleiben und sich Niclas‘ Erklärung anhören sollte, aber tief in ihr fraßen sich die so mühsam in Schach gehaltenen Minderwertigkeitskomplexe wie Säure in ihr Herz. „Hau ab! Lass mich in Ruhe, kapiert? Ich hör mir deine Lügen nicht an“, schluchzte sie. Hastig schloss sie die Tür des Wagens auf und ließ sich auf den Fahrersitz fallen. Die Beifahrerseite war zum Glück verriegelt, sodass Niclas nicht einsteigen konnte. Sie knallte die Tür zu und drückte den Knopf auf ihrer Seite ebenfalls nach unten.
Niclas tauchte neben ihr auf und klopfte an die Scheibe. „Em, mach auf! Steig wieder aus! Sei doch nicht albern. Komm schon, bitte!“
Albern? Sie war albern? Wer knutschte denn hier dauernd mit seiner Ex rum? Schon zum zweiten Mal jetzt. Emily drehte den Zündschlüssel um, legte den Gang ein und gab Gas. Niclas schlug mit der flachen

Hand an die Scheibe, doch sie beachtete ihn nicht und sah starr geradeaus. Der Wagen ruckte kurz und fuhr dann an. Im Rückspiegel sah sie Niclas, der ihr ungläubig hinterher schaute.

Niclas starrte dem davonfahrenden Wagen hinterher und schüttelte den Kopf. „Scheiße, das gibt's doch nicht."
Ein älteres Paar, das gerade an ihm vorbeiging, musterte ihn mit eigenartigen Blicken.
Er lächelte etwas verlegen, wandte sich hastig um, eilte durch den Vorgarten zurück zum Haus, knallte die Haustür hinter sich zu und fluchte, als er sich den nackten Fuß am Garderobenschrank anstieß.
„Nic? Sag mal, was machst du denn? Wieso läufst du nur in Shorts hier herum? Und was ist mit Emily? Sie ist doch eben erst gekommen, und jetzt läuft sie völlig überstürzt davon." Taylor sah ihn verwundert an.
„Ja, das war grad ein blödes Missverständnis."
In diesem Moment kam Laura die Treppe herunter.
Taylor zog die rechte Augenbraue hoch. „Ah so. Ich glaube, dein Missverständnis kommt gerade die Treppe herunter."
Niclas fuhr sich mit einer Hand durch die Haare. „Nein ... also, ja. Das ist doch alles ganz anders." Er wandte sich zu Laura um. „Laura, hör zu, ich muss weg. Machs gut, ich wünsch dir viel Glück in der neuen Stadt. Okay? Ciao." Damit stürzte er an ihr vorbei die Treppe nach oben, um sich anzuziehen. Verdammt, verdammt, verdammt! Wieso hatte Emily genau in dem Moment hereinkommen müssen, als Laura ihn schon wieder geküsst hatte? Wieso hatte er auch nicht besser aufgepasst? Er kannte doch Laura und ihre Art, jeden abzuknutschen. Ihm war klar, dass das nichts zu bedeuten hatte, aber

Emily offensichtlich nicht. Und das konnte er ihr auch nicht verdenken, nach der Aktion auf dem Ball. Er zerrte hastig seine Jeans hoch, zog einen Pullover über und lief nach unten. Dort zog er seine Schuhe an, die Lederjacke und schnappte sich den Helm. „Taylor, ich bin dann mal weg."

Sie lehnte in der Küchentür und betrachtete ihn forschend.

Er sah sie an. „Das war wirklich nicht so, wie es aussah, glaub mir. Ich liebe Emily. Nur sie."

Taylor lächelte. „Ich weiß. Du bist ja schließlich deines Vaters Sohn."

Niclas lächelte zurück, und plötzlich wurde ihm bewusst, wie sehr er Taylor mittlerweile mochte. Sie spielte sich nie als eine Art Muttersatz auf, dennoch hatte er das Gefühl, auf sie zählen zu können. „Ja, das wird es sein. Danke."

Sie sahen sich einen Moment in die Augen, dann nickte Taylor. „Also, mach hin! Worauf wartest du? Klär die Sache auf. Sie wird dir glauben, sie kennt dich doch."

Gleich darauf lenkte Niclas die Kawasaki langsam aus der Garage und überlegte, wo Emily wohl hingefahren sein konnte. Es regnete in Strömen, sicher war sie nach Hause gefahren. Er bog auf die Straße ab und erreichte zehn Minuten später Emilys Haus. Er klingelte, doch nichts rührte sich. Sogar von Ben war nichts zu sehen und zu hören, was merkwürdig war, denn normalerweise schlug der Hund sofort an, wenn jemand an der Tür war. Niclas klingelte noch einmal und ging anschließend um das kleine Haus herum. Durch den Regen und die Wolken war es sehr dunkel geworden, normalerweise hätte drinnen Licht brennen müssen, doch alles war finster. Er

schüttelte den Kopf und zog das Handy aus der Jackentasche. „Em, komm schon, geh doch ran."
Im Inneren des Hauses hörte man das Klingeln des Telefons, doch niemand hob ab. Er versuchte es auf Emilys Handy, aber auch hier blieb es bei einem vergeblichen Versuch. „Verflixt, wo steckst du?" Er wählte Maras Nummer. „Mara, hi, hier ist Niclas. Sag mal, sind Emily und Ben bei euch?"
„Hi, Nic. Ben ist hier, ja, aber Emily nicht. Sie war vorhin kurz da und hat das Auto zurückgebracht, ich habe sie allerdings nicht gesehen. Sie hat Andrea den Schlüssel gegeben und ist dann gleich wieder gegangen. Ich habe mich noch gewundert, warum sie Ben nicht mitgenommen hat."
Niclas fuhr sich durch die Haare. „Ach so. Ich stehe hier vor ihrem Haus, aber da ist sie anscheinend auch nicht. Hat sie Andrea vielleicht gesagt, wo sie hinwollte?"
„Ich weiß nicht. Warte, ich frage sie mal." Er hörte, wie Mara nach ihrer Schwester rief und ein paar Worte mit ihr wechselte, dann war sie wieder am Apparat. „Nein, sie hat nichts gesagt, aber Andrea meint, sie hätte ausgesehen, als ob sie geweint hätte. Hattet ihr Streit, Niclas? Sie wollte doch nach Feierabend zu dir."
Er zögerte. „Ja, da war sie auch. Kurz. Sie hat da etwas total missverstanden und ist gleich wieder gefahren. Und nun weiß ich nicht, wo sie ist. Wo könnte sie denn hin sein bei dem Mistwetter?"
„Also habt ihr euch gestritten?"
Niclas verdrehte die Augen. „Ja, wenn du so willst, ja. Streitest du dich nie mit Thomas?"
Mara schien zu überlegen. „Doch, sicher. Also, ich weiß nicht, wo sie sein könnte. Soll ich dir suchen helfen?"

„Nein, lass man, ich finde sie schon. Okay, ich muss los. Danke, Mara. Rufst du mich an, wenn Emily sich bei dir meldet?“
„Ja, mach ich. Ruf du mich bitte auch an.“
Niclas ging zu seiner Maschine zurück, zog den Helm über und blieb noch einen Moment stehen. Er hatte keine Ahnung, wo Emily sein könnte. Es goss wie aus Kübeln, es war kühl und unangenehm. Wo war sie nur? Er stieg auf und fuhr langsam los. Nach und nach klapperte er alle Bekannten ab, von denen er dachte, Emily könnte sie besuchen, aber niemand hatte sie gesehen. Er rief bei Kevin und Susan an und fuhr wieder zu Emilys Haus zurück, aber dort war nach wie vor alles dunkel. Ihre Nachbarin, Mrs. Johnson, fiel ihm ein, er wusste, wie sehr Emily die alte Dame mochte. Also klingelte er bei ihr, aber als die Tür geöffnet wurde und Mrs. Johnson ihn fragend ansah, war ihm bereits klar, dass Emily auch hier nicht war. Er probierte es immer wieder auf ihrem Handy, aber niemand meldete sich, und allmählich begann er sich wirklich Sorgen zu machen. Nachdem er sich bei Mrs. Johnson für die Störung entschuldigt hatte, fuhr er zu dem kleinen Bahnhof in der Stadt. Vielleicht war Emily so sauer, dass sie zu ihren Eltern fahren wollte? Auf den Fahrplänen jedoch sah er, dass in den letzen zwei Stunden kein Zug gegangen war, den sie hätte nehmen können. In seiner zunehmenden Verzweiflung fuhr er sogar zum Baumarkt, der ja immer noch geöffnet hatte, in der unsinnigen Hoffnung, dass Emily vielleicht noch ein wenig hatte arbeiten wollen. Mr. Gray versicherte ihm jedoch, dass sie, nachdem sie vorhin gegangen war, nicht mehr hier gewesen sei. Anschließend fuhr er zum einzigen Kino der Stadt, denn mit einem schönen Film konnte man sich bei diesem Wetter ganz gut die Zeit ver-

treiben, außerdem war es auch eine gute Ablenkung. Er zeigte dem Mann an der Kasse Emilys Foto, das er im Geldbeutel hatte, doch der schüttelte den Kopf.
„Verdammt, das gibt's doch nicht. Komm schon, Em, geh doch endlich ran und sag mir, wo du bist und dass alles in Ordnung ist.“ Niclas starrte auf das Handy und fühlte eine eiskalte Angst in sich aufsteigen. Wo war Emily? Es würde ihr doch nichts zugestoßen sein? Aber dann wären doch Mara und ihre Familie benachrichtigt worden, oder vielleicht sogar er selbst. Nein, sie war okay. Ganz bestimmt. Aber warum meldete sie sich nicht bei ihm? Konnte sie sich nicht denken, dass er fast verrückt wurde vor Sorge um sie? Sie wusste doch, dass er mit solchen Situationen nicht gut klarkam. War sie so wütend auf ihn, dass es ihr egal war, wie er sich fühlte? Das passte gar nicht zu Emily. Er versuchte, sich einzureden, auch wütend auf sie zu sein, aber die Angst in ihm wurde immer stärker, und er fühlte sich unsagbar elend. Die alten Erinnerungen stiegen wieder in ihm auf und krallten sich wie Kletten in seinen Gedanken fest.
Mittlerweile wusste er wirklich nicht mehr, wo er noch suchen sollte, konnte aber auch nicht untätig herumsitzen. Und so fuhr er zum Friedhof und hastete zum Grab seiner Mutter, in der Hoffnung, Emily vielleicht hier zu finden, aber auf dem ganzen Gelände war keine Menschenseele zu sehen. Niclas starrte voller Frustration auf das Grab. Die Blumen und Pflanzen waren triefnass und ließen genauso traurig den Kopf hängen wie er selbst. Und plötzlich wusste er es. Er wusste, wo Emily war. Wieso nur war er nicht schon früher drauf gekommen? Wohin hatte er selbst sich denn schon oft zurückgezogen, wenn es ihm so richtig dreckig ging? An seinen Lieblingsplatz auf den Hügeln über der Stadt. Emily liebte

diesen Ort ebenfalls und dort hatte sie vielleicht das Gefühl, ihm nahe sein zu können. Sie hatte zwar kein Auto, aber man konnte auch zu Fuß gut hingelangen, es war nicht zu weit, um dorthin zu laufen. Er stürmte zwischen den Grabreihen hindurch zurück zum Ausgang. Sie musste einfach dort sein, denn er hatte keine Ahnung, wo er sonst noch nach ihr suchen sollte, und eine innere Stimme sagte ihm, dass sie ihn dringend brauchte.
Er brauchte nur ein paar Minuten, dann parkte er die Maschine an dem üblichen Platz und eilte mit großen Schritten den schmalen Pfad entlang den Berg hinauf. Auf dem kleinen Plateau angekommen, sah er sich hastig um, und für einen Moment raubte ihm die Enttäuschung fast den Atem. Sie war nicht hier. Das konnte doch nicht wahr sein, er war sich so sicher gewesen. Doch als er sich schon enttäuscht abwenden wollte, sah er sie schließlich. Sie saß an einen großen Felsbrocken gelehnt auf dem nassen Boden, den Kopf in den Armen vergraben, und rührte sich nicht. Nicht mal eine Jacke trug sie, nur einen dünnen Pulli, vermutlich war sie halb erfroren. „Emily!"
Er war mit wenigen Schritten bei ihr, ging vor ihr in die Hocke und hätte sie am liebsten in die Arme genommen, aber er ahnte, dass das im Moment vermutlich keine besonders gute Idee war. „Emily, Gott sei Dank, da bist du ja. Ich hab dich überall gesucht. Bist du okay? Gott, was machst du denn hier?"
Sie hob den Kopf, und ihr Anblick schnitt ihm tief ins Herz. Ihr Gesicht war totenblass, sie war nass und zitterte wie Espenlaub. Sie starrte ihn aus rot geweinten Augen an. „Falsche Frage. Was machst *du* hier? Hat sie dich gehen lassen?"
„Mich gehen lassen? Wer? Laura? Schatz, du hast das völlig falsch verstanden."

Sie verzog das Gesicht zu einem schmerzlichen Lächeln. „Hab ich das? Du meinst, so wie damals auf dem Ball?"
„Was? Nein. Hör zu, ich verstehe, dass du deswegen immer noch sauer auf mich bist. Aber heute ..."
„Gar nichts verstehst du. Und jetzt geh weg, ich will dich nicht sehen." Ihre Augen hingen voller Schmerz an ihm.
„Ich werde ganz bestimmt nicht weg gehen. Zumindest nicht ohne dich. Komm, zieh meine Jacke an, du musst ja halb erfroren sein." Er zog seine Lederjacke aus und hielt sie ihr hin, doch sie schüttelte stumm den Kopf und schob seine Hand weg. Niclas zog die Jacke seufzend selbst wieder an. „Laura war nur bei mir, um sich zu verabschieden. Ihr Vater ist kurzfristig nach New York versetzt worden. Sie werden nächste Woche bereits umziehen, und sie wollte nur all ihren Freunden auf Wiedersehen sagen."
Emily nickte. „Ach so. All ihren Freunden. Ich wusste gar nicht, dass ihr beide so gute Freunde seid. Obwohl, warte, du bist ja ihr Ex, da hast du natürlich einen besonderen Status, klar." Sie senkte den Kopf und schwieg einen Moment. „Hast du mit Laura geschlafen, Niclas?", fragte sie flüsternd.
Er starrte sie ungläubig an. „Wie bitte? Du fragst mich, ob ich mit Laura geschlafen habe? Das kann doch nicht dein Ernst sein. Emily, das kannst du doch nicht wirklich glauben."
Sie hob den Kopf, und er sah die Tränen, die über ihre bleichen Wangen flossen. Sie starrte ihn an, plötzlich jedoch sprang sie auf, und er dachte schon, sie wolle wieder weglaufen, doch sie blieb stehen und schlang ihre Arme um den Oberkörper.
Er erhob sich nun ebenfalls. „Emily, sag mir, dass du das nicht von mir glaubst!" Sein Blick bohrte sich in ihren.

Sie starrte trotzig zurück. „Ich habe keine Ahnung, was ich glauben soll. Laura war immerhin mal deine Freundin. Sie ist bildhübsch, offenbar immer noch total vernarrt in dich, und sie war vorhin in deinem Zimmer. Du warst halb nackt, und sie hat dich umarmt und geküsst. Und ich hatte nicht den Eindruck, als ob du davon besonders unangenehm berührt gewesen wärst. Also, sag du mir, was ich glauben soll?"
Niclas schüttelte den Kopf. „Okay. Ich verstehe dich ja. Es sah wohl wirklich irgendwie merkwürdig aus, aber, glaub mir doch, da war nichts. Wirklich nicht. Ich war selbst völlig überrascht davon. Wieso nur willst du mir nicht glauben? Habe ich dich jemals angelogen?"
Sie starrte ihn weiterhin an und wischte sich mit einer zornigen Bewegung die Tränen aus dem Gesicht. „Wenn du es doch wenigstens zugeben würdest."
„Zugeben? Was denn zugeben?" Niclas fühlte, wie er allmählich wütend wurde. Er war völlig durchnässt, genau wie Emily. Er hatte sich schreckliche Sorgen um sie gemacht, und nun stand er hier, hatte sie endlich gefunden, und sie wollte ihm weder zuhören, noch vernünftig mit ihm reden.
„Dass du es vermisst. Du weißt schon, das, was ich dir nicht geben kann. Du bist jung, du bist gesund, du siehst toll aus, gib es doch einfach zu." Emily war jetzt ziemlich laut geworden. Niclas starrte sie entgeistert an. Was war denn bloß in sie gefahren? Er hatte jetzt wirklich keine Lust mehr auf dieses Theater. „Emily, lass das jetzt, bitte! Du bist aufgebracht und erschöpft. Lass uns nach Hause fahren, dort können wir uns umziehen und über alles reden, okay?"
„Ich gehe mit dir überhaupt nirgends hin. Geh doch zu Laura." Tränen schossen jetzt wie Sturzbäche über Emi-

lys Wangen, und sie hasste sich für diese Worte, die wie von selbst aus ihrem Mund zu kommen schienen. Sie sah, wie verärgert Niclas war, wie sehr ihn ihre Worte treffen mussten, aber sie konnte nicht damit aufhören. Gott, wie sehr sie es hasste, so zu sein. Wie sehr sie es hasste, so anders zu sein. Wie sollte jemand wie Niclas sie lieben können? Wo er doch jedes andere Mädchen haben konnte.

Niclas atmete tief durch. „Also, es reicht mir jetzt wirklich. Ich suche schon seit einer Ewigkeit nach dir, kannst du dir vorstellen, was ich mir für Sorgen gemacht habe? Du willst mir nicht zuhören und unterstellst mir die absurdesten Dinge. Ich hab echt keine Lust mehr, hier in der Kälte mit dir weiterhin diese fruchtlosen, kindischen Diskussionen zu führen. Du kommst jetzt mit, du holst dir hier noch den Tod.“ Damit packte er Emily am Arm und zog sie mit sich.

Sie versuchte, seine Hand abzuwehren. „Na und? Sei doch froh, dann bist du mich endlich los. Aber weißt du was, wahrscheinlich hast du Recht und ich reagiere völlig über. Vermutlich ist es normal, seine Ex zu knutschen, ich hab davon ja keine Ahnung, ich habe keinen Exfreund. Ich habe nur zwei Vergewaltiger zu bieten. Sonst nichts.“

Niclas wandte sich ruckartig zu ihr um, und sie sah, wie entnervt und wütend er war. „Bist du irre? Was redest du denn da?“ Er war jetzt ebenfalls sehr laut geworden und seine Augen funkelten vor Zorn. „Du hörst jetzt auf mit diesem Scheiß. Ich trage dich sonst zum Motorrad und binde dich darauf an, kapiert? Das ist mir jetzt wirklich total egal.“

Emily versuchte, sich aus seinem Griff zu winden. „Lass mich los, du tust mir weh. Und tu doch nicht so, als ob du

dir Sorgen um mich machen würdest. Du bist doch wie alle anderen Typen auch. Ich dachte, du wärst anders, aber du bist ganz genau so“, schrie sie.
Niclas ließ sie widerwillig los und starrte sie fassungslos an. Ihre Augen schossen Blitze, sie war völlig außer sich.
„Gib es doch zu. Es geht immer um Sex, immer nur um Sex. Laura gibt dir das, was ich dir nicht geben kann, oder besser, was du von mir ja nicht mal haben willst.“
Niclas schüttelte den Kopf. „Du bist ja verrückt. Hast du eine Ahnung, was du da redest?“
Emilys Haare waren klatschnass, genau wie ihre Klamotten. Ihr Shirt klebte an ihrem Körper, und trotz all dem Ärger und Zorn, den er gerade empfand, war ihm bis in jede Faser seines Herzens bewusst, wie sehr er sie liebte.
„Willst du es vielleicht abstreiten? Du ... du traust dich ja kaum, mich anzufassen. Immer ziehst du dich von mir zurück, wenn wir uns ein wenig näher kommen. Gib es doch zu, dass du ... dass du dich vor mir ekelst. Ist ja auch kein Wunder.“ Die letzten Worte waren kaum noch zu verstehen, so leise war sie geworden. Emily senkte den Kopf und stand einen Moment lang still da. Dann stürzte sie plötzlich los und wollte an Niclas vorbei, doch er streckte blitzschnell die Hand aus und packte sie am Arm. Ohne ein weiteres Wort zog er sie an sich und senkte seinen Mund auf ihren. Sein Kuss war hart und fast grob. Emily schnappte nach Luft und versuchte, ihn von sich weg zu schieben, doch ihr Körper reagierte sofort auf Niclas. Sie hob die Arme und ihre Hände fuhren zitternd in seine nassen Haare. Sie roch sein Duschgel, den Regen auf seiner Haut, und ein heftiges Beben durchlief sie von Kopf bis Fuß. Ihre Finger vergruben sich in seinen Haaren und sie zog ihn noch näher zu sich hin. Sie schmeckte Niclas‘ Atem, seine Hände strichen

über ihren Rücken unter ihren Pullover, und er presste sie so fest an sich, dass sie fast das Gefühl hatte, mit ihm zu verschmelzen. Sein Atem ging heftig, und sie konnte deutlich fühlen, wie durcheinander er war, aber auch, wie sehr ihn dieser Kuss erregte. Etwas, was er sie bis jetzt noch nie hatte spüren lassen.
„Emily." Seine Stimme klang heiser, als er leise ihren Namen flüsterte. Dann jedoch ließ er sie so plötzlich los, dass sie fast nach hinten getaumelt wäre. Sie schaute ihm in die Augen, sah, wie sehr ihre Worte ihn verletzt hatten.
„Und? Bist du jetzt zufrieden? Siehst du, wie sehr ich dich will und was du mit mir machst? Sogar in so einer beschissenen Situation wie dieser raubst du mir den Verstand, sodass ich kaum noch klar denken kann." Er strich sich mit beiden Händen durch die Haare und schüttelte den Kopf. „Monatelang hab ich vermieden, dir zu zeigen, wie sehr ich dich begehre, um dich nicht noch mehr zu verunsichern und dir Zeit zu lassen. Aber vielleicht war das ja auch ein Fehler, wenn du nun so über mich denkst. Dabei wollte ich nur Rücksicht auf dich nehmen, weil ich dich über alles liebe und dir etwas Entsetzliches passiert ist. Nichts sollte dich daran erinnern, alles, was ich wollte, war, dass du dich wohl und sicher bei mir fühlst. Dass du mir das jetzt so auslegst und mir unterstellst, heimlich mit Laura ins Bett zu steigen, konnte ich ja nicht ahnen." Er klang zutiefst verletzt. Emily starrte ihn erschrocken an. All die Wut und Enttäuschung, die eben noch in ihr getobt hatten, waren plötzlich wie weggewischt, und sie fühlte, wie heiße Scham in ihr aufstieg. Was hatte sie nur getan? Wie hatte sie Niclas all diese furchtbaren Dinge an den Kopf werfen können? Niclas! Ihrem Niclas, den sie mehr liebte als ihr eigenes Leben. Und von dem sie genau wusste, dass er sie genauso liebte und dass er ihr

das niemals antun würde. „Ich ... ich weiß nicht, ich ...“ Sie brach ab und schluckte. Was sollte sie sagen? Wie etwas erklären, was sie sich selbst nicht erklären konnte?
Sein Blick hing an ihr, dann strich er sich durch die Haare und murmelte: „Warum kannst du mir nicht einfach vertrauen?“
Emily zuckte hilflos mit den Schultern. „Ich weiß nicht. Es tut mir leid. Ich ... ich vertrau dir doch.“
Er schüttelte den Kopf, und ein unglückliches Lächeln umspielte seine Lippen. „Offenbar nicht genug, wenn du mir zutraust, einfach mal so mit Laura zu schlafen.“ Er stand jetzt ganz nah vor ihr.
Sie sah die Regentropfen, die in seinen Haaren hingen und auf sie heruntertropften. Die über sein Gesicht liefen wie bittere Tränen. Sie schluckte heftig. „Niclas. Bitte ...“
Er strich ihr sanft mit einem Finger über die Wange. „Sex und Liebe sind für mich nicht mehr zu trennen, Emily, seit ich dich kenne. Ich würde niemals mit einer anderen schlafen, niemals. Du bist es, die ich will, weil du es bist, der mein Herz gehört. Und so lange du dazu nicht bereit bist, warte ich. Warum nur verstehst du das nicht?“
Sie schluckte wieder und wischte sich die Tränen aus den Augen. „Ich ... ich weiß nicht ... Bitte ...“ Sie suchte nach Worten, doch Niclas hatte sich schon umgedreht.
„Komm, du musst endlich ins Warme, du holst dir noch eine Lungenentzündung hier.“ Sein Ton machte mehr als deutlich, dass er nun nicht mehr länger diskutieren würde.
Emily stolperte tränenblind hinter ihm her.

Kapitel 32

Zuhause ging Emily sofort unter die Dusche, während Niclas sich lediglich abtrocknete und umzog. Einige seiner Sachen hatte er ständig bei Emily deponiert, da er sich sowieso die meiste Zeit hier aufhielt. Und nass war er dank der Dusche vorhin und dem stundenlangen Regen wirklich genug geworden. Nun stand er in Emilys Küche und wartete, bis das Teewasser kochte. Was war nur los mit ihr? So völlig außer sich hatte er sie noch nie erlebt. So wütend und verzweifelt. Er holte die Dose mit den Teebeuteln aus dem Schrank und hängte einen davon in eine Tasse. Was sie gesagt hatte, hatte ihn zutiefst getroffen, und er war immer noch wütend auf sie. Wie konnte sie nur glauben, dass er mit einer anderen schlafen würde? Wusste sie denn nicht, wie sehr er sie liebte? Warum vertraute sie ihm so wenig? Waren die letzten Monate nur für ihn einzigartig und wunderschön gewesen, nicht aber für Emily? Sie waren sich sehr nahe gekommen, so innig war ihre Liebe, dass es ihm unmöglich erschien, dass sie an ihm zweifeln konnte. Er knallte die Schranktür ziemlich unsanft zu und sah auf die Uhr. Noch drei Minuten musste der Tee ziehen.

Andererseits, Laura war seine Exfreundin. Und sie hing noch an ihm, damit hatte Emily Recht. Und auch damit, dass Laura ihn geküsst und umarmt hatte, als er nur mit Shorts bekleidet aus dem Badezimmer gekommen war. Er runzelte die Stirn und stellte sich diese Szene andersherum vor. Wie hätte er reagiert, wenn er gesehen hätte, dass Emily sich in Unterwäsche in die Arme ihres Exfreundes schmiegen würde, der sie stürmisch küsst? Vermutlich auch nicht viel anders, als sie es getan hatte.

Er nahm den Teebeutel aus der Tasse, gab zwei Löffel Zucker hinein und ging langsam die Treppe nach oben. In der geöffneten Tür von Emilys Schlafzimmer blieb er stehen. Nur die kleine Lampe auf dem Nachttisch brannte und tauchte das Zimmer in ein warmes, weiches Licht. Emily saß auf dem Bett und sah zum Fenster. Ihre Haare waren noch feucht und fielen kringelig bis weit über ihre Schultern. Sie trug ein weites Shirt, das ihr bis über die Oberschenkel reichte, und hatte die Arme eng um ihren Oberkörper geschlungen. Sie saß still da, dann wandte sie ein wenig den Kopf. Niclas sah, wie eine Träne langsam über ihre blasse Wange rollte. Er sah sie an, und plötzlich wurde ihm mit grausamer Deutlichkeit wieder in Erinnerung gerufen, was für ein zutiefst verletztes Mädchen Emily war. Sie war nicht eifersüchtig oder zickig, ihre Seele war zerbrochen, und sein Herz zog sich schmerzhaft zusammen, bei der Vorstellung, wie sehr sie immer noch unter all dem litt. Er klopfte leise an die Tür. Sie hob den Kopf und sah ihn an. Er stellte die Tasse auf den kleinen Tisch am Fenster, dann war er mit zwei Schritten bei ihr, setzte sich neben sie und zog sie in seine Arme. Er konnte gar nicht anders, sie war doch das Liebste, was er hatte. Ihren Kummer zu sehen, zu sehen, wie verstört sie war, das war mehr, als er ertragen konnte. Sie zitterte. Er wiegte sie sachte hin und her und flüsterte leise, zärtliche Worte in ihr Ohr. „Schhhh, nicht weinen. Alles ist gut. Alles ist gut, mein Schatz." Er schmiegte sein Gesicht in ihre Locken. „Entschuldige. Bitte entschuldige." Sie hob den Kopf von seiner Schulter und sah ihn unter Tränen erstaunt an. „Du entschuldigst dich bei mir? Oh nein, mir tut es leid, ich war gemein und ungerecht ..."

Niclas legte ihr den Zeigefinger auf den Mund und küsste sie vorsichtig. „Nein, mir tut es leid. Ich habe es völlig unterschätzt, und dafür bitte ich dich um Verzeihung."
Sie zuckte mit den Schultern. „Was meinst du denn? Was hast du unterschätzt?"
Er strich ihr zärtlich eine Haarsträhne aus der Stirn. „Wie sehr dein Vertrauen in die Menschen zerstört worden ist, in dieser Nacht. Aber mir kannst du vertrauen, Emily. Ich werde dich nicht enttäuschen und dich niemals im Stich lassen." Niclas hielt ihr Gesicht in beiden Händen und sein Blick war ernst und voller Zärtlichkeit. „Du bist für mich unendlich kostbar, Emily. Ich kann es nicht in Worte fassen, was ich für dich empfinde. Es ist, als seist du eine filigrane, wunderschöne Rose in meinen Händen, und ich würde alles dafür tun, damit dir niemals etwas passieren kann." Er senkte den Kopf und ein verlegenes Lächeln glitt über sein Gesicht. „Klingt ganz schön poetisch, was?"
Emily strich mit den Fingerspitzen vorsichtig, fast scheu, über sein Gesicht, dann beugte sie sich vor und küsste ihn. Ihre Stimme war tränenerstickt. „Nein ... nein, das klingt wunderschön. Ich glaube nicht, dass ich jemals schon etwas so Schönes gehört habe. Ach, Nic, ich liebe dich. Es tut mir leid, was ich vorhin gesagt habe und dass ich weggelaufen bin. Ich hab das doch nicht so gemeint." Sie schlang ihre Arme um seinen Hals und schmiegte ihr Gesicht in seine Halsbeuge.
Er umfasste sie. „Schon okay, ich versteh das. Ich bin nicht mehr sauer. Mir tut es auch leid, ich hätte dich nicht so küssen und überrumpeln dürfen. Das war nicht okay von mir. Gerade bei dir nicht. Bitte entschuldige."
Sie nickte. „Schon gut. Ich hab dir schließlich ganz schön zugesetzt. Außerdem ... na ja, es war ein toller Kuss." Er

fühlte ihr leichtes Lächeln und küsste sie auf die Schläfe. „Komm, leg dich mal hin.“ Sie legten sich eng nebeneinander auf das Bett und Niclas beugte sich über Emily. Ein zärtliches Lächeln umspielte seine Lippen, als er ihr sanft die Haare aus dem Gesicht strich. „Du bist wunderschön.“ Sie lächelte verlegen, und er küsste ihre Nasenspitze. „Doch, das bist du. Für mich bist du es. Schau, deine Haare.“ Er ließ sachte eine lange Strähne durch seine Finger gleiten. „Sie sind weich und zart wie Seide. Wie gesponnenes Gold. Von Anfang an war ich verrückt danach. Hab ich dir schon mal erzählt, dass ich mir immer gewünscht habe, genau das zu tun? Eine dieser goldenen, seidigen Strähnen durch meine Finger gleiten zu lassen? Aber vermutlich hättest du mir dann eine runter gehauen.“ Er verzog schmunzelnd das Gesicht.
Auch Emily lächelte. „Vielleicht, vielleicht auch nicht.“
Niclas nickte und strich mit dem Zeigefinger über ihre Stirn, ihre Wangen, bis hinunter zu den Lippen. „Weißt du, dass du die süßesten Lippen auf der ganzen Welt hast? Nein? Oh doch, die hast du. Ich könnte Stunde um Stunde damit verbringen, dich zu küssen.“ Ein zärtliches Lächeln glitt über sein Gesicht, er senkte den Kopf und hauchte ihr einen zarten Kuss auf den Mund. Schließlich strich er mit dem Daumen sanft über ihre Wange. „Süß wie Honig.“ Seine Lippen strichen über ihre Wange, und er fühlte ihren Atem in seinem Gesicht. Sie zitterte leicht, und sein Herz schlug wie ein Presslufthammer in seiner Brust. Noch niemals hatte er jemanden so geliebt wie sie. Er küsste sanft ihre Augenlider. „Diese Augen, du kannst damit in meine Seele sehen. Und ich durch sie in deine. Manchmal schaue ich in dieses wunderschöne Blau und denke, ich versinke in dir. Außerdem kannst du mich

nicht anschwindeln, denn auch das sehe ich in diesen Märchenaugen."
Sie lächelte etwas verlegen.
Er senkte den Kopf und küsste sie voller Zärtlichkeit. „Zweifele nicht an mir, Emily. Zweifele nicht an dir. Du bist mein ganzes Glück, daran musst du immer glauben. Tust du das? Bitte, auch wenn du an sonst nichts mehr glauben kannst, glaube an mich." Er schloss die Augen und schmiegte sein Gesicht an ihre Wange. Sie schlang ihre Arme um ihn, und so blieben sie lange still liegen, während Niclas' Liebe den Schmerz aus Emilys Herzen saugte wie Gift aus einer Wunde. Sie zitterte, und irgendwann flüsterte sie ihm ins Ohr: „Verzeih mir. Bitte verzeih. Ich liebe dich, Nic. Ich liebe dich mehr als alles auf dieser Welt."
Er nickte stumm und hielt sie für den Rest der Nacht in seinen Armen.

Für den darauf folgenden Freitag hatte Emily zwei Kinokarten für einen Horrorfilm besorgt, von dem sie wusste, dass Niclas ihn sich gerne anschauen würde. Sie selbst fürchtete sich zu Tode bei solchen Filmen, aber sie hatte das Gefühl, etwas wieder gutmachen zu müssen bei ihm. Wenn sie an die unschöne Szene vom letzten Samstag dachte, wurde ihr immer noch ganz anders, und sie konnte kaum glauben, dass sie so ausgeflippt war. Aber Niclas hatte es ihr leicht gemacht. Er war sicher tief getroffen gewesen von ihren Worten, dennoch hatte er sie mal wieder besser verstanden, als sie sich selbst, und anstatt sich gekränkt zurückzuziehen, hatte er ihr die Hand gereicht und sie aus diesem schmerzlichen Loch herausgeholt. Sie spürte, dass er immer noch unsicher war, dass er sie zu etwas drängen könnte, was sie nicht wollte, den-

noch versuchte er nun, offener zu sein. Und zu ihr beider Erstaunen trat genau das Gegenteil dessen ein, was Niclas befürchtet hatte. Sie fühlte sich nicht bedrängt von ihm, sie wusste, er würde in jeder Situation Rücksicht auf sie nehmen. Stattdessen fühlte sie sich angenommen und geliebt, und es machte sie unglaublich glücklich, zu sehen, dass sie es war, die er wollte. Zu sehen, dass er nicht vor dem zurückschreckte, was ihr passiert war, legte sich wie Balsam auf ihre verwundete Seele und sie konnte nicht beschreiben, wie gut das tat. Tief in ihr brannte immer noch verzweifelte Scham, wegen dem, was ihr angetan worden war, aber Niclas‘ Nähe, seine sanfte Zärtlichkeit, die doch voller Begehren war, linderte diese Qual, und manchmal kam es ihr so vor, als ob er mit seinen Berührungen die *der anderen* wegwischen und neutralisieren würde.
Es war ein lauer Abend und die Leichtigkeit des Frühlings lag in der Luft. Von Emilys Haus war es nicht sehr weit bis zum Kino, in etwas mehr als zehn Minuten konnte man zu Fuß dorthin gelangen, und so beschlossen sie, den schönen Abend zu nutzen und das Motorrad stehen zu lassen. Wie erwartet fand Emily den Film schrecklich, die Hälfte der Zeit verbarg sie ihr Gesicht an Niclas‘ Schulter und flüsterte: „Oh Gott, oh Gott, wie lange noch?“ Niclas erwies sich zum Glück als Kavalier, er verkniff sich ironische Bemerkungen und lachte auch nicht über sie. Zumindest nicht allzu sehr. Dennoch war sie heilfroh, als der Film zu Ende war und sie das Kino verlassen konnten. Niclas hatte seinen Arm um ihre Schultern gelegt. „Sag mal, du kleiner Angsthase, wieso hast du dir denn diesen Film angetan? Eigentlich hätten wir nur für eineinhalb Karten bezahlen müssen, denn du

hast ja mindestens die Hälfte vom Film nicht mitbekommen."
Emily lächelte verlegen. „Ja, die haben leider keine halben Karten verkauft. Gemein, oder? Und warum ich mir den angetan habe? Na ja, weil du ihn gerne sehen wolltest, und ich ein bisschen gut Wetter bei dir machen muss. Du weißt schon, wegen letzten Samstag." Sie verzog etwas das Gesicht.
Er drückte sie an sich. „Letzten Samstag? War da was? Ich kann mich nicht erinnern." Er zwinkerte ihr zu.
Sie schlang beide Arme um ihn, und so gingen sie langsam eng aneinander geschmiegt weiter. Trotz des schönen Wetters waren kaum Leute unterwegs, dabei war es noch gar nicht mal so spät. „Sollen wir noch ein Stück unten am Wasser entlanggehen?" Er sah sie fragend an.
Sie nickte. „Ja, gerne. Es ist so schön heute. Und es riecht gut. So nach Blüten. Weißt du, eigentlich bin ich ja ein Herbstkind, aber die ersten milden Nächte mag ich auch."
Am Wasser blieben sie eine Weile stehen, und Emily lehnte sich an Niclas. Sie lauschte dem Schlag seines Herzens, roch den Duft seiner Lederjacke, den sie so liebte, und fühlte sich glücklich und frei. Plötzlich jedoch spürte sie, wie sein Körper sich versteifte. Er löste sich von ihr und fasste nach ihrer Hand. „Lass uns gehen", sagte er knapp.
Sie sah ihn fragend an, und ein ungutes Gefühl breitete sich in ihrer Magengegend aus. Plötzlich erschien es ihr viel dunkler hier, als eben noch. Die Laternen standen hier unten ziemlich weit auseinander und überall waren Büsche, hinter denen sich jemand verstecken konnte. Sie wandten sich um und gingen einige Schritte, als plötzlich wie aus dem Nichts Rocco Bentz und einige seiner Kum-

pane vor ihnen auftauchten. Rocco hatte eine Zigarette im Mund und grinste zynisch. „Sieh an, sieh an, welche Überraschung. Ist es nicht ein wenig spät, um hier ganz alleine herumzulaufen? Das kann ganz schön gefährlich werden.“

Emily umklammerte Niclas‘ Hand und fühlte, wie ihr Herz zu rasen begann. Hatten die hier gewartet, oder war das jetzt nur ein dummer Zufall? Roccos voller Hass ausgestoßene Worte kamen ihr wieder in den Sinn. *Das wirst du noch bereuen ...*

„Geh einfach weiter, Emily.“ Niclas‘ Stimme klang beruhigend an ihr Ohr. Sie nickte.

„Nicht so schnell. Lasst uns doch ein wenig Spaß haben.“ Rocco und die anderen bauten sich breitbeinig vor ihnen auf.

„Geh uns aus dem Weg, Bentz, okay?“, sagte Niclas ruhig.

Rocco grinste. „Und was, wenn nicht?“ Er und seine Kumpels kamen noch einige Schritte näher.

Niclas schob Emily ein Stück hinter sich. Sie starrte Rocco entsetzt an, sah seine merkwürdigen, kalten Augen, und wusste, er wollte mit Niclas abrechnen. Und seine Chancen standen gut, denn sie und Niclas waren nur zu zweit, während er noch vier Kumpane dabei hatte, die sicher alles tun würden, was er von ihnen wollte. Drei von ihnen kannte sie aus der Schule, aber sie hatte keine Ahnung, wie weit sie für Rocco gehen würden. Sie überlegte fieberhaft, ob sie es wagen konnte, das Handy herauszuziehen und die Polizei zu rufen, verwarf den Gedanken aber gleich wieder, denn die würden sicher nicht zusehen, wie sie telefonierte, und damit würde sie die Situation vielleicht nur zur Eskalation treiben.

„Hör zu, Bentz, ich will keinen Ärger. Lass uns einfach durch." Niclas war jetzt schon nicht mehr so ruhig, und Emily spürte deutlich seinen Zorn auf Rocco. Dennoch wusste sie, dass er nichts tun würde, was sie gefährden könnte.
Rocco reagierte gar nicht auf Niclas' Worte. „Erinnerst du dich an die Situation neulich auf dem Parkplatz, Delaney? Du hast mich vor diesem blöden Pauker und einigen meiner Schnecken ganz schön bloßgestellt. So was sollte man nicht tun, das müsstest du eigentlich wissen." Er schüttelte den Kopf und sah Niclas an.
„Okay, nur zu. Dann lass uns das klären. Aber lass Emily da raus. Das geht nur uns beide was an. Lass sie nach Hause gehen", erwiderte Nic.
Emily hob den Kopf und starrte Niclas entsetzt an. Was sagte er da? Sie sollte nach Hause gehen? Nie im Leben würde sie ihn hier mit denen alleine lassen.
Rocco antwortete nicht, sondern sah sie abwartend an.
Niclas senkte den Kopf. „Geh, Emily! Na los, geh schon!", sagte er leise.
„Nein. Nein, ich lass dich nicht alleine." Sie schüttelte heftig den Kopf.
Rocco lachte. „Hab ich mir doch gedacht. Wie süß. Aber zu deiner Beruhigung, Kleine, mach dir keinen Kopf, ich würde dich sowieso nicht gehen lassen. Mit ein wenig Spaß haben, hab ich natürlich auch dich gemeint."
Niclas wandte sich wieder zu ihm um. „Du bist wirklich armselig. Lass sie in Ruhe, kapiert? Sie hat nichts damit zu tun. Wenn du mir was zu sagen hast, tu es endlich, aber lass Emily da raus."
Rocco nickte und senkte den Kopf. Er trat die Zigarette aus. „Weißt du, Niclas, das ist der Unterschied zwischen dir und mir. Du bist einer von denen, die denken, man

müsste immer fair sein und so dummes Zeug wie Mut und Anstand für wichtig halten. Mir dagegen geht's ums Gewinnen. Und darum, dass ich mich nicht von einem wie dir verarschen lasse. Und das hat nichts mit armselig zu tun, sondern mit Cleverness. Aber das verstehst du nicht." Er trat näher und baute sich drohend vor Niclas auf. „Und du hast mich verarscht, mein Freund."
Seine Kumpels standen im Kreis um sie herum. Emily hatte noch nie in ihrem Leben solche Angst gehabt. Selbst damals nicht, in dieser schrecklichen Nacht, denn da war es nur um sie gegangen. Jetzt aber ging es um Niclas, und ihm durfte nichts geschehen. Nicht ihm. Rocco wandte ihr den Blick zu, und ihr wurde schlagartig bewusst, dass er instinktiv Niclas' schwächste Stelle gefunden hatte. Nämlich sie.
Und dann ging alles blitzschnell. Emily hatte das Gefühl, mitten in einem Albtraum gelandet zu sein. Einer der jungen Männer packte sie und zerrte sie grob von Niclas weg, der sich blitzartig umdrehte und dem Kerl einen heftigen Stoß versetzte. Doch da waren bereits die anderen drei hinter und neben ihm. Emily schrie entsetzt auf. Der Typ hinter ihr hatte sich bereits wieder aufgerappelt und sie an den Armen gepackt. Sie wehrte sich heftig gegen ihn, versuchte, nach ihm zu treten, aber er war viel größer und stärker als sie und drehte ihre Arme grob auf den Rücken. Aus den Augenwinkeln sah sie, wie die drei anderen Niclas packten, der sich erbittert wehrte, aber gegen drei Gegner natürlich nicht allzu viel ausrichten konnte. Sie schluchzte auf, als sie sah, wie einer der Kerle Niclas brutal in den Magen boxte. „Nic! Oh Gott, nein! Nein, bitte, lasst ihn!", schrie sie.
Rocco tauchte vor ihr auf und grinste. „Hast du Angst um deinen Süßen? Vielleicht solltest du lieber Angst um dich

selber haben.“ Damit umfasste er grob ihren Kopf und presste seinen Mund hart auf ihren. Seine Zunge drängte sich brutal zwischen ihre Lippen. Emily fühlte ein Würgen in sich aufsteigen. Ihre Arme waren wie in einer Zwangsjacke gefangen und sie fühlte zu ihrem Entsetzen, wie Roccos Hände gierig über ihren Körper strichen. Ihre Welt schien sich plötzlich in einem Nebel aus Ekel, Angst und Zorn aufzulösen, und ein anderes Gesicht schob sich vor ihr inneres Auge. Eines, das sie unbedingt vergessen wollte. Oh Gott, nein! Nein, nein, nein! Sie versuchte verzweifelt, den Kopf wegzudrehen, und fühlte keuchend, wie Mageninhalt scharf und bitter in ihre Kehle stieg. Dann plötzlich lockerte der Typ, der sie festhielt, ein klein wenig den Griff, sie hatte ein wenig mehr Spielraum, und riss, ohne nachzudenken, das Knie hoch. Offenbar traf sie Rocco an seiner empfindlichsten Stelle, denn er stieß einen Schmerzensschrei aus und ließ sie los. Einen Moment lang starrte er sie hasserfüllt an, dann klatschte seine Hand mitten in ihr Gesicht. „Dummes Miststück.“
Sie hörte Niclas vor Wut brüllen, während ihr vor Schmerz die Tränen in die Augen schossen.
„Gott, du feiges Arschloch. Lass sie in Ruhe! Komm schon, komm schon, damit ich dir deine feige Fresse polieren kann.“
Sie hörte Niclas‘ Worte und sah durch einen Tränenschleier, wie Rocco sie immer noch anstarrte, dann legte sich ein gemeines Grinsen auf sein Gesicht und er drehte sich zu Niclas um. Emily ahnte, was er vorhatte, und versuchte verzweifelt, sich aus dem Griff des Jungen zu winden, der jedoch wieder fester zugepackt hatte. Sie sah, wie die anderen Niclas zu dritt festhielten und Rocco sich vor ihm aufbaute. Niclas war außer sich vor Zorn.

Ihr war klar, dass er alles tun würde, um Rocco von ihr abzulenken. Seine Stimme war hasserfüllt, als er Rocco anschrie: „Du mieses Stück Scheiße. Ich bring dich um, wenn du sie noch mal anfasst."
Rocco grinste und schlug zu. Ohne ein Wort, einfach so. Emily schrie, als Roccos Faust in Niclas' Gesicht landete und sie sah, wie Blut über seine Unterlippe rann.
„Nic! Nein, nein, nein! Hilfe! Hilfe!"
Niclas wehrte sich heftig, aber die anderen waren zu dritt, er hatte keine Chance. Sein Blick war voller Hass, als er Rocco ansah und ihm mitten ins Gesicht spuckte.
Rocco zuckte kurz zurück, dann schlug er wieder zu. Dieses Mal mit voller Wucht in den Bauch. Niclas stöhnte auf vor Schmerz.
„Hör auf, hör auf! Oh Gott, Hilfe! Irgendjemand muss uns helfen. Oh Gott, bitte!" Emilys Stimme kippte fast.
„Halts Maul! Halt ihr die Klappe zu, verdammt!", brüllte Rocco.
Der Junge hinter Emily schien kurz zu zögern, dann jedoch presste er ihr fest seine Hand auf den Mund. Sie wehrte sich verzweifelt, trat nach ihm und versuchte, in seine Hand zu beißen. Er schüttelte sie heftig hin und her.
„Sei ruhig. Halt den Mund!", zischte er sie an.
Emily starrte mit weit aufgerissenen Augen auf Niclas und Rocco. Noch stand Niclas, aber Rocco hörte nicht auf. Er schlug wieder und wieder zu, dann sackten Niclas' Beine weg. Er keuchte vor Schmerzen und hatte die Augen halb geschlossen. Blut lief über sein Gesicht.
Ein ersticktes Wimmern kam aus Emilys Kehle. Die beiden Typen umklammerten seine Arme und hielten ihn so noch einigermaßen aufrecht.

Tränen brannten in Emilys Augen. Sie hatte das Gefühl, jemand würde ihr Herz in Stücke reißen. Nic ... oh Gott, Niclas!
„Rocco, Mensch, hör auf! Es reicht jetzt. Du bringst ihn ja um." Das war der Typ, der Emily festhielt. Er wechselte einen Blick mit den anderen dreien, und die nickten.
„Ja, Mann. Lass gut sein! Der ist fertig. Lass uns abhauen." Unbehagen klang in ihren Stimmen. Plötzlich schien ihnen klar zu werden, was sie hier gerade taten. Das war keine harmlose Prügelei mehr. Dafür würden sie ins Gefängnis gehen.
Doch Rocco war wie von Sinnen, er schrie irgendetwas und schlug Niclas wieder brutal in den Bauch. Und das war für seine Kumpel offenbar genug. Sie nickten sich zu, und einer von ihnen sagte: „Okay. Du willst nicht aufhören. Aber ohne uns."
Emily fühlte, wie ihre Arme losgelassen wurden. Sie sah, wie Niclas auf die Knie ging, die Typen sich umdrehten und wegliefen. Die hauten einfach ab. Warum hielten sie Rocco nicht auf? Einen winzigen Moment lang taumelte sie fast wie benommen, doch dann rannte sie los. Sie dachte nicht nach, sie sah nur Niclas. Sah das Blut, das über sein Gesicht lief. Sah Rocco, der mit vor Hass verzerrten Zügen über ihm stand. „Hör auf, hör auf!" Emily prallte in vollem Lauf gegen Roccos Rücken. Er schwankte. Sie fasste mit beiden Händen in sein Gesicht und packte seine Nase. Rocco brüllte wutentbrannt auf, versuchte, sie abzuschütteln, doch sie ließ nicht locker. Mit einer Hand hielt sie seine Nase umklammert, mit der anderen krallte sie sich in seine Haare. Rocco brüllte immer noch und umklammerte mit aller Kraft ihr Handgelenk. Und schließlich schaffte er es, ihre Hand von seinem Gesicht wegzuziehen, dabei drehte er so grob ihr

Handgelenk um, dass Emily vor Schmerz aufschrie. Seine Hand schoss hoch und packte sie brutal an den Haaren, dabei drehte er sich blitzartig um und stieß sie heftig von sich. Sie stolperte und wäre fast gestürzt, doch es gelang ihr, sich wieder zu fangen. Ihre Gedanken rasten, sie überlegte fieberhaft, mit was sie Rocco außer Gefecht setzen könnte. Er stand nach vorne gebeugt und hielt sich fluchend die Nase. Emilys Augen suchten hektisch nach etwas, was sie als Waffe gegen ihn verwenden konnte, doch da war er schon bei ihr und stürzte sich wie ein Irrer auf sie. Sie stürzten beide zu Boden, er packte sie an den Schultern und brüllte: „Du dummes Miststück! Habt ihr noch immer nicht genug?“ Emily schrie und wehrte sich mit aller Kraft, doch er lag mit seinem ganzen Gewicht auf ihr und drückte ihr die Luft ab. Sie schlug nach ihm und versuchte, ihn von sich wegzustoßen, doch er hatte geradezu mörderische Kräfte. Seine Augen hatten einen irren Glanz. Ihr wurde voller Entsetzen klar, dass er völlig die Kontrolle verloren hatte. Es gab keine Grenze mehr für ihn, und niemand war hier, der ihn stoppen konnte.
Doch ... es gab jemanden. Jemanden, der bereit war, alles für sie zu tun und alles zu opfern. Emily sah aus den Augenwinkeln, wie Niclas langsam auf die Knie kam und sich aufrappelte. Sie wollte schreien, ‚*Nein, bleib weg!*‘, aber Rocco hatte seine Hand um ihre Kehle gelegt, und außer einem heiseren Krächzen brachte sie keinen Ton heraus. Sie sah, wie Niclas mit schmerzverzerrtem Gesicht hinter Rocco auftauchte, ihn mit beiden Händen packte und von ihr wegzerrte. Er konnte kaum aufrecht stehen, und doch schaffte er es irgendwie, sich zwischen sie und den rasenden Rocco Bentz zu stellen. Emily starrte wie gelähmt auf diese unwirkliche Szene, die sich

vor ihr abspielte. All das dauerte nur Sekundenbruchteile, aber ihr erschien es wie eine Ewigkeit. Sie sah, wie Rocco taumelte, sich allerdings sofort wieder fing, zu Niclas herumfuhr und sich wieder auf ihn stürzte. Dabei brüllte er wie ein Wahnsinniger, und in seiner Hand blitzte etwas auf. Gott, er hatte ein Messer! Ein Messer! Emily rappelte sich auf und stürzte auf die beiden zu.
Dann schien die Zeit plötzlich nicht mehr zu existieren, alles verschwamm und lief wie in Zeitlupe ab. Sie sah, wie Rocco die Hand hob, sah, wie das Messer sich in Niclas‘ Körper bohrte und schrie ... Sie schrie, und gleichzeitig wurde Niclas‘ Schmerz zu ihrem.
Er sah sie fast erstaunt an. Dann senkte er den Kopf, als ob er sich ansehen wollte, was da passiert war. Rocco stand wie erstarrt da und schien plötzlich wie aus einem Rausch zu erwachen. Er zog die Hand zurück und ließ das blutverschmierte Messer fallen. Niclas taumelte einen Schritt nach vorne, ein Stöhnen kam aus seinem Mund, während er ganz langsam, als ob ihn eine unsichtbare Hand halten würde, in die Knie ging. Und das war der Moment, in dem Emily ihn erreichte. Sie umfing ihn mit beiden Armen und versuchte, ihn zu halten. Er packte sie an der Jacke und sie ging mit ihm zusammen zu Boden.
„Niclas! Oh Gott, Nic!“
Blut. Soviel Blut. Sie sah, wie es aus der Wunde am rechten Oberbauch quoll und schluchzte entsetzt auf. Sie hob den Kopf und schrie Rocco an: „Was hast du getan? Oh mein Gott, was hast du getan?“
Rocco stand immer noch wie erstarrt da, dann drehte er sich plötzlich um und stürmte davon.
„Nic, Schatz. Oh mein Gott!“ Emilys Herz raste zum Zerspringen, ihr Atem begann zu stocken. Sie fühlte, wie ein namenloses Entsetzen von ihr Besitz ergriff. Sie starr-

te auf Niclas' weißes Shirt, das sich rot verfärbte, und schluchzte laut auf. „Oh mein Gott! Oh mein Gott!"

Reiß dich zusammen! Reiß dich zusammen!

Ihre Gedanken rasten, doch sie wusste, sie musste einen klaren Kopf bewahren. Sie durfte jetzt nicht durchdrehen, Niclas' Leben lag in ihren Händen.

Sie atmete tief durch, und zu ihrem Erstaunen normalisierte sich ihr Atem wieder. Sie zerrte ihr Handy aus der Hosentasche und wählte mit bebenden Fingern den Notruf. Gleich darauf meldete sich eine Männerstimme. Emily schrie ins Telefon: „Hilfe! Wir brauchen Hilfe! Mein Freund ... er ist verletzt. Er blutet. Das Messer ..."

Sie gab dem Mann in der Notrufzentrale hastig alle Informationen durch, die er benötigte, während sie Niclas nicht aus den Augen ließ. Er atmete schwer, und seine Haut war totenblass. Nachdem sie aufgelegt hatte, beugte sie sich über ihn und schmiegte ihr Gesicht an seines.

„Schatz, Nic, hör zu! Die Sanitäter werden gleich hier sein. Du musst durchhalten, hörst du? Du musst durchhalten, ich bin bei dir. Ich bin bei dir."

Sein Blick suchte ihren, und er nickte. „Em, bist du ... bist du okay?" Seine Stimme war so leise, dass sie ihn fast nicht verstand. Tränen schossen wieder in Emilys Augen. Sie küsste vorsichtig seine aufgeplatzten Lippen. Er lag hier mit einer Stichwunde im Bauch, aus der das Blut wie Wasser herauslief, und machte sich Sorgen um sie?

„Ich bin okay. Mach dir keine Sorgen. Sei ganz ruhig, ja? Wir schaffen das." Oh Gott, es blutete so stark, sie musste irgendetwas tun. Sie ließ Niclas kurz aus ihrem Arm auf den Boden sinken und zog hastig ihre dünne Strickjacke aus. Ihr war klar, dass sie das Blut nicht würde stoppen können, aber sie musste irgendetwas tun. Sie knüllte

die Jacke zusammen und drückte sie leicht auf die Wunde. Niclas verzog das Gesicht und stöhnte auf.
„Tut es weh? Oh Gott, entschuldige. Entschuldige." Tränen liefen über Emilys Wangen, sie nahm Niclas wieder vorsichtig in den Arm. Er verbarg sein Gesicht an ihrer Schulter. Seine Haut fühlte sich kalt und klamm an. Sie streichelte seine Haare, seine Schultern. „Hab keine Angst. Hab keine Angst. Alles wird wieder gut. Ich bin ja hier", flüsterte sie.
Er nickte leicht. „Es ... tut mir ... leid. Ich wollte doch ... auf dich aufpassen", murmelte er schwach.
Emilys Herz zog sich schmerzhaft zusammen. Sie küsste seine Stirn. „Aber das hast du doch. Das hast du doch. Ich wünschte, ich hätte *dir* helfen können."
Wo blieb der Rettungswagen? Niclas' Atem ging immer flacher. Emily redete beruhigend auf ihn ein. Sie wollte nicht, dass er ihre Panik mitbekam, er musste so ruhig wie möglich bleiben.
„Em? Mir ist so kalt." Niclas Stimme war nur noch ein Flüstern.
Emily schmiegte sich näher an ihn. „Ich weiß. Gleich wird es besser."
Er sah sie an, und sie erkannte, dass er nicht mehr wirklich bei ihr war. Sein Blick war glasig, und er begann zu zittern. Sie strich über sein Gesicht und fühlte, wie sich panische Angst in ihr ausbreitete. Sie küsste seine kalten Wangen. „Schatz, hör zu! Der Rettungswagen ist gleich da. Gleich. Du musst durchhalten. Du musst bei mir bleiben, hörst du?"
Niclas hatte die Augen geschlossen und reagierte nicht. Sie wusste nicht, ob er bewusstlos oder nur erschöpft war, aber sie konnte die Panik, die sich wie ein Busch-

feuer in ihr ausbreitete, nicht mehr unter Kontrolle halten.
„Nic? Nic, oh Gott, bitte! Bleib bei mir! Du musst bei mir bleiben! Bitte, bitte, bitte! Nic!"
Emily schluchzte verzweifelt auf. Oh Gott, was sollte sie nur tun? Sie durfte Niclas nicht verlieren. Er durfte nicht sterben! Bitte nicht, bitte nicht! Sie streichelte unentwegt sein Gesicht, und flüsterte tränenerstickt: „Ich liebe dich. Ich liebe dich. Bitte, bleib bei mir, bitte! Es tut mir leid. Es tut mir so leid."
Endlich hörte sie die Sirene des Rettungswagens. Sie sah die zuckenden Lichter in der Dunkelheit, und gleich darauf hielt das Fahrzeug neben ihnen und zwei Sanitäter sprangen heraus. Dicht hinter dem Krankenwagen stoppte ein Polizeiauto. Zwei Polizisten stiegen aus. Die Sanitäter eilten herbei und knieten sich neben Niclas. „Was ist passiert? Eine Stichverletzung?", fragte einer von ihnen.
Emily nickte. „Ja. Es blutet so stark. Es hört einfach nicht auf." Sie schluckte. „Außerdem ... sie haben ihn geschlagen. Immer wieder. Ins Gesicht, in den Bauch." Sie schluchzte und wischte sich die Tränen weg.
Der jüngere der beiden Männer nickte. „Okay. Was ist mit Ihnen? Sind Sie auch verletzt?"
Emily schüttelte den Kopf. „Nein. Nur mein Freund. Bitte, Sie müssen ihm helfen!"
Er legte ihr kurz die Hand auf die Schulter. „Dafür sind wir hier. Gehen Sie jetzt bitte zur Seite, Miss. Wie heißt der Patient?"
Emily stand mit zitternden Knien auf und trat ein Stück zurück. „Niclas. Er heißt Niclas Delaney."
„Okay. Mr. Delaney, können Sie mich hören? Wir werden Ihnen helfen, keine Angst."

Niclas hatte die Augen wieder geöffnet, antwortete allerdings nicht. Sein Blick hing an Emily, aber sie war sich nicht sicher, ob er sie überhaupt wahrnahm.
Einer der Polizisten trat neben sie und sprach sie vorsichtig an. „Miss? Ich bin Chief Donovan, bitte, ich muss Ihnen ein paar Fragen stellen. Was genau ist hier passiert?“
Emily wandte sich ihm zu. „Ich ... ich weiß auch nicht. Wir waren im Kino. Es war ein schöner Abend. Und jetzt ...“
Chief Donovan legte ihr sachte die Hand auf den Arm. „Wie heißen Sie? Ich weiß, Sie machen sich große Sorgen um ihren Freund, aber ich muss einige Dinge wissen, damit wir den, der ihm das angetan hat, so schnell wie möglich finden können.“
Emily nickte. „Ich weiß. Ich heiße Emily Alexander. Und ich kann Ihnen genau sagen, wer ihm das angetan hat. Es war Rocco, Rocco Bentz, und noch ein paar andere, aber ich kenne ihre Namen nicht.“
Chief Donovan stellte ihr einige Fragen und machte sich Notizen. Er bemerkte, dass Emily mit den Gedanken kaum bei der Sache war. Sie ließ die Sanitäter und ihren Freund nicht aus den Augen, wirkte völlig abwesend und geschockt. Sein Kollege hatte inzwischen die Tatwaffe gefunden und in eine Tüte gepackt. Somit dürfte dieser Fall nicht besonders schwer zu lösen sein. „Okay, Miss Alexander. Das wäre es fürs Erste. Ich verstehe, dass die Gesundheit Ihres Freundes für Sie im Vordergrund steht. Wir werden uns bei Ihnen melden, so bald es etwas Neues gibt oder wir noch Fragen haben. Ich wünsche Ihnen und Mr. Delaney alles Gute.“
Emily nickte. „Danke“, flüsterte sie. Sie stand da, presste die Hand auf den Mund, um nicht laut zu weinen, und

beobachtete die beiden Sanitäter, die ohne viele Worte schnell und Hand in Hand arbeiteten. Der jüngere legte einen Zugang in die Armvene und schloss eine Infusion daran an, während der andere Niclas' T-Shirt zerschnitt und die Wunde abdeckte.

„Wir werden Ihren Freund in eine leichte Narkose versetzen. Dafür müssen wir ihn intubieren und er wird beatmet. Das erleichtert den Transport. Außerdem bekommt er über die Infusion Schmerz- und Beruhigungsmittel und Medikamente, die seinen Kreislauf stabilisieren."

Der ältere der beiden Sanitäter, der von seinem Kollegen mit Steve angesprochen worden war, sah Emily aufmunternd an. „Wir sind gleich soweit. Bleiben Sie ganz ruhig." Er betrachtete sie einen Moment. „Ich kenne Sie doch irgendwo her. Sind Sie nicht Bob Panabakers Nichte Emily?"

„Ja. Ja, die bin ich." Emily konnte ihren Blick nicht von Niclas abwenden. Er war so blass und getrocknetes Blut klebte in seinem Gesicht. Seine linke Wange war verfärbt und geschwollen. Sie fühlte, wie ein heftiges Hassgefühl in ihr aufstieg. Dieses feige Schwein Rocco.

„So, dann los geht's." Die beiden Männer hoben Niclas vorsichtig auf die bereitstehende Trage und schoben ihn in den Rettungswagen. Emily stieg mit dem älteren Sanitäter hinten ein und setzte sich auf die schmale Bank, neben Niclas.

„Er wird doch wieder gesund, nicht wahr?" Ihr Blick hing voller Angst an dem Sanitäter, der Niclas an eine Maschine anschloss. Er warf ihr einen Blick zu. „Emily, gehen Sie davon aus, dass alles getan wird, um Ihrem Freund zu helfen. Mehr kann ich Ihnen im Moment leider nicht sagen." Er nickte ihr zu und griff nach einem Funkgerät, um dem Krankenhaus die Fakten mitzuteilen. „Lou, wir haben hier einen Schwerverletzten, männlich, neunzehn Jahre alt, Stichverletzung im Abdomenbereich, vermutlich Leberverletzung ...“

Emily starrte Niclas an, während die Worte des Sanitäters an ihr vorbeirauschten. Sie beugte sich vor und griff vorsichtig nach Niclas‘ Hand. Sie strich mit dem Daumen über seinen Handrücken. „Hey. Wir sind jetzt bald im Krankenhaus. Dort werden sie alles tun, um dir zu helfen. Du musst kämpfen, hörst du? Ich werde in deiner Nähe bleiben, ich verspreche es dir. Aber du darfst nicht aufgeben, das musst du mir auch versprechen. Bitte. Ich liebe dich, Nic“ Sie biss sich auf die Lippen, dann beugte sie sich zu ihm hinunter und küsste ihn vorsichtig auf die Stirn. Oh Gott, er durfte nicht sterben! Nicht Niclas! Nicht er!

„Ankommen in ungefähr drei Minuten. Okay.“ Steve legte das Funkgerät weg und kontrollierte Niclas‘ Atmung und die Infusion. Dann warf er Emily einen Blick zu. „Ich weiß, es sieht schlimm aus, aber wir haben sehr gute Ärzte hier, sie werden alles tun, was in ihrer Macht steht.“

Emily nickte. „Ja, ich weiß.“

Beim Krankenhaus angekommen, warteten schon zwei Ärzte und nahmen Niclas in Empfang. Steve und sein Kollege gaben ihnen alle Informationen, während sie eilig über einen Gang hasteten. Emily lief ihnen hinterher, sie verstand kein Wort von dem, was gesagt wurde. Es gab im Moment sowieso nur einen Satz, den sie hören wollte, nämlich, dass ihr jemand sagte, dass Niclas wieder gesund werden würde.

„Miss, Sie können hier nicht mit hinein. Bitte, gehen Sie in den Wartebereich.“ Eine Schwester fasste nach ihrem Arm.
Emily stammelte: „Aber ... nein. Niclas. Ich kann ihn nicht alleine lassen. Bitte ...“
„Miss, bitte, es wird alles getan. Aber Sie müssen hier warten. Ein Arzt wird sich bei Ihnen melden. Sie können sich da drüben hinsetzen.“
Emily starrte auf die Tür, hinter der die Ärzte mit Niclas verschwunden waren, dann wandte sie ihren Blick der Krankenschwester zu. „Was machen sie denn jetzt mit ihm? Er braucht mich doch.“
Die Schwester, die selbst noch ziemlich jung war, sah sie mitleidig an. „Sie können ja auch für ihn da sein. Später. Im Moment braucht er die Ärzte, und die tun was Sie können. Dr. Chambers kümmert sich um den Patienten, er ist ein hervorragender Arzt. Beruhigen Sie sich. Kommen Sie.“ Die Krankenschwester führte Emily zu einem Stuhl und setzte sich neben sie.
„Soll ich jemanden für Sie anrufen? Sie könnten sicher ein bisschen Beistand gebrauchen. Das kann lange dauern hier.“
Anrufen? Lange dauern? Emilys Blick fiel auf ihre Hände, ihre Kleider. Überall war Blut. Niclas‘ Blut. Sie sah die Schwester an, und irgendwie fiel ihr deren Frage nicht mehr ein. Die Tür zum Notfallbereich öffnete sich wieder und die beiden Sanitäter erschienen. Sie kamen auf Emily und die junge Krankenschwester zu. Steve sagte freundlich: „Emily, keine Angst, er ist in den besten Händen. Wir haben ihn in den Schockraum gebracht. Dort werden jetzt die nötigsten Voruntersuchungen geleistet, dann kommt er in den OP. Die Ärzte tun alles, um ihm zu helfen.“

„Dr. Chambers leitet die OP?“ Die Schwester sah ihn an.
Er nickte. „Ja.“
„Kennst du das Mädchen, Steve?“
„Ja, ich kenne sie. Sie ist die Nichte von Bob Panabaker.“
Die Schwester nickte. „Oh. Soll ich mal da anrufen?“ Sie streichelte Emilys Arm, und die wandte ihr den Blick zu. „Ja, bitte, meine Tante Dorothy, vielleicht kann sie kommen. Und Mara ... Mara.“ Sie schluchzte wieder auf. „Oh Gott, Niclas‘ Dad. Wir müssen ihm doch Bescheid sagen.“
Die Schwester nickte wieder. „Ich rufe jetzt erst einmal Ihre Tante und Ihren Onkel an.“ „Warte, ich geb dir die Nummer. Bob ist einer meiner ältesten Freunde“, sagte Steve. Er warf noch einen Blick auf Emily und folgte der Schwester zum Empfangstresen. „Kümmere dich ein wenig um sie, Billy. Sie ist fix und fertig. Wir müssen jetzt wieder los.“
„Ja, natürlich. Bye, Steve.“
Emily saß starr auf ihrem Stuhl und betrachtete die Wand gegenüber. Warum nur strichen sie die Wände hier in diesem schrecklich kalten Weiß? Wäre ein hübsches Gelb nicht viel schöner? Ihre Hände, sie zitterten. Warum nur hörten sie nicht auf zu zittern?
Die Schwester tauchte wieder neben ihr auf. „Ich bin Schwester Cybil, aber alle nennen mich Billy. Sie können mich auch so nennen, wenn Sie möchten. Sie heißen Emily, nicht wahr?“
Emily nickte.
„Ich habe Ihre Tante erreicht, sie wird bald da sein. Sie sagte, sie kümmert sich auch darum, dass der Vater Ihres Freundes informiert wird. Möchten Sie etwas trinken, Emily? Ich hole Ihnen einen Tee, wenn sie wollen.“

„Nein, danke, ich möchte nichts“, flüsterte Emily und hob den Blick. „Dieser Dr. Chambers, er ist gut, nicht wahr? Er wird Nic helfen, oder?“
Schwester Cybil blickte mitleidig auf das völlig verstörte Mädchen und nickte. „Der Doktor wird tun, was er kann. Ihr Freund ist bei ihm in den besten Händen. Versuchen Sie, sich etwas zu beruhigen, Emily. Ich kann mit einem Arzt sprechen, ob Sie vielleicht ein leichtes Beruhigungsmittel haben können, wenn Sie möchten?“
„Nein, es geht schon. Danke.“
„Okay. Ich muss jetzt wieder an die Arbeit, aber ich bin in der Nähe, wenn Sie mich brauchen sollten. Ich habe heute Nachtdienst und bin immer hier.“
„Ja. Ich danke Ihnen.“ Emily sah der Krankenschwester hinterher und schluckte. Was taten sie jetzt mit Niclas? Oh Gott, wie sollte sie das aushalten, ohne zu wissen, was mit ihm war? Sie wollte das Gesicht in den Händen verbergen, zuckte jedoch wieder zurück, als ihr Blick auf das schon leicht eingetrocknete Blut fiel.
„Emily! Emily!“ Mara und Dorothy kamen über den Flur geeilt.
Emily sprang auf und fiel ihrer Tante schluchzend in die Arme.
„Emily. Oh mein Gott, was ist denn passiert? Bist du in Ordnung? Mein armer Schatz.“ Dorothy drückte ihre Nichte an sich und strich ihr durch die Haare. Mara stand daneben und schlang ihre Arme um ihre Mutter und ihre Cousine.
„Liebes, was ist denn passiert? Die Schwester sagte uns, dass Niclas hier eingeliefert wurde, und wir so schnell wie möglich kommen sollten. Und ob wir die Nummer von Niclas‘ Vater hätten. Hattet ihr einen Unfall, oder was?“

Emily löste sich von ihrer Tante. Dorothy und Mara starrten sie entsetzt an. „Du bist ja ganz voller Blut. Um Gottes willen, bist du verletzt?“ Dorothy packte Emily wieder am Arm, doch die schüttelte den Kopf. „Nein, ich bin nicht verletzt. Das ist Nics Blut.“ Sie brach erneut in Tränen aus. Dorothy zog sie wieder in ihre Arme. Emily klammerte sich an ihre Tante und schluchzte: „Rocco, es war Rocco. Er hatte ein Messer ... oh Gott, was soll ich nur machen? Ich will zu Nic, aber die lassen mich nicht. Er braucht mich doch.“

Mara und Dorothy wechselten entsetzte Blicke. „Schatz, Emily, beruhige dich. Komm, wir setzen uns und dann erzählst du uns alles“, sagte ihre Tante.

Emily nickte und erzählte mit stockenden Worten, was passiert war.

Als sie ihren Bericht beendet hatte, saßen alle drei stumm da. Das Entsetzen stand Mara und Dorothy ins Gesicht geschrieben. Schließlich sagte Mara fassungslos: „Ich kann das nicht glauben. Ich wusste ja, dass Bentz gestört ist, aber dass er zu so etwas fähig wäre, hätte ich nie gedacht. Mein Gott, er muss völlig den Verstand verloren haben.“

Emily wischte sich über die Augen. „Habt ihr Niclas‘ Dad erreicht? Die Schwester sagte mir, ihr wolltet ihn anrufen.“

Dorothy schüttelte den Kopf. „Nein, es ging nur der Anrufbeantworter an und ans Handy ist er auch nicht rangegangen. Ich habe Bob Bescheid gesagt, er fährt jetzt direkt zum Haus und versucht, Peter zu erreichen.“

Emily saß still da, es war, als wäre sie regelrecht in sich zusammengesunken. Mara beugte sich zu ihrer Mutter und flüsterte ihr etwas ins Ohr. Dann stand sie auf und verschwand. Eine halbe Stunde später war sie wieder da

und fasste Emily vorsichtig am Arm. „Hey, meine Süße. Komm, ich hab dir frische Sachen geholt, wir suchen jetzt hier mal eine Toilette, da kannst du dich waschen und umziehen.“
Emily schüttelte den Kopf. „Ich kann hier nicht weg, was ist, wenn der Arzt kommt? Ich muss hier sein, wenn Niclas aus dem OP kommt.“
Mara nickte. „Ja, das verstehe ich. Aber Mom ist doch da. Nic bekommt ja einen Schreck, wenn er dich so sieht. Komm doch mit, es dauert ja nicht lange.“
Schließlich nickte Emily zögernd und stand auf. Sie folgte Mara über den scheinbar endlos langen Flur, bis sie endlich eine Toilette fanden.
„Komm, wir ziehen erstmal deine Sachen aus, ich helfe dir.“
Sie zogen die blutbefleckten Kleider aus und stopften sie in eine Plastiktüte. Emily wusch sich Hände, Arme und Gesicht. Danach zog sie die von Mara mitgebrachten Sachen an. „Danke. Ich ... es tut mir leid, ich bin ziemlich neben der Spur, was?“
Mara legte ihr den Arm um die Schultern. „Wer wäre das nicht? Em, ich weiß wirklich nicht, was ich sagen soll. Aber du musst unbedingt durchhalten. Niclas wird das schaffen. Er ist stark. Er schafft das.“
Emily nickte. „Ja. Ich weiß. Ich weiß.“ Und doch schossen ihr wieder Tränen in die Augen. Mara drückte sie an sich.
„Ich darf ihn nicht verlieren, Mara. Ich darf ihn nicht verlieren.“
„Das wirst du nicht. Ganz sicher nicht. Ach, Liebes, wenn ich nur was tun könnte.“

Emily schniefte und löste sich aus den Armen ihrer Cousine. „Aber das tust du doch. Ich bin froh, dass ihr da seid."
„Em, hör mal, sollen wir deine Mom anrufen? Möchtest du sie hier haben? Sie könnten in zwei Stunden hier sein."
Emily sah Mara an und schüttelte langsam den Kopf. Einerseits sehnte sie sich unendlich danach, ihre Mutter bei sich zu haben, sich von ihr halten zu lassen und von ihr zu hören, dass alles wieder gut werden würde. Aber sie wusste, was dann wieder kommen würde. Ihre Eltern würden durchdrehen vor Sorge um sie, würden sie bemuttern und wie ein rohes Ei behandeln, und das konnte sie jetzt einfach nicht ertragen. All ihre Gedanken waren bei Niclas, zu mehr reichte es nicht. „Nein. Nein, das möchte ich nicht."
Mara nickte nur, dann verließen sie die Toilette und gingen langsam über den langen Flur zurück. Schwester Cybil tauchte auf und teilte ihnen mit, dass die OP noch andauere und es leider nichts Neues gäbe. Emily bedankte sich bei ihr, setzte sich wieder auf ihren Stuhl und versank in tiefem Schweigen. Mara und Dorothy wechselten besorgte Blicke, wussten aber, dass es im Moment nur eines gab, was Emily helfen konnte.

Emily saß regungslos auf ihrem Stuhl. Sie wusste nicht, warum, aber sie hatte schreckliche Angst, wenn sie sich zu schnell oder zu hastig bewegen würde, dass dann etwas ausgelöst werden könnte, was einer Katastrophe gleich käme. Wie eine Lawine, die sie nicht mehr würde aufhalten können und die alles zerstören würde. Fast schien es ihr, als würde sie sich in einem luftleeren Raum befinden, in einer endlosen Zeitschleife, denn immer wieder sah sie diese entsetzlichen Sekunden vor sich, als Rocco das Messer mit aller Wucht in Niclas‘ Körper rammte. Sie fühlte wieder diesen rasenden Schmerz, der durch sie hindurchgerast war, als ob sie selbst es gewesen wäre, die verletzt wurde. Und Gott, sie wünschte, sie wäre es. Sie wünschte, sie könnte jetzt an Niclas‘ Stelle sein. Es wäre nur gerecht, denn mit ihr hatte alles begonnen. Wie konnte sie weiterleben, wenn Nic nicht mehr bei ihr wäre? Alles in ihr schmerzte bei diesem Gedanken, und sie wusste, das würde sich nie wieder ändern, wenn Niclas diese Nacht nicht überleben würde. *Bleib bei mir. Bleib bei mir. Bitte ....*

Emily versuchte, all ihre Gedanken auf ihn zu konzentrieren, vielleicht konnte er sie spüren. Vielleicht half es ihm, nicht aufzugeben. Er durfte nicht aufgeben. Er durfte einfach nicht. Sie sah hoch, als zwei Männer eilig den Flur entlangkamen. Es waren ihr Onkel Bob und Chief Donovan. Die beiden blieben vor ihr stehen. Bob strich ihr sanft über die Haare.

„Miss Alexander, ich wollte Ihnen gerne persönlich mitteilen, dass wir Rocco Bentz vor einer halben Stunde verhaftet haben“, sagte Chief Donovan.

Mara und Dorothy sahen sich erleichtert an.

„Er befand sich im Haus seines Vaters und hat sofort alles zugegeben. Zurzeit befindet er sich auf dem Weg ins Untersuchungsgefängnis. Auch die anderen vier jungen Männer wurden festgenommen. Allerdings wird ihr Strafmaß wesentlich geringer ausfallen als das von Mr. Bentz.“

„Gott sei Dank! Dieser Mistkerl muss seine gerechte Strafe bekommen.“ Dorothy war aufgestanden. Bob drückte ihren Arm.

Donovan nickte und brummte: „Ja, das wird er. Sein Vater hat natürlich wieder mit den üblichen Drohgebärden herum gestikuliert, versucht, uns einzuschüchtern und gleich seine Mafiaanwälte angerufen, aber das wird ihm dieses Mal nichts nützen."
Emily sah den Chief an. „Danke. Vielen Dank, dass sie mir Bescheid gesagt haben." Sie horchte in sich hinein, ob sie Genugtuung empfand, bei dem Gedanken, dass Rocco verhaftet worden war, aber sie fühlte nur Angst. Angst um Niclas, alles andere hatte im Moment keinen Platz in ihr.
Chief Donovan verabschiedete sich.
Emily saß wieder bewegungslos da. Sie hatte ihre Finger so fest ineinander verknotet, dass die Knöchel weiß hervortraten. Ihre innere Anspannung war mittlerweile so groß, dass sie es kaum noch ertragen konnte. Aber sie musste und würde es ertragen. Für Niclas. Wenn doch nur endlich ein Arzt käme und ihr sagen würde, dass mit ihm alles in Ordnung sei.
Sie sah wieder hoch, als erneut zwei Besucher eilig über den Flur gelaufen kamen. Ihr Herz krampfte sich schmerzhaft zusammen.
Taylor hielt Peters Hand, denn er sah aus, als ob er gleich einen Kollaps erleiden würde. „Was ist mit Niclas? Wo ist er?"
Bob stand auf und fasste nach dem Arm seines Freundes. „Er ist im OP, mehr wissen wir auch nicht. Beruhige dich, Peter."
„Wie soll ich mich denn beruhigen? Ich habe schon Ashley verloren." Er schwieg und strich sich mit einer Hand durch die Haare.
Emily schossen erneut die Tränen in die Augen bei dieser Geste, die sie sehr an Niclas erinnerte.

„Wir haben draußen Chief Donovan getroffen, er hat uns erzählt, was geschehen ist. Mein Gott, ich kann es nicht glauben! Wie konnte das nur passieren?“ Er ließ Taylors Hand los und kniete sich vor Emily. Sie sah ihn an und biss sich auf die Lippen, während Tränen über ihre Wangen rollten. „Emily, bist du in Ordnung?“ Peter Delaney legte seine Hand auf ihre und umfasste ihre zitternden Finger. „Emily?“

Sie starrte ihn an. „Es tut mir leid, Mr. Delaney. Es tut mir so leid. Das ist alles meine Schuld. Ich sollte da drinnen liegen, nicht Nic. Es tut mir leid.“ Sie schluchzte heftig.

Peter sah sie bestürzt an. „Aber, Emily, nicht doch. Was redest du denn da? Du bist doch nicht schuld an dem, was passiert ist.“

„Doch. Doch, das bin ich. Alles hat mit mir angefangen. Rocco war wütend auf Niclas, wegen mir. Wenn Nic nicht mit mir zusammen wäre, würde er jetzt nicht da drinnen liegen, und es würde ihm gut gehen. Er wollte mich beschützen, mich, verstehen Sie? Und deshalb wird er jetzt vielleicht ...“ Sie brach ab.

Alle sahen sich erschrocken an.

Peter schüttelte den Kopf, setzte sich auf den Stuhl neben Emily und zog sie an sich. „Oh nein. Nein, so ist das nicht. Du bist das Glück in Niclas‘ Leben, glaub mir. Mein Junge liebt dich, Emily. Ich habe ihn noch niemals so gelassen und glücklich erlebt wie mit dir. Und deshalb darfst du niemals denken, an irgendetwas schuld zu sein. Hörst du?“ Peter umfasste Emilys Gesicht und sagte eindringlich: „Er wird nicht sterben! Er wird es schaffen, er wird kämpfen, weil es einen Grund für ihn gibt, unbedingt weiterleben zu wollen. Und dieser Grund bist du. Gib nicht auf, gib Niclas nicht auf!“

Emily sah in die gütigen braunen Augen von Niclas‘ Vater, die von Schmerz erfüllt waren, und der ihr dennoch Mut zusprach, und nickte. „Niemals werde ich ihn aufgeben.“
Peter nickte ebenfalls, während Tränen in seine Augen stiegen. Er drückte Emily an sich, und sie hielten einander fest, vereint in der gemeinsamen Angst um den Menschen, der ihnen beiden das Liebste auf der Welt war.

Kapitel 33

Emily wusste nicht, wie lange sie nun schon in angstvoller Erstarrung auf diesem Stuhl gesessen hatte. Sie hatte jedes Zeitgefühl verloren. Manchmal kam es ihr so vor, als ob sie schon ihr ganzes Leben hier sitzen würde. Ihr Herz schmerzte und ihr war übel. Sie brachte es kaum fertig, Peter Delaney anzusehen, der mit den Nerven mittlerweile ziemlich am Ende war. Er saß ihr gegenüber und umklammerte Taylors Hand. Niemand sprach ein Wort, es gab nichts zu sagen.

Und dann, endlich ... endlich ... öffnete sich die Tür zum Notfallbereich und ein Arzt erschien. Er trug noch seinen grünen OP Anzug und sah sich suchend um. Emily und Peter sahen sich einen Moment in atemloser Angst an, dann standen beide gleichzeitig auf.

„Doktor, ich bin Peter Delaney, der Vater von Niclas. Das ist seine Freundin, Emily Alexander. Wie geht es meinem Sohn?“ Peter hatte automatisch nach Emilys Hand gefasst und beide starrten den noch ziemlich jungen Arzt voller ängstlicher Erwartung an.

„Mr. Delaney, Miss Alexander, ich bin Dr. Chambers. Ich habe die Operation geleitet. Setzen wir uns doch einen Moment.“ Er deutete auf drei Stühle, die etwas abgelegen standen. Emily fühlte, wir ihre Knie zu zittern begannen, sodass sie kaum gehen konnte.

Mara sah ihrer Cousine und Niclas‘ Vater sorgenvoll hinterher. Sie hoffte sehr, dass der Arzt gute Nachrichten bringen würde. Dorothy griff nach ihrer Hand und drückte sie. Die beiden wechselten einen Blick und schwiegen. Sie sahen, wie der Arzt sich zu Emily und Peter beugte und mit ihnen sprach. Sie sahen, wie Peter den Arm um

Emily legte und sie das Gesicht an seiner Schulter verbarg. Mara schlug erschrocken die Hand vor den Mund und ächzte: „Oh mein Gott, er wird doch nicht ..."
Dorothy packte sie am Arm. „Nein, nein. Daran darfst du gar nicht mal denken. Hörst du?" Mara nickte, und so warteten sie voller nervöser Spannung, bis der Arzt sich von Emily und Peter verabschiedete und die beiden langsam wieder zurückkamen.
„Und?" Alle waren aufgestanden und sahen sie erwartungsvoll an.
„Nun, die Operation ist soweit wohl zufrieden stellend verlaufen, allerdings ist Nic noch nicht außer Lebensgefahr. Die nächsten Stunden sind noch kritisch. Seine Leber wurde verletzt, außerdem hat er mehrere Prellungen und Blutergüsse. Wir müssen abwarten, wie die nächsten Stunden verlaufen werden", sagte Peter mit bedrückter Stimme, während Emily stumm neben ihm stand. Sie knetete wieder ihre Hände, und Mara legte ihr die Hand auf den Arm. „Dürft ihr ihn sehen?" Sie sah Emily fragend an.
Sie nickte. „Ja, wenn er auf dem Zimmer ist. Er ist noch im Beobachtungsraum. Die Schwester sagt uns dann Bescheid." Ihre Stimme klang zittrig. „Er wird uns aber nicht wirklich erkennen, also, er wacht nicht auf. Sie geben ihm starke Beruhigungsmittel, er wird in einer Art Dämmerschlaf verbleiben. Das ist besser für ihn." Sie strich sich eine Haarsträhne hinters Ohr. „Es darf auch immer nur einer zu ihm rein." Dabei warf sie einen unsicheren Blick zu Peter, der sich Taylor zugewandt hatte.
Ungefähr eine endlos lange Stunde mussten sie noch warten, dann kam Schwester Cybil. „So, der Patient ist nun auf dem Zimmer. Ich bringe Sie hin, wenn Sie möchten."

Peter stand auf und wandte sich Emily zu. „Kommst du?“
Sie erhob sich. „Ich ... also, ich verstehe, wenn Sie bei ihm sein möchten, er ist Ihr Sohn“, sagte sie zögernd.
Peter nickte. „Ja, ich möchte ihn sehen. Ich werde kurz zu ihm hineingehen, aber dann kannst du zu ihm.“ Er trat neben Emily und strich ihr sanft über den Rücken. „Ich weiß, dass du es bist, die er braucht. Du bist der Mensch, der jetzt an seiner Seite sein muss. Und ich weiß doch, wie dringend du zu ihm willst.“
Emily nickte. „Danke. Ja, das würde ich sehr gerne. Ich weiß, es muss schwer für Sie sein, nicht bei ihm sein zu können.“
Peter nickte nur und drehte sich kurz zu Taylor um, die aufgestanden war und ihm zärtlich die Hand drückte, dann folgten er und Emily schweigend Schwester Cybil über den Flur, während die anderen ihnen bedrückt hinterher sahen.
„So, hier ist es. Ich gehe mit Ihnen hinein.“ Die Schwester nickte Peter zu.
„Warte hier. Ich bleibe nicht lange. Aber ich muss ihn einfach kurz sehen“, sagte er zu Emily.
Sie nickte und sah zu, wie die beiden hinter der Tür verschwanden. Ihr Herz klopfte bis zum Hals und ihr war entsetzlich übel. Was würde sie da drinnen vorfinden? Wäre sie doch nur nicht auf die Idee mit dem Film gekommen. Wäre doch nur all das nicht passiert. Die Tür öffnete sich wieder und Schwester Cybil trat heraus. Sie strich Emily sachte über die Schulter. „Es tut mir leid, dass Sie das alles durchmachen müssen. Aber glauben Sie mir, Dr. Chambers tut alles, was in seiner Macht steht. Wir alle tun das. Wir beobachten Ihren Freund sehr genau, da müssen Sie sich keine Sorgen machen. Jede kleinste Veränderung, ob positiv oder negativ, wird so-

fort angezeigt. Dr. Chambers ist die ganze Nacht hier, er wird immer wieder nach ihm sehen." Sie strich Emily noch einmal über den Arm. „Es wird schon gut gehen. Halten Sie durch."
Emily nickte. „Danke. Ich danke Ihnen allen sehr. Ich bete dafür, dass alles gut gehen wird." Sie lehnte sich an die Wand und sah der Krankenschwester hinterher, die mit schwungvollen Schritten den Flur entlang eilte.
Schließlich, nach einer gefühlten Ewigkeit, öffnete sich die Tür wieder und Peter Delaney erschien. Seine Augen waren gerötet. „Gott, er sieht so jung aus. So wehrlos. Warum haben sie ihm das nur angetan?" Sein Blick suchte den von Emily.
Sie zuckte hilflos mit den Schultern. „Ich weiß nicht. Aber ich würde alles dafür tun, um es ungeschehen zu machen."
Peter nickte müde. „Das weiß ich doch. Chief Donovan hat mir erzählt, dass du Rocco davon abgehalten hast, weiter auf Niclas einzuschlagen. Das war sehr mutig von dir, und das werde ich dir niemals vergessen."
Emily strich sich über die Stirn. „Ich weiß nicht, dadurch ist Rocco erst recht wütend geworden. Wäre er nicht auf mich losgegangen, wäre Niclas nicht dazwischen gegangen und würde jetzt nicht da drinnen liegen."
Peter schüttelte den Kopf. „Dann würde er jetzt vielleicht im Leichenschauhaus liegen. Rocco war offenbar wie von Sinnen, er hätte nicht aufgehört. Emily, Niclas braucht dich jetzt. Vermutlich braucht er dich in den nächsten Stunden mehr, als er jemals im Leben etwas oder jemanden gebraucht hat. Du darfst dich nicht verrückt machen, du bist nicht schuld an all dem."
Sie nickte und versuchte, die Tränen wegzublinzeln. „Ja. Ich gehe dann mal rein."

„Gut. Schaffst du das?“ Peter sah sie besorgt an.
Sie nickte. „Ja, keine Angst. Ich pass auf ihn auf.“ Sie umarmten sich kurz, dann wandte Emily sich um und öffnete leise die Tür. Für einen Moment war sie überrascht, wie dunkel es hier drinnen war. Irgendwie hatte sie mit grellem Licht gerechnet, aber es herrschte ein warmes Dämmerlicht. Sie schloss die Tür leise hinter sich und blieb einen Moment stehen. Ein Bett stand in der Mitte des Raumes und darin lag Niclas. Um ihn herum standen verschiedene Apparate, von denen einige blinkten, andere wiederum Zahlen und Linien anzeigten. Bis auf das leise Summen der Geräte, war es still im Zimmer. Sie schluckte und trat neben das Bett, dabei biss sie sich auf die Lippen, um nicht laut aufzuschluchzen. Niclas war so blass. Wie Peter gesagt hatte, er wirkte jung und angreifbar. Sein Gesicht war jetzt sauber, sie hatten ihm das Blut weggewaschen, und auf den ersten Blick hätte man denken können, er würde friedlich schlafen. Wenn da nicht die aufgeplatzte Unterlippe gewesen wäre, die bläulich verfärbte, geschwollene Wange und die Wunde oberhalb der Augenbraue, die offensichtlich hatte genäht werden müssen. Emily streckte fast zögernd die Hand aus und strich ihm vorsichtig eine Haarsträhne aus der Stirn. Tränen liefen über ihre Wangen, als sie sich zu ihm hinunter beugte und ihn sanft auf die Stirn küsste. Sie schloss die Augen, verharrte für Sekunden in dieser Haltung und versuchte, Niclas‘ Duft einzuatmen, der jedoch von dem Geruch nach Seife und Jodlösung überlagert wurde. Emily hauchte ihm noch einen Kuss auf die Schläfe. „Hey, mein Schatz. Schau, ich bin hier. Es tut mir leid, dass es so lange gedauert hat. Aber jetzt bleibe ich bei dir, du musst keine Angst mehr haben, hörst du? Ich bin bei dir, wir schaffen das zusammen.

Das hast du doch immer gesagt, zusammen schaffen wir alles ..." Sie brach ab und wischte sich die Tränen aus dem Gesicht. Dann setzte sie sich auf den Stuhl neben dem Bett und umfasste vorsichtig Niclas' Hand. In seinem rechten Handrücken steckte eine Infusionsnadel, aber die linke war frei. Emily strich ihm zärtlich über die Finger und flüsterte erstickt: „Es tut mir schrecklich leid. Wenn ich doch nur mehr hätte tun können. Glaub mir, ich hätte alles getan, um zu verhindern, dass sie dir das antun." Sie senkte den Kopf und schmiegte ihre Stirn an Niclas' Handrücken. Immer und immer wieder sah sie dieses entsetzliche Bild vor sich, als das Messer in seinen Körper eindrang, sah, wie er sie erstaunt anblickte und in ihren Armen in die Knie ging. Sie richtete sich auf und stützte die Ellenbogen auf den Rand des Bettes, während sie seine Finger mit beiden Händen umfasste. „Weißt du, was du uns für einen Schrecken eingejagt hast? Nicht nur mir. Alle sind sie draußen, dein Dad und Taylor, Mara, Tante Dorothy und Onkel Bob. Und morgen kommt sicher auch Kevin, wenn sie ihm Bescheid sagen. Er wird durchdrehen vor Sorge um dich. Bitte, du musst dich anstrengen, damit du schnell wieder gesund wirst. Versprichst du mir das? Ja?" Sie küsste seine Hand. „Bitte, du musst kämpfen. Für mich, für uns. Ich lass dich nicht alleine, aber du musst mithelfen, okay?" Ihr Blick fiel auf ihr rechtes Handgelenk mit dem Armband. Der Kleeblattanhänger ... ihr Glücksbringer. Sie nahm das Armband ab und legte es auf das kleine Schränkchen neben Niclas' Bett. „Hier, das Kleeblattarmband. Ich weiß nicht, ob es was nutzt, aber schaden kann es sicher nicht, und du kannst Glück jetzt gebrauchen, also nimm du es." Sie nahm Niclas Hand wieder in ihre und schluckte. Wie gerne würde sie ihm viel mehr geben als dieses Armband. Sie würde ihm ihr Herz geben, wenn es sein müsste, aber sie konnte nichts tun, außer hier zu sitzen und seine Hand zu halten.

Emily wusste nicht, wie viel Zeit vergangen war, wie lange sie schon an Niclas‘ Bett gesessen hatte, als Dr. Chambers zum ersten Mal hereinkam. Es war, als ob sie in den letzten Stunden jegliches Zeitgefühl verloren hätte. Sie beobachtete den Arzt ängstlich, der sich die Maschinen ansah, aus einer einen Streifen Papier herauszog und Niclas‘ Puls fühlte.

„Geht es ihm besser?“ Sie klang voller Angst, doch die ersehnte Antwort blieb aus.

Der Doktor schüttelte den Kopf und sagte bedauernd: „Sein Zustand ist unverändert. Aber sehen Sie das als ein positives Zeichen.“ Er nickte ihr aufmunternd zu und verließ das Zimmer.

Positiv? Ja, wenn man es so sah, dass sich sein Zustand auch hätte verschlechtern können, war es ganz sicher positiv. Aber sie wünschte sich nichts mehr, als dass der Arzt endlich die erlösenden Worte aussprechen würde, nämlich, dass Niclas außer Lebensgefahr war und wieder gesund werden würde. Gleich nachdem sich die Tür hinter Dr. Chambers geschlossen hatte, öffnete sie sich wieder und Schwester Cybil kam herein. Sie hielt eine Karaffe mit Wasser in den Händen und ein Glas. „Hier, falls Sie etwas trinken möchten. Ich stelle es hier hin.“

Emily nickte. „Danke.“ Sie fühlte, wie ihr wieder die Tränen kamen. Cybil legte ihr die Hand auf die Schulter.

„Es geht ihm nicht besser.“ Emilys Stimme zitterte.

„Emily, das dauert seine Zeit. Sein Körper muss mit einer schweren Verletzung und einem operativen Eingriff fer-

tig werden. Sie dürfen die Hoffnung nicht aufgeben, okay?", sagte Cybil tröstend.
Als die Schwester gegangen war, beugte Emily sich über Niclas und betrachtete sein Gesicht. Alles in ihr tat entsetzlich weh, wenn sie ihn so sah, und sie würde alles dafür geben, ihm die Qual und den Schmerz abnehmen zu können. Aber leider konnte sie das nicht. Dennoch riss sie sich zusammen, denn sie hoffte sehr, dass ihre Zuversicht Niclas helfen würde, selbst nicht den Mut zu verlieren. Vielleicht spürte er sie ja. Sie küsste ihn vorsichtig auf die Stirn. „Erinnerst du dich an Jonathan und Rose? Ich wollte dir das letzte Kapitel, das ich geschrieben habe, schon länger zum Lesen geben, wollte wissen, wie du es findest. Na ja, in diesem Kapitel macht Jonathan Rose einen Heiratsantrag, und ich dachte, weil wir beide doch einen gemeinsamen Lieblingsplatz haben, wäre es schön, auch für die Geschichte einen zu erfinden, weißt du? Und ihn dort den Antrag machen zu lassen." Sie brach ab und wischte sich über die Augen, bevor sie leise weiter sprach. „Es ist grad Sommer in meiner Geschichte, ich hab es ganz romantisch darstellen wollen. Jonathan hat alles vorbereitet, mit Laternen und einem Picknick in einer lauen Sommernacht. Und da macht er ihr den Antrag. Ich möchte unbedingt wissen, was du davon hältst, ob es nicht zu kitschig ist. Ich brauch deine Meinung, Nic ..." Ihre Stimme brach, sie senkte den Kopf und schmiegte ihr Gesicht an Niclas' Oberarm.
Irgendwann kam Dr. Chambers wieder. Seine ernste Miene machte ihr Angst. Der Blick, den er ihr zuwarf, erschien ihr plötzlich voller Mitleid, und alles in ihr verkrampfte sich vor Schmerz. Wieder alleine, strich sie Niclas mit einer Hand zärtlich durch die Haare. „Erinnerst du dich an meinen Geburtstag? Daran, wie wir zum

ersten Mal miteinander getanzt haben? Du hast mich vor Jeffrey gerettet. Und heute Nacht werde ich dich retten. Glaub mir, ich lasse nicht zu, dass du aufgibst. Niemals. Ich lass dich nicht gehen, das kannst du vergessen.“ Ihr Blick fiel auf das Fenster. Sie sah die Dunkelheit der Nacht, und wusste, diese Dunkelheit würde sich wie ein Leichentuch über ihr Herz legen, wenn sie Niclas verlieren würde. Sie wandte ihm ihren Blick wieder zu. „Unser Lied, damals haben wir es zum ersten Mal zusammen gehört, und seitdem so oft wieder. *Endless Love ...* dieses Lied, Nic, es steht für das, was ich für dich empfinde. Ich werde dich für immer und ewig lieben, das weiß ich ganz genau. Und ich weiß, du liebst mich genauso, und deshalb musst du kämpfen. Hörst du? Bitte, lass mich nicht alleine!“ Sie lehnte ihre Stirn an seine Schläfe und schloss die Augen. Dann begann sie leise, die ersten Zeilen von diesem Lied zu singen, das sie an gemeinsam verbrachte, wunderschöne Stunden erinnerte. Ihre Stimme zitterte, und immer wieder unterbrachen kleine Schluchzer ihre Worte, aber sie hoffte, damit vielleicht zu Niclas durchdringen zu können. Ihm bewusst zu machen, dass sie bei ihm war und mit ihm gemeinsam gegen den schwarzen Engel kämpfte, der seine Flügel über ihm ausbreiten wollte. Sie hielt seine Hand in ihrer, und für einen winzigkleinen Moment nur, glaubte sie zu spüren, dass seine Finger einen leichten Druck ausübten. Sie hob den Kopf und sah ihn atemlos an, aber er lag noch genauso still da wie zuvor.
Nur Schwester Cybil und Dr. Mark Chambers beobachteten, von Emily unbemerkt, diese kleine Szene. Der Arzt schloss die Tür leise wieder. „Lassen wir ihnen diesen Moment. Ich schaue nachher noch mal vorbei.“

Cybil musterte ihn bedrückt und nickte. Sie kannte den besorgten Ausdruck in seinen Augen gut, und das bereitete ihr Kummer.

Emily saß weiterhin dicht neben Niclas, sie sprach mit ihm, streichelte sein Gesicht, küsste ihn, und hoffte verzweifelt auf diesen alles entscheidenden Satz des Arztes. Dr. Chambers stand neben ihr und überprüfte zum wiederholten Male die verschiedenen Geräte.
„Er ist seit einiger Zeit sehr unruhig. Hat er vielleicht Schmerzen?“ Emily klang ängstlich.
Sie beobachtete den Arzt, der den Kopf schüttelte. „Nein, er bekommt starke Schmerzmittel. Allerdings kann es sein, dass die Beruhigungsmittel nicht mehr richtig wirken, ich werde die Dosis etwas erhöhen. Und es kann durchaus sein, dass er sich im Unterbewusstsein an das erinnert, was passiert ist, und deshalb so unruhig ist.“
Emily nickte. „Ja, das kann sein. Es war schrecklich.“
„Das kann ich mir vorstellen.“ Der Arzt legte ihr die Hand auf die Schulter und fuhr fort: „Aber es ist gut, dass Sie bei ihm sind. Er spürt Sie, ganz sicher. Sehen Sie nur, er wird sofort ruhiger, wenn er Ihre Stimme hört oder Sie ihn berühren. Halten Sie durch, Emily! Wir können ihm mit unserem Wissen und der besten medizinischen Versorgung helfen, aber Sie helfen ihm mit ihrer Liebe, und ich weiß nicht, was jetzt wichtiger ist für ihn.“
Emily lächelte ihm dankbar zu. Sie wusste, er wollte sie aufmuntern und trösten, und dafür war sie wirklich dankbar. Auch wenn ihr klar war, dass ihre Liebe alleine Niclas in dieser Nacht nicht würde retten können. Und so saß sie weiterhin an seiner Seite, betete und sprach mit ihm. Manchmal verzog er das Gesicht, als ob er einen schlimmen Traum hätte, dann wieder murmelte er ganz

leise ihren Namen, und nur wenn sie sich über ihn beugte und sanft sein Gesicht streichelte, ihn berührte, küsste und zu ihm sprach, wurde er wieder ruhig.

Draußen herrschte noch tiefste Dunkelheit, als eines der Geräte anfing zu blinken und zu piepen. Innerhalb von Sekunden war Dr. Chambers da und bat Emily, zur Seite zu gehen. Sie stand mit weit aufgerissenen Augen an der Wand und starrte auf den Arzt und Schwester Cybil, die hinzugeeilt war. Eine namenlose Angst breitete sich in ihr aus, und ihre Kehle wurde eng. Nach einer endlos scheinenden Zeit wandte Dr. Chambers sich zu ihr um und sagte vorsichtig: „Emily, es tut mir leid, seine Funktionen werden schwächer. Sie müssen jetzt mit dem Schlimmsten rechnen. Es tut mir wirklich sehr leid."
Emily starrte ihn an und sah dann zu Niclas hin. „Was? Nein! Nein, er darf nicht sterben! Sie müssen doch irgendetwas tun können. Oh Gott, bitte, Sie dürfen nicht aufgeben, bitte nicht!"
Ihre Stimme brach und sie schlug die Hände vors Gesicht, während heiße Tränen zwischen ihren Finger hervorquollen.
Dr. Chambers wechselte einen Blick mit Cybil. „Glauben Sie mir, ich gebe niemals auf. Und wir tun, was wir können, aber manchmal sind leider auch wir machtlos."
Nachdem die beiden den Raum verlassen hatten, setzte Emily sich wieder auf den Stuhl. Sie sah auf Niclas herunter, auf sein Gesicht, das sie so sehr liebte. Auf seine Lippen, die ihr die verrücktesten Zärtlichkeiten ins Ohr flüsterten. Seine Hände, die sie über unüberwindbare Klippen führten. Seine Arme, die sie hielten, wenn sie in der Nacht weinend aufwachte, und die die schwarzen Schatten von ihr fernhielten. Sie konnte nicht leben ohne

ihn, das war völlig unmöglich. Er war ihr Halt, ihr bester Freund, ihr Leben, ihre Liebe. Und zum ersten Mal, seit sie dieses Zimmer betreten hatte, verlor Emily völlig die Fassung. Sie ließ den Kopf auf das Kissen sinken und weinte hemmungslos. Der Schmerz, der in ihr tobte, wurde schier übermächtig, sie hatte das Gefühl, eine eiserne Faust würde ihre Brust zerquetschen.
„Bitte, lass mich nicht alleine! Bitte ..." Sie richtete sich ein wenig auf und starrte Niclas beschwörend an, als ob sie ihn so aufwecken und wieder gesund machen könnte.
‚Zweifele nicht an mir, Emily. Zweifele nicht an dir. Du bist mein ganzes Glück, daran musst du immer glauben. Tust du das? Bitte, auch wenn du an sonst nichts mehr glauben kannst, glaube an mich.'
Niclas' Worte kamen ihr in den Sinn. „Erinnerst du dich, dass du mir gesagt hast, dass ich immer an dich glauben kann? Auch wenn ich an sonst nichts mehr glauben könnte? Und das tue ich, Nic. Ich glaube an dich, und daran, dass unsere Liebe so stark ist, dass du alles tun wirst, um mich nicht alleine zu lassen. Bitte, Nic, kämpfe! Bitte! Bleib bei mir, bitte!", flüsterte sie. Sie senkte den Kopf und atmete tief durch. Nie hatte sie gewusst, dass man solche Schmerzen in sich fühlen konnte. Selbst damals nicht, als alles in ihr zerbrach, war es nicht einmal annähernd so schlimm gewesen wie jetzt. Sie schloss die Augen und ihre Stimme klang wie von weit entfernt an ihr Ohr, als sie leise sagte: „Aber ... falls deine Kraft nicht ausreichen sollte, du es nicht schaffst, dann ... dann kann ich auch nicht hier bleiben." Ein Zittern lief durch ihren Körper und ein ersticktes Schluchzen kam aus ihrer Kehle, als sie stockend weiter sprach. „Ich weiß, dass du das nicht wolltest, aber ... ich kann das nicht. Ich kann nicht hier sein ohne dich. Wie soll ich das ertragen? Wie? Und

deshalb ... wenn du gehst, werde ich mit dir gehen. Ich weiß, es wird eine Möglichkeit für mich geben, ich werde sie finden."
Emily öffnete ihre Augen wieder und ihr Blick verlor sich im Nichts, als sie wie benommen flüsterte: „Die Brücke ... die Brücke, die über den Highway führt. Sie ist hoch genug." Sie senkte den Blick und sah Niclas an. „Bitte ... verachte mich nicht dafür. Ich kann ohne dich nicht mehr stark sein. Ich weiß nicht, wie, und ich habe solche Angst vor einem Leben ohne dich. Ich schaff das nicht, ich schaff das nicht!" Sie strich Niclas voller Zärtlichkeit über das Gesicht, dann legte sie den Kopf neben seinen auf das Kissen und schmiegte ihr Gesicht an seine Wange. Ihre Hand umklammerte seine und sie verharrte still in dieser Position, während sie lautlos weinte.

Ein neuer Morgen zog herauf, als Dr. Chambers zum wiederholten Male die Geräte überprüfte und Emily überrascht ansah. „Es ist unglaublich, aber seine Werte verbessern sich stetig. Es ist, als ob ein Ruck durch ihn hindurch gegangen wäre. Etwas, was ihn zurück ins Leben geholt hat. Was haben Sie mit ihm gemacht?" Der Arzt lächelte.
Emily sah ihn unsicher an. Hatte sie ihn gerade richtig verstanden? „Sie ... Sie meinen, Niclas wird wieder gesund?", fragte sie mit zitternder Stimme. Ihr Blick hing flehend an dem Arzt. Er nickte. „Also, im Moment sieht das alles sehr gut aus, ich bin sehr zuversichtlich. Wenn sich seine Werte weiterhin so verbessern, können wir das Beruhigungsmittel bald absetzen und er wird vollständig zu sich kommen. Das wünschen Sie sich doch, hab ich Recht?"

Emily nickte. „Ja.“ Sie sah dem Arzt hinterher, dann wandte sie sich wieder Niclas zu. „Oh mein Gott, hast du das gehört? Du wirst wieder gesund. Du wirst es schaffen. Gott sei Dank.“ Sie konnte die Erleichterung und die Dankbarkeit, die sie gerade empfand, kaum beschreiben, so überwältigend waren diese Empfindungen. Sie senkte den Kopf und küsste Niclas vorsichtig auf den Mund. „Ach, Nic, ich bin so glücklich, so unsagbar glücklich.“ Sie schmiegte ihr Gesicht wieder an seines, während Tränen der Erleichterung über ihre Wangen rollten.

Peter Delaney sah voller Anspannung hoch, als Dr. Mark Chambers auf ihn und die anderen zukam. Der junge Arzt lächelte jedoch. „Ich bringe gute Neuigkeiten.“ Er erzählte den müde, aber gespannt Zuhörenden von Niclas‘ Fortschritten. Mara fiel Thomas, der sich inzwischen dazugesellt hatte, überglücklich in die Arme.
Peter drückte Taylors Hand. „Das sind wirklich ganz hervorragende Neuigkeiten. Ich weiß gar nicht, wie ich Ihnen danken soll. Sie haben meinem Sohn das Leben gerettet.“
Dr. Chambers nickte. „Nun ja, mein Team und ich haben unseren Teil dazu beigetragen, aber die junge Dame an der Seite Ihres Sohnes ganz sicher auch. Es ist erstaunlich, zu sehen, wie ihr Sohn auf sie reagiert. Er war in der Nacht oft unruhig, aber ihre Nähe hat ihm offenbar sehr geholfen. Er wurde sofort ruhiger, wenn sie mit ihm sprach oder ihn berührt hat. Und das, was ich jetzt sage, sage ich als Privatperson, nicht als Arzt, denn es gibt keine wissenschaftlichen Belege für so etwas, aber ich denke, ohne Emily hätte Niclas die Nacht nicht durchgestanden“, erwiderte er lächelnd.

Peter traten die Tränen in die Augen. Er nickte, während Dr. Chambers leise sagte: „Sie war heute Nacht wohl sein Schutzengel."
Peter nickte wieder. „Das ist sie immer. Seit die beiden sich kennen."

In den folgenden Stunden verbesserte sich Niclas' Zustand kontinuierlich. Gegen Abend nahm ihm Dr. Chambers die Infusion mit dem Beruhigungsmittel ab. Emily wich die ganze Zeit nicht von seiner Seite, nur einmal hatte sie für eine halbe Stunde mit Peter getauscht. Der war überglücklich, dass es seinem Sohn besser ging. Er hatte Emily lange an sich gedrückt und geweint. Sie verstand ihn auch ohne Worte, denn sie wusste, wie sehr er unter dem Tod seiner Frau gelitten hatte, und wie dankbar er nun sein musste, dass Niclas überleben würde. Ihr selbst erschienen die letzten Stunden wie ein grauenvoller Albtraum, der nun zum Glück hinter ihr lag. Sie war überglücklich und dankbar, und konnte es kaum erwarten, bis Niclas aufwachen würde. Kevin war mittlerweile auch eingetroffen. Sie traf ihn auf dem Flur, als sie das Krankenzimmer verließ, um Platz für Peter zu machen. Er war außer sich vor Zorn über das Geschehene. Emily vermutete, dass Rocco froh sein konnte, im Gefängnis zu sitzen.
Es wurde schon wieder dämmrig draußen, als Niclas endlich langsam zu sich kam. Emily ließ ihn nicht aus den Augen. Sie war froh und glücklich, und doch saß die Angst der letzten Stunden noch tief in ihrem Herzen. Sie hielt seine Hand in ihrer und beobachtete, wie seine Augenlider manchmal flatterten, er ab und an etwas murmelte und schließlich ganz die Augen auf schlug. Sein Blick irrte durch das Zimmer, um schließlich an Emily

hängen zu bleiben, der vor Erleichterung die Tränen in die Augen schossen. Sie sahen sich an. „Emily“, flüsterte er.
Sie beugte sich über ihn und strich ihm zärtlich über die Wange. „Ja, ich bin hier. Ich bin hier.“ Sie küsste ihn, und er drückte leicht ihre Hand.
„Wo ... wo bin ich?“ Er runzelte leicht die Stirn.
„Du bist im Krankenhaus. Aber keine Angst, es ist alles okay. Jetzt ist alles wieder okay.“ Niclas‘ Blick strich über ihr Gesicht. „Nicht weinen“, murmelte er.
Emily schüttelte den Kopf und schmiegte ihr Gesicht an seines. „Das sind nur Glückstränen. Ich hab mir solche Sorgen gemacht, aber jetzt bist du wieder bei mir. Ach, Nic, Gott sei Dank bist du wieder bei mir.“
Dr. Chambers, der sich im Hintergrund gehalten hatte, trat nun vor. „Mr. Delaney. Wie schön, dass Sie wieder unter uns sind. Ich bin Dr. Chambers.“
Während der Arzt Niclas untersuchte und ihm einige Fragen stellte, die er zuerst mühsam, dann jedoch immer klarer beantwortete, kam auch sein Erinnerungsvermögen zurück. Nachdem Dr. Chambers sich verabschiedet hatte, sah Niclas Emily an, fasste nach ihrer Hand und zog sie zu sich. „Rocco. Emily ... sag mir ... sag mir, dass er dir nichts getan hat.“
Sie sah den Anflug von Panik in seinen Augen. „Nein, hat er nicht. Mir geht‘s gut, wirklich. Deinetwegen. Du bist dazwischen gegangen, obwohl du kaum noch stehen konntest. Nic, du wärst fast gestorben letzte Nacht.“ Ihre Stimme bebte und ihre Finger zitterten in Niclas‘ Hand.
Sein Blick strich über ihre Gestalt. „Warst du die ganze Zeit hier?“
Sie nickte. „Ja.“

Er nickte ebenfalls und zog ihre Hand an seine Lippen, während er erschöpft die Augen schloss. Emily beugte sich über ihn und lehnte sachte ihren Kopf an seine Schulter. „Du musst schlafen. Deine Leber ist verletzt und die Operation war schwierig. Du brauchst noch viel Ruhe."
„Du musst auch schlafen", murmelte er.
„Ich schlafe hier. Das geht schon."
Er nickte schwach. „Danke."
Und in diesem einen Wort hörte sie seine Sorge um sie heraus, aber auch, wie froh er war, dass sie in dieser Situation bei ihm blieb.
Kurz darauf schaute Peter herein, allerdings schlief Niclas da schon wieder tief und fest.
„Möchtest du nach Hause gehen, Emily? Ich kann hier bleiben."
Sie schüttelte den Kopf. „Nein, ich möchte bei ihm sein. Ich weiß, er braucht das jetzt. Und ich auch."
Peter nickte. „Das verstehe ich. Ich werde mich mal darum kümmern, dass du es vielleicht ein wenig bequemer hast."
Emily wusste nicht, wie er es geschafft hatte, allerdings erschien bald darauf ein Pfleger und brachte ihr einen bequemeren Stuhl. Peter kam noch einmal kurz herein und teilte ihr mit, dass ihre Familie nach Hause gefahren sei. „Taylor und ich werden jetzt auch nach Hause gehen. Wenn irgendetwas sein sollte, ruft uns die Schwester an. Wir kommen morgen früh wieder. Versuche ein wenig zu schlafen, Emily, auch wenn es nicht sonderlich bequem ist, aber etwas Besseres konnte ich nicht auftreiben." Er zuckte entschuldigend mit den Schultern. „Nein, das ist total in Ordnung. Vielen Dank. Ruhen Sie sich aus, morgen geht es Nic sicher schon besser. Es macht ja keinen

Sinn, wenn wir uns alle noch mal die Nacht um die Ohren schlagen. Aber ich muss einfach bei ihm bleiben."

Peter nickte. „Ich weiß. Du liebst ihn wirklich sehr, was?"

Emily lächelte. „Ja, das tue ich."

Als Peter weg war, setzte sie sich in den Sessel und betrachtete Niclas. Er sah jetzt friedlich aus und war auch nicht mehr unruhig. Sie schob den Stuhl so nah an wie möglich an das Bett heran, und legte ihren Kopf neben seinen auf das Kissen. Innerhalb von Sekunden war sie tief und fest eingeschlafen.

Als Niclas erwachte, dämmerte es draußen bereits. Er bewegte sich vorsichtig, und ein scharfer Schmerz zuckte durch seine rechte Seite. Er verzog leicht das Gesicht und versuchte, seine Position ein wenig zu verlagern. Dabei fiel sein Blick auf Emily, die immer noch in der gleichen Haltung neben ihm saß und schlief. Ihren Kopf hatte sie auf ihren rechten Unterarm gelegt, während ihre Hand eigenartig zusammengekrümmt war. Ihre Augenlider zuckten leicht im Schlaf und eine Haarsträhne fiel ihr über die Augen. Sogar in dem gedämpften Licht konnte man erkennen, wie blass sie war. Er betrachtete sie und ein zärtliches Lächeln glitt über sein Gesicht. Emily ... Gott, wie sehr er sie liebte. Und obwohl es ihm wehtat, sie so fertig zu sehen, war er doch unendlich glücklich, dass sie bei ihm war. Er brauchte sie jetzt so sehr. Wenn ihr etwas passiert wäre! Wenn dieser Wahnsinnige sie verletzt oder gar getötet hätte! Niclas schloss die Augen und schluckte. Er erinnerte sich wieder an alles. An den grenzenlosen Hass, den er verspürt hatte, als Rocco Emily geküsst und überall angefasst hatte, und er ihr nicht hatte helfen können. An die Schläge, die ihn fast bewusstlos hatten werden lassen. Zum Glück allerdings nur fast ... wäre er wirklich bewusstlos gewesen, hätte Rocco Emily vielleicht umgebracht, so von Sinnen, wie er gewesen war. An die Zeit bis der Rettungswagen eingetroffen war, konnte er sich nicht mehr wirklich erinnern. Er wusste noch, dass Emily ihn gehalten hatte, sie hatte mit ihm geredet und geweint. Er hatte ein tiefes Bedauern verspürt, dass er ihr das antun musste. Irgendwann waren fremde Stimmen zu hören gewesen, die er allerdings nicht zuordnen konnte und auch nicht verstanden hatte. Das war allerdings nicht weiter schlimm gewesen, denn er hatte sich die ganze Zeit sowieso nur auf Emilys Stimme konzentriert. Sie war der rote Faden gewesen, an dem er sich orientiert und festgehalten hatte. Irgendwann war eine schwarze Wand auf ihn zugekommen, und seitdem hatte er nichts mehr mitbekommen. Emily hatte ihm erzählt, er habe die letzte Nacht in Lebensgefahr geschwebt. Er konnte sich auch an diese Zeit nicht erinnern, nur an schwebende Szenen, die wie Traumfetzen in sein Bewusstsein gedrungen waren. Und er hatte Emily gespürt. Er konnte es nicht mit Bestimmtheit sagen, aber er hatte irgendwie gewusst, dass sie da war. Diese Stunden mussten die pure Hölle für sie gewesen sein. Er öffnete die Augen wieder und wandte ihr den Blick zu. Sie sah aus wie ein schlafender Engel. Und das war sie auch, sein Engel. Sein wunderschöner, zarter Engel. Er hob mühsam die Hand und strich ihr zärtlich die Haarsträhne aus dem Gesicht. Dann rutschte er ein wenig näher zu ihr und küsste sie sachte auf die Stirn. „Mein Schatz, es tut mir so leid. Ich hätte alles getan, um dir das hier zu ersparen. Ich liebe dich.“ Sie verzog im Schlaf ein wenig das Gesicht. Er konnte nicht widerstehen und küsste sie sanft.

Sie murmelte etwas, dann öffnete sie die Augen und sah ihn schlaftrunken an. Dann glitt ein müdes Lächeln über ihr Gesicht. „Nic. Hast du Schmerzen?“
Er schüttelte den Kopf. „Nein. Entschuldige, ich wollte dich nicht wecken.“
Sie legte ihm den Finger auf den Mund. „Du kannst mich so oft wecken wie du willst, glaub mir. Du kannst dir gar nicht vorstellen, wie froh ich bin, dass es dir besser geht.“
Sein Blick strich über ihr Gesicht, er sah die Schatten unter ihren Augen, ihr zärtliches, aber müdes Lächeln, und er stellte sich vor, sie wäre es, die hier an seiner Stelle liegen würde und er hätte Stunde um Stunde um ihr Leben bangen müssen. Alleine bei der Vorstellung fuhr ein solcher Schmerz in sein Herz, der ihm den Atem stocken ließ. Er beugte sich wieder zu ihr, seine Lippen suchten ihre. „Doch, das kann ich. Ich liebe dich, Emily. Du weißt gar nicht, wie sehr.“
Sie strich ihm zärtlich durch die Haare und küsste ihn. „Ich liebe dich auch.“
„Ich würde ja ein Stück rücken, damit du dich zu mir legen kannst, aber die haben mich total verkabelt.“ Ein etwas schiefes Grinsen legte sich auf sein Gesicht.
Emily musste lachen. „Lass nur. Ich sitze ganz gut so. Schlaf weiter. Ich bin ja hier.“
Niclas nickte, und sein Blick wurde ernst. „Ja, du bist hier. Ich weiß, du bist todmüde, du solltest zuhause in deinem Bett liegen und dich ausruhen. Ich sollte dich heimschicken, aber ich bin froh, dass du hier bist.“
Sie strich über seine gesunde Wange. „Ich auch“, flüsterte sie.
Ihre Blicke hielten sich für einige Sekunden fest, dann legte Emily ihren Kopf wieder auf das Kissen, ihre Fin-

ger verschränkten sich mit denen von Niclas, und sie waren glücklich, dass sie einander wiederhatten.

Kapitel 34

In den nächsten Tagen ging es mit Niclas‘ Gesundheit weiter aufwärts. Dr. Chambers war sehr zufrieden mit seinen Fortschritten. Nach und nach konnten die Geräte entfernt werden, und Niclas wurde entkabelt, wie er es nannte. Kevin verbrachte viele Stunden am Bett seines Freundes, und auch Mara und Thomas, der Niclas ein guter Freund geworden war, kamen oft vorbei. Auch Kate, Jack und sogar Connor kamen vorbei, sobald sie von der Tragödie hörten. Zu Emilys Freude gab Connor sich große Mühe. Sie hatte endlich das Gefühl, zwischen ihr und ihrem Bruder könnte irgendwann wieder alles gut werden. Sie selbst wich in der ersten Zeit nicht von Niclas‘ Seite, übernachtete weiterhin im Krankenhaus auf ihrem Stuhl, von dem sie hartnäckig behauptete, er sei wirklich bequem. Erst auf massiven Druck von Niclas und Dorothy ließ sie sich am vierten Tag dazu überreden, nach Hause zu fahren und sich endlich einmal richtig auszuschlafen. Sie begann auch wieder mit dem Unterricht und brachte Niclas nach Schulschluss die Unterlagen vorbei, damit er nicht allzu viel versäumte, da ja bald die Abschlussprüfungen stattfanden.
Peter war überglücklich, dass es Niclas besser ging, allerdings gab es da noch etwas, was ihn tief berührte. Und das war das liebevolle und loyale Verhalten von Taylor, die in dieser schweren Zeit an seiner Seite gewesen war. Und so besprach er sich eines Abends mit seinem Sohn, und bat Taylor einige Tage später schließlich, in Nics und Emilys Beisein, um ihre Hand. Sie war zuerst überrascht, dann fassungslos, und schließlich sagte sie, mit Tränen in den Augen, ja. Peter entschuldigte sich für den

etwas unromantischen Ort, im Krankenzimmer, aber Taylor meinte, sie könne sich keinen schöneren Ort vorstellen. Peter hatte einen wunderschönen Ring ausgesucht, und alle vier stießen mit Mineralwasser aus Plastikbechern auf das junge Glück an.

Drei Wochen musste Niclas im Krankenhaus bleiben, dann war endlich der Tag seiner Entlassung gekommen. Emily war glücklich, ihn wieder bei sich zu Hause zu haben, und bevor sie gingen, bedankten sie sich bei allen, die mitgeholfen hatten, dass diese schwere Zeit einen guten Ausgang gefunden hatte. Besonders mit Schwester Cybil hatte Emily sich angefreundet, und die beiden jungen Frauen beschlossen, auf alle Fälle in Kontakt zu bleiben.
Ben drehte fast durch vor Freude, als Niclas zur Tür hereinkam. Emily lachte und beobachtete die beiden. Es war schwer zu sagen, wer von ihnen glücklicher war. Sie war fest entschlossen, Niclas richtig zu verwöhnen, damit er bald wieder vollständig auf die Beine kommen würde. Oben im Schlafzimmer packte sie die Tasche aus, während Niclas am Fenster stand und hinausschaute.
„Wow, ich wusste gar nicht, was für eine schöne Aussicht du hier hast. Ich habe nie darauf geachtet. Aber, weißt du, wenn man so etwas erlebt hat wie wir beide, weiß man vieles wieder mehr zu schätzen." Er wandte sich lächelnd zu ihr um und fuhr nachdenklich fort: „Ich wollte dir übrigens noch etwas erzählen, was mich schon die ganze Zeit über beschäftigt. In dieser Nacht, du weißt schon, nach der Operation, da war ich ja die meiste Zeit gar nicht richtig wach. Trotzdem habe ich dich irgendwie gespürt. Ich kann das nicht erklären, vielleicht bilde ich

es mir auch nur ein, aber ich denke wirklich, ich habe deine Nähe gefühlt."
Emily lächelte ihm zu, während sie die Kleidungsstücke für die Waschmaschine sortierte. „Das ist doch schön, oder? Dann habe ich wenigstens nicht völlig umsonst dort herumgesessen." Sie zwinkerte ihm leicht zu.
Er nickte lächelnd. „Ja, so gesehen. Aber, nein, pass auf. Ich weiß von dem, was du und Dr. Chambers mir erzählt habt, dass es einen Moment gab, wo es ganz knapp wurde, wo ich kurz davor war, na ja ... zu sterben." Er sah Emily etwas unsicher an, doch sie sagte nichts, sondern sortierte weiter ihre Wäsche. Er bemerkte nur, dass sie sich kurz auf die Lippen biss. „Ja, und da ... da hatte ich einen Traum. Emily, es war, als hätte ich plötzlich deine Stimme gehört. Und zwar klar und deutlich. Ich hab dich vor mir gesehen, du warst sehr verschwommen, wie hinter einer Nebelwand, aber deine Worte habe ich ganz klar verstanden. Du sagtest, du könntest nicht hier bleiben ohne mich." Er strich sich nachdenklich durch die Haare. Emily hielt in ihren Bewegungen inne und hob den Kopf, als er leise weiter sprach: „An einen Satz erinnere ich mich ganz genau, du sagtest, *wenn du gehst, werde ich mit dir gehen.* Dann hast du noch die Brücke über dem Highway erwähnt. Ich wusste, du meintest das ernst. Du wolltest dir etwas antun, wenn ich sterben würde. Emily ... ich kann das nicht beschreiben, aber es war, als hätte das plötzlich Riesenkräfte in mir freigesetzt. Ich konnte doch nicht zulassen, dass du so eine Dummheit machst. Verstehst du? Ich wusste, ich musste unbedingt zu dir zurück, egal wie. Ich weiß, es war nur ein Traum, aber er war so real und irgendwie ... also irgendwie habe ich das Gefühl, dieser Traum hat mir das Leben gerettet. Verrückt, was?"

Er sah Emily an, die sich hastig wieder über die Tasche beugte. „Ja, das ist wirklich verrückt“, erwiderte sie leise. „Ja, vor allem, weil es so echt war. Eigenartig. Ich denke schon die ganze Zeit darüber nach, aber vermutlich gibt es keine Erklärung dafür.“
„Nein, vermutlich nicht“, murmelte Emily und wandte sich hastig ab. Dabei fielen ihr einige Dinge aus den zitternden Händen und sie bückte sich schnell danach. Als sie sich wieder aufrichtete, fühlte sie Niclas‘ besorgten Blick auf sich ruhen.
„Em, alles okay mit dir?“
„Ja, ja sicher. Alles okay.“ Sie stand still und versuchte, die Tränen zurückzuhalten, die sich in ihren Augen sammelten. Sie biss sich auf die Lippen und wandte Niclas dann zögernd ihren Blick zu. Er musterte sie forschend, in seinen Augen stand Sorge und Liebe, und sie sah, wie das Erkennen in seinem Blick aufblitzte. Sie sahen sich stumm an. „Emily ... oh nein.“ Er sah in das zarte, hübsche Gesicht des Mädchens, das ihm alles bedeutete, sah die Scham in ihrem Blick, den Schmerz, den sie seit Monaten in sich trug, die Angst, die sie in den Stunden an seinem Bett hatte aushalten müssen, und verstand. Mit wenigen Schritten war er um das Bett herum und zog sie in seine Arme. Sie verbarg das Gesicht an seiner Brust und er hielt sie fest.
„Nic, ich ...“ Emily suchte nach Worten, doch dann zog sie nur hilflos die Schultern hoch. „Schhhh, ist ja gut. Ist ja gut.“ Er streichelte ihre zuckenden Schultern, ihre weichen Locken. „Hättest du es wirklich getan?“
„Ich weiß nicht. Ich weiß es nicht. Es war alles so schrecklich. Ich hatte solche Angst, dich zu verlieren. Wenn du es nicht geschafft hättest, wie sollte ich denn leben ohne dich?“ Sie hob den Kopf und sah ihn an.

Er umfasste zärtlich ihr Gesicht. „Ich weiß auch nicht, Emily. Aber ich weiß, dass du stark bist. Du würdest es auch ohne mich schaffen. Ganz bestimmt. Em, du bist ein wunderbarer Mensch, der soviel zu geben hat. Das darfst du nie vergessen. Hörst du?“
Sie sah ihn lange an, dann nickte sie zögernd. „Das werde ich nicht.“ Sie sahen sich in die Augen, dann zog Niclas sie wieder an sich und sie hielten sich fest. Er wusste, wie sie sich fühlte, er wusste es genau. Und er hatte keine Ahnung, wie er an ihrer Stelle reagiert hätte. Er war einfach nur froh und glücklich, dass alles gut gegangen war, dass er sie hier wohlbehalten in den Armen halten durfte und sie die Chance auf eine glückliche Zukunft hatten.

In den nächsten Wochen erholte Niclas sich recht schnell und konnte bald wieder zur Schule gehen. Dank Emilys Hilfe hatte er relativ wenig verpasst und konnte fast lückenlos in den Unterricht einsteigen. Emily war glücklich, dass es ihm wieder gut ging, dennoch wusste sie, dass sie die entsetzlichen Stunden voller Angst, ihn für immer zu verlieren, nie würde vergessen können. Sie hatten sich auf ewig in ihr Herz gebrannt, und sie konnte nur hoffen, niemals mehr wieder solch einen Schmerz erleben zu müssen.

Emily warf die Tür hinter sich zu, zog ihre Schuhe aus und begrüßte Ben, der schwanzwedelnd aus dem Wohnzimmer kam. „Hey, mein Großer. Na, alles klar? Oh Mann, mir tun die Füße weh. Wo ist Nic?“ Sie lief die Treppe nach oben und schaute ins Schlafzimmer. Niclas saß in dem Sessel am Fenster und las. Seit er aus dem Krankenhaus gekommen war, war dies sein Lieblingsplatz, und ab und an zog er sich hierher zurück.

Dann wusste sie, dass er etwas Zeit für sich brauchte. Er sprach eher wenig über die Sache mit Rocco, allerdings war sie sich sicher, dass er sie noch lange nicht verarbeitet hatte. Wie sollte er auch? Sie betrachtete ihn voller Zärtlichkeit. Er hatte sie noch nicht bemerkt, war völlig in sein Buch vertieft. Die Abendsonne schien warm zum Fenster herein und zauberte goldene Reflexe in seine Haare. Die übliche Strähne fiel ihm in die Stirn, und sie musste daran denken, wie ihr das zum ersten Mal aufgefallen war und sie gerne die Hand danach ausgestreckt hätte. Er trug nur Boxershorts und ein weißes T-Shirt. Sie fühlte, wie ihr Herz heftig zu klopfen begann. In dem Moment hob Niclas den Kopf und ein Lächeln breitete sich auf seinem Gesicht aus. Emily lächelte zurück, lief sie zu ihm, ließ sich auf seinen Schoß fallen und küsste ihn. Ihre Hände fuhren in seine Haare.
Er legte das Buch auf das kleine Tischchen vor dem Fenster und umfasste sie zärtlich. „Hey, das nenne ich ja mal eine tolle Begrüßung. Hast du mich so sehr vermisst?“ Sein Blick forschte in ihrem Gesicht.
Sie fühlte, wie ihre Wangen heiß wurden. „Ich vermisse dich immer, wenn du nicht bei mir bist.“
„Ich dich auch.“ Er umfasste sanft ihr Gesicht und küsste sie. Sie fühlte seine warmen, weichen Lippen, seinen Atem, der über ihre Haut strich, und plötzlich war alles so einfach. Sie streichelte seine Wangen und erwiderte den Kuss voller Zärtlichkeit.
„Und, habt ihr was gefunden?“ Niclas löste sich ein wenig von ihr und sah sie fragend an.
„Ja, ein wirklich tolles Kleid hat Taylor sich gekauft. Ganz schlicht, aber wunderschön. Sie wird eine bildhübsche Braut sein. Ich freu mich schon total auf die Hoch-

zeit. Und du? Kommst du wirklich damit klar, dass dein Dad heiraten wird?“
Niclas stupste sie auf die Nasenspitze und nickte. „Ja. Ich freu mich sehr für die beiden, sie sind ein tolles Paar. Und mein Vater hat es verdient, wieder glücklich zu sein. Ich denke, Taylor ist das Beste, was ihm passieren konnte. Sie versteht ihn, weiß ihn zu nehmen. Er liebt sie. Und wegen meiner Mom, sie hätte sich das gewünscht für ihn, das weiß ich jetzt. Sie hätte sich für ihn und mich nur das Beste gewünscht. Und wir haben es beide bekommen.“
Er lächelte und die kleinen, goldenen Pünktchen in seinen Augen tanzten. „Du bist das Beste, was *mir* passieren konnte, Em.“
Ihr Blick tauchte in seinen ein, dann beugte sie sich vor und küsste ihn. „Bin gleich zurück. Ich gehe nur schnell duschen, okay?“
Er verzog etwas das Gesicht. „Hm, okay. Obwohl ich dich gar nicht loslassen mag.“
Sie legte den Kopf schief. „Das musst du auch nicht. Heute nicht.“
Er sah sie fragend an, doch sie lächelte nur und küsste ihn noch einmal. Dann stand sie auf und verschwand im Bad.
Sie wählte das Duschgel mit dem Duft nach Aprikosen, weil sie wusste, dass Niclas es besonders mochte. Nach dem Duschen stand sie vor dem Spiegel und betrachtete sich eine Weile, während sie dem heftigen Herzschlag in ihrer Brust lauschte. Schließlich föhnte sie ihre Haare, bis sie nicht mehr ganz nass, aber auch noch nicht ganz trocken waren, dann jedoch hielt sie es nicht mehr aus, legte den Föhn weg und zog ihren dünnen Kimono aus weißer Seide über. Sie warf noch einen Blick in den Spiegel, atmete tief durch und betrat wieder das Schlafzimmer.

Niclas saß immer noch in seinem Sessel, doch er las nicht mehr, sondern schaute aus dem Fenster. Emily lächelte ihm etwas unsicher zu, als er ihr den Kopf zuwandte. Sie ging langsam auf ihn zu, während seine Blicke jeder ihrer Bewegungen folgten. Vor ihm ging sie in die Hocke. Er nahm vorsichtig ihr Gesicht in beide Hände, beugte sich vor und küsste sie. Dann umfasste er sie und zog sie hoch an seine Brust. Emily fühlte seinen Herzschlag an ihrem, und ein heftiger Schauer durchlief ihren Körper. Sie schlang beide Arme um Niclas‘ Nacken und spürte seine Lippen, die sanft über ihre Wange strichen. Ihre Finger vergruben sich in seinen Haaren und sein Mund glitt nach unten zu ihrem Hals. Er fühlte ihren zarten Körper in seinen Armen zittern, und hob den Kopf, um ihr in die Augen zu sehen. „Alles okay? Du zitterst ja."
Sie nickte und ihr Mund suchte wortlos wieder nach seinem. Er strich ihr zärtlich über den Rücken, und eine brennende Sehnsucht nach ihr stieg in ihm auf. Er fühlte ihre Wärme, ihre weiche Haut, und am liebsten hätte er sie nie wieder losgelassen. Ihre Hände glitten an seinen Seiten nach unten, sie zögerte ein wenig, dann schob sie sein Shirt hoch und strich vorsichtig über seinen Bauch. „Kannst du das ausziehen? Bitte?"
Er löste sich ein wenig von ihr, und der Ausdruck in ihren Augen ließ ihn schlucken. Ihr Blick war unsicher, zärtlich und voller Liebe, dass ihm für einen Moment ganz weh ums Herz wurde. „Wenn du willst, sicher." Er zog das Shirt über den Kopf und ließ es neben dem Sessel zu Boden fallen. Emily saß still auf seinem Schoß und betrachtete ihn. Dann streckte sie die Hände aus und strich langsam, forschend und tastend über seine Schultern, seine Brust und den Bauch, bis zu der Narbe, die von der Operation zurückgeblieben war. Er sah, dass ihre

Hände leicht zitterten. „Gott, du bist wunderschön. Einfach wunderschön.“ Sie beugte sich vor und küsste ihn, dann strichen ihre Lippen über all die Stellen, an denen eben noch ihre Hände gewesen waren.
Niclas schloss die Augen und hatte das Gefühl, tausend kleine Flammenzungen würden über seine Haut tänzeln. Noch niemals hatte er so empfunden, noch nie. In gewisser Weise war das hier nicht nur für Emily neu, sondern auch für ihn. Er spürte ihre Lippen an der Narbe, sie verharrte dort einen Moment und hauchte einen zärtlichen Kuss darauf, während ihre Hände sanft über seinen Bauch strichen.
Er biss sich auf die Lippen. „Em ... Em, warte, Danger Zone, du verstehst?“
Sie hob den Kopf und sah ihn an. „Nic, ich ... ich hätte dich fast verloren, und ich möchte nicht mehr, dass noch irgendetwas zwischen uns steht. Ich meine ... was ich sagen will ...“ Sie brach ab und atmete tief durch. „Ich liebe dich, Niclas. Mehr als alles auf der Welt. Und wenn du das auch möchtest, dann ... also, dann ... würde ich dir gerne alles geben, was ich kann ...“ Sie brach erneut ab und schloss die Augen. „Oh mein Gott, ich bin wirklich unglaublich sexy und verführerisch, was?“
Niclas sah sie an und ein zärtliches Lächeln umspielte seine Lippen, als er ihr Gesicht umfasste. „Sieh mich an, Emily.“
Sie öffnete die Augen wieder, und er strich mit dem Daumen sanft über ihre Lippen, dann beugte er sich vor und küsste sie. „Du hast Recht, du bist unglaublich sexy, anziehend, süß und ich gehöre völlig dir. Du hast wirklich keine Ahnung, was du mit mir machst, hm?“
Ein verlegenes Lächeln glitt über Emilys Gesicht.

Er strich ihr sanft eine Strähne aus der Stirn. „Bist du sicher, dass du das willst? Du musst das nicht tun, nicht für mich."
Sie nickte und schmiegte ihr Gesicht in seine Handfläche. „Ich weiß, aber ich möchte es. Wirklich. Natürlich nur, wenn du es auch möchtest."
Er betrachtete ihr süßes Gesicht. „Machst du Witze? Em, ich liebe dich. Natürlich wünsche ich mir das auch. Aber am allermeisten wünsche ich mir, dass du glücklich bist." Sein Daumen strich über ihre Wange. „Ich werde dir nicht wehtun, ich verspreche es. Und ich werde so vorsichtig sein, wie ich nur kann. Aber du musst mir auch etwas versprechen. Und zwar, dass du sofort Stop sagst, wenn du etwas nicht willst, okay?"
Emily nickte. „Versprochen. Nic, ich weiß, dass du mir nicht wehtun wirst. Es gibt niemanden auf der ganzen Welt, dem ich mehr vertraue als dir."
Niclas küsste ihre Handfläche und nickte. Emily rutschte von seinem Schoß und sie gingen Hand in Hand die wenigen Schritte zum Bett.

Draußen tauchte die untergehende Sonne die Welt in ein warmes Licht, als Emily ihr Herz und ihre Seele in Niclas' Hände legte. Sie sah nur Zärtlichkeit in seinen Augen, eine leichte Unsicherheit und seinen brennenden Wunsch, sie glücklich zu machen und ihr nicht wehzutun. Sie verloren sich in einem Rausch der Sinne, voller Liebe und sanftem Begehren. Ihre Berührungen waren noch scheu und tastend und doch voll inniger Sehnsucht. Und als ihre Körper eins wurden, vereinten sich auch ihre Herzen. Für einen winzigen Augenblick schien die Zeit stillzustehen ... es war ein atemloser Moment, denn noch niemals hatten sie so empfunden. Emily konnte ihren

Blick kaum von Niclas abwenden, so viele Emotionen spiegelten sich auf seinem hübschen Gesicht, und er sah plötzlich sehr verletzlich aus. Sie wusste, er liebte sie genauso sehr wie sie ihn, und auch er legte hier gerade sein Innerstes in ihre Hände. Und das machte es ihr leicht, sich in diese Gefühle hineinfallen zu lassen. Sie spürte, wie die Schatten zurückwichen und ihre Seele freigaben. Alles verschwamm hinter einem Schleier aus Leidenschaft und Lust. Zeit und Raum hörten auf zu existieren, bis es nur noch sie beide gab, eingesponnen in einem Kokon aus Liebe und Vertrauen. Zwei Körper und zwei Seelen, die an diesem Frühsommerabend eins wurden und der Liebe und der Erfüllung eine neue Dimension gaben.

Danach, als sie erschöpft und erfüllt von diesem intimsten aller Erlebnisse nebeneinander lagen, konnte Emily die Tränen nicht zurückhalten. Allerdings waren es Tränen des Glücks und der Freiheit. Einer Freiheit, die ihr auf grausame Weise genommen worden war, und die Niclas ihr in dieser Nacht zurückgegeben hatte. Er hielt sie fest und ließ sie weinen. Sie verbarg ihr Gesicht an seiner Schulter, roch seinen Duft, der sich in den letzten Stunden mit ihrem zu einer neuen, einzigartigen Komposition vermischt hatte, und fühlte, dass sie angekommen war. Angekommen bei diesem wunderbaren jungen Mann, der alles für sie bedeutete.
Irgendwann schlief sie erschöpft ein, und Niclas betrachtete noch lange ihr zartes Gesicht. Noch niemals hatte er so etwas erlebt, solch eine Hingabe, solch ein bedingungsloses Vertrauen. Nie hätte er gedacht, jemanden so lieben zu können. Er schloss die Augen und lauschte auf

Emilys Atem. Solange er sie hatte, war alles gut. Das würde immer so sein, er wusste es.

Später in der Nacht erwachte Emily, und dieses Mal war sie es, die den schlafenden Niclas voller Liebe betrachtete. Ihre Gedanken schweiften zu dem, was vor wenigen Stunden passiert war, und ein glückliches Lächeln legte sich auf ihr Gesicht. Es war wunderschön gewesen. Niclas hatte es ihr leicht gemacht. All seine Berührungen waren voller Zärtlichkeit und Rücksichtnahme gewesen, voller Liebe und Respekt, dass sie sich fallen lassen konnte. Sie wusste, dass er da war und sie halten würde. Er würde sie immer halten, egal, was passieren mochte. Sie beugte sich ein wenig über ihn und küsste ihn sanft. Er verzog etwas das Gesicht, wurde aber nicht wach. Emily lag noch eine Weile neben ihm, während ihr viele Gedanken durch den Kopf gingen. Schließlich schlug sie die Bettdecke zurück, stand leise auf und zog sich Niclas' T-Shirt über. Sie schnupperte kurz daran, dann öffnete sie die Schublade ihres Nachtschränkchens, holte Papier und Stift heraus und setzte sich in den Sessel am Fenster. Sie schaltete die kleine Leselampe an und begann zu schreiben.

Draußen dämmerte es leicht, als Emily sich über Niclas beugte und ihn küsste. Er brummte etwas. „Nic, aufwachen. Bitte, wach auf." Sie ließ ihre Lippen über sein Gesicht gleiten. Schließlich öffnete er schlaftrunken die Augen. „Em. Was ist? Wie spät ist es?"
„Es ist vier Uhr morgens."
„Vier? Ähm, ist alles okay? Geht's dir gut?" Er stützte sich auf die Ellenbogen und sah sie forschend an.

Sie nickte und küsste ihn. „Ja, mir geht‘s sehr gut. Was ja kein Wunder ist.“ Sie lächelte ihm zu.
Er zog schmunzelnd die Augenbrauen hoch. „Ach ja?“
„Ja, natürlich. Du weißt, warum“, sagte sie mit einem zärtlichen Lächeln, und schmiegte ihre Lippen wieder voller Sehnsucht auf seine. Schließlich löste sie sich von ihm. „Vielleicht können wir das ja später wiederholen?“, fügte sie schelmisch hinzu.
Niclas zog die Augenbrauen hoch und lächelte amüsiert. „Aber immer doch.“
Sie lachte und stupste ihn an. „Aber, Schatz, jetzt hör mal zu! Ich würde gerne mit dir zu unserem Lieblingsplatz fahren und dort dem Sonnenaufgang zusehen. Bitte, können wir das machen?“
Er sah sie etwas verwundert an, nickte aber. „Hm, von mir aus, wenn du möchtest. Okay. Ich kann dir ja sowieso nichts abschlagen.“ Er strich ihr zärtlich eine Haarsträhne hinters Ohr.
Sie lächelte. „Danke. Komm, dann müssen wir jetzt los. Ich hab schon Kaffee gekocht und in eine Thermoskanne gefüllt. Das wird sicher toll.“
Emily wartete unten auf Niclas, und ihre Augen strahlten, als er die Treppe herunterkam. Vermutlich würde sie sich nie an ihm satt sehen können. Seine Haare fielen ihm in die Stirn und seine Augen funkelten unternehmungslustig.
„Also, kleine Lady, auf geht‘s. Lass uns den Sonnenaufgang ansehen.“
Gleich darauf saßen sie auf der Maschine, und Emily schlang ihre Arme um Niclas‘ Taille. Sie liebte es, mit ihm zu fahren, und jetzt kam es ihr fast so vor, als würden sie in ein neues Leben aufbrechen.

Emily hatte an alles gedacht, sie hatte eine Decke in den Rucksack gepackt, Kaffee und sogar Kekse. Sie breitete alles auf einem flachen Stein aus, dann saßen sie stumm aneinandergeschmiegt da und beobachteten, wie die Sonne über dem kleinen Fluss aufging. Alles war still, nur die Vögel zwitscherten in den Bäumen.
„Bist du glücklich, Niclas?“ Emily lehnte den Kopf an seine Schulter.
Er küsste sie auf ihr Haar. „Ja. Und du?“
„Ja. Ja, das bin ich.“
Sie saßen noch eine Weile da und der Duft des Kaffees vermischte sich mit dem Geruch der neu erwachenden Natur. Irgendwann bückte Emily sich und zog einen Umschlag aus dem Rucksack. Sie reichte ihn Niclas. „Hier, für dich. Ich konnte nicht schlafen heute Nacht, da habe ich dir einen Brief geschrieben. Irgendwie gibt es so viel, was ich dir sagen möchte, und, na ja, ich dachte, ich fange mal damit an.“
Niclas sah sie überrascht an und nahm den Brief vorsichtig in die Hand. Er beugte sich zu ihr und küsste sie zärtlich. „Danke. Soll ich ihn gleich lesen?“
„Ja, warum nicht? Es ist ja schon hell genug.“
Er nickte, öffnete den zartrosa Umschlag, zog den Bogen aus feinem Schreibpapier heraus und faltete ihn auseinander. Emilys fein geschwungene Schrift war zu erkennen. Er legte seinen Arm um ihre Schultern, während er las, was sie ihm geschrieben hatte.

Mein geliebter Niclas,

es ist spät. Ich sitze hier und schaue hinaus in die Nacht, während du neben mir im Bett liegst und friedlich schläfst. Meine Gedanken sind unruhig und voller Glück.

Ich muss dauernd daran denken, was vorhin zwischen uns geschehen ist. Es war unbeschreiblich schön. Du hast einen Traum für mich wahr werden lassen, Niclas. Du hast mir etwas zurückgegeben, was ich für immer verloren glaubte. Meine Würde und meinen Stolz. Weißt du, es ist schwierig in Worte zu fassen, aber da, wo sie mich berührt haben, hatte ich immer das Gefühl, gebrandmarkt zu sein. Und du hast es weggewischt, hast es mit deiner unendlichen Liebe und Zärtlichkeit neutralisiert, als ob es nie geschehen wäre. Ich denke, die Narben in meinem Herzen werden für immer bleiben, aber sie sind nicht mehr so schmerzhaft, ich komme damit zurecht, und das verdanke ich nur dir.
Ich glaube, ich würde mit allem zurechtkommen, solange du an meiner Seite bist und mich liebst.
Ich danke dir sehr für alles, was du für mich bist und tust. Manchmal denke ich, ich träume das alles nur, es kommt mir so unwirklich vor, und doch ist es wahr. Noch niemals in meinem ganzen Leben hat jemand so tief mein Innerstes und meine Seele berührt, wie du es tust.
Ich liebe dein Lächeln, deinen Humor, deine Art, mich zu behandeln. Ich liebe es, wie du mit Ben umgehst. Ich liebe dich. Du bist das Licht, das meine Nächte erhellt, der Schatten, der die Hitze der Sonne mildert, der Halt, wenn der Wind zum Sturm wird. Du tauchst meine Welt in bunte Regenbogenfarben wo früher nur Schwärze war. Du bist alles für mich, und ohne dich leben zu müssen ... ich glaube, das wäre schlimmer als sterben.
Bevor wir uns trafen, hatte ich das Gefühl, in freiem Fall zu sein. Niemand war da, der den Sturz abfangen konnte. Doch dann kamst du, und alles wurde anders. Von Anfang an ahnte ich, dass du dieser besondere Mensch für

mich sein könntest, der mit mir durch die Dunkelheit gehen wird, um mich ins Licht zu führen.
Und da sind wir nun. Ich bin unglaublich stolz auf dich, denn ich weiß, es war nicht leicht für dich, deinen eigenen Ängsten zu trotzen und zu mir zu stehen. Aber du hast es getan, und dafür bin ich dir unendlich dankbar.
Ich bin mir sicher, das Leben wird noch einige Stürme für uns bereithalten, und ich wünsche mir nichts mehr, als ihnen mit dir gemeinsam entgegenzutreten und sie zu überstehen.
Manchmal stelle ich mir vor, wie wir beide in vielen, vielen Jahren gemeinsam auf einer Bank unter einem Apfelbaum sitzen und einen Kaffee trinken. Um uns herum toben unsere Enkelkinder und ein alter Hund liegt zu unseren Füßen. Und hinter uns liegt ein gemeinsam verbrachtes, erfülltes Leben, in dem wir uns gegenseitig alles waren. Das wäre mein größter Traum.
Niclas, du bist der Traum in meinem Leben, und jedes Wort, das ich hier auf dieses Papier schreibe, kann nicht wiedergeben, was ich für dich fühle und was du für mich bist.
Du bist die Welt für mich ...
Und alles, was ich mir wünsche, ist, auch deine Welt zu sein ...
Ich liebe dich, mehr als ich je in Worte fassen könnte, und ich weiß, dass sich das nie ändern wird. Manche mögen darüber lachen, aber ich weiß es einfach. Ich liebe dich.
Für immer,
Emily

Niclas saß lange still da und betrachtete den Brief. Irgendwann ließ er die Hände sinken und blickte Emily an.

Sie sah die Tränen, die in seinen Augen schimmerten, als er leise fragte: „Für immer, Emily? Möchtest du das?"
Sie legte eine Hand an seine Wange. „Wenn du das auch möchtest."
Er nickte stumm und zog dieses Mädchen, das sein Herz wieder zum Leben erweckt hatte, eng an sich. So saßen sie still und eng umschlungen da und beobachteten, wie ein neuer Tag heraufzog. Sie wussten beide nicht, was das Leben mit ihnen vorhatte, aber sie wollten alles dafür tun, damit die Regenbogenfarben in ihren Herzen niemals verblassen würden.
Von jetzt an und für immer.